VORAGO

Lazare Rochemont

VORAGO

L'amour est un plat qui se mange chaud

Ce livre est une œuvre de fiction. Les personnages et événements décrits sont purement imaginaires. Toute ressemblance avec des personnes existantes ou ayant existé serait purement fortuite.

Avertissement : *Ce livre est destiné à un public majeur et averti. Certaines scènes et thématiques peuvent choquer ou déranger.*

Publié en autoédition par Lazare Rochemont.
Distribution via Amazon Kindle Direct Publishing.

Illustrations originales et couverture : Lazare Rochemont.
Maquette et mise en page : Lazare Rochemont.

À A²

« C'est seulement après avoir tout perdu qu'on est libre de faire tout ce qu'on veut. »

Chuck Palahniuk, Fight Club

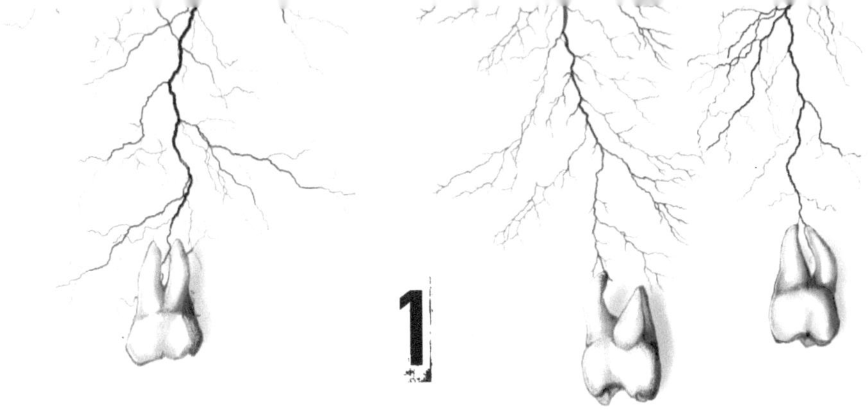

1

Aujourd'hui,

CASSANDRA — L'odeur de la javel me picote le nez.

Je pulvérise le produit sur l'îlot central. Sur le flacon, il y a marqué :

« Efficace contre la crasse et le calcaire. »

Je trouve l'emploi du mot crasse osé, mais c'est pour ça que je l'ai acheté, à cause du lien idiot que j'ai réalisé entre un slogan agressif et un produit supposé l'être tout autant. Je me suis fait avoir par un publicitaire.

Ce produit est égal à tous les autres : il mousse beaucoup, pour peu de résultats, je dois frotter comme une damnée, et ça m'épuise.

Une fois la table en chêne récurée, avec un chiffon propre je sèche la surface, puis mets mon œil à niveau pour vérifier. J'analyse, je guette la tache, la trace, la microscopique marque qui me ferait recommencer.

En me retenant de me gratter l'avant-bras, je valide mon nettoyage, prête à attaquer la cuisinière, sur laquelle je distingue déjà une goutte de graisse dans le coin gauche.

Je glisse jusqu'à la plaque de cuisson, sur le carrelage glacé, en chaussettes, et je rêve un instant d'avoir le chauffage au sol. Même à Marseille, janvier est un mois froid.

J'entends un bruit sourd.

Je me fige.

C'est à la porte que l'on a frappé, et à vingt-trois heures passées, je n'attends clairement personne. Une erreur, j'espère. Je prie même.

Mais voilà que ça refrappe.

Horreur et damnation.

En vitesse, j'ouvre un placard et aligne mon produit avec tous les autres. Je me débarrasse de mes gants en latex dans la poubelle pour enfiler ceux que je porte la journée, en cuir, et je rejoins la porte.

Un œil dans le judas : je distingue une grande masse tordue dans la pénombre du couloir.

L'homme s'approche, guette, et frappe de nouveau, plus fort.

Je place la chaîne de sécurité et entrouvre, en soufflant :

« Quoi ? »

Un miaulement, un jappement, rien de bien humain tout compte fait :

« Cassandra ? »

C'est fou comme chaque os de mon corps peut se mettre à sonner de concert quand Mathias est dans les parages.

Avec Izela, on disait toujours :

La crainte, c'est ça qui tue, et fissure ton corps.

La voix écorchée gémit de nouveau :

« S'te plaît… j't'en prie… ouvre-moi ! »

Je referme la porte et retire la chaîne, j'ouvre grand.

Immédiatement, je lui barre la route de l'appartement :

« Tu ne rentres pas », je ponctue, autoritaire.

La lumière de la pièce dégouline sur un Mathias chétif, le regard subjugué, le sourire hésitant — avec une chevelure rousse couverte d'écailles sombres.

Il a recommencé.

« J'avais dit non ! » Je grimace, en n'arrivant plus à me retenir de me gratter l'avant-bras : « Arrête, maintenant ! »

Mathias plonge ses deux mains sur moi et saisit mes épaules.

Ça m'arrache un glapissement, suivi d'un grognement quand je me rends compte qu'il a osé poser une de ses baskets crasseuses sur mon carrelage — carrelage impeccable depuis deux heures, que je devrai à nouveau entièrement lessiver.

Mathias me secoue, son visage se déchire :

« Il fallait ! »

Non, il ne fallait pas. Pas à ta manière, plus à ta manière.

Il ferme les yeux avant de passer ses doigts dans ses cheveux, doigts qui se coincent dans des nœuds qu'il arrache d'un coup sec.

« Quelqu'un doit le faire ! » il grommelle, alors que son visage se tord dans un pêle-mêle de tics.

J'ai envie de me mordre la lèvre, mais ça l'abîmerait. Je me contente de serrer les mâchoires.

« Tu l'as fait comme la dernière fois, je suppose ? » je le dis en pointant mon index sur sa poitrine.

Il saisit mon poignet, découvre mon avant-bras :

« Regarde ! » Il suit du doigt la chair qui s'abîme, un endroit qui démange, qui s'arrache, qui brûle. « Ça s'aggrave. »

Je souffle :

« Non, c'est rien. » En le repoussant pour qu'il me lâche.

Tout ce que moi je vois, c'est qu'il a mis des traces sur mon carrelage ; c'est tout ce que j'accepte de remarquer.

« Viens avec moi, allez », il gémit. « S'il te plaît, Cas'. »

J'essaie de refermer la porte sur lui. Il coince son pied dans l'angle, mes joues me font souffrir de haine.

« Ôte ta chaussure dégoûtante de là ! » je menace.

« Nan, Cas' ! Tu dois le faire ! » Il marmonne à lui-même : « On a promis ! »

Je m'entends littéralement hurler :

« Enlève ta SALOPERIE… », je ravale ma salive, « … de chaussure de mon carrelage ! »

Il retire son pied et ajoute, suppliant : « Je l'ai pris avec moi ! T'as même pas besoin de te fatiguer ! »

Je crois rêver. Peut-être que je rêve.

Peut-être même que je vais me réveiller dans mes draps blancs, senteur savon de Marseille. Mon carrelage impeccable, et un SMS de Louise sur mon téléphone qui me propose de visiter un nouveau bar. On choisira une boisson, à l'ombre d'un parasol. On décidera ensemble de la nouvelle manucure qu'elle pourra me faire.

Mais je ne rêve pas. Mathias est toujours là, avec ses yeux de cocker, dans une lumière pâle, qui donne l'impression que sa mâchoire pourrait lâcher.

« Tu l'as pris avec toi », je répète, en fermant les paupières.

Maintenant, il m'analyse comme un crétin. Peut-être qu'il vient de se rendre compte que son idée mérite l'inverse d'un prix Nobel.

« Dans… ma voiture », il bafouille, affolé.

« Dans ta voiture garée où ? »

Sa voix s'envole dans les aigus :

« Ici ? »

Je suis ahurie. Invraisemblable. J'imagine son tacot garé là, en plein milieu de toutes les autres voitures.

Mathias a peut-être un éclair de lucidité, car il ajoute :

« Je l'ai mise tout au fond du parking, là où y a personne ! Hein ! »

Oh, il souhaite une médaille et une grattouille dans le cou.

Je masse un moment mes paupières avec mon pouce et mon index — je rêve de me percer les yeux. Ensuite, je tirerais sur quelques fils dans mon cerveau pour en retirer cette scène de ma mémoire.

Mais je me contente de lever un doigt et de mettre les points sur les i et les barres aux t :

« Je fais ce qui doit être fait. Et tu te débrouilles pour la suite. »

Lui confier une pareille chose, c'est comme demander à un cloporte de programmer le lancement d'une fusée. Mais je suis trop éreintée pour la logique. Je voulais juste faire mon ménage, et me coucher. Mon ménage. Et me coucher.

C'est tout, et c'était simple.

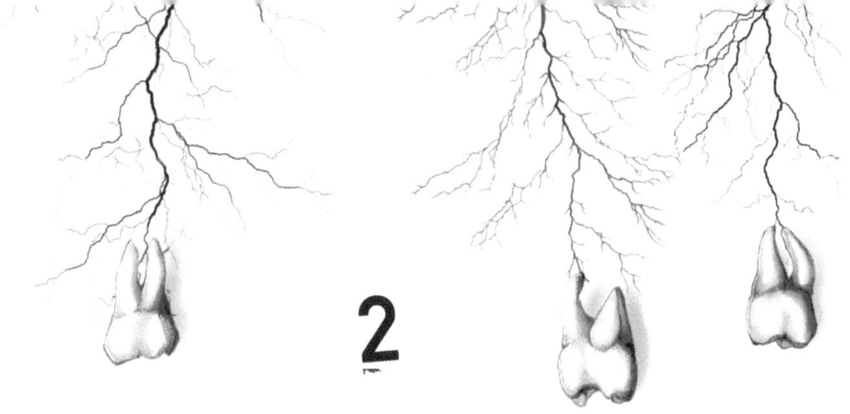

2

CASSANDRA — Après avoir préparé quelques affaires dans un sac en plastique, je suis Mathias dehors. Je reste à distance, j'observe sa démarche lasse et désarticulée — c'est ma faute ?

L'odeur qu'il laisse dans son sillage me donne le tournis, un mélange de tabac froid et de transpiration acide, et la vieille Fiat Panda est effectivement bien au bout du parking. J'arrive devant, essoufflée, un vertige au coin de la tempe. Mon Dieu que je suis usée.

Mathias se tient en retrait, la mine basse, comme un gamin qui sent le savon venir.

En m'emmitouflant mieux dans mon manteau en daim, j'aboie :

« Tu l'ouvres ou pas, ta… », je cherche le juste mot, « … poubelle ? »

On ne peut plus la catégoriser de voiture, surtout pas avec les morceaux de métal manquants sur les bas de caisse, ou les écorchures qui rongent l'intégralité de la carrosserie. La seule question que j'arrive à me poser, en résistant à l'assaut du mistral, c'est : est-ce que ça roule vraiment, ça, ou c'est poussé par un Saint-Esprit dévoué ?

Mathias tire sur la portière de la banquette arrière. C'est qu'il n'y a même pas de fermeture centralisée ; n'importe qui aurait pu ouvrir cette boîte et découvrir ce qui se cache sous cette couverture souillée.

Je souffle par le nez, ma lèvre supérieure devient moite, et je serre les poings. Mes doigts collent dans le cuir de mes gants. Mathias a un temps d'hésitation et je le presse du regard. Il surveille un instant les environs déserts et dévoile ce qu'il y a sous la couverture — je sais ce qu'il y a dessous, tout le monde le sait, ça embaume le fer, l'urine chaude, le corps qui se vide tout juste de sa substance.

Un pauvre garçon gît là, emmitouflé dans sa veste, les cheveux mélangés au motif du tissu de la banquette. Il est brisé. Je m'approche, j'aperçois une main qui pend lâchement, du sang croûté entre les doigts. J'avance encore sur lui, en appuyant un genou sur le siège. Dans l'obscurité, je vois la marque de ce Mathias à la dérive. L'individu a le cou strié.

Ma petite rage sonne dans ma voix :

« Pourquoi t'as fait ça, encore ! Les règles ! »

Il me sert sa chanson habituelle :

« Il s'est débiné au dernier moment ! » Il agite les mains dans tous les sens. « Il a crié qu'il voulait une ambulance. Qu'il voulait plus. » Sa langue claque sur son palais. « C'était de la trouille. Moi, je donne juste un coup de pouce ! »

J'aimerais le secouer. Je pense une phrase que je ne dis pas : ton simulacre d'explication ne fonctionne pas avec moi ! Mais je me contente de poser mes index sur mes tempes :

« Mathias, il y a des règles. Tu le… »

« Les règles, les règles, toujours les règles ! » Il attrape mon épaule et la serre trop fort : « Tu fais plus rien, toi. C'est moi qui dois gérer ça. Alors je fais comme je peux ! »

J'enfonce mon menton dans mon cou, en frottant le talon de ma botte sur le bitume, dans un crissement gras :

« Si, je fais. »

Mathias s'approche de moi, se penche ; son haleine me fait reculer.

« Nan. Tu fais pas. Au jardin, y a rien de plus. » Il se mord la lèvre. « T'es une menteuse. Mais c'pas grave. Doit toujours y en avoir au moins un qui porte les autres. » L'air qui sort de mon nez se transforme en nuage pâle, et il montre de la main le corps : « Alors, accepte ça ! »

Je sais que ma foi, ces derniers temps, s'est abîmée à mesure que mon propre corps se détériore. Qui de Mathias ou de moi est le plus décevant ? L'un abuse, l'autre abandonne.

Je suis épuisée. Excuse-moi, Izela.

Je marmonne pour toi, pas pour lui :

« Je vais me reprendre. »

Mathias acquiesce, satisfait, et dans la foulée, je fouille dans mon sac pour en sortir un couteau de découpe en inox, ainsi qu'un tupperware en verre, que j'ouvre.

Mathias tire la couverture, il connaît la procédure, et du bout des doigts il défait la fermeture éclair de la veste du garçon, décolle son tee-shirt ensanglanté de la peau de son ventre, et déboutonne son pantalon. Les doigts de Mathias tremblotent, même s'il a l'habitude.

Ensuite, il le défroque, et quand ses cuisses sont suffisamment à l'air, je m'attelle à ma besogne après avoir vérifié qu'il n'y avait pas de spectateur, dans ce fond de parking, au creux de la nuit. Sans un frémissement, lentement, je tranche la peau, la graisse et les muscles, et je me rends compte que j'ai oublié de changer de gants. Je me flagelle seule dans mon esprit. Je les aimais, ceux-là.

Ne te laisse pas submerger par des bêtises pareilles.

Concentrée à ma tâche, je retire un morceau de chaque cuisse, et la chair que je tiens dans mes doigts sonne comme une promesse de sécurité. Je ne montre rien, mais mon palpitant danse.

À chaque fois que j'oublie ma foi un peu plus, *ça*, ce moment, me la rappelle de manière frontale.

Dans la foulée, Mathias me présente le tupperware, et je dépose ce qui est précieux dedans. Il referme la boîte et range le tout dans mon sac, j'ajoute mon couteau.

« Il s'appelait comment ? » je demande, en claquant la portière de sa voiture.

« Sa… Samir », il hésite.

« Et son nom de famille ? » je questionne, en prenant mon sac.

« J'sais pas. »

« Et son âge ? »

Mathias se recule :

« Je sais pas ! » il beugle.

Il rabat sa tête dans ses épaules ; à ce rythme-là, son crâne va rentrer dans son corps. Je pointe sa voiture du doigt :

« Il ne peut pas aller au jardin », je conclus.

« Mais ! »

« Il ne peut pas ! Si ce n'est pas fait dans les règles, il ne peut pas ! »

Les joues maigres de ce pauvre Mathias rougissent, et il s'enrage :

« Au diable les règles ! »

Je hoche la tête par la négative :

« C'est non. »

Et il frappe du pied par terre. Je suis épuisée. Je frotte mon front, les paupières papillonnantes, et finis par lui trouver une énième solution :

« Rejette-le à la mer. Quelque chose comme ça. »

Mathias jappe en sortant de sa poche les clés de son tacot :

« Ça devient n'importe quoi, Cassandra », il maugrée.

Je me gratte l'avant-bras, le tupperware cliquette contre la lame dans le sac :

« Je suis fatiguée », j'ajoute.

Le regard de Mathias change, soudain. J'aperçois cette légèreté d'enfant que j'aimais. Il s'approche d'un pas, caresse ma joue :

« C'est pour ça qu'il faut pas que tu te fasses avoir, là », il conclut.

J'acquiesce sans substance, et il me pousse doucement vers mon immeuble.

« Bonne nuit, Cas'. » Il pointe le sachet : « Répare-toi. »

Il reçoit un maigre sourire comme réponse, et je rejoins mon chez-moi au ralenti. Une fois devant la porte en verre du hall, des phares incisifs projettent mon ombre rachitique contre un mur en crépi.

Excuse-moi, Izela.

3

Deux jours plus tard,

Louise — « C'plus trop à la mode, les French. Vous voulez pas un truc qui claque plus ? Genre, p'tit dégradé de rose, avec… j'sais pas, moi… nan, attendez. Ce qui est vraiment tendance en ce moment, et qui vous irait de ouf, c'est un Butter Nail ! »

La nana me regarde comme un merlan frit. Je tourne sur mon tabouret roulant en levant les yeux au ciel, puis j'explique :

« C'est genre, teinte pastel… ouais… comme le beurre, quoi. C'est canon. Surtout, ça met en avant votre bronzage, quoi. »

Elle fait la moue. OK, elle la veut, sa French. Elle l'affirme d'ailleurs :

« Nan, comme je vous ai dit, le bout blanc. »

Je refais un tour avec mon tabouret, et j'envoie une sale grimace à ma boss derrière le comptoir. Elle pince les lèvres et murmure :

« Au boulot. »

Je me remets face à la cliente. Faut pas s'étonner qu'elle souhaite une French, celle-là. Son carré méché vient tout droit de 2020, et son sac à main, c'est un Desigual.

Je lui fais signe de me donner sa main, et je l'attrape pour étudier ses doigts sous toutes les coutures. J'ai vraiment envie de sauver les meubles, tout l'IKEA même.

« On se le fait en Stiletto, alors ? » je tente.

De nouveau, son regard de poisson. J'explique en cherchant dans le tiroir ma planche d'exemples, et je ramasse par la même occasion mon repousse-cuticules, vu l'épaisseur des siennes. Je pense à des chibres qu'on n'a pas encore décalottés. Je me mords la langue pour éviter de rire en montrant le modèle sur ma fiche :

« Stiletto, c'est ça. »

La nenette hoche la tête par la négative. Voilà qu'elle me fait chier, celle-là.

« Je veux en bout carré », elle ose.

J'en perds ma mâchoire. Je m'apprête à râler, mais ma boss — la reine des emmerdeuses — se glisse derrière moi et serre mon épaule d'une main, en ponctuant mielleuse :

« Très beaux, les bouts carrés. »

Square. On dit square. Suceuse.

« Très vieillot, surtout », je crache.

« Vintage ! » reprend la grande prêtresse, avant de me tapoter sur le dos. « Allez, au boulot. »

Au boulot : elle a que ça à la bouche, celle-là. Défigurons les gens, allez, ouais, trop bien !

La cliente, qui me voit faire la gueule, commence à sérieusement grimacer. Je ferme les yeux un instant et me rappelle que j'ai déjà traumatisé trois nanas cette semaine, trois nanas qui ne voulaient pas me faire confiance.

« OK, OK, on est parties, alors », je dis sans timbre.

Tuez-moi. Abattez-moi.

Mais je me contente de poncer, limer, coller, embellir, dans la lueur hospitalière de ma lampe de précision, au lieu de me trancher les veines avec mes propres griffes. Tout du long, je me tais, alors que la cliente se met à me baratiner sur sa vie, dont je m'en tamponne le coquillard. Je veux bien jouer la psy, seulement pour les gens qui ont un minimum de goût.

Je suis pas concentrée sur ma tâche. Je rêvasse en jetant des coups d'œil distrait à la rue, à travers la baie vitrée du salon, jusqu'à ce que le carillon d'entrée tinte et que la porte claque. Je fais rouler mon tabouret dans un grincement pour voir qui vient d'arriver, et immédiatement, je suis éblouie.

Mon rayon de soleil est là — enfin, mon rayon de lune. Elle me sourit de toutes ses dents, toutes belles et toutes droites, et je lui fais signe que je me magne le cul de finir l'autre folle pour m'occuper d'elle. Elle part s'asseoir sur une des chaises de l'entrée, en croisant les jambes avec une telle élégance.

Une fois terminé : un au revoir, un boulot bâclé que la cliente ne remarque pas — comme le bourrelet que lui crée son soutien-gorge en dessous du bonnet. Je peux enfin me presser devant ma perle. Elle se lève d'un bond, on s'embrasse sur les deux joues. Elle embaume comme toujours de La Petite Robe Noire, mélangée à un soupçon de crème bébé et de poudre.

Je frappe dans mes deux mains :

« On s'en fait une nouvelle, ma puce ? »

Elle secoue les épaules, toute contente :

« Oui ! »

Derrière les soupirs de ma boss, qui sait qu'on va se marrer trop fort et pouffer comme des andouilles, on s'installe à mon poste de travail. Elle me tend sa main droite, et je l'attrape par le poignet pour lui retirer son gant. Je scrute l'objet :

« C'est des nouveaux ! J'aime beaucoup cette couleur crème. »

Elle frémit :

« Et oui, les vieux se sont déchirés. Horreur et damnation. »

Je ris, avant de m'outrer en lui retirant le deuxième gant :

« Attends, t'avais pas dépensé une fortune, parce qu'ils étaient en cuir de ch'ais pas quoi ? » je demande.

Elle lance la tête en arrière :

« Oui, oui, oui. Je sais. M'en parle pas. »

Je pose ses deux mains à plat sur le bois.

« J'serais toi, j'irais au magasin leur faire la misère. »

Elle acquiesce. Mais c'est pas le genre de ma Cassandra de taper des scandales. Je scrute minutieusement sa peau en murmurant, concentrée :

« Ça se tient. »

Les phalanges restent rougies, les croûtes n'ont pas réduit, l'état général de ses mimines ne s'améliore pas. Cassandra commente :

« La crème que tu m'as trouvée sur internet, elle fait des miracles, j'ai moins de démangeaisons. »

Oui, mais bon. J'observe maintenant ses paumes en passant mes pouces dedans — cagneuses, rugueuses. Là aussi, la peau est trop fine, trop abrasée. Je questionne :

« T'as fait comme je t'ai dit ? T'aères au maximum ? »

« Oui, toutes les nuits, et la journée si je suis chez moi », elle explique.

Je tapote sur sa tête :

« Bien, bien. Gentille. Mais plus. Encore. »

Elle pouffe de rire en plaçant sa mimine devant sa bouche. J'adore sa coquetterie. En fait, j'adore tout d'elle.

Cassandra, à la base, c'était une cliente. Une simple cliente. La première qui m'a dit :

« Faites ce que vous voulez. Je souhaite juste être belle. »

C'était l'année dernière. On s'est très vite entendues. Elle a pas été gâtée par la nature, la pauvre, et moi, c'est par la vie. Les écorchées, ça marche bien ensemble, il paraît. Elle m'a plusieurs fois sortie de la galère, et, moi, j'essaie de faire de même. Je déplacerais Marseille tout entière, si je pouvais, pour elle.

Elle place maintenant ses griffes devant moi en les agitant. Elle porte une magnifique manucure : ongles en amande, un dégradé qui tire vers le bleu de Prusse, saupoudré d'une nuit étoilée, qu'elle a entretenue parfaitement depuis que je lui ai faite la semaine dernière, et je m'envole :

« J'ai envie de te faire un truc effet métal. Avec le bout pailleté ! » Je gémis : « Avec une mountain peak. »

Elle rentre le menton dans son cou en se mordant la lèvre.

« Vas-y », elle mugit.

Je plante mes coudes sur mon plan de travail pour être au plus près d'elle :

« Et ensuite, on se casse d'ici, et on sort », je chuchote.

La boss, cette fouille-merde, m'a entendue :

« Tu partiras pas plus tôt. »

Cassandra lui lance son doux sourire innocent en ponctuant :

« De toute façon, ce que j'ai demandé, ça risque d'être long à faire. »

Et j'entends : fais traîner au maximum, jusqu'à dix-huit heures. Restons ensemble.

J'acquiesce pour valider le plan diabolique, et je m'attaque à ses doigts en dodelinant la tête de droite à gauche.

Toi, tous les jours, je te rendrai belle.

4

En fin de journée,

Louise — « Promis, j'ai pas rangé ! » je braille en me marrant.

Quand Cassandra entre dans mon studio, elle se fige avec une moue explicite :

« C'est de pire en pire », elle finit par lâcher.

Je jette mon sac sur une pile de vêtements au sol :

« C'est que je suis une femme très occupée », je ponctue.

Elle pointe le gode laissé à l'abandon sur mon lit, emmêlé dans ma couette sans housse :

« Très occupée. »

J'éclate de rire en ouvrant le frigo dans le coin de la pièce :

« Faut bien que quelqu'un me fasse jouir. Sont pas foutus de le faire, les porteurs de teubs. »

Cassandra ricane comme une souris. J'adore. On croirait qu'elle est gênée, mais pas du tout, c'est faux : ses yeux crépitent d'un petit vice. De toute façon, elle est trop friante de mes histoires de cul désastreuses pour s'outrer de ce genre de détails.

Je lui sers son jus de pomme habituel et je tape un coca déjà ouvert et éventé. Cassandra s'assoit sur mon lit, en posant son sac sur ses cuisses — un Hug, il est splendide. Puis elle s'adresse à mon gode avec sérieux :

« Je me permets, homme de la vie de Louise, de m'asseoir à côté de vous. »

De nouveau, elle croise les jambes avec classe, et je récupère mon amant modèle dix vibrations pour le jeter dans l'évier, sur les assiettes de la veille — enfin, de la semaine, vu le tas.

« À la douche, Jony. » Ensuite, je pointe du doigt Cassandra pour déclarer : « Toi, je te fais ta fête. »

Calée dans ma salle de bain miniature, je tourne autour de mon papillon de nuit, assise sur les chiottes au rabat fermé. Je m'attelle à la démaquiller, puis lui ordonne de se foutre à poil. Elle s'excuse, toujours avec manière.

Voilà que j'ai une feuille de papier A4, chétive, abîmée par cette maudite maladie de peau. Je vais pouvoir la modeler comme je l'entends, sous son éternel :

« Je te fais confiance. »

Je fouille mes tas de fringues, mes immeubles personnels, agglomérés dans mon trente mètres carrés. Certaines de ces sapes, c'est du jamais porté, encore avec l'étiquette, et je chantonne :

« On a dit, cette année : sex in black. SEX IN BLACK. » Tandis qu'elle m'attend sagement dans la salle de bain.

Pour elle, c'est hors de question de flirter avec l'imprimé vache. Je jette la jupe à problème. On oublie aussi les allures pirates et les teintes chair. Cassandra, c'est quelqu'un d'élégant : elle a une tenue d'exception, des épaules tranchantes, un dos droit, et une silhouette trop menue.

Je finis par lui dégoter une veste à épaulettes bleu nuit, qui s'associerait parfaitement à une robe en dentelle, au jupon noir. Bien sûr, je lui mets des collants avec un grain suffisamment foncé pour cacher les plaques rougeâtres qui ornent ses mollets.

Une fois habillée, Cassandra tourne sur elle-même devant le miroir que je lui tiens au centre du studio. Elle observe son corps avec avidité, et je lui tends la paire de bottines en cuir qui termineront le boulot — que j'ai chopée à un vide-dressing.

Elle les enfile immédiatement, sans grincer des dents, sans souffrance. Cassandra est capable de porter deux pointures de moins sans ciller, de se faire épiler le SIF sans un râle, et même d'arborer un corset aux cordes saillantes toute une journée et toute une nuit.

Elle ponctue, pour mon plus grand plaisir :

« Tu me rends tellement parfaite. »

Je souris, toutes dents dehors, avant d'aller dégainer ma brosse à cheveux. Il ne me reste plus qu'à la coiffer et lui rendre un visage — lequel ?

Maintenant, mon tableau est assis sur une des chaises dans la pièce principale, juste sous le spot, pour que chaque couleur soit la plus véritable possible. Je la maquille avec attention, camouflant ses taches, agrandissant son regard, réchauffant ses lèvres d'un rouge carmin et rosissant ses joues. Je m'avance, je me recule, je vérifie chaque détail de l'œuvre, en murmurant parfois :

« Magnifique. »

Ses yeux s'embuent souvent, et je gronde :

« Tu nous fais pas la larmiche ! Tu vas foutre en l'air mon travail. »

Le moment émotion se transforme en rire. Je me bloque sur ses iris :

« Tu veux pas retirer ces satanées lentilles ? La couleur de tes yeux naturels est tellement mieux ! »

Elle grimace, comme toujours :

« Non. Jamais. Oublie. »

Pourquoi passer d'un bleu outrageusement bleu à un marron sans âme, banal ? Quelle idée !

C'est sur ce seul point que je n'arrive pas à la faire céder, alors qu'elle pourrait soumettre tout un univers grâce à ce regard.

Bref, trêve de négociation, je m'attelle à la peigner. Je me dois d'être méticuleuse : préparer des tignasses synthétiques, une perruque, c'est délicat. Si l'on tire trop, elle risque de se décaler, et là, Cassandra se retrouve inconsolable jusqu'à ce que je parvienne à lui replacer ses faux cheveux.

Pour ce soir, je choisis de lui faire une tresse décoiffée sur le côté, en réfléchissant :

« T'as une perruque auburn, au fait ? Pour cet hiver, ce serait parfait. »

Elle répond en s'admirant maintenant dans la glace :

« Oui, j'ai un carré court, et une mi-dos. »

Je tords la bouche un instant :

« La mi-dos. On pourrait te faire des coiffures avec beaucoup de volume, comme ça. »

Elle acquiesce, pensive :

« Je viens de commander une blonde cendrée, aussi. »

« Très bon choix. Très, très bon choix. L'air ingénue, on adore », je jubile.

Elle lève un œil vers moi, et je la fais se rasseoir. Je lui baisse la tête, histoire de pas lui balancer de la laque dans les mirettes.

De nouveau, je la mets debout au centre de la pièce, en épiant chacun des détails. Je tire sur la jupe de sa robe, je cogite, j'ajoute un peu de blush, puis je replie les manches de la veste, et enfin je valide en dressant le pouce.

Tout, dans sa silhouette, dans son allure, inspire la beauté, l'esthétique, l'élégance. Je jubile intérieurement d'avoir su faire de cette créature vierge une pure figure d'excellence, et je me régale de voir sur son visage factice ce doux petit bonheur.

Je profite de cet instant, jusqu'à ce que je comprenne que je revêts encore l'affreuse blouse qu'on nous oblige à porter au salon.

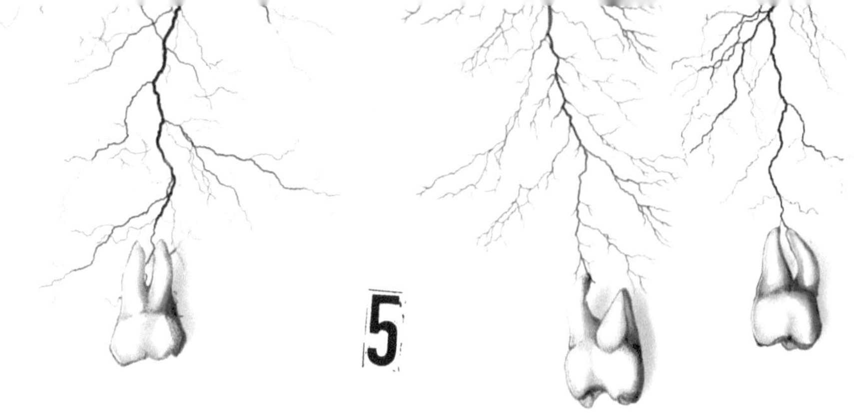

5

Le soir,

CASSANDRA — Il est 22 heures et on est enfin devant le bar.

Louise ne se défait pas de sa tête de boudeuse. Madame s'est contrariée seule quand elle n'a pas réussi à retrouver sa robe fétiche — en même temps, elle n'a qu'à ranger.

Je lui ai dit qu'elle pouvait essayer une robe fendue bordeaux. Elle s'est fâchée en geignant que c'était tellement 2019. Elle a finalement jeté son dévolu sur une jupe en cuir qui tombe aux genoux, avec un haut vichy surmonté d'un décolleté en chute libre, mais elle ne trouve pas ça optimal.

Pourtant, ce soir, elle fera des ravages. Comme tous les soirs.

Une fois à l'intérieur d'un des pubs qui bordent le Vieux-Port, Louise commande une pinte, puis deux, puis trois, et moi je me contente de jus de pomme. La musique est lourde, dure, et me donne le tournis, alors que Louise tire avec avidité sur sa cigarette électronique pour recracher sa fumée en direction du barman qui lui a déjà dit cinquante fois d'être plus discrète.

« J'ai envie d'champagne », elle annonce en se penchant vers moi, son parfum de fraise se colle sous mon nez.

« Prends du champagne, alors », je soupire.

Elle me sort son expression horrifiée :

« T'es folle. » Ses yeux malicieux glissent sur la salle. « Je vais pas me commander ça, c'est trop bizarre ! » Et elle se murmure à elle-même : « Me faut un galant. »

Je me tourne à mon tour, j'observe les ombres dans l'atmosphère opaque, et je ponctue :

« Hmpf, on a oublié Jony. »

Louise mime le faux agacement, une main sur la poitrine, ses boucles blondes se secouent dans tous les sens :

« Misère, on a abandonné ce pauvre Jony. Lui, au moins, il aurait assuré. »

Je me place toute proche d'elle, j'enfonce mes yeux dans le fond des siens, en imitant une vibration avec ma langue — mon imitation ressemble plus à une abeille qu'à un sextoy. Mais elle comprend, et éclate d'un rire extatique en se frappant les cuisses :

« OH ! JONY ! » elle braille.

J'essaie de lui mettre la main sur la bouche, mais elle continue son vacarme en me repoussant, et les gens autour, nous observent comme deux folles. C'est Louise, la folle. Pas moi.

« T'es pas sortable ! » je râle.

Elle me sourit, toutes lèvres retroussées, et j'ajoute, baignant dans ma gêne :

« Je dois aller uriner. »

De nouveau, elle explose :

« Oh, madame doit uriner. Duchesse. » Elle me pousse du genou. « Va pisser. »

Une fois ma vessie vide, je me lave les mains soigneusement, en admirant ma nouvelle manucure avant de remettre mes gants. Je ne suis pas encore sûre d'aimer cette teinte de cuir. Je regrette de ne pas avoir pris plus de temps pour les choisir. J'aurais dû emmener Louise avec moi, elle aurait trouvé quelque chose de mieux. En même temps que je me maudis intérieurement, je fouille mon sac à main pour en extirper une plaquette de Lamaline. J'avale mes trois gélules en vitesse quand une femme entre dans la pièce mal éclairée pour venir vérifier, à côté de moi, la tenue de son maquillage.

Je ressors des sanitaires. Au bar, il ne reste que nos verres. Je parcours la salle des yeux jusqu'à tomber sur une Louise avide — ivre — sous la lumière rougeâtre. Elle se cambre et bondit sur la piste centrale. Elle passe une main dans sa tignasse, en gonflant les lèvres, face à un homme qui tente, comme il le peut, de suivre les sonorités électro. Il se dandine, elle se trémousse ; de temps à autre, ils s'effleurent dans une parade imprécise.

Je rejoins mon siège discrètement.

En mâchouillant la paille cartonnée de mon verre, j'observe le spectacle. Chaque fois que la lumière s'accorde sur une des hanches de Louise et glisse sur l'arête de son nez, je souris distraite. La beauté de Louise fige n'importe qui sur place, et sa témérité, sa verve, finit de vous assommer. Elle est la définition de volcanique. Puis sa peau si dorée, ses cheveux si blonds, ses yeux si verts, ses seins si voluptueux, ses jambes — ses incroyables jambes — longues, effilées, sculptées. Bref.

L'homme, lui aussi, il observe ça. Ses joues ont rougi. Elle l'ensorcelle ; elle n'a pas besoin de chanter comme une sirène, il lui suffit d'un regard.

Cependant, ce que je sais déjà, c'est que l'être face à elle, celui qui se tordrait en deux, elle s'en fiche. Son cœur a été fermé à la communion avec un homme, mais elle a soif de voir son reflet dans leurs rétines.

Je n'ai jamais su faire comme Louise. C'est impossible pour moi de marcher dans la lumière et de capter les regards. Au début, j'étais jalouse, je pouvais passer des nuits à la haïr pour ça. À force, j'ai lâché prise, et je m'autorise à embrasser mon plaisir en m'imaginant à sa place, en fantasmant de me glisser dans son corps pour, moi aussi, saisir les rayons.

J'envie sa forme. Je suis incapable de danser plus de dix minutes sans sentir toutes les coutures de mon organisme rompre. L'admirer, j'estime que ça me satisfait, que ça m'apporte suffisamment de joie pour penser à des choses plus vraies, plus immédiates, plus inquiétantes : Mathias est en colère. Mathias veut que la chanson perdure, et je ne sais plus qui croire.

Alors que le spectacle continue, après tout, j'en suis la productrice.

Je furette dans la salle, je cherche les zones d'ombre que Louise a laissées, les errants, les abandonnés — et la nuit, ceux-là, on les trouve très vite.

Je jette mon dévolu sur un individu non loin, assis seul au comptoir. Typiquement le genre qui pourrait raconter ses tracas au barman, mais ce soir, il y a trop de monde et peu d'oreilles attentives. Je serai la sienne. Je me glisse sans un bruit derrière l'être. Invisible et inaudible, j'hume.

La mer et la bière. Les yeux de l'homme s'abandonnent dans la mousse de sa pinte. Une chevelure blonde dégouline dans son cou et couvre le col d'une chemise au tissu souffrant. J'expire, avant de tirer le tabouret à côté. J'éteins mon cœur de sa dernière rébellion :

La peur, c'est ça qui tue et fissure ton corps.

Je penche le visage sur le côté, je souris, et bats des cils. L'être sursaute. Je me recule :

« Oh, je ne voulais pas vous effrayer », je lance.

Il lève les mains en signe d'excuse. Sur l'annulaire, une alliance.

« Nan, c'moi, j'étais dans la lune », il explique.

Je montre du doigt sa pression bientôt vide.

Ses sourcils se froncent, et il enfonce ses ongles dans sa barbe :

« Je suis pas ivre », il justifie.

« Ce n'est pas ce que je dis. » Je fais la moue. « Je voulais savoir si je pouvais vous en commander une autre. »

De nouveau, le visage se décrispe, et il souffle :

« Euh… ouais, OK. »

Je hèle le barman et lui fais signe de remettre une pression, et un jus de pomme. Les verres arrivent sous le brouhaha qui s'amplifie. Puis, de nouveau, je sens un regard de protestation. Je penche la tête.

Il lance sans préambule :

« Vous êtes une pute. »

Mon cœur ne bat pas plus vite que d'habitude ; à vrai dire, je ne le sens même pas. Réaction habituelle de l'intéressé.

« Pardon ? » je dis tranquillement.

« Ouais, vous m'offrez à boire pour que je sois bourré, après vous m'emmenez baiser dans un coin, et ensuite vous me demandez de payer. C'est ça ? »

« J'ai l'air d'une prostituée ? » j'envoie en croisant les mains devant moi.

Il me toise de la tête aux pieds, se penche même sur le côté pour mieux voir ce qui se trame sur mes jambes. Je me lève pour faire un tour sur moi-même avant de me rasseoir, et il conclut, de la mousse plein la moustache, après avoir bu quelques gorgées :

« Vous ressemblez à une pute. » Il rajoute un : « Oui. »

Le barman a oublié ma paille, et j'essaie de capter son regard, alors que l'homme continue :

« Puis, quelle gonzesse offre des verres comme ça. C'est débile. »

Je marmonne pour moi-même :

« Je veux une paille. »

L'homme se penche sur le comptoir et attrape du bout des doigts une paille qui traînait dans un pot ; il l'enfonce dans mon verre sans ménagement.

« Voilà. Et je baiserai pas avec vous », il déclare.

Je sirote mon jus avant d'annoncer :

« Et si je vous dis que je ne suis pas une prostituée, vous vous sentiriez comment ? »

Il répète :

« Vous êtes une pute. »

Je le fixe un instant. Yeux dans les yeux. Je vois du pathétique. Une rancœur qui déborde partout. Il embaume le malheur, la vie qui se fracasse et s'effondre, et ce qui peut lui arriver de pire, c'est qu'on lui dise :

« Et vous, vous allez mal. »

Il se fige, de nouveau fronce les sourcils en frottant sa paume contre son pantalon de costume. Il sort les dents ; celles-ci se grimpent les unes sur les autres. Je questionne, ingénue :

« Très mal ? Peut-être. » J'approche mon nez de son visage ; un grain de beauté sur une joue me salue. « Chaque pore de votre peau respire le mal-être. Le trouble. »

Il s'éloigne, se colle contre le mur, et gémit :

« Une pute psy. »

De nouveau, je touille mon jus de pomme avec ma paille — ça ne sert à rien, mais ça hypnotise l'autre.

« Et vous, vous faites quoi comme boulot ? » j'ajoute en suivant du regard le barman qui court partout.

À travers la musique, je l'entends se ronger les ongles.

« Informaticien », il bafouille.

« Oh, c'est pour ça que vous en connaissez un rayon sur les prostituées », je fais en lui lançant un coup d'œil malin.

« Quoi ? »

« Paraît que c'est un métier solitaire. »

« Quoi ? » il fait à nouveau.

« Si moi, je suis une prostituée parce que je vous offre un verre, alors vous, vous êtes un consommateur de prostituées parce que vous êtes informaticien. »

Il ponctue faiblement :

« Oh. »

Je lui fais une moue de — comme le dirait Louise — dans tes dents, connard.

Au même moment, une paire de bras brûlants s'enveloppe autour de mon cou en glapissant :

« Ma puce ! »

Je savoure l'étreinte transpirante, et Louise se redresse en gonflant la poitrine face à l'homme à côté de moi, avant de japper :

« T'es qui, toi ? »

Un instant, il paraît chercher une échappatoire dans la pièce, puis consulte sa montre, et finit par marmonner :

« Jean. »

Elle glousse en observant sa main avec dégoût :

« Jean. »

Il répète :

« Oui, Jean. »

« Jean, avec une alliance. Intéressant », elle souffle en serrant mes épaules dans ses doigts.

Comme s'il venait de prendre conscience de l'objet qui lui cerne le doigt, il cache cette vilaine main sous l'autre :

« C'est plus vraiment… euh… » Il rougit. « D'actualité. »

Louise est amusée — et crache, tout à fait vicieuse :

« Jean, avec alliance, mais sans femme. » Elle le pointe du doigt en me parlant : « Me dis pas que tu vas te faire avoir par ce genre de connerie, Cas'. »

Jean, à cet instant, est d'une teinte écrevisse. Il tente de se lever en ouvrant la bouche ; Louise lui place l'index devant les lèvres, et il retombe sur son tabouret. De nouveau, elle me dit :

« C'est vraiment une disquette, ça, hein, t'as compris ? Une vraie disquette de dalleux. » Et elle s'adresse à lui : « Excuse ma copine, elle est à la ramasse. »

Je lève les yeux au ciel, en ajoutant en direction de Jean, qui contemple son verre concentré :

« L'écoute pas, elle est folle. »

La peur se lit sur le visage du pauvre garçon, qui finit par se lever définitivement en crachant :

« Je m'en vais. »

Louise se faufile pour lui piquer sa place et sa pression par la même occasion. J'attrape Jean — avec alliance et sans femme — et lance :

« Je peux te donner mon numéro de téléphone, si t'as besoin de parler. »

Son regard tombe successivement sur Louise, puis sur moi, ensuite sur la bière qui se vide dans la gorge de Louise, et de nouveau sur moi. Il fouille lentement dans la poche de son pantalon avant de me tendre son iPhone. Sur le fond d'écran, deux bambins aux yeux bridés. Je note mon numéro, rends le téléphone, et Jean, pouf, s'envole.

« T'es une gourde ! » pouffe Louise, à demi étalée sur le comptoir.

« Et toi, une… », je souffle par le nez.

« Dis-le. »

« Une. »

« Vas-y. »

« Une emmerdeuse. »

« J'adore quand t'es vulgaire », elle dit, satisfaite.

Je la pousse par l'épaule ; elle manque de chuter de son tabouret, en riant comme une dératée.

« Il est où, le mec avec qui tu dansais ? » je demande.

Louise couche sa tête sur ses bras, les paupières qui palpitent :

« Han ! » elle gémit. « C'était un gros fils de pute. »

Je lève le menton — la suite, j'ordonne. Elle reprend en se grattant le crâne :

« Ah, il me l'a payé, mon champagne. Même trois coupes. » Elle rote dans sa main avant de sortir sa vapoteuse de sa poche. « Puis, il m'a embarquée dans les chiottes. Je me suis dit : allez, pourquoi pas. » Elle chantonne maintenant : « Une petite baise et puis s'en vont. » Elle tire sur sa tétine d'adulte comme une damnée, s'étouffe, et continue : « J'imaginais un truc un peu sauvage. On se roule deux-trois pelles, il me prend contre le mur, leuleu, pif paf pouf, voilà, quoi. Genre comme dans un film. Un film un peu crade, en fait. »

« Un peu crade, en effet », j'ajoute, évasive, en repensant à la chemise salie de Jean.

« Mais tu sais ce qu'il a fait, ce chien de la casse ! »

Je mets mon index sur ma bouche pour lui faire signe de baisser le ton.

Elle m'ignore :

« À peine arrivés dans la cabine, il a défait son froc pour sortir son machin, et TU SAIS CE QU'IL M'A DIT ! »

Je lui plaque la paume sur les lèvres. Elle me lèche le gant. Sa langue pend de son visage écœuré, et j'ai la même expression devant sa salive qui orne le cuir. J'aboie, donc :

« Arrête d'hurler ! »

Elle se redresse et se plaque tout contre moi pour coller sa bouche à mon oreille et chuchoter :

« C'est mieux comme ça ? »

« Bien mieux », je murmure aussi.

« Il m'a dit… » Elle hurle dans mon tympan : « SUCE ! »

Je tousse. M'étouffe, même. Avant de geindre :

« Mais pardon. »

« Oui. S-U-C-E. Pas de s'il te plaît, oh jolie blonde, pourrais-tu… euh… »

Je termine sa phrase en chantonnant :

« Goûter mon délicieux mets viril. Oh déesse de cette nuit, je t'en prie. »

« Putain, s'il m'avait sorti un truc comme ça, bien sûr que je le gobais, son bidule », elle ponctue, pensive.

« Et là, c'est moi la gourde. »

Louise se pend à moi, ivre, et gémit :

« Je suis si faible ! »

Puis de nouveau, elle rote dans mon oreille, et c'est terminé pour ce soir.

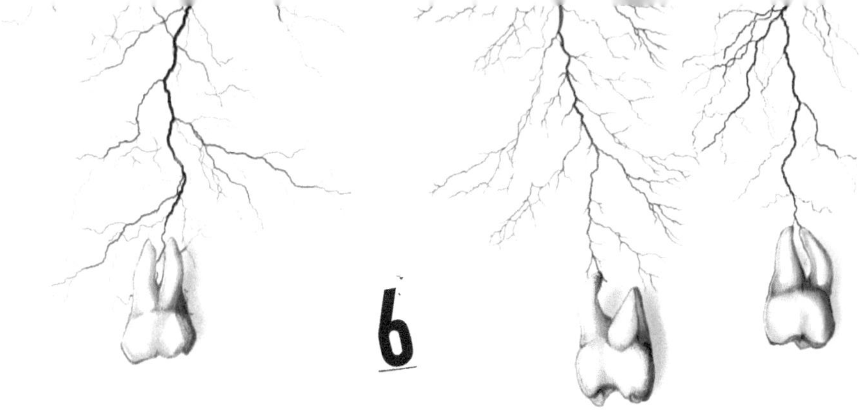

6

Dans la nuit,

CASSANDRA — J'ai appelé un Uber, qui nous a reconduit chez moi.

Dès que j'ouvre la porte d'entrée, Louise, qui pendait lâchement à mon cou, se rue dans la salle de bain.

Je prends le temps d'enlever la veste qu'elle m'a prêtée pour la suspendre dans l'armoire, avec mon sac. Puis je quitte mes chaussures, et enfin je la rejoins. Là, dans le noir, elle est à genoux, la tête enfoncée dans les toilettes. Sa silhouette tremble. J'allume le spot.

Elle pleure — comme d'habitude.

Je m'assois sur le rebord de la baignoire. Je retire mes gants, que je pose délicatement sur mes cuisses, en ignorant le tiraillement de mes phalanges. Je lui passe les doigts dans les cheveux pour en faire un chignon, avec une pince récupérée dans un tiroir sous l'évier.

« Je suis conne », elle sanglote. « Trop, trop, trop conne. »

Je me relève en soupirant :

« N'importe quoi. »

C'est tout ce que je trouve à dire à ce moment. Je sais qu'elle n'écoute pas vraiment, de toute façon, qu'elle n'est pas vraiment là. Je pourrais lui parler d'écologie, de politique, ou de l'état des toilettes chez madame Intel, ça ne changerait rien.

Je répète des gestes. Je lui prépare un bain, avec du sel vanillé, pour ensuite lui ramener son verre d'eau. Une fois son estomac vide et rincé, elle se redresse, avec une mine affreuse, son eyeliner lui griffe le visage, et je lui montre ses vêtements bariolés de vomi.

Elle se remet à sangloter, filet de bave, bouche grande ouverte :

« Oh mon Dieu ! Non ! »

Elle enfonce son crâne entre ses doigts.

« Je sais pas bien laver mon linge. » Elle se met littéralement à crier : « Je sais pas ! »

Louise, et ses mélodrames.

Je caresse son front :

« Tu sais très bien que je vais te le faire, que je vais te le laver, ton linge. »

Ensuite, je l'aide à se déshabiller, et je plonge immédiatement ses vêtements dans ma machine à laver. Je ne veux pas une seule particule de vomi sur mon sol, même si j'imagine qu'il y en a déjà. Un frisson traverse mes vertèbres à cette idée.

Ne pense pas à ça — non.

Louise s'enfonce dans le bain. Elle ne reste pas longtemps tranquille. Vautrée sur le rebord, un bras dans le vide, elle me supplie avec ses yeux mouillés :

« Viens avec moi. Je veux que tu me laves les cheveux. S'te plaît. » Elle montre quelques nœuds. « Je VEUX que tu me laves les cheveux. Y a que toi qui le fais bien. »

Bien sûr que je cède, c'est un rituel. Je retire tous mes artifices — mon maquillage, ma perruque, mes lentilles, mes vêtements — sans un coup d'œil dans le miroir, et je me glisse avec elle dans la baignoire, derrière elle.

Là, je prends le temps de masser son crâne avec mon shampoing — un produit au miel, censé réparer les pointes. Encore un publicitaire qui m'a arnaquée.

Ses cheveux coulent entre mes doigts, alors que Louise s'évertue à mettre de la mousse sur mes genoux. Même si ma peau s'embrase dans l'eau trop chaude du bain, je ne dis rien. Je continue de laver, et elle ronronne en calant mieux ses fesses contre mes cuisses qui l'entourent. Elle remet encore un peu de mousse sur mon genou :

« Si un jour je devais me réincarner, j'aimerais que ce soit en chat, leur poil est si impeccable », elle déblatère.

« Ils sont si propres », j'ajoute.

« Oui. Mais je crois que je serais punie. Peut-être qu'on me réserve le ver de terre. Gluant. Sans un poil sur le caillou, et même pas de doigts. » Elle gémit en observant sa manucure : « Pas de doigts ! »

Je pouffe de rire en attrapant la douchette, et rallume l'eau pour lui rincer les cheveux. Elle jette son crâne en arrière en fermant les yeux, et je commente :

« Tu serais un très beau ver de terre. »

Sa bouche se tord :

« Oh non. Puis, ils se reproduisent comment, ceux-là ? »

« Ils sont hermaphrodites, et ils ont juste besoin de se frotter l'un contre l'autre. »

Je coupe l'eau, et attrape un après-shampoing à l'avocat. J'en prends une noisette et frotte mes mains ensemble avant de faire glisser mes doigts de nouveau entre ses mèches. J'aime sentir le mélange de ses cheveux et du produit, ça paraît irréel, impalpable, et Louise commente, toujours dans son histoire :

« C'est naze. Même ça, c'est naze. Nan, vraiment. » Elle s'arrête un instant, réfléchit, et se tourne pour me regarder : « Puis comment tu sais ça, toi ? »

« Une fois, je n'arrivais pas à dormir, je suis tombée sur un reportage. »

« Un reportage sur les vers de terre ? » elle fait en levant un sourcil. « Un putain de reportage sur les vers de terre. » Et elle se met à ricaner.

Je la suis, de bonne grâce — mais il était vraiment très bien, ce reportage.

Dix minutes plus tard, je lui rince de nouveau la tête. J'embrasse son épaule en ponctuant :

« Cheveux impeccables, maintenant. »

Elle me montre le château de mousse qu'elle a construit sur mes genoux.

« Ça nous irait bien, un château. »

« Dans les cieux. »

Puis je la bouscule un peu, je ne tiens plus dans cette baignoire.

« Tu dis trop de bêtises. Allez, on sort, et au lit maintenant. »

Louise, enveloppée dans une serviette de bain, se plante devant l'évier de la cuisine avec son verre d'eau. Après avoir enfilé mon pyjama, je lui cherche des vêtements pour la nuit.

« J'adorerais vivre avec toi », elle dit.

Je me tourne pour la regarder. Elle a entre ses doigts le tupperware en verre qui séchait sur l'égouttoir.

« Mais t'es tellement maniaque, ma puce. »

Je secoue la tête en posant un pyjama plié sur mon lit.

« D'ailleurs, tu peux le remettre dans l'évier, va falloir que je le relave », je déclare.

« N'importe quoi. »

« Si. Tes traces de doigts. »

Elle tourne le contenant dans tous les sens, grimace, soupire, et repose le tupperware à sa place, avant de s'approcher du lit.

« Tu vois, impossible. Tu me foutrais dehors au bout de deux jours », elle dit, à raison.

« Vingt-quatre heures, tu veux dire. »

Elle laisse tomber sa serviette à ses pieds :

« Genre ça, ça t'énerve. »

« Mais non », je soupire, lasse.

Bref. Je ramasse sa serviette. J'accroche une demi-seconde mon regard aux bas de son ventre. La peau ici est striée, depuis que je la connais — pas seulement de lignes d'automutilation, mais aussi de vergetures. Celles d'un corps qui, un jour, en a créé un autre.

Moi, je ne peux pas avoir d'enfant. Pas ne VEUX pas, mais ne PEUX pas selon la médecine.

Je me détourne en grimaçant, et je pars en vitesse mettre cette serviette dans le panier de linge sale. Quand je reviens, elle est déjà couchée et marmonne :

« Je vais dormir comme un bébé. Un énorme bébé. En plus, tes draps, ils sentent toujours bon. »

Ma lessive est un savant mélange de savon de Marseille et d'assouplissant à la vanille. Un régal, un sirop pour le nez. Je ne suis pas maniaque, je considère l'ordre — nuance.

J'éteins la lumière et me glisse dans le lit avec Louise. Elle semble déjà s'assoupir, et près de son oreille, je murmure :

« Moi, je voudrais être un poisson. Une sorte de dorade. »

J'entends un rire ramolli, et une voix ensuquée :

« J'adore la dorade, à manger, grillée. » Elle se tourne, je sens son nez contre mon épaule, la moiteur de sa bouche. « Fais-moi penser, le jour où tu crèves, à plus manger de dorade, alors… ce serait du cannibalisme. »

« Possible », je glousse.

Il ne faut que quelques minutes supplémentaires pour qu'un ronflement aigu perce la nuit, et enfin, je peux me relever.

J'astique la baignoire, les carreaux et les toilettes. Je lance une machine, et je finis, dans le plus grand des silences, par relaver mon tupperware.

Dans la salle de bain, à la lumière crue, j'inspecte le contenant. Il n'y a plus aucune trace. Tout est propre, impeccable, en ordre, et c'est ainsi — le corps usé, les doigts sentant la javel — que je peux, moi aussi, trouver le repos, le nez collé dans les mèches blondes — avocat, miel.

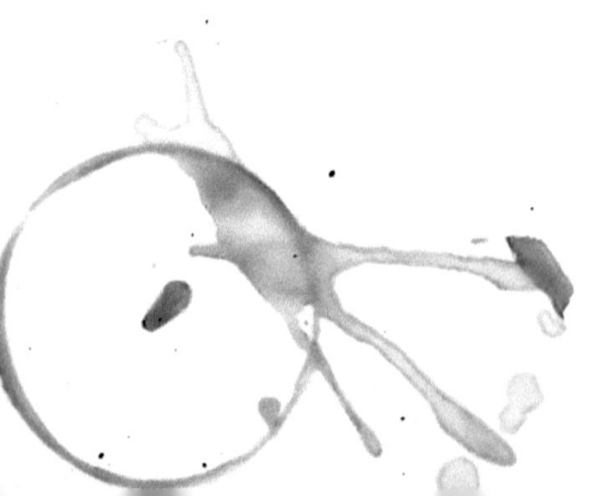

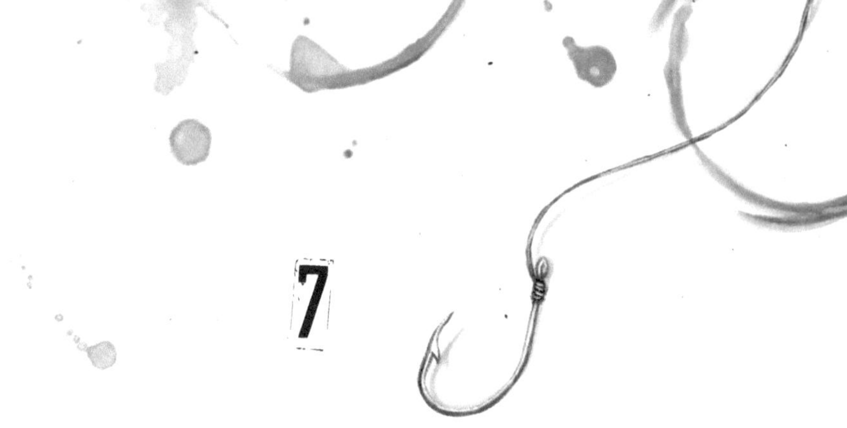

7

Deux semaines plus tard,

FARID —« Enculé, va ! »

Je sursaute. Je cligne des paupières un instant. J'essaie de me souvenir de ce que je fichais avant de m'assoupir, et je le découvre vite : c'est sur mes genoux. Voilà, je relisais le procès-verbal de ce trou de balle de Duchemin.

« MAIS FILS DE PUTE ! TU VAS CREVER, BORDEL ! »

Je me penche sur mon bureau pour mieux voir Noa. Il a les yeux gonflés comme deux ballons et s'accroche à son écran d'ordinateur :

« C'est quoi ton jeu ? » j'envoie.

Toute sa face se fronce, au point que ses lèvres disparaissent dans sa bouche, et il gueule :

« Un truc à la CON ! Faut dégommer des rats dans une baraque dégueulasse. » Il se lève en cliquant frénétiquement sur sa souris. « TEMA ! Il est là, ce connard ! » Ses joues deviennent pivoine. « IL A BOUFFÉ MON PIÈGE SANS CREVER ! » Le claquement du clavier explose dans la pièce. « JE VAIS TE NIQUER ! VIENS PAR LÀ ! »

Il me file de ces maux de crâne de bon matin, ça, plus le grésillement du néon au-dessus, c'est pour m'achever. Je l'observe encore un instant, parce que je le trouve marrant à gigoter dans tous les sens, jusqu'à ce que, dans un soupir, il capitule :

« J'ai perdu. Sérieux. »

Je me remets sur ma paperasse. Je tire d'autres dossiers, d'autres chemises pâles, je fouille sur mon bureau rempli de merde, vérifie que j'ai pas égaré un feuillet, et finalement me concentre sur mon ordinateur. J'ai mal aux yeux, j'ai la cornée en sang — comme je suis sensible des mirettes.

Ensuite, j'interpelle Noa, qui s'amuse à tourner avec sa chaise de bureau :

« On en est où du viol, là ? » je demande.

« Celui avec les gitans ? » Il tourne plus vite. La dernière fois, il s'est marbré contre le chauffage.

« Nan, Duchemin. »

Noa se pousse avec ses pieds jusqu'à mon bureau, en imitant le signal sonore d'un camion qui recule, et il lorgne sur mon écran avant de lever les yeux :

« Celui-là va bientôt caner, tu vas être dans le noir, mon coco », il constate en pointant le néon qui grésille.

Je lève les yeux à mon tour. Je hausse les épaules, en me disant que c'est moi qui vais l'exploser, ce fichu néon.

« Je vais me l'interpeller dans la matinée, le Duchemin, si Magalie me dit go. On se le fait ensemble, ce p'tit con ? » il propose.

« Ouais. »

Puis il demande en grattant le bout de son bouc :

« T'as lu le PV ? »

« Ouais. Son pote l'a balancé, alors ? »

J'étais pas sur la déposition, je devais gérer deux cousins qui ont — peut-être — zigouillé le troisième luron de leur cousinade. Bref, hier encore, une belle journée au royaume des bisounours.

Noa se met à raconter :

« Ouais, avec Julie, on l'a fait chier dans son froc et il a fini par cracher le morceau, en chialant. » Il attrape la boîte de granola sur mon bureau, constate qu'elle est vide et la rejette à sa place. « Sa mère lui a fichu une de ces torgnoles en sortant. Un pur régal. »

« N'importe quoi, je te jure », je lance en me frottant encore les yeux. « La daronne devrait plutôt se demander comment ça se fait que son gamin de dix-sept piges en arrive là. »

« C'est plus vraiment un gamin, vu ce qu'il a foutu, celui-là », Noa corrige.

Je ferme un instant les paupières, en confirmant.

Quand deux jeunes de dix-sept berges embarquent une de leurs copines de classe dans un local désaffecté pour la violer avec une barre de fer et l'abandonner dans son sang, on a dépassé le stade de l'enfance et de la non-responsabilité. C'est quoi la suite pour eux ? Mais surtout pour elle ? Des traumas, que des traumas. Si elle sort du coma. Mieux vaudrait pas, finalement. J'en sais rien. Mais ça me fait saliver de me dire que je vais pas tarder à voir ce p'tit enculé de Duchemin — un futur bon client, celui-là.

En même temps que je m'imagine à quelle sauce je vais me faire ce violeur juvénile, je ratisse mon bureau à la recherche de mon paquet de clopes. Introuvable. Je me lève pour tapoter sur mes poches de jean, et Noa se met à se marrer tout seul :

« Tu sais qui ils ont chopés cette nuit ? » il demande.

Je continue de fouiller dans mon blouson posé sur le dossier de ma chaise.

« Nan. Balance », je dis.

« FRANCO ! » il hurle. « Paraît qu'il montrait sa bite sur la Canebière, devant le Domac. »

Je pouffe de rire en tombant enfin sur mon paquet, puis j'ajoute comme un illuminé :

« On s'en sert contre Duchemin ? »

Noa ouvre grand les mirettes, et on se fait un check de calculateurs satisfaits.

Franco, c'est l'arme ultime des interrogatoires réussis. Avec un Franco dans les parages, plus besoin de cuisiner notre proie comme des fous : suffit de dire à l'OPJ de GAV : mets-moi ce mec à côté de celui-là, et Franco chantera pour notre gars. Veillez juste à l'hydrater. Déjà que là, Duchemin est beau comme un soleil, avec ça, il sera irradiant.

Noa se lève à son tour en piquant une clope dans mon paquet que je tiens dans la main. Mais avant qu'on se motive à descendre fumer, la porte du bureau claque. Magalie entre avec son pas lourd et traverse la pièce à grandes enjambées. Quand elle nous remarque, elle nous analyse de la tête aux pieds, et sa tronche se crispe :

« Z'allez pas cloper là, hein. »

Noa retire la cigarette qui lui pendait aux lèvres :

« Bah non, on comptait descendre », il explique.

« Mouais. » Elle nous croit pas. « Ça puait la clope hier soir. »

« Pas nous », je mens.

Magalie nous casse les couilles depuis qu'elle a arrêté de fumer. Elle douille, donc il faut qu'on douille avec elle : l'effort d'équipe qu'elle a nommé ça. J'imagine pas comment elle doit briser les burnes à son mec.

Elle balaye de la main tout le baratin que je pourrais lui servir et s'appuie contre son bureau, en croisant les bras :

« Y a eu une fusillade, c'matin. » Un peu de silence, elle fait le suspense. « Deux morts. » Elle a toute notre attention. « Devinez qui. »

Je fais une check-list de tous ceux qui mériteraient de se prendre une bastos dans cette fichue ville. La liste est trop longue, je finis par hausser les épaules, et Noa exprime la même pensée que moi :

« J'ai trop de noms en tête »

« Djilé », lance Magalie avec un demi-sourire.

« ENFIN ! » explose Noa en levant les bras en l'air.

Je souffle par le nez. Je contiens cette joie perfide en moi. Je me sens toujours balancé entre deux mondes : la satisfaction, l'effroi. À Djilé, ça lui pendait au nez. Combien de fois, on à essayé de le sauver, à combien il a craché au visage — littéralement, avec sa salive.

Puis, on n'est que des flics, on fait pas de miracle.

« Et l'autre, c'est qui ? » je questionne.

Un sourire s'efface.

« Son p'tit frère. Aman Djilé », elle marmonne en posant son dossier sur son bureau déjà débordant de paperasse. « L'avait douze ans, le gamin. C'est des types en scooter. Ils se sont arrêtés à leur niveau. » Elle se met en joue, avec un flingue imaginaire entre les doigts. « BAM BAM. Pleine tête pour les deux. » Elle range son pétard fictif. « En deux secondes, les tireurs ont disparu. »

Noa soupire en se téléportant devant le bureau de Julie. Il le fouille sans gêne et en débusque un paquet de petits-beurre.

« C'est pour nous, l'enquête ? » il demande en ouvrant sa trouvaille.

Le paquet lui explose à la tronche, et des fragments de gâteaux s'étalent sur le clavier de Julie. Magalie râle devant le spectacle :

« Nan, c'est pour le groupe à Fred. Comme ils ont déjà géré pas mal d'affaires avec Djilé, ils ont de la matière entre les doigts. »

J'acquiesce, alors que Noa enfourne un demi petit-beurre dans sa bouche, qu'il recrache immédiatement en hurlant :

« OH, LA CONNASSE. »

Il pulvérise les gâteaux restants et les étale sur la chaise de bureau de Julie. Je commence à me déplacer vers la porte pour aller fumer, pendant que Magalie déclare en voyant Noa continuer de salir le siège de Julie :

« Vous êtes vraiment pathétiques, tous les deux. »

« Quoi ! » Noa bombe le torse. « C'est pour la cohésion de groupe ! »

Avant que j'arrive à sortir de là, j'entends la voix rocailleuse de Magalie :

« Hm, café, j'espère qu'elle a pensé à moi. »

Au même moment, la porte s'ouvre, et je manque de me la prendre dans le pif. Julie entre avec un sac en papier kraft. Ça, je reconnais, ça vient du bouiboui *La Major*, juste en face, et c'est plein de café. Au sujet de Magalie, on peut parler de véritable flair de flic : un flair caféiné.

Julie se pointe devant elle — cheffe en premier — fouille dans son sac, puis tend un gobelet à Magalie en déclarant :

« Double expresso, sans sucre, sans rien, à vous brûler les boyaux. »

Magalie rentre le menton et met son demi-sourire sur ses lèvres, en dévoilant ses dents jaunies. Elle attrape son dû, et moi je me presse un peu plus contre la porte, prêt à me faufiler pour aller me foutre enfin ma dose de nicotine dans les poumons. Je déteste que notre bureau n'ait pas de terrasse comme celui de Fred.

Julie se pointe pourtant devant moi, m'empêchant de fuir :

« Je t'ai pris un double, aussi. » J'accepte l'offrande avec un sourire, qu'elle me rend, toute joyeuse.

Mais le visage en face de moi change. Il devient vicieux, et ses yeux se braquent en direction de Noa. Elle saute devant lui en lui tendant un gobelet :

« Tiens, raclure, un simple », elle déclare.

« J'ai pas le droit à un double, moi ? » il peste.

« Nan. Trouduc. »

Je pouffe de rire en actionnant la poignée, et Noa, après avoir bu une gorgée, grimace et gueule :

« Mais c'est de la flotte. »

Julie, qui nettoie les miettes de son bureau et de son siège après avoir déposé le sac sur la commode derrière, lève l'index :

« De l'eau des chiottes. C'était bon, mes petits-beurre au vinaigre ? » elle demande.

Noa blêmit. Le téléphone de Magalie hurle. J'ouvre mon gobelet pour vérifier le contenu. J'hume : c'est bien du café, et je peux aller fumer.

« Hm, hm », fait Magalie.

J'ouvre enfin la porte, mais j'entends :

« OK, on arrive, tous. »

Je geins :

« Ma clope ! »

Personne n'entend.

Assis à l'arrière, à côté de Noa, dans la caisse de fonction, lunettes de soleil sur le nez, je triture la peau autour de mes ongles. Devant, Magalie est au volant et Julie fait le GPS. L'écho de la sirène et la conduite bancale de Magalie me filent la gerbe, et j'ai chaud, je transpire, parce que Julie a poussé le chauffage à donf. Je me renifle un dessous de bras. Je pue.

Je décide de m'occuper l'esprit :

« La scientifique a été prévenue ? » je questionne.

Noa commente :

« Ouais, elle a été prévenue. Flemme de les attendre pendant deux heures. »

« On ne sait jamais qu'on t'en demande trop », Julie lui crache à la gueule.

Noa et Julie commencent à se pourrir la tronche. Cohésion d'équipe. J'enfonce mes lunettes de soleil un peu plus sur mon nez. Magalie hausse le ton, encore une fois, braillant que c'est pas la cour de récré ici. J'adore ses expressions vieillissantes, et aussi le fait qu'elle consulte sa montre Décathlon, et pas son téléphone, pour avoir l'heure.

Quelques minutes plus tard, on s'engage enfin dans les ruelles étroites des Goudes, avant de dépasser les bunkers endormis contre les falaises blanches. Un premier barrage de collègues nous arrête. Magalie salue quelques têtes connues, et on nous laisse passer comme des seigneurs — les seigneurs des boucheries. Noa fait des doigts au journaliste, et de nouveau Julie lui beugle dessus.

Une fois la voiture garée, derrière une ambulance, au bord du promontoire rocheux qui plonge dans l'eau, je m'extirpe de la caisse en espérant trouver de l'air un peu plus frais. Mais que dalle, il fait étonnamment chaud pour un mois de janvier — ou alors c'est moi qui ai toujours chaud — et en prime le soleil me burine la face. Je sue deux fois plus.

Je tente de me concentrer et mets ma main en visière. J'aperçois vite le groupe de collègues autour d'un amas informe posé à même les rochers.

Je me déplace vers eux, en essayant de pas me gameler sur les pierres tranchantes et humides, puis je serre des pinces, en ignorant les remarques sur nos retards habituels. Qu'ils se plaignent donc aux procureurs !

Magalie, à ma droite, leur grogne dessus. Julie part déjà à la rencontre des pêcheurs qui ont trouvé la chose qui gît là, alors que Noa reste à côté de moi son appareil photo entre les doigts.

Je m'accroupis devant le corps. L'odeur remonte immédiatement, chair putride et salée. Le pauvre bonhomme est dans un état bien avancé. Le garçon d'origine maghrébine a l'air bien jeune, et je me marmonne à moi-même :

« Bien sûr, il a pas ses papiers sur lui. »

« Nan. » Noa confirme en contournant le macchabée pour prendre ses clichés.

« Il est jeune », je ponctue.

« Mineur ? » demande Noa.

« Pas loin, je dirais »

Le visage est gonflé, l'humain est méconnaissable, la peau flotte sur lui, comme si on l'avait bourré de coton. Je montre de l'index le cou bleu, strié :

« On l'a étranglé », je constate.

« Ça a l'air », hésite Noa, en se penchant plus. « Ouais. »

« Le légiste le dira », je conclus. Oh grand maître des méchants bobos.

L'appareil photo claque dans tous les sens.

Je remarque un autre détail, plus bas. Le pantalon fait une forme étrange au niveau des cuisses, des creux. Je tourne un moment autour du corps, et c'est de plus en plus flagrant. Avec Noa, on communique plus que par regards lourds.

C'est qu'une heure plus tard que la scientifique arrive. Là, le moindre caillou est prélevé, tout est encore photographié, chaque chose est notée, fichée, conservée, et enfin on nous autorise à manipuler un peu le cadavre.

Avec Noa, on n'attend pas plus, on enfile nos gants, et avec les hommes en blanc, on défroque le bonhomme. Bingo de l'horreur. Il lui manque un steak sur chaque cuisse au garçon. Et ça, c'est pas fait comme un barbare. C'est tranché net, même si la première couche d'épiderme fait la gueule — merci le temps.

Noa garde les yeux ronds à côté, avant de déclarer, pensif :

« Là, tu vois, ça devient chelou. »

Je murmure :

« Rituel ? »

Magalie se penche aussi pour mieux observer ça :

« Hm, hm. » Elle acquiesce en frottant son nez. « T'as un scénar en tête, je suppose. »

« Trop tôt », je dis.

« On est bien d'accord. » J'entends ça comme une remontrance. Désolé d'être créatif quand il s'agit de déboires humains.

C'est que vers 14 heures qu'on se repointe au bureau.

J'ai l'estomac dans les talons, j'ai trop peu de nicotine dans le sang, j'ai la face cramée par le soleil — ça m'apprendra à croire que ma carnation me protège de tout.

Mais on a le temps de rien aujourd'hui. Avec Noa, on est partis se pêcher ce petit con de Duchemin. L'autre râlait, menotté à l'arrière, alors qu'on se flanquait un Sodebo dans le bide en vitesse.

Une fois le zigoto fichu en cellule, à côté de Franco, on se retrouve dans le bureau, les premiers retours de la scientifique entre les doigts, avec une liste de bizarreries. Le type : pas un pet d'eau dans les poumons, mais mort étranglé à mains nues — jusque-là, rien d'extravagant, on le savait. Sauf qu'il y a ces bouts de cuisse en moins, et plus étrange encore, le mec a les deux avant-bras tranchés sur la longueur, comme pour un suicide. On pourrait croire que c'est le fameux coup du : je bute quelqu'un et je déguise ça en suicide, mais les coupures étaient là ante-mortem, a précisé le légiste.

Donc ?

Bien sûr, le bonhomme n'a pas d'identité, et pour le moment pas une marque, une empreinte, un signe de celui qui aurait annulé sa vie. En même temps, paraît qu'il a fait le flotteur pendant deux semaines.

Mais, comme la scientifique dit toujours, il faut du temps. Mais je suis pas sûr que sur ce coup, on en ait beaucoup, du temps — une intuition ? Ou alors la fatigue de la journée qui me file des angoisses existentielles.

« Je te ramène ? » demande Noa à dix-neuf heures passées.

Je suis contrarié, totalement contrarié, quand j'enfile le casque sur mon crâne pour grimper à l'arrière du scooter de Noa. Il traverse à toute allure les ruelles de la cité phocéenne, ne se gênant pas pour faire plusieurs contresens. Je vois pas plus que ça le paysage défiler, seulement des visages effacés et des néons, et en un claquement de doigts, me voilà devant la porte de mon appartement.

Je presse l'interrupteur, le salon et la cuisine de mon deux-pièces s'éclairent, et je m'allume une clope aussi, en jetant mon blouson sur une chaise et mes clés sur la table. J'observe un instant le vide de cet endroit, sa froideur, avant de m'asseoir dans le canapé.

Sans réfléchir plus, je sors mon téléphone. J'ai pas besoin de regarder l'écran, je connais par cœur le chemin des regrets. Je colle l'appareil à mon oreille.

Ça sonne, une fois,

deux fois,

trois fois, et un grésillement.

Une voix acide m'accueille :

« Quoi. Farid. »

« Tu me manques », je tente. Carte sur table.

Elle rit. Je suis pitoyable et je m'en fous.

« Je te manque parce que tu viens de rentrer du taf et que tu t'emmerdes. »

« Nan. » J'ai énormément tiré sur la fin de ce mot.

Silence. Je rallume une clope après avoir écrasé la première dans le cendrier débordant.

« Tu veux aller boire un verre ? » je souffle.

« C'est non. Farid. » Autant d'animosité dans mon prénom, ça me fait chier.

« S'te plaît. Marie », je geins.

J'entends sa respiration, lourde de souvenirs. Quand elle était encore ici, j'aimais que sa tête se love contre mon cou et sentir ses soupirs sous ma mâchoire. Mais l'image se brise dans ses mots :

« Farid. C'est mieux pour toi, pour moi. J'ai souffert pendant cinq ans avec toi. Combien de fois je t'ai prévenu... combien de fois. Tu te laisses trop couler, et tu m'emmenais avec toi. C'est pas bon, ça. C'est toxique. Oui. » Sa voix file. Marie a toujours trop parlé — en fait. « C'était plus possible. Je referai pas l'erreur. »

J'aimerais lui dire de se taire, j'ai capté l'idée, quoi.

« OK. OK », je fais pour écourter mon procès.

« Tu m'appelles plus, ça marche ? » elle annonce.

« Oui, promis », je mens.

« Prends soin de toi ? » elle finit par demander.

« Toi aussi. » Va crever, je pense.

J'entends pas un au revoir, mais seulement le bip de fin de communication. Je reste con devant mon écran, avant de rejeter mon téléphone sur la table basse. Il bute contre le cendrier, des mégots lui coulent dessus. Je me vautre en soupirant. Je fume encore quelques clopes, comme ça, en décompression, mais je décompresse jamais vraiment. Maintenant, je me mets à penser à ce tas de chair humide qu'on a retrouvé aux Goudes.

Je finis tout de même par lever mon cul, choper un paquet de chips, pour définitivement m'affaler devant la télévision. Je zappe, pour lâcher prise, jusqu'à accoster sur une émission qui me passionne, sans vraiment me passionner : les routiers de l'extrême.

Un somnifère surpuissant, ça.

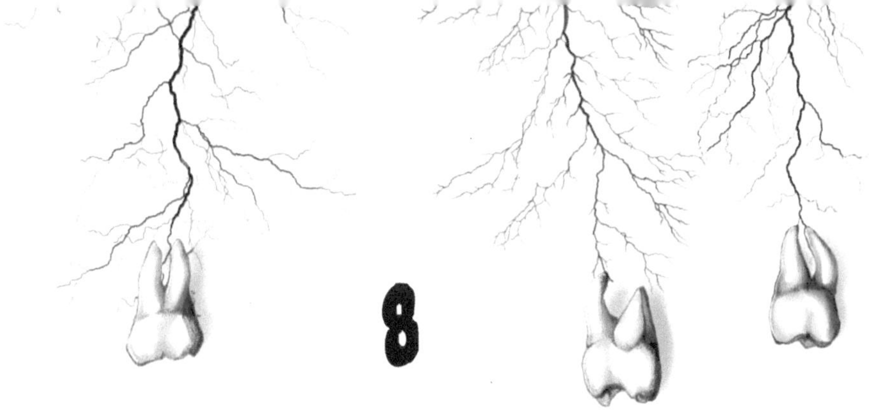

8

Trois jours plus tard,

CASSANDRA — Lentement, je grimpe les marches en me tenant à la rambarde. Au deuxième étage, je me sens essoufflée ; au troisième, j'étouffe ; au quatrième, je supplie qu'un jour il répare l'ascenseur et désinfecte l'intégralité de l'immeuble qui empeste l'urine, le tabac et les matières fécales — ou qu'on incendie ce taudis — et j'arrive au cinquième.

Je frappe à la porte — maudite sonnette cassée.

Dans la foulée, la voix éraillée se fait entendre :

« Ouais. Entre. »

Même pas capable de se lever. J'ouvre en retenant ma respiration. Camille est vautrée dans le canapé troué, une clope pendue à ses lèvres sèches. Elle a les yeux rivés sur l'écran, où rôde une horde de zombies qui cherchent à grignoter des humains — sûrement Walking Dead, un de ses spin-off, ou un truc du genre.

Valentin, quant à lui, est assis à table. Il a repoussé les miettes et les tasses pleines de mégots pour installer feuilles et crayons. Il s'active, silencieux, à son ouvrage, picorant de temps à autre des céréales abandonnées dans un bol.

Son regard croise celui de la télé, il grimace, avant de me remarquer. Le petit bonhomme se lève et vient me courir dans les jambes. Je caresse son front, et sa mère marmonne :

« J'leur ai dit que j'avais plus b'soin. »

« Et pourtant, c'est pas ce que vous montrez, Camille », j'appuie sur son prénom.

Immédiatement, madame bondit de son canapé et bombe le torse. Je croise les bras. Elle se déballonne, aussi vite qu'elle s'est gonflée. Même si elle est bien plus costaude que moi et me surplombe d'une quinzaine de centimètres, elle sait QUI je suis, et de QUOI je suis capable. Je serre la tête de Valentin contre ma cuisse, comme une menace. Camille fait le tour du canapé, bute contre une chaise, et montre la cuisine.

« J'ai fait le ménage ! »

Les assiettes s'accumulent dans l'évier, mais les plans de travail sont presque vides. Mis à part un sachet de spaghetti éventré et ces maudits cendriers improvisés qui traînent partout.

« C'est mieux, en effet », je remarque.

Pas suffisamment. Mais la volonté est là. Je lui lâche un geste de menton satisfait, avant de pointer l'écran :

« Je ne crois pas que ce soit adapté à un enfant de 5 ans. »

Camille saute sur le canapé et attrape la télécommande. En deux coups de doigts, elle quitte sa série et lance une chaîne d'info random. Je ne comprendrai jamais ce besoin de faire tout le temps tourner la télévision — j'affronte moi-même mes angoisses.

Sans un mot de plus, je retire mes gants en cuir pour les mettre dans les poches de mon manteau, avant de me débarrasser de celui-ci sur le dossier d'une chaise. Ensuite, j'enfile des gants en latex que je ramène de chez moi. Je rejoins le placard où sont rangés les rares produits ménagers. Une petite main s'accroche à ma hanche :

« Peux aider ? » Valentin demande.

J'acquiesce en caressant la joue du garçonnet :

« Avec plaisir. »

Il sourit. Aucun autre mot ne sort de sa bouche rose. En même temps, le vocabulaire de Valentin est si pauvre qu'il en est presque réduit au silence — félicitations, Camille.

Sa mère, le regard dans le vide, s'active à rassembler la vaisselle qui restait sur la table basse, pendant qu'avec Valentin, on frotte les façades des tiroirs. Puis, on se déplace dans la salle de bain. À genoux, je m'occupe de récurer la baignoire, alors que le petit s'est assis sur le tapis mal placé.

« Marcus, c'est un super-héros », il annonce.

Ça, c'est la grande passion de Valentin : la Pat' Patrouille. Je ne sais pas combien de temps par jour il est collé devant ce dessin animé, mais beaucoup trop à mon sens. Même moi, maintenant, je les connais par cœur, ces chiots, et en me mettant à nettoyer la cuvette des toilettes, je demande :

« En plus d'être pompier ? »

« Ouais. Ze zure ! » sa voix monte encore dans les aigus.

« Il a un sacré CV, le chiot. »

Plus de réponse. Je me tourne. Il réfléchit, avant de poser sa question :

« Quoi, CV ? »

Je souris en me relevant, les toilettes enfin impeccables :

« C'est un papier que tu fais quand tu cherches du travail. Dedans, tu mets ce que tu sais faire. »

Il acquiesce en se grattant la tête. Cette tête pleine de nœuds.

« Tu veux que je te coiffe ? » je fais.

Il se lève immédiatement et attrape la brosse à cheveux qui traîne à côté de boîtes d'anxiolytiques en vrac. Je ne dis rien devant Valentin, mais je n'en pense pas moins.

Le garçon se rassoit à sa place, et je me mets à genoux derrière lui. Je commence par les pointes, et à chaque nouveau coup de brosse, je remonte un peu pour ne pas lui arracher le cuir chevelu. En même temps, je vérifie discrètement l'absence de bleus.

Il faut dire qu'à un moment, Camille usait de son fils comme défouloir. Mais quand les services sociaux ont tiré la sonnette d'alarme, elle a vite cessé en comprenant qu'elle risquait de se faire retirer la garde.

La question qui me reste en travers de la gorge, c'est : est-ce qu'elle a arrêté par amour pour sa progéniture, ou parce qu'elle perdrait ses aides financières ? Je ne veux pas de réponse à cette question. Je veux juste que ce petit respire un air pur.

« Mes copains disent que je suis sale. » Silence, puis : « C'plus mes copains. »

Je me concentre sur une bourre de nœuds :

« Je suis sûre que tu te feras d'autres copains, des plus gentils. »

De nouveau, il entre dans son mutisme. Ça dure un temps. Jusqu'à ce qu'il se mette à fredonner le refrain de la Pat' Patrouille.

Papa dit que je fais un métier ingrat, que je mérite bien mieux. Mais je suis heureuse de ma condition. J'expérimente la vie des autres, et je prends le rôle de ceux qui abandonnent. Aujourd'hui, par exemple : je suis la mère de Valentin.

Une fois mon petit brossé, on rejoint le salon. J'attrape rapidement Camille, qui est restée bloquée sur sa vaisselle, qu'elle aurait dû finir depuis longtemps :

« Camille, vos boîtes de médicaments, il faut les ranger », je dis.

« Ouais. Ouais », elle répond hagarde.

Ce n'est pas gagné. Valentin, lui, s'est glissé sur le canapé et a saisi la télécommande. Mais la voix d'une présentatrice sur un plateau m'interpelle :

« Le corps retrouvé dans les calanques hier a été identifié ce matin. »

« Attends, Valentin ! » je crie avant qu'il ne change de chaîne, et le pauvre sursaute.

Je m'approche de l'écran en pivotant la tête sur le côté.

Une photographie d'un garçon souriant apparaît à l'écran :

« Le jeune homme s'appelait Samir Sadaoui, il avait 19 ans. »

Mon sang se met à bouillir dans mes veines, consumant mes muscles au passage. Mathias, qu'est-ce que t'as loupé, là ? Tu n'es pas un débutant, pourtant !

Je dois me tenir au canapé, pour ne pas partir en arrière. J'entends les battements de mon cœur dans mes tympans.

La sidération d'abord, puis le pacte avec le diable.

Et si Mathias sautait ? Est-ce que je serais tranquille ? Mais parlerait-il de moi ? Est-ce qu'il me trahirait, nous trahirait, trahirait Izela ? Non, ce que je garde en moi, pour lui, est trop précieux. Il ne se permettrait pas. J'ai la mâchoire en feu.

Je touche le crâne de Valentin :

« C'est bon, pardon ! » Ne regarde pas de telles horreurs. « Change, poussin. »

Il lance son dessin animé. Il chante le générique : *Pat' Patrouille, Pat' Patrouille, vite ils repartent en vadrouille...*

Camille, de son côté, s'est accrochée à mon bras :

« C'est mieux, hein ? » elle demande, inquiète.

Je hoche la tête, perdue dans mes pensées, et je salue cette famille en renfilant mon manteau. Sur mon rapport, je mettrai sûrement qu'il y a du mieux. Un peu. Un tout petit peu.

Je reprends ma Clio pour me diriger vers un autre navire à la dérive, une autre famille à aider, à tenter d'aider. Mais je reste bloquée dans mon esprit, dans mon envie subite de rentrer chez moi, ou d'aller au jardin, de m'assurer que tout est à sa place, que les rosiers bourgeonnent, et que les chiens-dents ne font pas de folie.

Et j'entends cette règle de plus :

Ne jamais déborder.

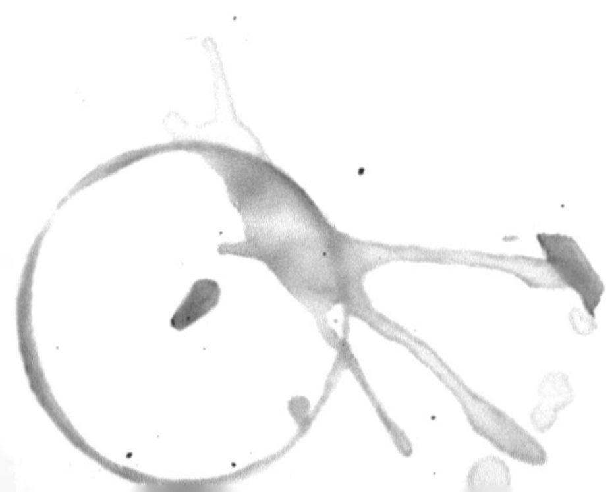

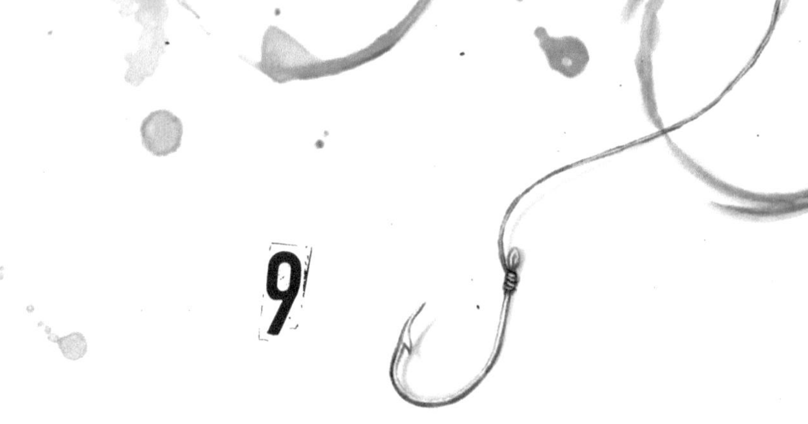

9

Quelques heures plus tôt,

FARID — Avec Noa, comme souvent avant le boulot, on débarque dans la salle de sport du commissariat. À cette heure, il n'y a jamais personne, on peut jouir des machines comme on l'entend, et parfois se la jouer Street Fighter sur les tatamis.

Et c'est ce qu'on a décidé de faire, là.

Il m'a déjà rétamé deux fois et a failli me fracturer le nez en essayant de parer un direct, et là, assis sur mon dos, il presse ma tronche dans le tapis, en me signalant que j'ai des cheveux blancs :

« Merci, ducon ! » je hurle en tentant de le faire basculer.

Quand son téléphone sonne, il est littéralement en train de me faire bouffer le tatami en beuglant :

« Savoure la transpiration de tous les autres. SAVOURE ! »

Il se redresse en vitesse. Je souffle comme un bœuf et m'allonge sur le dos, en me promettant de lui foutre une raclée à la prochaine — mais je suis meilleur tireur que combattant à mains nues.

Les néons de la salle me fusillent les yeux, et je roule à nouveau sur le ventre. Noa, le téléphone agrafé à l'oreille, répond en imitant un chien — donc c'est Magalie.

Il la met sur haut-parleur pour brailler avant qu'elle ne dise quoi que ce soit :

« Il est 7 h 45, on prend notre service à 8 heures, laisse-nous finir notre sport ! » Et il chuchote : « Sorcière. »

Je pouffe de rire en remarquant que j'avais fichu mes cigarettes dans la poche de mon jogging — pourquoi ? J'en sais foutrement rien. Bref, elles sont toutes plates, mes clopes.

« J'ai entendu, p'tit con. Farid est là ? » Magalie, l'ouïe fine.

« Ouais, et je lui botte le cul », fait Noa.

« Dis-lui de mettre la putain de sonnerie sur son téléphone. » Même pas en rêve. « Il écoute ? »

« Ouais, et il se marre. » Vas-y, fous-moi dans la sauce.

Magalie ne le laisse pas plus s'amuser :

« Vous me faites chier tous les deux. Bon. On a le nom du type des Goudes. »

Je me redresse. Noa se met à me tourner autour et sa voix baisse de deux octaves :

« Vas-y, dis tout », il lance.

« Samir Sadaoui. 19 ans. Bossait rue de Rome. Dans une boulangerie, avec un nom à la con : *Délice'Cieux.* » Je connais. « Je vais partir avec Julie chez les parents de Sadaoui. Mais à ce que je sache, c'est pas très jojo, l'ambiance familiale. »

« Attends, mais du coup, le nom de type, vous l'avez eu comment ? » je coupe.

« Ah ouais, j'y viens. » Viens-y, alors. « Donc, pas de portefeuille, mais les empreintes. Le FNAEG… »

Noa la coupe en chuchotant pour moi :

« Félation, Nuageuse, Automatique Et Glamour. »

Je valide d'un pouce en l'air.

« PUTAIN. Vous faites chier avec ce jeu à la con. » Puis elle reprend comme si de rien n'était : « Bref, trois cambriolages. Donc, fiché. Voilà. » Elle nous laisse pas le temps de respirer, elle enchaîne : « Vous, vous allez à *Délice'Cieux*. Mais qu'est-ce que c'est con comme nom, ça, faut vraim… »

Et Noa raccroche en la laissant s'énerver seule. On se bouge le cul pour se doucher, et c'est parti pour aller se promener comme des zouaves dans la grande cité.

Une fois dans la rue de Rome, Noa et moi, on se pointe à *Délice'Cieux*, une échoppe qui paye pas de mine. Quelques dorures autour d'un titre partiellement effacé, mais des croissants et des pains au chocolat à foison me rappellent que ça fait un bail que j'ai pas becté une viennoiserie. Et c'est logique que je connaisse : j'habite à quelques rues de là.

À l'intérieur, il y a une vendeuse, une petite nana en panique qui s'active de tous les côtés, et Noa la fait figer d'un claquement de doigts en se la jouant cow-boy avec sa présentation de vilain flic.

Mais dès que j'ai vu les yeux de biche larmoyants se baisser, j'ai pigé qu'elle nous apporterait rien de dingue. Le chef pâtissier qui avait Sadaoui sous son aile, lui, c'est pire. Les cernes brillants sur sa tête rougeaude sont un aveu d'incompréhension. Les deux nous décrivent le garçon comme discret, mais précautionneux et soigné. Un bon élément, mais un élément tristounet. Un mec généralement effacé et plutôt maussade, qui essayait de s'échapper d'un milieu complexe. Ça résonne en écho dans mon esprit.

En sortant de la pâtisserie, un sachet de viennoiseries grassement offert dans une main, je me farcis l'appel à Magalie. Elle s'agace et nous traite de branques de ne rien avoir. Puis elle nous avoue que, de leur côté, y a rien de concret non plus, vu que les parents avaient plus de nouvelles de leur gosse depuis un bail.

Et après ? Je sais pas. Ça part mal, très mal. Le type s'est tellement fait laver par les eaux que les investigations sur son corps donnent toujours rien. Chou blanc pour l'instant.

Pour éviter de retourner au poste de suite et faire de la paperasse, on s'installe à un café pour observer les environs, cloper, boire un expresso, juste en face de *Délice'Cieux* — elle a raison, Magalie, quel nom à la con. Mais fallait pas en attendre plus d'une boulangerie/pâtisserie calée entre une pizzeria qui vend à la part et une boutique de fringues de mariée low cost.

Noa, lui, s'étire sur sa chaise en balayant du revers de la main les miettes de croissant tombées sur son jean. Je place mes lunettes de soleil sur mon nez. Je sirote mon café en attaquant un deuxième pain au chocolat. J'ai mal au bide. Je mange quand même, on sait pas de quoi sera faite la journée.

« J'ai envie de baiser Julie », déclare Noa.

Je pouffe de rire, en me rappelant qu'hier, son seul objectif était de modifier toutes les lettres du clavier de la belle. J'observe le ballet d'une rue bien éveillée en lançant :

« C'est soudain, ça. »

Poussettes, mères avec enfants, groupes d'hommes chuchotant, filant devant nous comme des caisses sur l'autoroute.

« Si tu l'avais vue avec Duchemin. Quand elle lui a hurlé dessus, j'ai eu la trique. » C'est bien que Julie s'entraîne à ce genre d'exercice, elle est pas encore au point.

Des collégiens s'attardent. Ils causent de jeux que je connais plus.

« T'aurais voulu être à sa place ? » Je précise : « À Duchemin. »

« Carrément », il fait, en ajoutant un sucre dans son café. « Elle a failli le gifler en plus, j'ai dû la reprendre. »

Un couple se chamaille à droite de notre table. Pourquoi ? J'écoute d'une oreille, en répondant à Noa :

« Jeune fougueux. T'as envie de douiller un peu ? »

Les tourtereaux se font la misère parce qu'une amie du gars est trop proche de lui. Je jette un œil à la gueule du type. Il tente de la rassurer. Mais il ment. Je le sens d'ici.

« Un peu. Seulement. Tu te souviens, mon ex ? » Noa demande en croisant les jambes de l'autre côté.

Sous l'abri-bus, plus loin, un mec avec une capuche se tient aux aguets. Je le fixe.

« Sarah ? » je questionne.

Une petite nana, blonde, la vingtaine, passe devant nous. Elle se dirige vers celui qui fait le pilier. Elle se plante face à lui.

« Nan, l'autre », Noa corrige.

« Bah laquelle, alors ? »

« Steph ! »

« Han, Steph. OK, et ? »

Les deux plus loin échangent une poignée de main, une poignée de main remplie — shit, cocaïne, beuh ? Quoi ?

« Une fois, elle m'a volontairement plié les couilles. Genre comme pour faire un origami. Sauf que, frérot, ça, c'est pas possible. Je suis pas un bout de papier, et surtout pas mes valseuses. Ça m'a fait un mal de chien pendant des jours. Donc modérée, la douleur, hein. »

La fille passe devant nous. Odeur de beuh. Même Noa plisse le nez, avant de lever les yeux au ciel et de soupirer :

« Pas discret. » Il se penche vers moi : « Je suis sûr que Marie, c'était du genre à faire des trucs comme ça. »

Je remarque plus rien autour de moi. Mon radar a buggé d'un coup. Je considère enfin Noa :

« Hm, hm », je cogite un instant. « Elle m'a brûlé les poils de torse en voulant se la jouer dominatrice avec des bougies. »

Il rit. Je m'affale dans ma chaise, la bouche crispée, puis il me serre le coude :

« Vas-y, t'as le temps pour te poncer GTA, maintenant, au moins », il annonce.

J'ai le temps de faire des tas de choses, et je fais rien. Nan, j'ai le temps pour le boulot, surtout. C'est tout, et avant de terminer mon café d'une traite, je marmonne :

« Garde. Ton. Anomalie. »

« Jolie. » Il étire sa nuque en arrière. « Tu sais que c'est vendredi, hein. »

Je soupire. Vendredi, ce qui veut dire que l'équipe ira boire un coup au pub. Magalie considère ça important, qu'on se voie en dehors. Encore un fichu truc pour sa cohésion d'équipe à la con. Surtout une excuse pour qu'elle puisse se foutre une mine sans être seule, et encore un prétexte pour moi de rentrer à pas d'heure, la tête à l'envers, avec en bonus des regrets le lendemain.

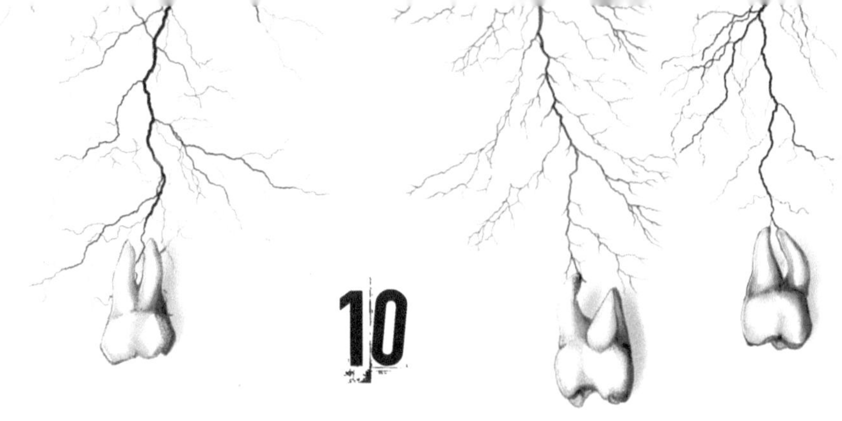

10

Quelques jours plus tard,

CASSANDRA — Le nez dans mon écharpe, du bout des doigts je frôle un lampadaire.

Je ne sens pas le givre du métal à travers le cuir, et je vais à ce rendez-vous à reculons. J'y vais par la force des choses, par habitude peut-être, car je veux croire que je ne crains rien. Mathias n'est qu'un grain de sable dans un rouage, il finira par sauter seul, et contrairement à ce qu'il imagine, je n'ai jamais cessé.

Et je n'arrêterai jamais — j'ai juste un peu ralenti, c'est tout.

Les désaccords avec Mathias viennent surtout de nos manières de faire. Lui considère l'arrivée, moi, je considère le début, et voilà que je suis à proximité du bar.

Il est là, au centre de cette terrasse, les mains dans les poches, les yeux collés à la table, assis et avachi. Il ne paraît plus respirer, il ne paraît plus vivre.

Je me glisse, je ne m'annonce pas, je tire directement la chaise en face de lui. Il relève la tête. Son regard passe de la panique à l'envie de fuir, puis de nouveau à la panique, et sa voix s'hachure :

« Je suis désolé, je… vraiment, j'ai pas compris pourquoi j'ai fait ça. Je. »

Il s'éteint. Je penche la tête sur le côté :

« Pourquoi tu t'excuses ? »

« Je t'ai insultée de pute… », Jean baragouine en serrant ses mains ensemble. Une prière qui n'ira nulle part.

Je lève la main pour interpeller la serveuse, en même temps que je dis, évasive :

« On fait tous des erreurs. »

Il sort de sa poche une vapoteuse et tire dessus comme un aspirateur — mon Dieu, mais qu'est-ce qu'ils ont tous avec ces machins !

Dans un nuage de fumée, les yeux encore plus proches de la table, il marmonne :

« C'est que j'en fais beaucoup. » Il inspire. « Des erreurs. »

La serveuse se place à notre niveau :

« Vous voulez boire quoi ? »

Elle aurait dû dire bonjour. Elle aurait dû.

« Bonjour », j'ajoute.

Elle ne réagit pas, elle continue de secouer son téléphone entre ses mains.

« Jean, tu veux quoi ? » je demande.

Il grimace. Je le vois mille fois se poser la question, mille fois se répondre qu'il ne sait pas, et le vent dégage son visage : ses traits osseux, et les ridules sur son front.

« Une pression ? » il fait hésitant.

« Une pression », je commande à la serveuse, « avec un jus de pomme. » Je me redresse un peu. « S'il vous plaît. »

Elle repart en marmonnant, et je lève les yeux au ciel. Jean m'épie, en essayant de remettre ses cheveux blonds derrière ses oreilles.

« Je te fais peur ? » je demande.

De nouveau, il cherche ses mots, et j'ai le temps de jeter un œil à la rue. Tout est gris aujourd'hui. Voitures sales, route d'asphalte, nuages opaques, immeubles anthracite. Gris sur gris, avec un soupçon de gris.

« Tu me parais étrange », il dit enfin.

Je m'approche de la table. Au même moment, la serveuse débarque et plante une pression sans mousse devant Jean. Puis mon jus.

Je pointe du doigt la boisson défectueuse :

« Il n'y a pas de mousse. » Je me tourne vers la nana, emmitouflée dans un sweat trop large : « Sur une pression, il doit y avoir de la mousse ? » Vraiment, je pose la question avec tellement d'innocence.

Jean secoue les mains dans tous les sens, comme si quelqu'un allait le punir de s'exprimer :

« C'est pas grave ! »

Je répète :

« Non, il devrait y avoir de la mousse. » Je tire sur le ticket de caisse qu'elle a posé au centre de la table : « Cinq euros et des brouettes », je commente.

La serveuse plisse ses yeux, qu'elle a superbement maquillés — ça, il faut le remarquer. Je me recule avec ma chaise en osier, je pointe du doigt l'enseigne :

« Dans un pub, on est censé servir des pressions avec de la mousse ? » j'insiste encore.

La main fine récupère le verre sans ciller et en renverse une partie à côté. Je lève un sourcil. Elle décoince le torchon contraint dans son jean et passe un rapide coup sur la table.

Ne dis rien. N'abuse pas. Oui, la table est immonde et se mettra à poisser, coller et suinter. Je ne toucherai donc plus la table.

La fille s'évapore. Jean a rentré sa tête dans ses épaules, les yeux gonflés de honte :

« C'était pas grave », il gémit.

« *Laisse-toi faire une fois, et tout le monde en profitera.* » Izela disait quelque chose comme ça. Et elle est là, la différence entre Mathias et moi. Je fais ce qui doit être fait, correctement. Lui, non.

Par magie, une pression pleine de mousse apparaît sur la table. J'incline le menton :

« Merci. »

La fille repart, tête basse. Je ne la trouve pas incompétente, loin de là. Elle fait ce qui doit être fait, elle aussi.

Jean s'est encore enfoncé de honte dans sa chaise et bougonne :

« Pourquoi tu m'as accosté l'autre soir ? »

Je refais glisser ma chaise en avant, plus proche de lui. Il redresse les yeux. La tempête tourne autour de ses iris.

« Tu as quelque chose dans le regard. »

Il rougit. Il avale ses lèvres dans sa bouche en faisant tourner sa pression entre ses doigts :

« Qu… qu-quoi ? » il bave.

Je m'écarte à nouveau, je jette un œil au ciel — gris sur gris, de gris — et je déclare, pensive :

« L'infinie tristesse ? Un terrible désarroi ? Le corps rompu ? … ou tout ça à la fois ! »

Je prends quelques gorgées de mon verre. Je laisse le silence faire son œuvre, en observant des pigeons qui se chamaillent plus loin pour les restes d'un sandwich.

« Et alors ! » il crache, acide.

Je soupire en fouillant dans mon sac. J'ai envie de prendre un cachet, de rendre muette la douleur qui commence à se faire entendre. Mais je me contiens.

Ne montre pas que tu souffres devant tes prochains, sinon le doute mangera la confiance.

J'en sors mon autre téléphone, consulte mes messages, mais surtout le GIF absurde que Louise m'a envoyé, où un avion s'envole en battant des ailes comme un papillon. Je me retiens de rire en me mordant l'intérieur de la joue, et en même temps, je murmure :

« Rien, je pensais que je pouvais t'aider. » Je range mon portable et recule ma chaise. « Mais si tu ne le souhaites pas, il n'y a pas de problème. »

De nouveau, Jean se recroqueville, tout petit, tout frémissant, tout peureux — pauvre Jean, que t'est-il arrivé :

« Pardon, pardon, je voulais pas être… agressif ! » il rectifie.

« Tu n'as toujours pas à t'excuser. Tu n'as rien fait de mal. » Puis j'attrape sa main tremblante, je tire son poignet vers moi et je refais le bouton de sa manche correctement, qui dépassait de son manteau, en demandant avec douceur : « Alors, raconte-moi. »

La différence entre Mathias et moi, c'est que j'accueille la douleur. J'accueille Jean, dans son intégralité. Je l'écoute des heures me narrer, d'une voix hachée, ce monde en lambeaux dans lequel il marche, ce sol qui se dérobe sous ses pieds, cet horizon qui n'est découpé que par des flammes, et le manque, le terrible manque. Le plus injuste et abject des manques. J'écoute, et j'intègre, et je fais de la place pour cette vie.

11

Un autre jour,

Mathias — La télé hurle, et ce connard de Tony fait que monter le son : un volume de plus après l'autre, un volume de plus après l'autre. Il tire sur le pétard, le donne à Milly, je suis sûr qu'il a fait exprès de le lui filer dans mon dos, exprès, pour pas que je l'attrape.

Je hais Milly, de son vernis à ongles rouge à sa gueule de raie. Sa voix me file des frissons, elle bave comme un escargot, et oublie de me passer le joint. C'est mon tour. C'est mon putain de tour. J'ai le droit à mes trois taffes. Je suis réglo. Je les compte à chaque fois, en plus !

Je finis par le lui arracher des mains, elle me traite d'enculé en riant. Je lui dis d'aller se faire foutre. Tony gueule, Tony veut baiser Milly, Tony est un immonde con. Lui, je l'encule dans ma tête. Je saisis ma canette pour penser à un autre truc. La bière est chaude. Elle a un goût de pisse.

Tony attrape la télécommande sur la table basse, ras la gueule des emballages du McDo qu'on vient de taper, et il zappe. De nouveau, il s'arrête sur une chaîne d'info. Il le fait exprès. Il le fait exprès. Il me fait chier parce que je fais la tronche quand Milly débarque.

« PUTAIN, t'es con ! » Je commence à agiter le bras. « Je t'ai dit pas d'info ! ON S'EN CARRE ! »

Je sais pas pourquoi, mais ce gros con s'allonge à même le sol, en grinçant, en grognant. Il est dans un nouveau monde. L'autre, Milly, est arrivée des champis plein les poches. Tony roule, il se retrouve les bras en croix sur le tapis qu'on a fait cramer la dernière fois, en voulant faire un barbecue dans le salon, parce qu'il faisait trop froid dehors.

« J't'emmerde », qu'il siffle, toujours comme Jésus — un Jésus de merde, de graisse et de came.

J'ai envie de lui décocher un coup de pied dans le bide.

« CHANGE, PUTAIN ! » je gueule.

Il rigole, en soufflant :

« Ch'ui chez moi, j'fais c'que je veux. »

« C'est ma téloche ! » je lance, les mains enfoncées sur le crâne.

« R'in à foutre. »

Tony est un putain de petit enculé. Milly ponctue derrière, affalée sur tout le canapé :

« Mais calme-toi. Ça va, on sait que BFM, c'est d'la merde. »

Ouais. Et ils parlent de ce mec à toutes les sauces. Samir par-là, Samir par-ci, Samir le mec mort. Samir, le mec que Mathias a étranglé parce qu'il s'est senti submergé. Mathias qui se défonce trop. Mathias qui écoute le sang, la nuit, couler dans ses oreilles. Mathias qui doit tout porter sur ses épaules. Pauvre, pauvre Mathias, qu'il voudrait entendre, et pas :

« LÂCHE LA TÉLÉCOMMANDE ! » que je balance par la fenêtre avant de quitter la pièce pour m'enfermer à double tour dans ma chambre, comme un ado contrarié — un ado de vingt-huit balais, qui vit dans un squat.

Je me vautre dans le matelas sans sommier. Je couvre la tache noire qui pourrit sur le tissu. Samir par ici, Samir par là, Samir qui passe par la fenêtre et se retrouve dans une Fiat.

Samir qui flotte, Samir qu'ils ont identifié. Bien sûr qu'ils vont me tomber dessus. Je suis pas bon pour ça, je l'ai jamais été.

Izela dit : *on n'a pas le temps pour la douleur.*

Moi, je dis : *faut plus que je pense, alors.*

Je plonge mon nez dans le tissu, ça sent le fer et la moisissure. Cassandra aurait dû chapeauter ça, elle aurait dû m'accompagner comme d'habitude. Je veux pas qu'elle me laisse gérer ça. Je sais pas gérer ça. C'est Izela, et elle, et après Mathias.

Pas Mathias d'abord et ensuite, Izela et Cassandra.

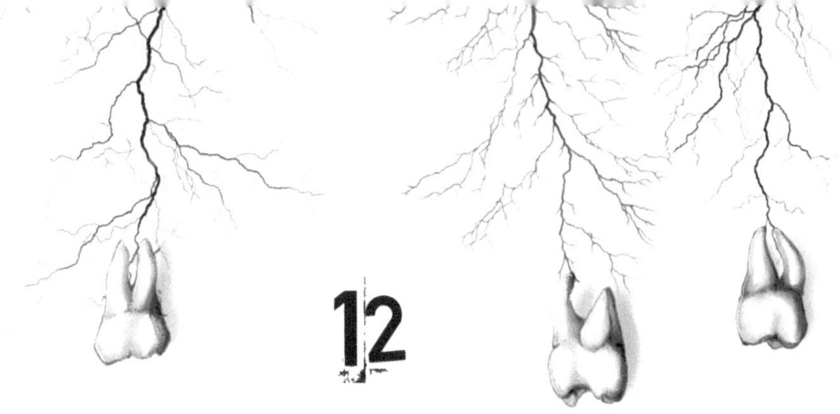

12

Quelques jours plus tard,

CASSANDRA — « T'as bonne mine aujourd'hui. »

Assise sur ma chaise attitrée, je relève le visage. Mon père me lance un sourire tendre.

« Merci, Papa », je dis.

Ma sœur, à ma droite, se penche en avant pour m'analyser à son tour :

« C'pas faux. T'as l'air moins… » Elle mime une pendaison, et ajoute : « morte. »

Je ferme les yeux un instant. J'hésite entre : ton mascara a coulé et te donne l'allure d'une toxicomane, ou : sale prostituée. Je choisis le :

« Traînée », pour m'abaisser à son vocabulaire, et qu'elle comprenne bien.

Ma mère, comme une vipère qui ne peut jamais nous laisser en paix — ME laisser en paix — siffle :

« CAS' ! »

Casse-toi, je pense, je me mords l'intérieur de la joue. Je n'aime pas être vulgaire. Mon père, dans sa douceur séraphique, revient en les balayant d'un coup de main :

« Non, c'est vrai, tu as un joli teint », il précise.

Je sais qu'il parle de mon maquillage, pas de ma vraie peau, et ça me suffit. Tout ce qu'il me donnera, je le prendrai.

Je crois bien que derrière, le regard de ma mère est lourd. Elle ne se laisse pas avoir par ça. Chaque fois qu'elle pose les yeux sur moi, elle se demande quand elle devra payer mon cercueil.

Je me répète : je t'aime, et tu m'aimes aussi, tu te protèges de ta peur.

Ensuite, Papa m'aime. Puis, Poupie, qui vient de caler sa grosse tête baveuse de montagne des Pyrénées sur mes cuisses, m'aime.

Mon père se lève pour arranger le store, car le soleil commençait à me tomber sur le bout du nez, et j'avise son geste d'une risette. Sur cette véranda chauffée, à l'arrière de la maison de mes parents, les dimanches radieux, c'est à peu près toujours le même manège. Un barbecue en famille en bonne et due forme.

Je viens par loyauté.

Deux mains enserrent mes épaules et me secouent comme un prunier, me lacérant au passage. Je reconnais cette poigne.

« Alors, Cas', quoi de beau dans ton monde ? »

Ma deuxième sœur, Abigail. Une plaie.

Qu'est-ce que je pourrais lui raconter, à celle-là. La terre tourne, les gens marchent et moi — et bien moi, rien de fou, du moins rien que je n'aie envie de te dire.

« Pas grand-chose, et toi ? » je marmonne sans forme.

Elle tire une chaise pour se mettre entre mon père et moi. Elle sait que ça m'énerve. Elle le fait exprès. Assise entre mes deux sœurs, je me sens dans un étau qui se resserre, et risque de me briser.

Je n'entends pas, je n'écoute pas. Je saisis mon assiette et frotte frénétiquement avec ma serviette les taches d'eau qui y résident. Ma mère m'envoie une œillade de travers en mélangeant la salade, et Abigail raconte :

« Je me suis fait tatouer cette semaine, regarde. »

Elle tire sur son débardeur pour dévoiler son ventre fuselé. Elle a toujours été fan de gonflette — à vous déplacer les meubles de la maison. Au moins qu'elle serve à quelque chose, cette peste.

Elle nous montre maintenant, sur le haut de sa hanche, un phénix majestueux qui s'étire jusqu'au début de sa poitrine. J'ouvre grand les yeux. Je ne pourrai jamais me faire tatouer. Je voudrais toucher, voir si l'encre se sent sous les doigts. Je garde mes mains sur la table.

Clara, mon autre sœur, me pousse un peu pour avancer le visage et mieux contempler l'ouvrage, en soufflant :

« Canon. T'as dû en chier, nan ? »

Abigail secoue les bras en sifflant :

« T'imagines même pas. J'ai pleuré comme un bébé ! Tu veux voir ? »

Et on a droit à un défilement de photographies sur son téléphone, où Abigail chouine sous l'aiguille d'un grand chauve au crâne tatoué. Je me répète : je ne pourrai jamais me faire tatouer. Jamais.

Ma mère, elle, comme une succube, marmonne :

« Je les porte neuf mois, pour qu'elles finissent par se faire gribouiller dessus. »

Abigail lui tire la langue, et Papa se lève pour ramener le plat de viande grillée qu'il avait mis en attente dans le four de la cuisine. Je n'ai pas envie de manger.

Avant de se servir, chacun baisse la tête. Mes sœurs soufflent, geignent, râlent d'avoir faim. Mais il faut respecter les règles.

Avec Papa, nous répétons de concert :

« Seigneur, bénis ce repas et rends-nous bons. Amen. »

Ma mère n'a rien dit.

Je ne crois pas à ce Seigneur. Je crois à mon père. Et si mon père exige la prière à chaque repas, je le fais.

Nous mangeons en silence.

Enfin, les autres mangent, et moi, je nourris Poupie discrètement.

Puis, à la fin du dessert, j'insiste pour faire la vaisselle. Seule dans la cuisine, à travers la fenêtre, j'observe ma mère jacasser avec ses deux princesses en leur servant du vin. Les trois bavassent comme si elles étaient les meilleures copines du monde, se pouponnant par-ci par-là les joues, dans leur plus simple splendeur.

C'est vrai, elles sont belles, toutes les trois, parfaites même. Des gravures de mode. Bien sûr, c'est un leurre — un leurre qui me convainc souvent. Mais il suffit que je me souvienne qu'Abigail s'arrache les cheveux chaque mois en découvrant le test de grossesse négatif, et que je me rappelle que Clara ne tourne jamais à moins d'un gramme dans le sang, pour aller un peu mieux.

Ensuite, je pense à ma mère. Que dire ? Que le botox qu'elle s'est fait mettre dans les lèvres se voit cruellement, que son dernier lifting commence à s'estomper et que son visage s'affaisse à nouveau ? Un jour, j'oserai lui dire, quand elle grimacera une fois de plus en me détaillant de la tête aux pieds :

« Maman, ta tête est toute fondue. Bizarre, non ? Hein, maman ? »

Je me contente de rire au verre que je frotte. J'aligne les assiettes sur l'égouttoir, pour ensuite lessiver l'évier. Peut-être qu'après, si je ne suis pas essoufflée, je javelliserai les plans de travail.

Je m'attelle à décrasser le robinet quand j'entends des pas derrière moi. Je me retourne. Mon père se dirige vers le frigo. Je lui souris. Il soupire :

« Tes sœurs se disputent au sujet d'une vieille histoire de Coca éventé. »

Je secoue la tête, balayant de la main tout ce qui concerne ces deux-là. Papa récupère une bouteille de cette infamie de soda et s'apprête à rejoindre la véranda.

« Papa », je lance.

Il se stoppe net. Je fais ma demande :

« Je vais sûrement aller à la maison. »

Je sais que c’est comme un coup de fusil pour lui. Un de plus. Il baisse la tête, sa bouche cernée se plie, et il finit par tirer une des chaises en rotin pour s’asseoir.

« Pourquoi… », il geint. « Tu… tu n’y allais plus. »

Je voudrais dire : oui, j’ai eu un moment à vide. Je m’appuie contre l’évier en grattant mon coude.

« Je dois… quelqu’un a… besoin », j’avoue.

Il enfonce son crâne entre ses deux mains. Je m’approche. Je me place devant lui, à genoux. Mes yeux me brûlent.

« S’il te plaît… », je me plains.

J’aimerais pleurnicher : ne me repousse pas, c’est ainsi, mais j’écrase cette bouffée de haine. Il relève le menton, son regard me fuit, et je dis :

« Tu sais que j’ai besoin… »

Il serre ma main dans la sienne. Il me fait mal.

« Oui… oui. »

Puis il me repousse et se lève en reprenant sa bouteille. Assise encore par terre, au centre de la pièce, sans plus d’accroche, j’annonce sans trembler :

« J’irai quoi qu’il arrive. Soit tu m’aides. Soit je me débrouille. » Et je termine en chuchotant : « Si tu as déjà fait ton deuil de moi, dis-le. » Je disparaîtrai maintenant.

Je ne crois pas qu’il ait entendu. Il n’est plus dans la maison. Je le vois de là, sur la véranda. Les carreaux sous moi se sont fissurés. Chaque pointe de stress, de mal, est une aiguille chauffée à blanc qui s’infiltre sous ma chair.

13

Le 15 février,

LOUISE — « Je pourrais avoir un dégradé du jaune au bleu ? »

Hochement de tête. Oui, oui. Comme un robot, je sors les couleurs, je ne sélectionne pas les teintes avec minutie, nan, je prends au pif.

Je lui fais son truc à la cliente. J'essaye, du moins, je lutte contre le désordre de mes doigts, et la nana, une fois fini, tend sa main devant elle. Bien sûr que c'est immonde. Mais elle ne dira pas :

« Vous auriez pu le dire que ça allait être dégueulasse. » Ce serait s'insulter soi-même.

Elle paye et part sans moufter. Des clientes qui me passent devant, il y en a des tas aujourd'hui, beaucoup trop, elles défilent, et je suis un pion dans une usine.

« Tu fais un boulot… miteux, depuis ce matin, Louise », crache ma patronne, qui me surplombe, les mains enfoncées sur ses hanches.

Elle a raison. Je ne dis rien, je me contente de tout ravaler. Mais elle se penche, tout près de moi, trop près.

« Puis, t'as voulu faire quoi, là. » Elle pointe de l'index mon visage.

Je lance un œil dans la glace sur le côté de mon plan de travail. J'ai rien de symétrique sur la tronche, pas un trait d'eye-liner droit, et le rouge à lèvres qui déborde. Qu'est-ce que j'ai foutu, putain.

« J'peux rentrer », je geins. « Je me sens pas bien. »

Elle retourne en direction de sa caisse, pour tapoter de ses ongles sur le comptoir. Un regard dur, perçant :

« Y a toujours des problèmes avec toi », elle m'envoie.

J'entends :

« T'es une fille à problèmes. »

Je me lève, et attrape mon sac à main :

« J'ai pas dit que tu pouvais partir ! » elle braille.

Une larme, du mascara qui coule, un massacre de plus :

« Mais, je me sens pas bien ! » je chouine.

Elle enfonce son front dans sa main, secoue l'autre, et ses bracelets en argent cliquettent entre eux. Elle jette un œil à Clara, l'autre fille qui bosse ici, et balance :

« Allez, pars, pars ! Tu m'énerves. »

Je sors du salon sans demander mon reste. Je traverse la rue en courant pour m'arrêter contre un mur. Je cherche frénétiquement des mouchoirs dans mon sac, j'en trouve un vieux, usagé, je me mouche tout de même.

Aujourd'hui, on est le 15 février.

Je me redresse, j'avance, j'heurte les gens que je croise, et j'entre sans réfléchir dans le Carrefour du coin. Je tourne dans le magasin, aveuglée par la lumière blanche, j'évite les caddies qui me font sursauter dès qu'une de leurs roues crisse, et je repère enfin le rayon pâtisserie.

« Qu'est-ce qu'il aimerait », je murmure.

J'en sais foutrement rien. Encore une fois, les larmes fusent. Des regards lourds me coulent dessus, je sais ce qu'ils pensent : *elle a quoi la pauvre fille ?* Et ils s'imagineraient tout un tas de scénarios catastrophes.

J'emmerde tous ces gens. J'attrape en vitesse un fondant au chocolat. Mon paquet dans les mains, je m'égare de nouveau dans le magasin, je dois demander ma direction à une des caissières pour trouver enfin les bougies : j'en prends un sachet de dix.

Je me retrouve en caisse, sans m'en rendre compte, je paye, et décampe. Je suis dans la rue. Devant moi, les voies se mélangent.

Aujourd'hui, on est le 15 février.

Je parviens à rentrer chez moi, je me déleste de mon sac et de mon perfecto, puis dépose le gâteau sur la table en repoussant les tas de sous-vêtements. Assise sur une chaise, je contemple un moment la pâtisserie dans sa boîte transparente, jusqu'à ce qu'enfin, je me motive à l'extirper de son emballage. Je sors les bougies de leur carton, et minutieusement je les installe. Dix bougies.

Quand j'ai arrêté de fumer, j'ai gardé un briquet dans un tiroir de ma cuisine — on sait jamais, que je me suis dit. Et, avec ce briquet, sans me rendre compte que je me crame le pouce, j'allume une à une les bougies, puis ferme les stores qui mènent à ma terrasse.

Dans le noir, les flammes scintillent comme des étoiles. Dix étoiles qui frétillent. Je pince les lèvres. J'exulte :

« Joyeux anniversaire. »

Le malheur m'étrangle à pleine main.

Sans vœux, je souffle. Toutes s'éteignent.

À tâtons, je retire les bougies, j'approche le gâteau de moi. Je laisse sombrer mon visage dedans. Je mords, j'avale, je croque, j'engloutis, je m'étouffe, je pleure, je mange, j'espère, j'espère de tout mon cœur :

« Que tu passes… un… joyeux anniversaire. »

Je me gave jusqu'à ce que quelqu'un frappe à la porte.

Là, c'est la honte qui me tombe sur le coin du nez. Je me lève d'un bond, je rouvre les stores en vitesse. Les fringues par terre, le gâteau estropié sur la table, ma tronche pleine de chocolat, de morve, de mascara dégoulinant : je panique grave. Mais une voix arrête tout :

« C'est moi. » Toi, Cassandra, ma belle.

Je cours à la porte. Je veux lui expliquer mon état, pourquoi j'ai des ruisseaux noirs sous les yeux, pourquoi je tremble, pourquoi j'ai envie de vomir, mais elle dit quand j'ouvre :

« On est le 15 février. »

Mon corps entre en collision avec le sien, pour lui offrir toutes les larmes de mon être, sans rien justifier, car elle sait, tout.

Après ça, elle me fait signe de m'installer à table, elle nettoie ma bouche avec un gant frais, et récupère deux assiettes, un couteau, et deux cuillères, qu'elle relave, pour enfin nous servir ce qu'il reste de gâteau. Avant d'attaquer, elle joint les mains, et lance rêveuse :

« Joyeux anniversaire Jules. »

Jules, mon fils. On mange en silence.

Aujourd'hui, j'ai aucune vanne au bord des lèvres. En fait, j'ai juste rien à dire, et ça aussi, elle sait le respecter. Elle passe seulement son doigt sur mon poignet pour demander :

« On se fait une soirée film, chez moi ? »

Appuyée contre le mur, dans le lit de Cassandra, chez elle, un coussin derrière les épaules, je remonte la couverture sur mon nez. Je sens que j'ai les paupières lourdes. Comme un écho, la voix de Cassandra sonne :

« J'adore quand elle essaye de raisonner le roi cochon. »

Je contemple la télé, Mononoké s'accroche comme une damnée au groin du dieu.

« Moi aussi, mais ça me fait flipper les vers rouges, là », je ponctue.

« C'est dégoûtant, j'avoue. »

J'appuie ma tête contre son épaule. J'ai pas envie de m'endormir, je veux voir la fin du film, même si je le connais par cœur, et je veux qu'on en relance un autre.

Mais je lâche prise, je ferme quelques secondes les yeux, histoire de les reposer — tout le monde sait que ça marche pas cette connerie.

J'entends un claquement.

Je sursaute, tout emmitouflée dans la couette. Je suis seule dans le lit. Je mets du temps à comprendre que c'est plus Mononoké l'héroïne que l'on suit, mais Nausicaä. Elle est sacrément badass celle-là aussi. Un instant, j'imagine que c'est ma Cassandra cette fille, elle affronte tout ce qui s'oppose à elle, sans jamais faillir.

Une voix grave coupe court à mes pensées. Je me redresse dans le lit, la porte de la chambre est ouverte, j'observe le salon d'ici. Deux ombres se tiennent l'une en face de l'autre devant l'entrée. Une plainte masculine :

« J'vais avoir des problèmes ! »

La voix de Cassandra sonne avec sévérité :

« Justement, c'est pour ça que tu t'en vas. Et pour le moment, ils n'ont rien trouvé, alors, tu ne fais rien. »

De nouveau ce timbre souffrant :

« Mais ! Ils vont finir par me tomber dessus ! Et il faut que ça continue ! » il pleurniche.

« J'y suis ! J'y suis ! Je te dis ! Maintenant, tu t'en vas ! » elle s'agace.

« Tu mens ! » l'homme maintient son cinéma, et je me lève discrètement, pour me placer sur le pas de la porte de la chambre.

« TU, t'en vas ! » elle hausse le ton.

« Je t'en prie ! » Là, c'est du forcing de crevard.

C'est la sonnette d'alarme. Je traverse la pièce, en jogging et tee-shirt, un coup de jus dans la poitrine. Maintenant au niveau de l'homme, je découvre un chiffon. Une sorte de grande asperge décharnée, et puante. Un mec. Un mec affreux. Oh non, Cassandra, tu déconnes, t'as vraiment des goûts à chier.

Il m'observe un instant, les yeux tout ronds, et je lance un revers immédiat :

« Elle t'a dit de partir ! »

Cassandra attrape mon coude :

« Je gère, retourne dans la chambre. »

La serpillière a l'air d'essayer de faire fonctionner ses neurones, puis demande mollement :

« C'est qui celle-là ? »

Cassandra ne répond rien à mon sujet, elle se contente de répéter :

« Je t'ai dit de partir ! »

Elle me fait encore reculer. Et là, il a l'air d'avoir capté un truc. Il fixe mes bras nus.

« T'as pas pu », il chuchote à Cassandra. « Tu peux plus ! » il braille.

Il se glisse sur le côté, et saisit mon poignet, qu'il exhibe à Cassandra. La boursouflure prend la lumière, et je le pousse d'une main pour qu'il me lâche. Maintenant, je déconne plus. Je m'interpose, et je gueule, sans pincettes :

« Elle t'a dit de te tirer. TU TE CASSES, TROUDUC. »

Il ouvre la bouche comme un poisson, je lui fonce dessus en pointant mon index sur sa face de rat :

« TIRE-TOI, putain. » Je sors de mon jogging mon téléphone, et le brandis devant lui comme une arme : « Je téléphone aux flics ! »

Ses yeux se gonflent, il recule, en chouinant :

« Mais… Cassandra », il tente encore.

Elle fronce les sourcils en croisant les bras. Elle me donne raison. Voilà qu'il abdique, se tourne, traverse enfin le palier dans le sens inverse. Je hurle :

« Si je sais que tu reviens un jour, je te défonce ! » J'appuie : « Je te casse la gueule. »

C'est pas forcément vrai, ça. Je suis douée dans l'arrachage de cheveux, mais pas sûre que je tienne face à un mec allumé dans son genre.

Cassandra me tire en arrière et ferme la porte. Elle la verrouille, puis se dirige vers la cuisine, en demandant :

« Tu veux un coca ? »

Je sais qu'elle en achète pour moi spécialement. Elle n'a pas l'air plus inquiète que ça, elle n'a pas l'air plus retournée, alors que mon sang s'amuse encore à jouer la hola. J'accepte la canette en questionnant :

« C'était qui, ce taré ? »

Elle soupire en me faisant signe de revenir dans la chambre avec elle :

« C'est un… spécimen. »

On se rallonge toutes les deux, elle remet le film au début, et à vrai dire, je me fiche du film, là. J'observe discrètement Cassandra du coin des mirettes. Rien à interpréter sur son visage. Tout va bien, tout va toujours bien, et j'admire sa force silencieuse. Sur ma gueule, on pourrait lire le journal des drames.

« C'est-à-dire », j'insiste.

Elle explique rapidement :

« J'avais flirté avec lui, pas longtemps, vraiment pas longtemps. Et voilà. »

« Et voilà ? Il a ton adresse », je précise.

Elle s'installe mieux.

« Mouais », elle murmure.

Je reste droite comme un I, dans le lit.

« Cas', déconne pas là. On est de la viande pour ce genre de bouffons. Si tu veux, demain je t'accompagne au commissariat. »

Elle rit, un instant, et me fait signe de me réinstaller correctement :

« Non, non, laisse tomber, va. »

Je m'accroche à son épaule :

« Je rigole pas. C'est sérieux, là. »

Elle me lance enfin un œil, et celui-là est blasé. J'insiste :

« Demain, on va au commissariat. »

Elle ferme les paupières :

« Demain, je dois bosser… un autre jour. Un autre »

Je me replace dans mon coussin, en mâchouillant mon pouce. La tête de Cassandra finit par tomber sur ma clavicule, et je contemple ses mèches marron, ses cheveux naturels, qui coulent sur mon torse. J'inspire l'angoisse, et j'expire la crainte. Je pivote mon poignet, et suis d'un doigt la cicatrice qui court sur mon avant-bras.

Un jour, j'ai essayé de me suicider.

C'est pour ça que je dois tout à Cassandra.

Ma bêtise, c'était peu après notre rencontre. Je lui avais parlé de mes malheurs, de mes plans, de mon envie de quitter la terre, et elle a dit une chose, qui sème le trouble :

« Si tu veux vraiment le faire, je te laisserai, je t'accompagnerai, même. Je crois qu'on ne meurt jamais réellement, de toute façon. Tu continueras à vivre en paix quelque part. »

Je lui ai demandé de m'aider, alors.

Elle m'a emmenée dans un endroit magnifique, un jardin de fleurs, tout sentait bon, tout était beau, le soleil roulait dans le ciel. Ce jour-là, elle m'avait dit de couper mon téléphone, avant de me prendre en voiture. Elle ne voulait pas de problèmes.

Là-bas, on s'était assises dans l'herbe. Elle a demandé : t'es sûre ? J'ai dit : oui, je veux mourir. Elle a sorti un scalpel dans son emballage de son sac, elle a précisé que ce serait le moins douloureux.

Elle m'a expliqué. Elle m'a accompagnée. Elle était là. C'était beau.

Beau, jusqu'à ce que je tranche ma peau, et que le sang coule. Trop vite. Je me souviens de la peur, de l'envie de vomir, des larmes, et finalement, du changement violent de cap. Je me suis accrochée à son bras pour crier : je veux plus mourir !

Elle a dit : c'est sûr, ça ?

J'ai hurlé : oui ! Je veux plus mourir !

Alors, elle a couru, elle a cherché des bandages pour me faire des garrots, et elle m'a raccompagnée à la voiture. Elle m'a emmenée aux urgences, et je suis restée une semaine en psychiatrie.

À la sortie, Cassandra était là. Elle m'attendait.

C'était il y a un an, une semaine après le 15 février.

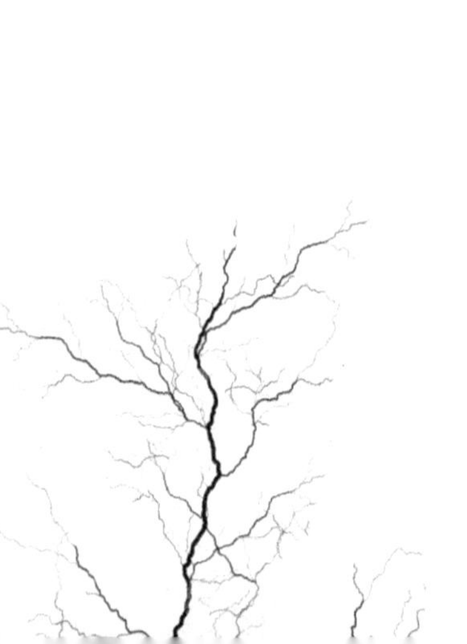

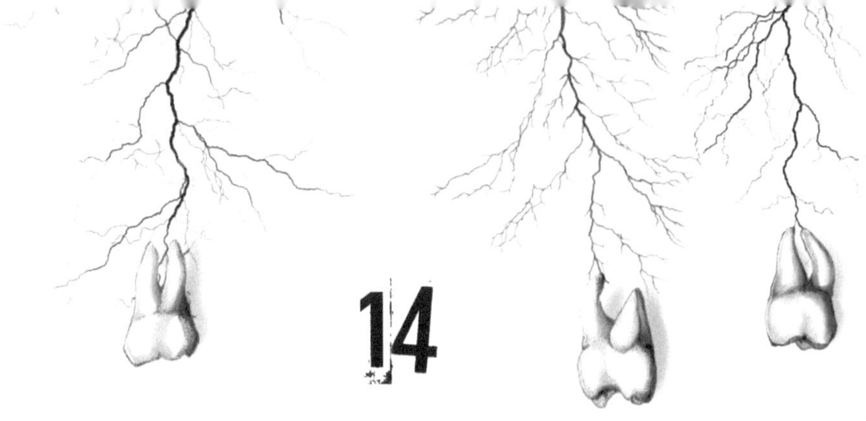

14

Une semaine plus tard,

CASSANDRA — Une feuille s'échoue sur sa chemise, je la retire. Le soleil est en train de saluer le monde, un voile orange couvre le jardin, et je replace ses cheveux en arrière. Les paupières closes, la tête sur mes genoux, Jean est paisible. Je caresse encore un moment ses joues pâles, avant de me décaler et de reposer son crâne sur les racines. J'embrasse son front, ramasse le scalpel, puis rejoins la maison.

Dans la cuisine, je récupère un plat en Pyrex, dans un des tiroirs à côté du piano, un couteau en inox, je fais un tour dans la salle de bain pour prendre une brosse à cheveux, du linge et des gants de ménage. Je sors à nouveau, traverse mon jardin en reniflant les essences, et retourne sous le pommier.

Jean est toujours là. Le sang sous ses poignets a commencé à brunir.

J'enfile mes gants. À genoux, je tire Jean par le bras pour le faire basculer sur le ventre, dans un effort qui me paraît surhumain.

Je le coiffe.

Ensuite, minutieusement, je remonte sa chemise. La peau a gardé sa chaleur, je le sens à travers mes gants. Avec la lame du couteau, j'effectue une première incision sous les côtes, dévoilant Jean pour de bon. La coupe est parfaite, chirurgicale. L'expérience est venue avec la pratique — je crois que j'aurais aimé réparer des corps, aussi. Tailler, recoudre, parfaire.

Du bout des doigts, dans la plaie béante, je fouille, je palpe, je tranche ce qui me gêne, je repousse la chair, jusqu'à trouver ce qui est caché aux non-initiés. Je prélève un premier morceau, avant de chercher le deuxième. Dans mes doigts luisants, j'admire cette partie impeccable, la densité de ce muscle et sa force d'avoir tenu aussi longtemps le souffle. Je le dépose dans mon plat. Avec le linge, j'essuie les grumeaux graisseux, le sang coagulé de sa peau, et je replace sa chemise, puis remets Jean sur le dos. Il reste tranquille — il était dévoué.

Je rejoins de nouveau la maison. Une fois le plat dans l'évier et les gants jetés dans la poubelle, je pars à la douche. Je me défais de tout, mes cheveux, mes lentilles, mes vêtements, et je passe une éternité sous la pluie chaude, à savonner chaque parcelle de mon corps. Je me purifie en me couvrant de tous les parfums. Puis je m'apprête à nouveau, et j'envoie un message à mon père :

« Je pense à Izela. »

Il comprendra ce que ça signifie, il voudra, ou il ne voudra pas.

Je repars dans mon jardin fleuri. À l'aide de mon sécateur — beaucoup trop massif à mon goût — je confectionne des bouquets à la lumière de la lune. Dans la cuisine, je m'active, je coupe les tiges trop longues, j'accorde les hellébores et les violettes sauvages, je sélectionne le vase parfait, à la lueur des bougies que j'ai posées partout. L'odeur sucrée remplit la pièce et allège l'air — ce n'est pas le plus beau bouquet que j'ai conçu. Février n'est vraiment pas la meilleure des périodes.

Je dresse la table. Une assiette en porcelaine cerclée d'or, un couteau à viande laguiole, une fourchette en argent. Pas de verre.

Je dispose une poêle sur le piano et lance le feu. Un bout de beurre — effluve grasse et nourrissante. Une fois fondu, j'y ajoute les deux morceaux de viande qui attendaient. Le grésillement couvre le silence. Le rouge est remplacé par cette teinte chaude, et mon corps souffre moins.

Dès que la cuisson est finie, je sers, et au même moment, je me sens me dissoudre. Les bras endoloris, les jambes molles, je me laisse tomber sur ma chaise, puis je joins mes mains ensemble :

« Seigneur, bénis ce repas, qu'il nous garde dans la paix et la mesure, et qu'il répare nos corps. Amen. »

Je tranche un morceau, l'estomac grondant, et j'engloutis ma bouchée. La première fois que j'y ai goûté, j'ai aimé ça, juste aimé, sans rien autour. C'était effrayant. Alors que ça a été le contraire pour Izela.

Elle disait d'ailleurs : il faut te contenir. Si tu aimes, c'est parce qu'il y a autre chose à étudier derrière.

Sentir l'essence me couler dans la gorge, c'est salvateur, c'est un moment de jouissance absolue, un moment où les règles sont si lointaines, les procédures si évasives !

Chaque fois que j'avale, c'est, en fait, une trahison, et je mange béate, jusqu'à ce que j'entende une voiture.

Je ne me lève pas, je continue ce que je fais, et mon père déboule dans la cuisine, avec son air effrayé habituel. Il tourne autour de la table, les yeux ronds, il scrute l'évier, puis mon assiette, et enfin, il s'appuie contre le mur à l'opposé de la pièce, les jambes écartées. Il garde le silence, mais son visage hurle pour lui. Il me désespère.

Je pousse un peu mon assiette vers lui, en demandant :

« Tu en veux ? »

Sa bouche s'ouvre grand, un filet de bave traîne entre ses deux lèvres. Aucun son ne sort. Il ne comprend pas la blague, jamais je ne lui céderai quelque chose comme ça. Je hausse les épaules, en prenant une nouvelle fourchette :

« Dommage, c'est de l'onglet », j'ajoute en ricanant.

Je continue mon repas et je finis par entendre cette voix fracturée :

« Il est où ? »

Je lève à peine les yeux, trop concentrée à couper.

« À ton avis ! » je lance.

Il se rue sur l'évier et saisit une éponge, il veut faire la vaisselle — une belle farce.

« Je vais m'en occuper », je dis la bouche pleine. « J'ai déjà placé la pelle sur la terrasse. J'aimerais que tu le mettes à côté de Stéphanie. » J'ajoute en levant un index : « Et j'ai racheté de la chaux, elle est dans mon coffre. Impossible de la décharger. Heureusement que le monsieur du magasin me l'a mise dans la voi… »

« STOP ! » il hurle.

Ces derniers temps, il a pris cette habitude, celle de me crier dessus. Bien, bien, bien.

À chaque fois qu'il le fait, je souffre. Je l'ignore, je continue mon repas, il est sacré, et je le termine, trop vite, trop dérangée. Du gâchis. Je place mes couverts dans l'assiette, le couteau et la fourchette en parallèle — bravo chef — avant de reposer mon dos sur le dossier de la chaise, en calant mes mains sur mon ventre.

Papa est resté là, le regard figé sur mon assiette, l'éponge dans une main. Même avec le cœur qui me compresse les artères, je demande :

« Qu'est-ce qu'il y a ? »

L'éponge tombe sur le carrelage, et de nouveau sa voix gronde :

« Comment ça, qu'est-ce qu'il y a ! »

Il se dirige vers un des placards et saisit une bouteille de vin rouge — château Saint-Émilion. Il attrape l'ouvre-bouteille dans un des tiroirs, la débouchonne et s'apprête à boire au goulot. Je l'arrête :

« Il y a des verres, là-bas. » Je pointe de l'index le vaisselier.

Il m'ignore et trempe ses lèvres sur le goulot. Je me lève d'un bond, prends un des verres à pied, et lui arrache la bouteille des mains. Le vin perle sur sa fine barbe. Je le sers, et lui tends le verre :

« Ceci est mon sang ? »

Je me venge de son abandon actuel par l'humour. C'en est trop pour lui, il tape dans mon poignet, le verre s'envole et éclate sur le piano. Le rouge tache les carreaux provençaux.

« Tu sais combien de temps ça me met de nettoyer ces carreaux ? » je gronde.

Il s'avance et sort les dents :

« Tu sais combien de temps ça me met d'enterrer tous les cadavres que tu me laisses ! »

Je penche la tête sur le côté :

« Tu étais bien content quand c'était pour Izela. » Je me déplace en direction de la table pour débarrasser. « Rappelle-toi comment tu pleurais quand, avec Mathias, on l'a allongée ici ! »

Une fois le tout dans l'évier, je ramasse l'éponge par terre, et je m'entends hurler :

« Moi aussi, je veux vivre ! »

La porte qui mène à la terrasse claque. La bouteille a disparu, papa aussi. Je jette un œil par la fenêtre. Papa traverse mon jardin avec la pelle, la mine basse. Alors, je m'attelle à nettoyer de fond en comble la cuisine, en rongeant ma déception.

Je ne fais que continuer un travail que nous avons entamé il y a plus de dix ans. Une mission que je prends à cœur. Une mission que j'honore, car j'ai tellement aimé Izela, tellement aimé papa, même si j'ai eu une baisse de régime.

15

Quelques jours plus tard,

Mathias — Cette conne vient de garer sa belle bagnole sur le parking, sûrement qu'elle rentre du boulot — oui, Madame a un travail, Madame a une vie normale, voyons. Madame mène tout de front — contrairement à moi.

Mais l'avantage, c'est que ce soir, il n'y a pas l'autre folle avec elle. Elle pourra pas me repousser, et je crois que j'ai besoin de sacrées explications. Moi, ça fait une semaine que je ronge mon frein, que je pense à cette cicatrice que sa copine porte, là, comme un aveu de faiblesse.

Cassandra entre dans son immeuble, disparaît dans le hall. Je me poste devant la porte vitrée. J'attends qu'un type passe pour pouvoir m'introduire à mon tour, comme je le fais d'habitude, et je grimpe au deuxième étage, hors de moi.

Je serre les poings en traversant le palier. Je l'imagine déjà m'annoncer que je dois dégager, que je suis pathétique, un sombre déchet, un cauchemar ambulant, que j'aurais pas dû faire ça comme ça, que j'écoute rien, que si, et que ça, que si et que ça, alors qu'elle est pas mieux.

Devant la porte en métal, je vois ma tronche. Ma sale tronche. Cette face qui dégouline, et je frappe, pour effacer ma gueule.

J'entends du mouvement. J'ai même pas réfléchi à ce que je pourrais lui dire, j'ai que des vagues de haine qui fluctuent tout partout, et elle ouvre, d'abord avec la chaîne, et quand je dis :

« Faut vraiment qu'on parle. C'est la dernière fois que je t'emmerde. »

Elle cède et me laisse entrer.

Ses yeux, ces faux yeux, ils sont directement plongés dans l'ennui. Je la gave déjà, et elle s'appuie contre sa cuisinière, les bras croisés, sous-entendu : fais vite, j'ai pas que ça à foutre.

Je pense : t'es qu'une connasse de menteuse. Menteuse. Menteuse. Menteuse.

« La fille, c'est un coup foiré », je lance.

Elle hausse les épaules, elle fait ça quand elle veut pas parler d'un truc. Je la connais par cœur. Cette fille, je l'ai vue hurler, sans dents, et chercher le sein de sa mère, alors je sais tout d'elle, jusqu'à sa passion, à douze ans, pour les colonies de fourmis.

« Cette pétasse. C'est un coup foiré. Hein ! » je gueule.

De nouveau, voilà qu'elle hausse les épaules : menteuse, menteuse, sale petite menteuse !

« T'es plus capable », je soupire.

Elle lève les yeux, toute colère, toute fâchée, tout : Mathias, tu vas voir.

« Et toi, tu feras plus rien », elle dit. Puis : « Je veux plus te voir. Jamais. C'est fini. »

« C'est fini ! » je m'étrangle.

Bonjour, le but de ta vie, c'était qu'un CDD, et on comptait te jeter dehors à un moment donné. Tu deviens donc un chômeur, attends tranquillement la mort, et ça, en silence, ne participe plus au grand projet. Blague, blague, blague.

« C'est jamais fini ! » j'éructe.

Izela disait : *il n'y a jamais de fin, il y a juste d'autres continuités.*

Il y a d'autres continuités. D'autres chemins, un truc dans le genre, d'autres suites. D'autres. Je cogite.

Ça frappe dans ma tête. D'autres, d'autres, d'autres.

Et peut-être d'autres Cassandra ? Et peut-être d'autres Izela ? Il y a pas rien après ces deux-là ! Nan ? Sinon, tout s'arrête, vraiment. Fini, fini. Pour de vrai, et faut pas que ça s'arrête, vu que c'est pour l'éternité.

Cassandra a encore ses petits bras croisés, toute colère, colère.

Je m'approche au plus près, je sens son haleine sucrée, la même qu'Izela dans les derniers temps.

Izela aussi, à la fin, croyait plus en rien, et Cassandra déclarait : c'est le leurre de la mort. Et Izela : t'es qu'une conne avec tes conneries. UNE FOLLE! UNE DETRAQUÉE ! CANNIBALE ! Des trucs du genre, pas gentils.

Cassandra sombre dans ce leurre, et il faut une autre Cassandra, une autre Izela.

Je pose mes deux mains sur ses épaules. Elle observe mes doigts avec dégoût. Sale, sale, sale Mathias.

« Lâche-moi ! » elle dit. « Et pars ! »

Vite. J'enfonce mes ongles dans sa chair, et je la repousse sur le côté, suffisamment fort. Elle chute, et sa tête cogne contre le pied de la table.

Avec Tony, on conserve les nuggets au congélateur, comme ça, ils pourrissent pas, et on peut les manger quand on le veut.

Vite. Vite. Vite. Je fouille dans les tiroirs, et trouve un couteau. Vite, je tombe à genoux. Elle tente de se redresser. J'enfonce ma main dans son petit cou pour frapper à nouveau sa tête par terre. Tout petit, tout petit crâne. Nugget au congélateur.

Elle envoie ses mains partout, mais je parviens à la bloquer en lui calant les genoux sur les épaules. Maintenant, ses jambes qui s'agitent. Mais elle manque de souplesse. Tout ça se passe sans cris. Cassandra crie jamais, jamais.

Je me fiche de ses gants, je dénude ses avant-bras en me contorsionnant. Respecter les règles. Toutes les règles, et je dis :

« Je trouverai quelqu'un pour continuer. Je te jure. »

Je mets la pointe sur sa peau, elle bouge, je ripe, le couteau percute le sol. Elle crache :

« Je ne mourrai pas de ta main ! »

Et de celle de qui, alors ?

Je l'observe, en silence, elle lève suffisamment le visage, une veine a gonflé sur son front :

« Je ne mourrai pas de ta main. Je le sais. Tu n'es rien, toi. »

Audace de connasse ? Ou prémonition sans obsession.

Je secoue la lame tout près de ses yeux :

« Et qui, alors ! »

Elle sourit, toutes ses belles dents : les incisives et les canines sont fausses. Quand elles ont eu seize ans avec Izela, elles sont arrivées chez mes parents pour me voir et me montrer qu'enfin, elles pouvaient sourire sans honte.

« Quelqu'un qui méritera bien plus que toi ma tête », et elle ricane, démente.

Je lève tout haut le couteau. M'en branle des règles finalement. Elle regarde, yeux qui pétillent, risette, aucune peur — oh, que je l'envie, que je l'envie, cette fille sans crainte, qui marche dans le chaos sans ciller. Mathias le trouillard. Mathias le trouillard, Mathias le sans-couilles.

« Je vais te remplacer ! » je hurle.

Le couteau tremble, l'acier devient moite entre mes doigts :

« Je conserverai tes morceaux, et je lui donnerai ! Je ferai comme on a dit. Je suivrai les règles ! »

Mes règles. Nugget dans le congélateur.

Et elle rit :

« Impossible ! »

Et elle rit encore :

« Même si tu le fais, la police t'attrapera, à un moment ou un autre ! »

Le couteau fend l'air. Elle rit. Elle rit. Oh Mathias, que tu es drôle. Oh Mathias, tu es un bouffon. Oh Mathias, l'acier tranche. Mais Cassandra, elle rit encore. Pourtant, il y a du sang, je reconnais. Elle a tourné la tête au dernier moment, juste au dernier moment, et je lui ai ouvert un bout de joue, un morceau de cou, un coin de lobe. Et en un instant, j'ai lâché le couteau, et en un instant, elle a réussi à libérer sa main, et a déjà le manche entre les doigts. Je bondis en arrière, elle glisse sur les fesses, tout contre un mur, les yeux exorbités. Elle touche le sang qui goutte sur son jean. Elle gronde maintenant :

« C'est peut-être moi, finalement, qui apprendrai à ceux qui te cherchent où te trouver. »

Elle pointe le couteau, tout droit vers mon cœur.

C'est contre la règle ! C'est contre ! On poucave pas, on a dit !

Accroché à la table, des deux mains, comme si l'appartement se mettait à couler, la rage cause à ma place :

« Fais ! Et je t'emporterai, toi, et ton connard de père ! »

Ouais, ouais. Je dis tout.

Elle ouvre tout grand les yeux, et enfin se relève en s'appuyant sur le mur, elle attrape un pan de son pull et dégage son ventre. Il pourrit. La chair se déchire. Noir et rouge se mélangent.

« J'ai plus rien à perdre. Alors, jouons ! »

Avant qu'Izela parte, elle aussi jouait. En fait, elle délirait, elle voulait nous balancer, et je faiblis.

Jamais je la dénoncerai. Le pacte, il nous tient par les couilles. Mais elle ? Eh bien, elle en a pas, de couilles ! Que c'est drôle, que c'est drôle.

Cassandra avance avec son couteau. Je recule. Elle avance. Un pas pour elle, un pas pour moi, et je franchis la porte comme ça, avant de me tourner et de cavaler dans les escaliers.

Comment la sauver ? Est-ce que c'est même possible !

Il me faut une autre Cassandra, une autre Izela.

Je rentre dans notre maison. Tony est là devant la téloche, il me fixe de la tête aux pieds, puis lâche :

« T'as de la beuh ? »

« Nan », je fais.

« Tu fais chier. » Puis, de nouveau, il me regarde, tout entier. Le pauvre, pauvre Mathias : « T'as chialé ? »

J'envoie mon pied dans la table basse. Envolée de cendriers, de restes de bouffe, d'assiettes.

« NON ! » je hurle.

Il pouffe de rire, en matant la table renversée.

« T'es con », il dit.

Je m'assois à côté de lui devant la télé, en frottant mes yeux. Cerveau en bouillie, tout ça, tout ça.

« Tu regardes quoi ? » je demande en repoussant les miettes qui me piquent les fesses.

« Ch'ais pas, j'ai pas tout suivi. Mais une meuf qui se retrouve dans des sortes de jeux, où faut qu'elle crève tous les autres », il explique.

« Ah ! » Je me gratte le menton. J'ai les doigts pleins de sang, je les frotte sur mon pantalon, en soufflant :

« Hunger Games. »

« Ouais, c'est ça. »

Bref, et si tu m'abîmais, ce soir ?

Je lui touche le dos de la main, à Tony. Tremblant, tremblant. Il sait, il comprend ce que ça veut dire. C'est le signal.

C'est pour ça que je déteste Milly, cette salope prend trop de place.

Tony se lève, en se défroquant. Il fait de son mieux. Je lui en veux pas. Je m'en veux à moi.

Je me mets à genoux sur le canapé, en baissant mon pantalon et mon boxer. Pauvre, pauvre Mathias. Mathias, t'es qu'un PD. *Oui, papa.*

Tony crache. Il me doigte le cul sans manière. C'est douloureux, mais c'est ça que je désire. D'une main, je m'occupe de mon membre. Et sans plus de préparation, il présente sa queue devant mon entrée. Il fait ça, comme ça. Parce que ça l'amuse, et il l'enfonce tout profond, tout profond. J'ai mal, terriblement mal, je chouine. Il dit :

« Oh, ça va. »

Et il m'encule, sans ménagement.

C'est bien mérité.

C'est l'amour qui fait souffrance, qui déchire, et qui fait tout partir à vau-l'eau dans le pauvre, pauvre petit cul — cœur de Mathias.

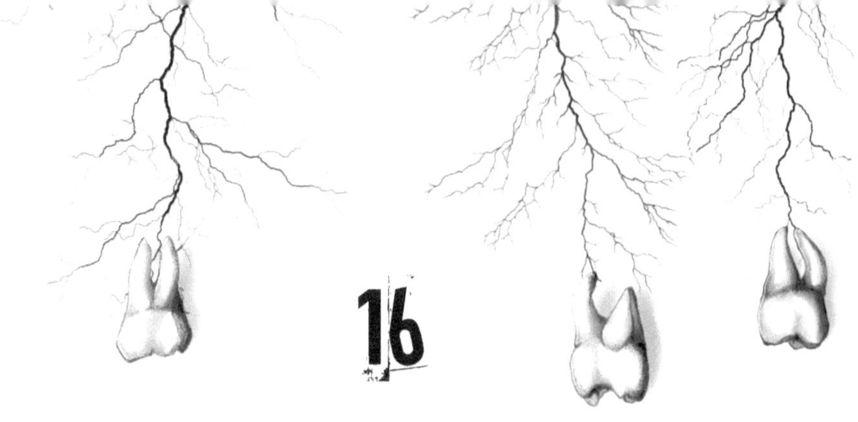

16

Cassandra — *On n'a pas le temps pour la douleur.*

Même si la sensation d'un câble chauffé à blanc traverse votre joue.

Mathias a fui. Mon corps tendu décompresse, dans la terreur.

Ne te laisse pas submerger. Je coule — à l'aide.

Puis, il faut laver le sol. Avec les paumes. Je le fais avec les paumes. Ça ne fait qu'étaler le rouge. Rouge coquelicot. Rouge alizarine. Rouge carmin. Combien de sortes de rouge. Je compte sur mes doigts. Des centaines. Trop de centaines. J'abandonne.

La porte est encore ouverte. Je rampe jusqu'à elle. L'appartement est un assemblage de scènes cauchemardesques. Je sors, ailleurs.

Dehors, le vent fouette mes joues, la brûlure, la plaie. J'ai le visage fendu. Le ciel est noir. Noir d'encre. Noir de jais. Noir, de chez noir. Très noir. Ça avale la lumière des lampadaires.

Une voiture passe. Les phares me bousculent contre le mur. Le moteur continue de claquer, cliqueter, crachoter, la carrosserie se transforme en caisse de résonance.

À l'aide.

Je bute contre un trottoir, je chute une première fois. Je me relève, debout, deux jambes, un pas après l'autre. Combien d'heures. Je marche. Je n'en sais rien.

Les immeubles, les uns sur les autres, comme les vagues dans la tempête. La rue s'est serrée. Le bitume est froid sous mes pieds nus. Il s'incruste jusqu'à mes genoux.

Je m'accroche à une boîte aux lettres. Une bouée de sauvetage. Je pense à une bouée de sauvetage.

17

LOUISE — Je sais pas si c'est mon propre ronflement ou un autre bruit, mais je me réveille en sursaut. Je me tourne dans mon lit, et un nouveau claquement retentit. Je me redresse, je tâtonne dans les draps et attrape mon téléphone : 1 h 32.

De nouveau, un coup, et là, je suis sûre que c'est à ma porte. Je me lève, m'éclaire à l'aide de mon écran, en marmonnant :

« Putain, fais chier, c'est qui à c't'heure ? »

Je jette un œil dans le judas en m'emballant dans un plaid — l'espace d'un instant, je me dis que je dois avoir un peu la classe — la reine Louise.

Je discerne rien dans la pénombre. J'entrouvre la porte, et une masse accrochée à la poignée me tombe sur les jambes. Le visage se relève, et je crois à une hallucination. Avec le peu de lumière, je reconnais Cassandra, et je l'aide à se remettre sur pieds, avant de la faire rentrer.

« T'as picolé ? » je demande, acide — elle aurait pu me faire signe, que je voie sa première cuite.

Elle plisse les yeux et baragouine :

« Quelqu'un m'a ouvert, en bas. »

Je m'en doute, sinon, c'est à mon interphone que tu me ferais chier.

Je lui sors une chaise et vire les fringues que j'ai abandonnées là. Elle se pose. Je soupire, parce que j'ai vraiment les boules, et j'actionne l'interrupteur en râlant :

« Pas cool d'emmerder les gens à cette heure, je bosse, moi, de… »

Ma phrase se rompt en un cri de terreur.

Je me rue sur Cassandra, je tire son menton, ses yeux me fuient, et mon sang ne fait qu'un tour devant cette immense balafre qui court sur sa joue et rejoint son cou.

« Qu'est-ce qui t'est arrivé ! » je braille.

Elle reste hagarde, sans lueur dans les rétines. Je la secoue par les deux épaules :

« Qu'est-ce qui t'est arrivé, putain ! »

Elle se tord de douleur. Je m'éloigne d'un bond et chope mon téléphone :

« OK, j'appelle les flics. »

J'ai pas le temps de déverrouiller l'écran que Cassandra me l'arrache des mains. Elle le cache entre ses cuisses en geignant :

« Non, non, non… pas la police. Surtout pas. »

Je tends la main, hors de moi :

« Une ambulance, au moins ! »

Elle pousse un hurlement à me défriser les tympans :

« NON ! »

Les larmes finissent d'effacer ce qu'il lui restait de maquillage. J'inspire, puis capitule, pour l'instant :

« OK, j'appelle personne. »

Je lui prends les mains et récupère mon téléphone pour le balancer sur mon lit. Elle fixe le sol comme s'il comptait nous bouffer.

« Je répète. Il t'est arrivé quoi ? » Franchement, j'articule au maximum.

Elle finit par marmonner :

« Une bêtise… une petite bêtise. »

Elle ment ! Je cherche dans ma tête, et tout de suite une image me frappe. Cette espèce de grand crasseux, là.

« Lui ! Quand on regardait un film. » Je serre ses genoux. « Le mec, là, qui s'est pointé chez toi la dernière fois. C'est lui qui t'a fait ça ! »

Elle se mord les lèvres. Je la secoue doucement par les cuisses :

« Oui. »

Elle se frotte le bras. C'est frénétique, je vois bien qu'elle lacère sa peau déjà trop abîmée.

« Je dois me laver », elle finit par souffler.

Je l'accompagne à la salle de bain et ouvre le robinet de la douche. Je l'aide à retirer sa perruque, à se déshabiller. Chacun de ses membres est pris de sursauts dès que je l'effleure, et elle entre d'un pas tremblant dans la cabine.

Je m'assieds sur la cuvette des toilettes en mâchouillant la peau de mon pouce, et je lorgne sur ses vêtements au sol, sur son jean plein de sang, sur sa brassière, sur son pull, son débardeur et sa culotte. Sur elle aussi, il y a du sang. Il y en avait aussi sur ses cuisses. Cassandra n'a pas ses règles, je crois, elle me l'avait dit à demi-mot . Ça fuse dans ma tête. J'avais le même état quand mon beau-père me passait dessus. Je vois mes mains s'éloigner de moi, et je demande mollement :

« Il t'a violée ? »

Elle dit simplement :

« Non. »

Elle ment ? Non. Oui ? Et si un jour ça arrivait ? Mais c'est quoi, ce sang :

« Pourquoi… pourquoi y a du sang… dans… dans ta culotte ? » je bégaye.

« Ma peau… je crois. Rien à voir. Il m'a pas violée, je te dis ! » elle s'agace.

Si c'est vrai, il y aura peut-être un autre drame. Pas le mien. Impossible. Pas ce jour où j'ai porté une vie que je voulais pas, pour enfanter la progéniture de la honte, que je ne serai pas capable d'élever. J'avais que 14 ans ! Putain ! Il était de mon beau-père ! Dans cette chute, j'ai perdu un morceau de mon cœur, voire peut-être sa totalité — définitivement. Elle le sait, et je veux pas qu'un homme la brise. Tout ça, je le dis pas, je me contente de :

« Demain, à la première heure, on ira chez les flics. » Je connais leurs regards, leurs jugements. « T'as pas le choix. »

Elle ne s'y oppose pas. Elle termine sa douche. Je l'attends avec une serviette et j'entoure ses épaules avec. Son visage est plus tranquille, comme si la normalité était de retour, comme si elle pouvait oublier une agression grâce à un simple nettoyage. Qu'est-ce que je l'admire.

Je soigne sa plaie. Elle gémit du pansement énorme que je lui fais — excuse-moi, ma belle, mais je suis pas toubib.

On s'installe dans le lit, et, comme chez elle, je lance des films sur mon ordinateur, des histoires qui pourront nous faire omettre les nôtres. Elle se blottit contre moi, tranquille, sereine, en murmurant :

« OK, pour les flics, demain. »

Que je l'admire.

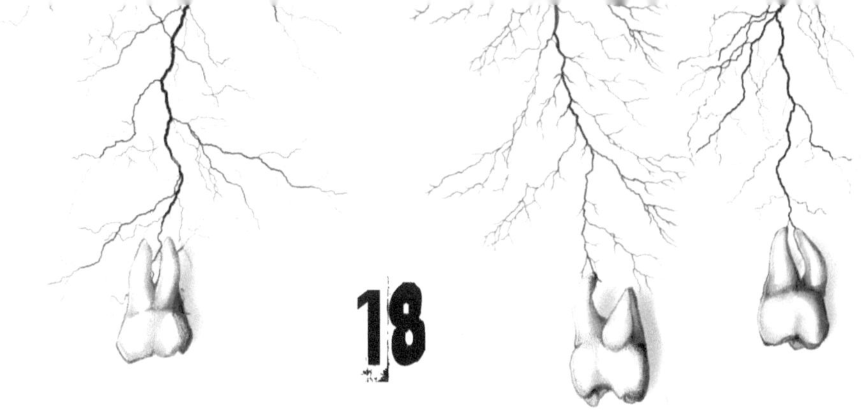

18

Le lendemain,

CASSANDRA — « Va travailler ! » j'exige.

Elle plante les mains sur ses hanches, son air de revêche sur le minois.

« Hors de question », qu'elle me répond.

Elle ne me fixe pas, moi : elle suit des yeux les barreaux qui encerclent le bâtiment ocre, le *hôtel de police*, inscrit en lettres austères au-dessus d'une arche qui mène dans une cour centrale. Du trottoir, en face, j'observe une voiture de police s'arrêter devant la barrière de sécurité, attendre que celle-ci s'ouvre, et disparaître dans la cour. J'avale ma salive, et ce simple mouvement réveille ma plaie. Je frotte mon pansement, et Louise m'envoie une tape sur la main.

Le souci, c'est que Louise, elle ne doit pas être là. Elle doit partir. Mais j'ai beau la supplier, elle s'agrippe.

Maintenant, j'hésite à faire semblant de pleurer — ou à m'enfuir en courant, tout droit vers la Major qui accroche les nuages. Ensuite, je descendrai les escaliers en trombe, puis je foncerai vers le Mucem, et je plongerai dans la mer. Mais je ne nagerai pas longtemps, donc je me noierai. Alors, je chouine :

« S'il te plaît, tu me regardes rentrer, là. » Je lui montre le chemin pour les piétons. « Et après tu vas travailler. » Je mens : « Je dois faire ça seule. » Je sors les larmes, les reniflements, tout.

Louise fronce le nez. Sa bouche se pique, et à la fin d'un temps de réflexion, elle me désigne l'entrée d'un index strict. Puis elle croise les bras et dégaine ses rétines mitraillette.

Je suis son ordre, baisse le minois, et m'engage entre les grilles, qui, j'imagine, protègent le bâtiment. Je perds soudain vingt centimètres sous cet acier, ce qui signifie qu'il ne me reste plus grand-chose.

Dans une cabine, un homme m'interpelle :

« C'est pour quoi ? »

Je lance un œil à Louise, qui me fait un signe du menton.

« Pour… un… dépôt de plainte ? » Une question. Ma superbe m'a quittée — parce que je n'ai absolument pas de plan. Aucun.

L'homme acquiesce. Il ne me regarde pas, il est de nouveau concentré sur son téléphone, et m'indique une porte automatique en verre.

Je marche lentement, en remontant mon écharpe pour cacher ma balafre. Avant d'entrer, je salue Louise du bout des doigts, mais même à l'intérieur, je sens encore son regard collé à mes épaules. Je me dirige vers l'accueil, sous l'odeur de café rance, et dans ma périphérie, j'aperçois d'autres individus sur des chaises : portable en main, jambes croisées, jambes écartées, avachis, droits, vêtus, mal vêtus — un échantillon de l'extérieur. J'arrive au comptoir en clignant des yeux.

Une femme derrière une vitre sale redresse la tête à ma vue. Je me retourne encore, et à travers une des fenêtres, j'observe la silhouette de Louise, tirant sur sa cigarette électronique. Je serre les dents.

Je bredouille en me retournant :

« Bon… bonjour. »

La femme est debout, le nez presque collé à la vitre, les sourcils froncés. Elle scrute ma figure avec un œil précis. Je tire sur mon écharpe pour mieux couvrir ma joue. Pourtant, j'ai l'impression qu'elle me dénude, comme un simple chocolat dans une papillote. Elle penche le visage sur le côté, un maigre sourire monté sur des lèvres fines :

« C'est pour un dépôt de plainte, mademoiselle ? »

Sa voix est si mélodieuse que j'en reste bête.

J'acquiesce, de nouveau un œil derrière moi — bon Dieu, Louise, va travailler.

« Je pourrais avoir une carte d'identité ? » elle demande.

J'agrippe mon sac à main :

« C'est obligé ? »

Le froncement infime de sourcil, je l'ai aperçu. Elle ajoute :

« C'est préférable, oui. »

Je m'empresse de fouiller mon sac pour sortir mon portefeuille et lui glisse la carte plastifiée dans l'interstice de la vitre.

Elle la saisit et se met au clavier. Elle note mon nom, et la partie démarre officiellement.

Concentre-toi sur autre chose. NON. Pas sur la vitre pleine de traces. Je cherche. Le cliquetis mélodieux, son ordinateur, ses doigts.

Elle arbore beaucoup de bagues, au point qu'on croirait qu'elle s'est vêtue d'un gant armé. Le clavier continue de résonner, sonnant de concert avec la crispation de mes muscles.

Elle me rend ma carte et prend de nouveau le temps de me détailler. Je jette encore un œil dehors : bien sûr que Louise campe. Qu'on lui sorte une tente et des chaises !

Mais j'ai hâte d'entendre de nouveau sa voix, celle de la dame de l'accueil, et elle finit par me l'offrir :

« Mademoiselle, quel est le motif de votre plainte ? »

Je crois — je suis sûre — qu'elle pose cette question en connaissant la réponse.

« Violence ? » C'est ce qu'elle veut, non ?

En remettant la tresse qui lui courait sur l'épaule derrière sa nuque, elle me montre de l'index ma joue. Je hoche ce visage meurtri. Elle demande, avec encore plus de douceur :

« Seulement… », elle marque un temps, « violence ? »

Elle pose la même question que Louise, sans dire les mots. Je réponds par la négative. Ses yeux scannent : vérité ou mensonge ? Elle incline la tête et termine par :

« Allez vous asseoir, quelqu'un va vite vous recevoir. »

Puis elle lance, alors que j'ai déjà reculé d'un pas :

« Ça va aller. OK ? »

Oui. Je sais.

Je trouve une chaise dans un coin de la salle, là où je distingue encore Louise vaper comme une folle, appuyée contre un mur, et je lui envoie un SMS :

« C'est bon, quelqu'un va me recevoir.

Cas' »

Elle sort son téléphone, en tirant sur sa cigarette, et mon portable vibre dans ma main :

« T'es sûre que c'est OK ? Je peux encore venir ! »

Je réponds :

« Non, vraiment. Va travailler ; ne sois pas en retard. Je te tiens au courant.

Merci, ma belle.

Cas' »

Pars. Vite.

D'ici, je vois sa moue. Je sais qu'elle sera vexée.

Elle range son téléphone dans son sac à main, jette un œil aux environs, et finit, d'un pas lent, par quitter mon champ de vision.

Au même moment, j'entends de l'autre côté de la pièce :

« Madame Parenti. »

Je me détourne de la fenêtre. Un homme en uniforme cherche dans la salle d'attente — c'est déjà mon tour ? Quoi ?

Je ne réplique rien, mais la dame de l'accueil me montre du bout de l'index. Le policier débarque devant moi, visage terriblement massif, terriblement effrayant, et quand il se met à parler, c'est tout doux :

« Vous voulez bien me suivre ? Je vais m'occuper de votre dépôt de plainte. »

Je serre mon sac entre mes doigts et reste là, sans répondre.

« Ça ira », il ajoute. « On va faire ça tranquillement. »

Pourquoi ils ne sont pas comme l'avait décrits Louise ? Durs, pas à l'écoute, cruels ? Ça aurait été tellement plus simple.

Je me lève en déclarant :

« Je dois partir, excusez-moi. »

Je me tourne, direction la sortie. Il me suit :

« Madame, je vous assure, vous ne craignez rien ici. Il faut que vous portiez plainte. Vraiment. »

Celle qui faisait l'accueil s'est téléportée de l'autre côté — sûrement qu'elle avait compris mes intentions. C'est pour ça que ce monsieur est arrivé si vite ?

« Il faut que l'on vous fasse voir un médecin pour cette vilaine blessure ! » elle dit.

« Il ne faut pas que ça recommence », rajoute l'homme.

« Tout ira bien », je lance en passant la porte d'entrée.

Et me revoilà déjà devant l'arche. Les deux sont restés au niveau de l'agent de sécurité dans sa guérite, et je baisse le visage en chuchotant : merci. Merci, parce que j'ai le cœur qui bat à tout rompre. J'ai aimé cet instant de vie.

Je quitte la ruelle, terrifiée à l'idée qu'une Louise sauvage me bondisse dessus. Je m'arrête à un maigre carrefour. Un œil à droite, un œil à gauche. Je ne sais pas trop, et je m'assieds sur un rebord de fenêtre.

Dans cette ruelle, pas grand-chose : des voitures de police qui déboulent, des touristes qui cherchent la Major ou le Mucem, une trattoria, un kebab, et un bar — enfin, un bouiboui nommé *La Major*. Logique.

Du bar, des policiers en uniforme entrent et sortent, des gobelets à la main ou des sachets en kraft pleins. La majorité des gens qui déboulent de l'hôtel de police, ainsi que des personnes en civil, font le même trajet : hop, tout droit au bar *La Major*. Je comprends, en un claquement de doigts, que c'est là le point névralgique.

Je m'approche de l'endroit. Sur le trottoir, il y a deux tables, entourées chacune d'une paire de chaises en plastique. J'en choisis une et commande un jus de pomme à la serveuse souriante.

Je fouille dans mon sac, j'en sors un miroir de poche et applique du fond de teint sous mes yeux fatigués, avant de rajouter un peu de rouge à lèvres et de remonter mon écharpe pour cacher, encore. Je pose ensuite mon dos sur l'assise, et là, je me mets à entendre.

J'apprends rapidement que les machines à café disponibles dans les différents services du commissariat sont à chier ou en rade. La meilleure malfaçon de ma vie.

Chaque petit groupe qui entre à pas serrés dans la salle a quelque chose à raconter : des histoires, des blagues, des ragots, des critiques — beaucoup de critiques — pour l'institution qui les nourrit. Je finis par approcher ma chaise de la porte d'entrée pour mieux écouter. Tout écouter. Ceux que je ne voudrais jamais rencontrer dans le bâtiment en face, mais qui seraient ravis que je leur présente mon ami Mathias.

Mais comment ?

19

LOUISE — Je jette un œil à l'heure : 10 h 50.

Comment dire que je suis à la bourre mais genre bien à la bourre. J'imagine à l'avance l'autre conne me faire la morale — et j'ai déjà dix appels manqués. Je me précipite. Mais courir avec des bottines à talons, c'est un coup à se ramasser. Je manque à plusieurs reprises de me fendre la cheville sur les trottoirs tordus de cette ville mal fichue.

Arrivée au Vieux-Port, je remonte l'allée en vitesse, en percutant des connards de touristes pas foutus de regarder devant eux. De nouveau, je jette un œil à l'heure : 11 h 10. Mon Dieu, comment c'est possible d'être aussi lente.

Maintenant, je suis à deux rues du boulot. Je freine l'allure et me retrouve face à ce dilemme que j'ai bien connu au collège : se pointer en retard, se taper la honte, devoir s'expliquer, ou ne pas se pointer du tout, inventer un mensonge stupide pour justifier l'absence. Je sais pas moi, les aliens m'ont kidnappée pour une coloscopie, mais je vous rassure, tout va bien, aucun cancer en vue.

Je finis par ressortir mon téléphone et j'appelle ma boss, sainte prêtresse des connasses :

« T'es où, bordel ! »

Je prends ma petite voix toute faiblarde :

« J'ai la gastro, une grosse, grosse gastro », je dis.

« C'est ta troisième ce mois-ci ! Tu te fiches de moi ! »

« C'est que j'ai le ventre sensible ! »

Le silence. J'avale ma salive. Puis :

« Je te préviens. Cette fois, je veux un arrêt du toubib. Sinon, je te vire. Pour de bon. »

J'ai envie de répondre :

« Vire-moi, pétasse. »

Je me souviens de la commande mirobolante que j'ai faite hier sur internet pour une fantastique paire de bottines en daim imprimé vache, trouvée sur

Vinted pour seulement 250 euros. UNE AUBAINE. Très tendance pour cet hiver. À peine une pointure en dessous de la mienne — mes orteils ont l'habitude des studios. J'ai les panards un poil trop grands à mon sens, et si je pouvais, je décapiterais les saucisses qui me servent de doigts de pied.

Avec tout ça, je dis rien, et l'autre renchérit :

« T'as compris, Louise ? Je veux un arrêt de travail ! »

Pense à tes bottines. Tes superbes bottines.

« Oui, c'est compris. »

Je raccroche.

Maintenant, je dois me trouver un toubib. J'ai même pas de médecin traitant ! J'ai pas la tête à ça, j'ai la tête à me repointer devant le commissariat pour voir si Cassandra s'en sort. J'ai des frissons à l'imaginer seule dans un de ces bureaux. J'aurais pu l'aider à affronter ça.

Pense à tes putains de bottines. Cassandra est grande. Et moi, dans la merde.

Alors je cherche sur mon portable et je trouve quelques adresses de toubibs dans le coin. J'appelle, mais je me fais rembarrer : trop de monde, pas de place, pas de patients qu'on n'a jamais vus, téléphonez donc à SOS Médecin. Ce que je fais. On me dit de venir, mais qu'il y a bien quatre heures d'attente.

Tant pis. Me revoilà à traverser la ville, les talons en souffrance — cette paire a trois pointures en moins, et ça, c'est le max que je peux supporter. J'entends ma génitrice m'appeler : Berte aux grands pieds. Sale pute, c'est toi qui les as faits, ces pieds.

J'arrive enfin devant le cabinet. J'entre : une foule de dingues. Toutes les chaises sont prises. J'attends debout. Entre les enfants qui chialent parce qu'ils toussent et les vieillards qui ont… j'en sais rien en fait — ils ont l'air d'aller bien, eux.

Je finis par chopper une chaise. Elle est chaude. Je réprime un frisson.

Ici, il y a deux toubibs qui bossent : un vieux, lunettes sur le bout du nez et trois poils peignés sur le crâne, et un autre, un jeune. Et à chaque fois qu'il passe chercher un patient dans la salle, je me rends compte qu'il est de plus en plus canon. Genre vraiment canon. Yeux bleus, cheveux en brosse, mâchoire carrée. Et que dire des lunettes à monture noire qu'il porte. Style intellectuel détendu.

Je prie pour avoir le beau gosse.

Elle n'a pas menti la secrétaire, au téléphone. Quatre heures d'attente bien généreuses. J'ai perdu cent euros avec leurs conneries, que j'ai encore dépensés sur Vinted. J'ai aussi envoyé dix textos à Cassandra pour me plaindre ; elle a répondu sur le même ton. Elle râlait de l'hosto, car les flics l'ont embarquée là-bas. Ça me rassure, ça avance de son coté.

Enfin, c'est mon tour. Manque de bol, c'est le vieux qui vient me chercher. Mais j'ai de la ressource : je propose à la gonzesse arrivée juste après moi, avec son chiard dans les bras, d'aller à ma place ; je prendrai le prochain.

Elle me remercie.

« Y a pas de quoi, c'est normal », je dis en montrant le nourrisson.

Une vieille en face souffle :

« On va pas s'en sortir, s'il y a des passe-droits. »

« Vieille peau », je sors.

Elle s'offusque, mais la ferme.

Deux minutes plus tard, c'est mon tour. Le beau gosse me cherche. Il m'indique le chemin et je roule des hanches jusqu'à son bureau. La pièce est en bordel et ça pue le désinfectant. Je m'en fiche, ça pourrait bien être dans une grotte tant qu'il me file mon papier.

Il se met face à son ordinateur, tapote deux trucs et me demande ma carte Vitale. Je cherche un moment dans mon bazar de sac et lui sors, guillerette :

« Et voici ! »

Il acquiesce, la prend en souriant. Deux jolies fossettes sur les joues. J'adore. Il joint les mains sur le bureau et questionne:

« Qu'est-ce qui vous amène ? »

J'ai oublié. Je réfléchis un instant. AH ! La gastro. Oh non, pas la gastro. Il s'imaginerait moi sur le trône, à faire de la purée, une bassine sur les genoux pour l'autre côté. Ça manque sérieusement de glamour.

« J'ai… j'ai eu de la fièvre ce matin… une grosse fièvre… impossible de me lever ! » j'explique.

Il penche le visage sur le côté :

« Ah oui, et vous êtes montée à combien ? »

Je réfléchis un instant :

« Au moins 40. »

« Oh », qu'il lance. « Vous avez l'air mieux là. »

J'acquiesce :

« J'ai pris un Doliprane. »

Il lâche un gloussement. À raison, j'ai envie de dire, et j'adore son rire. Je pourrais encore me tourner en ridicule juste pour ça.

« Et il faut que je vous prescrive d'autres Dolipranes, du coup ? »

Je fais une moue, inspire et lance d'une traite :

« Non, j'en ai plein. J'ai souvent des migraines. » C'est vrai ! La tête qui sonne comme un tambour. « C'est que j'ai pas pu aller bosser, et ma patronne veut un arrêt de travail. »

Il acquiesce, regarde sa montre — une Apple Watch, grande classe :

« Et vous pourrez y aller demain ? »

Je souffle longuement en m'affalant dans le siège :

« J'ai peur que la fièvre revienne. »

Il se lève en mettant ses deux mains sur le bureau :

« OK. » Il me montre la table d'auscultation : « Je vais vous examiner. » Puis : « Vous retirez votre veste ? »

Je m'exécute en vitesse et m'assois sur la table. Il sort un stéthoscope et le place dans ses oreilles. Et là, j'ai une vision. Je revois ces pornos avec l'acteur qui fait le docteur et la fille totalement ingénue qui se laisse tripoter dans tous les sens. J'adore ce genre de débilité. Je réprime un rire en serrant bien fort les lèvres.

Il tire sur le haut de ma blouse :

« Ça risque d'être un peu froid. »

Je plante mes yeux dans les siens :

« Désolée, j'ai pas de soutif. »

Soit je suis un génie créatif, soit une folle de compétition.

Mais j'adorerais que ce beau type soit mon docteur Mamour, ou Glamour, peu importe, j'aime les deux, et encore plus ses doigts qui effleurent ma peau. Il hoche la tête avec lui-même, et fait le tour pour se retrouver dans mon dos. De nouveau le même exercice : toussez, inspirez bien fort, puis la question habituelle :

« Vous savez que vous avez un souffle au cœur ? »

Je grimace :

« Ouais, depuis toujours. Une valve, ch'ais pas quoi, défectueuse. Un truc défectueux, quoi. Congénital. »

Encore un beau cadeau des géniteurs.

« À surveiller, du coup ? »

Il me montre le dossier du lit, et je m'y allonge en répondant :

« Ouais. »

« Et vous vous en occupez ? » il fait en commençant à palper mon ventre. J'espère qu'il sent que je vais régulièrement à la salle, et que malgré la petite couche de sécurité graisseuse, j'ai des abdos.

« Oui, bien sûr », je mens.

« Pas d'essoufflement ? »

« Non. »

« De nausées ? »

« Non. »

« De vertiges ? »

« Vous aimez votre métier ? » je tente.

Il s'étonne un instant, puis réfléchit en fouillant un tiroir d'une desserte en inox :

« Ça dépend », il articule.

« Ça dépend ? » je répète.

Il lâche un rire franc en s'approchant avec son thermomètre électronique. Il me le pose sur le front en repoussant une de mes mèches de cheveux. Je fonds, peut-être bien que j'en ai de la fièvre. Il ajoute :

« Des années d'études pour prescrire des Dolipranes et soigner des rhumes. Je suis pas sûr qu'on puisse dire que c'est la classe, madame. »

« Mademoiselle. Ou demoiselle, c'est encore mieux », je corrige.

De nouveau ce rire. Un peu rauque.

« Vous êtes une rigolote, vous. »

Je sais. Je sais.

Un bip sonore, et il observe l'écran de son thermomètre :

« 38,5. Ah bah, vous êtes repartie. »

Un mensonge qui se transforme en réalité. Magnifique. C'est lui qui me donne chaud.

Il range son thermomètre et sort un bidule pour observer le fond de mes oreilles. En même temps, il demande :

« Vous faites quoi dans la vie ? »

J'exhibe une de mes mains et réponds, amusée :

« Artiste. » Je fais claquer mes griffes ensemble. « Enfin, je fais les ongles des bonnes femmes, quoi. »

Il me contourne pour faire l'autre oreille. J'aime quand il tire sur mon lobe. Sentir son pouce et son index serrer la peau, là, ça me rend toute chose.

« Ça vous plaît ? » qu'il demande.

« Si les gens avaient du goût, ça me plairait. »

Il range son matériel :

« Et ils n'ont pas de goût ? » il fait.

« Exactement. »

Il m'indique de nouveau son bureau, et je me relève, rejoins la chaise en enfilant à nouveau ma veste, et en replaçant mon sac à main sur mes genoux. Il tape sur son clavier ; dans ses lunettes, l'écran blanc se strie de lignes, et je commence à me mordre la lèvre. Il va falloir bientôt se serrer la pince et se dire adieu.

« Je vous mets trois jours d'arrêt. Je pense que vous avez chopé un petit virus », il annonce.

« Quoi comme virus ? » je demande, idiote.

Il hausse les épaules. Son imprimante se met à ronfler derrière lui. Il tire une feuille que vient de cracher la machine. Un tampon, une signature. Il explique : un pour le patron, un autre pour la Sécu. J'entends cette notice comme un bourdonnement diffus. J'imagine déjà qu'il claque la porte derrière moi, et que j'aurai partagé avec lui seulement un virus inconnu, et au revoir, bon courage avec les grand-mères et les infections génitales.

Il me tend mon graal, avec une dernière question :

« Vous êtes sûre que vous ne voulez pas une ordonnance de Doliprane ? »

« Sûre », je répète en fixant l'alliance à son doigt. « Absolument sûre. »

Il avale littéralement sa lèvre inférieure, les yeux crispés, et s'adosse mieux à sa chaise, en croisant les bras :

« Et donc, ça s'appelle comment, votre métier ? »

« Nail artist », je lance en levant le menton.

« Donc, vraiment, une artiste », il dit avec un sourire… charmeur ?

Des tas de lumières s'allument dans ma tête, des bips incontrôlés — c'est la fièvre. Et du coup, au lieu d'être rationnelle, je ricane comme une greluche. Imaginez un petit cochon humanisé qui se mettrait à se marrer. Eh bien, c'est moi à ce moment-là. Avec supplément rougeur sur les joues et le pif, je le sens.

Le docteur a ouvert tout grand les mirettes, pour ponctuer :

« Adorable. »

Je secoue les mains devant moi :

« Oh non, non, non, ridicule ! » j'essaie de me justifier.

« Mais non, voyons. »

De nouveau, son regard s'embrase, et il attrape en vitesse un post-it. Il note une suite de chiffres, en ponctuant :

« Au cas où. » Il rajoute : « Mon numéro. » Puis se corrige : « Pour une urgence, quoi. »

Et il placarde le papier sur mon arrêt de travail.

Est-ce que vraiment les fantasmes se réalisent ? La belle et le docteur. LA BELLE ET LE DOCTEUR.

Je souris toutes dents dehors. Parce que j'ai des tas d'urgences dans la vie.

À l'intérieur de moi, une multitude de petites Louise chipies et chapardeuses se mettent à danser en rond. Il me tend mon paquet de feuilles. Mon trésor. Il sourit, et je finis par dire, toute rouge :

« Vous avez peut-être d'autres pauvres gens à voir. »

ANNULEZ ET PARTONS ENSEMBLE !

Il acquiesce, sérieux :

« En effet… des tas, des tas, et encore des tas. Tuez-moi. »

Voilà que je ricane encore comme une cochonne, et on se lève de concert. Il m'accompagne à la porte, il me donne sa main, je la serre dans la mienne. Tiens, mes virus, je pense.

Il dit :

« À bientôt. »

Enjôleur à deux sous, je t'adore déjà.

Garde de la classe, ma fille. Je le salue poliment et quitte le cabinet sans me retourner.

Une fois dehors, je dégaine mon téléphone, j'hésite, je me ravise. Je marche un peu en me couvrant les yeux de ce soleil qui me brise les mirettes. Puis je me dis que, finalement, ça la ferait rire, et je ressors ma machine pour lancer un vocal pour Cassandra:

« TU SAIS PAS CE QUI VIENT DE M'ARRIVER… »

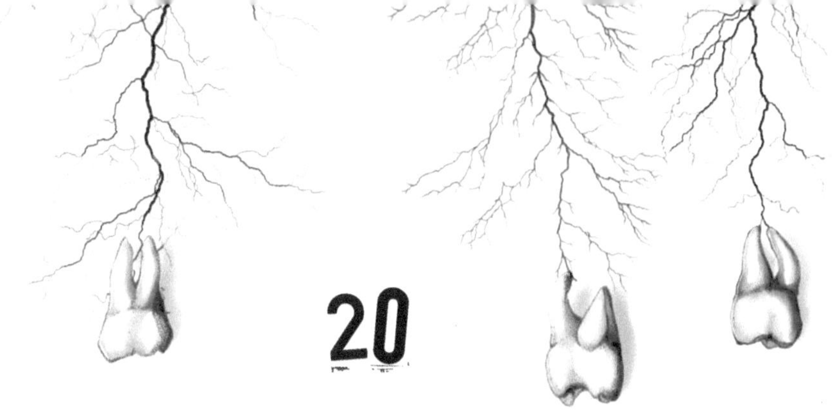

20

CASSANDRA — Je suis restée jusqu'à 19 heures au bar, rassurant à coups de vocaux et de SMS Louise, qui finalement s'est trouvé une autre occupation.

En une journée seulement, j'ai compris qu'un certain nombre de services étaient présent dans ce commissariat. On y retrouve la sûreté départementale, les STUPS, les violences intrafamiliales, la BAC, la PJ, et même la brigade financière.

J'ai un plan un peu flou des locaux. La PJ a un étage rien qu'à elle. L'aile nord, ce serait les STUPS, pas bien loin de ceux des Finances. Puis, en bas, c'est le classique, avec les cellules de garde à vue.

Pour la partie organique, c'est plus complexe, plus tentaculaire, je dirais. Les défauts des multiples machines à café — j'en ai compté cinq pour le moment — sont un problème de taille, énuméré par beaucoup.

Quant à ceux que l'on nomme les STUPS, ils sont relativement mécontents : un nouveau chef veut changer la composition des bureaux — il paraît qu'il y a trop de copinage. La brigade financière, elle, a un de ses collaborateurs à l'hôpital : une tentative de suicide avortée. Pour la Police judiciaire, les sous-effectifs paralysent le service — les arrêts maladie de longue durée pour cause de burn-out sont légion.

Ce que je comprends, c'est que je suis face à une institution au bord du naufrage. Et ce radeau qui coule me fascine, par sa dévotion. Car même amputés, ceux qui tiennent la barre continuent de traverser la route, de quitter leur bureau sous-équipé pour trouver un café potable qui les fera résister — approximativement.

C'est étrange, mais je me sens proche d'eux.

J'aurais aimé rester encore, toute la nuit, pour rencontrer les nocturnes. Mais la fatigue, la douleur, et la faim ont eu raison de moi, et je rentre — enfin, je retourne chez Louise, comme promis.

Quand j'ouvre avec le jeu de clés qu'elle m'a prêté, je la retrouve blottie dans le lit. Elle se lève immédiatement à ma vue pour venir à ma rencontre, le visage inquiet.

« Alors ? » elle demande.

Je savais qu'elle poserait cette question. J'ai préparé ma réponse, car j'ai suffisamment écouté mes nouveaux amis au bar pour connaître les procédures.

« Ils m'ont fait faire un tour à l'hôpital, comme je t'ai dit… j'ai vu un médecin et tout. » Je baisse les yeux. « J'ai tout raconté… » J'inspire en mimant la difficulté à parler. « C'était dur. »

« Oh, ma puce… je comprends… je comprends tellement. » Heureusement, ce soir, son esprit est ailleurs, je le sens. « Et ils vont faire quoi ? » elle demande.

Je retire mon manteau pour le pendre à la chaise.

« Ils vont le convoquer. » J'acquiesce avec moi-même. « Un des policiers, très gentil, m'a dit qu'ils feront ce qu'il faut pour le calmer. »

Elle promène sa main chaude sur mon dos.

« Bon, bon. J'espère qu'on aura des nouvelles très vite », elle ajoute.

Et voilà, ça passe. Louise ajoute :

« T'es forte, super forte. »

Je lui offre un sourire fatigué.

« Tu veux qu'on commande un truc à bouffer ? C'est moi qui invite, ça te remontera le moral », elle déclare.

« Bonne idée ! » je lance, et j'en profite pour changer de sujet. « Alors, comme ça, il est marié ? »

Elle éclate de rire et part se jeter dans le lit. La voilà à genoux, en train de secouer son téléphone dans tous les sens, les joues rougies.

« On s'en fiche de ça ! » elle dit. C'est nouveau. « Si tu voyais comme il est beau, ce mec. Une version de Shepard ! » Elle murmure : « Bon, la version marseillaise, hein. » Elle grimpe de nouveau dans les aigus : « On n'arrête pas de s'envoyer des messages, c'est un petit coquin en fait. » Elle ponctue pour elle-même. « Je suis sûre qu'il baise plus avec sa femme. »

Je retire mes gants avant d'attraper le téléphone et commence à parcourir la conversation. Louise hurle :

« REMONTE PAS TROP HAUT ! »

En effet, ça aurait pu m'éviter de tomber sur la photo de ses seins, suivie de la photo du pénis de monsieur. Je me recule en vitesse pour l'empêcher de récupérer son portable, et j'imite une voix masculine en lisant un des messages du dénommé Loïc :

« Hm, tu m'excites, tu voudrais ma queue entre tes deux nichons ? » J'éclate de rire. « Nichons ? T'es sûre que c'est un médecin, et pas un ado de quatorze ans ? » j'ajoute.

J'analyse avec plus de détails le membre mal cadré, en érection, suréclairé. Je grimace, alors qu'elle m'arrache le téléphone des mains.

« Ça me dégoûte, ce genre de photo… », je dis.

Elle hausse les épaules en faisant la moue.

« Oh… ça va ! »

Ça la dégoûte aussi, je le sais. Mais comme toujours, elle s'aveugle, subit l'envoûtement, jusqu'à ce qu'il rompe le charme. Quand ? Dans deux jours après une énième parole dégradante ? Dans trois semaines quand il aura profané son corps ?

L'histoire est déjà écrite, et j'ai appris avec le temps que je ne peux pas la raisonner dans ces moments-là.

Alors, je profite de son état de liesse.

On commande des sushis, puis on se cale dans le lit, nos plateaux sur les cuisses, devant la saison 1 de Grey's Anatomy, qu'elle insiste pour voir.

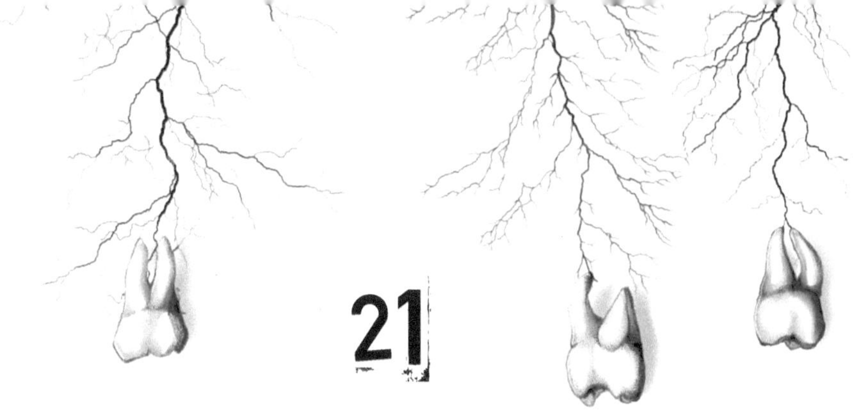

21

Le lendemain,

CASSANDRA — Après mes heures de travail, effectuées sans concentration, je me retrouve de nouveau devant ce bar, *La Major*. Attirée ici, comme si c'était un foyer protecteur. Je m'accroche au moindre son, en sirotant distraitement mon jus. Ici, personne ne s'intéresse à moi. Ici, je fais partie des murs, je deviens le comptoir, les chaises en plastique, les tables noircies, et même la serveuse, ou pourquoi pas le café, qui remplit les gorges abîmées.

J'entends :

« Paraît que le préfet s'est pris un stylo dans la gueule. »

« Faut pas s'étonner, vu comme il est con, lui. »

« Je me suis fait piquer ma caisse la semaine dernière. T'imagines. Moi. J'ai dû porter plainte comme un blaireau. »

Je vis des morceaux d'existence.

« Si tu fouilles dans le bureau de Morel, t'as de quoi te mettre une caisses. »

« Y a un mec qui fracasse les putes en ce moment, ça va monter à la PJ, ça, je te le dis. Z'ont pas les bras en bas. »

« T'as vu que l'indic des STUPS, il s'est fait choper parce que ce con a fait un TikTok ? »

« Ah, les STUPS. Quand ils rendent pas leurs scellés, ils font de la merde ailleurs. Qu'est-ce que tu veux que je te dise. »

Parfois, je ferme les paupières, et je me vois traverser les bureaux. Je touche du bout des doigts les plantes en plastique.

« Alors, t'as été mise à pied ? »

« Ferme-la. C'était pour la bonne cause. »

« Mais t'as fichu quoi ? »

« Eh bien, je l'ai cogné, ce connard ! Le mec viole ses deux gamines et me sort : je veux pas d'une meuf pour m'interroger. Bah moi, moi, je le défonce ! Ras le cul de l'intrafamilial. »

« Hmpf, faut bien que quelqu'un le fasse. »

« Je voulais la PJ. »

« Club privé, ça. Puis c'est des branques, aussi. »

Un néon clignote au-dessus de mon front, la machine à café soupire, lasse que l'on ne daigne pas s'occuper d'elle. De nouveau, j'ouvre les yeux. Le soleil me gêne.

« AH ! Julie ! Il est où Farid ? »

« Au bureau, je crois. Pourquoi ? »

« On est sur un gars, il vient de sa cité, là. C'est une tête. »

« Tu veux qu'il t'étrangle ? »

« Roh, ça va, on sait jamais quoi, ils se connaissent tous, là-bas. Demande-lui s'il connaît un Akim Amar. Bref. Bon, z'êtes toujours sur ce mec que vous avez repêché aux Goudes ? »

« Ouais. »

J'ai un picotement dans la nuque. Un énième type écrase son mégot dans le cendrier sur ma table sans me voir. Je penche la tête pour mieux apercevoir la dénommée Julie. Une claque. Un teint de pêche, des yeux de biche, une blondeur séraphique. Une sorte de Louise, plus baraquée.

« Et alors ? » fait le type que je n'aperçois que de dos, face à elle.

Elle serre ses doigts sur le sac en papier kraft qu'elle tient et tourne les talons. En me passant à côté, elle murmure :

« Mêle-toi de ton cul, putain. »

Je la suis du regard tandis qu'elle traverse la route avec grâce. Son manteau en daim ondule derrière elle, telle une belle cape. Je pourrais la rattraper, lui accrocher le poignet et lui souffler ce nom aux oreilles, et voilà, tout s'arrêterait là. Mais qui me dit qu'en remerciement, elle ne me plaquerait pas au sol.

Elle en a l'air capable.

Encore quelqu'un écrase son mégot dans le cendrier, et je remonte mon écharpe sur mon nez. C'est le type qui parlait à cette Julie. Lui, est en uniforme, et il repart aussi avec un autre en maugréant :

« Quelle bande de pète-culs, le groupe à Mag'. »

L'autre soupire :

« Capitaine Crochet et sa bande de chiens de la casse. »

Les deux disparaissent en direction du commissariat. Et j'inscris officiellement dans mon esprit ces termes : Capitaine Crochet. Mag'. Julie. Premier étage. PJ. Pour qu'ils soient des mots d'alerte.

22

Trois jours plus tard,

Mathias — Chercher une nouvelle Cassandra, une nouvelle Izela. Chercher la nuit, entre les rues, entendre : ça va, mon mignon ?

Être regardé étrangement, refuser la fellation, la branlette, demander à récupérer son argent parce qu'on voulait juste discuter. Cogner, fort. Ne pas trouver. Et c'est de nouveau le jour, un jour froid, avec un soleil agressif, après une nuit d'échec.

Je ronge la peau de mon pouce.

Où aller. Que faire. Quand on s'emmerde à longueur de journée, on se perd.

Je crois avoir tourné trois fois autour d'un rond-point et m'être égaré dans les allées d'une résidence. J'aurais voulu me pointer au supermarché, faire des emplettes, traîner au rayon électronique, rallumer tous les écrans des téléphones d'exposition, bouffer un quignon de pain, puis du raisin. Petit grain par petit grain. Mais, finalement, flemme, et je me contente de m'arrêter au tabac du coin, car j'ai promis à Tony que je ramènerais des feuilles à rouler.

On s'emmerde, on fume, alors on s'emmerde moins.

Ensuite, je rejoins ma baraque, enfin, celle de Tony.

Oui, c'est à lui, il le répète tout le temps. Je sais pas si c'était celle de son daron ou un truc du genre, mais apparemment c'est maintenant la sienne. J'y squatte, car un jour il a passé un message sur Leboncoin en disant qu'il cherchait une meuf pour l'entretenir. Bien sûr, aucune nana n'a trouvé le plan charmant, et ça l'a fait marrer, Tony, de me voir me pointer avec cinq grammes de C, qu'on a tapés dans la soirée. Il y a un truc qui s'est scellé, là. Surtout quand il a compris que je suis OK pour baiser avec lui, et lui faire ses courses. Je suis sa meuf avec une bite.

Bref, dans cette maison, ça schlingue. J'ai jamais su d'où ça venait. Je me suis même imaginé qu'un étron s'était coincé pour l'éternité dans le coude du chiotte.

Ce matin, Tony est affalé dans le canapé. Comme d'hab', en fait. Il a le poireau à l'air, et il grogne en tirant dessus. Je l'observe se branler discrètement. Moi aussi, j'ai envie de me branler, du coup.

Sur la télé, un gros boulard. Deux mecs en train de coulisser dans une nana ridicule.

« Putain ! TU FAIS CHIER. » C'est ce que gueule Tony quand il m'aperçoit.

« Finis, je m'en fous », je dis en entrant dans la pièce.

« T'as pas envie de me sucer ? » il demande.

Je pose le pour et le contre. Je me sens trop éreinté. Ouvrir grand, aller et retour, les larmes aux yeux parce qu'il presse mon crâne jusqu'à ce que son gland touche ma glotte. Je hoche la tête par la négative, un peu sonné.

« Tu fais chier. »

Il dit tout le temps ça, Tony ; tu fais chier. Mathias, tu fais chier. Tu fais vraiment chier, hein. Lui aussi me fait chier, surtout quand il se remet à se branler en relançant sa vidéo. Je balance le paquet de feuilles que j'ai achetées POUR LUI sur la table basse.

Les cris de la gonzesse sont insupportables. Aujourd'hui, Tony me dégoûte. Déjà, il pue, et puis il est flasque. Pas vraiment gros, non, flasque, comme un truc qui aurait fondu, un lapin en chocolat par exemple, sous un soleil de plomb. Tony me fait chier.

Du coup, je file à la cuisine, et je fais semblant de chercher un bidule dans le frigo, et y a que dalle dans ce foutu frigo. J'entends jouir, rauque. Je reviens dans le salon et me pose à côté de Tony qui a enfin rangé son matos.

« J'ai plus un rond », je dis. « On est le combien ? »

Il coupe la vidéo qu'il regardait :

« Moi non plus. Le 20, je crois », il fait.

« Ton RSA tombe quand ? » je questionne.

Tony repousse ce qui traîne sur la table basse pour se faire de la place et se rouler un joint, en haussant les épaules. Je me mets à réfléchir activement. Je pourrais choper un boulot en trafiquant mon CV, mais je fais jamais long feu. Ou alors, je pourrais attraper quelques téléphones sur les terrasses des cafés et les revendre en vitesse aux *Puces* — mais la dernière fois, j'ai failli me faire gauler. Puis, j'ai pas la tête à ça. Je passe trop de nuits dehors, à ma tâche.

Le pire, c'est qu'on s'est même grillés au niveau des dealers. On a consommé plus que revendu. Ensuite, on s'est retrouvés avec une sale dette au cul qu'on a mis deux mois à éponger. Tony, ça l'inquiète pas, ça. Il allume son spliff nonchalant et me crache sa fumée dans la gueule en disant, lentement, bien trop lentement :

« Je vais revendre la baraque. »

Je me marre en lui arrachant le joint de la pince. Une bouffée, je m'étouffe, et je continue de me bidonner. Mathias est terriblement fatigué aujourd'hui, son percuteur… il percute pas.

« J'déconne pas, du con. Avec la thune, on pourra se prendre un appart, ou chais pas quoi. Une maison de campagne, genre. Un truc qui coûte que dalle. Et paf, on sera comme des princes. »

J'ai arrêté de rire. Je tire encore une taffe, avant de balancer le bedo dans le cendrier.

« Non. »

Et oui. Tony, qui veut continuer notre vie, qui m'inclut dans son petit délire campagnard, ça me fait un peu plaisir. Je l'imagine glander sur le perron, et hop, moi je plante des patates en le saluant. Coucou Tony, que je fais, regarde, une patate, deux patates, trois patates. Cette année, la récolte sera bonne, mon beau Tony, mon lapin en chocolat fondu.

Ce serait donc ça, le chômage que propose Cassandra ? Des patates, des carottes, et un poêle à bois à entretenir ?

Typiquement le genre de leurre à éviter, et qui me fait suer. J'ai même une goutte qui fait le toboggan sur ma colonne vertébrale.

« Non, quoi ? » il fait.

« Non, tu vends pas la baraque ! » je dis.

Ses deux petits sourcils blonds se lèvent bien haut.

« Pourquoi ? »

Je me lève pour éviter d'être à portée de lui — j'ai envie de le cogner.

« Parce que, putain ! On est bien là ! » On est pas loin de Cassandra, que je dois veiller jusqu'à son remplacement, enfin… on dira son évolution ? Je sais pas. « Puis t'as vu l'état de la baraque, personne voudra te l'acheter ! »

Faudrait refaire entièrement ma chambre — la brûler. Et si quelqu'un capte qu'il s'est passé un truc, ici ? Personne doit rentrer dans ma chambre. C'est MA chambre.

« Nan, mais on va lui donner un coup de clean », il dit tranquille, en fumant son petit joint, comme si on parlait de broutille.

Je frappe du pied par terre.

« On va pas faire ça ! »

Tony se lève à son tour, et il secoue l'index dans tous les sens.

« C'est MA baraque, si je dis que je la vends, je la vends. Si t'es pas content, tu te casses, et tu vas te trouver un autre connard. »

Je sais qu'il le pense pas. Il peut pas se passer de moi. Ce qu'il faut avouer sur Tony, c'est qu'il a du mal à foutre un pied dehors. Agoraphobe, quelque chose.

Dans les cas d'extrême urgence, il me met son cul dehors : quand y a plus de clopes et que je suis pas dans les parages, mais c'est vraiment rarissime. Généralement, il me spam de messages et moi j'accours. Je suis son infirmier, quoi, avec bonus, genre finition.

« Tu la vendras pas, je te dis », je m'agace.

Il souffle en rallumant son spliff, puis lève un doigt.

« De 1, tu m'emmerdes. » Il lève le majeur. « De 2, tu m'emmerdes, et je fais ce que je veux. » Il lève l'annulaire. « De 3, t'étais où, putain, cette nuit ! »

De nouveau, je tape du pied en serrant les poings.

« Je vais où je veux ! Trou du cul ! »

Il secoue son paquet de feuilles.

« Ouais, et moi, je voulais mes feuilles ! »

Je tourne les talons et m'apprête à rejoindre ma chambre en hurlant :

« TU ME GAVES ! »

« Je t'emmerde », il répond, puis ajoute : « T'as intérêt à te calmer, y a Milly qui débarque DEMAIN SOIR. »

Je m'arrête net.

« Non ! Pas cette pute ! » je braille. Mon Tony, pas le Tony de Milly.

« SI ! Et t'as intérêt à faire acte de présence. Elle t'aime bien. »

« Mais pourquoi ! » Je veux pas qu'elle me frôle, surtout pas.

Tony s'approche de moi en boitant.

« Écoute. Vraiment, écoute-moi bien. Je suis moche, gros, et tout un tas d'autres trucs qui rebutent les meufs. » Moi, ça me rebute, mais pas tout le temps. Donc, pas besoin de Milly. « Alors, DEMAIN. » Il écrase son index sur mon plexus. « DEMAIN. Tu fais un putain d'effort pour moi. » Il approche encore son visage. Il a une haleine de rat mort. « SINON. Je te tej'. Et t'auras qu'à retourner chez ton père et ta mère. »

Et, là. Je scelle fort ma grande bouche. Fort, fort, fort.

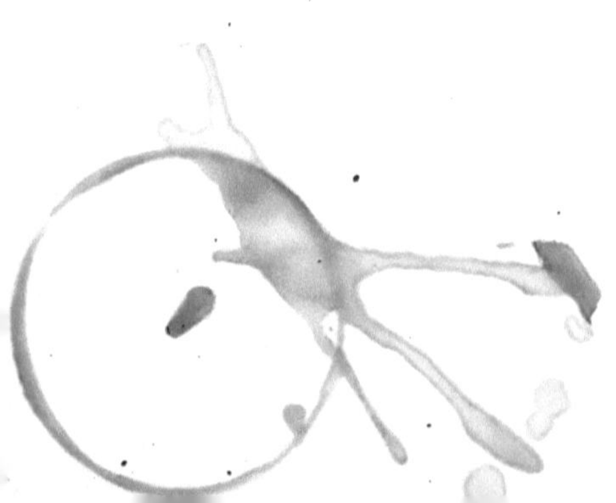

23

Le lendemain,

FARID — « Bon, celle-là, c'est pour nous », commence Magalie en refilant un paquet de feuilles à Julie. « Le procureur l'a fait remonter. »

Julie se met à accrocher des portraits photographiés au tableau avec les aimants. Chaque visage féminin est une démonstration de violence. Œil au beurre noir, lèvre fendue, pommette brisée, cou bleuit, bref, gueule tuméfiée, mais vivante, et je m'assieds sur mon bureau.

« Donc, voilà », soupire Magalie. « Six prostituées tabassées en dix jours. »

Noa achève une réflexion qui était en train de faire son apparition dans ma tête :

« Et j'imagine que, parce que c'est des putes, ils ont pas tilté de suite ? »

« Prostituées », Julie le reprend de volée. Regard noir de Noa.

Je me lève et examine chacune des filles, avant de déclarer :

« Y a pas de groupe en particulier qui ressort. »

« Quoi ? » dit Magalie, qui vient de se vautrer dans sa chaise de bureau.

« Bah, y a pas que des blondes, ou des blacks, par exemple », j'explique.

« Ouais. » Elle attrape son gobelet : « Donc, généralement, c'est la nuit. » Elle se parle à elle-même : « Sans déconner. »

Julie, avec une feuille dans une main, un Velleda dans l'autre, note les heures approximatives et les dates d'agression. Magalie reprend :

« Le procédé du mec, c'est de récupérer la nana sur le trottoir, de l'amener dans un coin sombre, un parking désert, les calanques, les bords de mer. Bref. » Elle balance ses pieds sur le bureau : « Ensuite, il dit qu'il veut discuter. »

Noa, qui tournait sur sa chaise, demande :

« Chelou. Il les nique pas ? »

« Nan, absolument pas. Il refuse qu'elle le touche »

« OK. » Et Noa se remet à tourner sur sa chaise.

« Et si la nana le presse dans son blabla, le gars s'énerve, dit qu'il veut récupérer son fric, et finit par la castagner. »

Julie note.

« C'est quoi son terrain de chasse ? » je demande en portant mon gobelet à mes lèvres, avant de me rendre compte que celui-ci est vide.

« C'est vaste », ajoute Magalie en récupérant un feuillet : « Gambetta, Prado, Canebière, Liautaud… et cetera. Vous voyez le topo. »

« Ouais, partout où y a des putes, il va, quoi. » Et Noa fait encore le guignole avec sa chaise.

Julie le reprend de plus belle :

« Prostituées. »

Et moi, je questionne :

« On a un signalement ? »

« Alors, l'équipe d'avant à fait un portrait croisé des déclarations des victimes. » Magalie s'éclaircit la voix. « Un grand ; un mètre quatre-vingt à quatre-vingt-dix. Corpulence : pas épais. Sur la couleur des mirettes, ça déconne : vert, marron, c'est pas clair. C'est un blanc, cheveux mi-longs, et une particularité : il est roux. »

Noa saute de sa chaise :

« C'est pas une particularité, ça ! »

Julie lui balance :

« T'es con. T'es même pas roux. »

Il secoue le doigt :

« Je sais, blond vénitien. »

Magalie roule des yeux :

« Bon, si tu veux. Mais bref, il est roux. C'est pas tout le monde non plus, quoi. Sinon, rien de très remarquable. Souvent en baskets sombres. Jean. Ah si, une espèce de manteau gris, qui revient fréquemment dans les descriptions. »

Donc, on cherche un rouquin en manteau gris — évident.

Magalie reprend :

« Je sais bien. Je sais bien. » Elle bat des mains : « Aucune n'a réussi à nous décrire la caisse du mec. Mais sur les images de vidéosurveillance, on a une Fiat. »

Elle tire une feuille de son bureau, avec plusieurs points de vue de la bagnole qui laisse monter une fille côté passager.

Noa pointe du doigt la feuille :

« Han, Fiat Panda, année 2005, ou un truc du genre. »

Julie l'applaudit, et Noa reprend :

« On a une plaque, donc ? »

Magalie jette son gobelet dans la corbeille à papier.

« Ouais, sauf que c'est une fausse. Ça nous renvoie sur une Porsche, d'une nana à Quimper. Tu vois le deal, quoi. »

« Oh, fuck ! » souffle Noa. « Et en plus, elle est blanche, ta Fiat. »

Je commence à triturer mon paquet de cigarettes. Je compte combien il m'en reste. Dix, ça me fera peut-être la journée.

« J'ai déjà prévu d'envoyer des patrouilles ce soir, faire de la prévention et un peu de surveillance », précise Magalie.

« Des patrouilles ? » je ricane.

La moitié de son visage s'assombrit :

« Deux. On nous en détache deux. » Magalie ajoute : « Et les connards en bas vont encore dire qu'on nous donne tout, et qu'on fait que râler. » S'ensuit une succession d'insultes.

Si moi, je sais que c'est stupide, elle aussi le sait. On fait quoi avec deux groupes qui surveillent 0,0000002 % de la ville ?

Julie lève un index :

« Je me mets en contact avec le CSU, et je vois s'ils peuvent garder les yeux ouverts. »

« Connard. Sur. Uranus. » Noa est fier.

J'éclate de rire, en ponctuant :

« J'avoue, j'avoue. »

Œillade noire de Magalie. Noa lève une main, comme pour se faire pardonner :

« Si tu veux, même, je fais des patrouilles aussi. Avec Farid. »

Je hausse les épaules. Ça me va, en soi. Magalie se contente de prendre ça comme argent comptant, et Noa geint :

« Oh, tu pourrais nous féliciter ! »

Elle murmure :

« J'ai besoin d'un café. »

Je me prépare à aller fumer, mais d'abord, je veux toutes les infos, comme ça je pourrais cogiter peinard avec ma cigarette :

« Bon, et RAS, le labo ? »

« Ouais », répond Magalie. « Trop de profils ADN différents. » Elle se lance une boutade à elle-même. « Le métier qui veut ça. » Avant d'ajouter : « En plus, certaines ont été amenées trop tard à l'hôpital. Bon, au moins, les collègues qui ont été appelés là-bas ont réussi à les faire porter plainte, hein, c'est pas mal, ça. »

Je frappe le cul de ma clope sur le bureau. Elle continue :

« Ouais, puis j'ai déjà reconvoqué les victimes. Mais je suis pas sûre qu'on les voie toutes », elle soupire.

« Je vais les recevoir », commente Julie.

« Elle peut les prendre en charge avec un portraitiste ? » ajoute Noa, en se remettant à tourner sur sa chaise.

Magalie jette la tête en arrière :

« Je voudrais bien, mais tu vas voir qu'on va pas l'avoir avant deux semaines, ce con. »

« C'est bon, je le ferai moi, avec un logiciel sinon », déclare Julie.

Noa lui envoie un stylo dans l'épaule en braillant :

« Suceuse ! »

Je jette un œil par la fenêtre en sortant mon briquet, et je bloque sur un détail :

« Il leur raconte quoi, le mec, avant de les fracasser ? » j'interroge.

Magalie tire de nouveau sur ses feuilles :

« Attends, tu vas voir, c'est un cas. » Et elle explique : « En gros, il leur parle de fissures dans l'âme, ou un truc du genre, il dit que ch'ais pas quoi est dans leur chair, il cause résurrection, et qu'il a besoin qu'elles l'aident… une espèce de délire mystico-religieux. »

J'acquiesce en réfléchissant, puis je ponctue :

« Je lirai les PV attentivement. »

Magalie sourit, mielleuse :

« Tu vas nous chercher des cafés en fumant ? Hein ? »

J'ai pas le temps de dire oui ou merde que Julie déclame sa commande en continuant d'annoter autour des portraits des filles :

« Double, trois sucres. »

Et Noa, qui se lève en sortant son paquet de clopes à son tour, termine pour elle :

« Et une pointe de lait, chaud, sinon le café devient tiède. Bla bla bla. »

Avec Magalie, on s'envoie une risette discrète.

Dès que mon pied touche le trottoir, et que mon nez sent le soleil, ma cigarette est allumée, et mes poumons me remercient.

« Faut vraiment qu'ils nous trouvent deux nouveaux pour l'équipe. À quatre, c'est pas possible », râle Noa. « On a combien de dossiers, là, sur le feu ? »

Je recrache ma fumée et on bifurque au coin de la rue :

« Ch'ais pas, vingt ? »

Et il se lamente :

« Voilà pourquoi je suis célibataire ! »

Oui. Oui. Personne n'a rien vu pour toi et Julie.

On arrive au bar, on entre pas tout de suite, on finit d'abord notre clope, en se plaignant de Magalie. Je balance mon mégot dans le premier cendrier que j'aperçois trôner sur une des tables de la terrasse.

Noa fait de même, et on entre, pour se ficher au comptoir, en se mettant bien loin de Jeremy et Chloé, deux des STUPS qu'on peut pas blairer.

La serveuse tape un peu la discute avec Noa, puis on passe notre commande :

« À emporter », lance Noa. Puis il s'adresse à moi : « Je rêve de foutre mon cul en terrasse, et de glander. »

J'acquiesce :

« Oh, ouais. Surtout que là, je vais me farcir tous les PV des filles cet aprem, j'ai déjà les mirettes en sang. »

« Pute Vénale. » Il ouvre grand les yeux. « J'annule ! Sinon Julie m'étrangle. » Il secoue la tête : « Bref, il faut ce qu'il faut », il ajoute.

« M'emmerde déjà, cette affaire, et ce truc de Samir qui se décoince pas. »

Noa hausse les épaules :

« Te prends pas le chou, mon poulet. Encore un règlement de comptes à la con. L'avait peut-être traîné avec les mauvais lardons, notre gars. »

Les images de l'autopsie clignotent dans mon crâne. Les photos de ce visage boursouflé, déformé, posé sur un métal parfait. Puis son cou, aussi, avec ses marques de strangulation. Les règlements de comptes, c'est plutôt tête explosée, et pas par étranglement et délesté de deux steaks.

Je marmonne :

« Mh mh. »

Noa me tape sur le coude :

« Quoi ? »

Je grimace :

« Nan, rien. »

Notre commande arrive. Noa chope le sachet, je paie. Devant le bar, je me rallume une cigarette en me plaignant :

« Je veux que le bureau redevienne fumeur. Que cette connasse de Mag' nous lâche la bride avec sa politique sans tabac. »

Noa, la clope au bec, valide :

« Je te jure. Mon rêve le plus cher aussi. Surtout qu'on caille du cul dehors. »

J'entends un toussotement. Je me retourne. Assise dans un coin, une femme, toute enfoncée dans son écharpe nous analyse, et je capte qu'on lui envoie notre fumée dans la gueule. Je me recule en tirant Noa par le coude :

« Pardon », je fais.

« Désolé », rajoute Noa.

Elle secoue à peine le visage. Et du coup, on décide d'aller finir notre clope devant l'Évêché.

24

Le soir,

Mathias — J'ai dû aller gratter deux grammes de C à notre nouveau dealer pour Milly, car Milly par-ci, et Milly par-là. J'ai payé le bougre avec des tickets-restaurant que j'ai taxés dans la boîte aux lettres de la voisine.

Et hop, magie, pas magie, en deux heures Milly s'est tout mis dans le nez, voilà qu'elle gémit :

« T'as pas d'autre truc ? »

Et c'est à moi qu'elle cause, comme si j'étais un putain de seigneur.

Je me prends un regard désapprobateur de Tony, du genre : tu peux pas assurer pour une fois ? Sauf que ce con-là a toujours pas compris qu'elle l'entube, la Milly. Elle vient, elle se came à l'œil, expose un nichon à Tony pour avoir le droit de revenir. Son manège fonctionne à merveille. Tony a la bave au menton, et il me montre la cuisine du bout du doigt :

« Mat', il sait faire des cocktails, qui vont t'expédier voir les anges », il invente.

« Ah bon ? » je lance.

Tony m'envoie quelques éclairs avec ses yeux, et je lève mon cul. Je me pointe dans la cuisine et j'ouvre tous les placards. Je sors des bouteilles au pif : du vin, du whisky, de la vodka, un reste d'eau-de-vie qui doit être là depuis qu'on a posé la première brique de la maison, puis d'autres machins que je connais pas. Je mélange le tout dans trois tasses, hop, un peu de ça et de ci, et on verra bien.

Je retourne au front, et je scande :

« Cul sec ! »

Une fois le liquide dans les trois gosiers, on tousse et renâcle. Et oui, c'était sacrément immonde. Mais les deux autres en redemandent. C'est plus une histoire de goût, à ce niveau-là, mais une volonté de se déchirer.

Je recommence ma mixture, que je nomme maintenant : le Mat express. C'est dégueulasse. Ça vous dégomme l'œsophage, mais tout le monde est content, et ivre. Bien comme il faut. Milly affale sa face sur la table, et de la cendre se colle à sa joue. Elle marmonne en l'air :

« Je vous jure, ça fait du bien d'être là. »

Dans un taudis, avec deux sales types. Vraiment ?

Tony lui caresse le dos :

« Ah, c'est sûr, c'est le palace ici », il ose — connard.

Je m'allonge sur le sol :

« Palace que tu veux vendre. »

Bim, dans tes chicots puants.

Je reçois un coup de pied venu de je ne sais où, et je me roule par terre pour percuter un autre truc mou. Milly me tombe dessus en gloussant :

« Faut pas vendre cette maison », qu'elle fait. MERCI. « Elle est hyper chouette. Puis au moins vous êtes libres... »

Bla bla bla, j'entends pas la suite. Je me contente de fixer le plafond.

« Avec mes darons, je vous jure, c'est un vrai cirque. »

Mais elle a quel âge, cette conne. Je roule de l'autre côté. De là, la face contre le tapis, je vois la porte de ma chambre. Je rêve de m'y glisser. Je m'imagine au chaud dans mes draps, la tête dans mon coussin, ça pue et ça colle, et le lit se mettrait à tanguer, mais ce serait mieux qu'ici.

« Tu continues, quand même, la fac de psycho ? » Tony demande.

« J'ai plutôt intérêt, sinon, on me coupe les vivres. », lui rétorque Milly.

Je me fourre à quatre pattes, un but, une direction, hop, hop. Mathias, la saucisse rampante.

« Bah, ouais, mais tu seras bien après », lance Tony, le moralisateur qui a même pas le BAC.

J'avance, la tête dans le cosmos, je suis un voyageur interstellaire. J'atteins le couloir, toujours à quatre pattes. Les voix se font vaporeuses :

« Bien de quoi ? Y a plus de boulot dans cette branche », fait Milly.

« N'importe quoi. T'as de plus en plus de fous », balance Tony.

Je tends la main, la porte s'éloigne. Reviens là, bougresse !

« Qu'est-ce qu'on en a à foutre de la santé mentale, dans un État capitaliste ? » déblatère Milly.

Je parviens pas à attraper cette fichue poignée. Mathias, la larve sans bras.

« Ch'ais pas, moi ! Laisse les dingos en liberté et ça sera le bordel », Tony s'énerve.

« On est pas prêts pour ce débat, Tony, je te jure », elle clôture.

Plus de voix, et j'arrive enfin à ouvrir la porte. S'ensuit un glapissement :

« C'est ta chambre ? Je peux voir ! »

Je me tourne, Milly a déjà la tête dans la pièce. Je me relève d'un bond et la pousse en hurlant :

« SORS DE LÀ ! »

Je claque la porte et lui fais face. Tony, toujours affalé dans le canapé, éclate de rire en ajoutant :

« Attention, personne a le droit de rentrer dans la tanière de MONSIEUR Mathias. » Il glousse : « Il doit y cacher sa collection de sex-toys. » Il s'égosille même : « Des gros godes veineux. »

Je vais étrangler Tony. Mais Milly se colle dans mon cou et chuchote :

« J'ai envie de toi. »

Toutes les cellules de mon corps hurlent : FUIS, PAUVRE FOU !

Même ma queue s'est pliée pour rentrer dans mon scrotum. Milly s'accroche à moi, mais pas pour une étreinte, seulement pour se retenir de la chute. Je la repousse, elle s'étale contre le mur en ricanant, bête.

« Nan, je fais pas ça », je finis par dire.

Elle m'observe tout bizarrement maintenant :

« Tu fais pas quoi. »

« Baiser », je lance.

« C'est-à-dire ? » elle insiste.

Tony intervient :

« C'est un putain de voyeur. Il aime pas qu'on le touche, il aime juste se branler devant les autres. »

MENTEUR.

Les yeux de Milly s'écarquillent.

MENTEUR, t'adores quand je cambre les reins devant toi, TONY.

Oh.

Même ivre, j'ai un éclair de lucidité. Il me protège en racontant cette connerie ? Mon lapin en chocolat fondu.

Milly se détourne de moi, avec un petit sourire de chipie. Elle retourne dans le salon en enlevant son tee-shirt pour dévoiler sa poitrine à Tony. Il est bon, ce con. Très malin. Trop malin.

Tony, le traître. SALAUD.

Il bave déjà devant les gros seins — ils sont énormes, pleins de veines bleues.

Elle retire ensuite sa jupe et son collant, et Tony m'envoie discrètement un signe de la main pour que je revienne — je suis puni.

Je les rejoins, et je me pose à même le sol, enfin, plutôt, je m'affale. J'observe.

Milly s'assied sur Tony. Elle me regarde dans les yeux. Elle ne fixe que moi.

Mathias disparaît. Pouf.

Tony, pas sorti de la dernière pluie, lui écarte les jambes. C'est sa chance. Il l'a dit : je suis gros et moche, et moi, je lui suffis pas, et je dois scruter ça.

Il enfonce sa main dans la culotte de celle qui se tord avant même qu'il ait fait quoi que ce soit. Quand le sous-vêtement tombe, j'ai le droit à une vue en 4K sur sa chatte. Si j'étais pas pâle à cause de mon ivresse avancée, là, je le suis, j'en suis certain.

Mathias, le fantôme traumatisé. Mathias, je te roule dessus.

J'ai des picotements au bout des membres. Je veux partir, tout loin. Tony la doigte sans vergogne, ça fait un bruit humide, et le visage de Milly, contracté, rouge, ça me file la gerbe. Lui, il grimace, toutes dents dehors, comme s'il bouffait un steak, et le PIRE, c'est que dès que je fais mine de détourner le regard, Tony grogne pour me forcer à rester rivé sur eux.

J'arrête de cligner des yeux, dans l'espoir de voir flou.

Tony se déshabille. Il fait signe à Milly de se mettre à quatre pattes sur le canapé. Autoritaire, comme avec moi. Elle galère, il la guide. Moi aussi, il me guide en temps normal, et j'aime qu'il se la joue chef d'orchestre.

AVEC MOI.

Moi, moi, et moi.

D'un coup de patte, il s'astique le poireau quelques secondes, puis crache dans sa main pour enduire la chatte déjà trop luisante de Milly.

À l'aide. Au secours.

Mets donc une capote, on sait pas où ça traîne, ça ! Mais non, il lui enfonce son dard. Elle me fixe. PAN, font ses yeux.

Je demande la peine de mort, pour moi-même.

Il la baise. Tout simplement. Et les seins de Milly qui ballottent dans tous les sens, comme deux poches de graisse libre m'écœurent. Et sa voix qui s'intensifie m'écorche les tympans. Et — tout un tas de trucs me font tourner de l'œil. Mais mon supplice, ma punition, est loin d'être fini.

« Tu sais ce qu'il préfère, Mat' ? » Tony lance, transpirant, des cheveux collés sur le front.

Elle gémit :

« Nan. »

« La sodomie », il ajoute en me fixant du regard.

Milly n'a plus l'air très stable sur ses appuis.

« T'es sûr ? » qu'elle fait, un peu perdue.

« Hein, Mat' ! » il me largue.

L'espoir qu'il me veuille un minimum me fait acquiescer. Pauvre, pauvre Mathias désespéré. J'ai déjà les mains sur ma ceinture.

« Alors ? » relance Tony à l'adresse de Milly.

Elle aussi hoche la tête, et je viens de piger ce que j'avais pas compris dans mon univers nébuleux. C'est pas pour moi. Je le sais, parce qu'il se met à enfoncer son index dans les fondements de Milly. Ça fait mal, dans mon cœur. Et ça doit faire mal, dans le cul de Milly, qui pleurniche douloureusement. Je lâche ma ceinture.

« Détends-toi », il ordonne, avant d'ajouter le majeur.

Sidéré. Mathias, le sidéré. Et le trahi absolu.

Tony présente son gland sur l'orifice luisant, il pousse pour se faire avaler d'un coup. Je sais ce que ça fait comme sensation. C'est pareil à un cercle de feu, surtout avec la délicatesse douteuse de Tony.

Milly couine de douleur. Tony, en bon connard, minimise :

« T'inquiète, tu vas t'habituer. »

Il dit toujours ça avec moi.

Il enfonce sa queue jusqu'à la garde, Milly planque sa tête dans les coussins. J'aperçois la scène de loin, je m'observe de loin. Je veux pas entendre les hurlements étouffés de cette fille, qui finalement me fait de la peine, je veux pas entendre les grognements féroces de Tony, ni rien, je suis dissous.

Je sais pas quand ce cirque s'arrête, d'ailleurs.

Maintenant, je suis juste allongé par terre, la honte au creux des molaires, la douleur, un truc à l'âme. J'ai l'impression que chaque jour, les ténèbres se font plus épaisses, et je pense à Cassandra, je pense à elle quand Milly prend ses affaires et nous salue d'un au revoir timide. Je pense à Cassandra quand Tony se roule un joint, satisfait. Je pense à Cassandra. Cassandra. Cassandra. Cassandra, j'ai une fissure de l'âme.

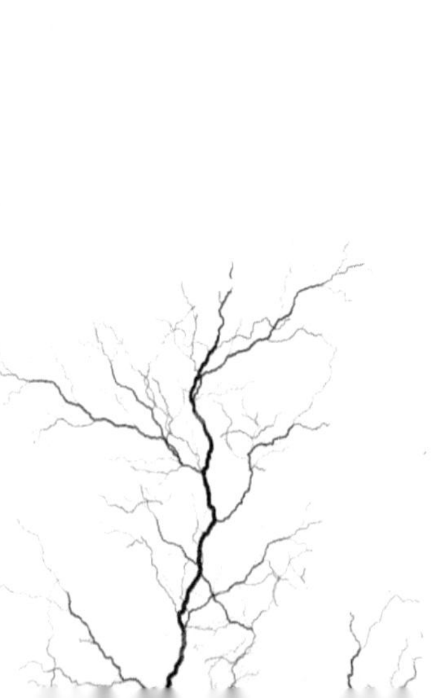

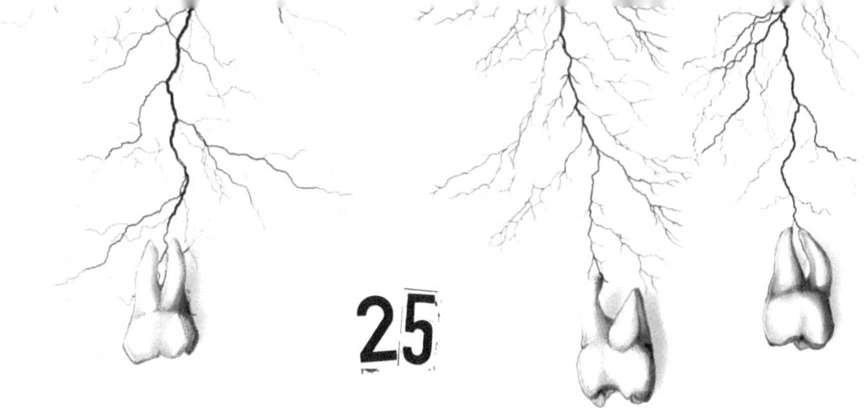

25

Un vendredi,

CASSANDRA — Je range la vaisselle dans les placards, puis m'apprête à repasser un coup d'aspirateur. J'ai le pas lent, je sens le vide se creuser dans mon ventre. Ma mâchoire me tiraille. Je connais cette douleur, j'ai analysé ce que c'était dans la glace : une de mes dernières vraies molaires, noircie.

Dans la cuisine, j'ingurgite rapidement deux Lamaline avant que Louise ne rentre du boulot.

Quand elle débarque, madame jette toutes ses affaires par terre. Je ravale ma salive — un goût de fer :

« Travailler, c'est trop nul », qu'elle chante, en se ruant vers le frigo.

« Enlève tes chaussures ! » je lui sers comme réplique.

Elle saisit une bouteille de coca au frais et balance ses escarpins d'un geste habile sous le porte-manteau en ponctuant :

« Oui, maman. »

Elle boit à la bouteille. Je m'empresse de lui sortir un verre.

« C'est dégoûtant, tu mets tes microbes sur le goulot », je gronde.

« Tu bois pas de coca ! »

« C'est pas une raison ! »

Elle se sert donc le verre, en s'asseyant avant de loger ses pieds sur la table. Je presse sur sa malléole de l'index, elle gémit, et se positionne convenablement. Je tire une chaise et me place en face d'elle :

« Tu sais que je vais enfin pouvoir voir Loïc », elle annonce, des étoiles plein les yeux.

« Quoi, il a réussi à se débarrasser de sa femme ? » je dis, acide.

Elle balaye ma réflexion de la main :

« Arrête avec ça ! » Elle reprend comme si de rien n'était : « Ça va être pour le week-end prochain… ça te dérangerait… »

J'acquiesce comme une bonne élève :

« J'irai chez mes parents, t'inquiète pas. » Je lève un doigt : « Pas chez moi, parce que c'est dangereux, tant qu'ils ont pas puni le méchant. »

Louise me séquestre. Amicalement. Voilà qu'elle glapit de bonheur. J'ai hâte que cette histoire avec Loïc se termine, qu'il lui tranche le cœur et que moi, je le répare.

Pour changer de sujet, j'annonce :

« Je vais sortir ce soir. »

Elle lève un sourcil :

« Ah ouais. Sans moi ? »

J'ai déjà prévu sa réaction et annonce mon bobard :

« Avec quelqu'un. »

Elle tire sa chaise vers moi, son sourire de petite vicieuse sur le minois :

« Qui, comment, quand ? »

J'ai révisé :

« Un collègue. Au boulot. »

« Oh. Oh. Et même pas tu m'en parles ! »

Elle s'agace seule :

« T'es vraiment une sale cachotière ! À chaque fois tu fais pareil ! »

Puis elle rabat sa haine et me montre la salle de bain :

« Allez, à la douche. Et après je te fais une beauté de chez beauté. »

Je lève un index :

« Bien sûr. Mais j'ai des exigences. Pas vulgaire, très sobre, et méconnaissable. Je veux… surprendre ? »

Être invisible.

Louise a réalisé un travail renversant. Dès que je passe devant une vitrine, je me sens comme une autre. J'ai ce sentiment d'avoir mué, perdu ma peau abîmée, délavée, pour me couvrir d'un voile sombre et indéchiffrable.

Cependant, elle a insisté pour que je porte ses bottines noires. Impossible de refuser — même moi, elles me font craquer. Mais je dois me forcer à marcher sur la pointe des pieds pour étouffer le claquement des talons.

Dans la nuit, la Major fend le ciel, et je traverse encore quelques ruelles pour me caler dans un coin, contre un mur. D'ici, je compte les allées et venues dans le commissariat, et personne ne me voit.

Blottie dans mon écharpe et mon manteau, je m'éteins dans le froid. Je lève un œil uniquement quand un groupe sort de l'Hôtel de Police. Les heures s'écoulent. Je vis dans mon esprit, personne ne fait attention à moi, et je sens le crépi dessiner des arabesques douloureuses sur ma peau à travers mes vêtements.

Enfin, quatre personnes quittent le bâtiment. Ils se dirigent vers moi, et je reconnais instantanément Julie, qui mène la marche. J'attends que le groupe me passe devant et je me décolle de mon mur pour les suivre dans leur cortège.

Après une dizaine de minutes de procession et un contournement du Vieux-Port, la troupe s'enfonce dans un pub, juste en face de celui que nous aimons avec Louise. Coïncidence heureuse. Coïncidence heureuse que tous les vendredis, ils finissent ici, par volonté de resserrer les liens — soi-disant, à ce que j'ai entendu au bar.

J'entre à mon tour. Je mets un certain temps à retrouver ceux que je cherche dans la multitude de badauds qui peuplent la salle enfumée. Ils se sont amassés au bar, et des pintes commencent à apparaître en face d'eux. Je me faufile, je trouve une place non loin, j'attrape une carte des boissons abandonnée là, et je fixe des mots que je ne lis pas.

Dans la foule, ici, personne ne peut me remarquer. Je suis le bois du comptoir, le tabouret, et le parquet taché.

Durant des nuits entières, j'ai réfléchi à une stratégie, un jeu peut-être. J'ai eu une seule idée. Je sais que si le roi se fait décapiter, la reine suit. Alors il me faut une assurance, quelqu'un qui dirait : non au bourreau. Elle n'a rien fait. Je ne vois pas de quoi vous osez parler ! Et ce quelqu'un est tout trouvé, il est là, dans cette famille dysfonctionnelle que je détaille d'un œil.

Jusque-là, je n'avais jamais aperçu Magalie. Femme austère et caractérielle. Sa faiblesse réside dans cette figure qui n'a qu'une demi-mobilité. Il paraît que dans ses jeunes années, elle s'est retrouvée dans une rixe en intervenant sur une affaire de violences conjugales, à l'époque où elle faisait partie d'un groupe de l'intrafamilial. L'individu ivre a pris son crâne et l'a fait traverser une vitre. Certains nerfs n'ont pas survécu, et la moitié de son visage est tombée dans l'inexpressif.

À côté d'elle, il y a Noa. Ah ! Noa. Un vrai bavard, lui. Un homme charismatique aussi, et un Marseillais pur souche. Ce qui me revient en tête, particulièrement, ce sont ses petits rendez-vous secrets avec celle qui est assise juste à côté. Celle qui m'intéresse.

Julie est plus jeune que les autres. Elle cherche sa place, elle est encore docile, même si elle montre déjà les crocs. C'est elle à qui je veux parler. C'est elle que je dois convaincre. Mais ce n'est pas le bon moment.

Il reste un quatrième luron, tout au fond. Je vois à peine son profil. Selon les murmures, il est rigide, pas très stable, mais l'atout créatif du groupe. Il a plusieurs blâmes à son actif pour zèle.

Je n'en sais pas plus que ça sur ce Farid, et je me reconcentre sur Julie, qui, avec Noa, prend toute la place avec leur joute verbale, en exaspérant Magalie.

Je suis tellement proche d'eux.

Je pourrais tendre la main, les toucher, mais j'ai aussi l'horrible impression qu'ils ne sont qu'une photo de famille statique, et que mes doigts ne percuteraient que du papier glacé.

Pour avoir toute l'attention de quelqu'un, il faut une entrevue en tête-à-tête, et je laisse couler la soirée, statufiée sur mon tabouret, mon menu coincé entre mes pouces. Je guette les occasions qui ne viennent pas, les cigarettes qui sont fumées par groupes de deux, et je m'enrage de cette solitude qui n'apparaît pas. La frustration nourrit mon désir de respirer.

J'attends, les éternités s'évaporent, et enfin, vers minuit, ma vessie me condamne à revenir dans le monde des vivants. Mon pied touche un sol palpable, et je me glisse entre les corps pour trouver les sanitaires. Une fois mon problème réglé, mes mains parfaitement récurées et mes gants remis, je quitte les toilettes.

Au comptoir, il n'en reste plus qu'un, à moitié affalé, une bière enchaînée dans les doigts, et ce n'est pas le bon.

Je cherche les autres dans la foule, parcours les tables, une à une, de plus en plus vite. Je sors, étudie le coin fumeur : rien, personne. Je rentre de nouveau. Ce Farid joue avec son paquet de cigarettes, comme s'il s'agissait d'une balle de préhension. Je le fixe un instant, et il finit par se lever. Il s'écroule sur le tabouret voisin, le barman, après s'être moqué, l'aide à se relever, puis Farid quitte la salle en zigzaguant, une cigarette pendue aux lèvres.

Je le suis dehors, de loin, pour observer un peu sa trajectoire, et il s'évapore sur le Vieux-Port, au milieu de groupes de fêtards. Il ressemble à ceux que j'ai tant accostés dans ces bars, ces gens à la dérive.

Bref, je me résigne. Cette soirée était un échec, et je finis par rentrer, le cœur en sang, comme si je venais de me faire larguer.

26

Le lendemain,

LOUISE — Je vérifie dans la vitrine d'une boulangerie si tout est OK. Mes cheveux, mon mascara. Je remets du rouge à lèvres — une couleur saignante, elle me file un air sérieux.

C'est un toubib, et j'ai plutôt intérêt à élever le niveau.

Je défroisse une dernière fois la jupe de ma robe — une petite robe noire, le meilleur choix pour l'élégance.

Je m'élance. J'ai le cœur qui fait des bonds au point de s'amuser à taper contre mon plexus. C'est le goût délicieux des premiers rancarts, de ceux qui vous renvoient à vos quinze ans.

Je le vois de loin, il est sous le miroir du Vieux-Port — l'ombrière Foster. Il observe son double au plafond, les mains dans les poches de son manteau noir. Quelle classe il a, dans cette nuit claire.

Je traverse la route.

C'est le début d'une grande love story. Ce truc qu'on lit que dans les Harlequins. C'est évident.

Lui, il est tellement absorbé par son reflet que je dois lui effleurer le coude pour le ramener sur terre. Il me sourit. Intérieurement, je tombe par terre ; extérieurement, j'essaie de lui faire la bise sans lui coller un coup de tête.

On s'échange quelques banalités, avant qu'il demande :

« T'as faim ? »

J'ai pas faim.

« Oui », je dis.

Il montre l'avenue de la République :

« Je connais un resto pas trop miteux là-bas. » Il réfléchit un instant, avant de me montrer le fast-food à l'angle : « Après, si tu veux bouffer McDo, y a pas de souci. »

Je plisse les yeux un instant. Loïc secoue le visage, amusé :

« Je plaisante, je plaisante. Allez, viens. »

Il me tire par le coude. Il marche vite, trop vite, je galère à le suivre, et je pense que j'ai misé sur deux centimètres de trop.

Arrivés devant son adresse, le restaurant n'est vraiment pas convaincant. MAIS il paraît que l'habit ne fait pas le moine.

Une fois à l'intérieur, on est installés au fond, entre une vitre et des toilettes. La salle est vide, mise à part une famille de braillards, un peu trop proche de nous. Dès que je suis posée, que j'ai retiré ma doudoune, je me mets à jouer avec la nappe en papier — je fais des confettis avec les coins, distraitement.

« T'es moins bavarde que la dernière fois », puis il ricane : « Ou que par texto. »

Oui, il fait référence aux photos. Oui, je m'empourpre.

« Je suis nerveuse », je dis en baissant les yeux.

« C'est mignon », qu'il fait, en remontant ses lunettes sur son nez.

Je souris bêtement, et le serveur arrive. Des petites miettes blanches sur ses épaules m'obnubilent. J'en oublie ce que je voulais boire, et Loïc commande un pichet de vin rouge.

Un pichet ?

Une fois les cartes du menu en main, je feuillette rapidement les pages tachées, avant de refermer le livret. Loïc lève un œil :

« Tu vas bouffer quoi ? »

Mon estomac se rétracte.

« Une salade italienne », je déclare.

Il rit :

« Une vraie nana. » Peut-être à cause de mon froncement de sourcils, il ajoute : « Je plaisante. »

« Et toi ? » je demande en continuant de déchiqueter la table.

« Entrecôte frite », il affirme.

« Bon choix. » J'inspire. « Ça a été, ta semaine ? »

Il pose sa main sur mon poignet, peut-être pour que j'arrête de détruire cette pauvre nappe, et commence à raconter :

« J'ai dû faire de la spéléo dans la culotte d'une vieille pour constater que oui, à soixante-dix piges, on peut déclarer de l'herpès. »

Au même moment, le serveur débarque avec le vin et prend nos commandes. Sa viande, Loïc la veut bleue. Le vin rouge, il adore — je déteste. Mais je le bois en disant qu'il est fameux. Et il se remet à blaguer sur nos échanges de SMS, jusqu'à ce que ma salade arrive. Je me sers encore en vin.

« Tu picoles bien », qu'il commente.

« Traite-moi d'alcoolique », je lâche.

« Je plaisante », encore.

Je mange à peine. Je joue avec ma bouffe, alignant les olives, qui ont l'air de cafards, avec les tomates spongieuses. Mais à chaque fois qu'il effleure mon bras ou caresse mon pouce, j'oublie un peu ce qui me creuse la gorge.

Je le sens pas, finalement, ce type. Je sais pas.

Je me lève pour aller aux chiottes. Et LES TOILETTES, c'est pire.

Cassandra dit toujours que si tu veux juger de la qualité d'un commerce alimentaire, tu vas d'abord faire un tour dans cet endroit. Et là, entre chaque trace de pisse sur la cuvette, j'imagine qu'il y a écrit : Prends tes jambes à ton cou !

Je sors mon téléphone devant le lavabo. Je reste plantée sur les messages que l'on s'échange avec Cassandra. Est-ce que si je l'appelais maintenant, elle viendrait me chercher ? Elle le sait, je le sais, tout le monde le sait : un type comme ça, c'est pour m'utiliser.

Mais d'un côté, est-ce que c'est pas juste moi qui m'inquiète pour rien ? Qui en demande trop au destin ? Une larme essaie de ruiner mon mascara. Je veux pas que Cassandra ait raison. Je veux pas que Loïc me considère comme une pute, parce qu'il s'ennuie de sa femme. J'essuie cette faiblesse du revers de la main, me remets un coup de rouge à lèvres, et rejoins Loïc, qui nettoie sa bouche avec sa serviette. Il me sourit — c'est vrai qu'il est charmant, ce sourire.

« Un dessert ? » il questionne.

« Oh non. Ça ira pour moi. Juste un café. Ou pas, d'ailleurs. » Je me sens inquiète. « On peut partir ? S'il te plaît. » Tout, dans ma voix, est cassé.

Loïc fronce les sourcils un moment, et acquiesce :

« T'as raison, on y va. »

Il se lève, remet son manteau et regagne le bar en me laissant seule à table. Je m'active, j'enfile ma doudoune et le rejoins au moment où sa carte bleue frappe l'écran du terminal. Le serveur nous bredouille un au revoir, et Loïc, un simple :

« Ouais. »

Je veux quitter la Terre et ne jamais revenir. Jamais, vraiment, plus jamais.

Dehors, Loïc me guide par le coude sur le port. Il pointe du doigt un des bateaux et dit calmement :

« J'adore les regarder la nuit. »

Je fais un « oh » avec ma bouche. En même temps, il glisse sa main dans la mienne. Ce contact anesthésie ces horribles pensées qui me courent dans les nerfs.

« Et si on se baladait ? Ou alors, tu veux aller boire un coup ? » il questionne.

Le vin m'a un peu troublé la vue, et ça me suffit.

« Une promenade. C'est bien. »

Ma paume est devenue le seul endroit où il y a de la chaleur, et on marche sans décider de la route à prendre.

« Pourquoi médecin ? » je demande, en observant le défilement des lampadaires au-dessus de nos têtes.

« Mon père ? » Une ombre sur son front. « Et toi, pourquoi… » Il cogite, avant d'ajouter : « Faire de la manucure. »

Je ris :

« On dit nail artist. » Je serre plus mes doigts dans les siens. « C'est pas un choix. C'est une solution de survie. Mais maintenant, ça me plaît bien. »

« T'aurais voulu quoi, sinon ? »

Loïc s'intéresse à moi. Je cache un maigre sourire.

« Quand j'étais ado, je voulais être sage-femme. » Je me colle plus à son épaule. « Mettre au monde des bébés… ça doit être magique. » Je me plais à rêvasser.

« Il y a pas que le côté magique, hein. Pendant mon internat, j'avais une pote en néonat, elle a dû en sortir un mort in utero. »

Je m'arrête net. La bouche grande ouverte. Horrifiée d'imaginer un si petit corps sans vie. Loïc s'agite dans tous les sens :

« Nan ! Je veux pas dire que c'est affreux comme métier ! Mais que c'est pas tout rose ! » Il me frotte le poignet. « Oublie ce que j'ai dit ! »

Je rentre le menton dans mon cou. Ma génitrice gueulait toujours que j'étais moche quand je faisais ça, et elle a raison. Parfois, si je m'ennuie, j'envoie des photos de ma tronche comme ça à Cassandra.

Il emballe son bras autour de mes épaules :

« Nan, vraiment, oublie. Je suis trop… sec ? »

Omettre, oui. Il faut.

« Je dirais que tu laisses pas trop de place au rêve, là », je corrige.

« Mais ce que je voulais dire, aussi, c'est… t'as quel âge ? » Il ronchonne : « Oui, je sais, on pose pas la question à une femme, gna gna gna. Tu me l'as déjà balancé dix fois, ça, par texto. »

Je reprends contenance :

« Vingt-quatre ans », j'avoue.

On s'est encore une fois arrêtés d'avancer.

« Oh là là », qu'il lâche de désespoir.

« C'est que dix ans », je réponds.

« Bon, bon, j'ai rien entendu. Mais bref. »

Il se gratte le menton, et de nouveau on marche. Des pas et des pas. Il y a peu de gens ce soir sur la Canebière.

Après dix minutes sans l'entendre, il finit par reparler :

« Oui, j'ai oublié. Mais… t'as que vingt-quatre ans. Tu pourrais encore les faire, tes études de sage-femme. »

Est-ce qu'il s'inquiète pour moi ?

« J'sais pas. » Et je confesse : « Je vis avec une amie en ce moment, et elle veut absolument que je fasse mon dossier pour faire la première année de médecine. » Je soupire. « Je sais pas. »

« Bah ça, c'est une bonne copine. » Et il se met devant moi.

Peu de lumière. Suffisamment peu pour que je ne me sente plus dans le monde réel. Loïc se contente de frictionner mes avant-bras ensemble. Il est attentionné, je crois. Je lève le nez :

« Je sais pas », je répète.

Il caresse ma joue.

« Vraiment, ta copine a raison », il ajoute encore.

Je sais plus. Son souffle tout proche du mien, une haleine acide de vin. Mes jambes sont instables, et comme toujours, après les mots gentils, le garçon trempe ses lèvres dans les miennes. Sa bouche a le goût de la viande rouge. Il m'enveloppe dans ses grands bras, je sens son bassin se presser contre le mien.

Une love story. Un peu bancale, mais une love story tout de même.

À demi-mot, il dit :

« Je tiens plus. On va chez toi ? »

Je prends une énorme bouffée d'air et j'accepte. Il commande un Uber.

Cassandra, avant de quitter l'appartement, l'a rangé de fond en comble. Elle a même changé les draps et parfumé la pièce.

Loïc ne me laisse pas le temps de quoi que ce soit : il est déjà planté dans ma bouche à peine la porte passée. J'essaie, à demi-mot, de ralentir les choses :

« Tu veux boire quelque chose ? »

De nouveau, il m'embrasse en me jetant :

« J'veux te boire, toi. »

Alors je me laisse déshabiller. Son manteau tombe au sol.

Je m'aperçois dans la glace, qui nous permet nos défilés de mode avec Cassandra. Mon rouge à lèvres est barbouillé sur mon menton.

Mais si, tout de même, cette fois, c'était différent ?

Je veux bien m'abandonner, céder au peu de désir dans mon ventre, pour voir. De toute façon, je suis déjà en sous-vêtements.

J'entends cette mélodie : t'es tellement bandante.

Ouais, je suis bandante.

Je baisse les yeux. J'ai préparé mon corps comme un sanctuaire. J'ai choisi la plus belle dentelle. Je me suis épilée parfaitement. J'ai combattu la douleur, pour ça.

Il empoigne mes seins. Puis me bouscule sur le lit. Je le serre dans mes bras. Je m'abandonne à la médiocrité. Il ne lui reste que son caleçon. Il ne me reste que mon tanga. Je sens son membre se coller sur ma chair ; j'ai pas besoin de l'observer, je l'ai déjà vu sur de multiples photos.

Il finit de me déshabiller sans douceur. Oui, j'aime le sexe. Bien sûr. Aucun souci. Mais n'empêche, il perd en saveur à chaque fois.

L'autre, qui se déleste de ses lunettes, cherche un temps mon clitoris du pouce, joue de son index. Ça semble pas le passionner, tout ça, et chaque pression miteuse me ramène à ma posture de petite nana prête à baiser. Je suis une meuf, prête à baiser.

C'est là que j'avoue que je me suis fait berner. En beauté.

Tout me parcourt trop vite, et je m'oppose à rien. Mon désir s'allume et s'éteint, s'allume et s'éteint. Je sais pas. Je laisse le ciel me couler dessus. Je joue le jeu.

Je sors sa queue — ni grande, ni petite, ni charnue, ni maigre, ni belle, ni moche. Une queue comme j'en ai vu d'autres passer, une queue portée par un mec qui, comme beaucoup, fait mine d'oublier le préservatif.

« Mets une capote », je marmonne.

« Oh, pardon », il fait.

Il cherche dans son jean par terre. Je le regarde se débattre, assise sur le lit, les mains sur la poitrine. Et maintenant, il galère à placer le latex sur sa bite.

« Pince le bout », je soupire. Fais un effort, couillon.

La chute, n'empêche, elle est lourde. Qu'il soit toubib, vendeur, chômeur ou dealer, c'est toujours la même bande d'incapables. C'est dingue, ça. Je les choisis tellement mal. Ah, il faut qu'il soit beau, qu'il soit charmeur, qu'il soit ci et ça, mais mes critères sont de vrais pièges pour moi-même.

Je me laisse chuter sur le dos. J'attends que monsieur le médecin réussisse à se mettre un préservatif.

Enfin, il s'en sort et me tombe dessus. Il me fait mal à la hanche, et il tente de me pénétrer. C'est assez maladroit, et je dois le guider moi-même.

Je jouirai pas.

En vrai, je jouis rarement avec quelqu'un. Si, avec moi, car je ne peux que me faire confiance, et surtout, je connais l'anatomie féminine.

Bref, je simule. Oh. Ah. Oui. C'est bon. Continue. Oulala. Ça lui fait plaisir. Moi, ça m'occupe. De toute façon, on y est maintenant. Je sais pas dire, non, casse-toi quand les hostilités démarrent, et c'est complètement con.

J'entends : t'es une vraie salope.

Oui, je suis une vraie salope. Oh. Ah.

J'entends : Je veux jouir sur ton petit cul.

Fais. Amuse-toi. Fiches-en partout si ça te fait plaisir. Mais dépêche-toi, j'ai une crampe au mollet.

Avant, quand je me retrouvais dans cette posture de merde avec un mec, je me disais toujours que ça m'allait, et tout ce que je souhaitais leur dire, c'était : Aime-moi, juste un brin. Je prendrai les miettes. Fais même semblant, si tu le veux.

Maintenant, je m'en fiche.

Soudain, Loïc s'arrête de bouger.

« T'as fini ? » je demande.

Il s'écarte un peu de mon corps pour jeter un œil à nos bassins collés.

« Nan. » Et merde. « J'ai pas fini. »

Je demande, un peu rêche :

« Qu'est-ce qu'il y a, alors ? »

« Rien, rien », et il se remet à me baiser.

Il accélère le mouvement, sa sueur me colle au ventre, ses poils me crament le pubis. Oh. Ah. Hi. Continue. C'est bon. Plus fort — allez, bouge, là. Et il termine ce qu'il fait dans un cri guttural.

Super.

Il s'échoue de tout son poids sur moi. Son contact, son corps qui m'écrase, c'est peut-être le meilleur moment.

Bref, j'ai baisé avec un toubib.

Nos peaux se décrochent, il se retire de moi. Je me contorsionne pour allumer la lampe de chevet. Loïc est debout, il étire ses bras en l'air, les joues rouges de l'effort, en remettant ses lunettes qu'il avait abandonnées sur ma table basse.

Moi, je vois l'horreur. Sur son pénis, le préservatif déchiré pend.

« Merde, la capote ! » je hurle.

« Ouais », il grimace. « Ça arrive. Tu prends la pilule, non ? » Et il retire le latex sans ciller.

Je réfléchis un instant. Enfin non, je réfléchis pas. Le lien, je le fais très vite :

« Tu le savais ! » je le pointe de l'index. « C'est pour ça que t'as bugué à un moment ! »

« J'étais pas sûr », il jette un œil dans l'appartement. « Elle est où, la poubelle ? »

J'attrape la couverture sur le lit et m'emballe dedans :

« T'aurais pu vérifier, nan ! » je gueule.

Un marteau frappe dans mon crâne. Une migraine fulgurante se met à me comprimer le cerveau. Escroc, je pense.

« Oui ! J'aurais pu ! » il dit, en jetant le préservatif dans l'évier : « Mais sur le coup, c'était pas ma préoccupation. » Pardon ? « Puis c'est bon, je suis clean. » Et il me lance un regard suspicieux : « Toi aussi, j'espère. »

Je reste sans voix. Il s'approche du lit, pose sa main sur ma cheville :

« C'est bon, panique pas », qu'il ose.

Tout, sur son visage, à la lumière blanche de la lampe de chevet, est affreux. Sa bouche est pleine de gerçures, son front trop grand, son nez trop court, sa peau hideuse, et je braille :

« Casse-toi ! »

J'en ai ma claque des arnaqueurs, des menteurs, des Don Juan low cost. Je demande pas grand-chose, pourtant. Un peu de respect, un tout petit peu. Cassandra a raison. Je mérite mieux, mais j'ai pas la vision.

Lui, il se contente de rentrer le menton — et effectivement, c'est moche comme posture. Ses lèvres s'étirent vers le bas, il est encore plus laid :

« Sérieux ? » il marmonne.

« Oui ! » je miaule, pathétique.

Je veux me ruer sur mon téléphone. Je veux fermer la porte à clé. Je veux pleurer dans la douche. Alors, fiche-moi la paix.

Il se met à se rhabiller, sans un mot. Quand il a renfilé son manteau, il crache, perfide :

« Je me disais bien qu'une meuf qui me faisait du gringue en consult' pouvait être qu'une hystérique. » Il soupire en se recoiffant devant la glace : « Heureusement que la soirée m'a pas coûté cher. »

Si j'avais la force dans mes mains, je l'étranglerais. Mais je me contente de me lever nue dans le lit.

« Hystérique ? » je m'étouffe. « T'es un minable, et tu baises mal en plus, avec ta p'tite queue de merde ! »

C'est bas. C'est le maximum que j'ai à ce moment-là.

Les yeux de Loïc s'arrondissent, et il se recule. Peut-être qu'il profite du spectacle, de cette folle décoiffée qui trône à poil sur un pieu, mais j'en ai plus rien à foutre.

« Pauv' hystérique », qu'il répète en ouvrant la porte.

Je saute du lit et saisis la lampe de chevet. Le câble s'arrache quand je l'expédie sur Loïc, qui s'empresse de refermer la porte. La lampe éclate contre le métal, et je gueule encore, seule dans le noir :

« ESPÈCE DE CONNARD DE MERDE, D'ENCULÉ, DE TA RACE ! PUTAIN ! Putain… putain… putain…

…putain. »

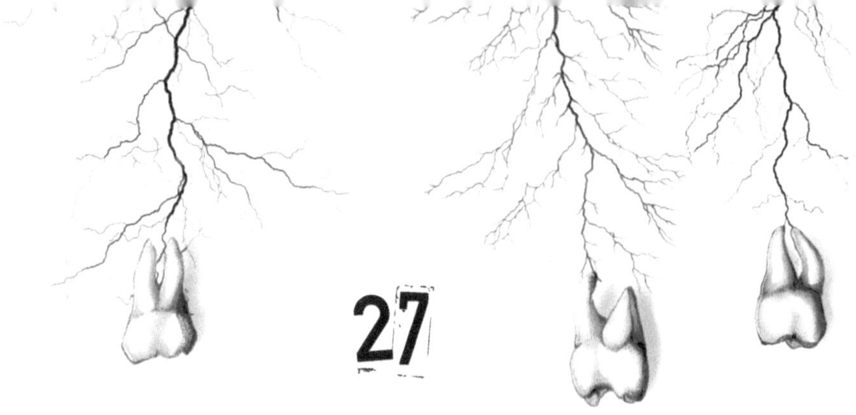

27

La même nuit,

CASSANDRA — Je repousse, contrariée, les petits pois dans mon assiette. Contrariée de savoir Louise entre les griffes de ce Loïc, ma Louise, étincelant bijou cassable. Contrariée de ne pas avoir réussi à approcher Julie hier soir. Contrariée d'avoir dû dire à mes parents que la balafre que j'ai sur la joue, c'est moi-même qui me la suis faite en chutant dans ma cuisine, contre le plan de travail. Contrariée de la douleur qui se fracasse dans ma bouche comme un millier d'échardes plantées dans une gencive.

J'entends le soupir de ma mère. Je ne relève pas la tête. J'aurais dû m'écouter.

Rentrer chez moi, au risque de voir arriver Mathias pour un nouveau spectacle. Je me demande si je le préfère, lui, ou ma mère.

Une fois les assiettes partiellement finies, je me prends une réflexion de celle-ci :

« Continue de ne pas manger, t'as raison, c'est très sain pour toi », concernant mon repas à peine entamé.

Je me lève, sans répondre, et m'active à débarrasser, faire la vaisselle, nettoyer la cuisine tout en remerciant pour le dîner.

La tradition veut que le soir, on se mette devant un film dans le grand salon. L'écran a encore doublé de taille, un jour il fera toute la maison. Je ne peux que féliciter mon père d'avoir réussi sa vie. J'aimerais regarder le film avec eux.

Mais je me sens en trop, je dérange ma mère, ce soir. Alors je prétexte la fatigue pour me réfugier dans l'ancienne chambre de ma sœur, Clara — la mienne ayant été reconvertie en bibliothèque.

Cette pièce est dégoûtante — comme Clara. Elle embaume la poussière et une drôle d'odeur rance. Les posters aux murs de groupes de K-pop s'effritent, et le bureau griffé à coups de cutter n'arrange rien. Un des chanteurs en particulier, sur le papier glacé, me fixe, avec son sourire tiré, toutes ses dents impeccables et sa peau de bébé. Là. Il m'énerve. Je serre la mâchoire.

Et crac.

Ça, ça ne vient pas de l'extérieur, non. C'était en moi. Je m'effondre sous la douleur vive qui me transperce la mandibule. Allongée au sol, tordue, gémissante, j'ai l'impression que toute la pièce se met à tournoyer autour de moi.

Il me faut un sacré temps pour reprendre mes esprits. Quand je passe mes doigts sur mes lèvres : du sang, chaud, baveux, en filets épais. Je me relève en m'appuyant sur le mur, je glisse dans la maison comme ça, cramponnée à ce que je trouve. Je me guide à la mémoire, je vois flou, et j'arrive à la salle de bain de l'étage.

Dans la lumière stérile de la pièce, qui m'enfonce dans le sol, je me jette devant l'immense miroir. J'ouvre la bouche pour voir mes dents. Il n'y a que du rouge. Dans l'évier, j'essaie de me rincer, et je comprends rapidement le problème quand je me prends des coups de jus dès que l'eau touche ma molaire fragilisée. C'est qu'elle a dû casser, comme l'autre il y a un an, et c'est qu'elle m'a déchiré la peau.

Je me rue sur l'armoire à pharmacie, et pour ça je peux remercier ma mère : anxiolytique, antidouleur, antihistaminique, antidépresseur, et surtout Lamaline, encore. J'en avale trois de ces gélules vertes et blanches.

J'attends une demi-heure, le front appuyé sur le lavabo.

Il faut retirer le membre qui gangrène.

Quand la douleur s'efface enfin, devant le miroir, bouche grande ouverte, je sais que j'aurai besoin de son aide.

Je quitte la salle de bain à petits pas hasardeux, je descends l'escalier en me tenant fermement à la rambarde. Mes parents sont toujours dans le canapé, devant leur film — Avatar 2, je crois. J'interpelle mon père avec toute la dignité qu'il me reste.

« Papa, tu peux venir ? »

Il penche la tête sur le côté, à moitié dans le gaz :

« Qu'est-ce qu'il y a ? »

Ma mère met le film en pause en soupirant.

« Viens, s'il te plaît », j'insiste.

Il finit par se lever en me fixant étrangement, et je garde ma main devant mes lèvres pour cacher le sang qui continue de suinter. Je lui fais signe de me suivre, et on rejoint à nouveau la salle de bain.

Je ferme à clé derrière lui.

Puis je lui montre l'étendue des dégâts, et il lâche un hoquet terrifié.

« Je ne peux pas toute seule », j'explique.

« Je t'emmène aux urgences ! » il dit, en s'apprêtant à déverrouiller la porte.

Je le retiens par le coude.

« Nan, je ne veux pas aller là-bas », je l'empoigne plus fort. « Tu l'as déjà fait ! C'est rien ! »

Puis je ne subis même pas trop : les antidouleurs ont fait le travail. Je suis dans un nuage doux, tout doux, loin de la souffrance.

« Je le sens pas, là... », il gémit, les deux mains sur la tête.

Je m'accroche à son cou.

« S'il te plaît, papa... je veux pas y aller... tu le sais... »

Ses paupières restent closes un long moment, mais je sais qu'il cédera.

« OK. OK. »

Il attrape mon menton entre ses deux doigts. J'ouvre la bouche. Il secoue la tête.

« OK, laisse-moi chercher ce qu'il faut », il prononce, inquiet.

Il quitte la pièce. Je patiente seule. Je l'entends dire deux mots à ma mère, et il revient au bout d'une éternité. De nouveau, on s'enferme, et je m'assieds sur les toilettes. Je connais la procédure. L'épreuve de force que je vais devoir traverser. Je sais la souffrance qui m'attend.

De la poche de son pantalon de pyjama, il sort sa pince à bricoler, puis fouille dans l'armoire à pharmacie. Il asperge son outil d'alcool à 90 — oui, c'est artisanal, dégoûtant, affligeant, et tout, mais il faut ce qu'il faut.

Mon père s'approche, pince à la main.

« Aux urgences, ils te feraient une anesthésie correcte... tu le sais », il hésite.

« Et combien de temps ils me garderaient, en plus, papa ? »

« S'ils pensent qu'ils doivent te garder, c'est que tu en as besoin », il négocie.

Je fais non de la tête.

« Dans la maison, il y a tout ce qu'il faut, au cas où », j'ajoute.

« Oui. Oui. Mais en cas de grosse crise, hein. »

Je soupire.

« C'est pas arrivé depuis longtemps. »

« Regarde ta peau », il dit en montrant mes bras nus.

« Je sais. » Je tire sur mon débardeur pour lui montrer mon torse, ce qu'il reste de chair. Dans ses yeux, l'horreur — un effroi nécessaire. « On s'en sort mieux seuls », j'ajoute.

Il le sait. La médecine traditionnelle ne peut rien contre ça. On l'a compris. Papa est censé l'avoir compris. On se débat avec le temps, et j'en gagne à ma manière.

« Allez, fais-le », je supplie.

Son visage est crispé, livide, marqué. Je voudrais qu'il ne souffre pas de ça. Mais d'un côté, sa détresse est mon cocon d'amour. Car il acquiesce, tout doux.

« Ouvre la bouche, ma puce. »

J'adore, quand il m'aime à nouveau.

Je m'exécute. Attention, l'avion arrive, vroum, ouvre grand. Je ferme les yeux. Je sens le métal se poser sur l'émail. La dent est contrainte. Ma langue, noyée dans le fer, bat en retraite.

Je pense : Papa, j'ai peur, tellement peur.

Je lui fais confiance. Une confiance aveugle. Et un écho d'arrachage. La chair se délie. La douleur, vive, éclatante, au plus profond, dans l'os, et je hurle, et un bruit de métal que l'on jette dans un évier. Des bras autour de moi, une main qui m'obstrue la bouche avec un linge pour éteindre mon rugissement.

« Chut… chut… c'est bon… chut… crie pas, crie pas, ma puce. C'est fait, ma puce. C'est fait. »

Tout est flou autour. Peu importe. Je suis lovée contre papa, qui continue de bloquer ma bouche. Aime-moi comme ça, tous les jours. Ne t'oppose plus à moi.

Mais ça cogne à la porte, et la voix stridente résonne :

« Vous fichez quoi, tous les deux. ENCORE. »

Mon père répond avec une fausse assurance :

« Rien, rien, ta fille avait une écharde dans le pied. »

J'entends ma mère chuchoter :

« Toujours un problème. » On l'entend s'éloigner : « Moi, je vais me coucher. Tu regarderas seul la fin de ton film. »

Papa embrasse mon front et libère ma bouche. Il m'aide à me relever, et je contemple l'évier. Pas un morceau, mais deux. Deux fragments d'une molaire noircie. Tremblante de douleur. Mon père cale de la gaze sur la gencive délestée, et je nettoie mes deux débris de dents, puis les emballe dans du papier toilette pour les jeter à la poubelle. Ensuite, Papa retire le sang sur mon visage. Il me regarde, avant de dire sérieusement :

« Je vais te prendre un rendez-vous chez le dentiste. Qu'il t'en mette une autre. »

Je hoche la tête par la négative.

« C'est pas nécessaire. Je ne crois pas qu'il me reste beaucoup de temps. »

Je veux de sa pitié.

Mon père se redresse et se fige en observant la glace. J'ajoute :

« Je perds la foi. Comme toi. »

Je le vois, le sursaut dans son être. Nos yeux, à tous les deux, se rétrécissent.

« Arrête de dire ça », il dit à mon reflet.

« Je n'ai pas sauvé Izela, je ne me sauverai pas, moi », je réponds au sien.

Je me tourne pour lui parler directement.

« Je n'ai jamais fait de mal à qui que ce soit », je justifie, comme la petite fille que je suis à ce moment précis.

Il passe sa main dans mes cheveux, mes vrais cheveux.

« Je sais. Je suis… je suis juste fatigué. »

Il glisse son index sur son front, et suit mon nez.

« C'est pas grave, papa. »

Je te pardonnerai tout.

Je soupire :

« J'ai eu tellement plus de temps qu'Izela. Tu comprends. »

Il soupire, en remontant son doigt sur l'arête de mon nez, maintenant.

« Et si c'était juste la chance ? » Il sourit dans le vide. « Une chance heureuse ? »

« Papa. La chance n'existe pas », je conclus.

En voyant mon père, là, dans la lumière crue, je me rends compte à quel point cet homme est usé. Avant, il avait la verve haute, les convictions acérées, une vitalité sans faille. Maintenant, c'est la résignation, l'abandon par épuisement.

Il n'y a rien à dire d'autre. Il me raccompagne dans ma chambre. Je me couche dans le lit. Il borde mon corps endolori. Il embrasse ma tête, et je murmure :

« Le jour où je partirai, j'aurai fait en sorte que tu ne sois jamais inquiété pour ce que j'ai fait. Et tout s'arrêtera avec moi. Promis. »

« Je m'en fiche de ce qui pourrait m'arriver. » Il se lève, et quand il quitte la chambre, chuchote juste : « Je t'aime. »

Et c'est ça le plus important.

Je ne tarde pas à m'endormir, même si c'est dans un océan de souffrance. Un océan de tourment qui sonne et vibre ; et vibre, encore, et encore. Jusqu'à ce que je comprenne que c'est mon téléphone qui s'active. Je parviens à répondre. Derrière l'appel, il n'y a pas de mots, seulement des pleurs saccadés que je connais trop bien.

Un homme a de nouveau cassé ma Louise.

« J'arrive », j'articule.

Nous n'avons pas le temps pour la douleur.

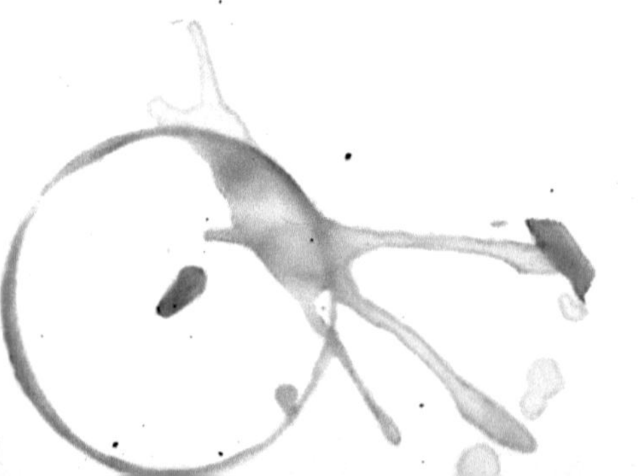

28

Le vendredi d'après,

FARID — J'ai promis au groupe de passer au bar, pour la fameuse soirée de renforcement des liens de l'équipe. Mais j'ai d'abord quelques choses à faire. Magalie a compris, Noa aussi, Julie m'a souri.

Dans le métro, j'arpente les souterrains de Marseille, en apnée. La population change, le parler devient plus familier, et je descends à Gèze. De là, je dois prendre le bus. J'aurais pu débouler avec ma caisse, mais les petits malins reconnaissent ma bagnole et s'amusent à lui défoncer les vitres — Olivier de Carglass en a ras le cul de me voir, et l'assurance encore plus.

Le bus qui monte jusqu'au quartier passe toutes les heures. Ça a toujours été mal desservi ici. Je me souviens, quand j'étais au collège puis au lycée, j'arrivais tout le temps à la bourre.

La nuit prend place, et elle ramène le froid avec elle. Je m'emmitoufle mieux dans mon blouson, jusqu'à ce qu'enfin un bus vienne me ramasser. Je reste à l'avant à cause d'un groupe de jeunes qui font un peu les marioles à l'arrière. Je m'assure de leur offrir mon dos et mon cul, sait-on jamais qu'ils tombent de mon quartier et me fassent chier.

La route est longue. Beaucoup d'arrêts se succèdent. Je finis par me choper une place et poser ma tête contre la vitre. Je tourne en rond dans mon esprit. J'ai le visage de ces filles tabassées qui éclate dans mon crâne. Une de plus cette semaine, et combien la semaine prochaine. Et puis ce pauvre Samir. Sa figure juvénile m'apparaît plus précise encore. Il avait une belle gueule, ce gamin, mais on ne fait ramper personne, la mort gravée sur les joues — à moins d'être pharaon.

Ces deux dossiers me rendent dingue. J'ai pas envie de traiter les autres, j'ai envie de comprendre ce que je comprends pas, là. Les autres histoires, c'est de la routine, des affaires à la con. Des règlements de comptes, des viols en tous genres commis par de petits frustrés, des vengeances de guignols, de la chiasse de l'humanité, quoi.

Là, c'est différent, plus puant encore.

Ça tourne à toute allure dans mon crâne, et je reste sans bouger dans la position d'un penseur, les yeux crispés, à retracer mentalement tous les éléments que j'ai.

Je sors un peu de ma torpeur quand je capte qu'il n'y a plus que deux arrêts avant le mien. J'ai un frisson.

Maintenant, c'est autre chose qui obstrue ma vue. Les hauts bâtiments remplis de carrés jaunes, le béton qui s'étire jusqu'au ciel morne, les parvis tordus, les portes d'entrée brisées, et des sacs-poubelles, des tonnes de sacs-poubelle qui entourent le HLM — une vision d'horreur, il y a des corps à l'intérieur.

Je sursaute sur mon siège.

C'est mon arrêt. Je décampe du bus avant que les doubles portes se referment.

Maintenant, j'en ai pour quinze minutes de marche à m'empêtrer entre les boyaux déchiquetés d'un quartier où plus aucun service de la ville fout les pieds. Le muret où je traînais jeune avec Akim s'est en partie effondré et a été comblé par quelques barrières en métal en guise de nouveaux postes. Au-dessus, sur l'esplanade en béton, des canapés et chaises de bureau défraîchis ont été ajoutés. Ils montrent que la vie continue de résider là — avec les moyens du bord.

Je m'approche du bâtiment 4, je force le pas et me glisse dans l'immeuble à travers la porte dégondée. Bien sûr, dans le hall, il y a du monde. Sous la barre d'escalier, ça papote et ça gesticule. Akim est ici.

Je me fige un instant. J'aimerais lui serrer la pince, le prendre dans mes bras, lui tapoter le dos. Mais, lui, comme moi, on s'ignore, pour notre honneur mutuel, pour notre survie — même si, à coups de regard, on se dit à plus tard. Un des mecs de sa bande — bonnet et écharpe sur le nez — penche la tête en avant, et je devine déjà son sourire.

Voilà qu'il gueule :

« Le poulet rentre au bercail ! »

Le groupe se met à imiter l'animal de basse-cour. Je m'en branle. Je continue ma route. Je prends les escaliers et je grimpe rapidement les dix étages sans ascenseur — même d'ici, je les entends encore piailler. Je leur en veux pas, en vrai.

Sur le palier qui compte trois appartements, la dernière porte est entrouverte, laissant s'échapper un filet d'odeur de cuisine qui me renvoie immédiatement à cette table à manger au siège bariolé.

Je secoue la tête, amer. Fatigué des batailles inutiles, et je frappe à la porte, même si je pourrais entrer sans demander.

J'entends la voix de ma mère :

« Oui ? »

Je m'engage, je referme derrière moi. Tradition.

Je parcours le couloir et me poste à l'entrée du salon. Ma mère s'affaire dans la kitchenette, et je me racle la gorge. Elle se tourne. Quand elle me voit, elle laisse tomber son éponge et traverse l'appartement pour se jeter dans mes bras. Ses larmes sont de sortie. Qu'est-ce que j'aurais fait chialer ma mère dans ma vie.

« Habibi, t'es là », elle ronronne.

« Maman, pleure pas », je dis.

« J'peux pas contrôler ça, tu sais, j'peux pas. »

Dans mon dos, une main large frappe entre mes omoplates. Je me contracte et me retourne. Mon père me lance un de ses sourires pudiques. J'embrasse ses joues, et il caresse ma tignasse avant de s'asseoir nonchalant à la petite table. Ma mère me tire déjà une chaise en face, en même temps qu'elle hurle :

« Nabil ! Karim ! »

Les deux gamins arrivent en trombe, visages doux, identiques, avec leurs beaux cheveux noirs qui tombent en cascade sur leurs épaules qui commencent à s'épaissir.

Est-ce qu'un jour, eux aussi, seront dans les cages d'escalier ?

J'ai pas le temps de trouver une réponse à ça. Les jumeaux me sautent dans les bras et m'embrassent les joues de leur bouche baveuse en ricanant aux éclats. Ma poitrine retrouve de la chaleur. La famille.

L'un sur un genou, le deuxième sur l'autre, les places des rois. J'en ris, et je sens que ça faisait un long moment que ça m'était pas arrivé, au vu de la douleur dans mes zygomatiques.

« Punaise, vous devenez lourds à force », je lance, amusé.

« Vas-y comment t'es, toi ! » Nabil répond.

Mon sourire s'efface à leur voix aride.

« Ah ouais, vous parlez comme de vrais blédards. »

Ma mère ajoute derrière :

« J'en peux plus ! Farid, j'en peux plus. Dis-leur. C'est racaille, ça… »

Ils vont se faire happer ? Vraiment ? Et si c'était ça qui était logique, et moi, le vilain petit canard.

C'est moi qui ai trahi le quartier, le jour où j'ai annoncé que je passerais le concours de police, après avoir obtenu un BAC pro plomberie. Ça m'excitait pas de m'accroupir sous les éviers. Rien ne me motivait vraiment, en fait. Sauf les petits deals avec Akim. Mais j'étais pas doué pour la malfaisance. Je me suis fait choper, un jour, heureusement. J'avais que quelques grammes d'herbe dans les poches. Les deux flics qui m'ont arrêté m'ont secoué, mais surtout, l'un a lancé quelque chose qui s'est gravé comme un mantra :

« Tu vas prouver quoi en faisant ça ? T'as pas l'air si con, en plus. Gâche pas ta vie parce qu'on t'a répété que t'étais de la merde. »

Ils m'ont libéré sans rien de plus.

Ces quelques mots ont enclenché une bascule, et beaucoup de hargne aussi. Je me suis trouvé malin de dire : pourquoi pas le concours de la police, sur un malentendu, ça passe.

Et c'est passé.

Et j'ai pris confiance, je me suis acharné, j'ai bossé comme un dingue. J'étais survolté, j'avais une quête en main, et j'ai escaladé les marches jusqu'à intégrer la PJ. C'est la carrière rêvée pour un mec dans le genre, dans mon genre.

Sauf ici, où ma fierté, je dois la porter seul, voire la taire.

Je reviens sur terre quand mon père claque de la langue. Les deux petits se figent, et il leur fait un geste de tête sévère en direction du fond du salon. Nabil et Karim tombent de mes jambes et se ruent sur la télécommande de l'écran, en sautant sur le canapé.

Après une courte guerre pour le choix de la vidéo sur YouTube, ils se collent devant les images en mouvement.

Ma mère reprend comme si de rien n'était :

« T'as faim ? Tout le monde a mangé, mais il reste des choses. Des bonnes choses, tu sais. »

Sans attendre ma réponse, elle est déjà debout devant le frigo. « Des beignets. Tu aimes les beignets, ça je sais. Ah ! Et du poulet. » Sans que j'accepte quoi que ce soit, elle sort les plats. « Je te chauffe une assiette. »

Je lève un doigt, mais mon père me fait non de la tête :

« Refuse pas. Tu vas la vexer. » Je grimace comme un gamin grondé, et il ajoute : « T'es maigre comme un clou ! On vous fait pas manger à la police ? Je croyais que vous deviez être musclés ! »

Il plaisante de bonne grâce, et je souris en biais en regardant sous mon tee-shirt.

Je pense : Mais non, je suis en forme, en plus ! Plus carré que Noa encore.

Mon père dit ça parce que ma mère l'engraisse, et qu'il devient rond comme les beignets qu'elle fait.

Il me fait rire, le daron. Bien que taciturne, c'est un homme infiniment bon. Aussi bon qu'il peut l'être pour son passif de galérien.

Ma mère me dépose l'assiette pleine à vomir devant mon visage, avec des couverts, et de l'eau dans mon verre Son Goku — toujours le même depuis que je suis petit. En vrai, je l'ai cassé trois fois, et elle s'est débrouillée pour retrouver le même.

« Mange ! » elle ordonne.

Les épices qu'elle fourre dans son poulet sont elles aussi les mêmes depuis que je suis gosse. Et ça, c'est merveilleux. Réconfortant. C'est meilleur que se mettre dans son lit ou boire son café à la bonne heure. Non, ça, ça a le goût du passé, des repas à table, du JT, et des commentaires marrants de mon père qui comprend rien au pays qu'il a toujours foulé — et qui se croit un peu politicien du dimanche.

Et je dévore. J'enfonce la chair tendre entre mes lèvres. Je me force à avoir faim. Ma mère, en général, laisse son poulet mariner au moins une journée. J'ai jamais eu le temps de faire ça. C'est dommage.

« C'est trop bon », je lui dis, la bouche bien pleine.

Assise à côté du daron, elle joint les mains ensemble en lançant :

« Si tu venais plus souvent, Farid, tu mangerais autant que tu voudrais. Du poulet, tous les jours. »

Je soupire, avec un sourire en coin, et envoie :

« Et je ressemblerais à Baba. »

Mon père s'offusque avant de tirer sur sa chemise et de tapoter sur son ventre gonflé.

« C'est l'amour, ça, mon fils. »

Ma mère, soudain, se redresse, le regard de braise :

« Et alors ? Au fait… »

C'est vrai. J'ai rien dit.

« Marie et moi, c'est plus trop d'actualité. »

Comme deux supporters de foot qui viennent de se prendre un but, ils râlent en chœur.

« Mais pourquoi ? » gémit ma mère.

Mon père ne me laisse pas le temps :

« Il travaille trop ! »

Pas besoin de plus d'explications. Il a clairement raison, et j'acquiesce, vaincu. Le daron roule des yeux, mais il perd pas le nord, et glisse sa chaise jusqu'à moi, pour fomenter un plan :

« Et une policière. Comme dans les séries, là. » Il s'adresse à ma mère : « Comment ça s'appelle, la série que tu aimes en faisant tes trucs, là, où l'une, elle regarde les cadavres ! »

« BONES ! » braille ma mère.

Mon père acquiesce avec lui-même.

« Tu travailles avec elle, tu prends le temps pour elle, en faisant les enquêtes. Tout ça, tout ça, quoi. »

Je m'enfonce plus dans mon poulet en riant — j'adore l'accent de mon père, quand il raconte ses conneries.

« Tu sais… on commence à s'inquiéter un peu… Farid, t'as vu ton âge ! » ma mère dit plus sérieusement.

« Je sais, mais Baba a raison. J'ai pas le temps ! »

Mon père balaye des mains mes propos.

« On a toujours l'temps pour ça ! »

Dès que je rends visite à mes parents — très rarement, donc — c'est le sujet de conversation habituel. Je sais ce qu'ils espèrent, et ce n'est pas dans mon programme. J'aimerais qu'ils me questionnent sur le travail, que je puisse leur parler de mes doutes et de mes idées. Mais c'est une zone taboue pour eux. Et d'ailleurs, ma mère reprend :

« Tu sais que la fille des Aziz fait des études de droit ? Ses parents sont très fiers. »

« Et ? » je dis en raclant le jus qu'il reste dans mon assiette avec ma fourchette, en ajoutant : « Délicieux. »

Mon père glousse bêtement sur sa chaise :

« Eh, tu pourrais la revoir ? *Y a habs.* »

Je gonfle mes joues pour leur signifier que je m'en fiche. Puis je me redresse pour débarrasser mon assiette. Ma mère se lève aussi pour me la prendre des mains et partir immédiatement la laver. En même temps qu'elle s'affaire à l'évier, elle lance :

« En plus, si tu te mettais avec une fille de là, on t'verrait ! »

« Écoute ta mère », ajoute mon père.

Je pince mon nez en me laissant retomber sur ma chaise :

« C'est pas que j'aime pas venir ici. C'est que je peux pas. On m'fait chier ici. On en a déjà parlé. »

Mon père roule des yeux — rouleur de yeux professionnel, mon père. Je m'agace :

« Puis vous, pourquoi vous partez pas d'ici ! »

Ma mère revient s'asseoir :

« Pour aller où ? » qu'elle fait en haussant les épaules.

« J'sais pas. Dans un village, dans un autre quartier… plus… plus charmant ? » j'essaye.

« Et la voisine ? Et Hama ? Et puis, l'argent, Habibi ! » elle ajoute.

Je balaye cette excuse de la main :

« J'peux vous en donner plus, d'l'argent. »

Tout l'argent du monde. Pour vous, je ferais un 24 sur 24, 7 jours sur 7.

Mon père s'offusque en rougissant. Aucun son ne sort de sa bouche, et ma mère pose une main sur le poignet de celui qui perd sa mâchoire, en me réprimant :

« Ton père, ça lui fait la honte, quand tu parles de ça… tu le sais ! »

Je me fiche de ça. Je suis loyal, peu importe ce que disent les autres du quartier. J'apporte à ma famille, comme eux. C'est notre but universel. Non ?

Je m'approche pour parler sur le ton de la confidence :

« Et les deux là… », je montre mes frères. « Vous voyez bien qu'ils se font bouffer ! »

Ma mère, qui imagine que je remets son éducation en doute, se ratatine :

« Tu crois que je suis une mauvaise mère ! » elle gémit.

Bien sûr que ma mère est trop permissive avec eux. En même temps, après m'avoir eu, elle a pas réussi à avoir d'autres gosses immédiatement : on l'annonçait stérile. Jusqu'à ce que, vingt-cinq ans plus tard, un miracle, à presque quarante-cinq ans. Donc forcément, elle les chouchoute, et elle ferme les yeux.

« Maman, c'pas ce que je dis. J'ai eu de la chance, c'est tout. Mais c'est juste… les mauvaises fréquentations… tu le sais bien ! Que tu sois là ou pas ! » je tente.

Mon père gronde :

« Tu sais pourquoi le quartier est comme ça, au moins ? »

Et allez, c'est parti pour la vieille rengaine du fils de harkis qu'il est : la France les a abandonnés, c'est pas la faute des jeunes, c'est pas leur faute non plus, c'est la faute à personne. Du coup, personne ne bouge, on laisse le caillou couler et les murs se flétrir.

Avant que tout ça ne dégénère, je me lève :

« Bon, j'ai encore du boulot, faut que j'y retourne. »

Ma mère reprend immédiatement des couleurs, et de nouveau ses yeux s'embuent :

« Déjà ? »

Mon père se contente de se lever, sûrement vexé, pour aller se mettre à la télé avec les jumeaux. J'aimerais lui dire au revoir. Mais je me ravise. Je le laisse mâchouiller son frein.

Ma mère me raccompagne à la porte en attrapant un sachet en plastique blanc qui traînait sur le plan de travail.

Une fois sur le palier, elle me frotte les deux épaules :

« Tu sais, chaque jour, je prie pour toi. Qu'il t'arrive rien. »

Je souris sur le côté, sans rien dire de plus, et elle me caresse la joue.

« Habibi, contrarie pas Allah, je t'en prie. Tu fais bien, tu es bon. »

Elle a toujours déclaré ça, ma mère :

Ne contrarie pas Allah.

Mais il a pas besoin de moi pour être contrarié, celui-là.

Je l'embrasse, je la serre dans mes bras, encore une fois, et elle me tend son sachet — je sais déjà ce que c'est. Je sors l'ouvrage. C'est ce qu'on appelle un DIAMOND PAINTING, une sorte de toile qu'il faut couvrir de minuscules strass, et ma mère adore faire ça devant la télé et me les fourguer. Je contemple le chaton en souriant poliment. Puis je la remercie de tout mon cœur — même si c'est vraiment une horreur, ce machin.

N'empêche que je l'accrocherai tout de même dans mon salon, comme un gentil petit garçon.

Cette fois, personne dans le hall, et je sors de là sans dégât moral de plus. Je passe devant le muret, et j'entends un soupir :

« Frérot, alors, ils t'ont cassé les couilles ou pas ? »

Je réponds à la forme dans l'ombre :

« Oh oui. »

Je m'approche. Akim est en train de s'allumer un joint. Une fois sa première taffe prise, on se serre dans les bras en se frappant les épaules. Ah, mon frère de cœur.

« Quoi que tu fasses, sont jamais contents »

« Pour ça que j'viens de moins en moins », j'explique.

Il me tend son bédo, je le refuse poliment.

« Si j'pouvais, j'viendrais moins, moi aussi », et il éclate de rire.

Automatiquement, je deviens sérieux :

« Arrête, alors. »

Il hausse un sourcil :

« Tes darons t'ont fait chier, donc tu me fais chier, moi. »

Je ris fort, en ajoutant :

« Et moi, c'est tes connards qui me font chier. » Je me tourne vers lui, sous la nuit étoilée, pour cracher avec plus de rage : « Dis-leur d'arrêter de fracasser ma caisse, ça saoule, là. »

« Ils font ça parce qu'ils croient que c'est toi qui balances. »

Je secoue la tête en soufflant :

« Mais si je les balançais, ça ferait longtemps qu'ils auraient tous la gueule aux Baumettes. »

« Je leur ai dit. »

« Et ? » je fais.

Il me montre ses phalanges, toutes arrachées.

« Je leur ai dit, plus fort. Ils ont pas envie d'écouter. Je vais pas les tuer. » Puis il ajoute : « Te plains pas pour une bagnole. T'es pas trop mal. T'as d'la veine, parce que t'as de la tête, toi. » Il se redresse : « Moi non. Même pas le Domac, il m'embauche. Alors je fais ce qu'il faut. »

J'acquiesce comme un con, silencieux. Parfois, je crois encore que le monde est rose, et j'oublie ceux que j'ai laissés derrière moi, ceux qui ont pas eu autant de chance, ceux dont on veut pas, ceux qu'on enterre dans du béton, loin, loin de tout.

« Désolé », je finis par marmonner, avec pudeur.

Son téléphone se met à couiner, et il répond en plissant ses petits yeux noirs. J'entends que des onomatopées, et l'évocation de condés, puis un :

« J'arrive ! » lancé par un Akim que j'ai fichu sur les nerfs.

Il est déjà sur le départ, il s'efface dans la nuit :

« Tes copains, ils ont faim. Vous faites chier ! » il baragouine, suspicieux.

Je sais que lui aussi commence à douter de moi.

Akim et moi, c'était toujours avant. Dans la merde, dans la joie, peu importe, on se prenait par la main et on courait pour vaincre l'univers. Maintenant, c'est si peu. L'opposition finira par déchiqueter notre amitié — et dans cette histoire, c'est moi le lâcheur, le traître.

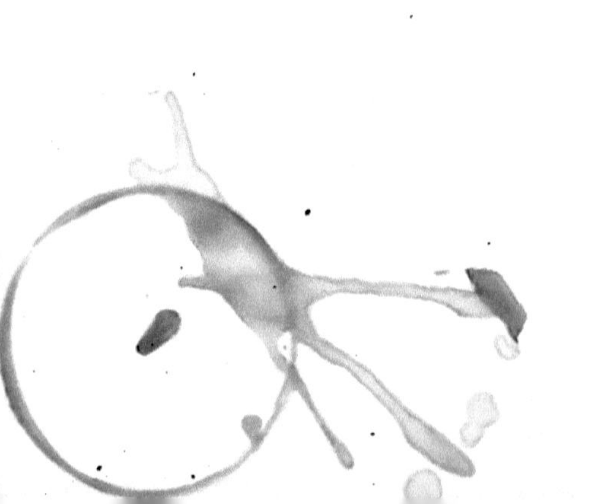

29

Farid — J'arrive au pub, bien à la bourre à cause des transports, je fourre mon super Diamond Painting dans la poche intérieure de mon blouson avant d'aller à la rencontre des autres. Magalie est déjà bien imbibée et me fait un flan pour mon retard. J'ai beau lui parler de bus, de métro, elle n'entend rien. J'avais qu'à appeler un Uber, qu'elle gueule — elle a raison, mais je voulais pas débarquer à l'heure. Quand elle me lâche enfin la grappe, je peux me foutre avec Noa et Julie pour rattraper ma soirée, en me commandant trois shooters.

Je suis toujours bien retourné quand je reviens de là-bas. Mais rassuré. Même si je pense à mon père qui dirait que :

« Tu fais la honte à boire comme un Français. Et Allah, alors. »

La religion, ça fait bien longtemps qu'elle m'a abandonné — ou, c'est moi qui l'ai abandonnée. L'idée de profiter sur terre me paraît plus séduisante. Je veux parier que j'irai pas me faire chauffer la peau du cul dans la fournaise.

D'ailleurs, ce soir, je bois plus que de raison. Je bois pour réussir à porter ce qui alourdit mes épaules, et j'avale ma dernière vodka d'une traite, puis je suis les autres pour une cigarette à l'extérieur — les bureaux non-fumeurs, les bars non-fumeurs, quelle plaie !

Alors que j'allume ma clope, Magalie place un de ses bras autour de mon cou et gigote de droite à gauche en suivant la musique qui s'échappe de l'intérieur. Ça me fait marrer de danser avec mon N+1.

Et j'en viens à une hypothèse : on peut quantifier la journée de merde d'un membre de l'équipe en fonction de son taux d'alcoolémie le soir. Donc, Magalie a passé une journée de merde, et moi, j'ai passé une journée de merde, parce que je me dandine avec elle comme un crétin.

On danse ainsi, perdus, jusqu'à ce que Noa et Julie réclament une nouvelle tournée, et nous revoilà à l'intérieur à s'agiter devant le comptoir dans l'espoir de glaner un liquide de plus à se mettre dans le creux du ventre.

Encore, je me remue, et finalement l'idée de boire mon godet s'évapore. Le son sonne trop fort. Il y a foule ce soir, c'est bon, agréable. Les spots voilés déversent sur moi une lumière qui m'éveille, et je me sens mieux, enivré, vidé de la merde, je glisse, je glisse, je lève les bras en l'air. Julie me rejoint. On tourne ensemble au centre de la salle, on s'agite, on prend les décibels, on balance au placard toutes ces ondes qui nous noircissent.

Noa me saute dans le dos, je m'effondre au sol, hilare. Que je me marre ! Julie essaye de me relever avec l'aide de Noa, alors que Magalie se fiche de ma tronche.

J'aime ce gars, j'aime ces nanas. Ce sont tous des bons. On œuvre de concert dans un bateau de merde avec des fourchettes comme pagaies, et on tente coûte que coûte d'avancer dans cet océan de désillusion. Et exactement à cet instant, c'est un brin de lumière qui nous éclaire, dans une veillée que l'on mérite. Voilà qu'elle avait raison, Magalie, sur ces sorties du vendredi.

La soirée coule, je la vois pas passer. Mais déjà, deux heures du matin sonnent. Magalie est si ivre qu'elle est incapable de faire deux pas sans se vautrer, au point que Julie se décide à la ramener. Il ne reste plus que Noa et moi. On végète au bar devant une pinte.

Je suis ivre mort.

Noa, à côté, s'étire de tout son long :

« C'est qui qui va faire la tronche demain ? C'est moi ! »

« Promis, je paye ma tournée de Doliprane », je bave.

Il finit son verre et le claque sur le bois, avant de se lever d'un bond. Chancelant, je le rattrape en manquant de me vautrer aussi.

« On s'casse ? » il fait.

J'ai pas envie.

« Han, je reste encore un peu. »

« Soiffard ! » il hurle, puis ajoute : « Bon, moi, je rentre quand même. Sinon pouet cacahuète demain. »

Il me lance une tape dans l'épaule avant de beugler :

« TCHOUSS ! »

Je grimace en frottant mon oreille maintenant sourde. Il quitte la salle en zigzaguant et en chantant un son de JUL à m'écorcher le reste des tympans.

« Bang Bang ! » il braille en passant la porte du pub.

Le bar se vide peu à peu. Les serveurs boiteux et éreintés redressent les tables abandonnées. Ça me prend parfois de traîner plus longtemps que les autres. J'aime être là. Seul. L'ambiance feutrée me permet de réfléchir sans me tracasser. Puis de décuver aussi.

Rentrer chez moi, par contre, est une chose angoissante. J'ai jamais su pourquoi. Mon appartement peut-être me gêne. Endroit de silence et de calme, comme une cage impersonnelle. Un espace creux, où il ne se passe rien, et où j'ai pas grand-chose à faire.

Mais je finis ma pinte. Je pourrais en recommander une.

Il va falloir se décider. Je capitule. Avant de me lever, je tapote sur les poches de mon jean, puis celles de mon blouson. Je ris seul en tâtant le DIAMOND PAINTING immonde. Ensuite, je me redresse un peu. Je retrouve mon paquet dans les poches arrière. Comme d'habitude. Gros con.

Je le sors, constate les belles blondes à demi écrabouillées par mon postérieur. J'en tire une, de cigarette, je tente de lui redonner une forme normale, puis frappe le filtre sur le bois écaillé du comptoir et essaye de me lever. Que la terre tourne vite !

Je me relaisse tomber sur mon tabouret en ricanant seul.

« Salut », j'entends.

Je cherche du regard. Une fille est apparue comme par magie à côté de moi. Elle est déjà assise sur un tabouret. Je rigole à nouveau comme un bouffon — aucune idée de ce qui me fait rire.

« Vous voulez boire autre chose ? Peut-être un verre d'eau ? » elle demande.

J'observe ma pinte vide et souffle comme un bœuf pour évacuer le trop-plein. La raison ne compte plus, vu qu'elle s'est noyée.

« Une pression. » Je confirme encore avec moi-même : « Ouais. »

Elle lève l'index. Un barman en kit se traîne jusqu'à nous et penche le visage en précisant :

« On ferme dans dix minutes. »

La fille se démonte pas :

« Alors, on a le temps pour un dernier verre. »

Encore une fois, je suis hilare, et je crache :

« Dans tes dents », au barman, qui fait la tronche.

J'ai le malheur de fermer les paupières quelques secondes. J'ai l'impression que le comptoir me passe par-dessus la tête. Je rouvre les yeux. Rien. Je suis toujours assis là, les mains serrées ensemble, mais ma pinte est de nouveau pleine, et j'ai plus ma cigarette. Magie.

La fille en question a aussi reçu un verre, un liquide ambré, beaucoup de liquide ambré — sans alcool, ça, ou alors un mélange avec un soft. J'abandonne la réflexion quand je me rends compte qu'elle me parlait, et que moi, j'ai rien écouté.

Je m'approche d'elle, mon regard en a fini avec la 4K à cette heure — bordel, je vieillis.

« Quoi ? » je dis.

Elle glousse en cachant sa bouche avec sa main.

« Je disais, peut-être qu'il vous aurait fallu un verre d'eau. »

Je me demande pourquoi elle voudrait que je picole de l'eau, celle-là. D'ailleurs, pourquoi elle m'invite à boire un coup. Mais j'ai pas envie de questionner. Je trouve ça plutôt chouette de me faire inviter comme ça. Peut-être qu'elle me drague ? C'est possible ? Nan.

Elle fixe mes yeux avec étonnement, moi, je fixe sa face. Ses lèvres cousues parfaitement sur son visage, son nez tout retroussé, des petites pommettes rondes. Je détaille la balafre qui raye sa joue.

Elle me paraît bien jeune cette nana. La question de son âge me ripe sur la langue, quand elle replace son écharpe sous son menton.

Je sens qu'il y a un truc qui est en train de me monter au cerveau. Ça met un peu de temps à trouver son chemin, et ça finit par taper net.

J'ai maintenant une image parfaite et précise d'un instant passé.

« OH, PUTAIN ! » je hurle. Elle sursaute. « Je vous reconnais ! C'est bon ! Vous étiez au bar, là. » J'acquiesce avec moi-même, hyper fier : « *La Major*. Ouais. »

Elle recule, ses joues s'empourprent, elle garde la bouche ouverte, et j'ajoute :

« Ouais, même que je vous ai empestée avec ma clope. Je suis désolé, encore. »

« Vous êtes un sacré physionomiste », elle chuchote.

J'ai envie de dire que le boulot, ça forge, mais j'oublie de parler.

« Vous trouvez ça bizarre du coup… mais… », elle hésite, puis le silence de nouveau, la réflexion, un temps. « J'allais partir, et je vous ai vu seul ici… euh, je me suis souvenue de vous… », et finalement, elle coupe net sa remarque : « Bref. »

Elle se lève, toute contrariée.

« C'est mieux que je vous laisse », elle baragouine.

Elle me contourne et s'apprête à quitter le bar.

Quoi ?

MERDE, le con. C'était obligé.

Je saute de mon tabouret, je sors mon portefeuille en vitesse pour le secouer au barman, qui finit par m'envoyer bouler par un simple :

« Elle a déjà payé. »

Je cours comme un dératé alors qu'elle est sortie. Je l'aperçois qui traverse la rue, et je m'élance. Une fois arrivé à son niveau, haletant :

« Hé, je vous ai rien dit. Enfin, j'ai pas dit que c'était une mauvaise idée. » Elle s'arrête sur le trottoir et remet son nez dans son écharpe. J'ajoute : « C'est bien que vous vous soyez présentée. Aucun souci. Et les cons qui vous ont dit que je fais chialer les stagiaires, c'est des conneries. C'est une blague de merde. »

Voilà, c'est bien. Un Farid enjoué. Sociable. Je réalise de vrais efforts, là — aussi parce que la fille est mignonne. Je pense à Bones. Je maudis mon père.

J'ajoute :

« Farid. » Je tends la patte. « Et désolé pour l'ivresse. »

Cette fille penche le visage sur le côté. Un rai de lumière lui scinde la figure en deux. Elle ne répond pas à ma main, et je finis par faire mine de chercher mes clopes pour pas avoir l'air d'un idiot.

« C'est quoi, cette histoire de stagiaires ? » elle questionne.

Je porte une cigarette à mes lèvres en faisant un pas de recul, et je justifie en tirant une flamme sur mon briquet :

« Une blague. » C'est arrivé qu'une fois. « Bon, vous êtes dans quel service ? »

Je souffle ma fumée, sur le côté. Elle continue de fixer le vide, les yeux plissés, avant de murmurer :

« Quel service ? » De nouveau, elle hésite : « Je ne comprends pas. »

Moi, je viens de capter, et je dis, bien con :

« Vous bossez pas… là. C'est ça. »

« Bosser où ? » elle demande.

« À l'hôtel… de police ? » j'essaie.

Elle serre les lèvres, avec un air désolé :

« Non, pas du tout. » Elle ajoute : « Vous, oui. Je crois. Je vous ai entendu… avec votre collègue. » Elle secoue la trogne. « Je voulais pas être indiscrète. Excusez-moi. »

Je regarde le sol. Enfin, une plaque d'égout. Je fume, sans me rendre compte que j'ai déjà avalé la moitié de ma clope. Puis j'entends :

« Je vous ai dit… c'est idiot. Je… je… je… », sa voix s'éteint.

Un coup de mistral nous bouscule. Le bout de son écharpe me glisse sous le nez, avant de se figer sur son manteau. Je revois sa bouche, cette plaie tout juste cicatrisée. Quelques câbles ont l'air de vouloir se reconnecter dans ma tête.

« Pourquoi, CE bar ? » Je sais pas si mon ton était sec. Je sais pas s'il était aimable non plus. Je jette mon mégot sur la route. Une voiture passe au même moment, les phares nous rasent les jambes.

« Je… je devais faire quelque chose au commissariat. Et… »

« Porter plainte », je coupe en me rallumant une clope, pour ensuite pointer de l'index la balafre.

Elle réajuste son écharpe pour de nouveau cacher cette vilaine marque, les yeux tout ronds :

« Oui. Mais… » Elle hésite. « Je n'y suis pas allée. »

« Vous vous êtes débinée », je traduis.

Elle se gratte la tempe d'un coup vif. Elle porte des gants en cuir. En fait, elle ressemble à une petite bourgeoise. Une petite bourgeoise toute gênée :

« Exactement », elle soupire.

« Hm hm », je cogite. Je suis sur la réserve.

J'ai la nausée qui me grignote le bide, en plus.

« Et… quand je vous ai vu… euh… ce soir… » Le tempo de sa voix s'accélère : « Je me suis dit… bêtement, vraiment bêtement, que… que… je ne sais pas ce que je me suis dit, en fait ! » et elle ricane avec elle-même.

Les lumières du pub s'éteignent d'un coup. La ville s'endort.

« C'est que mon problème est trop compliqué ! » elle a haussé le ton, et rougit.

Moi, les problèmes trop compliqués, soit ça me passionne, soit ça m'emmerde, et mon souci premier, là, c'est que, de un, je veux savoir, et de deux, j'ai sacrément envie de dégueuler. Donc, je lui montre une direction, vers la place aux Huiles, et je lance :

« Marchons, alors. » Elle recule d'un pas. J'ajoute : « Je vais gerber, sinon », et je le dis avec beaucoup de professionnalisme.

« Oh », elle murmure, avant de se mettre à côté de moi, pour déambuler.

Après quelques rues parcourues dans le silence, je retrouve un peu d'esprit :

« Alors, c'est quoi ce problème ? » je questionne.

Un mec violent ? Une famille à la con ? Une bagarre devant une boulangerie ? Puis, je précise :

« C'est compliqué », pour la devancer.

« Vous faites quoi exactement au commissariat ? » elle demande.

Elle a un côté ingénue, très mignon.

« Oh rien de fou, de la petite paperasse, ou les petits délits, quoi. » Il y a que Noa pour dire la vérité, pour la gloire, au risque de se prendre un coup de savate de la part de Magalie.

« Ah, d'accord », fait la fille.

« Bon », j'insiste.

« Laissez-moi un peu de temps », elle fait. Alors, je lui laisse du temps.

Marseille est belle la nuit. Elle rugit moins. Même si c'est l'heure où quasiment toutes les merdes arrivent. Et cette fille marche le nez levé. La lumière des quelques lampadaires que l'on croise coule sur son front. Elle a pas l'air plus contrariée que ça. Elle prend son temps. Elle s'essouffle aussi. Ralentit le pas, et son visage se crispe. Elle me demande de stopper la promenade impromptue, et on se retrouve à l'arrêt, non loin de la Canebière.

Je lui montre un rebord de fenêtre. Elle s'y assoit. C'est qu'elle a l'air d'avoir une petite constitution.

Je reste debout, je clope plus loin. Le bide qui danse de nouveau la hola. Je m'impatiente. Mon corps est à fil tendu.

« Je peux vous aider à porter plainte, si vous voulez », je lance, en retenant un rot de mauvais présage.

« Je ne veux pas porter plainte. » Elle grimace : « Finalement. »

Je pouffe de rire en mettant ma main devant mes lèvres :

« La vengeance, ça vous apportera que des soucis », je blague.

Elle glousse, avant de jeter son regard sur le mien, et murmure :

« Fort probable. Mais quand il faut choisir entre la peste et le choléra. On fait quoi ? »

Hein ? Oh, j'imagine mille histoires plausibles. Des trucs du genre : mon gars m'a coupé la joue, mais je veux pas le balancer, je l'aime. Ou : c'est mon père qui m'a fait ça, mais la loyauté, vous comprenez. Ou alors : elle s'est battue pour un châle en cachemire au Printemps Valentine, mais elle peut pas trop parler parce que l'autre fille a été défigurée. Cette dernière me fait rire, et me plaît bien.

Sauf que les muscles de mon ventre qui se contractent, ils chatouillent mon estomac, et là, il y a plus rien à faire. Je lève encore un index, de manière professionnelle, bien sûr :

« Deux secondes », je m'entends annoncer. Je me téléporte plus loin, pour gerber sur une porte d'entrée.

Heureusement, cette nana est respectueuse, elle reste bien à sa place, jusqu'à ce que je revienne comme un cloporte :

« On peut reprendre », je dis mollement.

« Je vous ai commandé un Uber, Farid »

Je me souviens même pas lui avoir donné mon prénom.

« Nan, c'est bon, c'est bon. Je gère », je lance accroché à un lampadaire, une cigarette pendante aux lèvres.

Déjà, une berline noire arrive à mon niveau. Que ce service est rapide, ou alors le temps a de nouveau sauté. Cette fille se lève et s'approche :

« Ça doit être lui », qu'elle signale.

Je ne bouge pas :

« C'est quoi votre prénom ? » je demande dans l'urgence.

« Sophie. » Elle ment, ça, je le vois.

« Sophie, vous avez un stylo ? »

Elle fouille dans son sac et me sort un Bic, sans méfiance. Je trouve dans ma poche un vieux ticket de caisse, et je marque en lettres tordues mon prénom, mon numéro, et je lui rends le tout, en ricanant parce que j'évolue pas, et que je note toujours des trucs sur des bouts de papier, comme un abruti.

« Vous m'appelez, si vous avez besoin de courage. » Ça, c'est de la vraie disquette de champion, et je me mets à rire seul.

Elle n'acquiesce pas, non, elle se contente de me retirer ma clope des lèvres avec dégoût pour la jeter sur le trottoir, et m'attrape par le coude. Elle ouvre la portière arrière, en me faisant un geste du menton. Je me laisse littéralement couler dans la voiture. Le gars demande :

« Il va où, le frérot ? »

Je récite mon adresse comme un âne. J'entends de l'autre côté un :

« Bonne soirée », suivi d'un claquement métallique.

Oh bah celle-là, elle me rappellera jamais, je pense, en fermant les paupières.

Maintenant, j'entends comme un mirage :

« Et tu me gerbes pas le skaï. »

Puis, le noir, l'odeur du cuir, la sensation de vitesse.

La voix du chauffeur :

« Allez, faut descendre, on est arrivé », et il se bidonne.

Je me redresse en sursaut, et lance :

« J'te dois combien ? »

« Ta nana a déjà payé. T'as foiré ton coup, pour qu'elle te balance chez toi comme ça. »

« C'est clair », je ponctue amusé.

Je quitte la caisse en marmonnant je ne sais quoi, les yeux absolument pas en face des trous. Ensuite, j'essaye de rentrer, je galère à trouver mon immeuble, puis le palier, puis la porte de mon appartement, puis mes clés, puis l'interrupteur — d'ailleurs, j'abandonne l'idée, et je cherche mon canapé à tâtons. Je me jette dessus, me loupe et me retrouve par terre, et je m'endors, là, sur le sol, tout habillé, avec un goût de merde dans la bouche.

30

Le lendemain,

LOUISE — Assise à table avec mon café, je fixe Cassandra qui roupille encore. Elle dort comme une momie : sur le dos, les mains croisées sur le torse. On ne croirait même pas qu'elle respire, d'ailleurs. Peut-être que chaque nuit, elle claque, puis ressuscite.

Après, il faut dire qu'à l'heure où elle est rentrée cette nuit, elle a bien le droit de mourir un peu. Et encore, elle a de la chance de pouvoir moduler ses horaires de boulot à sa guise.

Elle sort, sans moi. Elle a rencontré quelqu'un. Je crois. Elle m'en parle pas trop. Elle me parle de tout, même de ses dents, sauf de ça. Elle pourrait m'en parler, vraiment.

Mais elle le fait pas. Et je décolle le cul de ma chaise, car moi, je commence à 9 heures.

Je quitte l'appartement sur la pointe des pieds, la porte murmure derrière moi.

Dehors, le ciel est morne, le mistral soupire, et je me blottis plus dans ma doudoune. Je marche sans regarder devant moi, je prends un tram sans vérifier sa destination, je fume sans savoir s'il me reste encore de la batterie sur ma vapoteuse.

Puis, j'arrive au taf. Je suis pas à l'heure et j'ai le droit à trois reproches de la reine des putes.

Je m'installe à mon poste, et j'enchaîne. Je ponce, je vernis, je résine. Je suis en mode automatique. Je me casse pas la tête avec mes principes aujourd'hui, je les ai congédiés pour un bon moment. Oh, les gens peuvent bien faire ce qu'ils désirent de leurs griffes, ça m'importe peu. Vraiment peu.

La pause arrive. Je vais pas loin, je me prends une part de pizza et un coca dans la boulangerie d'en face. Je croque une fois, c'est froid, c'est gras, ça me file la gerbe, je jette le tout, je veux envoyer un SMS à Cassandra, juste trois mots, puis j'efface ledit message et retourne au turbin.

L'après-midi se passe. Longue à souhait. Mes lombaires hurlent à la mort, et mes yeux ont du mal à se fixer dans la lumière hospitalière. Les heures s'égrènent, et je deviens moins précise. Ma dernière cliente, littéralement, je la massacre. Elle me le fait savoir, en demandant un remboursement. Une fois partie, la bosse me défonce. J'écoute pas.

Je quitte le boulot sans rien ajouter.

Je me vois mal rentrer maintenant, et finalement, je traîne un peu au Centre Bourse.

Je regarde les devantures de boutiques, en me refaisant parfois une beauté dans les vitrines. Je m'arrête devant un *outfit* qui me captive, mais aussitôt, je me ravise : les couleurs sont trop fades, les motifs trop simplistes, les coupes trop sévères. Rien ne va. Et quand enfin je trouve une jupe rouge en simili qui me plaît, et que j'entre dans le magasin, c'est pour que l'on m'annonce que le 40 n'est plus disponible. J'insiste auprès de la vendeuse pour essayer le 38 et le 42. Mais dans le premier, je rentre pas, et dans le deuxième, je ressemble à un sac.

Je quitte le centre commercial les mains vides.

De nouveau le ciel morne, de nouveau le mistral, le tram, la marche, puis chez moi, chez nous — mais pas de Cassandra. Soit elle est au travail, soit avec son *quelqu'un,* soit chez ses parents ? J'en sais rien. Pas un message.

En fait, des messages de personne. Ni d'une collègue de boulot, ni d'une ancienne copine d'école, ni d'un mec, peu importe lequel. Seulement moi, devant la glace de ma salle de bain, à regarder mon reflet.

Je baisse ma jupe, passe mes doigts sur les cicatrices fraîches. J'en voudrais d'autres. Sentir encore le baiser de la lame de rasoir. Juste pour me soulager un peu. Mais au même moment, la porte claque, et je me rhabille en vitesse. Cassandra n'a jamais aimé que je me mutile, et je me contente de me présenter devant elle avec un sourire, alors que j'aimerais lui montrer, tout lui montrer.

Mais je suis fatiguée de tout le temps me reposer sur elle, épuisée de moi-même, de toujours dépendre d'elle.

31

Quelques jours plus tard,

MATHIAS — Dans le supermarché, à deux rues de la baraque, je fous des paquets de pâtes en masse dans le caddie que je pousse, et j'essaie aussi de décrypter la suite de la liste de courses que Tony m'a écrite en hiéroglyphes.

Jusqu'à ce jour, je connaissais pas les : « S't'est caché. »

Je suis sûr qu'il se trouve drôle, en plus.

Arrivé à la caisse, je vide le peu de produits sur le tapis, en disant bonjour à la caissière. Elle me répond d'un geste de menton. Je lui en veux pas de pas être aimable. Elle est pas assez bien traitée ni payée pour l'être. Ouais, j'ai bossé un mois dans ce magasin.

Mon sac de courses sur l'épaule, je rentre à pied. D'habitude, je viens en bagnole, mais celle-là a décidé de me lâcher. Un joint de culasse, pense Tony, il a promis de regarder. Il le fera jamais. Et ce con veut pas me prêter sa Peugeot, soi-disant je vais lui péter — c'est sûr, en ronflant dans l'allée, elle risque rien.

Putain de joint de culasse. PUTAIN de joint de culasse.

Une fois à la maison, je traverse le salon. Tony est là, à sa place dans le canapé, il est sur son téléphone, et me salue de la main. Je pars ranger les courses.

En ouvrant et refermant les placards, j'hurle :

« J'ai pas trouvé les extra cookie, ch'ais pas quoi. J'ai pris des cookies chocolat suprême. »

Je m'attends à l'entendre brailler, mais j'ai seulement un :

« OK, pas grave. »

Je finis mon rangement — j'ai balancé au pif les produits un peu n'importe où. Puis je pars me caler dans le canapé. Tony est absorbé par son écran, au point qu'un carré lumineux se grave sur son visage.

« Tu fais quoi ? » je demande.

Il redresse la face, comme si je venais de l'extraire d'un truc giga important :

« J'ai mis en ligne une annonce pour vendre la baraque », il explique.

Je lève un sourcil, je réfléchis un instant :

« Personne la voudra, ta baraque de merde ! » je crache.

Il se remet à sa stupidité :

« J'ai déjà eu un message. » Je serre la mâchoire. « La meuf veut la visiter la semaine prochaine. Donc on va se foutre au ménage. » Il dresse le doigt en s'illuminant : « Oh, j'ai un deuxième message. »

Je lui arrache le téléphone des mains en maugréant :

« Mais tu l'as fichue à combien, cette putain de baraque ? »

Il jubile. Je reste scotché. 250 000 euros.

« 250 000, cette merde ? » je braille aigu.

Tony me caresse l'épaule :

« T'imagines, on aurait la belle vie, après. »

Il est tout tendre aujourd'hui.

Je le déteste, aujourd'hui.

Je repousse son geste. Son haleine me répugne. Il me répugne. Il se lève en tapant dans ses mains :

« Faut qu'on fête ça ! »

Il part dans la salle de bain. Le revoilà avec un œuf Kinder. À l'intérieur, une vraie surprise, pas un de ses jouets en plastique chinois à la con. Non. Cocaïne, chérie. Je suis instable dans mes baskets.

« C'est pour les cas d'extrême urgence », il explique.

Je fais de la place devant moi :

« Tu fais chier », je dis, la salive aux lèvres.

La soirée s'avance, et je suis maintenant allongé sur la table du salon. J'observe le plafond, alors que Tony essaie de cuire des gnocchis. J'ai toujours adoré le bois brut qui entoure le luminaire. C'est la seule partie de la maison qui est pas trop pourrie.

Un claquement. Mon oreille siffle. Tony vient de me poser une gamelle à côté de la tête. Les gnocchis sont en partie carbonisés, mais il m'a fait à bouffer, je peux qu'être content.

Je me redresse, et je gratte chaque endroit cramé, avant de manger avec les doigts :

« J'aime bien cette maison », je dis. J'aime bien Tony, aussi.

Il soupire.

« Moi, j'aime bien le fric », il clôture.

Je hausse les épaules, je cache ma peine, et lui propose de se faire une dernière trace. Ou une avant-dernière. On sait jamais.

Après ça, ça cogne dans ma poitrine, c'est peut-être celle de trop. Je pense souvent à l'overdose. Je me demande si elle s'annonce, ou si elle vous tombe dessus comme ça, et d'un coup vous êtes à terre, la bave au menton, et il est quasiment trop tard. Combien de temps mettrait Tony à appeler une ambulance ? Est-ce qu'il le ferait ? Est-ce qu'il hurlerait : Non, Mathias ! Me laisse pas !

Je veux pas savoir.

Je me lève, je m'active, histoire de faire tourner mon sang, et je bouge des trucs dans la maison : une chaise que je replace dans la cuisine, le tapis du salon que je remets correctement au sol — en plus, j'en ai ras le cul de me vautrer dessus tous les quatre matins. Tony, lui, avec n'importe quelle substance, il reste égal à lui-même, affalé dans le canapé, à effriter son shit dans sa paume. C'est pour ça qu'il a les doigts éternellement marron.

« C'est bien, faut commencer à ranger. T'as raison », rajoute ce con.

Mes molaires se rencontrent et craquent.

« Je range pour ranger, pas pour tes conneries. »

« On a un aspirateur ? » qu'il demande.

« Qu'est-ce que j'en sais », je dis en rassemblant les mégots dans le cendrier. « C'est chez toi, non ? »

« Hm, hm », il fait. « Ouais, de toute façon, j'ai la flemme, là. »

Il attrape la télécommande, et lance un boulard en grognant :

« J'adore quand leurs seins se balancent comme ça. C'est hypnotique », il jubile.

J'observe ça d'un œil. Je me demande combien d'heures de films de cul Tony regarde par jour. Est-ce que ça peut être une sorte d'addiction ? Sur le visage de Tony, je vois pas de luxure, ni un truc du genre, mais plutôt de l'exaspération.

« Tu sais que Milly me répond plus ? » il soupire.

« Et alors ? » Bon débarras ! Puis, avec ce qu'il lui a fait, ça m'étonne pas.

« Moi, je l'aime bien. »

« Mouais », je dis. Mathias a le cœur en lambeaux.

Je me prends un paquet de clopes sur le coin de la tempe :

« Sois triste avec moi ! » il quémande.

Je siffle entre mes dents :

« Et moi ? » je risque, les deux mains sur les hanches. Et moi ? Moi, tu m'aimes bien aussi ?

« Toi, c'est… toi ? » Et il sourit, avec ses deux incisives supérieures qui osent pas se toucher, là.

« Bah moi. Je suffis ! » j'ajoute. Mathias, le cœur en lambeaux, tout désespéré. Mathias qui fait pitié.

Il lève les mains comme pour une prière, et sort :

« L'amour est universel. »

Espèce de sale fils de pute. Je prends le couloir d'un pas rapide. J'entends :

« Oh, ça va ! »

Je gueule comme un dément :

« Je t'emmerde, gros tas de merde ! »

« Connard ! » il envoie, et je claque la porte de ma chambre.

Ma cachette est pas immense. Mais elle a l'avantage d'être au rez-de-chaussée. Ce qui signifie que quand je veux pas voir la gueule à Tony, et lui expliquer où je me casse, je passe par la fenêtre. Mais ce soir, je vais pas me tirer. J'en ai pas l'envie. Je me sens trop tendu, je me colle à un des murs, haletant de haine. Colère, colère, pas content. Carreau dans le palpitant.

Le papier peint se fait la malle, et j'essaie de résister au besoin primaire d'en arracher des petits bouts.

J'ai une question qui me taraude : la maison, ou Tony ?

Tony, ou la maison.

Mon amour pour lui, mute.

Tony.

La maison.

Les deux ?

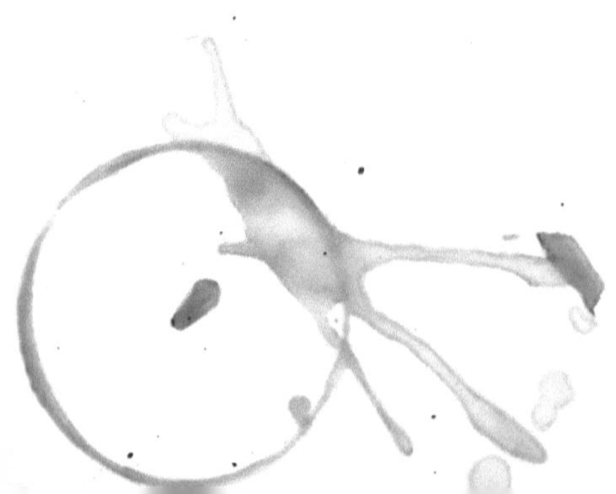

32

Une nuit,

FARID — La fille fait les quatre cents pas dans cette nuit épaisse. Sûrement qu'elle a froid.

De temps en temps, elle rejoint une autre sous un lampadaire, les deux échangent quelques mots, parfois un éclat de rire, et puis elle se remet à marcher. Noa, à côté, se gratte le nez en demandant :

« Comment elle fait pour pas se casser les jambes ? »

J'analyse de nouveau les escarpins vertigineux qu'elle a aux pieds.

« Je me serais déjà mangé le bitume », je dis en trempant mes lèvres dans mon thermos.

« Je caille », gémit Noa.

Ces filles aussi doivent se geler. Je remets le contact et rallume la caisse pour lancer le chauffage à fond. Mais la chaleur tarde à monter. La Peugeot banalisée qu'on nous a filée ce soir, c'est vraiment pas la meilleure qui soit — elle commence à dater, la cocotte.

Noa continue de se frotter les mains en disant :

« Punaise, mes doigts sont morts. »

Et il me les colle dans le cou.

Je hurle en essayant de pas lâcher mon café.

Ensuite, Noa en profite pour sortir une clope. Je fais la même en commentant :

« Tant que le chauffage tourne, hein. »

Quand on se motive à faire une surveillance — ça doit être la huitième en un mois — on respecte un rythme bien précis : l'allumage du chauffage, la cigarette, puis, quand on bouillonne, je coupe la bagnole et j'éprouve les degrés descendre dans ma chair. C'est vertigineux. La glace grimpe de nouveau dans mes muscles. Je peux même sentir le métal de la voiture, irradié de froid. Mais à la rigueur, pour nous, c'est supportable. Pour ces gamines qui font le trottoir, par contre, c'est un autre délire, avec leurs jupes, leurs simples collants, et leurs décolletés qui s'effondrent pour divulguer leur poitrine.

Moi, je suis heureux de me dire qu'on se fait une soirée comme ça de temps en temps. Elles, c'est combien de fois par semaine ? Combien d'heures à battre le pavé ? Combien de clients à subir ?

Celles qui font la rue, on le sait, c'est pas les mieux loties, en plus. C'est celles qui sont logées par dizaines dans des appartements miteux. Puis la plupart viennent d'ailleurs, vendues, même par leur famille, en leur promettant un avenir meilleur.

Et nous, on sert à quoi pour leur protection ?

À que dalle.

Si. Quand on démarre notre surveillance, on distribue aux filles que l'on croise des viennoiseries qu'on achète en masse à une boulangerie, histoire qu'elles nous aient en sympathie et qu'elles n'hésitent pas à nous causer si elles sont au courant d'un truc — c'est un geste pathétique. Oui, elles savent qu'on est là, et si elles nous tolèrent, c'est parce qu'on leur a promis de pas faire la chasse à leurs clients.

Faire le trottoir, en soi, c'est pas interdit, vu qu'il ne se passe rien de visible. Par contre, gauler un échange d'argent et un coït, ça, c'est un autre délire.

Puis ça nous servirait à quoi de choper trois types ? Ceux qui bossent sur ça, sur les réseaux de prostitution en ce moment, c'est le groupe à Fred, et ce qui les intéresse, c'est les têtes pensantes — pour les bloquer sur traite d'êtres humains.

« Tu t'es déjà fait une pute ? » demande Noa en ouvrant sa veste. Je vais pas tarder à couper le contact.

« Nan. », je réfléchis un instant. « Je préfère vraiment me branler que payer une nana qui a pas envie d'être là. » Je le fixe. « Toi ? »

Il baisse la tronche :

« Une fois », il confesse.

Je jette mon mégot par la fenêtre et ferme celle-ci. Noa s'agite :

« Mais ! C'était pas vraiment… volontaire ! » Il se tourne vers moi et me tient l'épaule. « En fait, j'étais en soirée. Arraché. Et une nana me faisait du rentre-dedans. Je croyais… que… c'était du vrai ! »

Il lève les yeux au ciel.

« Une fois dans la chambre, après avoir niqué, elle m'a dit : c'est 150 euros. »

« T'as fait quoi ? »

Au même moment, une voiture s'arrête au niveau d'une nana. Je me redresse un peu. Noa fait de même en répondant évasif :

« J'ai réglé, sans broncher. »

Il attrape l'appareil photo et tire le portrait du SUV.

Je sors le carnet et compare les plaques qu'on a déjà relevées.

« J'aurais fait pareil. J'aurais payé. Et bien fermé ma gueule. » J'arrête mon doigt sur une suite de chiffres et rajoute en dessous l'heure et la date. « Ce mec vient trois fois par semaine. C'est un de leurs réguliers. »

« Il prend toujours Talons rouges », Noa remarque.

Talons rouges — on a dû leur filler des surnoms. Elles refusent de donner leurs identités. Même leurs blazes, on y a pas le droit.

« Ça fait un budget, quand même », Noa ajoute.

« Pas tant. S'il se fait juste sucer, il en a pour quoi, soixante balles par semaine ? Allez, s'il nique, cent cinquante par semaine ? Je sais plus. Mais c'est pas énorme, quoi. »

« Pas faux. »

Talons rouges finit par entrer dans la voiture, et le gars, dont on n'a jamais aperçu le visage, redémarre et disparaît sur le Prado. Talons rouges sera sûrement de retour dans une demi-heure et reprendra son poste.

En attendant, une autre marcheuse s'empare de sa place sous son lampadaire. C'est vrai qu'il est stratégique, celui-là. On les voit bien sous la lumière jaune, et il y a aucun arbre autour qui les dissimule. La nana qui a pris sa place, c'est Doudoune. Simplement parce qu'elle porte toujours une énorme doudoune rose.

Ce soir, elle a remonté ses cheveux en un chignon strict. C'est une belle fille, au teint doré. Elle ressemble un peu à cette nana du bar : Sophie. Sauf que Doudoune, elle s'allume une cigarette, là où l'autre aurait largué un poumon.

Parfois, je pense à Sophie. Aucune nouvelle depuis, et je me doutais qu'elle m'appellerait pas — c'est ainsi. Dommage. Elle était chou.

C'est maintenant un cabriolet qui s'arrête devant Doudoune. Elle recrache une taffe, puis jette sa clope par terre et l'écrase avec le plat de son talon. Elle a l'air tellement jeune, celle-là, et elle se scotche à la carrosserie. Noa prend une photo, je note la plaque. Encore un régulier.

La radio grésille. Noa répond, et c'est l'autre patrouille qui se fait la Canebière : Clément et Olivier, deux abrutis qu'on nous a collés.

« Ouais, on a arrêté un type », fait Clément.

Eux, ils ont rien compris à la procédure.

« Le signalement », demande Noa en me jetant plein de grimaces.

« Un roux. Avec une Clio. On l'embarque au poste. »

Quelle bande de cons. Il y a un monde entre une Clio et une Fiat. Noa coupe la radio.

« Ils se sont crus à une chasse aux sorcières. »

« Aux sorciers », je corrige.

Et Noa touche ses cheveux, tout paniqué.

Ce mec qu'ils mettent en GAV, tout contents, on va devoir l'interroger demain matin, pour découvrir encore qu'il ne correspond en rien à notre signalement, et les filles perdront un client de plus, et elles devront rendre des comptes à leur mac ou à leurs madames.

33

La même nuit,

MATHIAS — « Tu fais chier ! C'est TA FAUTE TOUT ÇA ! » je hurle en avalant des larmes salées.

Tony reste avachi dans le canapé.

« On va pas vendre cette baraque. Un point, c'est tout. » J'envoie voler une tasse qui trônait sur la table basse. Dès qu'elle touche le sol, l'anse se sépare du bol dans un claquement. « Ici, on est bien. REGARDE ! »

Je fais un tour sur moi-même dans le salon. Tony dit rien. Je lui montre la belle fenêtre qui donne sur la courette où sont stationnées nos deux voitures. Puis l'entrée de la cuisine, l'alcôve en bois brut.

« Quand j'ai emménagé avec toi, tu m'as dit : ici, c'est mon paradis, le seul lieu où je me sens en sécurité. C'est un univers tout entier, entre quelques murs. » Je plante mes doigts dans mes cheveux. « UN UNIVERS TOUT ENTIER ! Moi, je t'ai cru ! »

Je me laisse tomber par terre :

« Le fric, on se serait débrouillés… regarde, on l'a toujours fait », je sanglote.

Je rampe, je m'accroche au canapé, je me redresse un peu et attrape sa tête entre mes deux mains.

« Tous ceux en qui je crois finissent quoi qu'il arrive par me trahir. Cassandra… j'ai cru en ses idées, et maintenant, elle me repousse, et t'as fait la même chose. Tu m'as repoussé ! Putain ! »

Mes pouces glissent sur ses joues graisseuses. Sa lèvre s'entrouvre sous mon mouvement, et un filet de bave dégouline :

« Tony, t'es trop con. Sérieux », je gueule : « TU. FAIS. CHIER. »

Puis je lâche sa tête, qui retombe sur le côté. Je fixe son cou. La peau ici a bleui, et je peux y voir la forme de mes doigts. Mathias a merdé.

Je me relève, les muscles tendus. J'attrape Tony par les deux mains et le fais chuter du canapé. Je me mets à le traîner en direction de ma chambre. Qu'il est lourd, que je suis faible. Jamais je pourrais l'embarquer chez Cassandra, jamais je pourrais le foutre ailleurs que dans ma chambre. Tony est intransportable.

Je voulais le monter dans mon lit, qu'il soit au moins avec moi. Mais j'y arrive pas, et je maudis tous les cookies extra choco suprême qu'il s'enfilait. Alors je le laisse par terre, au pied de mon pieu. Je mets un coussin sous sa tête et je le couvre de ma couette, avant de m'allonger à mon tour à côté de lui. J'observe le plafond. Je sens le temps se désagréger. Peut-être que je m'endors un peu, en l'entourant de mes bras.

La nuit est tombée, et je roule sur le côté. Tony a pas bougé. Sa tête toujours enfoncée dans le coussin. Mais ça pue la merde. Je me relève et le montre du doigt :

« Putain, t'as chié, du con ! »

Je quitte la pièce en furie. Je tourne dans le salon. Au bout d'un quatrième rond autour de la table, je me prends les pieds dans le tapis, je me vautre. Je reste un moment là, plié en deux, sur le sol, de la poussière qui entre et sort de mes narines au rythme de mes respirations.

J'en viens à une conclusion : je veux de l'aide.

Et me voilà dans la voiture de Tony, ses papiers dans mon portefeuille, à arpenter Marseille à deux heures du matin. Je crois pas parvenir à suivre le code de la route, mais je réussis tout de même à atterrir devant l'immeuble de Cassandra.

Une fois devant sa porte d'entrée, je tambourine comme un dingue. Je hèle son nom. Je veux que ce soit différent, qu'elle apparaisse en miracle, comme elle l'avait fait tant de fois avant. Bien sûr que je m'excuserais, de tout, d'avoir souhaité la remplacer, d'avoir déclenché la guerre avec elle, je me soumettrais, tout ça, tout ça.

J'aimais tellement Tony. Tony. Tony.

Lapin en chocolat fondu.

« TU FOUS QUOI, LÀ ? »

Je me tourne : un vieux type en caleçon est sur le palier, devant la porte de son appartement. Je me fais soudain tout petit :

« Je… euh… je suis désolé. »

Il gueule, et il ressemble à mon père :

« CASSE-TOI ! »

Je reste sans bouger, tétanisé. Il avance d'un pas. Mathias le trouillard. Bouh bouh, c'est un trouillard. Je m'enfuis en courant.

Je galope jusqu'à la voiture, saute dedans, et mets le contact.

De nouveau je erre, jusqu'à ce qu'une idée longtemps enterrée refasse surface. Je sais que j'ai plus le droit de l'approcher, mais quelques minutes plus tard, j'ai quitté Marseille pour me diriger vers Peypin. Les maisons enlacées dans la pinède obscure s'amoncellent, et je m'arrête devant celle que je connais trop bien.

Devant le haut portail, j'ai posé mon doigt sur la sonnette sans oser l'actionner. Je clos les paupières, je vois le visage de Tony. Tony. Extrême Cookie.

Je sonne. Une fois.

Puis une deuxième.

Et encore une troisième.

J'entends la porte d'entrée claquer. Ensuite le portail, et une tête lasse et fatiguée dans l'entrebâillement. Les yeux se gonflent, et il sort pour refermer derrière lui :

« Qu'est-ce que tu fiches là, Mat' ! » il s'énerve en resserrant son peignoir sur son ventre.

J'essaye de venir me coller dans ses bras, il m'a tant aidé, par le passé. Mais là, il me repousse et je geins :

« Tonton, j'ai b'soin d'toi… Cas'… Cas'… elle veut plus m'voir. » Je renifle : « Je dois vraiment lui parler, là. »

Il me saisit par l'épaule, toute sa paume contraint mon articulation, au point de me faire plier, et il me plaque contre le mur :

« Tu sais très bien pourquoi elle veut plus t'voir. » La colère empourpre sa figure. « T'as failli foutre dans la merde ma fille. » Il plante plus profondément ses doigts. « Je veux plus te voir dans les parages, petit con. » Puis il sort les dents, et son visage mute encore : il ressemble à son frère, mon père. « Je vais te buter si tu continues. »

Quand j'étais gamin, c'est chez tonton que je me fourrais dès qu'à la maison, ça n'allait pas. Il m'accueillait, comme un père. Il m'accueillait.

La terreur me grimpe aux joues, et je lui écrase le pied pour me dégager. Je me recule d'une dizaine de pas, et j'entends :

« Va voir ton père plutôt ! » il crache, et de nouveau je m'enfuis.

La même rengaine. Je bondis dans la voiture, je mets le contact et plie l'accélérateur. La caisse saute, et je traverse la rue à pleine vitesse. Quelques centaines de mètres plus loin, je me stationne devant une autre maison.

Celle-là est ridicule. Le toit s'essouffle, et le crépi se barre.

Une fois sur le trottoir, je grimpe sur le muret comme je l'ai fait tant de fois. Je fais le tour de la bâtisse, je regarde à travers chaque fenêtre. D'abord, une chambre, avec un lit double, où une forme réside assoupie, puis une deuxième chambre, la mienne. Les meubles n'ont pas bougé, le pieu non plus, encore moins les draps Pokémon.

Ensuite le salon : un homme ronfle dans le canapé en cuir, toujours le même depuis la nuit des temps. La télé se reflète sur son visage. Endormi, ses traits restent raides. Mon père.

Je rebrousse chemin. J'escalade à nouveau le muret. Je remonte encore dans la voiture de Tony, et cette fois, je rentre. Je cours après personne. Parce que personne me court après, et je me couche par terre, je tire un peu sur la couverture et enserre mon mec mort.

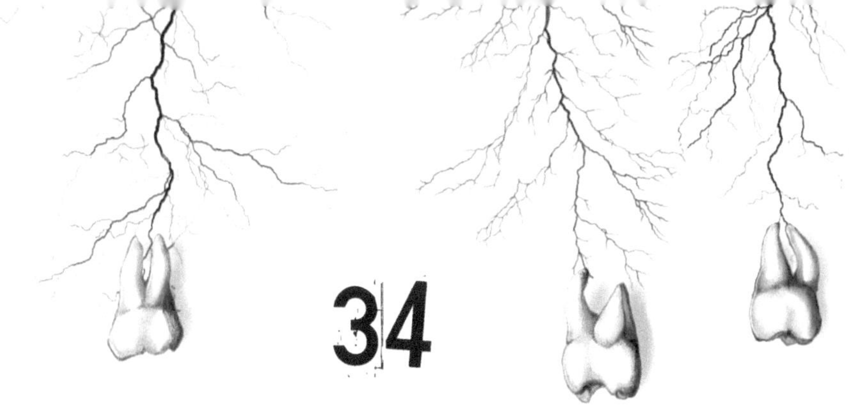

34

Le lendemain matin,

Cassandra — Je berce Valentin dans mes bras. Le pauvre petit a eu un chagrin terrible à la suite d'une dispute avec un copain de classe. Il finit par s'endormir, là, tout contre ma poitrine, exténué d'avoir tant pleuré, et mon téléphone vibre plus loin dans mon sac.

Camille s'est enfermée dans sa chambre, incapable de faire face à la tristesse de son fils.

Je transporte le garçonnet à bout de bras pour récupérer mon portable, et je lis ce SMS de mon père :

« Tu as le temps pour un café aujourd'hui ? »

Je me gare sur le parking du café où mon père a voulu que l'on se retrouve. Un petit bar, sans prétention. Papa est déjà installé en terrasse, un pastis dans une main, les yeux dans le vague. Quand j'arrive à son niveau et qu'il me remarque, il se lève aussitôt pour m'embrasser, avant de m'observer minutieusement :

« Comment va ta mâchoire ? »

Il saisit mon menton pour faire tourner mon visage.

Je n'ai plus souffert depuis l'extraction, peut-être grâce aux surdoses d'antidouleurs :

« C'est parfait », je rassure.

On s'assied tous deux, l'un à côté de l'autre, pour avoir vue sur le parking et la route. Mon père lève un doigt en direction d'un serveur qui nettoie les tables plus loin. L'homme souriant rapplique, et Papa commande :

« Un jus de pomme. » Il me caresse l'épaule : « Ça te va ? »

J'acquiesce avec une risette, en détaillant mon père. Les cernes lui mangent les joues, ses dents rognent ses lèvres. Il s'affaisse encore. Je hais avoir l'impression que mon père vieillisse. Pourtant j'ai de la chance : papa est quelqu'un d'athlétique. Il court plusieurs fois par semaine, il a une bonne alimentation, il s'entretient, il continue de se sculpter. C'est lui qui m'a appris à chérir nos images, et en songeant à ça, je sors mon téléphone pour m'aviser de mon reflet dans la vitre. Pas une bavure.

Au même moment, mon verre est posé sur la table. Papa et moi lui offrons un merci à l'unisson. L'homme repart, je dis :

« Tu sais, j'aurais pu venir à la maison. »

Il reste pensif en observant l'horizon. Je n'arrive pas à discerner où son regard pointe. J'aimerais le savoir.

« Nan, nan. J'avais pas envie d'avoir ta mère dans les pattes »

« Un vrai poison quand elle s'y met, hein », je lance, malicieuse.

Il secoue la tête. Il ne rit pas à ma blague. Il vérifie autour de nous. La terrasse est vide. Le serveur est rentré. Il se penche vers moi. *Terre d'Hermès* me chatouille le nez :

« Mathias est passé cette nuit », il annonce.

La journée devait être belle. Le temps, en tout cas, l'était. Un ciel bleu, avec un maigre nuage tout au fond. Un simple et unique nuage gris. Je ne regarde plus mon père. Je ne vois plus mon verre. Seulement mes doigts qui ont serré mon genou, qui commençait à s'agiter :

« À la maison ? » je demande, bêtement.

« Oui. » Un soupir brûlant. Puis la sentence. « Je vais le tuer. »

Mon père n'est pas un meurtrier. Mon père est un aimant, un doux, un pur. Je hoche la tête par la négative en mordant ma langue. Le nez de mon père frôle le lobe de mon oreille :

« Si. » Ce mot, je l'entends comme une respiration. « Si. Je vais le tuer. Il te cherchait, là ! Il va te mettre en danger ! Il est complètement instable ! » Il répète, plus près encore : « Alors, si. Je vais le tuer. »

Oui, Mathias est une bombe à retardement. Mon père ne sait qu'un dixième de tout ce que fait Mathias, et s'il était au courant de notre dernière altercation, ou de ce corps qu'il a laissé traîner, bien sûr qu'il le prendrait en chasse.

Pourquoi mon père a déjà Mathias en grippe depuis un moment ? C'est parce qu'un jour, le garçon a débarqué chez nous pendant un repas, quelques mois avant de me ramener ce pauvre Samir.

Il hurlait, hors de lui, que je ne donnais pas de suite à notre projet. Il a failli tout dévoiler à ma mère et mes sœurs, en lançant de la vaisselle sur moi. Papa m'aime, alors il lui a bondi dessus. Pour le faire taire, il l'a cogné.

Je serre les cuisses en revoyant les poings fuser, brisant ce misérable visage qui exprime constamment l'incompréhension.

Puis mon père l'a tiré par le col et l'a jeté dehors. Il l'a averti : c'est la dernière fois qu'il déconne ainsi, sinon il lui ferait la peau. Mathias a pris ses jambes à son cou. Mon père, dans la foulée, a prévenu son frère — le père de Mathias. Celui-ci a retrouvé son fils errant dans le village, et lui a fait passer un mauvais quart d'heure — comme depuis toujours.

Ce jour-là, j'ai aimé mon père plus que tout. Mais aussi, j'ai eu tant de peine pour Mathias, et tant de peur.

« Papa, je sais, je sais. » J'acquiesce, songeuse, et lance un mensonge de plus : « Il ne nous trahira pas. Il ne veut pas payer le prix. »

C'est faux. Il nous trahira.

Je n'ai pas dit à papa que mon appartement était devenu une zone morte.

Je pleure mon chez-moi chaque jour. C'est un endroit que j'aime, qui était à mon image. Les meubles ont été savamment choisis : rustiques. Mon père m'a aidée à tout installer. Je regrette la vaisselle, avec ses services complets de porcelaine trouvés chez des antiquaires, ainsi que le comble de la perfection : une coiffeuse dans un style victorien, que je suis allée récupérer avec Papa à Gap, chez un particulier.

Papa ne sait pas que je vis chez Louise, entre ses montagnes de fringues que j'essaie désespérément de démanteler, et sa vaisselle IKEA qui jonche sa cuisine. Il connaît Louise. Je lui ai présenté après son suicide avorté. Il a imaginé un moment que c'était mon amoureuse. Peut-être parce que j'ai employé le mot âme sœur en l'évoquant.

Peut-être que Papa se fait du souci à l'idée de me croire seule

Mais je ne suis jamais seule. J'aime trop, justement, tous ces gens que j'accompagne, comme Jean, comme Samir, que je sens dans mon ventre, comme tous les autres, qui me donnent tant de vie.

« Tu as appelé tonton ? » je demande.

« Oui. » Il termine son pastis d'un trait. « Il m'a gueulé dessus que j'aurais dû le retenir. Je lui ai dit que si sa raclure de fils était encore dans les parages, je lui ferais la peau. »

« PAPA ! » je glapis d'horreur.

Il ferme les yeux un long moment :

« Oui, je sais, c'est stupide ! » Il enroule son index dans mes cheveux. « Mais… tu te rends pas compte… c'est de toi qu'il s'agit ! »

Je caresse son poignet. Le goût de danger est plus imminent. L'urgence, elle, est terrible.

Je croyais que j'avais le temps de trouver une solution viable. Mais tout se brusque, et je hais la précipitation, car ça empêche la logique. Papa dit :

« Très belle, cette couleur », au sujet de ma nouvelle perruque.

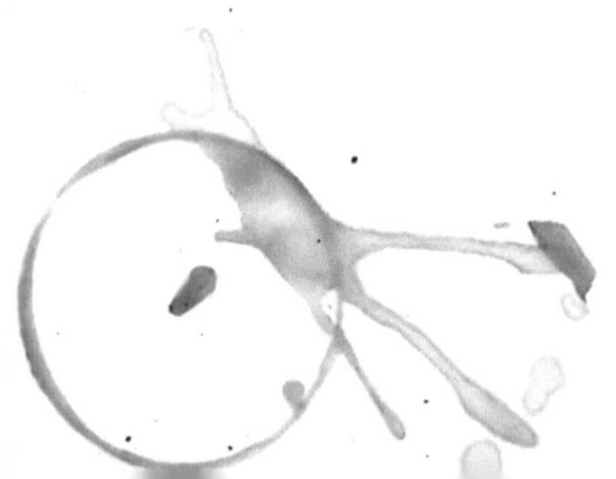

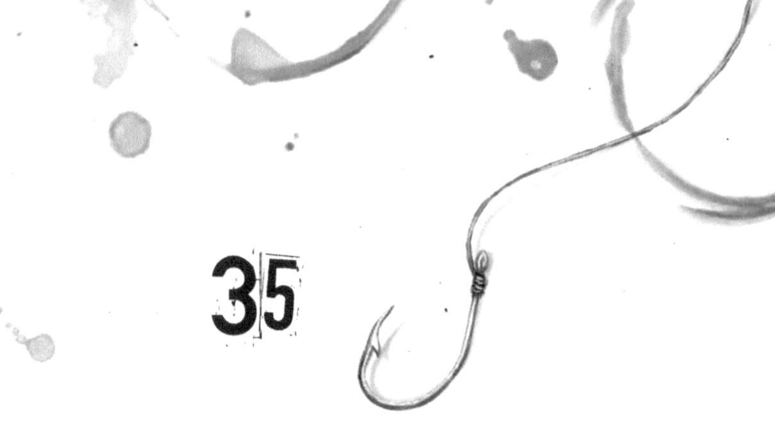

35

Dans la même journée,

FARID — Matin catastrophique, café dégoûtant, clope sur clope. La nuit avec Noa, le jour à l'Évêché. À 8 heures, je débarque au bureau, la tête enfoncée au fond du rectum.

Quelques heures plus tard, je sors d'un interrogatoire avec le type que les deux débiles ont chopé. L'interpellé a fini par chialer, car il s'est rendu compte que c'était pas très correct d'aller voir des putes alors que sa meuf enceinte l'attend à la cazba. Celui-là, comme tant d'autres, n'a pas le bon profil : il a juste eu le malheur de correspondre à peu près à la description.

Bref, on le fait sortir.

De retour dans le bureau avec Noa, il se jette sur sa chaise en grognant :

« J'ai vraiment besoin d'une putain de sieste. »

Je me frotte les yeux en soupirant, et donne le compte rendu de l'interrogatoire à l'oral aux filles. Magalie, de l'autre côté de la pièce, répète comme un robot :

« Fait chier, fait chier, fait chier. On n'avance pas. »

Je vais à mon tour me poser sur ma chaise. Celle-là est divinement confortable : un nuage. Vu mon niveau de fatigue, elle pourrait être en béton que j'aurais le même sentiment. D'ailleurs Noa, lui, s'est laissé emporter. Il ronflotte, et Julie est en train de préparer des boulettes de papier à lui expédier sur le nez.

« Fait chier ! » continue Magalie.

Ce bourdonnement, lui aussi, m'épuise, et je lui lance :

« Il nous faut plus de gars. »

« Fait chier », qu'elle répète encore.

Je hausse le ton :

« Magalie, il nous faut plus de gars ! »

Elle s'arrête enfin, et me lance ce regard de merde qu'elle fait quand elle est en pétard :

« Et je les sors de ma chatte, tes gars ? » elle maugrée.

« De la bite du proc », je réponds du tac au tac.

Elle s'approche de mon bureau :

« Tu crois que je le fais pas assez chier, lui ? » elle gronde.

Je hausse les épaules en empoignant mon paquet de cigarettes. Histoire de la narguer. Admire mes délicieuses clopes, sale sangsue, priveuse de petits plaisirs !

« Fais-le encore plus chier. J'en sais rien, moi ! » que je lâche.

On n'a pas que l'affaire des prostituées sur le dos, ni celle de Samir. Nan, on en a des tas d'autres : certaines en veille, certaines qui attendent des expertises, certaines qui espèrent des compléments. Et du coup, des tonnes de paperasse, et encore des tonnes de paperasse, à remplir, à rédiger, à confronter.

Ma souris d'ordinateur me hait autant que moi, je la hais, et j'ai dû bricoler pour que la barre d'espace de mon clavier continue de fonctionner. Magalie se penche sur moi pour faire son caca nerveux, et je fixe la partie de son visage immobile ; comme ça, j'ai le sentiment que c'est pas si grave, ce qu'elle va me sortir :

« Je te rappelle pourquoi Sam est en arrêt depuis trois mois, Farid ? »

« Et c'est reparti. », Julie commente en expédiant une nouvelle boulette de papier sur Noa, qui ne bouge pas d'un iota.

« Alors, Farid ? » relance Magalie.

Je souris, bien fier :

« Parce que je lui ai dit que c'était un flic à chier ! » je rétorque, amusé. « Ou, c'est peut-être la fois où j'ai gueulé dans le service qu'on avait que des branques dans ce groupe ! » Je mets mes pieds sur le bureau. « J'sais plus. » Avant qu'elle réponde, je lève l'index : « Mais est-ce que j'avais tort ? »

Magalie se pince l'arête du nez sans moufter. Elle sait que j'ai raison. Ce type était pas fait pour la PJ, c'est tout. Il était trop heureux, trop content, trop optimiste. Il avalait tout ce qu'on lui racontait en interrogatoire.

« Dis-leur qu'on veut de nouveau Virginie ! » je tente.

Une fille au top, d'une efficacité redoutable, mais qu'ils n'arrêtent pas d'envoyer aux quatre coins de la France pour les enquêtes plus médiatisées — faut préciser qu'elle a un dossier impeccable, elle.

Magalie tape du pied par terre :

« Ils veulent pas ! » elle gueule, toute rouge, avant de se détourner de moi.

Je maugrée tout seul dans mon coin, et Magalie fait mine de m'imiter.

Au même moment, mon téléphone se met à vibrer dans ma poche. Je vois là une parfaite occasion de sortir m'en griller une. Je me lève et prends la porte, en répondant sans regarder le numéro :

« Allô ! » je fais, la cigarette déjà piégée entre les lèvres.

« Bonjour », réagit une voix féminine qui me semble familière. Je descends les escaliers en attendant une explication, ou quoi que ce soit qui m'en dirait plus.

« Oui ? » j'ajoute.

Allez, demande-moi si j'ai souscrit à l'abonnement machin chose bidule.

« C'est Sophie », fait la voix. La belle voix.

Je m'arrête net dans les escaliers. Un gars des STUPS me passe à côté. Je cache mon petit sourire dans ma paume et dévale les dernières marches qu'il me reste. J'attends d'être dehors, ou qu'elle parle. J'arrive sur le trottoir, sans entendre de nouvelles paroles.

Je me sens nerveux. C'est stupide. J'inspire un coup. T'es grand maintenant, voyons.

« Comment vous allez ? » je lance le plus sérieusement possible en allumant ma cigarette de l'autre main.

« Bien, et vous ? » Elle ment ?

« Bien, très bien. » Je mens à mon tour.

Les voitures défilent devant moi. Deux filles me passent à côté, hésitantes, et s'engouffrent dans l'accueil du commissariat.

Je relance :

« Vous avez besoin de courage ? »

J'entends l'inspiration, l'expiration, j'entends le temps aussi, et enfin la voix :

« Vous avez du temps pour un café ? » elle demande.

J'avale ma salive. Je serre les lèvres pour pas sourire, en tirant sur ma cigarette. Voilà, j'ai pas été si désastreux, finalement. Bravo moi.

« Oui », je tranche net.

« Maintenant ? » elle ajoute.

Oh, personne m'attend au bureau, et même si c'était le cas, je m'en fiche.

« Oui, bien sûr ! » je dis avec précipitation.

« Tournez la tête à gauche, alors. »

Je m'exécute immédiatement. Mon regard file après la route. Devant la Major : une forme que je reconnais.

Bon. D'accord.

Je raccroche. Je glisse mes doigts dans mes cheveux, histoire de les aplatir un peu et de les coincer derrière mes oreilles. J'avance, instable dans mes chaussures. Sur l'allure, on repassera — mais elle m'a déjà vu plus miteux, on dira.

Je traverse sans regarder, sans apercevoir une voiture. Le klaxon me perce les tympans, et je m'excuse d'un geste de la main. Sophie cache un rire dans sa main, et je la rejoins. Je remarque immédiatement qu'elle a changé de couleur de cheveux : on passe d'un auburn à une longue chevelure d'un blond presque blanc.

J'étais pas sûr la dernière fois, mais ça, c'est du faux. C'est fou comme ça métamorphose son visage. Elle reste tout à fait mignonne. Tout à fait mignonne.

J'hésite à lui faire la bise, alors je lui propose ma main. Ce que je reçois dans la paume est sans force, et toujours emballé dans du cuir. Élégante petite bourgeoise à problèmes. Je ris intérieurement.

Aussitôt, elle fouille dans un sac en papier kraft qu'elle tenait de l'autre main et me tend un gobelet en carton :

« J'ai demandé deux doubles expressos. » Elle réfléchit un instant. « On peut donc dire que c'est un quadruple expresso ? » et elle ricane seule.

J'attrape ma boisson en la remerciant, même si c'est pas vraiment ce que j'appelle prendre un café. Elle replie le sachet minutieusement et se dirige vers la poubelle pour le jeter avant de revenir à moi.

« J'aurais pu vous inviter pour ce café », je dis, sur la réserve.

Elle agite la tête en faisant une petite moue.

« Non, non, je ne vais pas vous retenir trop longtemps », elle annonce.

Quand elle parle, elle enroule toutes les lettres. Elle les inspire même. Ça aussi, c'est très propre.

« OK, OK », je fais en comprenant que cette entrevue sera purement professionnelle. Dommage. Vraiment dommage.

Elle m'attrape par le coude et entraîne la marche, en expliquant :

« Venez, on peut s'asseoir là-bas. »

Elle nous emmène à un banc, caché contre la Major. Je me pose à l'extrémité, et elle à l'autre. Je renifle distraitement mon café, en suivant des yeux la ligne qui scinde le ciel et la mer, avant d'en boire quelques gorgées. Mon estomac s'incline.

« Merci pour le caf'. Vraiment », j'ajoute.

« Vous avez l'air éreinté », j'entends.

Je hausse les épaules en me calant mieux sur le bois. Je pose l'arrière de mon crâne contre la pierre fraîche. Mes paupières ressentent trop la gravité de la Terre, et je tire une cigarette de mon paquet.

Fumer me permet de me tenir éveillé — oui, c'est un subterfuge de mon cerveau pour avoir une dose de plus. À la première bouffée, je me souviens de l'affaire en cours, ou du prétexte, et j'incline la tête vers Sophie. Ses yeux sont plongés sur mon genou, je me mets à le fixer aussi. Je constate deux taches marron, bien incrustées dans le jean foncé. Café ? Ou peut-être le brownie que j'ai taxé à Julie ?

En grattant avec l'ongle, j'abrège le silence :

« C'est du chocolat. »

Elle refait ce geste, replace son écharpe sur sa bouche, puis murmure tout bas :

« Il y a des choses que je sais », elle attaque sans préambule.

Je cligne des yeux plusieurs fois, et enfin ma curiosité s'ouvre comme une fracture. Je me penche vers elle :

« Des choses graves ? » je demande.

« Oui », elle souffle.

J'acquiesce en inspirant.

« Quel genre de gravité ? » je questionne.

« Grave. Grave. Grave. »

Trois fois grave, c'est que c'est très grave.

« Et c'est quoi, ces choses graves, graves, graves ? » OK, je me fous un peu de sa gueule. Vraiment, je suis fatigué. Je fais pas attention. Et j'imaginais qu'elle me rappelait pour me raconter des petits trucs, je sais pas, me parler du ciel, des mouettes, des bateaux, et je sourirais comme un âne en écoutant.

Bref, elle se tourne. Ses yeux bruns soutiennent mon regard. Elle glisse sur le banc et pose sa main sur mon poignet. Je fixe cette paluche qui me touche. J'ai un peu de mal avec ce genre de geste — d'intrusion.

Je tente de me reconcentrer et je cherche la boutade, une solution de décompression :

« Vous croyez que je suis prêtre ? Que je recueille les confessions ? » je dis avec un sourire en coin.

Elle rit un instant en fermant les paupières. Très charmant, ce petit rire avec ses hoquets aigus.

« Non, ce n'est pas de ce genre de confiance dont j'ai besoin. »

Elle fouille dans son sac à main pour en sortir une enveloppe, qu'elle conserve sur ses cuisses.

« Farid, là-dedans, il y a un endroit, et là-bas, il se trouve quelque chose qui a été fait il y a quelque temps. »

Je plisse les yeux, la bouche entrouverte. Le léger et le drôle viennent de s'évaporer. Mon ventre me tire, je sens mon holster brûler ma peau. C'est toujours comme ça quand ça se met à puer la merde. Je garde la face et questionne, plus sérieux :

« Il y a quoi, là-bas ? »

Plus de sourire de sa part. Elle tient plus fermement l'enveloppe en articulant :

« … quelqu'un. »

« Un cadavre ? »

Elle valide d'un geste du menton. Je tends la main immédiatement :

« Donne », je grince.

« Non, écoutez-moi ! » Elle a remarqué ma méfiance. Elle aussi est raide comme un ressort.

En théorie — une théorie que j'ai éprouvée avec Noa — il me faudrait deux secondes pour la plaquer au sol et la menotter. Puis quelques minutes pour faire rappliquer l'équipe. Si ce qu'elle dit est vrai.

Elle glisse sur le banc et se retrouve de nouveau loin de moi.

Même si elle détalait comme un lapin avec ses petites pattes, en deux enjambées, je la couche.

Non, elle ne se lève pas. Elle change de ton :

« Bien sûr, comme vous vous en doutez, ce n'est pas moi qui ai fait ça. » Elle tapote l'enveloppe.

« Alors qui ? » j'aboie.

« Quelqu'un. »

Ça fait beaucoup de quelqu'un, là.

Nan, je me suis endormi au bureau. Un truc dans le genre. Pourtant le vent me chatouille le nez, mes pieds raclent le bitume. Et elle continue son laïus :

« Des informations comme ça, j'en ai d'autres. Alors écoutez-moi bien, Farid. » De nouveau, son écharpe a glissé, et elle cause avec une assurance démentielle. « J'ai besoin de votre confiance. J'ai besoin de vous. Je sais que vous faites partie d'un groupe de la PJ », elle confesse. « Je vous fournirai cette enveloppe si vous me promettez de ne jamais parler de moi, et je vous en donnerai une autre si vous me prouvez que vous garderez le silence sur notre entrevue. »

J'éclate d'un rire rauque, m'essuie le nez, et finis par rouler des yeux :

« Ou alors, tu vas venir avec moi et tu vas me raconter ça dans un bureau, hein », je dis en me levant.

Elle reste bien sagement assise. Elle redresse juste les mirettes :

« D'accord. Mais si je vous suis, je deviendrai mutique. » Elle sourit — alors qu'elle me menace. « Tous ces corps qu'il a semés demeureront tranquillement sous terre, et leurs familles dans l'inquiétude. » Elle ajoute en secouant l'enveloppe : « Vous ne serez pas le héros que vous rêvez d'être. Farid. »

J'ai fait chialer des mecs bien plus costauds qu'elle en interrogatoire, et celle-là me tient tête. La bonne blague. Je croise les bras.

« Sors tes papiers », j'ai ma dose.

Elle lève à peine un sourcil :

« Non. »

« Pardon ! » je grogne. Je pourrais la gifler.

« Pas de motif, pas de papiers. Vous avez déjà reçu une plainte pour contrôle abusif ? »

Je le montre pas, mais je suis outré. J'ai le palpitant qui veut rompre, parce que cette salope a mis le doigt sur un sale truc. Oui, je sais ce que c'est que de se prendre une plainte pour contrôle abusif — même si j'ai pas vraiment abusé.

« Je n'ai rien à perdre, même pas la vie », qu'elle annonce. « Imaginez que cette enveloppe soit vide. Vous passeriez pour un… con ? Et si je ne dis plus rien et que je pleurniche que vous êtes un méchant policier ? Ce serait catastrophique pour vous. » Elle acquiesce avec elle-même. « En plus, vraiment, vous faites pleurer tout le monde, il paraît. » Elle fait mine de renifler de tristesse.

Je suis donc face à une folle de compétition, bien informée. Du genre à vous désarçonner avec une phrase bien trouvée.

Et moi, je deviens plus incisif. Je lui arrache l'enveloppe des mains en maugréant :

« Dans cinq minutes, t'es en cellule. »

Elle me fixe quand je déchire le rabat de la lettre. Je fouille. Je cherche la note, l'indice, ou je ne sais quoi. Mais rien. C'est vide. Mes joues bouillonnent. Cette merdeuse commente :

« Vous passeriez vraiment pour un imbécile, sur ce coup. » Elle ponctue : « La confiance, Farid. »

OK. Je me suis fait berner par une illuminée. L'histoire est maintenant toute trouvée. C'est une sorte de cinglée qui traîne autour de lieux qui pourraient lui donner de l'importance, et elle expose ses bobards à qui veut les entendre. Quelle peste ! Ça arrive souvent qu'on voie des affabulateurs se pointer au poste pour raconter des conneries et se sentir vivants quelques minutes. Là, faut reconnaître, c'est du grand art.

Cette fille est un parasite. Je balance mon café à moitié vide sur le banc. Le liquide brun goutte sur les pavés, son manteau s'en retrouve lardé de taches, et je me détourne en grommelant :

« J'ai pas le temps pour les barjots ! »

Je traverse la place le pas lourd, l'esprit embrumé, et je me retourne une dernière fois dans la direction du banc. Plus personne. Qu'elle aille se jeter dans la mer, celle-là.

Quel abruti je fais. Je me tape une honte monumentale.

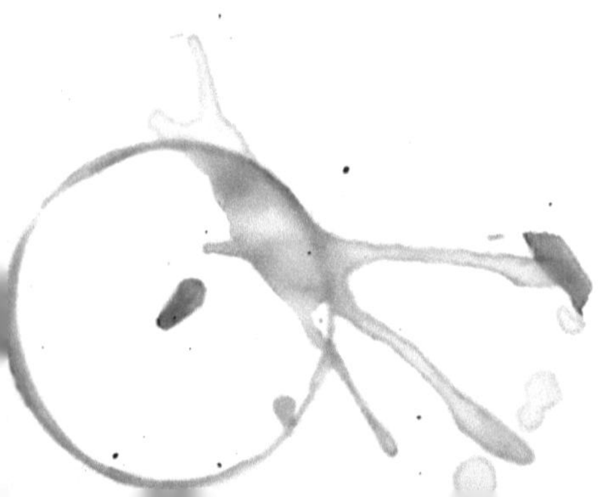

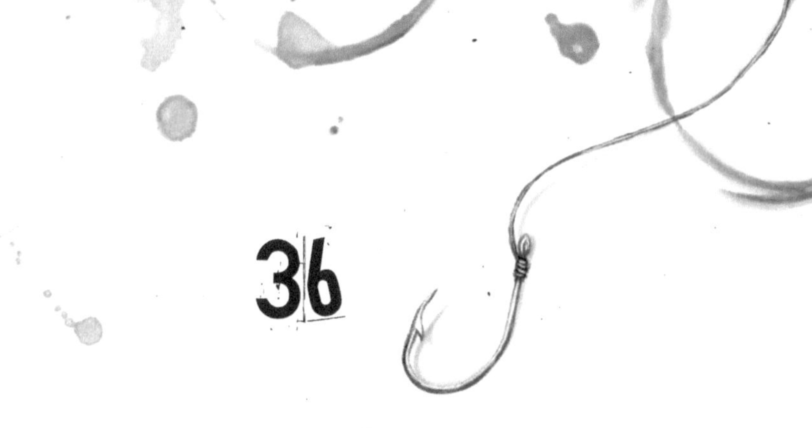

36

Farid — Je passe la porte du bureau. La poignée m'a brûlé la paume.

La voix de Noa me claque au visage :

« T'étais où ? »

Je reste stoïque. J'ai envie de dire : Écoute, j'étais en train de me faire enfumer dehors par une jolie nana au ciboulot fracturé. Mais je ravale tout ça.

« J'ai fumé une clope. Puis une autre », je lâche simplement.

« Puis dix », ajoute Noa.

Je lâche des onomatopées exténuées, puis déguerpis en direction de ma chaise. Je m'étale comme une larve en demandant à Julie :

« L'est où, Mag' ? »

« Sieste au vestiaire. »

De nouveau, je réponds par des sons gutturaux, avant de fermer les paupières en ignorant le lampion qui grésille au-dessus de ma tête. Je pars vite, très vite. Le sommeil m'avale en une bouchée. C'est un repos sans rêve. Sans image, où seulement des voix lointaines continuent de fredonner.

Je rouvre un œil, complètement perdu, à moitié effondré de ma chaise. Je me recale mieux, et je trouve la pièce bien sombre, d'un coup.

Je jette un regard à la fenêtre : une pluie diluvienne strie la vitre.

J'ai la gorge sèche, tellement sèche que ma langue a du mal à se décoller de mon palais. Je cherche désespérément un peu d'eau sur mon bureau en pagaille, et en même temps je repense à cette fille, avant de soupirer d'être un idiot de compétition.

Plus loin, les autres sont rassemblés autour du bureau de Magalie, qui est de retour. Je jette un œil à mon ordinateur. En fait, ça fait quatre heures que je pionce. Pas bien.

Je me lève, fouille le bureau de Julie, et trouve une bouteille d'eau. Je me réhydrate, avant de rejoindre le groupe.

Magalie porte une paire de gants et marmonne :

« Ça m'énerve, ces conneries, là. »

Je me fiche à côté de Noa :

« Il se passe quoi ? » je demande.

« Oh, il est vivant. PRIONS ! » il scande en me frappant l'épaule. « Qu'est-ce que tu ronfles, mon con, par contre. »

Je pouffe de rire, et Noa me désigne l'enveloppe que Magalie ouvre minutieusement :

« Ils nous ont appelés en bas à cause de cette lettre. »

Sueur froide.

L'enveloppe est sans timbre ni marque de la poste, seulement décorée d'une écriture mécanique où on lit clairement : Magalie, Julie, Noa et Farid.

« Pariez que c'est encore un fêlé qui veut se la jouer justicier », ponctue Julie.

À vrai dire, des courriers étranges, on en a tout le temps. La plupart, c'est juste des abrutis qui s'emmerdent. Ou alors des complotistes. Ah, eux ! Ils aiment bourrer nos boîtes aux lettres d'alertes bidon. Sauf que d'habitude, il y a pas nos prénoms dessus, et encore moins une visite impromptue quelques heures plus tôt.

Je serre les poings, les paumes affreusement moites.

Magalie extrait minutieusement une feuille pliée en trois de l'enveloppe. Elle l'ouvre. Non, ce n'est pas une lettre, c'est un morceau de carte imprimée. Avec un rond tracé au stylo rouge, et un mot gratté : grotte.

« Hein ? » ponctue Magalie avec une mine effarée. « Peuvent pas être plus précis quand ils font des choses comme ça ? »

C'est pas lié avec cette fille, ça ?

Et si oui… qu'est-ce que j'ai foutu ?

Les jeux de piste, c'est toujours un truc qui survolte Julie. Elle sort immédiatement son téléphone et étudie d'un œil la carte en même temps que son écran, avant de se réjouir :

« C'est pas loin ! Juste au-dessus de Carry. » Maintenant, elle se félicite : « Ah, je suis trop forte. » Puis ajoute : « Faut aller vérifier. »

Magalie jette un œil à la fenêtre, à la pluie battante, à l'heure :

« Pas aujourd'hui », elle bougonne. « Ça va encore être une connerie, de toute façon. »

Je reste en retrait, le regard pétrifié sur mon prénom noté avec austérité.

« Je vais voir avec le procureur si on peut se faire ça demain », elle ajoute, décevant Julie au passage.

Peut-être que j'aimerais aller sur place maintenant, aussi. Ou peut-être jamais. Peut-être que c'est cette Sophie qui a déposé cette enveloppe pleine dans cette boîte aux lettres, ou peut-être pas.

Voilà, c'est quelqu'un d'autre, et je m'inquiète pour rien.

Julie s'occupe de mettre l'enveloppe et la carte, après les avoir photographiées, sous scellés, histoire de les envoyer à la scientifique. Magalie dégaine son téléphone comme elle sait si bien le faire, et Noa finit par me taper sur l'épaule, alors que je me contente d'être là, droit comme un I, sidéré :

« Je te ramène, ce soir ? »

J'oublie de répondre. Il doit répéter.

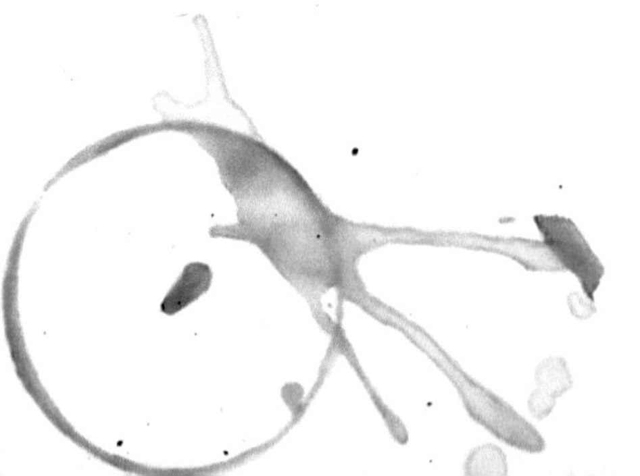

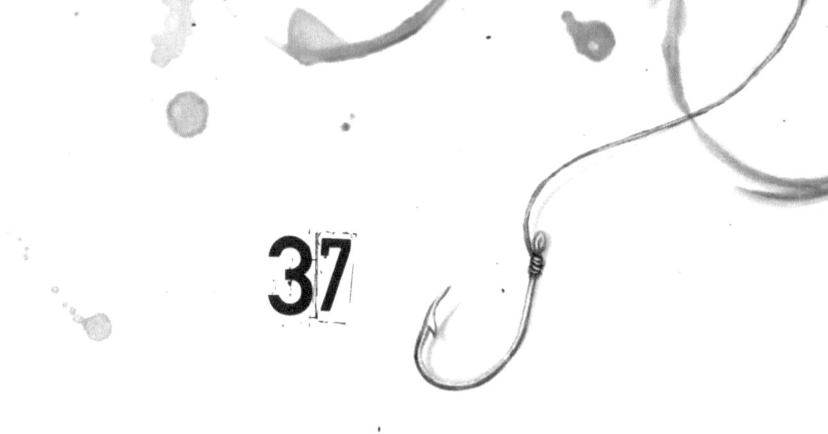

37

Farid — Ce soir, chez moi, je mange pas vraiment, je marche autour de la table basse, peut-être même que j'ai commencé à creuser le sol, sans m'en rendre compte. Je ronge le bout de mon pouce, à m'ouvrir le doigt. J'ai peur de la boulette, la belle boulette, celle qui vous tache un dossier comme jamais. J'arrive pas à me calmer, les mains qui tremblent. J'étais déjà éreinté avant, et la nuit blanche que je me coltine là m'enfonce un peu plus dans la terre.

Est-ce que c'est ça, les prémices du redoutable burn-out ?

Je fais partie de ces gens qui croient pas en ce genre de maladie. Peut-être que beaucoup ont pensé pareil, avant que ça leur tombe dessus.

Je trouve ça con de songer à ma santé mentale maintenant, et je me bassine moi-même : tu te ronges les os pour rien, c'est une malheureuse coïncidence. C'est tout, et le lendemain, je débarque au boulot les yeux en sang. Dès mon arrivée dans les locaux, j'apprends que Magalie a reçu le feu vert du proc' pour aller vérifier le point sur la carte.

Magalie a pris le volant, et franchement, il faudrait lui retirer son permis vu sa conduite d'escargot. Sur la banquette arrière, je m'emmerde. Mais comme je suis pas foutu de lire une carte — même s'il suffit de suivre la ligne bleue — je me retrouve toujours derrière, avec Noa.

De là, le paysage défile. Les pierres blanches découpent un ciel menaçant d'exploser, et je mâchouille le bout de mes doigts, de nouveau. J'ai des petits morceaux de peau plein la bouche. Je me fiche de la douleur.

« T'es nerveux ? » demande Noa, qui traînait jusque-là sur son téléphone.

« Nan, nan, trop de café. »

Il se marre.

On s'approche de la côte bleue. À perte de vue, de la garrigue déserte, avec quelques ruines comme point de fuite. Magalie s'arrête sur le bas-côté pour constater avec Julie qu'il faut quitter la nationale et emprunter un chemin de terre à travers des buissons d'épines.

Déjà qu'elle roulait lentement, là, c'est le comble : elle avance en première, en crissant des dents dès qu'une branche frôle la carrosserie. Qu'est-ce qu'on en a à foutre de rayer la caisse du boulot — avec Noa, combien de fois on les a martyrisé, ces pauvres bagnoles.

On arrive sur une crête entourée de roches qui s'inclinent vers la mer, et Magalie coupe le contact. Je m'extrais en premier de la voiture, m'étire et tourne sur moi-même pour bien m'approprier les lieux. Magalie me rejoint et fait de même, alors que Julie, le nez sur le doublon de la carte que l'on a reçue, essaie de se repérer. Noa, lui, s'allume une cigarette en se plaignant du vent qui nous rabat les oreilles.

Julie confirme, on est bien à l'emplacement du cercle. Je frotte la pointe de ma chaussure sur le sol ; c'est dur comme du béton, majoritairement fait de roche calcaire.

« Des grottes », réfléchit Magalie en tournant autour des monticules rocailleux qu'elle croise.

Noa, qui lâche des prouts avec sa bouche, se met à fureter lui aussi, suivi par Julie qui jacasse topographie :

« Ça me paraît bizarre de parler de grottes, alors qu'on est en hauteur. Une grotte, c'est plutôt contre un promontoire. »

Elle montre du bout du doigt un chemin qui a l'air de descendre pour longer la crête.

« Tu veux aller voir ? » demande Noa.

« Oui »

Ils partent tous les deux.

J'ai eu envie de leur dire que c'est trop distant du point sur la carte, mais je les observe emprunter leur route escarpée sans moufter. J'ai l'impression que j'ai pas voix au chapitre, que dès que je l'ouvrirais, une forme de culpabilité de pas parler de cette rencontre avec Sophie me tomberait dessus. C'est le dilemme de ma journée. J'avoue ma mésaventure, ou je laisse couler ?

Si j'en cause pas, elle n'existe pas. Cette idée me rassure.

Magalie s'éloigne elle aussi en maugréant que c'est une histoire à la con.

Je me contente de fouiller sur place, sans vraiment de motivation. J'ai pas envie de croire à cette histoire. J'ai pas envie de m'embarquer dans un délire dans lequel je risque de chier dans la colle. Mais un détail, un tout petit détail, vient tout remettre en doute.

Là où je marche, je discerne une faille insignifiante, quelques centimètres tout au plus, qui strie le promontoire. Je la suis, cette faille de merde, jusqu'à voir un amoncellement de gravats couvrir l'endroit où elle devrait passer. J'attrape une de ces pierres des deux mains, je la soulève, je la jette sur le côté, puis une autre, et ainsi de suite. J'ai mal aux doigts, chaque rocher est plus lourd que le précédent, et je me répète sans cesse que la douleur n'est qu'une illusion, qu'une foutue illusion, et j'en bave.

Dans la foulée, Noa, Julie et Magalie reviennent en râlant, bredouilles.

« On a tellement eu d'alertes anonymes ce mois-ci ! Ces gens nous font perdre un temps de dingue, et bientôt nous ficherons un gars en arrêt de travail », balance Noa en me montrant de l'index. « Tu fous quoi, en fait ? »

« Eh, je creuse, du con ! » je braille, essoufflé.

Tous les trois continuent de bavasser, et c'est vraiment les municipaux sur ce coup. Un qui bosse, trois qui regardent. Je les aime, mais là, je les hais.

« En même temps, il aurait pu nous filer un type avec un chien, là », signale Noa.

« Z'étaient pas dispo. Puis, pour renifler quoi ? T'en sais rien de ce qu'on est censé trouver », clame Magalie pour montrer qu'elle a fait son boulot.

« C'est un cadavre, tu vas voir », poursuit Julie en s'asseyant à même le sol.

Noa pouffe de rire, alors que j'essaye de m'attaquer à une pierre aussi grosse qu'un pneu de bagnole.

« Faudrait plus de ces clébars renifleurs de cadavres », conclut Noa.

« Et même s'il y en avait eu plus, ils nous auraient pas dépêché un chien, avec son gars, pour un pauvre courrier anonyme », Magalie rajoute.

« Pas faux. Mais quand il s'agit de la cam', là, ils rechignent pas », lâche Noa.

« C'est un débat sans fin, Noa », Magalie lui lance.

« Les subventions… pas assez de subventions », Noa chantonne.

Je m'échine toujours sur ma pierre, et ça me tape sur le système :

« Putain, mais venez m'aider ! » je gueule.

Noa se lève en soupirant :

« Si je me refais un tour de dos, tu te grattes pour ton café. »

Il me rejoint enfin, suivi de Julie, et Magalie qui ajoute :

« Farid, ça fait longtemps que t'as pas pris de vacances, nan ? »

Je lui lance un regard bien vilain, en marmonnant :

« Très drôle. »

Ils se mettent à côté de moi, et ensemble on pousse la pierre pour la faire rouler sur le côté. Noa miaule de douleur, alors que Julie, le souffle coupé, lâche :

« OK, wahou. »

Haletant, j'ai les yeux grands ouverts. Là, sous cette dernière pierre, il y a un trou dans le sol, un gouffre. De la terre coule dedans comme s'il s'agissait d'un sablier géant. La crevasse est petite, je peux à peine y glisser ma main, et Julie file déjà à la voiture pour me ramener une lampe de poche, alors que Magalie et Noa, à genoux, tête appuyée l'une contre l'autre, tentent de voir dans l'interstice que j'éclaire maintenant.

La cavité, inondée de lumière, paraît s'agrandir, et je jette la lampe à côté, en calculant vite nos possibilités. Noa indique une autre pierre qui bouche le passage et, sans réfléchir, il envoie un coup de pied dedans, alors que Magalie lui hurle que c'est stupide. Le rocher craque, tombe dans le trou dans un fracas en soulevant un nuage de poussière.

L'entrée est suffisamment large pour qu'un corps s'y glisse.

Magalie décide d'elle-même d'y aller, et on l'aide à se faufiler dans la cavité, les pieds d'abord. Elle enfonce sa tête en dernier. J'aperçois seulement le haut de son crâne tourner, puis ressortir comme un champignon, un œil grand ouvert, le deuxième inerte :

« C'est… bien une grotte. C'est hyper grand ! »

« Et y a un truc dedans, ou pas ? » j'aboie.

Elle hausse les épaules. Je la bouscule pour qu'elle rentre plus, et je me faufile à mon tour. Soudain, je me retrouve dans un autre univers, fait de roche ravinée par les eaux, de creux, d'argile et d'ombre. Je me baisse et me laisse glisser sur la pierre où je suis tombé pour atterrir sur un parterre meuble. L'espace est immense, au point de m'étourdir. Mais ce qui me frappe le plus, c'est pas l'étrangeté du lieu, mais l'odeur. Rance et chargée. C'est la mort, mais ancienne, celle qui fait parler les os avant de les transformer en poussière.

J'éclaire partout avec la loupiote, en réprimant ce frisson dans mes vertèbres. Au fond, je remarque une masse sombre. Une évidence à cette étape-là. Je m'approche. La forme prend des angles, et je comprends que c'est une valise en apercevant la poignée. Magalie, qui me talonnait, s'arrête à son niveau et abaisse mon poignet pour que j'éclaire le sol : une tache foncée entoure le cuir.

Ça suffit à Magalie, qui bifurque déjà en déclarant :

« J'appelle du monde. »

Je reste devant cette valise.

Je pense : Sophie, Sophie, Sophie, petite garce, c'est toi cette enveloppe ? Et il y en a d'autres ? Où ? Est-ce que je dois le dire à l'équipe ? Qu'est-ce que je fais, merde !

Dans quoi j'ai foutu les pieds.

J'ai pas le temps de réfléchir plus à mon merdier que Magalie me rappelle déjà à l'ordre :

« Viens, va pas nous contaminer l'endroit ! »

38

Quelques jours plus tard,

LOUISE — Le lundi, je travaille pas. Cassandra si, et j'en profite pour passer la journée au lit, devant des séries, sur la petite télé que Cassandra m'a offerte il y a peu — car c'est tout de même dommage de devoir se cantonner à l'écran de mon ordinateur pour nos soirées film, elle à expliqué quand j'ai dit que c'était trop, comme offrande.

Je me contente de chips pour repas, et quand elle rentre, en fin d'après-midi, je suis à demi assoupie devant Desperate Housewives — je me sens un peu comme ces bonnes femmes en ce moment, paumée et réduite.

J'entends Cassandra retirer son manteau, déposer son sac dans un cliquetis métallique, et je me tourne dans les draps. Un *coucou, ça va*, et elle se pointe devant moi en tendant un croissant. Je refuse, l'estomac dans les talons, et elle se déchausse, range ses bottines sous le porte-manteau, pour me rejoindre dans le lit. En une fraction de seconde, elle chope la télécommande et s'apprête à zapper MON divertissement.

« Tu fais pas ça », je gronde.

« Juste, deux secondes », elle dit en lançant une chaîne d'infos.

« Tu me saoules. C'pas normal d'avoir une passion pour ces merdes-là ! »

Elle ne répond rien. Elle fait toujours ça, elle évite les conflits, et je capte pas sa nouvelle lubie. Elle peut se river sur le petit écran et fixer, les yeux grands ouverts, BFMTV ou CNEWS, France Info aussi, et France 3 quand c'est l'heure du JT. Je me tape donc les mêmes sujets de merde qui défilent en boucle. Elle bouffe ces horreurs H24, comme s'il s'agissait de mon paquet de Lays.

J'entends : guerre dans le monde, maladie, mort, infamie. J'entends plus localement : règlement de compte, trafic de stupéfiants, immeuble effondré, et cadavre retrouvé je ne sais où dans les pourtours de Marseille.

Moi, ça me file des cauchemars. En fait, elle se comporte comme un de ces fanatiques qui attendent l'annonce officielle de la première bombe atomique qui fera couler l'humanité. Allez Poutine, appuie sur le bouton, qu'est-ce que tu veux que je te dise, moi, la petite Marseillaise des bas-fonds, le cloporte des grands de ce monde.

« TU... », elle me coupe en plaçant son doigt sur ma bouche.

J'entends vaguement ce que raconte la présentatrice :

« Toujours aucune piste... »

Je lui vole la télécommande des mains et change de chaîne, puis cale la dite zapette sous mon postérieur. Cassandra me jette un regard que je lui vois rarement, un truc du genre : mi je vais te tuer, mi je vais te tuer pour de bon. Je lève le menton.

« Je veux plus entendre ces trucs dramatiques, là. T'es chelou, c'est tout. »

« Je m'informe, nuance », elle dit avec son air hautain.

« Nan, t'es chelou. C'est pas ton père ou ton frère, le mec qu'ils ont retrouvé. »

C'est peut-être un Loïc, et ça, ça me ferait un bien fou. Mais les types comme Loïc, même la mort, elle veut pas d'eux. La Faucheuse est une femme, et les raclures dans son genre, mieux vaut les laisser pourrir sur terre, pour les observer avoir des problèmes urinaires et se faire mettre des cathéters dans la bite — histoire de se marrer un coup. Pour elle, les hommes ressemblent à une bande de rats transgéniques, tous atteints de la même malformation. Et moi, je les fuis, pour de bon, cette fois — l'idée d'adopter des chats me tétanise.

« Et les mères au foyer, c'est mieux comme programme, alors ? » Cassandra me sort, taquine.

« Oui. »

« Leurs souffrances à elles, elles t'embêtent pas ? » elle crache.

« NON. » Si, un peu justement.

« Normal, tu dois te reconnaître un peu là-dedans. »

Je lève un sourcil.

« Pardon ? » je fais.

« Tu ressembles à Brie », elle dit.

J'entends : tu ressembles à Brie, tu caches toute ta noirceur sous une image parfaite. Pétasse, je pense.

« Vous avez les mêmes yeux », rajoute Cassandra.

Puis elle s'affale, comme si de rien n'était. Je l'épie de la tête aux pieds, miss ménage, là.

« C'est toi qui ressembles à Brie ! » je rétorque. « À la rigueur, je ressemble à Susan. »

« Si tu veux. » Elle hausse les épaules et finit par mieux s'allonger.

J'en rajoute pas. Je crois qu'elle est crevée en ce moment, même si elle m'agace.

Elle s'endort devant les ménagères. Quand elle s'éteint ainsi, je sais qu'elle part généralement pour la nuit, et elle hurlera demain matin que j'aurais dû la réveiller, pour qu'elle puisse au moins se démaquiller. Enfer et damnation, comme elle le dit.

Plus tard, dans la soirée, je peux répéter un manège que j'apprécie tout particulièrement. Je me lève en catimini et rejoins la salle de bain sur la pointe des pieds. J'épie mon visage dans la glace. Elle a raison, les mêmes yeux que Brie. Peut-être, le regard moins pincé, mais la même envie de boire, et en pensant ça, je me mets à fouiller dans le placard.

À l'étage où je range les médicaments, dans une boîte de Vogalène, j'ai caché un petit tissu, avec à l'intérieur quelques lames d'un rasoir que j'ai démontées. Je pose le tout sur le rebord de l'évier et je me déshabille pour ne rien tacher. Nue, devant la glace, j'évite mon reflet.

J'attrape une des lames et la plante dans la chair sans réfléchir. Je tranche. La brûlure est immédiate. Le soulagement aussi. La peur encore plus. Les perles rouges gonflent, avant de se mettre à rouler, petits rubis enfin en liberté — c'est moi, et moi seule, qui me couvre de pierres précieuses ; quelle idée de merde, mes bijoux collent et salissent le sol.

Une ligne, puis deux, puis trois, la possibilité d'aller trop loin, au bout des doigts. Combien de fois j'en ai rêvé. Je vois encore ces cicatrices sur mes avant-bras. Lieu tabou et alléchant.

Juste une dernière. Une plus profonde que les autres, mais une main m'intercepte.

« T'as recommencé… je m'en doutais », Cassandra soupire.

Prise sur le fait. Je lâche la lame, elle cogne sur les carreaux.

Cassandra observe le sang qui barbouille mes cuisses. Sans aucun mot de plus, elle allume l'eau de la douche et m'y envoie sans concession. Je sais qu'elle demeure là, sur le rabat des toilettes, j'entends sa respiration, et je reste longtemps sous les flots bouillants, au point d'en avoir les mollets qui rougissent, en lorgnant sur les rivières écarlates. Oui, j'ai peur de sortir.

Après, bien sûr elle me fait des pansements. Sans vraiment rien dire, et on quitte la pièce dans un silence de mort. Cassandra me pointe une chaise.

« TU t'assois. » C'était si… sévère.

J'exécute l'ordre en gloussant. Elle récupère mon ordinateur portable sous mon lit et le pose devant moi, en croisant les bras.

« Maintenant, tu vas faire quelque chose. »

Elle ouvre le PC et l'allume. Je tape mon code en levant un sourcil.

« Tu vas t'inscrire en première année de médecine », elle ponctue.

Je lance les bras dans le vent en me vautrant sur le dossier de la chaise.

« Mais ! » je râle.

Elle pianote sur mon front.

« T'as toujours parlé d'être sage-femme ! Alors tu vas t'inscrire. Tu vas essayer. Tu vas faire quelque chose, au lieu de regarder la terre tourner », elle explique avec ses grands airs.

Je pouffe de rire, elle me met une main dans la nuque et me renvoie devant l'écran.

« Ta vie dépend de toi, pas des autres, et il y en aura qu'une seule, de vie vraiment terrestre, alors tu le fais. Tu réussis, tu échoues, peu importe », elle s'envole.

Je me mords la lèvre. Elle pousse encore ma tête vers l'avant, comme si je pouvais peut-être rentrer dans l'ordinateur.

À vrai dire, pourquoi pas.

Parfois, je me demande si je mérite vraiment une Cassandra. Ces bêtes-là, ça s'installe chez vous, ça vous fait à manger, ça fait les courses, le ménage, ça vous fait rire, des cadeaux, puis ça vous tend les mains et tente de vous lever plus haut. Alors j'ouvre un moteur de recherche, et Cassandra tire une chaise pour se mettre à mes côtés, et ensemble, on fait de la paperasse toute la nuit.

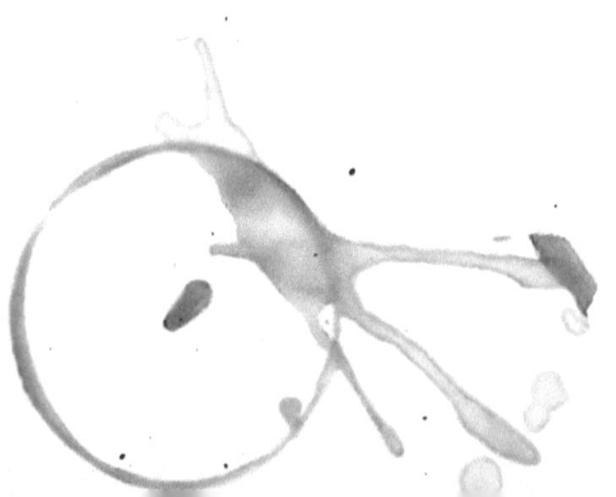

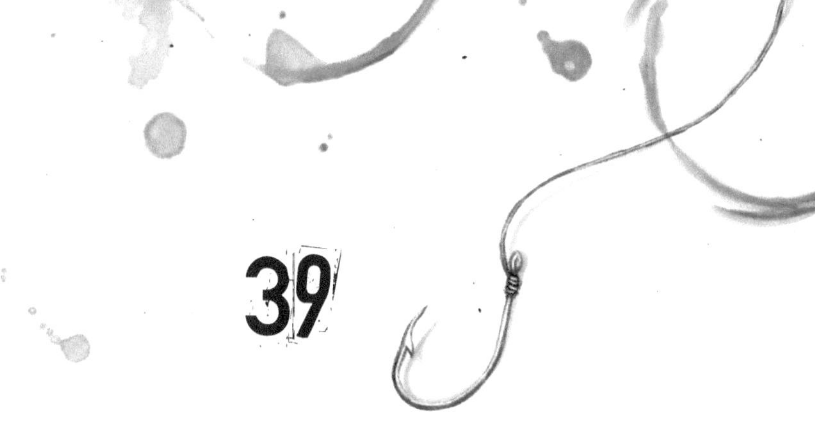

39

Quelques jours après,

FARID — Un jour, vous trouvez un corps, le lendemain les journalistes s'accumulent de tous les côtés, l'équipe est secouée, la scientifique est surmenée, et pourtant, il ne se passe rien. Pas d'identité, pas de cause de la mort, rien à donner à personne, et un fichier des personnes disparues qui reste silencieux.

Tout ce qu'on sait, c'est que c'est un individu de type masculin, dans la trentaine.

Ce n'est qu'une semaine plus tard qu'une information intéressante remonte enfin. C'est Magalie qui nous l'offre après avoir raccroché en sirotant son café d'une main :

« Il a l'hyoïde cassé. »

Élément qui, au premier abord, peut paraître flou, mais pas pour Julie, qui a évoqué immédiatement ce que je redoutais :

« Étranglement ? »

« Peut-être », Magalie marmonne en grimaçant.

« Comme Samir », j'ajoute.

Noa, Julie et Magalie fixent la photographie du visage de Samir collée au tableau. Un étranglé, et un autre, que de coïncidences. On ne s'avance pas. On ne court pas.

Je me lève, je me pointe devant le bureau de Magalie, et j'attrape le doublon d'un cliché qu'elle a fait imprimer : une vue de la façade de l'hôtel de police.

Une caméra prend parfaitement tout passant qui mettrait une enveloppe dans la boîte aux lettres. Avec la précision des images aujourd'hui, il a été assez simple de trouver qui nous avait fait parvenir cette carte, et il s'agit… d'un petit jeune. Peut-être même d'un mineur.

Pas Sophie. Absolument pas Sophie.

C'est donc pas elle. Ou alors ? Ou alors, c'est un putain de coup monté ! Un gamin qu'elle a chopé dans la rue, et à qui elle a filé cinquante balles.

J'en sais foutrement rien. Quand j'ai essayé de la rappeler sur le seul numéro que j'avais, la ligne ne sonne pas. Morte, éteinte, peu importe.

J'arrive pas à me dépêtrer de cette rencontre, de cette balafre sur sa joue, de cette écharpe qui n'arrête pas de bouger. J'aurais dû faire preuve de zèle, tant pis, gâcher une cartouche professionnelle, pour la paix de ma conscience qui ne fait que tourner en boucle.

J'essaye de me reconcentrer, je pense qu'à ça, me reconcentrer, et bannir la culpabilité qui me ronge les os. Je rejoins Noa, Julie et Magalie qui discutent devant le tableau. Je reste derrière eux, je me tais, je vais pas insister sur notre inconnue et son lien potentiel avec Samir. Je vais laisser venir.

40

Une nuit,

MATHIAS — Il y a plus de place dans le congélateur, alors les Tupperware s'entassent dans le frigo. J'en attrape un. Je l'ouvre pour renifler un des bouts de chair. L'odeur est étrange, ça sent ni la viande ni le moisi, mais un truc plus âcre.

Ça pourrit pas vraiment ici, contrairement à ce qui se passe dans ma chambre. J'ai beau laver Tony, aussi soigneusement que je peux, rien ne change, il continue de dégager cette odeur infecte qui me tapisse le palais au point de me faire avaler ma langue.

Quand je débarque dans la piaule, c'est avec le magazine IKEA roulé, pour m'en faire une tapette à mouches, et j'éclate chaque insecte bleu que je croise. Une fois toutes ces saloperies crevées, je m'assieds au bord du lit, en remuant le museau.

Tony tire la gueule aujourd'hui. C'est marrant, même dans cet état, ce con continue de grossir, alors que j'ai pas besoin de le nourrir — même que je lui ai fait une liposuccion au niveau des cuisses ! Gentil Mathias.

Maintenant, je fouille sur ma table de nuit, au-dessus de sa tête. Je récupère son shit et le matériel à rouler, et je nous fais un dard de l'enfer. J'allume le spliff et lui crapote dessus, histoire qu'il en profite un peu.

De temps en temps, avec son téléphone, je lui laisse voir un film de cul, un de ceux qu'il préfère, avec double pénétration, et je le masturbe, en me branlant avec lui. Je veux plus niquer avec son corps. J'ai pas trop l'impression que c'est une bonne idée.

Je pense qu'il est bien là, avec moi, pour l'instant. Même s'il faut que je me bouge de retrouver quelqu'un pour qu'il continue sa route.

Izela racontait : *Mourir, c'est pas la fin. Il suffit de s'offrir à quelqu'un.*

Avec moi, ça fonctionne pas. Ça a jamais fonctionné — c'est Cassandra qui l'a dit, quand j'ai vomi à notre premier repas. J'étais tellement désolé ce jour-là, c'est elle qui devait tout manger avec Izela. Injuste. Injuste. Injuste. J'aurais aimé être le bon, aussi.

Ma voiture — enfin, celle de Tony — glisse dans les ruelles, jusqu'à rejoindre le Prado. Je suis jamais allé ici, on m'a dit que c'était pas mal, aussi.

À cette heure, il y a dégun dans l'artère, mis à part quelques tocards en vrac sur les trottoirs. Et il y a ces filles. Cassandra m'a toujours interdit de les prendre pour cible, c'est pour ça que c'est chez elles que je me rends. J'en suis venu à la théorie selon laquelle peut-être l'une d'entre elles pouvait lui faire de l'ombre. C'est pour ça qu'elle m'a mis en garde.

Dans la nuit, ces filles se dandinent comme des fils de fer qui embrassent un coup de vent, et je passe une fois, puis une deuxième, jusqu'à ce qu'enfin je m'arrête devant celle qui a le plus attiré mon attention. C'est elle qui ressemble le plus à Cassandra et Izela.

Elle porte une énorme doudoune rose.

Quand elle s'approche, elle jette sa cigarette par terre, en faisant une moue revêche, les lèvres barbouillées de gloss. J'ouvre la fenêtre passager, elle pose ses coudes sur le bord de la portière :

« Tu cherches quoi, ici ? » elle demande.

Je rougis. Elle glousse.

« De la compagnie ? » je rétorque.

« Tu payes ? »

« En tickets resto, ça te va ? »

Elle se recule, je justifie :

« C'est une blague ! Oui, oui, je paye. » Des fois, ça marche, le coup des tickets.

Je fouille en vitesse dans mes poches et en sors plusieurs billets de vingt euros. Elle pouffe de rire, avant de dire :

« Très marrant. »

Elle se colle de nouveau à la portière et énumère un texte préfabriqué :

« Alors, si tu veux que je te suce », elle lève l'index, « et j'avale ! C'est vingt balles. » Elle acquiesce avec elle-même. « Si tu veux baiser, par la chatte, hein, c'est quarante. Par le cul, soixante. Et sans la capote, tu rajoutes vingt. »

À force, je suis plus trop choqué, mais au début, ça me faisait bizarre, ce menu balancé comme ça.

« Par… par la chatte… avec capote », je lance.

Elle secoue sa main en ma direction, et je lui place les trois billets dans la paume. Elle les enfonce avec nonchalance dans son sac, et me rend dix euros en pièce, avant d'ouvrir la portière pour s'installer à côté de moi.

Je veux accélérer, mais je cale. Je redémarre la voiture, elle me caresse la cuisse :

« T'es nerveux ? » elle demande.

« Un peu », j'avoue.

Elle effleure ma joue :

« T'inquiète pas, va. »

Je remonte le Prado.

« Va pas trop loin », elle fait.

« J'ai peur qu'on… qu'on nous voie », je mens.

« Vraiment tendu, mon beau. » De nouveau, elle place sa main sur mon épaule : « T'es un beau jeune homme. »

Je souris comme un gamin. Elle est gentille, plus que certaine.

Arrivé vers Luminy, je prends un chemin en terre sur quelques mètres et arrête la voiture sous une pinède.

Je me pelotonne bien dans mon siège, en fixant mon volant. Je machouille ma lèvre, elle s'impatiente :

« Alors, mon beau ? On s'y met ? »

Je hausse les épaules, indécis. Je veux pas faire ça.

« OK. » Elle se détache et se fout sur un genou. « T'es un petit nouveau, c'est ça. » Elle replace une de mes mèches de cheveux derrière mon oreille et embrasse ma tempe.

« Est-ce que… je… je peux juste avoir ton prénom, d'abord ? » je demande.

Elle lâche un long « Oh… » en me tripotant de nouveau la joue, avec un air tendre : « Bien sûr. Je m'appelle Laeticia. »

Ce moment, comme toujours, je le trouve douloureux. Son parfum trop fleuri m'esquinte le nez, ses mains trop douces écorchent ma peau, et je cale mon crâne sur l'appuie-tête en fermant les yeux. Elle murmure à mon oreille :

« T'es un passif, toi. »

Maintenant, elle gesticule pour retirer sa culotte coincée sous sa jupe. Je souffle en lui attrapant l'épaule :

« Ça te dit, on… on fait rien ? »

C'est ce moment où, généralement, la fille hurle de colère, et je connais à présent la phrase qui calme tout :

« Tu peux garder l'argent. Je m'en fous. »

Elle se rassied, un sourcil levé.

« Je veux juste… discuter ? » j'explique.

Elle acquiesce en jouant avec la manche de sa doudoune :

« Pas longtemps. J'ai encore du boulot, mon beau. »

J'attrape le volant des deux mains, je le serre, fort. Mathias déconne pas :

« Je me doute, et ça doit pas être facile. »

Elle rit dans sa manche qu'elle s'était mise à suçoter :

« Vous êtes pas beaucoup à aimer faire la conversation », elle raconte.

« C'est que… que je te trouve gentille ? » j'admets.

« Gentille ? » elle répète, détachée. « Tu sais, ça fait partie du jeu. »

« Non, non, non, toi, t'es vraiment gentille. »

« OK », elle siffle longuement en serrant son sac contre son ventre.

« Tu crois en une sorte de seconde vie ? » je demande.

« La réincarnation, genre ? »

« Oui, un peu. Mais genre, un corps, qui passe dans un autre ? » j'essaye d'expliquer sans la faire flipper.

« Hein ? Qu'est-ce que tu racontes ? »

Je me sens nerveux et parle plus vite :

« Bah, genre, une âme, que tu mets dans un autre corps, et je sais pas, moi, les deux âmes, elles vivent ensemble dans le même corps. »

J'entends un bruit métallique, et je me tourne. Laeticia a mis sa main sur la poignée de porte, elle s'apprête à l'ouvrir. Pourquoi elles veulent jamais m'écouter !

« T'es un illuminé, hein, c'est ça ! » elle braille.

Je secoue les bras devant elle :

« Non, non ! Juste, je me questionne ! C'est tout. Si tu veux, je peux mieux t'expliquer… »

Elle tente de s'échapper, je la maintiens par l'épaule. Elle m'observe avec effroi :

« JE PAYE PLUS ! » je hurle.

Elle m'envoie une gifle, en criant aigu à son tour :

« T'es le type ! T'es le type que les flics recherchent ! »

Elle parvient à sortir ses jambes de la caisse. J'arrive à la retenir en saisissant sa doudoune. Elle retombe sur le siège.

Je suis le type que les flics cherchent, mais qu'ils ont toujours pas trouvé. Ça faisait flipper au début. Maintenant, Mathias, il s'en carre. Je suis l'ombre. Mais si cette fille me rend pas mon fric et ferme pas sa gueule, là, je serais sérieusement dans la merde. J'aime bien Laeticia. Elle me plaît, elle aussi.

J'enfonce ma main dans son cou. Je la plaque contre le siège, puis ajoute ma deuxième paluche. Je vais pas la tuer.

Cette fille est gentille.

Je serre mes doigts. Elle me griffe, m'envoie des coups. Elles le font toutes, ça fait mal, ça pique, mais c'est bien le prix que ça coûte, tout ça.

Ses lèvres, à travers le gloss, changent de couleur. C'est assez beau, cette teinte. Je sens encore ses ongles dans ma chair, alors que les pins dehors dansent dans le vent.

Elle finit par arrêter de résister. Voilà, hop, c'est fait.

Je caresse sa joue, je l'attache.

Je remets le contact, je cale, je redémarre. Je quitte la pinède en fouillant son sac à main pour récupérer mon blé.

C'est chaque soirs la même merde, de toute façon, personne qui m'écoute, et après, quand j'aurai réglé le souci, tout le monde sera bien content.

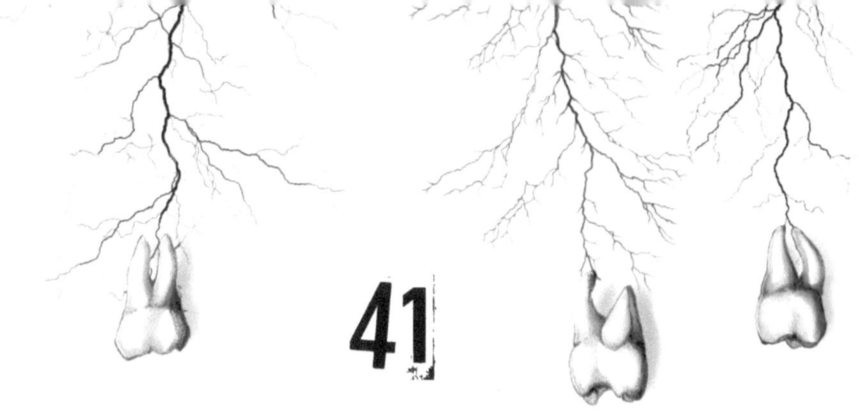

41

Une semaine plus tard,

CASSANDRA — Valentin s'élance en tenant la barre en métal, il descend en trombe le toboggan. J'ai un coup dans le cœur, la peur qu'il se blesse, mais il se réceptionne parfaitement sur ses deux pieds, et hurle en ma direction :

« T'as vu ! »

Je souris en tapant dans mes deux mains :

« Oui ! Une vraie fusée ! »

Voilà qu'il se remet à courir pour grimper à nouveau dans la structure de jeu.

Ce parc pour enfants est miteux. Chaque élément est tagué, des mégots de clopes et de joints se mélangent aux gravillons avec des capsules de bière. Sous le soleil timide, je désespère de voir les jeunes minots se complaire là-dedans. C'est vraiment ça qu'ils méritent ? Est-ce vraiment tout ce qu'on a à leur offrir, du moins ce que Camille veut offrir à son fils ?

En vrai, elle se fiche de sa progéniture. Il n'est qu'un frein à sa passivité, à sa paresse. Chaque jour que je passe avec ce petit, je hais un peu plus cette femme, et mes comptes-rendus envers elle sont de plus en plus négatifs. Là où je dis qu'il y a un souci, l'assistante sociale répond : elle fait des efforts et :

« Retirer un enfant, c'est parfois plus dur pour eux que de vivre dans des conditions délicates. »

Quelle bêtise !

Je jalouse Camille, je le pense en touchant mon ventre, celui qui restera éternellement creux. Pourquoi cette femme si abjecte a eu ce droit, et moi non. Pourquoi mon corps est si défaillant. Pourquoi je suis si punie !

J'essuie cet aveu de faiblesse sur ma joue.

NOUS N'AVONS PAS LE TEMPS POUR LA DOULEUR.

Heureusement, Valentin arrive en courant vers moi, des morceaux de mousse colorés plein les mains.

« C'est trésors. » Non, ça, c'est des morceaux de matelas, et c'est peut-être plein d'urine. « Pour toi », il ajoute.

J'accepte le cadeau, en retenant mon dégoût :

« Oh, merci mon petit cœur », j'appuie.

J'enfouis les déchets dans mes poches — je jetterai ce manteau en rentrant. Je sors du gel hydroalcoolique de mon sac à main. Je retire mes gants, je tartine les paumes de Valentin, et les miennes avec, car je me dois d'être un exemple.

« Allez, on frotte, frotte, frotte », je chantonne.

Il s'active en riant.

J'aurais aimé que Valentin soit mon fils.

J'adorerais avoir le courage de le mettre dans ma voiture, et de lui dire : maman est partie en voyage, tu dois rester avec moi maintenant, et tu verras, la vie sera si belle, je ferai tout pour toi, mon cœur, même que je promettrai trois fois.

Maintenant que Valentin a ses petites mimines propres, je lui donne le croissant qu'il a déjà picoré à moitié quand on est arrivés, et il s'assied à côté de moi :

« Je veux maman, elle m'emmène ici. Tout le temps », il déclare.

Je souffle par le nez, en baissant les yeux :

« Promis, je lui dirai de le faire. »

Là, je n'ai promis qu'une fois.

Son visage se trouble seulement un instant. Car ces êtres miniatures sont magiques. Hop, tout disparaît en un coup de vent. Il me sourit, des miettes dans les dents, et finit par coller son petit doigt froid dans mon cou :

« T'as encore un bobo, ici », il annonce.

Je couvre de ma main ce qu'il montre. Une plaque, une nouvelle, qui grandit, qui grignote, qui brûle la chair.

« J'ai la peau fragile, mon bon monsieur », je lance sur le ton de la plaisanterie.

Non, mon chéri, je me décompose.

Il se met à genoux sur le banc, et vient poser un baiser baveux sur ma blessure meurtrie :

« Hop, bisous magique ; bye bye bobo. »

Ni une ni deux, je le serre dans mes bras et il me rend l'accolade.

J'aimerais avoir le courage de le mettre dans ma voiture.

Je veux le mettre dans ma voiture.

Je veux promettre trois fois.

42

Quelques jours après,

MATHIAS — J'erre dans les allées de la pharmacie, sans vraiment regarder les produits. Parfois, j'attrape une boîte, je parcours l'étiquette sans comprendre les mots. Mathias sait même plus lire.

« Vous voulez de l'aide ? »

Une nana en tenue blanche m'observe, les yeux grands ouverts. De beaux yeux bruns, ils me font penser à du chocolat fondu — Tony, gros chocolat tout fondu.

La fille aux yeux de Tony a un mouvement de recul, et se gratte les narines. Je me souviens de ce que je voulais. Je l'ai vu dans un film.

« Je cherche un truc », j'annonce.

« Oui ? Dites-moi. »

Je cherche des mots, des tas de mots, mais, chaque fois qu'ils s'assemblent, je perds leur sens. Je tente tout de même :

« C'est une crème, on met sous le nez, et ça sent bon. »

Elle plisse le regard.

« Du Vicks ? » elle demande.

J'essaye d'associer une image à ça. Il y en a aucune.

« Je sais pas », je conclus.

Elle jette un œil à son collègue, qui l'attend derrière un comptoir, et finalement me sourit :

« Je vais vous montrer. »

Je la suis dans les allées, puis ça me vient comme un éclair !

« Odeur menthe ! » je crie.

Elle sursaute, et acquiesce en continuant d'avancer :

« Ça doit être ça, alors », elle annonce.

Elle attrape un paquet bleu sur une étagère, et en sort un pot. Les images, les senteurs, les mots, tout ça me revient : tous les trucs de Proust, là.

« Oui ! » je jubile. « Je peux le renifler ? »

De nouveau, elle recule d'un pas avec le flacon coincé entre les mains :

« Non, parce qu'après, il ne serait plus scellé. »
Je fais la moue, avant d'acquiescer :
« Je comprends. Je le prends, alors. »

Une fois sorti de la pharmacie, avec mon sachet en papier blanc, juste devant, je déballe la crème et ouvre le pot pour le renifler. L'odeur me réanime.

Ma mère me collait ce truc sous le nez quand j'étais malade. Puis elle frottait mon torse avec, et ça faisait tout chaud.

Je m'en tartine les narines, j'en enduis même l'intérieur.

C'est le soulagement, l'extrême bonheur.

Je reviens à la maison, les yeux à demi clos, brûlés par le produit. Dès que j'ouvre la porte d'entrée, j'entends le bourdonnement incessant des mouches, une symphonie ignoble, et je m'empresse de récupérer les boules Quiès que j'ai achetées dans la semaine. J'enfonce la mousse jusqu'à mes tympans, tout au fond, tout au fond.

Je vais jeter un œil à ma chambre. J'ai plus trop le droit d'y aller. Laeticia, que j'ai réussi à placer sur le lit, a tellement noirci les draps que je peux plus me coucher à côté d'elle. Quant à Tony, voir sa peau glisser de son visage, ça me fout la trouille. Alors je vis dans le salon. Je tourne en rond dans cette pièce, en mettant parfois la télé à fond.

Ça bourdonne pas que dans l'espace autour. Je crois que les mouches pendant que je dormais, ont pondu dans ma tête, et hop, les œufs ont éclos, et les larves font la fête entre mes neurones. J'en suis venu à me tondre le crâne, j'avais peur qu'elles chient sur mes cheveux.

Tony me manque. J'ai peur. C'est tout.

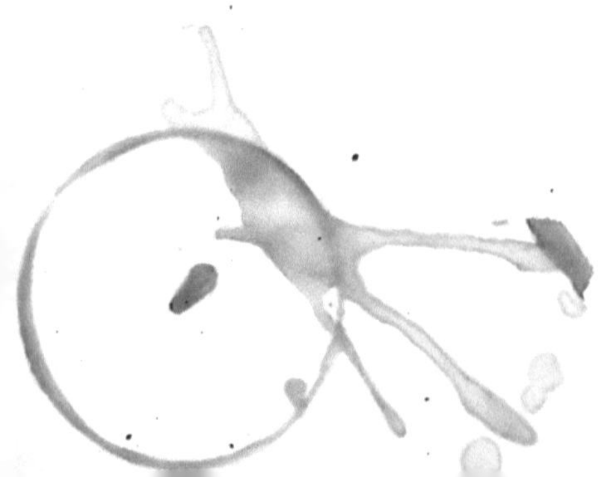

43

Une semaine après,

FARID — Il ne se passe rien en dehors du boulot. Je pars plus tard, j'arrive plus tôt.

Ce matin, après avoir pris des cafés au bar pour tout le monde — histoire de me faire pardonner de ma morosité du moment — je me pointe dans les locaux. Je traverse le hall sans lever les yeux et sans saluer les collègues qui campent là.

Je sais que je passe pour un aigri, et ils pourront bien me casser du sucre sur le dos pendant leur pause clope, j'en ai rien à cirer.

Je grimpe les marches quatre par quatre, je parcours le couloir qui rejoint notre bureau.

« Farid ! » j'entends.

Je soupire d'avance, avant de me tourner doucement en pinçant les lèvres. Je lève le menton. Sabrina court jusqu'à moi, dans le cliquetis de son gilet et de sa ceinture harnachée. Elle s'arrête à mon niveau :

« Salut », qu'elle fait.

J'acquiesce devant sa bouille ronde toute sourire :

« Euh, oui, bon, c'était Olivier et Clément cette nuit ». Elle cherche mon regard. « Au Prado. »

Elle se tait. Comme si elle pensait que je savais pas de quoi elle me parlait.

Abrège !

« Et ? » je lance.

Elle se gratte la tête, ce qui défait son chignon :

« Ils ont arrêté un gus », elle déclare.

« En flag ? » je demande. J'imagine d'avance que la réponse va pas me plaire.

« Pas vraiment. » Voyons. « Mais il ressemble au signalement. » Et tiens.

Je ferme les paupières un instant, puis limite grossier :

« Mais il ressemble au signalement. » Je lui laisse pas le temps d'une énième justification : « On a dit quoi, à la réunion ? » je crache, acide.

Sabrina baisse les yeux. Je fais mon laïus :

« Le gars, il ressemble au signalement, on le suit. On vérifie ce qu'il fait. On intervient que si ça part en sucette ! C'était clair, pourtant ! » je gueule.

« O-oui », elle bredouille en tirant sur son gilet.

« Parce que là, ton type, c'est bien, hein, il est sous clé. Mais tu prouves comment que c'est le bon ? » Sous-entendu : on a rien pour le confondre. Alors réfléchis, Sabrina !

« C'est pas moi, c'est Olivier et Clément », elle tente de se justifier.

Je me tourne pour reprendre ma route vers le bureau en beuglant et en secouant mon sachet kraft :

« Ouais, mais c'est toi qui viens m'le dire. » Et t'étais toute fière de cette connerie. « EH OUI, j'irai voir votre type dans la matinée. MERCI, au revoir », je termine.

La porte du bureau s'ouvre, Magalie sort sa tête à demi lunée et me fait molo de la main.

Noa est en train de s'énerver devant l'ordinateur de la salle d'audition. C'est toujours lui qui tape, il a une aisance à ça, de la rapidité, puis il fait pas trois fautes à chaque mot, contrairement à moi.

Je reste en retrait, les pieds sur le bureau. J'observe les murs qui mériteraient bien un coup de peinture. Je déteste ces salles. Elles sont petites, prêtes à vous tomber sur le coin du nez, et encore, j'ai la bonne place ici, je suis pas sur la chaise en face.

Ça toque à la porte, elle s'ouvre dans la foulée. Je me souviens plus du nom du collègue qui fait entrer notre gars. Je crois que je m'en fiche aussi.

Le collègue indique une chaise au gus, qui s'assoit rapidement, en lissant les plis de son jean.

« C'est OK ? » demande Machin.

« Ouais, parfait. Je t'appelle quand c'est fini », rajoute Noa.

Je fixe ce mec, celui qu'ils ont chopé cette nuit, celui qui soi-disant ressemble au signalement. Je le fixe, mais pas qu'avec mes yeux. Depuis qu'il est entré, ça sent un truc infâme, mélangé à une forte odeur de menthe.

Je descends mes pieds du bureau pour me pencher plus en avant. Il a les cheveux rasés, peut-être bien roux ou blond, ça, j'arrive pas à le déterminer, et des cernes bleues à faire concurrence au ciel. C'est un toxico ?

Lui se contente de coller ses yeux sur le sol, et il reste sans bouger, posé sur cette chaise comme un pantin désarticulé.

Noa soupire profondément, avant de se reculer de son écran dans un crissement métallique, pour analyser notre client à son tour.

Puis Noa attend, sans rien dire. Certains mecs se mettent à causer sans qu'on leur demande. Pas lui. C'est un timide. Je me presse un peu devant l'écran :

« Tony Lagrange, c'est ça ? » je questionne, sans timbre.

Le gars relève la tête, la bouche entrouverte, je crois qu'il va baver. Enfin, il acquiesce, avant de replonger dans ses épaules.

Après, à sa place, je serais pas fier non plus de me retrouver là, alors que j'avais juste comme programme de me faire une pute.

« Trente-six ans », je découvre en même temps que je le dis — paraît plus jeune pourtant.

Il valide encore d'un mouvement de tête.

« Vous avez dit habiter 33, traverse des Normands, 13011 Marseille, c'est ça ? » je vérifie.

Il agite le visage. OK.

« Z'êtes marié ? » je continue.

Il hoche la tête par la négative.

« En concubinage ? » je tente.

Négatif.

« Il cause, au moins ? » me demande Noa.

Je hausse les épaules.

« Vous voulez une clope ? » Noa lui propose. Des fois, ça les aide.

Il refuse.

« Vous avez été contrôlé à bord d'une Peugeot 307 bleue, immatriculée ZT-505-HH. C'est bien votre voiture ? »

De nouveau, il acquiesce. Et ça, c'est moche. Parce que la bande de neuneus cette nuit s'est dit : tiens, le gars ressemble approximativement au signalement, mais il a pas la même caisse, on l'arrête quand même, sans le filer.

Je me recule dans mon siège et laisse le clavier à Noa :

« BON », je lance. « Ça va ? » avec plus de sympathie.

Il relève le regard et me détaille, étrangement. C'est le silence. OK. Un bon paumé, comme on les aime.

« Vous faites quoi dans la vie, Tony ? » je balance avec un sourire attentif.

Il ouvre la bouche, un filet de salive luit sur ses lèvres et éclate. Il bara-gouine d'une voix absente :

« Rien. »

Je penche la tête sur le côté :

« C'est-à-dire ? Chômage ? RSA ? »

« RSA », il murmure.

Noa tape en même temps, mais le pauvre, c'est pas aujourd'hui qu'il va nous pondre un roman.

« Vous faisiez quoi ce soir, alors, au Prado ? » je continue.

D'un coup, le gars ouvre grand les yeux, les billes qui lui servent de globes oculaires se mettent à tournoyer dans tous les sens, et de nouveau il s'éteint et dit :

« Rien. »

Je m'avance plus. J'ai lu le dossier d'arrestation avant de venir, tout de même.

« Pourquoi, alors, vous discutiez avec cette fille », je marque une pause, en joignant mes mains sur le bureau. « Une travailleuse du sexe », j'appuie.

Il serre son jean dans ses poings, je découvre des taches brunes sur le tissu. Café, boue, merde ? Brownies ?

« Je… je… je… savais pas », il bégaie.

« Vous saviez pas quoi ? » je lance du tac au tac.

« Je savais pas que… que… » sa voix se coupe.

Noa renchérit :

« Saviez pas que c'était une travailleuse du sexe ? » il glousse. « Z'êtes sûr ? »

« On est pas là pour juger vos mœurs », je temporise.

Notre client finit par balancer :

« Si… si… je savais… »

« AH voilà », je hausse la voix. Ça effraie le type. Sensible, le bon-homme. « Bon, et c'était quoi le programme avec cette fille ? » je m'adoucis.

Noa, au même moment, lui lance un clin d'œil. Tout est histoire de confiance, ou de non-confiance, tout dépend de qui est en face.

« Pas grand-chose ? » il interroge.

Je souris :

« C'est pas à nous qu'il faut poser la question », je dis.

Il finit par se raviser :

« Des trucs… Je… je voulais faire des trucs. »

Je croise les bras :

« Pourquoi ? » Noa aurait préféré que je demande : « Quels trucs ? »

De nouveau, je rencontre son regard. Là-dedans, c'est vide, je peux même voir l'arrière de son crâne si je force un peu.

« Pourquoi ? » je répète. « Je m'explique : parce que vous vous sentez seul, parce que vous avez besoin d'un petit coup de détente, bref, y a plein de raisons à ça. »

Et sa tête retombe entre ses épaules :

« Je sais pas », il baragouine.

Noa tape. Le doux son du clavier, c'est à rendre fou. Et d'un coup, paf, notre luron se réveille :

« Elle m'a chassé », il scande.

Le joli classique.

« Votre nana ? » j'interroge.

« Oui ! » il s'agace.

« Pourquoi elle est partie ? » je demande.

Et voilà que sa langue se délie enfin :

« Parce que… parce que… » En vrai, je m'en branle de ça, mais si ça ouvre des voies, j'écoute. « On était plus d'accord. Elle voulait plus que je l'aide ! Elle m'a trahi ! »

OK, j'ai pas forcément bien saisi l'essence du souci.

« Et donc, c'est pour ça que vous allez voir des prostituées ? » je tente.

De nouveau, il fait ce truc avec ses yeux, puis répond :

« C'était la première fois ! » Il serre les poings. « Je referai plus ! »

« Donc, vous avez jamais embarqué de prostituée dans votre voiture ? » je pose tout de même la question, même si j'aurai probablement un mensonge en retour.

Le gars frappe du pied :

« JAMAIS ! »

Je lève mes mains en l'air :

« OK. OK. » Et j'ajoute : « Donc, vous avez pas de haine pour ces femmes ? »

« NON ! » il hurle de nouveau.

Pas stable, le bougre. Et puant, vraiment, puant. Cette odeur se décroche pas de mon nez. Je m'éloigne un peu du bureau à l'aide de mes pieds :

« Tony. Est-ce que vous avez consommé de l'alcool ou des drogues dernièrement ? »

De nouveau inerte sur sa chaise, il souffle :

« Nan. »

« Alors, pourquoi vous étiez positif à la cocaïne, cette nuit ? » je questionne.

Il nous refait une petite attaque de panique. Noa me regarde avec exaspération. J'ai envie de dire : Tony, t'as la gueule de l'emploi.

« Un peu », il soupire.

« Vous savez que c'est un retrait de permis, ça ? » Noa précise : « La conduite sous stupéfiants ? »

Le voilà tout inquiet. En même temps, il s'attendait à quoi ?

« Non... », il se lamente en enfonçant sa tête dans ses mains. « J'ai fait qu'une fois », il tente. « Je suis crevé. », il finit par confesser.

« Vous êtes fatigué », je répète. « J'entends, mais c'est pas très valable comme raison, ça. » Moi aussi, je suis exténué.

Il sort pas son visage de ses doigts :

« Non, non... », il gémit. « Non. »

Je garde le silence. Je crois qu'il pleure.

Je vois pas quoi faire de lui. Noa me lance un regard qui veut dire :

« C'est un paumé. Viens, on le fait dégager. »

Je pense : il va mal finir, celui-là.

Au lieu de le lâcher là — délesté de son permis — je pose une dernière question :

« Vous avez de la famille ? Quelqu'un ? Un ami, une amie ? »

Il réfléchit un long moment, avant de soupirer en essuyant ses joues :

« Plus maintenant. »

J'acquiesce tranquillement :

« OK, Tony, y a d'autres moyens d'avoir de la compagnie, vous savez ? »

Noa, qui doit aussi être dérangé par l'état du pauvre type, conclut :

« Vous pouvez vous rapprocher de structures qui pourraient vous aider. Hein ? »

Le gars a de nouveau cloué son regard au sol.

« Non. » Il chuchote : « Milly. »

J'imagine que c'est la meuf qui l'a jeté. Je grimace sous cette réponse qui laisse mille hypothèses à sa situation, et je clos :

« OK, c'est bon pour nous, alors. »

Dans la foulée, Noa lui annonce son retrait de permis pour six mois, une future amende, et lui lit le PV, puis l'imprime pour qu'il le signe.

J'appelle l'OPJ.

Noa observe le luminaire, et le gars regarde ses pieds, et je cogite un instant en continuant de fixer ce type. J'ai un mélange de peine pour lui, mais aussi de méfiance, peut-être parce que je le sens imprévisible, et je finis par dire, un peu idiot :

« Peut-être que cette fille vous pardonnera un jour » Puis je soupire : « Et ça ira mieux. »

Il relève la tête, avec un air de chien battu, un maigre sourire tire sur sa joue émaciée.

« Mer… merci », il murmure.

La porte s'ouvre, ce gars disparaît avec le collègue Machin, mais son odeur reste, et Noa finit par râler :

« Putain, il sentait la mort, ce mec. »

Et ce mec, en question, sera libéré dans la matinée.

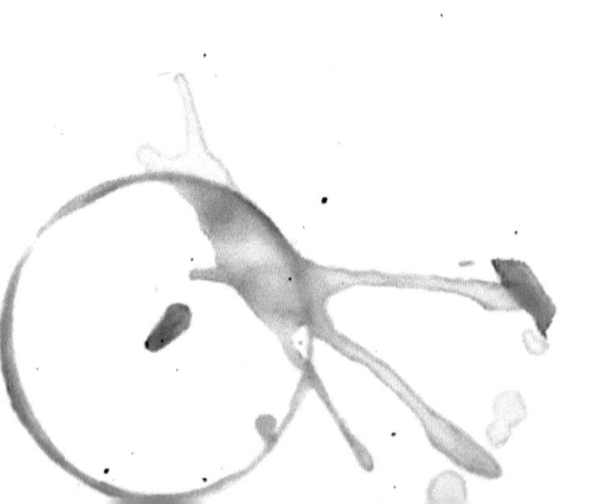

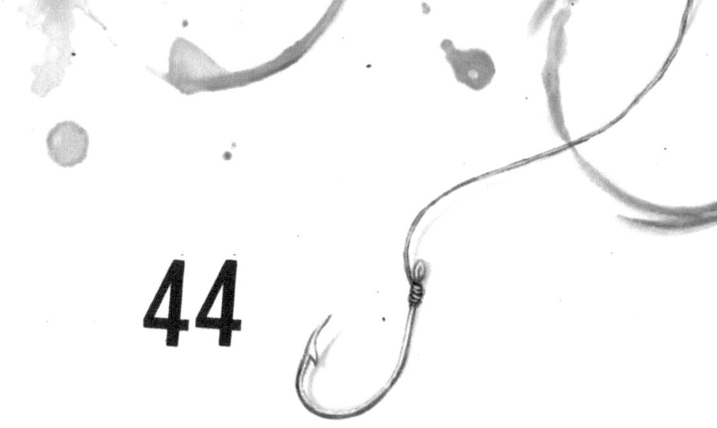

44

Une semaine de plus, un vendredi,

FARID — Les jours passent, les enquêtes piétinent. Pourquoi ? Puis tant pis. On avance. On trouve d'autres tordus à coincer. On ramasse d'autres victimes. Parfois, on cherche à comprendre le pourquoi du comment, et finalement, ça aussi, ça nous passe dessus.

Il y aura toujours un pourcentage d'humains merdiques. C'est comme ça. Quand on en arrête dix, il y en a dix nouveaux qui font leur apparition. C'est un jeu sans fin, dans un paquet de désillusions.

On finit par croire qu'on se bat contre l'ordre naturel des choses.

Cette nuit, j'ai pas vraiment dormi, de nouveau. Je me vois tourner dans mes draps, les yeux grands ouverts, puis finalement traîner ma carcasse jusqu'à mon canapé, allumer la télé et fumer une clope d'une main molle. J'observe même pas le petit écran grésillant devant moi, non, j'admire le lustre, un truc en forme d'oiseau, que ma mère m'a acheté à IKEA, et que mon père a attaché, fier comme un pape. C'est pas l'animal que je contemple, mais une ombre que j'imagine. Un corps, là, pendu, de la merde coulant par terre — des visions d'horreur, il m'en vient de plus en plus.

Finalement, j'écrase ma clope, j'enfile mon jean de la veille, et sûrement de l'avant-veille, un pull, je place ma ceinture de holster sous mon froc, mon SIG dedans, et je sors dans la nuit épaisse. J'arrive au boulot, à pied, à six heures quarante-deux.

La journée coule comme une hallucination. Je vois des lignes de texte se figer dans mes rétines, je classe des documents, je ronge mon frein de frustration, et je m'imagine dire à Magalie cinquante fois de fermer sa gueule.

Toujours pas de résolution pour Samir, de vrai coupable pour nos prostituées, ni de nom pour notre type des grottes, et pas de nouvelles d'une Sophie imaginaire.

Une journée faite de rien. De vide.

Arrive dix-huit heures, ça continue. C'est vendredi. Je les suis au bar

La nuit commence à se pointer. L'air frais sur mes joues me rend encore plus vaporeux, et dans notre pub habituel, la soirée défile devant mes yeux sans que j'intervienne avec conscience.

Je m'entends dire plusieurs fois :

« Ouais, je vais bien. »

Vraiment, je vous jure. Je vais bien.

« Je suis juste un peu fatigué, en ce moment. »

Je comprends pas le mot : vacances.

Vraiment, exténué.

Je me souviens d'un de mes instructeurs qui disait : c'est quand l'épuisement arrive qu'on fait des conneries. Ce con a tort.

Puis tous partent, et j'insiste pour rester. Un dernier verre, comme d'habitude, après, promis, je rentre. Je m'attable au comptoir. Exactement là où, un jour, Sophie m'a abordé. Une chimère, un mythe, peut-être. Parfois, j'ai peur qu'elle soit mon Tyler Durden. Bref, oublions cette connerie.

Le barman me voit trop souvent à mon goût, il me sert déjà ma pinte de fin de soirée. Je paye, et enfin je peux déguster ma boisson. J'aime cet instant précis. Ici, le bruit m'empêche de trop penser. Et l'ivresse, c'est la douce anesthésie de mon être, je la savoure, et même que je me mets à bavasser avec le barman de trucs futiles : du temps qu'il fait en ce moment, de l'OM qui a remporté son dernier match, de la Russie — tout le monde parle de la Russie — mais aussi du prix de l'essence, des œufs et des clopes — qu'elles sont chères.

Les conversations comme ça me font me demander si j'aurais pas mieux fait de devenir serveur, ou autre chose, mais pas flic. Est-ce que je pourrais être paisible ainsi ? C'est un mystère. En tout cas, quand celui-ci me raconte :

« La dernière fois, à la pêche, on a sorti un mérou. Je te dis pas la merde. »

Je tilte :

« Tu vas souvent à la pêche ? » j'interroge.

« Ouais, après le boulot, dès qu'on ferme, avec un collègue on file. À quatre heures, je plante mes cannes, et je te dis pas le pied que je prends », il largue en s'amusant à faire tourner une bague sur son index.

Donc ce mec, après son service, il va se foutre sur une chaise de plage, et chaque matin il regarde le soleil se lever. Pourquoi, moi, je fais pas des choses comme ça ? Et pourquoi, là, je lui lance pas : allez, chaud, je viens avec toi, après !

En fait, je me rends compte que, hors du boulot, j'ai pas de vie, pas de passion, rien. J'existe qu'à travers mon métier. Je bricole pas le dimanche dans mon garage — et puis de toute façon, j'ai même pas de garage — je vais pas voir le foot comme Noa et Magalie, je joue pas d'un instrument de musique comme Julie qui nous pompe le dard avec son violon, je m'intéresse pas à la culture, la littérature, et tous les trucs en -ure, mis à part quelques bitures.

Mon existence est un énorme creux. Je suis un bras armé, c'est tout.

Donc non, pas de lever de soleil pour moi. Plus de copine — je les ai toutes fait fuir. Pas d'amis — en dehors du boulot. Ma famille, je vais rarement les visiter — oui, c'est ma faute.

Pourtant, écouter ce mec me parler de ses moments de béatitude à la pêche, ça me console. Entendre ces mots se déverser sur moi, ça me donne le sentiment de partager un peu de son bonheur, d'être assis à côté de lui, sur cette chaise pliante qui bascule parfois si elle est mal placée.

Je me laisse aller. Je questionne, je vogue. Je mets les appâts sur les lignes, je m'excite quand la canne gigote, je tire, je suppose le poids de la bête que je vais sortir, je m'extasie devant une belle dorade, je tue le poisson, je le vide, je le mange, dans la plus simple des journées utopiques, et au moment où je m'imagine savourer la chair blanche noyée dans l'huile d'olive et le thym, salée à souhait, une voix interrompt l'homme passionné :

« Excusez-moi, je pourrais avoir un jus de pomme ? »

Un jet d'adrénaline fouette mes muscles. Le barman coupe son histoire et s'active, alors que je me tourne. Le profil de Sophie se trace dans la lumière. Palpable.

Elle ne me lance pas un regard, alors que je la fixe au point d'avoir l'impression que mes iris se dissocient de mes pupilles. Je doute de son existence depuis des jours, et, subitement, elle apparaît, comme ça, par magie. Ma mâchoire se crispe. Je décuve d'un coup.

Le jus lui est servi, et le terminal présenté. Elle dégaine sa carte bleue. J'attrape son poignet au vol. Je parviens de l'autre main à sortir mon portefeuille et payer moi-même — histoire de remettre de l'ordre dans nos comptes.

Elle m'adresse enfin un regard, un regard qui ne dit rien, qui ne raconte rien.

Le barman, qui pense que je tente une manœuvre quelconque, se décale et part discuter avec des clients plus loin en m'envoyant un clin d'œil. Je me penche à l'oreille de Sophie. Elle sent ce mélange fleuri luxueux, et j'attaque :

« C'est toi, alors. »

C'est pas une question. C'est plus une affirmation. Je le flaire, c'est écrit sur son être que c'était elle, cette carte, elle à payé ce gamin pour nous livrer le courrier, c'était pas des cracks sur ce putain de banc.

Elle ferme longuement les paupières, sa main qui agrippe le comptoir semble trembler, et elle abaisse le menton. OUI. Elle dit : OUI.

« Finis ton verre, on va discuter », j'ordonne.

Elle lève un sourcil, m'analyse de la tête aux pieds un instant, avant de hausser les épaules.

« J'aurais voulu qu'on me fasse confiance », elle déclare.

J'ai de nouveau le sentiment de flotter, d'être dans une autre dimension, et je m'approche encore d'elle — je veux l'oppresser.

« La confiance, de quoi tu causes ? » J'ai un *pouffiasse* dans la bouche qui ne sort pas. « J'ai un corps, et rien ! »

« Ah bon », elle répond nonchalante, en prenant une gorgée de son jus. « Ça ne doit pas aller trop vite, aussi. »

Je peux presque sentir ses cheveux me chatouiller le nez, et je tranche :

« Je jouerai pas au jeu du chat et de la souris ! » je gronde.

Elle se tourne et me fait face, avec son beau minois, son odeur de poudre, et sa tignasse pleine de superbes boucles claires :

« La confiance, Farid », elle souffle.

« Rien à branler de la confiance. Les familles des victimes, Sophie. »

Je le dis en retenant mes menottes discrètement d'une main, coincées à ma ceinture. Une bourde. Une seule. Je m'en fiche. On me passera un savon, et quand Noa l'aura cuisinée, on m'excusera.

« Ne fais pas une erreur par ennui, Farid », elle annonce. Puis elle se lève : « OK, tu as raison. » Elle s'incline devant moi et ajoute : « Je vais te prouver quelque chose ce soir. Même si ça va être douloureux, pour nous deux. » Elle se tourne. « Je vais aux toilettes, et on va discuter. »

Je lui lance un signe du menton, et elle zigzague entre le peu de clients qui restent et se dirige vers les sanitaires.

Elle disparaît.

Oh, le con.

Je me lève d'un bond, un pressentiment qui me murmure à l'oreille de courir.

Je traverse la salle à toute allure, et j'entre dans les chiottes des femmes sans préambule. J'analyse rapidement la pièce : deux cabines sur le côté, l'évier en partie détaché du mur en face, au fond une fenêtre, fenêtre déjà ouverte, Sophie qui a déjà passé un pied sur le rebord.

« ARRÊTE TOUT DE SUITE ! » j'hurle à plein poumon.

À ma vue, elle saute.

Au même moment, deux nanas sortent d'une des cabines. Je les bouscule pour bondir à mon tour dehors. Sophie détale comme un lapin à travers la petite ruelle, dans un claquement de talons hauts, et je la poursuis à toutes jambes, avec à l'arrière le cri des deux meufs que j'ai poussées.

Je rattrape Sophie sans mal et la saisis par le bras. Je freine notre course et la plaque contre un mur, sans ménagement. Son corps craque. Rien à foutre d'abîmer une petite bourgeoise.

Je lui beugle dessus :

« TU METS TES DEUX MAINS SUR TA TÊTE ! »

Elle comprend pas, manifestement. Je la sens tenter de se retourner, et j'entends mon prénom sonner dans sa bouche. Mais les seuls mots qui résonnent dans mon crâne, c'est :

« Elle va te rouler, mon pote. » Avec la voix de Noa, en prime. Visiblement, mon instinct de survie, c'est lui.

« LES MAINS SUR LA TÊTE, J'AI DIT ! » je gueule plus fort.

Elle s'exécute enfin, en abandonnant son sac à main par terre, et je souffle de décompression. Je la fouille sommairement. Rien dans aucune poche — rien de dangereux pour moi.

J'aboie à nouveau. Je suis trop enfoncé. Je vais au bout :

« À GENOUX, MAINTENANT ! ET TU GARDES LES MAINS BIEN SUR LA TÊTE ! »

Elle se laisse tomber au sol. J'entends ses rotules craquer au contact des pavés. Un attroupement se forme autour de nous, et je reconnais le barman et les deux femmes que j'ai bousculées demander ce qui se passe, en geignant, alors que je sors mes menottes.

Je gueule :

« POLICE, ÉLOIGNEZ-VOUS ! »

Je lui enfonce le bracelet sur un premier poignet, et lui tire l'autre en arrière pour la menotter dans le dos, en saisissant de ma main libre mon téléphone. Alors que je bipe le commissariat pour qu'il m'envoie une patrouille, Sophie, dont je n'ai pas revu le visage, dit avec cette fierté indécente :

« Bonjour, silence. Réfléchis bien à la suite, maintenant. »

Je la secoue par l'épaule :

« C'est une putain de menace, ça ! »

Elle exécute ses dires. Sa gueule s'effondre. De grosses larmes rondes dévalent ses joues, et elle plante sa tête à même le sol. Elle chiale comme une menteuse, une arnaqueuse. J'entends les chuchotements de mes spectateurs. Ils sont lourds de sens. Ça, plus le froid de la nuit, c'est douloureux.

Je regrette la maladresse de mes gestes, mais je me remercie de mon action. Je sens que j'ai raison. Je sais que j'ai raison.

Le barman qui me racontait ses pêches me regarde comme si je l'avais trahi. Je baisse les yeux et attends, sous les pleurs rauques de miss pétasse, qu'enfin un équipage débarque.

Il arrive, cet équipage, mais seulement dix minutes plus tard. À bord, Olivier et Clément, forcément. Et comme on peut pas se piffrer, ça va être folklorique. Clément fait lever Sophie, qui ne tient même plus sur ses jambes, et l'accompagne à l'arrière de la caisse, en me baratinant pour que je lui retire ses menottes. Ce que je fais.

Olivier se permet un :

« Et t'as quoi contre elle ? »

« Des trucs ! T'occupe. C'est un témoin clé », je raconte.

Il soupire avant de se remettre à son volant, et je me fous en passager.

Dans la caisse, le sang continue de me bourdonner dans les tympans, surtout à cause des pleurs incessants.

J'entends la voix de Clément à côté de Sophie :

« Madame, c'est OK, faut se calmer, là. »

« Menteuse », je soupire.

« C'est par rapport à l'affaire des putes ? » insiste Olivier.

Je bondis :

« Mais rien à voir ! »

Je me tourne sur mon siège. Je subis sa comédie. Je découvre comment Clément la regarde. Une chose brisée et fragile.

Et là, je capte. J'ai peut-être merdé.

Prends les devants, Farid. Prends les devants. Réfléchis, vite.

« Elle a refusé de me présenter ses papiers », j'annonce. Peut-être que ça, ça me sauvera. Je l'imagine mal se pavaner avec une identité celle-là, vu ce qu'elle protège ou fuit.

Clément, toujours avec cette douceur insupportable, demande :

« Et vos papiers, alors, pourquoi vous voulez pas les montrer ? »

« Je… j'ai eu juste peur. » Elle ouvre son sac à main, j'en perds mes yeux. « Ils sont là. »

Voilà qu'elle sort une carte d'identité, comme si de rien n'était, et la tend à ce trou de balle.

Je la saisis au vol et tâte le document. Je cherche un défaut, quelque chose. Peu importe. Mais rien ne me tape à l'œil. Du beau travail, alors ?

Je me mets à la lire dans ma barbe :

« Cassandra Parenti. »

Je mémorise toutes les autres informations aussi : née le 14 février 1998, à Marseille, une photo récente d'elle, cheveux bruns, coupés au carré, maquillage différent, impossible à reconnaître là. Je bouillonne.

« C'est une vraie, ta carte ? Ou encore une connerie ! » je beugle.

Elle bafouille, en pleurnichant de plus belle :

« Mais… »

Olivier me tape dans la hanche :

« C'est bon, calme-toi… »

Je la pointe du doigt :

« T'as intérêt à parler pour tes conneries de lettre à deux balles, là ! T'as intérêt ! Je te jure que… »

Je me fais bousculer :

« MERDE, remets-toi correctement et calme-toi, putain ! » gueule Olivier.

Je me replace, la mine basse, en soufflant :

« Toi, ta gueule. »

Je sens son regard, son envie de me cogner. Ça me ferait du bien. Un peu de douleur par-dessus la douleur. Mais on finit par arriver dans la cour centrale du bercail.

Je suis de loin les deux gars qui accompagnent une Sophie boiteuse. Une vraie actrice.

Devant l'OPJ des GAV, bien sûr, ça se corse, et sacrément. Il faut expliquer pourquoi je veux la mettre là, et j'ai déjà des regards en biais qui me signalent que le chef va me foutre un coup de pied au cul. Eh bien, qu'il fasse !

On lui dicte ses droits à Sophie, qui garde cette mine enfoncée dans ses épaules et qui suit sagement la cheffe de poste. Voilà, elle fait la pauvre petite chose, sale conne, et de nouveau elle s'évapore derrière un mur, et je serre les dents.

Puis l'OPJ de cette nuit, Marine, m'envoie paître comme un clébard :

« Rentre chez toi, tu vas plus rien faire, là ! »

J'ai envie de l'insulter. Fort.

La bavure, bien sûr que je la sens. La belle, et magnifique, bavure. Au lieu de rentrer sagement chez moi, comme conseillé, je bifurque dans le hall et grimpe me terrer au bureau, avec d'autres idées bien précises en tête.

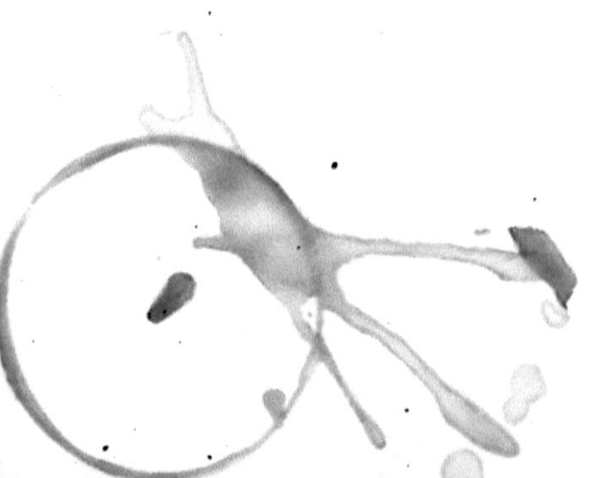

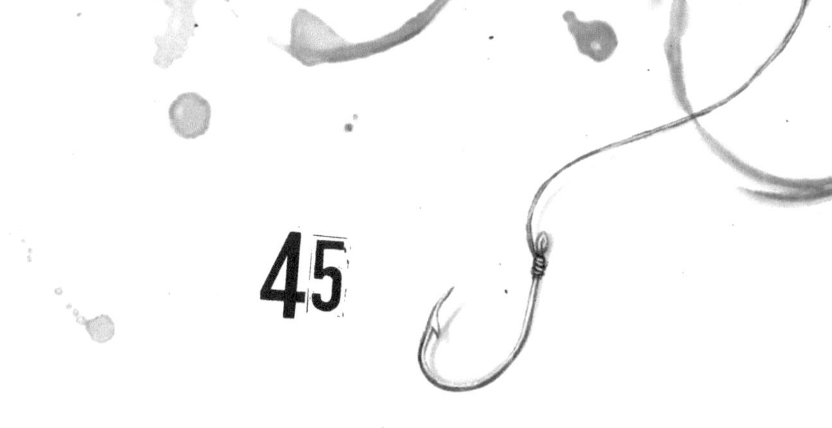

45

FARID — Assis seul ici, j'essaie de réprimer le coup de flippe que j'ai dans le cœur.

Le bureau, la nuit, c'est un lieu d'ombre et d'angoisse. Les bibelots autour du PC de Julie semblent prendre vie, et un chat en porcelaine m'observe avec ses grandes mirettes sombres.

Je m'allume une clope, je cendre dans un gobelet en démarrant mon ordinateur. L'écran blanc m'éblouit. Je me frotte les yeux. Je ne pense qu'à un nom, un seul nom, que j'ai prévu de taper dans chacune des bases de données. Le boulot commence maintenant, quand le fer est chaud.

En même temps, j'hésite à appeler Magalie, lui expliquer ce qui l'attend. Mais, j'ose pas, et me concentre sur mon clavier.

Il faut peu de temps pour que les premières informations tombent. Ça veut dire qu'elle existe vraiment, cette Cassandra, et elle est passée ici, il y a peu, pour une histoire de violence, il y a moins de deux mois. Pas de suite à ça, juste un agent d'accueil qui a annoté que la personne n'a pas souhaité être reçue, finalement — la balafre sur la joue.

Ce n'est pas tout. C'est même rien, comparé au reste.

Cassandra Parenti est mentionnée dans plusieurs auditions à la gendarmerie de Peypin, en tant que témoin cette fois, sur une affaire qui remonte à moins d'une dizaine d'années.

La victime de ce dossier s'appelle Izela Parenti. Rapidement, je déniche des photographies de la jeune fille en question, qui était âgée de dix-huit ans au moment des faits. Un double de Cassandra, sa jumelle parfaite, sa jumelle disparue. Introuvable depuis le jour où le père et Cassandra ont vu Izela quitter le domicile — et rejoindre un mystérieux copain qui, lui non plus, n'a jamais été identifié à ce jour.

Je m'appuie mieux dans mon siège, et me rallume une cigarette. J'en puise deux bouffées, avant d'imprimer la photo de cette Izela, et de l'accrocher au tableau. Je marque les données essentielles, puis précise la gémellité des deux. Le contexte.

Je tire à nouveau une taffe sur ma clope, en me reculant. Je me souviens de mon propre contexte. J'efface mes notes en vitesse, et arrache le cliché pour me la fourrer dans la poche.

On se concentre, Farid. Il faut que j'auditionne Cassandra — elle en a des choses à dire.

Et pour ça, je dois convaincre Magalie.

Essayez de persuader Satan que ça va, vous avez pas tant merdé.

J'arrive pas à me résoudre de l'appeler.

Je préfère l'avoir en face-à-face, et on verra comment je me débrouille.

Je me remets sur mon ordinateur. Je trouve assez rapidement une adresse familiale. Je l'entre dans Google Maps. La demeure est située dans les environs de La Destrousse, près de Peypin. Je zoome pour visualiser la maison en question, avant de passer en vue Street View. L'image est imparfaite, on ne distingue pas correctement la bâtisse cachée derrière un haut mur blanc — ouais, ça pue le fric, tout ça.

Sur la boîte aux lettres, impossible de déchiffrer le nom. Je sors mon téléphone et enregistre l'adresse dans mes notes, alors que le satané chat en porcelaine continue de me fixer.

Je finis par me lever et me place face au bureau de Julie.

« Mais qu'est-ce que tu me veux, toi ? » je dis à cette bestiole. Je l'attrape, tire un des tiroirs du bureau, et le jette dedans : « En plus, t'es moche. »

Au même moment, la poignée de la porte bouge, et je traverse la pièce en quatrième vitesse pour aller éteindre mon ordinateur. Noa entre peinard, comme si rien n'avait changé, comme si le monde continuait de tourner. Il vient me serrer la pince, et je suis incapable de lui répondre autre chose que oui, quand il me demande si je vais bien. Incapable aussi de lui raconter ce qui s'est passé cette nuit.

Noa part se foutre à son bureau :

« On va au café, après ? » Il m'observe de la tête aux pieds, et ponctue : « T'as vraiment une sale gueule. »

Je ris nerveusement, en réfléchissant à ce que je pourrais bien lui dire, mais la guillotine tombe. La porte vient de claquer, et s'ensuit un hurlement :

« IL EST OÙ CE CON ! »

Magalie saute dans la pièce, ses yeux se plantent sur moi, comme deux mitraillettes prêtes à me flinguer.

« Je peux tout t'expliquer ! » je lance en me levant, comme si je l'avais trompée.

Elle s'approche de moi, le doigt en l'air :

« Y a rien à expliquer ! PUTAIN ! J'ai eu le chef au téléphone ! T'es con, ou t'es con ? C'est quoi le truc ? Ta mère t'a bercé trop près du mur !

C'EST QUOI LE PROBLÈME, FARID ! » elle braille, au point que je me fasse rincer de postillons.

Je reste debout, mais sagement derrière mon bureau, en sécurité, de peur qu'elle soit tentée de m'envoyer une patate — bien qu'elle pourrait me balancer l'écran de l'ordinateur dans la tempe.

« ÉCOUTE ! » j'ai réfléchi toute la nuit, et j'ai vu que la vérité comme seule échappatoire, même si elle me ferait passer pour un couillon de première. « Je crois qu'elle sait des trucs. C'est elle le courrier ! »

Magalie souffle un instant en frottant son crâne, et son unique sourcil mouvant se lève. Elle lâche juste :

« Ah ouais ? Et comment tu le sais, ça ? »

J'inspire bien profondément :

« Elle me l'a dit »

« Elle te l'a dit ? » elle répète.

« Oui », je suis convaincu.

« Donc, t'es en train de m'annoncer qu'un jour, cette fille est arrivée, et t'as sorti : Salut, j'ai l'adresse d'un cadavre, ça t'intéresse ? » elle ricane, nerveuse.

Je réfléchis un instant. En effet, c'est curieux :

« Oui ! Je te jure ! »

« Et quand, ça ? » elle demande avec beaucoup de calme — ce qui pue vraiment du cul.

Je me gratte le cou, avant de répondre évasif :

« Un jour, devant le commissariat… elle était là, et me l'a dit. »

Son visage rougit, pourtant sa voix reste encore suffisamment stable :

« Quand ? »

« Le jour où l'on a reçu le courrier pour le type de la grotte », j'explique.

Elle écarquille les yeux :

« Donc, si c'est vrai, ton truc, t'es en train de me dire que t'as jamais ouvert ton clapier de merde ? »

Je serre les dents. Elle s'approche de moi. Dans ma périphérie, Noa a arrêté tout mouvement. Bien sûr qu'il me juge.

« Je dois te croire, Farid ? Est-ce que tu te rends compte de la gravité de ce que tu viens de faire ? »

J'acquiesce doucement en me mettant à triturer mon paquet de cigarettes dans ma poche arrière.

« T'as quoi à me dire, là ? »

« J'ai été… surpris… je trouvais que c'était des conneries… puis on a eu la lettre, puis… hier, elle est revenue me parler alors que je finissais ma pinte au bar. » Je suis pas désolé, je crois que beaucoup se seraient sentis acculés dans cette situation. Surtout quand on vous rabâche à longueur de journée que vous devriez arrêter de vous précipiter.

Noa s'est finalement téléporté à côté de moi :

« Mais elle t'a dit quoi exactement, cette fille, ce jour-là ? » il demande, puis précise : « Au commissariat. »

« Qu'elle savait des trucs… elle a agité une enveloppe devant moi. Mais en fait, c'était vide ! Je me suis dit : c'est une connerie ! Puis le soir, BAM, l'enveloppe qui nous parvient. » Je sens que je perds patience : « Vous voyez le genre de délire ! »

Magalie serre son nez entre ses doigts :

« C'est une putain de coïncidence », elle souffle.

Elle secoue la tête, incertaine.

J'allais répondre, mais elle me fait déjà signe de la fermer :

« Tu sais quoi sur elle ? »

Je me remets derrière mon ordinateur, je l'allume. On attend tous comme des cons que celui-ci démarre, et enfin je peux lui montrer les informations que j'ai commencé à condenser dans un dossier : son passage ici, il y a deux mois ; la sœur disparue ; le mystérieux type qui l'a emportée avec lui.

« Envoie ça à mon poste », Magalie cingle froidement.

Je m'exécute, et sors mon paquet de cigarettes :

« On étudie mieux tout ça, et on l'interroge dans la matinée, du coup ? » je déclare naïvement.

Magalie jette un regard à Noa, qui pince les lèvres, et elle finit par s'asseoir sur mon bureau. Elle parle avec un contrôle que je lui vois rarement :

« T'as deux choix, Farid. Soit tu te mets en arrêt quelque temps, soit je te suspends. Et là, je te fais une fleur. » Elle masse sa tempe. « Je peux pas laisser passer ça. Le chef veut pas que je laisse passer ça. »

« Pardon ! » je hurle, en me relevant. « Mais ! Tu vois bien qu'on a du boulot sur ça ! OK, j'ai merdé, mais ça arrive ! Laisse-moi l'interroger ! »

Le visage de Magalie rougit :

« T'ES CON, OU T'ES CON ! Je l'ai fait sortir dés que je suis arrivée, ta meuf ! Elle s'est tirée ! »

« T'ES SÉRIEUSE, LÀ ! » je braille, hors de moi.

« OUI. J'avais aucune info, et le chef qui me hurlait dessus au téléphone ! L'arrestation est absolument pas dans les normes, et cette gamine, tu l'as esquintée en plus ! Elle a la joue brûlée, paraît que ça lui est arrivé quand tu l'as jetée dans le mur ! Si elle porte plainte, tu l'as dans le cul, je l'ai dans le cul, on l'a tous dans le cul. » Elle se lève, et tourne au milieu du bureau maintenant. « Le seul élément qu'on a contre elle, c'est ta parole, et là, elle vaut rien ! » Elle pose ses mains sur ses tempes. « TU NOUS AS MIS DANS LA MERDE, FARID. Et si la fille porte plainte, tu seras *out* ici. Ta carrière, tu l'auras flinguée pour de bon ! »

Au même moment, la porte claque et Julie entre :

« Punaise, on vous entend jusque dans le couloir », elle marmonne tranquillement.

Elle s'arrête pas sur notre échange, elle a quelque chose de plus brûlant entre les doigts. Elle secoue vers nous une enveloppe :

« Nouveau courrier étrange », elle commente.

Magalie saute à son bureau pour récupérer des gants, avant de saisir la lettre.

« Elle est pas assez con pour laisser ses empreintes », je dis.

Elle lève les yeux au ciel, et se reconcentre pour extraire une feuille qu'elle déplie : encore une carte qu'elle étale sur de la paperasse, et Julie est déjà sur son téléphone pour vérifier le lieu.

Je reste en retrait, la bouche entrouverte, le regard dans le vide, alors que Magalie commente en photographiant le plan:

« Je veux que ce site soit fouillé ce matin. » Elle montre Noa du doigt : « Je te transmets le dossier de la Parenti. Tu me récupères tout ce que tu peux, on va essayer de reconvoquer celle-là sans faire de vagues. » Ses yeux me tombent dessus : « Je veux ton arrêt maladie sur mon bureau dans la journée. »

J'écrase mon paquet de cigarettes que je conservais dans ma main :

« Mais… », je dis sans consistance.

Noa s'est glissé sur le côté pour me masser les épaules :

« Gros, elle a raison, là. T'as chié dans la colle, prends le large avant que ça dérape complètement. »

Je le repousse, et ce geste fait descendre Magalie d'un ton :

« Écoute, Farid. T'es fatigué. Je suis fatiguée. On est tous fatigués. Mais toi, plus que les autres. Je vais t'expliquer clairement. T'oublies cette nana, cette affaire, ça te regarde plus. On a tous dans notre vie des enquêtes pour lesquelles on a pas les épaules, et là, c'est la tienne. »

Elle est calme. Elle est précise. Et je suis pas d'accord. Je grimace en hochant la tête par la négative. C'est moi qui souffre depuis un mois, et c'est moi qu'on évince. C'est injuste.

Julie tilte enfin :

« Il se passe quoi, là ? »

Noa lui fait signe qu'il lui expliquera plus tard le petit ragot croustillant de la chute de Farid, et il ajoute vers moi :

« Fais ce qu'elle te dit. Tu sais que c'est pour ton bien. »

Il passe sa paume sur mon visage. La douceur de sa main sur ma joue, c'est humiliant. Je ferme les paupières un long moment. Fatigué. Oui. Je le suis. Mais je voulais pas lâcher le morceau, là, si proche.

Je finis par rouvrir les yeux. Tout le monde ici me regarde comme une bête de foire, l'animal malade, qu'il faut extraire du troupeau et mettre sur le côté, en quarantaine, pour qu'il n'infecte pas la meute.

Je me frotte la mâchoire, et sans saluer personne, je me retourne.

Je quitte le bureau, sans plus rien dire. Je traverse les couloirs, le pas vif, je sors du commissariat. J'ai la tête qui tourne, la nausée qui me broie le bide. Je marche sans savoir quelle direction prendre, je me bouge, je cherche une ruelle isolée, un endroit bien planqué, et finalement je gerbe entre deux portes d'immeubles.

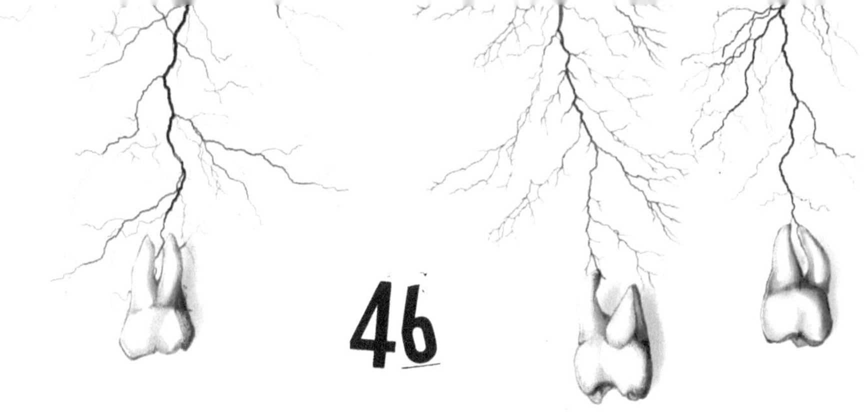

46

CASSANDRA — Dans le hall, sur l'écran de mon téléphone, je vérifie mon visage. La brûlure sur ma joue est immense. Ça me fait sourire, et même un peu rire.

Je range ma machine dans mon sac à main, je me hisse à l'étage et rentre, la respiration hachée.

Ma trajectoire est toute simple : tout droit vers une des chaises de la kitchenette, et je me laisse tomber dessus. Je soupire, exaltée, tellement en vie, soudainement.

Un souffle bouillant dans mon cou, écorchée en devenir.

Je frotte encore cette joue qui me tiraille.

« Wahou. » Je lève les yeux, Louise me scrute d'un air incrédule. « Tu t'es fait baiser par un ours. »

Je ricane :

« Ignoble. »

Elle tire mon menton, et regarde avec son œil expert la marque :

« Ça, je connais, c'est un mur », elle déclare.

Je pouffe encore de rire :

« Ça t'arrive souvent de finir contre des murs ? »

Elle réfléchit un instant, en cherchant du désinfectant dans la salle de bain :

« Une, ou deux fois, je crois bien. » Elle revient, pour me tamponner le visage. « J'ai envie que tu me présentes ton gars. Je veux voir quelle tronche il a, ce sauvage. » Elle passe sa main devant mes yeux. « En plus, vu ta tête, il te rend vraiment toute chose. »

J'acquiesce sous le soin :

« Oui, oui. Promis », je lance, évasive.

« Enfin, pour le moment, de mon côté, j'ai plutôt l'impression que c'est toi, mon mec. » Et voilà qu'elle prend à nouveau ses airs rêveurs. Elle dit souvent ça, en ce moment. Elle se croit redevable, car je fais quelques petits trucs pour elle.

Mais c'est que moi, ça me fait plaisir de la voir sourire.

« Arrête, c'est normal », je murmure en lui caressant le coude.

« Nan, nan. Je te jure… » Puis elle glousse : « En plus, avec cette balafre de plus, oulala. » Et elle se met à imaginer ses histoires de princesse qu'elle aime tant : « Tu viens de te bagarrer à la sortie d'un bar… pour… » Elle tournoie sur elle-même. « Tu as défendu l'honneur d'une meuf. Ouais. »

Je ris un instant, avant de demander :

« Et comment je m'appellerais, alors, moi, ton mec ? »

Louise tire une chaise pour s'asseoir en face :

« Cassandra… Kassim ? » Elle me fait un visage dégoûté. « Oh non, j'ai eu un ex qui s'appelait comme ça. Pas Quasimodo, non, plus… »

« Cassian ! » j'éclate.

Elle passe ses doigts sur mes joues pour remettre quelques mèches de cheveux derrière mon oreille.

« J'adore. Cassian ! » elle minaude, amusée. « Bon, et il serait coiffé comment, notre Cassian ? »

Le feu de cette nuit n'est pas éteint, le jeu est plaisant, et je gonfle la voix, en fronçant les sourcils :

« Attaché, à la nuque. »

Louise se marre, repart à la salle de bain, et revient avec une brosse :

« Bien, m'sieur », elle déclare.

Elle dégage mon visage, attache mes cheveux à la base de ma nuque, et tape dans ses mains en admirant son travail. Je me lève, je défais mon chemisier, et retire mon slim. Je me mets à fouiller dans les affaires qui jonchent le sol. Cassian doit avoir la classe, c'est un type vivant, un type qui n'a pas froid aux yeux, un type qui a fini avec les menottes aux poignets cette nuit, et qui vient de sortir de garde à vue — et qui ne cesse de regarder la porte d'entrée, de peur que les flics surgissent pour l'emporter.

J'ai une image très théâtrale de ce personnage, une sorte de parrain moderne, et je cherche un pantalon de costume. Bien sûr, Louise en possède plusieurs, quand elle souhaite un look plus masculin. J'en enfile un noir. Elle me tend une ceinture en cuir, que je dois serrer au dernier cran, puis elle me trouve une chemise anthracite. Une fois boutonnée, je l'enfonce dans mon pantalon, avant de mettre mes mains dans mes poches. Je m'observe de la tête aux pieds devant notre miroir à défilé. Louise pose ses paumes sur mes épaules pour me faire tourner de droite à gauche, en murmurant :

« Cassian, un vrai beau gosse. Attends. » Elle défait les boutons de mes manches et les retrousse. « Là ! » elle gémit avec exagération.

J'essaie d'équilibrer ma posture, et pour une fois, je remercie le format inexistant de mon anatomie. Je tente de durcir les traits de mon visage. C'est très amusant. Je souris sur le côté à Louise :

« Merci, ma belle », je grommelle.

Elle fait mine de ventiler ses joues, en soufflant :

« Ma belle. » Puis elle se laisse tomber sur le lit. « Cassian, t'es le mec de ma vie. »

Cassian pourrait être ainsi, si c'est ça qu'il te faut pour retrouver ta gaieté dès le lever du soleil.

Je viens m'allonger à côté d'elle en soutenant ma tête avec ma paume. Du bout des doigts, j'effleure la courbe de son nez. Son regard se plonge dans le mien, et elle a cette belle expression tendre :

« Je peux te dire un truc, étrange ? » elle annonce.

« J't'écoute », je gobe le mot.

De nouveau, elle glousse, et attrape ma main entre les siennes.

« J'aurais voulu aimer les femmes. » Elle rougit. « Je veux dire, leur corps, parce que leur esprit, c'est pas pareil. » Elle ravale sa salive. « En fait, je crois que j'aurais été amoureuse de toi, Cassandra, hein. Pas Cassian. » Puis elle éclate d'un rire tonitruant, en me repoussant par l'épaule : « Quelle connerie ! J'te jure ! »

Elle se lève, en soufflant :

« Bon, beau mec, faut que je file au boulot, moi. » Elle s'observe un instant devant la glace. « Tu m'as décoiffée ! Salaud ! »

De nouveau, j'entends ce rire rougeoyant. Elle enfile en vitesse ses escarpins, sa veste, et attrape son sac. Elle m'envoie un baiser du bout des doigts :

« Allez, mon chou. À jamais ! Et à tout à l'heure, Cas' ! »

Voilà qu'elle s'enfuit. Jamais, elle n'est partie aussi tôt. C'est donc ça, qu'il lui faut ?

Je reste là, bête, sans bouger. Je me repasse le film de cette Louise qui, comme un astre, a soudain irradié de bonheur.

Enfin, quand je me relève, c'est pour me planter devant la glace. Toute ma vie, je me suis autorisée à aimer, mais avec contrôle, toute ma vie, j'ai été stricte. Une image tirée à quatre épingles, et là, dans cette glace, je vois un reflet trouble, permis, amusé, vivant.

Et surtout, toute ma vie, je me suis interdit la peur et la souffrance de l'être profond, ou le doute, car je ne voulais, je ne devais pas perdre de temps avec ces choses énergivores. Et si, maintenant, le temps qu'il me reste, je le laissais à ça : la distraction, la bêtise, l'amour.

Tic tac, fait la montre de Cassian.

Et mon sac à main se met à vibrer.

Je m'approche. Je ne suis plus Cassian, ni Sophie, mais simplement Cassandra — elle aussi, s'est bien amusée cette nuit, elle s'est sentie intouchable, et elle adorerait encore une partie.

C'est un numéro masqué, et je réponds en fermant les yeux :

« Bonjour, je me présente : lieutenant Desuet, police nationale, enquêteur à la PJ de Marseille. On aurait besoin de vous réentendre par rapport à l'affaire de votre sœur, Izela Parenti. »

Je ne réplique rien.

« Madame, vous êtes là ? » il demande.

« Oh… », je geins. « Je… » Et je m'éteins dans le silence.

« Nous avons peut-être de nouveaux éléments, quand pouvez-vous vous déplacer à l'Évêché ? » il questionne, avec une voix qui me paraît particulièrement sympathique.

« Je… je suis secouée. Excusez-moi », je réponds, évasive.

« J'entends parfaitement, Madame », il déclare.

« Est-ce que je peux prendre le temps… de vous rappeler plus tard ? » je dis.

Derrière lui, il y a un chuchotement, des femmes, je crois. Puis, de nouveau, cette voix chaleureuse :

« Oui, oui, bien sûr, pas de souci. Je vous donne le numéro de téléphone de notre ligne directe. »

Il énumère des chiffres, que je ne note pas, puis l'appel se termine sur une salutation courtoise.

Je garde mon portable dans ma main, j'observe les minutes couler sur l'écran, et puis enfin, je reçois ce message :

Papa : « Ils veulent rouvrir l'affaire de ta sœur. Je suis convoqué cette semaine. J'espère qu'ils sont sur la bonne piste… cette fois…

Passe me voir. »

Il faut lire ce SMS entre les lignes :

« On doit réaccorder nos violons. Que notre symphonie soit toujours exacte. »

Qu'est-ce que je suis en train de faire.

Je me lève, et verrouille la porte d'entrée.

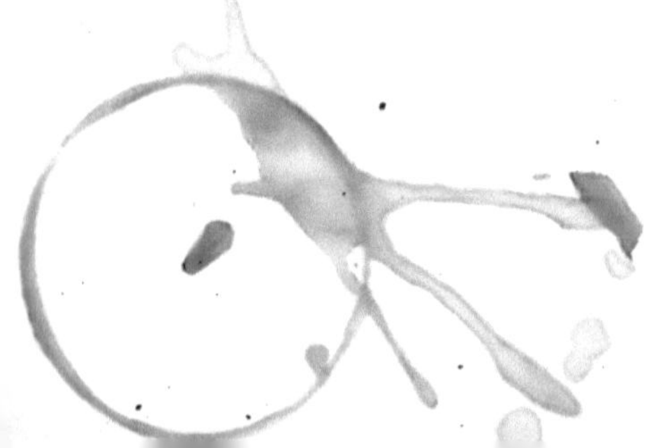

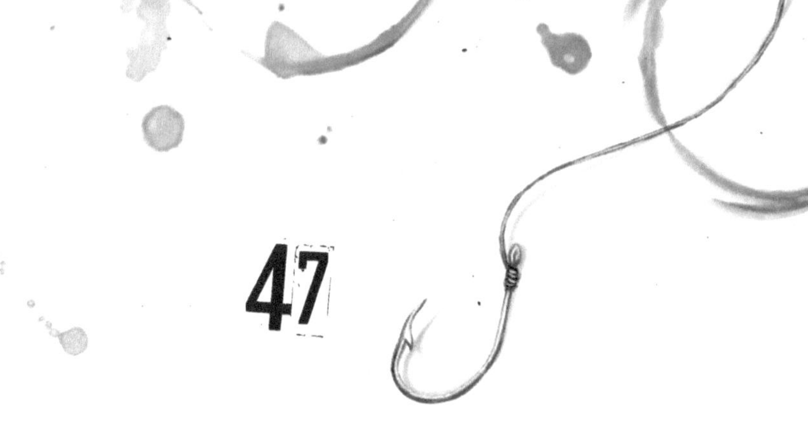

47

Farid — Dans l'après-midi, mon médecin traitant a accepté de me recevoir.

J'ai été dans son cabinet, comme un enfant, pleurant à chaudes larmes, inconsolable. Le pauvre homme grisonnant a dû déchiffrer les pauvres onomatopées qui sortaient de ma bouche.

Il a fini par conclure que je serais bon pour un petit tour chez le psy, en me prescrivant des antidépresseurs, et en me foutant deux semaines d'arrêt pour un potentiel burn-out. Quand il a prononcé ces mots, j'ai eu le sentiment d'une chute terrifiante.

Cette expression, c'est pour les autres, c'est pas censé m'arriver.

Je me croyais plus fort. Intouchable et immortel. Je devais, je voulais être le héros de mon histoire.

Des chimères de gamin, et je me prends une dérouillée par l'existence.

Une fois mon arrêt de travail déposé à l'accueil, et mon arme de service rendue, j'ai envie d'aller chez mes parents, très envie, même. Tout leur raconter, pleurnicher encore dans les bras de ma mère, lui dire à quel point je me sens dépossédé. Mais que penseraient-ils de moi ? Je veux pas voir la déception dans leurs yeux. C'est ma fierté qui parle, et qui ajoute que je dois lécher seul mes blessures.

Alors, j'ignore cette envie.

De retour dans mon appartement, après être passé par la case pharmacie, avec ma pudeur enfoncée dans le fond de ma gorge à quémander autant de médocs, je m'affale dans le canapé après avoir gobé toutes sortes de ces cachetons fortement recommandés par le système de santé.

J'allume la télé. Je zappe en m'arrêtant quelques secondes à peine devant les programmes. Puis, je me branle sans rien penser. Puis, je me refais un café. Puis, je continue de zapper.

Même là, je capitule. Je choisis sur une plateforme de vidéos un truc au pif, et me retrouve devant une émission sur des gars qui cherchent de l'or en Alaska.

Ça aussi, ça doit être fascinant comme boulot, loin du commissariat, dans la neige, à trier des cailloux, et gueuler que les machines sont tout le temps en rade.

C'est passionnant.

Et voilà que mes paupières se ferment enfin.

Elles ne se rouvrent que le lendemain. La tête dans le pâté, une tasse vide entre les doigts, et le cirque recommence : télé, branlette, chips, clope, café, médocs.

Qu'est-ce qu'on fait en arrêt maladie ?

Ma mère me dirait :

« ON SE REPOSE ! »

Mais se reposer de quoi, si on ne fait rien ?

Alors, on regarde encore cette émission, avec ces gars qui galèrent. Là, ils ont pété leur trieuse. Merde ! Il faut vite en trouver une autre. Sauf que la nouvelle qu'ils veulent est trop grosse, elle ne passe pas le pont sur la rivière qui mène à leur concession. Donc, ils doivent modifier le pont, mais impossible ! Ils n'ont pas les autorisations de l'État. Tant pis, ils mettront un peu de terre dans le lit de la rivière et feront traverser tout de même la machine, en détruisant ensuite leur couloir illégal.

MAIS PATATRA, la pompe de la nouvelle trieuse tire trop d'eau, et le bassin de rétention est vite à sec, alors, lui aussi, ils sont contraints de l'agrandir. MAIS ! NON ! Le bulldozer en question qui doit faire ça est hors jeu, car le permafrost, trop épais en ce début d'automne, l'a défoncé. Mince, la saison de la chasse à l'or est terminée. Il faudra attendre la prochaine saison pour se remettre au boulot.

Et c'est déjà le soir. Après un plat préparé indigeste, je m'endors de nouveau, shooté par les médocs sur le canapé, sans demander mon reste.

Je rêve de terre, beaucoup de terre, de doigts gelés, de richesse qui me fuit entre les pattes. Mes équipiers sont là, ils creusent, ils blaguent, ils travaillent, ils sont durs à la tâche, comme moi, et quand enfin un peu de répit arrive, je suis assis devant la trieuse, j'aperçois l'eau rouler sur le tapis, les particules d'or se coincer dans les ridules, et puis Sophie, ou Cassandra, j'en sais rien, mais elle s'accroche au grain, elle se dédouble, et voilà qu'elles sont maintenant des centaines, et des centaines de petites Cassandra. Je m'approche, je les regarde, toutes, sous la flotte, qui font des bulles avec leurs bouches.

Quand je me réveille, je fronce le nez.

Forcément que j'allais la croiser dans mes songes, c'est toujours comme ça. Chaque personne que je vois au poste se loge dans mes rêves.

Allez savoir pourquoi ! C'est comme si tout le commissariat entier avait une deuxième bâtisse, et ça, dans ma tête.

Je me relève ankylosé, et je me retrouve encore avec un café, dans la même tasse qu'hier, et avant-hier, la même tasse depuis des jours finalement, les mêmes plats préparés, les mêmes SMS inquiets de Noa et Julie. Les mêmes mensonges à mes parents — comme quoi j'ai pas le temps de venir les voir, car je bosse. La même rengaine, la même mélodie qui se répète, toujours. Tous les jours. Les mêmes mineurs à la télé, les mêmes cigarettes à la bouche, et la même adresse dans mes notes.

48

Un soir,

Mathias — J'ai pas envie, pas envie. Je renifle mes bras. Je me suis douché, récuré, juste avant. Mais j'ai l'impression que jamais j'arrêterai de schlinguer, de puer, de refouler. Les vers bougent sous ma peau.

Je lève les yeux, les bâtiments se mélangent au ciel grisâtre. Tambouille de béton, tambouille de béton. Pas envie.

Je suis jamais allé chez Milly.

Avant d'avoir chaud au cul, j'aurais jamais pensé à aller traîner chez elle, d'ailleurs. Merci le policier.

Il a suffi d'un SMS avec le portable de Tony :

« Coucou, c'est Mathias, ça te dirait qu'on se voit sans Tony ? »

Elle a accepté immédiatement, et m'a envoyé son adresse dans la foulée :

« Hâte de te voir ! » qu'elle a ponctué.

Je serre mon sac en plastique dans mes doigts. J'ai promis de cuisiner, qu'elle avait à s'occuper de rien. Je suis le mec de la situation. C'est un peu comme les cocktails, quoi, je vais tenter des trucs.

Un coup de mistral, et voilà que j'appuie sur la sonnette à son nom.

L'interphone grésille, la voix fine demande :

« Oui ? »

« C'est Mat. »

Le signal sonore, et je peux pousser la porte. J'entre dans le hall :

« Mathias ! »

Je lève les yeux, et la figure me salue au loin dans le colimaçon d'escalier.

Petite tête souriante.

Je serre davantage mon sachet contre moi et grimpe les quatre étages, mes rotules cognent ensemble. Milly me saute dans les bras quand j'arrive, mais se recule d'un coup, en remuant le nez. Je sais, je sais, je sais. Mathias refoule.

« Je suis trop contente ! » elle dit en me montrant la porte restée ouverte.

J'entre, le studio est étriqué, mais douillet, avec ses tentures pendues au mur. C'est un peu comme une grotte, une grotte à l'odeur sucrée, j'aime ça, un cocon, un endroit tout serré, tout doux, tout doux.

« Je vais pas te faire visiter, vu que c'est qu'une seule pièce », elle rit.

Milly tire sur ma manche pour que je lui file mon manteau. Puis elle tend ses mains pour me débarrasser de mon sachet :

« Alors, c'est quoi de bon, ça ? » qu'elle demande.

Je refuse de lui donner mon bien :

« Secret », je chuchote.

« Oh », elle acquiesce, toute amusée, en me montrant la cuisine. « Là, t'as une plaque à induction. » Elle ouvre le four. « Là, les casseroles et poêles. » Après, c'est un placard qu'elle m'indique : « Les épices, le sel, et cétera, mais y a pas grand-chose de dingue. » Elle pointe ensuite un mini-frigo qui lui sert aussi de repose micro-ondes : « Bon, y a pas grand-chose, là-dedans, non plus. »

Je vis pas mieux en ce moment. Oh non. Oh non.

« C'est parfait », je dis en tirant une poêle du four.

Je suis impressionné par autant d'organisation, autant de structure de vie, et l'image de Cassandra s'échinant à frotter chacun des carreaux qu'elle croise me revient en mémoire. Elle peaufine, elle s'use, ça pue la javel, partout, tout le temps dans l'existence de Cassandra.

Je secoue la tête. Si c'était si simple ? Pourquoi j'ai pas pensé à Milly plus tôt. J'en sais foutrement rien. Mais elle apparaît là comme une vision divine.

« T'as un truc ? » elle demande en me grattant l'épaule.

Je sais ce qu'elle souhaite : beuh, shit, herbe, c, peu importe, un remède qui déconnecte.

« Nan », j'ai tout gardé chez moi, je voulais pas qu'elle me pique ça.

Elle dit que c'est pas grave, et qu'on boira à la place.

Pendant que Milly sort une bouteille de vin, je reproduis les gestes de Cassandra. Lancer la plaque, foutre du beurre dans la poêle, attendre qu'il fonde, avant de disposer les deux steaks que j'avais stockés dans mon sac. Les deux sont à demi congelés, et quand enfin la glace commence à partir, cette senteur qui me poursuit se déploie. Je me tends, et me mets à farfouiller dans le placard à épices. J'en sors des rouges, des ocres, des blanches, des herbes, et je balance tout ça sans lire les étiquettes. L'odeur change, ça paraît pas délicieux, mais au moins, ça passe. Pas bon en cuisine, Mathias. Pour ça que c'était bien quand Tony était encore en capacité de me faire à bouffer.

Milly me tend un verre de vin, et renifle ce que je prépare :

« Ouh, ça sent le soleil, ça. »

Je comprends pas ce qu'elle veut dire, mais je capte un autre truc :

« J'ai pas prévu d'accompagnement », j'annonce comme un abruti.

Elle rit doucement, en me passant une main entre les omoplates :

« J'ai des chips. C'est comme des patates, mais en plus frites ? » et elle ricane.

Elle est gentille. Milly est gentille.

J'acquiesce, pour les patates en plus frites, et me reconcentre sur ma cuisson. J'ai peur qu'il arrive le coup du cramé à l'extérieur, et cru à l'intérieur, donc je retourne mes steaks toutes les minutes, puis je sors la poêle du feu en priant. Je la pose sur le sous-plat, en forme d'ananas que Milly a fichu sur la table, et saisis un des couteaux qu'elle a dressés, pour trancher en deux chacune des viandes :

« Pourquoi tu fais ça ? » elle questionne.

« Parce que c'est pas la même variété. » Je mets un premier morceau dans son assiette. « Faut que tu goûtes les deux. » Je lui place le deuxième, et me sers ensuite, mon estomac se contracte déjà. Mathias est pas l'élu, pas du tout.

Je m'assieds à table, alors que Milly ouvre son paquet de chips, et dépose une poignée dans mon assiette :

« Vos patates très frites, m'sieur. », elle chantonne.

Je souris.

« Merci ! »

« Merci à toi », elle ajoute.

J'acquiesce en prenant une gorgée de vin, puis attrape mes couverts :

« Bonne ap'. »

« Oui, bon appétit ! » et elle coupe sa viande.

Je l'observe discrètement en m'occupant de la mienne, elle enfourne un premier morceau entre ses lèvres. Elle mâche, concentrée, puis toussote, les yeux rougis :

« Ouh, c'est épicé. » Puis elle engloutit un autre bout en grimaçant.

Merde, je me maudis en goûtant immédiatement. La saveur qui explose dans ma bouche est un sale mélange de pourriture et de Vicks, je m'y attendais, tout ressemble à ça, maintenant.

« C'est délicieux », elle dit en croquant encore.

C'est immonde, je pense. J'ai déjà envie de dégueuler en plus.

« Nan, vraiment délicieux. Faut juste s'habituer un peu au piquant », elle ajoute.

Est-ce que le compliment est vrai ? Ou est-ce qu'elle fait semblant ? J'en sais trop rien, et je continue de me forcer à manger, en cherchant son regard. Est-ce qu'elle les sent, elle, comme Cassandra ? Ou est-ce qu'elle est comme moi ?

« Par contre, je reconnais pas cette viande. C'est quoi ? » elle questionne.

« Du porc, mariné », je réponds au tac au tac. C'est la seule réplique que j'ai prévue pour ce rendez-vous.

Elle me caresse le poignet, la bouche pleine :

« Très très bon. »

J'ai un frisson, je recule ma main, elle fronce les sourcils.

« J'ai une question, Mat. Si ça te gêne, tu réponds pas, hein. »

Je lève le menton.

« La dernière fois… t'as dit… enfin, t'as sous-entendu que tu faisais pas… de trucs. » Elle doit voir à mon visage que je pige pas où elle veut en venir : « De trucs sexuels », elle précise.

Je repousse un peu mon assiette devant moi.

« Réponds pas, si tu veux pas ! C'est un sujet intime ! » elle corrige.

« Nan, nan, je réfléchis. » Je m'appuie mieux dans mon dossier, en croisant les mains, je me retiens de gerber, et sans vraiment comprendre, ça m'échappe : « Je trouve ça violent, le sexe. »

Ça l'était avec Tony.

« Violent ? » elle demande en raclant de sa fourchette un reste de sauce de son assiette vide. « Pour toutes les formes ? Je veux dire… y a des manières douces de faire ça. »

Je grimace, et attrape mon verre :

« Je crois, oui. Même doux, c'est forcément violent pour soi. »

J'entends sa chaise racler, et une voix chuchotée :

« Tu portes un sale trauma, Mat ? »

J'attrape mon assiette et la vide dans la sienne en un coup de couteau, puis souris, bien heureux :

« Faut finir ! »

Elle insiste pas, elle acquiesce seulement :

« Pas de soucis ! »

Milly est gentille.

Je me lève et m'éclipse aux toilettes, j'ouvre l'eau du robinet, et dans la foulée, je vide mon estomac dans les chiottes. Quand je ressors de là, Milly m'attend avec une deuxième bouteille de vin qu'elle vient d'attaquer.

Un peu plus tard dans la soirée, je suis bourré, et elle aussi. On se retrouve tous les deux, vautrés dans son clic-clac. Elle me caresse le front, en silence, et je demande :

« Tu penses quoi de Tony ? »

Elle répond mollement :

« C'est un gros porc. »

« Pas faux. » Moi, je l'aimais, ce gros porc.

« Quelle conne j'ai été. » Elle subit un frisson, avant de ponctuer : « Ça m'dégoute. »

Moi aussi, parfois, il me dégoûtait.

« Tu connais Laeticia ? » je demande.

« C'est qui ? »

« Laisse tomber. »

Cassandra, elle les sent en elle, c'est comme s'ils l'habitaient discrètement, elle pouvait parler d'eux. Chez Milly, ça a pas l'air de faire pareil. Mais elle les rejette pas, en tout cas.

Ce serait elle, alors ? Ma nouvelle Izela, ma nouvelle Cassandra, qui, en plus, prend le temps de me cajoler, sans rien me demander de plus.

Pourquoi Cassandra faisait plus ça, me dorloter ?

Et Mathias s'endort là, dans les bras qui le bercent.

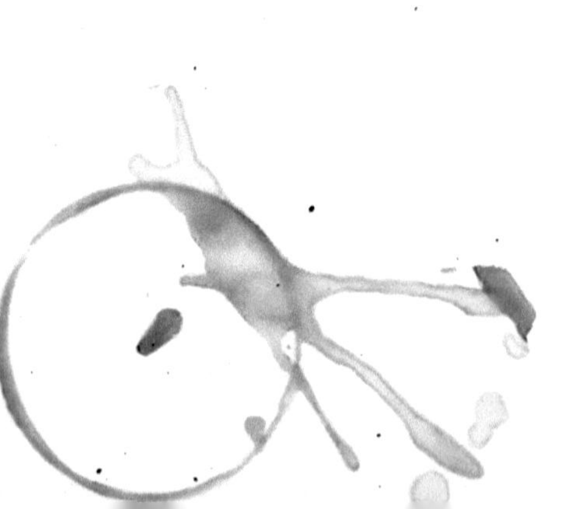

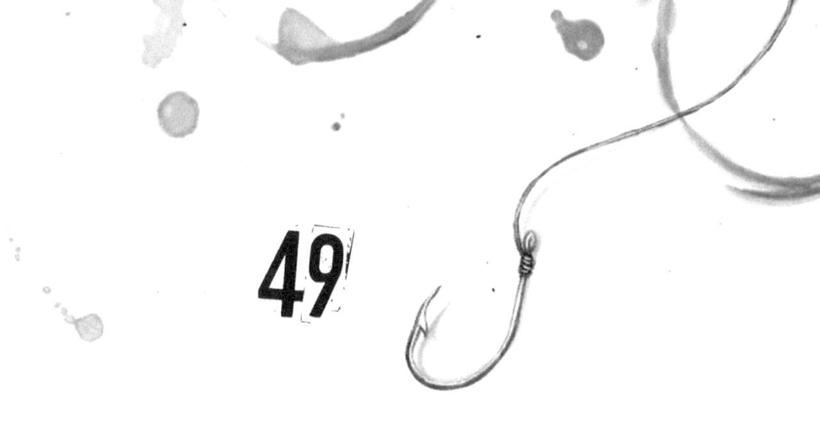

49

Le lendemain,

FARID — Juste une vérification. Une seule, et après, j'accepte les dix jours qu'il me restent à purger, dans cet éternel dimanche.

Dans le parking souterrain, je peine à retrouver ma voiture que j'utilise jamais. La vieille est là, endormie, au fond. Une fois au volant, je galère à la faire démarrer. Elle grince, elle râle, et le voyant moteur s'allume. J'ignore l'information.

Après une heure de route dans une brume à en perdre la tête, j'arrive à ce petit village provençal. Je parcours l'unique ruelle centrale où quelques échoppes tentent de résister, je grimpe dans les hauteurs, là où de belles baraques résidentielles se cachent entre les pins.

La maison est ici, derrière ce mur de crépi, j'avale la salive pâteuse que j'ai sur les molaires. Je passe une première fois devant, en première, histoire de comprendre les lieux, et puis une deuxième, en conduisant d'une main, pour voir le nom sur la boîte aux lettres. Impossible, l'étiquette est à moitié délavée.

Je décide de me garer plus loin.

Quand je coupe le contact, j'imagine déjà Magalie m'hurler dessus.

Mais je fais rien de mal ! Juste une promenade ! C'est un conseil du médecin de m'aérer — quel hasard que ce soit exactement ici !

« Prends-moi pour une conne ! » qu'elle me jetterait à la tronche.

Je mets un temps fou à sortir de ma voiture, assommé par les médocs. Puis, c'est une faute de plus, et je m'invente mille raisons de le faire, tant de prétextes pour foutre enfin un pied sur le trottoir.

Les mains dans les poches, j'avance prudemment. Lunettes de soleil sur le nez, cheveux détachés et ébouriffés, le moins reconnaissable possible en soi. J'arrive au niveau de la boîte aux lettres, j'ai déjà le cœur qui s'emballe, j'ai du mal à trouver le courage pour ficher mes yeux sur le nom griffonné et scotché sur le métal.

Quand j'y parviens, c'est salvateur :

PARENTI.

C'était sûr, mais ça me paraissait invraisemblable, mais au moins, j'ai un point de chute, je connais un lien physique, un endroit où je peux retrouver cette Cassandra si ça me chante.

Et maintenant, je fais quoi ? Je sonne, et je dis bonjour ? Certainement pas. Je recule, je vais retourner à mes émissions à la con, tout ça, tout ça.

« Vous cherchez quelque chose ? »

Je fais un bond en arrière. Je relève le visage, et derrière le portail, un homme voûté avec un taille-haie m'épie d'un air mauvais — j'ai l'habitude.

Je me confonds en excuses :

« Oh pardon, j'ai une visite à faire chez un ami, et je me suis gouré ! »

Il lève le menton :

« Vous cherchez qui ? Je connais tout le monde ici », il lance.

Il ouvre le portail et se place à mon niveau, plus amical maintenant. J'ai le temps de le détailler, surtout son visage, surtout ses yeux étirés, et cette bouche acérée qui s'est affaissée sous le poids des rides. Il lui ressemble.

« Alors ? » il insiste.

J'acquiesce en cherchant un nom rapidement dans mon esprit, et c'est con que ce soit le seul qui me vienne :

« Ange Duchemin. »

Il réfléchit un instant en se tapotant la joue, avant de hausser les épaules :

« Ça m'dit rien, ça. Il y a bien un Ange ici, mais c'est un Parenti aussi. » Il se marre avec lui-même : « Faut dire qu'on est nombreux ici. »

Je mime le rire à mon tour, et je rebondis :

« Ah oui ? C'est un peu familial dans le coin ? »

Il me frappe le bras amicalement :

« Oh oui, oui. Je crois qu'on est de bons reproducteurs ! » Il se remet à s'égosiller, et je me rends compte que le bonhomme a un sacré coup dans le nez, au vu de son haleine.

Je tente la boutade, je profite de la faiblesse de son ivresse pour l'impolitesse :

« Vous aussi alors ? » je le demande en souriant graveleux.

Il éclate d'un rire encore plus gras.

« Ah, ça, y a pas à dire ! Quatre… trois gamines que j'ai faites ! Mais vous savez c'est quoi le plus drôle ? Aucune d'elles n'est capable de me sortir un descendant. »

L'une d'elles : Cassandra.

« Ça, c'est l'époque », je déclare en soupirant.

« Vous avez pas non plus de marmot ? » il questionne.

« Oh non, non, non, pas de temps pour ça. »

« Bon, bon, ça viendra. » Il pointe ma barbe mal taillée : « Mais va falloir s'dépêcher. »

Sous-entendu, je grissonne. MERCI.

Il rote dans sa paume :

« Bon, j'vais essayer de finir ça, avant que la petite arrive », il dit en montrant sa pince. La petite ? Laquelle ? Une chance sur trois ? « Bon courage pour votre recherche. »

« Merci ! » je lance en faisant mine de reprendre mon trajet.

Il me sourit tout grand, me salue de la main, et referme le portail derrière lui. Je l'observe suivre l'allée en zigzaguant de droite à gauche, pour atteindre un arbuste qui n'a déjà plus beaucoup de branches. L'homme est bon, a l'air bon.

Je me sens dans le vague. Je rejoins ma voiture, garée plus loin dans la rue. Je fais quoi ? Je rentre chez moi ? Ou j'attends de voir qui est la petite en question.

Une putain de chance sur trois.

Juste par curiosité. Envie de la revoir.

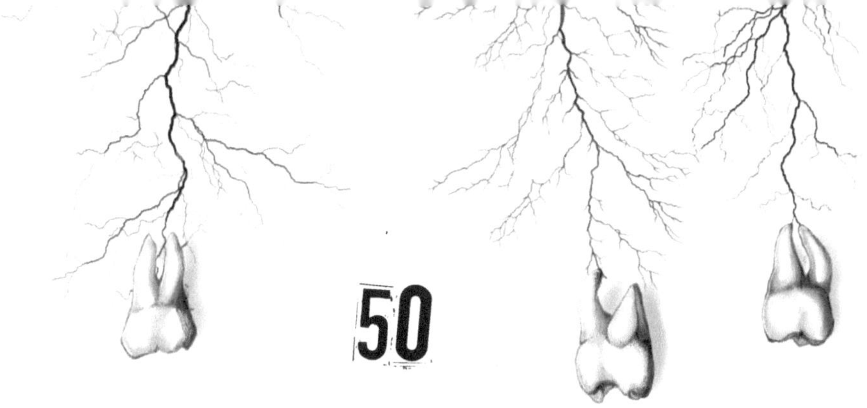

50

Une heure plus tard,

CASSANDRA — J'ouvre le portail d'un coup de main, et j'entends ma mère vociférer dans l'allée :

« Mais ! Ce pauvre buisson ! Il t'avait rien fait ! »

Je jette un œil à ce qu'elle montre, le laurier est en partie décapité. Mon père abandonne sa pince coupante par terre :

« Tu m'emmerdes ! Tu m'as dit de le tailler, je l'ai taillé ! ÇA REPOUSSERA ! » il hurle.

Ma mère, rouge écrevisse, frappe du pied par terre, avant de retourner dans la maison en gueulant :

« Si c'est pareil que ta calvitie, on a le temps ! »

Mon père touche son crâne, qui commence à se dégarnir, avant de rentrer à son tour, bien furieux comme il faut. Mon Dieu, ne jamais faire référence à ce petit trou grandissant à l'arrière de sa tête, sinon, c'est un tsunami de colère qui viendra s'abattre sur vous.

J'attends donc un moment avant de m'annoncer. Je me dis que si je laisse quelques joutes avoir lieu sans moi, je n'en prendrai pas trop pour mon grade.

Après quelques minutes de plus, j'entre dans la maison après avoir frappé doucement.

« C'est moi ! » je lance, alors que j'entends encore hurler.

« T'as raison ! BOIS ! Ça va régler le souci ! » réplique ma mère.

« T'as pas de cœur, mégère ! » mon père répond.

Je traverse le salon, et enfin pénètre dans la cuisine, en proférant un simple :

« Coucou… »

Ma mère me prend immédiatement pour cible :

« Bah, tiens ! Voilà l'autre ! » Elle me pointe du doigt en faisant claquer la tasse qu'elle tenait sur le buffet : « Tu sais ce qui se passe ! »

J'envoie un regard à mon père. Accordons-nous sur un mensonge — un de plus.

« Euh, non ? »

« On est convoqués à nouveau au poste, et à Marseille cette fois ! » Elle exulte : « Pour cette satanée garce ! »

Je fronce les sourcils, et mon père avec. Elle balance les bras en l'air :

« Quand est-ce qu'ils comprendront que MADAME a préféré se tirer avec un chien errant ! » Voilà qu'elle envoie un coup sec sur la table : « Et puis quoi encore, ils croient peut-être que je l'ai étouffée de mes mains, et qu'ils vont trouver son cadavre dans la cave ! » Elle lève les yeux au ciel, la lumière qui poudroie sur son nez lui donne l'aspect d'une sainte, seulement l'aspect : « Si j'avais su ce qu'elle ferait, peut-être que oui, j'aurais dû l'étrangler ! »

Je serre les poings, et ça sort :

« Tais-toi ! » je gronde.

Sa figure se crispe. Elle crache, venimeuse :

« Vous vous démerdez pour cette histoire. J'irai pas, j'en ai plus rien à faire. » Elle me passe à côté en m'ignorant, et lâche dans mon dos : « La fois de trop, qu'on dit. Les enfants de trop. »

Sa balle se perd. Je sais qu'elle ne le pense pas. Elle s'aveugle de sa colère, c'est tout.

Je me rue vers mon père, qui s'est éteint sous l'explosion de ma mère. Je m'accroche à ses deux bras, son visage est brisé :

« Papa, l'écoute pas. Elle ne sait pas. C'est mieux comme ça. Elle peut pas comprendre », j'essaye de le rassurer.

Il se laisse tomber sur une chaise, elle-même manque de s'écrouler avec lui, et il saisit ce verre rempli d'un de ses whiskys qu'il adore, qui le réconforte, qui lui apporte cette chaleur que je n'arriverai pas à lui donner aujourd'hui.

Je m'agenouille devant lui et pose mon crâne sur ses cuisses. Il caresse ma tête, et trace du bout des doigts un cercle dans mon cou, sur cette rougeur de plus en plus imposante :

« Les mêmes qu'Izela… toujours plus nombreuses », il soupire.

« Ça se stabilise en ce moment », je mens.

Il approche son visage du mien, je ferme les yeux, une goutte tombe sur ma joue. Douce, elle roule, et il demande avec cette intelligence que j'admire :

« Tu y es pour quelque chose, Cassandra, hein… »

« De quoi tu parles, papa ? » je chuchote.

« L'enquête qui est relancée… les corps qu'ils trouvent… qu'est-ce que tu fais, ma puce. »

Encore une goutte, puis la bruine.

« Papa, ils m'ont mise en garde à vue il y a quelques jours », j'annonce.

« Quoi ! » il se lamente.

« Ils ne savent rien. Ne t'inquiète pas. Mais… j'ai besoin d'un service. »

Je me redresse et je pose mes doigts sur sa mâchoire :

« Dis-leur que je suis malade, très malade, que je ne peux pas les voir. Dis-leur tout là-dessus. »

Sous-entendu : protège-moi, s'il te plaît. Une dernière fois. Je ne veux pas aller dans leur bureau.

Il grimace dans le vide, avant de me donner son accord.

Je me recule, j'essuie ses joues du bout des doigts, et je me relève. Je tire une chaise, et me place face à lui. Je redresse son menton de l'index :

« Quand est-ce que tu es convoqué ? » je demande.

Ses yeux me fuient :

« Vendredi », il souffle.

« OK. À Marseille, à l'hôtel de police ? C'est un dénommé Desuet qui t'a appelé ? »

J'ai de nouveau le contact visuel, et il acquiesce en fronçant les sourcils.

« D'accord. » Noa. « Méfie-toi de lui, il se donne un genre de jeune, mais il est qualifié. Extrêmement minutieux, et très terre à terre. Tu risques aussi d'être vu par une certaine Durand, Julie. Elle papillonne, elle est nouvelle, mais tu pourras pas l'attendrir, c'est une vraie carriériste, et si elle trouve un moyen de briller, elle le fera. Et si tu tombes sur Thomas… Thomas Magalie, n'essaie pas de pleurnicher, ça ne lui fera rien. Si elle croit quelque chose, elle te rentrera dedans. »

Il en reste un dernier, mais celui-là, papa ne le croisera pas.

Mon père me saisit par les épaules et me secoue :

« Comment tu sais tout ça ! » il crie.

J'avale ma salive :

« Toujours connaître ses ennemis, c'est ce que tu me disais. » Je repousse ses questionnements d'un coup de main. « Garde notre ligne de conduite. Ne change rien. Strictement rien. On est les victimes de notre histoire. »

Il attrape son verre et le finit d'un coup.

« Papa ! Rappelle-toi ! » je gronde.

Il serre les lèvres.

Je répète comme un mantra :

« On est les victimes de notre histoire. »

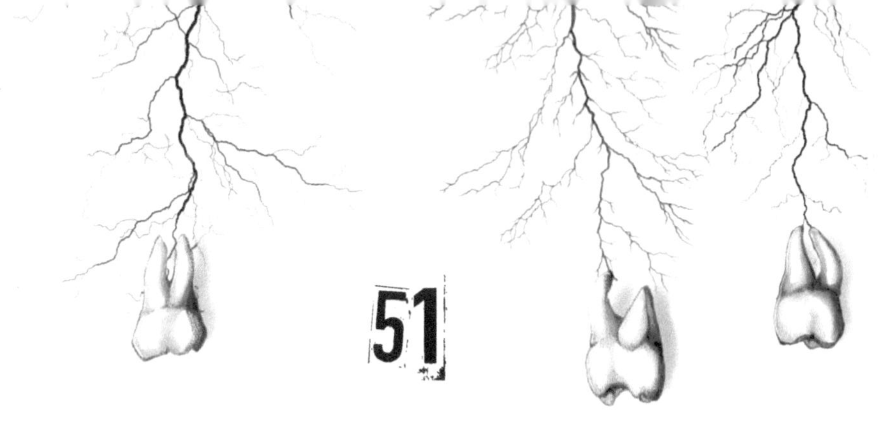

51

CASSANDRA — Je partirai en beauté.

Cette phrase sonne en moi quand j'ouvre le portail, le cœur battant. Je serai un feu d'artifice. Un feu d'artifice somptueux, même s'il risque d'y avoir des dégâts autour.

Je souris discrètement en me dirigeant vers ma voiture. J'observe le paysage.

Le chien fou est encore là. Je l'ai remarqué en arrivant. Il se croit caché dans sa 406, garée derrière un pin. Mais ce quartier est inchangé depuis toujours, donc chaque modification, chaque nouveauté, est un point d'intérêt.

Je serai un feu d'artifice, je me répète en me mettant au volant. Je vois un mégot tomber de sa fenêtre et la vitre se fermer.

J'inspire une grande goulée d'air avant de démarrer le moteur. Je quitte mon stationnement, et je passe devant sa voiture. Je prends l'épingle au bout du chemin pour redescendre vers la place du village, et quand je l'ai traversée, au loin, dans mon rétroviseur, il est là, il imite la cadence.

Où vais-je l'emmener ? On pourrait faire un tour du pays, saluer la capitale, danser près de l'océan, suivre les frontières, jouer avec nos peurs. Ou alors ne rien faire, justement. Être ce qu'il veut, et ce qu'il croit.

Arrivée vers Roquevaire, j'emprunte l'autoroute en direction de Marseille, et une fois vers Saint-Loup, je la quitte pour m'arrêter à Auchan. J'avais promis à Louise que j'irais aux courses.

J'attrape mon sac à main et mon tote bag dans le coffre, sans frémir.

Le chien affamé est garé trois rangées plus loin. Très bien.

Dans les rayons, je traîne. Louise parlait de faire une bolognaise. Parfait, je lui cuisinerai ça ce soir. Puis il lui faut du savon, elle a ses habitudes, elle aime l'odeur d'amande douce. C'est un parfum qu'elle porte très bien, et je lui cherche le plus pur, en ouvrant toutes les bouteilles de produits que je croise. Je prends mon temps, et à chaque allée, je sens sa présence : le tabac froid, la sueur.

Même à la caisse, je sais qu'il est là, alors que je ne le vois pas.

Je quitte tranquillement le magasin et retourne à ma voiture. Je charge mon sac sur le siège passager, et de nouveau, je prends la route, avec un œil sur le rétroviseur. Il est bien en retrait, quatre voitures plus loin.

Avec l'autoroute, j'arrive assez vite vers Sainte-Marguerite. Je contourne ensuite le métro, je m'engage sur le boulevard Schloesing, et rejoins Rabatau, puis je m'enfonce dans le Rouet, et je fais comme à chaque fois : je tourne en rond entre les ruelles pour trouver une place.

Cette fois-ci, je m'en sors bien, juste à côté du petit restaurant Chez Naam, donc à cent mètres du bâtiment de Louise.

Le chien fou m'a perdue. Ou peut-être pas, j'en doute à vrai dire.

J'entre dans l'immeuble avec mon barda. Louise n'est pas à l'appartement, elle bosse jusqu'à 18 heures aujourd'hui. Chez nous, je me déleste de mes affaires, je range mes chaussures, mon manteau, mon sac, mes courses.

Maintenant, je décide d'aller sur la terrasse. J'observe un peu les environs, et juste en dessous, la place de parking se vide du 3008 qui l'occupait. Dans la foulée, elle est remplacée par la voiture de Farid. Bien entendu.

Je récupère mon arrosoir, je rentre le remplir, dans l'idée d'offrir à boire à l'unique rosier que j'ai réussi à planter ici.

Le printemps est bien là, les bourgeons gonflent, certaines fleurs se déploient, et je leur donne leur rasade d'eau, avant de renverser l'intégralité de mon arrosoir sur le sol. L'eau chasse la terre et glisse jusqu'à l'avaloir pour être évacuée directement dans la ruelle. Ça fait sonner la toiture de la voiture de mon invité — c'est un jeu que fait souvent Louise quand un voisin qui ne lui plaît pas se gare juste en dessous. Elle appelle ça : *coulée de boue surprise, enculé.*

Je rentre, retire mes gants, en me retenant de me gratter le crâne avec mes ongles.

Je lave la vaisselle, je passe un coup sur le sol, je refais le lit — que Louise ne fait jamais. Ensuite, je lance mes tomates dans un bain d'eau chaude, et les ressors pour les éplucher, les couper, faire revenir ail et oignon, cuire la viande hachée, jeter mes dés de tomate dans la casserole, avec un bouquet garni, et couvre le tout. Le secret d'une bonne bolognaise, c'est le temps.

17 h 30. Je prends une douche minutieuse. Je change de perruque, je me remaquille, cache les nouvelles plaies, remets mes lentilles de contact, et me rhabille sobrement. J'effectue les dernières retouches sur mes cheveux quand la clé glisse dans la serrure.

18 h 30. Louise rentre. Baiser sur les joues. Elle a passé une douce journée, tout est parfait. On mange des pâtes à la bolognaise, avec le parmesan qu'elle aime. Génial, elle est ravie.

À table, elle me raconte des péripéties, j'écoute d'une oreille, je souris à demi.

20 heures. Il fait nuit. Je traverse de nouveau la terrasse. La voiture est encore là.

Je rentre, et j'annonce :

« Ce soir, je sors, Lou'. »

Elle râle. J'attrape un manteau sombre, j'enfile mes gants, des escarpins, je prends mon sac.

« Si, je sors. J'ai un rendez-vous », j'insiste.

Elle demande :

« Toujours le même mec ? »

Je souris en serrant les dents si fort que j'en ai mal à la mâchoire.

« Fonce, salope », elle m'envoie.

Je quitte l'appartement en inspirant encore une dernière fois.

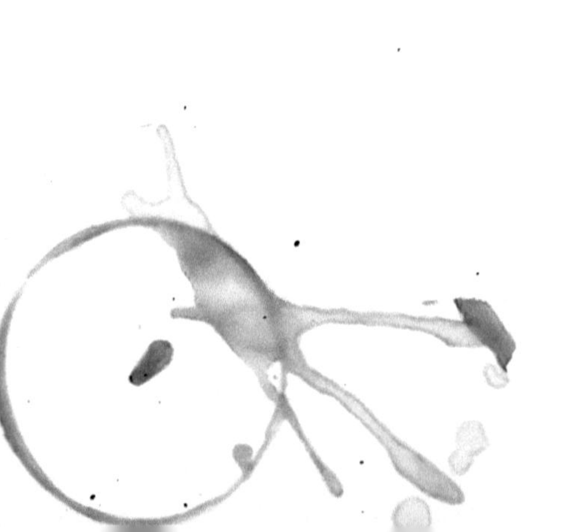

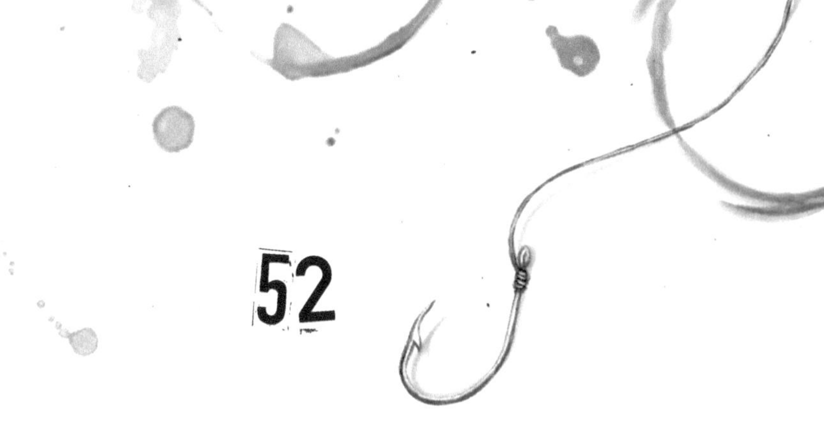

52

Ce soir,

Farid — Je serre entre mes doigts le gobelet de café que j'ai fini par aller commander au bar du coin. Il n'est même plus chaud. Mes phalanges me font un mal de chien, et je sais pas ce que je fiche là, ce que j'attends. Je suis paralysé.

Un pétrin de plus encore, sous un pare-brise plein de boue — gros con celui qui a fait ça, sérieux.

Alors que je râle avec moi-même, un coup sec fait sonner et vibrer l'habitacle. Je me tourne, et une ombre s'est postée juste au niveau de la portière passager. Pourtant, je suis pas garé comme un chien. Je remets le contact et baisse la vitre. Un visage se dessine dans une faible lumière, je me renverse le café dessus.

« Merde ! » je gueule.

« Pardon », elle dit. « Je voulais pas te, vous ? On se tutoie, ou on se vouvoie ? » Elle secoue la figure. « Bref, je peux rentrer ? Ça fait prostituée, là. »

J'acquiesce, subjugué. Quoi ? J'avais des doutes. Elle le savait donc. Je me contorsionne pour débloquer la portière. Elle ouvre, repousse les sachets de gâteaux abandonnés sur le siège, et s'assoit avec grâce. Elle souffle dans ses gants — elle doit pas avoir froid, c'est pour se foutre de moi :

« Vous devez être gelé », elle déclare.

J'accroche une main à mon volant, en balançant mon gobelet de café éventré d'un geste brusque derrière :

« Combien de temps ! » je gronde.

Elle ne répond rien.

« Depuis combien de temps tu sais que j'te suis ! »

Je me tourne, elle sourit dans le vide :

« QUOI ! » je gueule.

« Ils vous ont mis sur le carreau. Hein », elle jubile.

« Et ça t'fait plaisir, ça. »

Elle hausse les épaules, nonchalante :

« Je ne sais pas. En un sens, ça me rassure. Ça me laisse du temps. »

« Du temps ? Mais du temps pour quoi ! » je riposte.

« Pour vous parler ? »

Elle pose maintenant sa main sur mon avant-bras. Je voudrais la repousser.

« Venez, on va boire un café dans un endroit chaud. Sans cette horrible odeur de cigarette. »

En même temps qu'elle l'annonce, elle quitte la voiture, et bien sûr, je la suis, en touchant mon holster. Le remplaçant de mon SIG est là, Glock personnel des gens trop inquiets.

Et oui, j'ai peur, quand je la regarde.

Dans la rue, à côté d'elle, j'accélère un peu le pas à cause du froid, mais elle me rattrape par le coude.

« Ne marchez pas si vite, je traîne, moi. »

Elle garde sa main à l'intérieur de mon bras. Elle s'appuie.

On traverse ainsi le Rouet, et elle me ramène vers le Prado, précisément à l'embouchure de la rue de Rome, où pêle-mêle de bars se mélangent.

Elle m'indique le plus miteux des bistrots, là où quelques cafards remplacent les clients. On entre, et on s'installe au fond de la salle. Le serveur, un homme bedonnant, nous apporte des menus cornés. Cassandra garde un instant un air de dégoût sur les lèvres, avant de reposer la carte qu'elle a à peine touchée :

« Si vous avez faim, Farid, je vous déconseille de prendre quelque chose avec du poisson, ou des fruits de mer, dans un établissement du genre. » Elle frissonne de toute part : « J'imagine même pas l'état de la cuisine, ou des toilettes. »

Elle retire son manteau, mais conserve ses gants. Je fronce les sourcils, en demeurant concentré sur la liste de plats que je ne lis pas. Ses yeux, eux, restent sur moi, comme deux phares d'une voiture éclairant une biche. Je repose à mon tour la carte. Le serveur revient pour prendre commande, et je repense à ce qu'a dit Cassandra :

« Un expresso ». Je me ravise : « Un double expresso. »

« Et un jus de pomme, s'il vous plaît », elle ajoute en levant l'index.

L'homme soupire, repart, et mutuellement on se toise. Je retiens mon pied de battre la mesure de mon stress. Les interrogatoires, je les révise. Les interrogatoires, je les fais dans une salle spécifique, avec une liste de questions précises. Pas comme ça, dans une situation où je comprends plus rien.

Nos boissons arrivent. Une fois le serveur disparu, Cassandra essuie son verre dans un mouchoir qu'elle sort de son sac, avant de se servir. Elle boit, tranquillement. Je l'imite, mais je tiens pas une plombe au jeu de la dînette.

« Pourquoi t'as tout le temps des gants ? » je lui demande en les observant.

Elle ouvre grand les mirettes, avant de les fixer à son tour.

« Vous commencez fort » Elle hausse les épaules. « La confiance, comme je disais, et c'est dans les deux sens. »

Elle tire sur le cuir, découvrant lentement sa main. D'ici, je remarque rien. Elle retire le deuxième gant, puis déboutonne les manches de son chemisier. J'avance ma chaise en plissant les yeux, et j'aperçois quelque chose : des taches, des marbrures, comme des brûlures, mais naturelles. Elle tend les deux paumes vers moi. J'approche mon nez, et j'ai l'impression que certaines plaies sont à vif.

« Vous pouvez toucher. Je ne suis pas contagieuse, comme certains le croient », elle ricane. « Et puis désolée de vous décevoir, ce n'est pas pour cacher mes empreintes, ou je ne sais quoi. »

Je saisis un de ses poignets, et tourne doucement son bras ; il y en a partout, et plus encore en avoisinant les coudes :

« Qu'est-ce que c'est ? » je questionne.

Elle pâlit un instant, un sourire figé sur la bouche :

« La malchance ? » elle déclare. « Une malédiction, peut-être ? » elle se plaît à plaisanter.

Elle déboutonne le haut de son chemisier, et me montre ses clavicules, cette chair à vif, presque bleuie, une fraction de seconde. Elle se rhabille en vitesse, remet ses gants, baisse ses manches.

« C'est de naissance ? » je veux savoir.

« Oui. Livré avec », elle rit.

« Pour Izela aussi ? » je tente.

Le visage en face de moi se crispe, un sourcil se lève, elle s'enfonce dans son jus, puis soupire :

« Bien entendu. » Elle ajoute, en levant les yeux sur le plafonnier : « Nos gènes nous ont condamnées à la naissance. »

« C'est quoi cette maladie ? » je demande à nouveau.

« Vous le saurez bientôt. Vos collègues, en tout cas. » Elle croise les bras. « Alors, pourquoi on vous a mis sur la touche ? »

« Je t'ai trop bousculée, apparemment », et je lui montre sa joue, impeccable. Elle n'a rien, en fait.

Elle comprend ma gêne, et justifie :

« Fond de teint, mon grand ami. Je ne vous en veux pas. C'est ce qu'on souhaitait ? »

Je déglutis. Je me sens ballotté dans un drôle de jeu. Je me pince l'arête du nez, elle caresse mon avant-bras. Je repousse ce geste en tapant ma main sur la table :

« Stop. Stop. Stop. Ça n'a aucun sens, là. »

Le serveur nous épie, je lui fais signe que tout est OK. Cassandra se recule, et croise les jambes en serrant son sac qu'elle gardait sur ses cuisses :

« Jouons cartes sur table, alors. »

Est-ce qu'elle ne tremble jamais ? Mais son pied, lui, je le sens bouger.

Au même moment, je sors mon paquet de cigarettes et me mets à le tripoter dans ma main :

« Qui tu protèges, ou couvres, ou… j'en sais rien. Dis-moi, maintenant », j'insiste.

« Non. » Qu'elle est fière.

« Pourquoi ? On te menace ? » je demande nerveux.

Elle hausse les épaules et dit, évasive :

« Tu savais que chacune de tes actions, ou paroles, envers quelqu'un, avait des répercussions sur sa vie, même infimes ? »

Je m'efforce de rester concentré, mais je vois pas où elle veut en venir, et elle continue :

« Un jour, j'ai créé un monstre, sans m'en rendre compte. Enfin, Izela et moi. Puis j'ai essayé comme j'ai pu… de le contenir, mais il a fini par briser ses chaînes. » Elle secoue le menton : « Ce n'est pas très gentil ce que je dis là, à son sujet. »

« En gros, tu me dis que tu te sens responsable des actions de quelqu'un ? » je lance en mimant avec mes mains des guillemets. Remplaçons actions par crime, bien entendu.

Elle secoue les épaules, sa bouche se tord :

« Le plus gros souci, c'est que ce monstre fera tout pour m'emporter avec lui dans sa chute. »

Mon dieu, mais parle clairement ! Je déteste les choses enrobées comme ça. Pour ça que j'étais pas bon en français à l'école.

« T'as fait un truc, toi ? » Voilà, c'est simple comme question. Merci moi.

Elle fronce les sourcils, et je comprends qu'on franchit une zone grise, alors j'ajoute, mesquin :

« Ta putain de confiance, là. »

Elle tire sur sa chaise, et s'approche à nouveau de moi, elle me fait mine de faire pareil, et d'un coup, nous nous transformons, nous sommes les confidents des fonds de bar.

« Tu veux que je te dise la vérité ? Mais tu la connais déjà, Farid. Je suis mouillée dans cette histoire, mais je n'irai nulle part, et si tu veux que je t'en donne plus, il faut que tu deviennes mon assurance. »

J'ai le droit au tutoiement, maintenant. D'un coup, elle se lève, et se place à côté de moi. Elle se penche pour s'accrocher à mon cou. Je sens son haleine chaude tout près.

Elle chuchote :

« Je ne veux pas que les maigres instants qu'il me reste, je les finisse en prison. Protège-moi, et t'auras tout, un jour. » Elle enfonce plus ses doigts dans ma chair : « Et quand je te dis tout, c'est l'affaire de la décennie, du siècle même. Quelque chose dont tous tes collègues rêvent. Un énorme mystère. »

Je me sens basculer avec elle. Son parfum fleuri me mange le nez, et j'entends ce qu'elle me suggère comme un écho de folie. C'est un pacte. Un pacte qu'on ne fait qu'avec les démons que l'on invoque soi-même.

« De quoi tu parles… », je marmonne.

« Un lieu, où gisent une quarantaine de personnes disparues », elle susurre. « Et avec, je te donnerai le coupable. »

« Quarante ? » je répète, abasourdi.

« Quarante et un », elle précise. « Quarante et un corps. »

J'entends : soit un ripou quelque temps, et ensuite, soit le héros.

Elle se redresse, je me sens vaporeux. Elle saisit son manteau, et me sourit tendrement :

« Je crois que tu as besoin de ta cigarette. »

Elle m'indique ce paquet que je martyrise entre mes mains.

J'acquiesce, je me lève, je dois me soutenir à la chaise. J'arrive à attraper mon blouson, et l'enfiler mécaniquement, alors qu'elle est partie payer au comptoir.

On se retrouve dehors, j'ai déjà une clope allumée aux lèvres. Une migraine atroce vient me fusiller la tempe. Elle reste face à moi, m'observe. Me jauge ?

Elle indique maintenant mes yeux, et j'avance le menton :

« Tu es fatigué. »

Je crois bien. Crevé, même, mais pas que. Abasourdi ? Miteux ? Vide.

« Rentre te reposer », elle minaude en caressant mon épaule. Bien sûr qu'elle me plaît en plus, que son histoire m'allèche.

Elle me raccompagne à ma voiture. Je la suis, lobotomisé. Encore une fois, le silence entre nous. Je voudrais la supplier de pas me laisser là, avec ces morceaux d'information en tête. Peut-être qu'elle lit dans mes songes.

« J'ai ton numéro, Farid », elle déclare.

« Dis-moi d'abord ce que tu attends de moi ? » je dois savoir ce que je dois sacrifier.

« Tu le sauras le moment venu », elle termine.

J'acquiesce en jetant mon mégot sur la route :

« Appelle-moi, alors », c'est comme un cri du désespoir.

Elle sourit, petite bourgeoise aux expressions trop douces. Elle se retourne pour rejoindre une entrée juste en face de ma voiture, et je ferme les paupières un instant, en grommelant :

« C'était toi la boue. »

Elle se tourne sur le pas de la porte, et lâche un ricanement narquois, avant de commenter :

« Bonne nuit Farid. Je préfère quand nos échanges ne se finissent pas avec du métal sur les poignets. »

Quand elle disparaît, je relève la face. Je crois voir une ombre sur une terrasse, recrachant un nuage de fumée. Une tête toute en boucles blondes. Je secoue le visage, avant de me remettre dans ma voiture, et je démarre.

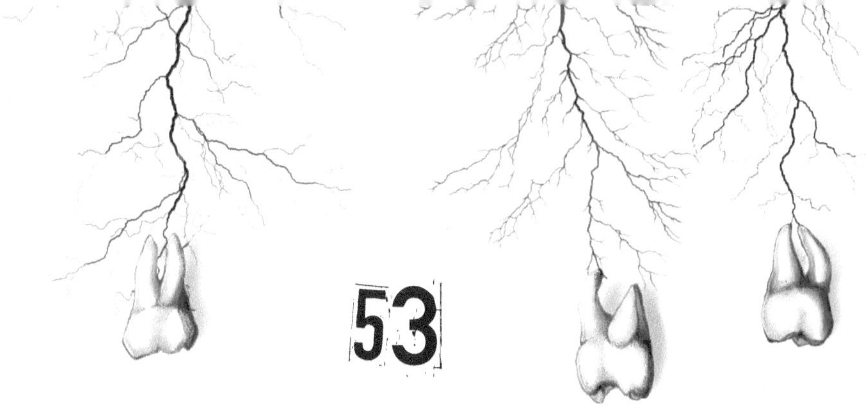

53

CASSANDRA — Une fois dans l'immeuble, sur les premières marches, je trébuche et me laisse tomber doucement, en me maintenant à la rambarde. Je colle mon front aux tomettes, j'anesthésie mon esprit par le froid.

Je finis par me relever. *Pas le temps pour la douleur.* Pas le temps.

Je rejoins l'appartement tranquillement, et j'entre. Je me heurte à une ombre et je pousse un glapissement de terreur. Louise rit de sa blague de s'être placée juste derrière la porte. Elle rallume la lumière d'un coup de doigt, et s'approche encore de moi pour me renifler. Elle lance :

« Il est pas mal, pas mal du tout. »

Mais quelle petite peste.

« Tu nous as espionnés ! » je hurle.

Elle se retourne pour rejoindre le lit :

« Nan, j'étais au balcon pour vapoter », elle ment. « Et OH, j'ai vu des amoureux, alors, tu sais… je suis curieuse. »

Elle s'étale dans le lit en gloussant, et j'envoie :

« T'es une commère. »

Elle s'enroule dans la couverture, elle ressemble à un escargot :

« Mon existence est d'un ennui en ce moment. Faut bien que je vive à travers toi ! » elle gémit.

Je pose mon sac sur la table, et retire mon manteau :

« Allez, dis-moi tout. Déjà, il est plus vieux que toi. Ça c'est clair. » Elle réfléchit : « Quarantenaire déjà, ou pas ? »

Je hausse les épaules, puis vais me démaquiller dans la salle de bain :

« BON. Il fait quoi dans la vie ? » je l'entends négocier de là, en retirant ma perruque.

Quand je reviens, elle est de nouveau debout, et vient me secouer en s'agrippant à mes coudes :

« Il s'appelle comment ! » elle quémande.

Je pince les lèvres, je me mets en pyjama.

« Tu veux jamais rien me dire. Alors que je te dis tout », elle chouine.

Maintenant, elle sanglote. Vraiment, en plus. Je m'approche d'elle :

« C'est sérieux, ça ? » je lui demande en attrapant une larme.

« Je veux savoir… au moins ce qu'il fait dans la vie… »

La solitude est en train de lui ravager le ciboulot. Sa détresse, c'est l'expression d'un tout, et sa tristesse coule sur moi. Je cède, comme toujours avec elle. Je m'approche de son oreille pour murmurer :

« Il est flic. Voilà. »

Elle saute comme une pile, un O bien parfait sur ses lèvres :

« OH, c'est sexy, ça. » Elle a déjà séché ses larmes. « Tu l'as dégoté quand t'es allée porter plainte ! »

Je me contente de sourire sur le côté :

« VILAINE ! » elle hurle.

Elle s'accroche à moi, et me beugle dessus :

« SON PRÉNOM ! JE VEUX SON PRÉNOM. »

Je ferme les paupières un instant, et souffle :

« Farid. »

Elle se laisse tomber sur le lit :

« C'est trop sexy, cette histoire. »

Les bras étendus, les paumes au ciel, dans une position christique, elle soupire lasse :

« Moi aussi, je veux un Farid. »

Non, tu ne veux pas d'un Farid.

À la rigueur, un Cassian.

Mais certainement pas d'un Farid, car en un coup de doigt, il peut causer ta perte.

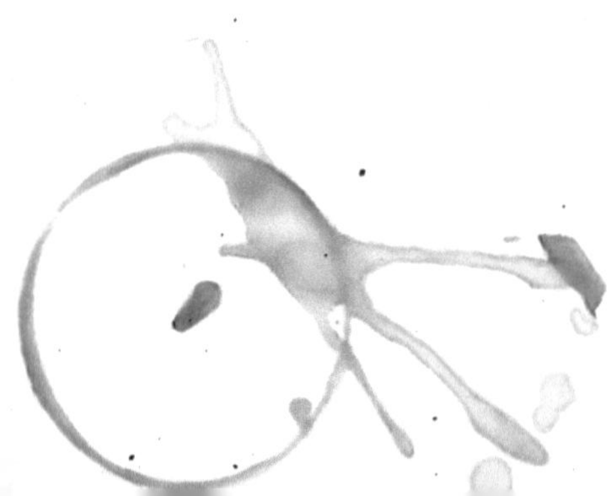

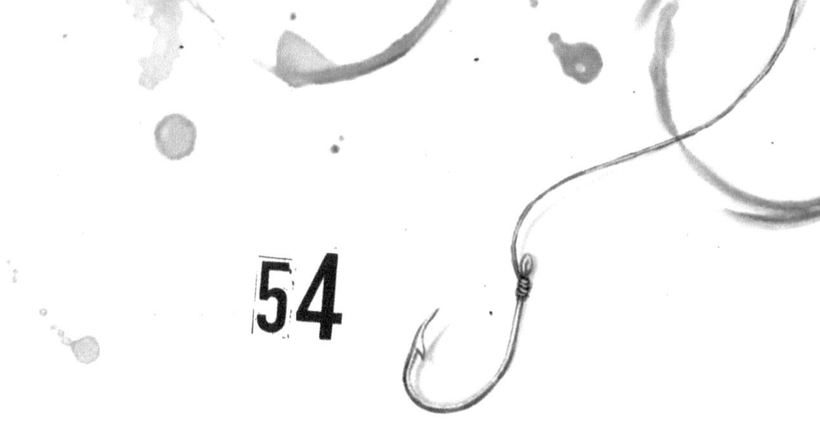

54

FARID — Entre l'asphalte et la nuit, y a rien.

Pas de bâtiment, pas de piéton, pas de lampadaire. Juste une ligne vide que je traverse, l'esprit dans le bourbier. C'est fou, j'habite seulement à deux quartiers de chez elle.

Je me reproche mille choses, et je m'en pardonne encore plus. L'erreur de ma vie, ou la consécration. Un sacrifice déontologique, pour une justice ultime. Une balance qui ne trouve pas les chiffres.

Et merde.

Je gare ma caisse dans le parking souterrain. Quand j'en sors, je constate que je suis même pas entre deux lignes.

Je remonte chez moi, la boule dans le bide.

L'appartement est un nid d'angoisse encore plus obscur, et je m'allonge par terre, entre le canapé et la table basse. Je fixe ce maudit lustre. Le papier a jauni, je pense, en m'allumant une clope.

Cette fille a ma chance sur sa peau, c'est gravé, là. Elle est un secret. L'histoire de la décennie, ou peut-être du siècle, elle dit — et elle n'a jamais menti sur rien. Ce serait même, peut-être, un épisode de Faites entrer l'accusé, et des romans, des tas de romans, un récit qui devient un mythe.

Ou des conneries. Non, elle n'a jamais menti.

Et je suis là, le dos écrasé dans la cendre. Ma carrière, sur un coup de bluff. Elle attend de moi que je courbe l'échine, et que je lui donne la protection qu'elle veut, et j'aurai mon os à ronger.

Le marché est beau. Ma hiérarchie me tuerait, mais elle me tient déjà en joug, alors qu'elle, Cassandra, m'a fait une promesse sans douter de moi.

J'extirpe mon portable de ma poche. Cinq heures du matin. Depuis combien de temps je suis allongé ainsi, à me faire des tableaux mentaux ?

J'en viens à me dire que ce que je fais est juste.

Juste.

Nan ?

Et à huit heures, mon téléphone sonne.

C'est elle ?

J'attrape ma machine en vitesse. Non. Noa.

Je réponds mollement :

« Il va bien le gâté ? » il lance.

« Ouais, t'es arrivé au boulot ? » je demande, envieux.

« Exact. Tu te reposes un peu ? »

« Ouais, même que je me refais GTA. », je mens.

« Ah, la chance ! »

« Ça avance l'affaire ? » je demande. Je veux même pas savoir, en vrai. Le silence. J'ajoute : « OK. Oui, tu peux pas m'en parler. Puis c'est vrai, c'est mieux. » Et moi, je peux pas te parler de cette nuit. Je change le sujet : « Elle casse pas trop les couilles, Mag' ? »

« Oh, tu sais, comme d'hab. »

Il ne s'épanche pas. Il est sur la réserve. Je comprends. Il prend des nouvelles, histoire de dire.

On se raconte encore deux-trois bêtises au sujet d'un jeu que j'ai pas démarré depuis deux ans, et au revoir, bye, bonne journée le sang.

Je raccroche. Je lâche pas mon téléphone, non. Je le tiens fermement entre mes mains. J'aimerais qu'il s'illumine de ce numéro inconnu, venu de ce téléphone qui ne doit s'allumer que pour me contacter.

Je veux revoir la gardienne de secrets.

Mon corps est suspendu à ça.

55

Louise — On se fait à la lobotomie du salariat, on s'habitue à être un putain de paillasson. Ma patronne est une connasse. C'est acté.

Je t'accepte, j'ai envie de lui dire. Oui, je t'accepte telle que tu es.

Car c'est elle qui envoie le virement sur mon compte en banque, heureusement moins maigre depuis l'arrivée de Cassandra. La belle a insisté pour payer les courses, et quelques factures que je lui autorise — c'est vraiment le type de meuf à marier, et peut-être que ce sera le cas avec son flic, peut-être qu'elle a trouvé le bon, et un jour elle s'enfuira par le balcon, un linge pendu à la rambarde. Hop, il l'emportera. Il prendra toute la place, et, elle n'aura plus le temps pour sa copine, sa ridicule copine.

AH ! Son flic. Quelle chance elle a.

Ça se voit direct que le bonhomme est tout l'opposé du genre que je mérite, que JE m'inflige : les Loïc. Rien qu'à la démarche de son flic, à sa manière de la regarder, à sa façon d'être, il est tout le contraire d'un Loïc.

Ces derniers jours, j'ai inventé à Cassandra mille et une histoires passionnées, avec son flic, mais aussi, plus secrètement, des tas de drames, où à la fin le prince meurt ! Et elle reste avec moi.

Je me suis sentie conne de lui prévoir ça, dans ma tête.

Je suis si aigrie que ça, en ce moment ?

Je soupire, en limant plus fortement le pouce de ma cliente en cours. La meuf geins :

« Oh, s'cuse », je fais.

Elle me lance un regard mauvais.

Ça va ! Tu vas pas crever parce que je t'ai effleuré un bout de peau.

Je finis en vitesse sa manucure en fixant avec insistance l'horloge. Plus que cinq minutes à tirer dans cette prison de paillettes et de top coat.

Quand c'est l'heure, et que j'ai dégagé ma cliente, je déserte mon plan de travail. Sans un au revoir à la reine des tchoin.

Dehors, la nuit commence à s'étirer dans le ciel. C'est ingrat de commencer quand le jour se lève, et finir dès qu'il se couche. C'est comme une vie en apnée.

Je descends doucement la rue, pour me diriger vers le tram, j'aimerais proposer à Cassandra de sortir ce soir — un petit peu de musique, de danse, de fête, d'anesthésie.

Mais une voix familière m'interpelle :

« Mademoiselle ! »

Ça me fait toujours rougir d'entendre ce terme.

Je me retourne, et là : spectacle incroyable. Cassandra, enfin Cassian, se tient adossé contre un mur, avec une classe fabuleuse. Je cours à sa rencontre pour étudier cette créature.

Elle a opté pour une perruque plus courte, un wolf cut, hyper masculin. Elle n'est pas maquillée vraiment, mais elle a durci ses sourcils, et son regard. Puis, ce trench qu'elle arbore ! Et les chaussures en pointe qui se cachent sous son pantalon de costard oversize ! Magnifique.

J'attrape sa cravate, attachée lâchement, et j'admire ce motif finement rayé, avant de venir toucher le col de sa chemise.

« IN-CRO-YA-BLE ! » j'articule.

Elle me saisit le coude, et trace de son autre main une ligne imaginaire :

« Ce soir, je te fais sortir, ma belle. »

Je m'arrête net :

« Comme ça ? » C'est délirant. « Mais… »

Elle pose son index sur ma bouche :

« J'ai réservé une table dans un restaurant qui va te faire tomber par terre », elle ajoute.

Je sens mon corps se crisper. La blague est drôle, si elle reste une blague, justement. Là, on est dehors, devant tout le monde. Non, non, maintenant on rentre, on se bidonne comme deux gamines, et voilà.

Mais elle me tire par le bras, complètement dans son délire. Je crois que les gens nous regardent.

« T'inquiète pas », elle dit à mon oreille.

Je capitule, et la suis.

On rejoint le Vieux-Port en silence. La foule se fait, je baisse les yeux, je suis le mouvement à l'aveugle, jusqu'à ce que j'entende :

« C'est ici. »

Je me rends compte que l'on n'est pas loin de la place aux Huiles et que la devanture qu'elle me montre est d'un chic incomparable. La première chose que je fais, c'est observer ma tenue. J'ai encore ma blouse. Je suis pas sûre. Vraiment pas.

Je reçois un chuchotement :

« T'es divine. »

Cette réflexion, je le sens, elle m'envoûte.

Elle appuie doucement sur ma hanche, et on entre ensemble.

Un serveur, un type très classe, trop classe, avec un tablier qui ceint sa taille, nous accueille avec un immense sourire. Cassandra s'avance, avec assurance :

« J'ai réservé pour deux. Au nom de Cassian. »

Le serveur la juge pas ! Il la regarde pas plus que ça. Il s'en fiche en fait ! Même qu'il nous conduit avec joie à une table au fond, près d'une grande fenêtre, où l'on a vue sur une cour intérieure fleurie.

Cassandra me tire une chaise, avec galanterie, et je m'assieds en pouffant de rire.

Finalement, c'est vrai, cette blague peut encore être drôle dehors, s'allonger, durer, et je peux jouer le jeu pour embellir le comique.

Je m'émerveille du lieu, aussi. Sur la table, il y a un vase avec des roses fraîches, que je tripote trois fois pour être sûre qu'elles sont pas en plastoc. En plus, la lumière est tamisée, les nappes blanches, impeccables. TOUT est soigné.

C'est moi qui suis imparfaite ici.

On reçoit directement un apéritif : des petites mignardises faites maison, ainsi que de belles cartes, aux lettres pleines imprimées sur un papier velouté — avec en bonus, un prix à vous foutre à découvert.

Le serveur demande ce que l'on veut boire, je fais les yeux ronds à Cassandra.

LE PRIX DES BOUTEILLES PUTAIN DE MERDE.

« Ma belle, du rosé, hein ? » Puis, elle s'adresse au serveur : « Elle n'aime pas le rouge. »

Elle est douée, très douée.

Elle pointe une ligne de l'index sur la carte des vins :

« C'est parfait, ça, non ? »

Bien sûr que le serveur ponctue que c'est un très bon choix.

LE PRIX ! Trois chiffres à se mettre dans le ventre !

Une fois que le type est reparti, j'attrape sa main encore gantée, et la serre dans mes doigts en m'approchant d'elle :

« Ça va pas ! » je murmure véhémente.

Elle, ça la fait marrer, évidemment, la fille à papa.

Je me souviens, quelque temps après l'avoir rencontrée, quand je lui ai dit : quelle classe d'avoir la dernière Clio. Elle m'a répondu : oui, c'est papa qui me l'a choisie, elle est pas mal.

Elle est pas mal ! Une caisse à plus de vingt mille balles ! Pas mal ! C'est tout?

J'ai même pas de voiture, ni le permis d'ailleurs.

Elle lève l'index en mode grand seigneur :

« Séduire une belle femme implique de faire des sacrifices », elle ricane.

Elle est totalement dans son délire, la cocotte, et même qu'elle fronce les sourcils pour mimer l'agacement :

« Tu arrêtes de regarder les prix. C'est mon affaire, ça. »

OK.

Je glousse comme une greluche.

Elle attrape la carte, et lit à voix haute ce qui lui fait envie. J'écoute le monologue et les réflexions sur les aliments, sans savoir moi-même ce que je voudrais, et on finit par se mettre d'accord : on commandera ce que nous recommandera le serveur.

Quand le vin arrive, le conseil est donné, et on part toutes les deux sur un Lieu Jaune.

Quand le mec repart, je m'approche pour chuchoter :

« Je croyais que cette bestiole, ça existait qu'en noir. »

Elle hausse les épaules en tentant de chopper son verre de vin, mais son pouce frappe au lieu de saisir, et le verre manque de se renverser. Elle parvient à le rattraper in extremis, en souriant bêta.

Cassandra ne boit jamais d'alcool. Jamais. Et là, elle a ses lèvres dans le liquide.

Je m'amuse à observer sa réaction : une grimace assez horrible.

Je pouffe de rire, et elle murmure :

« Si cher, et c'est… affreux. » Elle s'adresse à elle-même : « je vais le regretter. »

Je reprends une gorgée :

« Si, si, c'est délicieux. »

Et une autre gorgée en me pourléchant.

Ensemble, nous découvrons que le Lieu Jaune existe bel et bien, et que ce salaud est délicieux.

Mon assiette, je la défonce, et sans classe. Alors que Cassandra grignote par-ci, par-là, entre quelques conversations d'une banalité rafraîchissante.

Un dessert à partager est commandé, simple : une mousse au chocolat — onéreuse, là aussi, et sacrément bonne.

La bouteille se termine avec la dernière bouchée de mousse — c'est moi qui ai dégommé la bouteille, je plaide coupable.

C'est avec le ventre plein, que l'on sort du restaurant. Je suis accrochée au cou de mon très cher Cassian.

« T'es folle ! » je lui dis. « T'as vu la note ! »

Ses yeux s'enfoncent dans les miens :

« Je suis fou. Oui », il fait avec sa fausse voix grave.

Je ris sur sa peau, et je marmonne à son oreille :

« Cassian », je roucoule, « je peux t'inviter à boire un dernier verre à la maison ? »

Il répond avec un sourire crapuleux :

« Mais, bien sûr. »

IL, elle, je ne sais plus, et en bon prince, il commande un Uber.

La voiture arrive vite, une Audi, dans laquelle je caresse les sièges en cuir en minaudant :

« J'adore. »

« Je t'en achèterai une comme ça, ma belle. »

Je ris, il rit, même le chauffeur rit, et il ne nous juge pas. Non, pas un regard dans le rétroviseur, rien.

Il nous dépose devant l'immeuble, pour que je ramène cet étrange mec chez moi — qui théoriquement habite là.

Je lui prends son trench pour l'abandonner sur la commode, je lui propose de s'attabler. En gloussant, il dit que je suis solaire. Peut-être qu'il veut me baiser. Je ricane.

Je lui sers un verre, une vodka. Il ne le boit pas. Je bois trois fois la mienne, et je m'approche de lui, avec ma chaise. Je pose mes mains sur ses genoux. Sa tête se penche sur le côté, un sourire de malice tremblant.

Qu'il sent bon, ce fameux Cassian. Pas la sueur, pas le déo écorce de bois machin chose, pas le gasoil, pas l'homme. Est-ce qu'il a une saveur différente ?

La pointe de mon nez touche la sienne.

« Je ferai tout ce que tu veux pour ton bonheur », j'entends.

Je goûte ce que je n'ai jamais goûté.

C'est singulier, et à la fois pareil. La même chaleur, mais moins brutale.

Il remonte les manches de sa chemise, dans un geste assuré. Ce geste me fait frémir. J'ai un grondement sourd dans le cœur, une autorisation au fantastique qui sonne. Il me tire par les mains, et on se lève ensemble, et c'est lui qui m'embrasse à nouveau, en serrant mes hanches dans ses doigts.

Je me laisse guider sans oser le toucher, et je murmure :

« C'est pas de l'égoïsme. »

Il rit, en plongeant dans mon cou, et chuchote :

« Tout sera pardonné. »

Je me recule, à petits pas, en lui maintenant fermement un poignet, je veux qu'il me suive, et je tombe sur le lit, en l'entraînant avec moi. Je doute de tout, là, et j'espère que lui aussi. Pourtant, il tient la barre, il fait semblant de découvrir un corps. Alors que l'architecture, il la connaît, il l'a déjà vue. Mais il garde son mensonge.

Je retire ma blouse et mon soutien-gorge devant lui. Par provocation, je suis persuadée qu'il va abandonner. J'ai le souffle coupé. Lui, il se démonte pas. Il encercle un sein, sans pincer, sans griffer, sans soumettre la chair.

Je plonge en apnée.

Je me tortille, je me débarrasse de mes chaussures, de mon collant, et pour finir, de mon tanga. Voilà, entièrement nue.

J'ai perdu la boule, et je grogne de rage :

« Mais est-ce que tu pourras être un VRAI mec. »

Peut-être que je veux que le masque tombe, que le rêve soit pas si beau, qu'on arrête de me mentir. Peut-être que je deviens pragmatique. Mais il glisse une main entre mes cuisses, en suçotant un de mes tétons :

« Je suis le maître des illusions », il souffle en bécotant mon pubis.

J'accueille ça, comme une obscure confidence. Il se relève.

Cette forme mutante se déplace dans l'appartement, jusqu'à couper la lumière. Le noir est total. J'entends fouiller. Ma peau souffre du manque.

« Cas' ? » j'appelle, la peur dans la gorge. Je veux pas que ce soit qu'un rêve louche.

Un mouvement sur le lit, une main sur une épaule, un souffle :

« J'suis là. »

Je cherche sa tête, je trouve sa bouche, je me cambre sous son torse encore vêtu, j'entoure ses hanches maigres avec mes cuisses, ses doigts fouillent mon sexe, puis, je sens quelque chose de plus dur, de plus gros. De plus phallique ? Je me fige, un instant, et je comprends, sans vouloir nommer quoi que ce soit.

Il murmure à mon oreille :

« Je peux ? »

« Oui. »

Une larme dévale ma joue.

J'ai toujours su quelque chose que je veux pas affirmer, et ça depuis toute petite. L'amour, le vrai, l'inconditionnel, et le fou, ça fait mal. Je parle pas de souffrance physique, car cet objet qui entre en moi avec minutie et douceur est salvateur. Non, je parle de souffrance psychique. Une douleur indescriptible, incompréhensible.

Peut-être parce que l'image qu'on se fait de l'être choisi et de sa façon d'aimer, et ce qu'il est en réalité, est totalement différente.

Ses hanches bougent. Il fait ça comme s'il m'aimait, vraiment. Je veux pas savoir les contours de ce tour de magie. Je veux juste être devant la scène, et voir le spectacle, m'émerveiller d'y croire.

Il se redresse un peu, un balancier qui perdure, et un pouce agile, le cuir qui s'intéresse à un clitoris en émoi. Il nous connaît.

Je me sens papillonner. Je ne jouis pas avec les hommes. Mais peut-être qu'avec les créatures étranges, c'est différent.

« Continue ! » je m'entends pleurnicher.

Pourquoi ?

J'attrape du bout des doigts sa chemise, je promène ma main sur ce corps. Il n'y a rien qui rompt l'illusion, et même qu'il glapit de bonheur en embrassant la paume que je viens de passer sur son visage.

C'est quoi, son désir à lui, là ? Je sais pas.

Je me sens partir, c'est tout un corps qui se brise sous le plaisir. Oui, c'est ça, je casse. Je me fracture.

BAM, je suis en morceaux, de jouir à cause de lui.

Et il se retire de moi.

Il colle son visage à ma joue, l'embrasse, et tire sur la couverture pour nous envelopper dedans. Encore une fois, je m'abandonne contre son torse. Je ferme les paupières, et soupire.

J'applaudis l'illusionniste, ce soir.

Mais demain ?

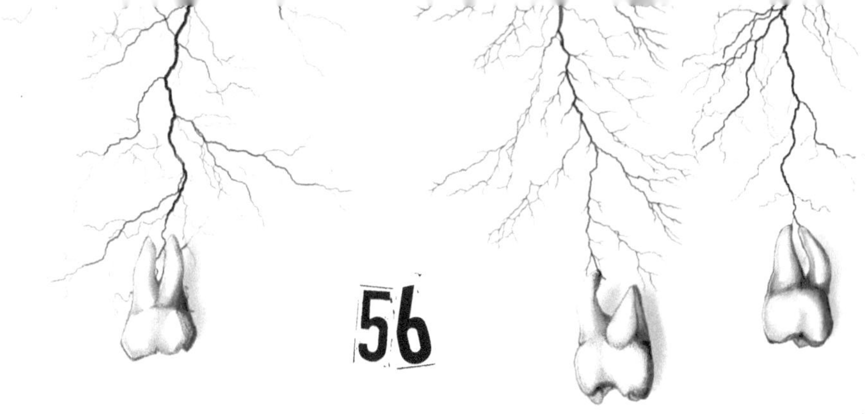

56

Le lendemain,

CASSANDRA — Je presse le piston de la Bodum, ni trop fort ni trop lentement. Je ne bois pas de café, et n'en boirai jamais. Encore moins aujourd'hui, où mon estomac souffre de la lampée de vin que je me suis permise.

Une fois le café prêt, je dépose une tasse à côté, et me sers un jus dans un verre, avant de m'asseoir à table. Je savoure le petit matin, pendant que Louise profite encore de son sommeil.

Quand je déjeune seule, comme ça, je prends le temps de contrôler les actualités sur mon téléphone. Les informations annonçant la découverte d'un nouveau corps dans les pourtours de Marseille, il y a quelques jours, je les ignore.

Mon esprit est coincé par autre chose. Papa sera au poste à 14 heures. Encore une fois, ils lui demanderont sa version, encore une fois, il leur servira cette histoire.

Dans le lit, la couette se met à bouger, et je range mon téléphone en cessant de gratter mon pouce contre mon annulaire. La tête de Louise se soulève, le visage encore caché par une jungle de cheveux.

« Le café est prêt », je chantonne, comme tous les matins.

Louise repousse les mèches derrière ses oreilles, et saisit son pyjama que j'ai plié pour elle, et déposé sur sa table basse. Je détourne le regard, elle s'habille avec pudeur, avant de se lever. Elle s'installe en face de moi, et j'attrape sa tasse pour la servir, sans rien dire.

Il y a des tas de questions que je pourrais énoncer. Même des idiotes, auxquelles elle sait que j'ai déjà la réponse. Mais, je préfère me taire. La teinte sous ses yeux, ce n'est pas celle que j'attendais ce matin. J'ai cru… Je ne sais pas ce que j'ai cru.

Quand elle lève enfin son regard sur moi, c'est de l'effroi que j'aperçois. J'inspire. Je ne comprends pas, et je suis sûre qu'elle s'est encore inventé un cinéma à la Louise.

« Tu travailles pas aujourd'hui ? » elle lance, la voix éraillée.

« Oui, oui. » Peut-être que je veux jauger son affection en disant la suite : « Je commence plus tard, et, je ne crois pas que je rentrerai tôt. »

Le voile qui fond sur elle est désastreux. Elle grince :

« Tu vas voir ton flic ? »

Je n'avais pas pensé à cette constante, et moi, je dois rester constante, alors, je hausse les épaules, car Louise est ma faiblesse, un talon d'Achille. Elle boit une gorgée de café, dépose la tasse dans un claquement, et penche la tête sur le côté :

« Le maître des illusions a besoin de se prendre une vraie queue ? » elle crache avec un sourire perfide. Elle se lève, et s'appuie des deux mains sur la table : « C'était drôle, hein. »

Si seulement elle comprenait l'étendue de mon existence, si seulement je pouvais lui dire, si seulement, je m'autorisais à tout lui transmettre — même la maladie.

Mais je reste muette, un instant.

Je réfléchis à toute allure. Acculée, je suis acculée.

« J'ai aimé être ce que tu voulais. » Mon ton devient plus suppliant : « Et, je pourrais encore l'être. »

D'un coup de main, elle éjecte la Bodum contre le placard, je sursaute, et le café se répand :

« Et moi, j'en ai marre de me faire piétiner. » Sa voix monte dans les aigus : « ENCORE, et, TOUJOURS. » Elle frappe maintenant sur son plexus : « Ouais, je suis la pauvre fille avec des rêves simples. » Elle crie avec rage : « Mais, je crois que même les gens comme moi ont le droit qu'on les respecte. »

Les gens comme toi ? Électrique, drôle, sincère et solaire ? Ils méritent qu'on leur arrache un astre, pour leur en faire cadeau. Un premier sanglot vient briser la tempête. Elle me pointe de l'index, et sa voix se fissure :

« J'veux te détester. »

De si beaux yeux, pour une si belle colère.

Colère qui ne dure pas, elle s'enfuit dans la salle de bain. J'entends le verrou claquer, alors que je me rue sur la porte. Je tambourine au bois, à genoux :

« S'il te plaît ! Te fais pas de mal ! » Tu m'emportes avec toi.

« TROP TARD ! » elle hurle hystérique.

J'ai toujours aimé qu'elle en fasse des tonnes, mais pas qu'elle souffre tant — surtout pas à cause de moi.

« Je suis désolée ! » je pleure. « Tellement désolée. Sors de là. »

« NON ! JAMAIS. » Même là, elle est si théâtrale. « Va voir ton flic ! Petasse ! »

« C'est pas mon mec ! » j'ajoute.

« Je m'en fous ! » elle braille.

Je reste un moment le front contre ce bois. Les mains liées ensemble. Le soleil a le temps de se hisser par-dessus les immeubles en face.

« Si je pars. Tu sortiras ? » je finis par capituler.

« Peut-être ! » elle hésite, mais ne cédera pas. Elle ne retourne pas vers le malheur. Jamais. Elle dit toujours un truc très marrant : « Reprendre ses ex, c'est comme ravaler son vomi. »

« Déteste-moi… pas trop longtemps », je murmure et termine sur un : « Je t'aime », j'ajoute, encore : « Vraiment. »

Je me lève. J'attrape un sac de course, et enfonce le maximum de mes vêtements dedans. Je m'habille en vitesse, et je dois mettre un bonnet et une écharpe pour éviter que l'on remarque que je ne suis pas apprêtée, vu que Louise séquestre mes affaires de beauté dans la salle de bain.

Je quitte l'appartement comme une voleuse. Je déserte la zone de guerre en quelque sorte. Je cavale dans les escaliers, et rejoins ma voiture en trottinant. Je me dis avec bêtise que si c'est rapide, ça sera moins douloureux. Pourtant, quand j'ai mon volant dans les mains, je sens que je me déchire de l'intérieur. La souffrance est telle, que je me mets à tousser. Tousser, et encore tousser, jusqu'à en cracher un peu de sang.

Déjà ? Je pense en regardant les perles rouges dans mes gants.

Le temps file.

Je ferme les paupières un instant, jette un œil au balcon, juste au-dessus de moi, et soudain, une boue épaisse dégouline sur mon pare-brise. Mon dieu, je te hais à la folie.

Un coup d'essuie-glace, de lave-vitre, et je démarre, pour quitter en vitesse la rue, car elle serait capable de me balancer des restes alimentaires dessus.

Je pousse la porte du bout des pieds : ici, rien n'a bougé, comme si chaque meuble avait cessé d'expirer. J'aurais pu me présenter chez mes parents, mais je refuse d'être un réceptacle à la colère de ma mère. La solitude m'ira bien.

Je grelotte en traversant la cuisine, les chauffages sont coupés, et avant même de les relancer, je m'attarde à ranger mes affaires dans la commode.

Le lit est fait. Une trace de sang a séché sur le carrelage, je la nettoie à genoux avec de la javel.

J'allume enfin les chauffages, une tasse d'infusion sucrée entre les paumes — sur l'étiquette, il y a écrit que c'est une boisson réconfortante. Encore un publicitaire véreux.

Je me plante devant la baie vitrée, en regardant l'heure. Dans quatre heures, mon père sera assis dans un bureau, sur une de ces chaises impersonnelles.

Face à qui ?

Peu importe. Papa sait tenir la barre, il l'a toujours su, même quand mes mains se couvrent de sang.

D'ici je vois le parking, c'est ça que je surveille surtout. Quand est-ce que la Fiat pointera le bout de son nez cabossé ? Peut-être jamais. Ou ce soir. Non, pas ce soir, je t'en prie, pas ce soir. Je suis épuisée, j'ai le cœur endolori, et je sors mon téléphone, j'écris encore à Louise :

« Je suis, sincèrement, désolée.

S'il te plaît, ne prends pas l'éternité pour me haïr.

J'ai besoin de ta lumière pour vivre.

Cas' »

Louise a toujours aimé ces choses niaises. Moi aussi.

Ensuite, je fouille mon sac à main, je sors un deuxième téléphone, je l'allume le temps d'un autre SMS, avant d'éteindre de nouveau la machine. Je trempe encore mes lèvres dans ma boisson, sa saveur a changé, je ne sens plus la menthe, mais la rouille. Je tourne la tasse dans mes doigts, puis goûte à nouveau. C'est infect, et quelque chose se coince sous ma langue. Je manque de m'étrangler. Je tousse, et des morceaux sanguins s'écrasent contre la vitre.

Non, ce n'est pas une crise qui me guette. Non. Je n'ai pas le temps pour ça.

Je nettoie en vitesse, avant de terminer de me préparer pour aller travailler.

Valentin m'attend.

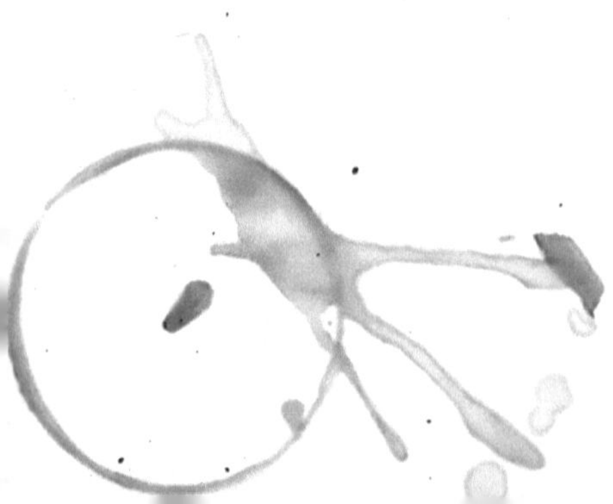

57

Le soir,

FARID — Je me gare dans la résidence, après en avoir fait trois fois le tour pour bien comprendre les lieux. Cassandra m'a dit de me pointer à 21 heures ici, et qu'elle me rejoindrait dans la foulée. Il est 20 heures 30.

Je vérifie mon holster, mon Glock, puis mes clopes, je les compte : dix-huit. J'ai un autre paquet dans la boîte à gants. Je m'en allume une, je sors de la caisse en me rappelant de son aversion pour le tabac. J'ai besoin qu'elle soit à l'aise.

La truffe en l'air, je suis du regard les groupes de nuages qui se succèdent sur le ciel nocturne. Je ressens une pression sur mon coude. C'est la main de Cassandra qui vient de s'accrocher à moi. C'est incroyable, je ne l'ai même pas entendue arriver, et surtout, elle aussi est en avance.

Elle tente un sourire courtois, mais ses yeux suintent la tristesse.

« Pourquoi tu m'as donné rendez-vous ici ? » je demande, en essayant de lui rendre un semblant de risette.

« Est-ce qu'on se fait la bise ? » elle coupe sèchement.

Je me crispe. Si j'ai jamais été dans les STUPS, c'est parce que je me suis jamais senti l'âme d'un planqué.

« C'est pas grave, sinon », elle ajoute.

J'avance la joue.

« Non, aucun souci. »

Et on se fait la bise, dans la plus simple tradition. Une joue, puis l'autre. C'est bête et idiot.

Sans plus se soucier de rien, elle embarque à la place passager, alors que rien n'est convenu et que je suis encore là à fumer. Je me dépêche d'envoyer mon mégot au loin et je me mets au volant. Je tapote de l'index sur le pommeau de vitesse, en questionnant :

« Tu veux aller quelque part ? »

Sous-entendu : tu peux même me montrer un des coins que t'as l'air de bien connaître.

« Tu peux juste rouler, s'il te plaît ? N'importe où », elle annonce.

Je démarre, sans rien dire. Baladons-nous. Et explique-moi surtout plus en détail ces choses que j'attends depuis des jours.

Je contourne le bâtiment et je quitte cette résidence. Je remonte vers Luminy et m'engage sur la route de Cassis. La hauteur augmente, je zigzague avec souplesse, et elle garde le nez collé à la vitre. Elle suit des yeux Marseille qui rapetisse, mais brille plus fort, avant de disparaître derrière une dernière falaise.

L'asphalte s'embrume, et je me penche en avant pour mieux suivre le marquage au sol, mon fil d'Ariane.

Je sais pas où je vais. Je prends au pif les ronds-points, sans regarder les indications. Elle a dit roule. Je roule.

« Je t'ai donné rendez-vous à cet endroit parce que c'est là-bas que j'habite », elle soupire, et je sens que c'est lourd pour elle d'ajouter : « L'autre fois, j'étais chez une copine. »

Je choisis la deuxième sortie à ce rond-point. La France n'est faite que de ça, des ronds-points.

« Ta copine, c'est celle qui était pendue au balcon, la première fois ? » je questionne en me souvenant de l'ombre.

J'ai envie de fumer, juste une petite taffe. Cassandra ricane, et je vois dans le rétro central qu'elle mord le pouce de son gant. C'est de la vraie vulnérabilité ou un jeu ?

« Oui. Trop curieuse, celle-là », elle finit par dire.

Je souffle, amusé. J'ai le sentiment de tailler la bavette avec une fille, et pas autre chose. Une sorte de promenade au rythme étrange.

« Tu bosses, toi ? » je demande discrètement.

« Oui, oui, j'ai un travail. »

Je sens sa main pincer mon bras.

« Tu crois que parce qu'on est un peu malade, on ne peut pas ? »

Elle est sensible ce soir, la petite dame. Je soupire, exaspéré :

« C'est pas ce que je dis. Mais faut reconnaître que quand on peut pas, on peut pas. »

Je pense à ma mère.

« Oui, c'est vrai », elle murmure.

Je laisse quelques kilomètres de plus passer avant de relancer :

« Et tu fais quoi, du coup, comme boulot ? »

Je prends un nouveau rond-point, et j'imagine que je fais une boucle tout autour de la cité phocéenne, comme si un truc gluant m'empêchait de complètement m'éloigner.

Enfin, elle répond :

« Je suis dans le social… j'apporte de l'aide aux foyers à la dérive. Je m'occupe de leurs enfants, de l'entretien, et de constater. J'essaie de sauver les meubles, en gros. »

Subjugué. Au point de me tourner pour l'observer. Je crois pas qu'elle mente. Je suis même sûr qu'elle dit la vérité. D'un coup, elle attrape le volant pour redresser la trajectoire, et je me confonds en excuses.

« L'accident de voiture comme mort, c'est tragique », elle chuchote.

« Hm, hm », je bafouille, en enfonçant ma honte dans mon estomac.

Sans prévenir, je m'arrête sur le bas-côté. Son visage m'interroge.

« J'ai juste besoin d'une cigarette. »

Je sors. J'allume ma cigarette en tremblant. Cette merde est en train de me matrixer, et le pire, c'est que j'ai pas envie d'arrêter. Je rêve plutôt d'un monde fait de fumeurs, je pourrais cloper partout, même dans les hôpitaux.

Cassandra est restée dans ma caisse. Je m'éloigne un peu pour lui jeter un œil discret. Elle a sa lèvre inférieure enfoncée dans sa bouche, le regard bas, froncé. Qu'est-ce qu'elle a ?

Je balance mon mégot. Je me remets au volant et je redémarre. Je reprends la route avec une nouvelle suite de questions que j'ai pu développer en fumant, plus incisives, moins enrobées, en me disant qu'elle pourra pas sauter de la voiture en marche.

« Pourquoi tu m'as fait venir ce soir ? » je lance, le nez haut, en contournant un énième rond-point d'un coup de main.

J'entends sa gorge grincer. Puis elle déclare :

« Je ne voulais pas rester chez moi. »

Elle confesse.

« Tu penses que je suis ton ami ? Et que je peux te balader à volonté ? » C'est qu'après avoir bavé ces mots que je capte que j'ai pas été le plus sympathique du monde. « J'aime pas non plus rester chez moi », j'ajoute, pour calmer le jeu.

De nouveau, je sens sa main sur mon bras.

« Mon père… », elle dit.

« Oui, je sais, cet après-midi. Très décevant d'ailleurs, il a rien bavé. Il paraît. »

« Je sais. Mais ça m'inquiète. Il est fatigué. » Elle se met à tousser. « Pardon », elle tente, en s'étouffant.

Elle fouille son sac à main. Je jette régulièrement des œillades à ses gestes. Elle a enfoncé son visage dans un mouchoir. Je suis pas sûr, mais je crois que le tissu se couvre de taches sombres. Je furète sous son siège, le coude contre une de ses cuisses, en tenant le volant d'une main, et je lui tends une brique de jus de pomme que j'ai chopée juste avant de venir.

Quand on veut faire causer quelqu'un, au bureau, on le laisse fumer et boire du café. Là, il faut s'adapter et servir des briquettes de jus pour gosses.

Elle accueille mon offrande avec politesse, et j'entends le sifflement particulier de quelqu'un qui aspire avec une paille. Sa toux passe.

« Tu peux me parler un peu d'Izela ? » je demande, en ralentissant la cadence à cause d'un traînard devant.

« Oui, oui. Ça, je peux. Izela, c'était… » Elle cherche ses mots. « C'est quelqu'un de très dévoué. En fait, elle a un sacré caractère. Et heureusement. Ma mère n'a jamais été très… joviale. Du moins, avec nous. »

« Pourquoi ? » j'interroge.

« Je pense qu'elle avait du mal à nous voir autrement que malingres. J'imagine que c'est rassurant de ne pas trop s'attacher à quelque chose qui est condamné ? »

C'était une question. Je sens ses yeux sur moi.

« Je sais pas », j'hésite. « Je trouve ça compliqué, comme situation… je sais pas. »

Elle soupire :

« J'aime Izela, je l'aimais — je ne sais plus vraiment. J'aime ma mère aussi. » Elle murmure ensuite : « Je ne sais pas bien aimer, je crois. »

Je me concentre sur une intersection. Je donne un coup d'accélérateur. Cassandra glapit, et je reprends :

« Pourquoi ? Pourquoi tu dis ça ? »

« Je ne sais pas », elle souffle.

Je vois la brèche. Elle est là, devant mes pieds, mais je n'arrive pas à y entrer.

« Essaie de m'expliquer », j'insiste.

Elle ricane sombrement, puis de nouveau le mutisme. Les kilomètres qui s'enchaînent, la nuit qui se déroule sous les pneus, jusqu'à ce que sa voix sonne à nouveau.

« Tu côtoies souvent les monstres ? »

Je hausse les épaules en réfléchissant à ma réponse, et elle me devance :

« J'imagine que oui. » Elle tousse, tire sur sa paille, puis continue : « C'est lesquels les pires ? »

Chaque dossier s'ouvre dans mon esprit. Les visages défilent, les photographies d'enquêtes aussi. Je me balade en enfer, et un constat me frappe :

« C'est ceux qui ont des têtes de victimes. La pire affaire pour moi, ça a été quelqu'un de parfaitement invisible pour nous. Un type bien, sur tous les plans. »

« Il avait fait quoi ? » elle demande.

Je me crispe :

« Non. Ça, je peux pas te raconter. C'est innommable. » Pourquoi parler de ça à quelqu'un qui a le visage si doux ? « Je fais pas dans le sensationnel. »

Je veux pas lui dire à quel point l'humanité est à chier, mais je crois qu'elle le sait déjà.

Bastien Soulé, qu'il s'appelait, le bonhomme. La première fois que je l'ai eu dans le bureau, c'était avec sa femme. Les deux pleuraient la disparition de leur nourrisson d'à peine trois mois. Inutile de dire que quand des randonneurs ont découvert le corps du petit, démembré, enfoncé dans différents sacs, dans un coin paumé des calanques, le lien a vite été fait. L'histoire, vite écrite.

Le bougre a constaté son penchant pour la pédophilie à la naissance de son gosse, et il a tout simplement câblé. Je me souviens de ses yeux dans le vide, et de lui qui nous explique l'horreur quand il a remarqué l'hémorragie interne qu'il a provoquée au minot. Tout ce qu'il voulait, après ça, c'était se cacher. Cacher ce qu'il était. Je sais pas s'il a eu de la peine pour ce gosse. Moi, j'en ai eu.

Cette affaire, c'était il y a sept ans. J'étais en première ligne. Je sais que j'ai été félicité, car contrairement à d'autres, j'ai pas cillé quand il a fallu, avec l'aide de la médico, ouvrir les sacs, puis entendre ce gars pendant des heures. J'ai pas cillé au bureau. J'ai jamais cillé devant qui que ce soit. Mais chez moi, j'ai détruit la moitié de mes meubles à coup de chaise.

Et ça me frappe d'un coup : c'est pour ça que je déteste mon appartement. Parce que c'est là que je m'autorise le débordement. La vérité.

« C'est pas grave », elle conclut.

Je m'arrête de nouveau sur le bas-côté. Elle demande :

« Tu dois fumer ? »

« Non. »

En fait, si. Mais je dis :

« J'ai juste besoin de me concentrer un instant. »

Le moteur continue de ronfler, d'étouffer, de secouer l'habitacle. J'attrape ses mains gantées pour avoir toute son attention.

« OK. Tu veux pas me filer le nom de ton gars, OK. T'as l'air de flipper. Mais est-ce que ce gars, c'est lui pour ta sœur ? Je comprends rien. Il s'attaque pas aux femmes, visiblement. Donne-moi quelque chose. »

Elle hausse les épaules.

« Pourquoi tu penses qu'il ne s'attaque pas aux femmes ? »

« Comment ça ? » je bafouille. « Le type de la valise, Samir, et le troisième luron, apparemment c'est aussi un homme. » Je souffle : « C'est un truc sexuel, nan ? »

Elle m'observe, intriguée. Elle lâche ma main et suit du doigt la cicatrice presque disparue de sa joue avant d'ajouter :

« C'est pas sexuel. C'est jamais sexuel. C'est plus par… dévotion. »

Elle replace sa paume dans les miennes.

« Dévotion ? Dévoué à quoi ? » je grince des dents. « Je comprends rien ! »

« Dévotion à une croyance ? »

C'était une question.

« Comment ça ? » je demande.

Je la vois pincer les lèvres.

« Quelque chose qui pourrait être intangible pour quelqu'un, et qui l'est pour toi. Une foi. Une croyance. Certains croient en un Homme qui les a faits à leur image, d'autres à la réincarnation, oui, la réincarnation... d'autres… d'autres… à plein de choses… je… je ne sais pas. »

« Si, tu sais ! » j'insiste.

« Non, je t'assure. »

« Tu n'as pas envie de le dire. », je conclus.

« Peut-être bien. »

« DE QUOI je dois te couvrir, Cassandra ? » je gueule.

Elle sursaute.

Elle récupère sa main des miennes, celle que j'empoignais avec tant de force, et finit par murmurer :

« Je ne sais pas. »

Je jette mon crâne sur l'appuie-tête.

« Tu sais jamais rien ! »

Je roule des yeux. Je tire une cigarette de mon paquet et la fais tourner entre mes doigts.

« Ramène-moi », elle ordonne.

Bien sûr qu'elle me regarde de travers. Bien sûr que je l'ai vexée, et je quitte la voiture en braillant :

« D'abord. JE FUME. »

Et j'allume ma clope.

Elle ne causera pas. Non, elle ne causera pas plus. Dans un temps reculé, on avait le privilège d'attacher les gens à des chaises et de les bousculer un peu jusqu'à ce qu'ils se mettent à table. À cause des abus, on n'a plus le droit, et c'est bien dommage. Je donne un coup de pied dans une bouteille en plastique qui traîne sur le terre-plein.

Une fois passablement calmé, je me refous au volant. Je conduis. Je sillonne la route. Mais cette fois, en silence. Je voudrais être méchant avec elle. La secouer. Lui écraser sa petite tête contre la vitre en gueulant un coup :

« PARLE ! J'ai besoin de savoir dans quoi je m'engage ! »

Quand j'ai commencé à la PJ, c'est Magalie qui m'a pris sous son aile — on dirait pas, vu comment elle me traite aujourd'hui. Je l'agaçais encore plus à cette époque. J'étais pas assez bon en déliage de langue.

« T'es trop brutal, putain ! » qu'elle gueulait tout le temps.

Moi, je voulais qu'ils causent. Pas devoir leur faire des courbettes. Je suis une boule de nerfs, et faut que je ravale ça constamment — sûrement pour ça que j'ai souvent mal au bide.

Cassandra ne moufte plus. Elle a la tête enfoncée contre la vitre. De temps en temps, une quinte de toux la fait se plier en deux.

Je veux de nouveau lui paraître sympathique. Pas la voir disparaître à tout jamais derrière un mur.

« T'es suivie, au fait ? » je demande.

« Pour ? » elle marmonne, acide.

Aïe.

« Ton état. C'est pas beau, là. »

Elle ferme les yeux un long moment.

« Oui, oui. T'inquiète pas. Enfin… je ne pense pas que tu t'inquiètes. »

Elle rit sombrement, avant de se remettre à tousser. J'essaie de lui tapoter le dos doucement.

Après une heure de route supplémentaire, dans un silence parfait, on arrive devant sa résidence. Je coupe le moteur par réflexe. Elle consulte l'heure sur son téléphone.

Cinq heures du matin.

C'est pour ça qu'un peu de violet s'est glissé dans le ciel.

Elle ponctue, sobrement :

« Merci pour l'air. »

J'incline la tête. Je remarque ses poings serrés. On a vu mieux comme entrevue.

Elle s'élance pour ouvrir la portière. C'est instinctif, je la retiens par le coude.

« Juste une chose. »

Son regard se voile.

« Tu crains rien, ici ? » je demande.

Elle hoche la tête par la négative.

« Absolument rien. »

« T'es sûre ? »

« Sûre. »

Elle ment ?

« On se reverra ? » je demande.

Elle sourit et penche la tête sur le côté. Elle montre son visage d'un index.

« Tu le vois, le monstre, là ? »

Je plisse les yeux, comme si la solution allait apparaître.

« J'en sais rien », je lance. « Je suis pas magicien », j'ajoute.

Elle glousse doucement, puis quitte la voiture sans jamais répondre à ma question.

Elle m'a pas dit si on se reverrait.

Elle me laisse là, avec de nouveaux fils tendus dans la tête.

Je la suis du regard. Elle s'enfonce dans l'immeuble par la porte en verre. J'aperçois encore ses jambes dans le hall. Des jambes menues, si menues — un monstre de cette proportion-là, une belle blague.

Elle entre dans l'ascenseur. La porte en métal se ferme.

Je redémarre.

Je reprends le boulot dans trois jours.

FR-473-AC

58

Dans la même nuit,

Mathias — Je remercie moi, et moi-même, d'avoir pris l'habitude de passer de temps en temps devant l'immeuble de Cassandra, car aujourd'hui, sa voiture est là. Elle est revenue. J'en crois pas mes yeux. Immédiatement, je me rue à sa porte, sauf qu'il n'y a aucun souffle dans l'appartement. Rien. Quand je consulte mon téléphone et que j'y vois noté quatre heures du matin, je suppose qu'elle roupille. Alors, je m'assois sur le paillasson.

Je finis par m'endormir là, tout contre le bois de sa porte d'entrée. Je fais pas de rêve, pas de cauchemar, rien. Que dalle.

J'ai jamais eu le sommeil très imagé, de toute façon.

J'entends juste une voix m'appeler :

« Mathias. »

J'aime bien.

« Mathias ! » ça continue.

J'ouvre les yeux. Le visage devant moi est magnifique. Les larmes sont immédiates, et je dois ravaler mes sanglots à plusieurs reprises.

Cassandra m'aide à me relever, en me tirant par les deux bras. Elle ouvre sa porte, sans menace, et m'invite chez elle sans un mot.

Tiens, elle rentrait en fait.

« T'as passé la nuit ici ? » elle demande.

« J'ai vu ta voiture ! » j'explose de joie.

Elle me propose une chaise, et je me laisse tomber dessus.

« Tu veux du café ? »

Elle ne m'en veut plus, je crois.

Elle le prépare d'une façon magnifique, son café, avec une Bodum, comme le fait mon oncle. Elle me sert rapidement une tasse, avec un bol de sucre, et s'assied en face en toussotant.

J'attrape sa main.

« Je suis désolé », je répète. « Désolé », encore.

Elle fronce le nez.

« Tu sens… étrange… ? »

Ses yeux cherchent quelque chose sur moi. OK, on repassera sur ma propreté.

« La charogne ? »

Cassandra sait reconnaître cette odeur. Je baisse les yeux.

« J'ai… j'ai déconné. Mais ! Je te demande rien… »

Parce que j'ai trouvé.

Elle acquiesce à plusieurs reprises, égarée dans ses pensées. Sa bouche s'ouvre enfin.

« Ils vont t'arrêter », elle lance sans préambule.

Moi aussi, j'ai vu les infos.

« Non », je dis. Mathias est invisible.

« Je sais que tu m'as balancé. » Elle lève un sourcil. Je lui en veux pas. « Y avait que toi qui savais où je les avais mis… » Je serre sa main. « Je t'en veux pas. » Je croise mes doigts avec les siens. « Je t'ai fichue en colère. » Je retire son gant. Je regarde minutieusement ses doigts. « Ça m'a fait capter un truc : il fallait que les choses avancent. » Je montre la peau abîmée. « Tu vas bientôt passer. Mais j'ai trouvé quelqu'un de comme toi ! »

Elle se recule, en secouant le visage.

« Mais de quoi tu parles ? Ils vont t'arrêter, je te dis ! » elle répète.

Je souris, car elle se trompe.

« Nan. Ils m'ont déjà arrêté. Et ils m'ont relâché. Je suis intouchable. »

Je suis transparent pour eux.

Ses lèvres toutes sèches se crispent. Pauvre, pauvre Cassandra sur le fil.

« Ils t'ont arrêté pourquoi ? » elle questionne.

J'attrape ses poignets et les retourne pour laisser apparaître l'intérieur de ses avant-bras. Un jour, elle fendra cette chair qui pourrit.

« Oh, une histoire de merde. Un truc avec des putes… bref, j'avoue, j'ai merdé. » Je caresse les veines à cet endroit, en glissant mes doigts sous son chemisier. « J'ai compris la leçon. »

Ses yeux grossissent :

« Donc ils connaissent ton visage ? » elle questionne.

Le visage de Tony, oui.

« À peu près », je me mets à rire.

Elle se lève en arrachant ses poignets de mes mains et la gifle, je me la prends. Je la mérite. Je crois. Je frotte ma joue, sans rien dire de plus.

« Tu t'en vas », elle menace. « Tu traînes plus ici. »

« Mais ! On vient de se retrouver ! » je geins.

De nouveau, elle place ses deux index sur ses tempes. J'avais pas capté jusque-là, mais ses cernes sont monstrueuses. Son visage est éreinté. Tout a l'air à bout sur elle. Vraiment, pauvre Cassandra.

Elle me pousse vers la sortie.

« Part ! » qu'elle envoie.

« Je dois te présenter Milly ! » je crie.

Je résiste. Je campe, même. Et elle finit par chuchoter à mon oreille :

« Moi aussi, j'ai fait une bêtise. Je suis sûre que des flics rôdent partout autour de chez moi. »

Je l'attrape par les épaules, le cœur tout palpitant.

« Pourquoi tu l'as pas dit plus tôt ! » je lance.

« Je ne sais pas, Mathias ! » elle crie, les yeux exorbités. « Il faut que tu t'en ailles vite ! Et que tu ne reviennes plus ! »

Et puis, zou. Mathias, dehors.

Je me retrouve seul sur le palier, comme je suis arrivé. J'ai vu la lumière une fraction de seconde, et voilà que je replonge dans l'obscurité.

Je traîne ma carcasse à l'extérieur. Je me courbe. Je commence à regarder à droite et à gauche, à étudier chaque voiture, puis je cours jusqu'à la mienne, et je rentre en quatrième vitesse me terrer dans mon infamie.

Cassandra est dans une tour d'ivoire ?

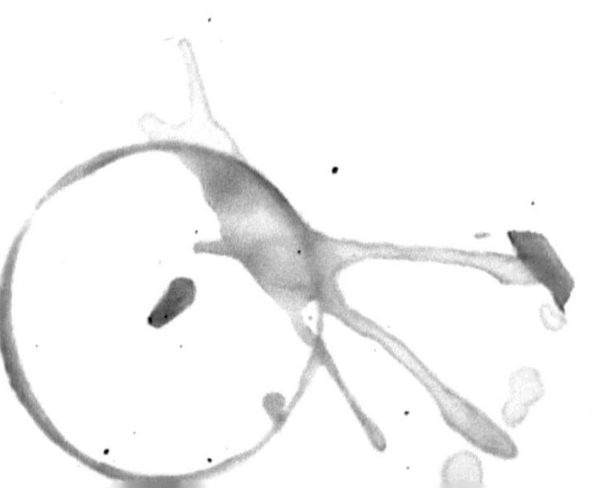

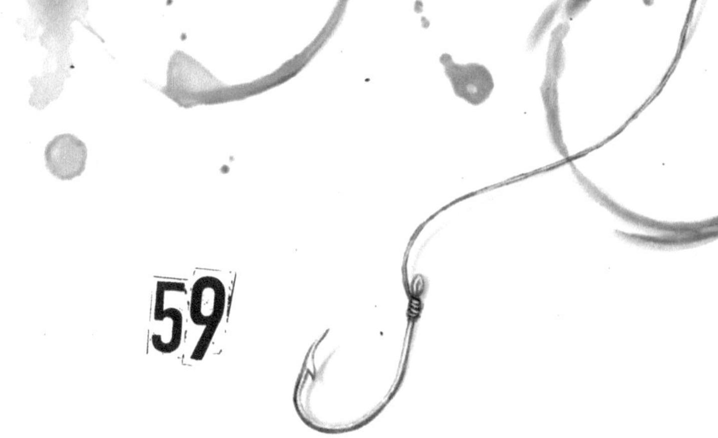

59

Trois jours plus tard,

FARID — « Tu signes là. »

« Hm, hm », je fais en lorgnant sur mon SIG posé sur la table.

Je gribouille sur la feuille sans en lire un foutu mot. Michel claque aussi les deux chargeurs à côté, puis mes menottes. Je lui rends son stylo et attrape tout mon barda, puis me tire sans un mot de l'armurerie du commissariat.

Je rejoins les vestiaires de notre unité. Personne. Je charge mon SIG et le range dans mon holster, au chaud, contre mon ventre. Le deuxième chargeur, je le cale dans sa poche, et enfonce les menottes dans leur étui à l'arrière de la ceinture de mon froc.

Entier.

À grands pas, je débarque dans le bureau. Tout le monde est là. Tout le monde se tait.

Magalie se redresse d'un coup, et pas bonjour ni merde :

« Je t'avais pas dit de prolonger ? » elle balance.

Je me pointe devant le tableau en rétorquant :

« T'avais dit : t'es malade. T'as pas dit combien de temps. »

Ouais. J'ai pas prévu de m'écraser, cette fois. J'ai passé trop de temps à me faire balloter et à ruminer ma rage. J'ai de la haine à revendre, en plus d'un connard qui galope dans la nature. Mes seuls soutiens théoriques ? Une cheffe qui ne parle que procédure et deux lurons qui hochent la tête. Ils sont contre moi.

Dans ce bureau, maintenant, je suis seul. Akim dit souvent :

« Le quartier, ça t'apprend à mordre. »

Aujourd'hui, j'ai les dents aiguisées.

Sur le tableau, il y a des clichés de plus, mais surtout celui de Cassandra. Même ici, elle commence à prendre de la place.

Magalie est déjà debout à côté de moi :

« OK, tu veux bosser. Je comprends », elle marmonne.

C'est bien, si tu piges.

Je l'ignore. Je frappe dans la patte de Noa, qui s'est levé pour venir me voir et me sourit tout grand :

« T'as meilleure mine, en tout cas. Merci GTA », il déclare.

« Ouais, merci à fond, GTA », je dis.

Julie, je la salue de la main, et elle me rend une risette :

« On a pas mal de choses à te raconter, alors », Julie commence.

J'entends d'ici le craquement de la mâchoire de Magalie :

« Je crois pas, non. Farid, il va reprendre doucement, hein. » Elle a ce demi-sourire carnassier. « Faudrait pas qu'il nous pète une durite à nouveau. »

J'écoute plus. J'observe le tableau, les quelques photographies du nouveau corps qu'ils ont trouvé. La chanson reste la même, vu les notes : homme, étranglement, dans une valise, enterré sous un pin, bien, bien loin de tout espace habitable.

« Pas d'empreintes. Rien ? » je suppose en lisant toutes les lignes écrites au Velleda — certainement par Julie.

« Yes, rien du tout. » Julie se lève pour se foutre à mes côtés : « Sur l'affaire Parenti… »

Magalie hurle :

« C'est non ! » Elle masse ses paupières : « Farid, je vais t'envoyer des auditions qu'il faudrait que tu vérifies. »

En gros, elle veut que je passe ma journée à faire de la lecture pour vérifier les anomalies. Un truc qui ne sert à rien. Je suis obnubilé par ce tableau.

À côté du cliché de Cassandra, il y a un nom qui me revient pas, et je demande à Julie :

« C'est qui Gunther ? »

Noa pouffe de rire en expliquant :

« C'est pas vraiment quelqu'un. »

Et voilà que Magalie hurle à nouveau :

« STOP ! Maintenant, tu te fous sur les dossiers que je vais t'envoyer, et ça suffit. »

Je l'ignore encore. Les clichés des prostituées sont toujours là, tout au bout, compactés ensemble. C'est comme ça que finissent les affaires qu'on ne résout pas : elles quittent discrètement le tableau. Et un truc, un tout petit truc, me revient en mémoire.

Voyez, ça fait un peu comme un orgasme.

Et je cours à mon bureau.

Magalie conclut, deux mains sur les hanches :

« Bah, voilà. »

Sur mon ordinateur, je fouille les auditions des prostituées. Le gars qui les a agressées, il voulait juste tailler la bavette. Mais il baragouinait pas n'importe quoi. Nan. Il leur parlait à toutes d'un truc : de réincarnation.

Et il y a trois jours, Cassandra, elle causait aussi réincarnation. Enfin, elle l'a dit qu'une fois, mais une fois qui suffit.

Je me relève après deux heures à avoir épluché les procès-verbaux et j'attrape le Velleda — objet sacré, propriété privée de Julie. Regard braqué sur moi. Je trace un trait. Je lie les prostituées aux trois cadavres qu'on a sur les bras.

Une chaise grince. Noa soupire :

« Impossible. »

Je me mords la lèvre.

« Pourquoi pas », je dis.

« M'enfin, le genre… », précise Julie.

« On est aux antipodes, là ! »

« Sauf que certaines, elles ont des marques de strangulation. » C'était la voix de Magalie, la bouche à demi ouverte. « Et… Samir, c'est un étranglement avéré. »

Elle va me suivre ?

Je penche la tête sur le côté et j'expire pour qu'elle entende à quel point je suis convaincu, et à quel point j'ai une autre hypothèse.

Magalie me connaît.

« Vas-y, chie-la, ta pile », elle lance.

J'ai la bouche qui crame, comme une poussée d'aphte soudaine.

« On n'a plus de victimes de ce côté-là depuis un bail, à ce que je vois. » Je montre les prostituées. « C'est sûr que certaines nous ont échappé… » Je tire sur les poils de ma barbe. « Mais s'il y avait une autre catégorie de victimes, qui carrément, ne pouvait plus causer du tout. » Magalie plisse les yeux en avalant sa lèvre inférieure, et je continue : « Qui se soucie qu'une prostituée disparaisse ? C'est pas nouveau que les prédateurs s'en prennent à elles, parce qu'ils connaissent très bien leur situation. » Je sors mon paquet de clopes pour le serrer dans ma paume et je finis : « Jamais vu un mac ou une madame rentrer ici et dire : oulala, une de mes filles a disparu. »

Magalie passe ses doigts dans ses cheveux poivre et sel. Si je suis là où j'en suis, c'est parce qu'on a toujours dit que j'étais un créatif. C'est mon atout et ma faiblesse, car j'aime pas avoir tort quand je m'invente un truc.

« Tu m'emmerdes, Farid », Magalie marmonne.

Traduction : dans le doute, faut vérifier ce que propose ce con.

Le souci, c'est que… je triche aujourd'hui. J'ai pas sorti ça tout seul. J'ai un bonus. Un joker. Ou alors un souffleur ?

Autre problème, qui m'inquiète personnellement : mon *indic*, depuis notre balade nocturne, ne répond à aucun de mes SMS. Enfin, j'en ai envoyé que trois, histoire de pas avoir l'air d'un siphonné.

60

Le lendemain,

LOUISE — C'est le jour J.

Mon ordinateur sur les genoux, à demi allongée dans mon lit, je rafraîchis encore la page. Rien, toujours rien. Je regarde l'heure : 16 h 05. Je geins.

Ils avaient dit 16 heures !

Je clique de nouveau sur le bouton. La page de Parcoursup se bloque et le logo *site inaccessible* apparaît. Je veux lancer mon PC contre le mur.

Je veux.

Mais à cause du prix qu'il m'a coûté, je le pose sagement dans mon lit et me mets à me secouer comme une possédée dans les draps, en frappant mon crâne dans le coussin.

J'attrape une cigarette du paquet que je me suis promis de pas ouvrir, que je gardais planqué sous le matelas. Je devais m'en tenir à mon arrêt. J'étais vraiment en super bonne voie. J'actionne le briquet. La flamme ondule.

L'écran de mon ordinateur change de couleur. Je lâche mon briquet, ma clope me tombe des lèvres.

Je reprends la machine sur mes cuisses et suis de l'ongle ce mot gravé sur l'écran :

« Accepté. »

C'est bon ?

Je rafraîchis la page.

Ce mot reste.

Accepté.

Je suis acceptée.

Je vais en première année de médecine.

Je casse en deux la cigarette qui a roulé sur mes mollets et la balance plus loin. Du tabac s'envole, comme des confettis.

J'attrape mon téléphone. Je me remets sur notre conversation avec Cassandra et je vois défiler tous ses messages que j'ai ignorés. Je me dis que, parfois, je suis un chouïa trop rancunière — bien que je reste encore remontée contre elle.

Mais c'est à elle qu'il faut que je l'apprenne. Sinon à qui d'autre ?

Je cherche dans mes contacts. Je me rends compte que j'ai pas vraiment d'amis. Sinon, il y a le numéro de ma génitrice. Un numéro que je garde, au cas elle tente de m'appeler — je suis sûre que je pourrais l'ignorer.

Finalement, je téléphone à Cassandra. Ça sonne dans le vide. Puis, le répondeur.

Je rappelle au moins trois fois avant de lâcher l'affaire, en pestant :

« Genre, t'oses me faire la gueule. »

Je tape un SMS :

« Je suis acceptée ! Je veux une trêve ! »

J'en envoie encore d'autres ensuite :

« Allez ! Fais pas ta tête de cul ! »

« T'es méchante. »

« JE T'EN VEUX PLUS. »

Et rien.

OK, ça fait une semaine que je réponds pas. J'entends qu'elle se venge.

Mais j'ai besoin d'elle.

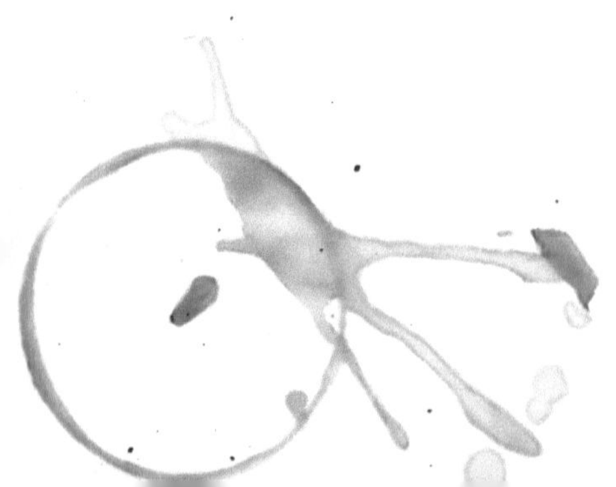

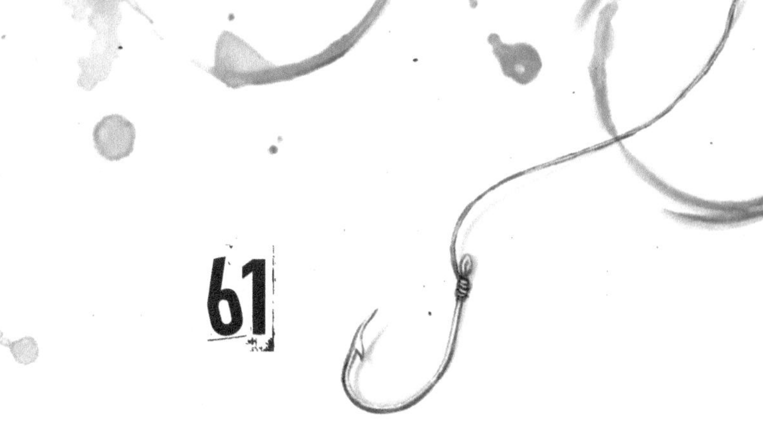

61

Deux jours plus tard,

FARID — Avec Noa, on marche comme des cons. La voiture, garée bien plus loin, on remonte le Prado de nuit, les mains dans les poches.

Je consulte mon téléphone en vitesse, toujours pas de nouvelles de Cassandra. J'ai tenté d'appeler à midi, mais je suis resté sur du vide — comme d'habitude. J'ai pas laissé de message. Je sens un truc qui me plaît pas.

Au loin, sur le trottoir, une première nana se frotte les bras en soufflant un nuage givré. Avec Noa, on l'ignore volontairement, parce qu'elle appartient à un groupe qui peut pas nous blairer. Les trois prochaines, c'est pareil, mais mentalement, je note qu'elles sont ici.

On se rapproche d'autres filles, un groupe de quatre, chacune sous un lampadaire. Celles-là sont moins fermées à notre présence. D'ailleurs, l'une d'elles nous reconnaît et fronce les sourcils quand on lui sourit. C'est la plus âgée, je pense, et elle glisse jusqu'à nous. Pas de bonsoir, mais un :

« Ça va pas recommencer, ce bordel ? » elle râle.

Avec Noa, on se toise, et c'est lui qui prend la parole :

« De quoi ? » il dit en fouillant dans son sac à dos.

« Vos mecs, là, ils ont pas mal foutu la merde, hein. On a perdu des clients », elle crache.

Eh oui, ces cons qui ont arrêté à tout-va, ça nous facilite pas l'approche. Dans le cerveau d'un client, ça fait des étincelles, un tour de garde à vue.

Noa tend le sachet de viennoiseries. Elle pioche un croissant dedans et fait signe aux autres de venir se servir.

« Ça arrivera plus », je dis.

« Mouais », elle dit en mâchant.

Quelques miettes s'échouent dans son décolleté. Les autres filles sont déjà reparties après avoir englouti leur croissant.

« Vous voulez quoi ? » la fille s'agace.

Noa hausse les épaules en offrant une canette de coca à celle qu'on surnommait Overplatine — à cause de ses cheveux.

« On veut vérifier qu'y a pas des filles qui disparaissent », j'explique.

« Votre fêlée, encore », elle marmonne. « Des nanas, y en a tous les jours qui se cassent. Tu veux que je te dise quoi ? »

Une des meufs sous un lampadaire, qui nous a entendus, s'approche.

« Et Laeti ? » elle dit, tremblante de froid.

« C'te sale gamine », sort Overplatine. « Elle reviendra quand son mec l'aura ressortie de son foyer », et elle rit grassement.

Une mineure.

La première hausse les épaules, et la plus âgée nous fait signe de reprendre notre route. Une fois un peu plus loin, j'extirpe mon carnet de la poche intérieure de mon blouson.

« Laeti ? Pour Laeticia ? Tu crois ? » je demande à Noa.

« Je vois pas d'autre possibilité », Noa dit en acquiesçant pour lui-même. « Ouais, note qu'on va se faire la tournée de l'ASE demain. » Puis il ponctue : « Attroupement Sans Espérance. »

« Pas mal. Dans le thème », je dis.

On croise d'autres filles, on distribue d'autres croissants, et on récupère d'autres noms, et d'autres histoires :

« Kiki ? Pouf, partie avec un gars, jamais revenue », rire. « Il l'a peut-être mariée. »

« Sté, un jour là, un jour plus là. Mais sa madame faisait que l'emmerder. »

« Ju' ! Ah oui ! Ça fait un bail ! C'est peut-être cassé. T'aurais pas des clopes, aussi ? »

La liste s'allonge. Le carnet se noircit. Je dois changer de page, et c'est qu'un seul quartier de Marseille, ça.

Une fois notre ronde terminée, je sais que demain, on sera enfermés au bureau, le téléphone vissé à l'oreille, à éplucher les dossiers, les bases de données.

Je ramène Noa chez lui, et en conduisant d'une main la Mégane du boulot, je retente d'appeler Cassandra.

Toujours cette bascule directe sur la messagerie.

Toujours cette boule d'angoisse dans la gorge, avec, en bonus, une poche de veste remplie de noms.

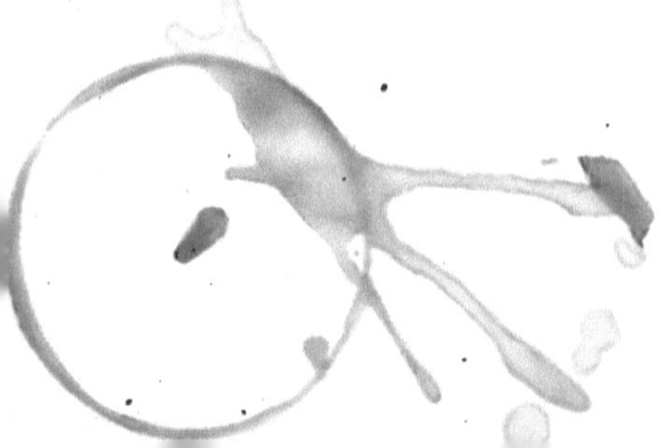

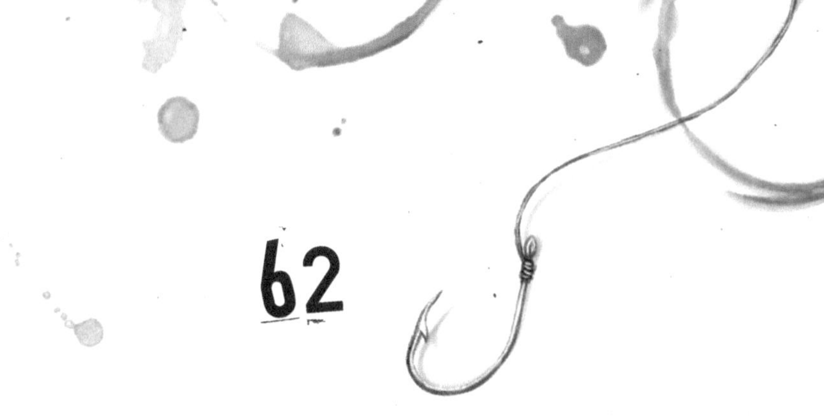

62

Le lendemain,

Farid — « Ah, ouais, on a bien une Laeticia. Mais elle a fugué », un soupir. « Encore », un silence. « Ça fait un bail qu'on l'a signalée, celle-là », me répond la voix grave que j'ai à l'autre bout du fil.

Au même moment, Noa souligne un des noms que l'on a notés au tableau, ce qui veut dire qu'il fait chou blanc. En face de moi, Julie continue de taper sur son clavier et de décortiquer le FPR et le TAJ en indiquant des numéros de téléphone à Noa.

« Vous pouvez nous envoyer une photographie récente ? » je demande à mon interlocuteur.

On a passé la matinée et l'après-midi, à fouiller, à donner des coups de fil, à traquer, avec seulement des blases de rue.

Sur le tableau, sur les quinze meufs, quatre se sont barrées : on sait où elles sont, et elles vont bien. Sept noms sont surlignés, c'est-à-dire qu'on n'a déniché aucun interlocuteur, rien. Les quatre qui restent, on a réussi à retrouver quelqu'un qui les connaissait, mais les filles sont introuvables.

Je m'étale dans mon siège, je ferme les paupières un instant. Mes yeux brûlent d'être constamment collés à mon écran d'ordinateur, mes tympans picotent d'entendre toutes ces voix au téléphone. J'ai juste besoin de silence. Dans mon esprit, c'est loin d'être le cas.

Je me fais des hypothèses.

En France, chaque année, grosso modo, 60 000 individus disparaissent.

Certaines pour changer de vie, certaines : on sait pas, pouf, plus rien.

Les études estiment qu'environ la moitié de ces disparitions — autour de 30 000 personnes — correspondent simplement à des gens qui ne souhaitent pas être retrouvés, qui ont claqué la porte à leur existence.

Heureusement, 55 000 personnes finissent par être déclarées vivantes.

Alors que 1 000 personnes sont retrouvées mortes.

Et chaque année, autour de 70 à 100 cadavres sont découverts, mais non identifiés — faut avoir la vision, là.

Il reste donc entre 3 000 et 4 000 personnes dont on ne connaît absolument pas le destin — la proportion de gens marginalisés dans ce groupe est, évidemment, immense.

À cela s'ajoute un autre phénomène, encore plus invisible. On estime que plusieurs centaines d'enfants naissent en France chaque année sans être déclarés à l'état civil — pour tout un tas de raisons, bien sûr. Et des dizaines de milliers d'individus entrent sur le territoire sans être enregistrés nulle part.

Autant de gens qui foulent la terre sans exister.

Autant de gens qui peuvent disparaître sans que personne s'en soucie.

C'est tout un écosystème qui permet à un prédateur de vivre, sous nos radars.

J'ai la sensation d'une chute, et je me redresse d'un coup en croyant que je tombe de ma chaise.

« Farid », j'entends.

Je me tourne vers Noa. Il est bloqué devant son écran, la bouche ouverte. Je me pointe à son niveau, et il me montre un cliché reçu par mail. Je reconnais trait pour trait cette fille.

« C'est elle, hein ? » il demande, histoire d'être sûr.

« Ouais. Doudoune. »

Je me refais la réflexion qu'elle ressemble à Cassandra.

J'ai toujours pas de nouvelles de celle-là. Elle aussi a pu disparaître, comme Doudoune. Sans m'en rendre compte, j'ai mordu si fort la peau de mon pouce que j'ai du sang plein les doigts.

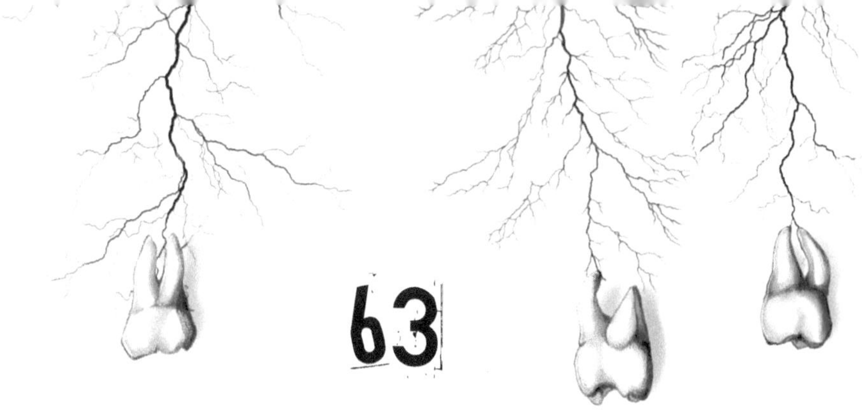

63

Le soir,

Cassandra — Ma peau craque. C'est un tissu de soie sur lequel une cigarette incandescente s'écrase.

Tout s'enflamme. Le seul réconfort, c'est le froid des carreaux.

La crise, je l'ai sentie venir, d'abord insidieuse. Elle a commencé par me tordre les genoux, puis, plus virulente encore, elle a embrasé le peu de chair saine qu'il me restait, et, plus vicieuse, elle s'est attaquée à mes organes internes.

Je me hisse en m'agrippant à la cuvette. De nouveau, mon estomac se contracte dans le vide. Je crache, je tousse, j'expulse un filet de sang.

Il faut attendre que le pire passe. Ravaler ses larmes de douleur. Ne pas appeler Papa, ne jamais dire à Louise. Être seule, dissimulée, lécher ses plaies, en espérant qu'elles ne suppurent pas, et supplier son corps de laisser un peu de répit, juste un peu, suffisamment pour aller à la maison, aller dans la cave, dans le frigo, se perfuser, tout ranger, tout cacher.

Je sais que j'ai peur de la mort.

Ça cogne à la porte.

Oh non, pas ça.

Je glisse de mon point d'accroche, mon crâne frappe le sol. Je reste un temps dans les vapes.

De nouveau, ça toque, et la voix de celui qui est encore neutre heurte mes tympans. Il peut m'aider.

Je rampe. Je dodeline de droite à gauche, et j'arrive à me hisser pour déverrouiller le loquet de la porte. Je repars en arrière.

« J'entre, hein », j'entends comme un écho.

Une ombre glisse au-dessus de moi. Je geins, en cachant mon visage dans mes mains.

Un canon de mots.

Des doigts saisissent mes bras, me soulèvent, m'entraînent. J'essaie de mettre un pied devant l'autre, la figure plantée dans ce qui semble être du cuir ; froid.

La brise sur ma mâchoire. Du métal qui grince.

On me laisse tomber sur un siège. J'entrouvre les yeux ; des pins à travers le pare-brise. De nouveau, je tousse, jet de sang. Le tremblement d'un moteur.

La peur de l'inconnu.

Un chapitre saute, la joue fusionnée à la vitre.

Des voix grondent au-dessus de moi, mon visage est secoué, je perçois des questions. Je n'arrive pas à y répondre.

On m'attrape, pantin désarticulé. Je me sens allongée, cette position est insupportable, je me replace sur le côté et rabats mes genoux contre mon ventre. Je discerne encore l'empreinte d'une main sur mon front, et c'est le départ, la coulée dans le chaos, le néant, l'obscurité qui porte le temps.

Je ne voulais pas aller à l'hôpital.

Parce que c'est ici que les gens meurent.

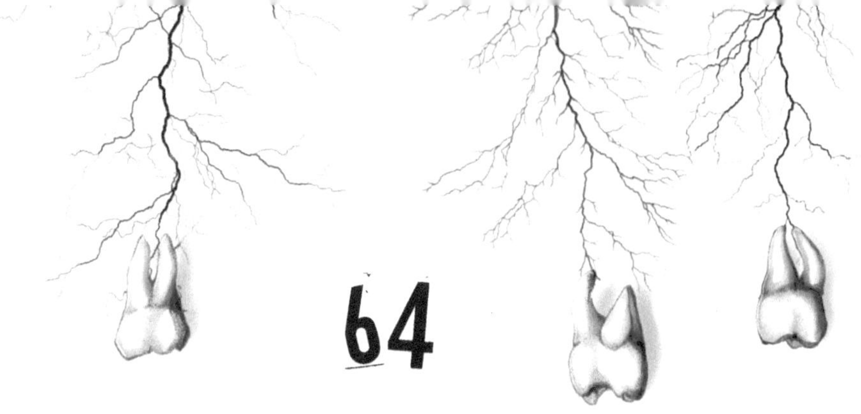

64

Deux jours plus tard,

CASSANDRA — Son pouce ripe sur l'écran, le bonbon bleu se déplace ; il fait disparaître la ligne. La tête lourde, j'essaie de garder les paupières ouvertes. Je reste focalisée sur le jeu, je me dis qu'il aurait pu remporter sa partie depuis longtemps, et finalement, je ne crois pas qu'il soit très concentré ; il fait ça par automatisme.

La pièce est plongée dans la pénombre. Il n'y a que ce téléphone, et ce visage éclairé par cette lumière artificielle. Rien d'autre. Farid a les traits si durs, comme ça, et sa bouche se tord plus encore quand il perd sa partie de Candy Crush. Il soupire, en relevant les yeux de son écran. Il s'arrête sur moi, avec un air étonné.

Il se lève, et s'accroupit pour mieux me voir. Il lance un simple :

« Bonsoir. »

J'acquiesce en tâtant la perfusion qui sort de l'intérieur de mon coude. Je suis le conduit du bout des doigts qui remonte, comme un tentacule, jusqu'à une poche à demi vidée, estampillée Normosang.

En m'appuyant sur mes mains, j'essaie de me redresser. Je frotte mon visage :

« Je suis là, depuis quand ? » je finis par demander.

« Deux jours. »

Le couperet. Papa doit être inquiet.

« Il est où, mon téléphone ? » je dis, soucieuse.

Il cherche dans la poche de son blouson, pendu au fauteuil où il était assis, et me le donne :

« Tu l'as fouillé ? » je questionne.

Il se laisse tomber dans son siège, avec un demi-sourire :

« Mis à part ta copine qui te fait une crise, y a rien dans ton vieux machin. » Il lève l'index : « Ah si, j'ai dit à ton père que t'allais bien. » Il place sa main sur son torse : « C'est toi qui arrêtais pas de marmonner qu'il fallait que tu rassures ton père. J'comprends, et j'm'en suis chargé. »

J'ouvre en vitesse la conversation avec Papa. Celui-ci demande si je passe boire un café à la maison, et MOI, je réponds que j'ai eu une urgence au travail, que je suis fatiguée. D'accord.

Farid ponctue :

« Paraît que tu fais souvent des stages, ici. » Il lève les yeux au plafond, en tapotant du pied par terre : « D'ailleurs, je me suis fait engueuler, je t'ai emmenée trop tard, apparemment. On m'a regardé comme un goujat ! »

Je ricane, en m'enfonçant mieux dans mes draps. Je n'ai pas su doser l'intensité de la crise et je croyais que je maîtriserais. Erreur.

« Cet ami Gunther ne va pas bien, du tout », j'entends.

Je le fixe d'un air mauvais. Il penche la tête sur le côté et croise les bras. Je vois mal son visage dans l'obscurité :

« Au boulot. Tu te doutes. » Il acquiesce avec lui-même. « Je t'avoue que j'ai pas tout capté non plus. Seulement que c'est une saloperie, et que c'est un nom à la con, Gunther, pour une maladie. » Il s'étale plus : « Au moins, je sais, maintenant. »

« Bravo, et ça t'apporte quoi ? » je soupire.

Je vois ses mains faire signe de m'entourer :

« Je cerne mieux la personne que j'ai face à moi. »

Je balaye sa réflexion. Je tâte mon ventre, la douleur résiduelle est encore là, mais tout tient enfin, le pire est passé. La machine est repartie.

Pour combien de temps ? Je tire sur le tissu qui s'est plaqué à ma poitrine. La fameuse blouse d'hôpital.

« Ils sont où, mes vêtements ? » je questionne.

Il attrape un sac noir, sur le bureau à côté de lui :

« Les habits que t'avais sur le dos, pleins de vomi ? Dans une machine chez toi. » Il secoue ce qu'il tient. « Là-dedans, t'as des fringues propres que j'ai piochées dans ton armoire. T'excuseras les choix, j'ai fait au pif. » De nouveau, il roule des yeux : « Mon Dieu, ce que t'as comme affaires. »

Je lance, acide :

« Tu ne te gênes plus, en fait ? »

Je me penche pour saisir le sac avec violence.

« On fait quoi, alors ? J'appelle ton père ? Ou ta copine à qui tu fais la tronche ? » Il sourit narquois, du genre assez fier et mesquin, en me pointant de l'index : « Je m'occupe de celle-là, et de ses mystères. » Je lève un sourcil, il ajoute : « Le deal est pas si mal, je crois. »

Je grommelle en sortant mes vêtements. Du très simple : jean noir, tee-shirt noir, même la culotte et les chaussettes sont noires, par contre : trois soutiens-gorge différents, que j'étale sur les draps.

« Là, je savais pas. Alors, j'ai pas réfléchi », il se justifie en rougissant.

Je ne dis rien de plus, j'ai l'intention de me lever. D'abord un pied sur le sol, puis le deuxième, et j'attends un moment. Je me sens friable, mais ce n'est pas pire qu'un autre jour — je crois que l'on s'habitue à certains états. Farid se met sur ses jambes lui aussi :

« Et tu comptes faire quoi, là ? » il interroge.

« Aller à la salle de bain, m'habiller et partir. »

Je me lève en ignorant ses protestations, je zigzague jusqu'à la petite pièce, et m'enferme dedans à double tour.

Je tape sur l'interrupteur, la lumière stérile me brûle les yeux, mais ce qui me fait encore plus mal, c'est mon aspect. Comme à chaque fois, ils ont retiré ma perruque, et mes lentilles.

Pourquoi j'ai oublié ce détail.

J'avale un cri aigu.

« QUOI ! » demande Farid, resté derrière la porte.

Je me mords l'intérieur de la joue, et soupire :

« Rien ! Tu m'as pris une écharpe ? » je questionne, nerveuse.

« Oui, un manteau et des baskets. »

J'inspire et expire plusieurs fois de suite. Je m'habille difficilement, chacune de mes articulations s'est remplie de sable et grince, puis je réclame le reste de mes affaires en tendant une main par la porte que j'entrouvre. Farid s'exécute, j'enfile mon manteau, et emballe ma tête dans mon écharpe, pour bien couvrir mon crâne.

Puis je me souviens.

Je quitte en trombe la salle de bain, et arrache la paire de lunettes que Farid coince toujours dans le col de son pull. J'enfonce les lunettes sur mon nez, contrariée, bien, bien contrariée. Son regard n'est pas étrange envers moi, il est juste, comme d'habitude — il fait semblant.

« Fais-moi sortir, tout de suite », j'ordonne. « S'il te plaît », j'ajoute.

J'entends gronder dans sa gorge, soupirer, râler intérieurement, mais surtout céder.

Il entrouvre la porte de la chambre et me fait signe d'attendre. Il vérifie les alentours, et d'un geste m'indique de venir.

On traverse le couloir. Je marche si lentement, c'est effarant. Une fois l'ascenseur trouvé, Farid presse sur le bouton d'appel. Au loin, deux infirmières s'approchent en gloussant. Au même moment, la porte s'ouvre en couinant, et Farid emballe son bras autour de mes épaules pour que l'on s'engouffre vite dans la cabine. Il écrase une dizaine de fois le bouton de fermeture des portes, et enfin, dans un grincement, la machine obéit.

On descend au rez-de-chaussée de la Timone, mon cœur a du mal à changer d'étage. Je me répète que tout ira bien.

Une fois sortie de l'ascenseur, je m'agrippe à son coude, pour trouver un peu de maintien, et on traverse le hall, comme si de rien n'était, faisant mine de bavarder. On se retrouve vite dehors.

Combien de fois j'ai fui cet hôpital, et combien de fois j'y suis retournée.

« Je veux pas mourir, là », je murmure.

Farid pince les lèvres, et sort une de ses éternelles cigarettes. Je lâche son bras, je mets de la distance entre nous, tout en continuant de le suivre. L'homme a de l'allure avec ses cheveux noués derrière la nuque, dans une grosse boule. Les quelques frisettes charbonneuses qui lui retombent sur le front durcissent son visage, et il fait très sérieux, ça doit être à cause de ses sourcils fournis, toujours froncés.

Je me détourne, je jette un œil à l'hôpital qui s'éloigne, pour disparaître dans le noir de la nuit — additionné au filtre sombre des lunettes. Je ne veux plus jamais revenir ici.

Je continue de suivre Farid, jusqu'à sa vieille 406, et je m'installe sur le siège passager, alors qu'il termine sa cigarette de quelques bouffées. Il se met au volant. Je caresse le cuir sous mes fesses. J'aime cette couleur crème. Les taches de café, ici, sont légion, un gobelet coincé à côté du frein à main, lui, déborde de mégots de cigarette et ça empeste le tabac. C'est assez dégoûtant.

Il démarre. J'essaie de caler mes pieds entre les emballages de sandwichs Sodebo :

« Bon, tu veux pas que je te ramène chez ton père, ou chez ta copine ? » il demande en manœuvrant.

« Chez moi. », je lance.

« Sûre ? » il questionne.

« Sûre. », j'ajoute.

Il quitte la place de parking, puis s'engage sur le boulevard. Sur le tableau de bord, le voyant moteur est allumé, et je le pointe du doigt :

« Ça t'inquiète pas, ça ? »

« Faut que je l'emmène au garage », il dit en caressant le volant. « J'ai pas trop le temps. »

Je ne réponds rien, j'aurais déjà appelé Papa en pleurs pour une broutille dans le genre.

Je me sens encore vaseuse de ma crise, alors je m'installe plus confortablement, en observant les lumières s'agiter, les ruelles défiler, la nuit glisser. La voiture se secoue. Je comprends que Farid a pilé car un scooter lui a grillé la priorité. Il ne crache pas d'insulte, mais se tord dans tous les sens.

La colère contenue lui va bien, et il en déborde. À tout moment, il explose. J'imagine, trop. Cette retenue le rend beau, car il sait qu'il a tout à perdre de se laisser aller à ces véritables instincts. Il est conscient. C'est bien.

Il se stationne facilement sur le parking de ma résidence. On quitte la voiture tous les deux. Il me suit jusqu'à chez moi, et devant mon appartement, c'est lui qui sort mes clés de sa poche et me les rend, avec un sourire amusé. En ouvrant, je demande :

« T'es au moins allé travailler ces derniers jours ? »

Il lève les mains en l'air :

« Bien sûr ! » il s'agace comme si j'avais insulté sa maman. « La journée, boulot, la nuit, surveillance. »

Ce qui explique ses énormes cernes. Je baisse la tête, et m'enfonce dans mon appartement. Sur la table, un sachet transparent ; je l'ouvre, et encore une fois, le contenu me fait lâcher un cri aigu. Je referme aussitôt, et attrape le tout pour le planquer dans un des placards de la salle de bain.

Farid s'appuie contre une des chaises, en soupirant :

« Ils n'ont pas abîmé tes lentilles, ils les ont fichues dans un étui, tout au fond. J'ai vérifié. » Puis, il analyse le lustre : « Au début, je croyais que tu faisais ça… enfin, que tu portais ça, pour protéger ton identité. » Il acquiesce avec lui-même. « Mais non, et j'ai pas tout compris, vu que t'es même pas chauve », il rit avec lui-même.

Sans attendre de réponse, il part fouiller le frigo, comme si les lieux lui appartenaient, et je tire sur mon écharpe, pour mieux couvrir ma tête.

Non, j'ai des cheveux. Très conventionnels, très bruns, sauf qu'à l'arrière des oreilles, et sur tout le contour, j'ai des plaies, des tas de plaies, où il manque des touffes. Le moindre coup de mistral, et la vérité éclate, et ça, ce serait terrible, horrible, innommable, même !

Farid sort une bouteille de jus de pomme, et saisit un verre qui séchait sur l'égouttoir. Il me sert. J'attrape mon dû en m'asseyant, et j'entends ricaner :

« Tu vas rester emmitouflée comme ça ? »

Je fronce les sourcils et pince les lèvres.

« Jusqu'à ce que tu partes », je chuchote.

« Laisse-moi juste le temps de voir si c'est OK. » Il tapote du doigt la table. « Le toubib voulait te garder bien plus longtemps, je te signale. » Il s'approche de moi, à pas feutrés. « Je vois », il ajoute, et il tend la main, et tire un peu sur les lunettes — c'est vrai qu'on se repère mieux sans verres teintés. « Y a rien qui m'a choqué. »

C'est moi qui me mets à rire :

« Tu dis ça pour me faire parler », je soupire, lasse. « Tu veux profiter de ça. »

Et je réenfonce les lunettes sur mon nez. Il lève un sourcil. Je bois mon verre avec une forme de fierté de l'avoir mouché.

« Tu parleras, quoi que je dise. C'est juste toi qui décides quand », il finit par lâcher ça comme une conclusion tout juste acquise.

Pragmatique, le Farid. Il tire une chaise, et s'assied à côté de moi. Il harponne des deux mains les branches des lunettes :

« Je peux ? »

Je soupire, et acquiesce, boudeuse. Il pose les lunettes sur la table, et plonge ses yeux dans les miens ; il inspire, prend un pan de mon écharpe, et la retire de ma tête. Il attrape mon menton entre son pouce et son index pour relever mon visage :

« C'est assez fantastique », il déclare.

Je pointe du doigt le défaillant. Des iris trouées, des rétines blanchies, puis je soulève mes cheveux à leur base, pour lui exposer ces immondices de plaques.

« Il est beau, le fantastique, hein », je crache.

Il hoche la tête de droite à gauche, en se vautrant mieux dans sa chaise :

« Je crois surtout que tu fais une fixette. » Il balaye ce que je pourrais dire. « Bon, par contre, vu la tronche des cernes, et ta sympathie, faudrait penser à se reposer. »

Je pense aussi que c'est une sage idée, et je pars mollement enfiler un pyjama dans la salle de bain. Quand je ressors, il est encore assis là, à jouer sur son téléphone. Il me désigne du doigt ma chambre.

Il compte veiller.

Qu'il veille alors !

Je ne me rebelle pas. Je suis contente d'être chez moi. Je suis contente de ne plus être paralysée.

Je lui passe à côté, j'effleure son épaule.

« Tu partiras au travail demain ? » je demande en attrapant mon verre pour le remettre dans l'évier.

« Oui. Par contre. J'ai pas appelé ton boulot. Il faudra que tu gères ça. »

Je repasse derrière lui :

« Je m'en occupe demain. J'aménagerai encore plus mes horaires », je ponctue.

Il secoue la tête. Je lui indique du bout des doigts le canapé, et la baie vitrée qui mène au balcon, s'il veut fumer. Je quitte la pièce, et rejoins ma chambre.

Je ne ferme pas la porte. Je me couche, de manière à l'observer, assis à cette table, à jouer sur son téléphone. Je serre dans mes bras un coussin, et je le vois : il se décale, pour se mettre à me fixer. On se toise ainsi, jusqu'à ce que je capitule, et que mes yeux se ferment sans contrôle.

65

Le lendemain matin,

LOUISE — L'inquiétude a fini par me prendre de court.

Dans le bus, je gratte ma cuisse, en essayant de rappeler Cassandra. Cette conne me laisse encore sur son répondeur. OK, pas de souci, ma belle, j'arrive tout juste devant chez toi. Il va te faire tout drôle, le savon que je vais te passer.

J'entre dans le bâtiment d'un pas franc quand une vieille en sort, et je grimpe les deux étages pour me retrouver dans le couloir. Non, j'appuie pas sur la sonnette. Je tambourine à la porte, comme une tarée.

Puis, j'écoute ce qui se passe à l'intérieur. Un froissement. Une chaise qui râpe.

« JE SAIS QUE T'ES LÀ, EMMERDEUSE ! » je hurle.

Je cogne encore, et la porte finit par s'ouvrir sur une Cassandra en pyjama, la tronche complètement défaite.

Je la bouscule et entre, en râlant :

« Tu fais vraiment chier ! C'est bon ! On va pas rester fâchées une éternité ! »

« C'est toi qui étais fâchée au début », je l'entends grommeler.

Je lève mon index :

« T'avais qu'à pas… »

Et je la ferme quand j'aperçois un autre luron dans la pièce.

Je mets ma main devant ma bouche. C'est son type, là ! Le vrai. Mon Dieu ! Je peux enfin le voir, pour bien le haïr de me voler ma Cassandra.

Je me rue devant lui, étudiant chaque détail du bonhomme. Mouais. Nez trop épais et plongeant, trop de sourcils, trop de rides, trop de cernes. Bon, OK, il est pas non plus affreux. Assez grand, le rebeu, bien bâti, très bien bâti, faut reconnaître.

Lui aussi m'analyse, mais avec une tronche d'outre-tombe. Pas l'air jovial, le type. Il pose la tasse qu'il avait entre les doigts dans l'évier, et me contourne, en marmonnant :

« Je dois y aller. »

Cassandra opine du chef, passant ses yeux de moi à lui. Il s'approche d'elle. Dans ma tête, ça chante : Le bisou ! Le bisou !

Mais monsieur est un trouillard. Il lui tape juste la bise en lui tenant l'épaule. Je suis persuadée d'avoir perçu un chuchotement à l'oreille de Cassandra, qui a acquiescé discrètement.

Je suis sûre que c'est un truc cochon.

Il me lance un regard sans la moindre émotion, et ajoute, un poil trop poli à mon goût :

« Au revoir. »

Je lui envoie un baiser en braillant :

« Bonne journée, m'sieur l'agent ! »

Oh, je le contrarie. Il fronce les sourcils, avant de claquer la porte.

C'est pas un rigolo.

Je me ventile avec ma main, et dis avec une voix chaude, du Sud :

« Oh là là, mais quelle tension ! »

Maintenant, c'est Cassandra qui me fusille du regard. Trop mignonne avec ses petits poings serrés, et ses yeux rouges.

« T'es vraiment un cas ! » elle me braille dessus.

Je récupère le café du flic, renifle, et considère que c'est parfait, avant de l'avaler.

« Quoi. J'ai cassé ton coup ? » Je hausse le menton. « Bien fait ! » Je lève une main en l'air. « J'ai une question méga importante, de toute façon. »

Elle se laisse retomber sur une chaise en attendant ma requête.

« Est-ce que, quand vous baisez, il te menotte ? » J'imite une levrette, avec une voix grave : « T'es une vilaine fille, et moi, je suis la LOI. » Je ricane seule en murmurant : « Batman. »

Hop, transformation pivoine pour Cassandra, qui enfouit son visage dans ses mains. Le pire, c'est que j'en ai des tas, des blagues comme ça.

« Louise, s'il te plaît », elle gémit. « Je suis fatiguée… et malade. » Elle miaule : « Tu te vengeras un autre jour… »

« Han, han ? Fatiguée. » Je souris lubrique.

Elle me lance une horrible œillade.

« OK, j'arrête, bichette. T'as quoi ? »

« La grippe. »

Ce qui explique peut-être le silence radio. Ça et son satané flic.

Je m'assieds sur le plan de travail, et lance un sujet plus intéressant :

« T'as vu, j'ai été acceptée ? »

Elle se lève, et part en direction du canapé, pour se laisser tomber dedans.

« Oui. Je suis super fière de toi. » Puis elle ajoute, lasse : « Faut vraiment qu'on fête ça. »

« T'aurais pu le dire plus tôt, connasse. », je grogne

« Je sais. Excuse-moi. Tellement. »

Je me remets debout, et la rejoins sur le canapé. J'attrape son crâne et serre sa tête contre moi.

« Tu me manques, Cas'. » Puis je chuchote, presque inaudible : « Reviens à la maison. On fera comme on pourra. »

Je veux lui offrir mille pardons. Mais j'ai jamais su formuler ces choses-là. Je sais que je suis une gamine impulsive, naïve, qui sait pas trop où j'en suis parfois. Et Cas', c'est la seule qui trace, à l'aide de ses mains, un chemin tout à moi.

Ce moment doux, il se coupe à cause d'une sonnerie de téléphone. Je récupère en vitesse mon sac que j'avais abandonné dans un coin, et en sors mon portable. Le nom de la démone est marqué en lettres capitales. L'heure indiquée plus haut est encore plus alarmante. Cassandra se raidit, car elle capte en même temps que moi :

« T'es super en retard ! » elle hurle.

Elle part en vitesse fouiller dans sa commode :

« Je me prépare et je t'emmène ! » elle déclare.

Je la rattrape par le bras. Elle a pas l'air en forme, ma Cas'. Je hoche la tête par la négative :

« Eh, oh, t'es malade, ça arrive. Je me débrouille. T'inquiète pas. »

Elle insiste, mais je l'envoie paître gentiment, et une fois à la porte, je lui expédie un baiser :

« Je t'aime, ma beauté ! »

Je claque la porte. J'ai tellement mal au cœur.

Je file dans les escaliers en répétant : merde, merde, merde.

Je sors en trombe, et là, je vois un miracle, un vrai, un divin, et tout. Police man est appuyé contre une caisse, et fume une clope en traînant sur son téléphone. Je suis sûre que monsieur attendait que je parte pour remonter. Loupé, mon coco, tu vas faire un détour avant.

Je me jette sur lui en gueulant :

« URGENCE VITALE ! »

Il s'effraie et manque de faire tomber son téléphone par terre. Ce type a l'air aussi éreinté que l'autre. Eh ben, ça se donne la nuit, échange de grippe et tout et tout.

Dans ses yeux, que de l'horreur à ma vue. Il reste silencieux, et je braille :

« Tu me rends un service ! »

C'est pas vraiment une question.

« Quoi ! » il aboie.

Je le pointe de l'index :

« Je suis en retard au boulot parce que ma copine ne répondait plus au téléphone, à cause de toi. » Il lève un sourcil. « J'ai dû faire un détour pour voir si elle allait bien, au lieu d'aller travailler comme l'honnête citoyenne que je suis, et maintenant, je vais me faire défoncer. » Je ricane toute seule, avant de sourire mielleuse : « Tu peux m'emmener ? » Et même que je joins mes mains comme une prière. Je termine sur un microchantage : « En plus, si je t'aime bien, Cassandra t'aime encore plus. »

Il ferme les paupières un moment. Souffle. Grimace. Avant de grommeler en jetant son mégot :

« Monte. »

En me montrant sa 406.

66

Mathias — Elle a dit de pas revenir, de pas prendre de risque, mais elle a pas dit que je pouvais pas traîner dans les parages, rester à l'affût, la surveiller, surveiller ma Cassandra, en laissant ma voiture garée ailleurs, et en me mettant, moi, sur un banc dans la ruelle d'en face.

Elle disait vrai. Un mec lui tourne autour, comme une de ces mouches tournent autour de Tony.

Le pire, c'est que ce type, je l'ai déjà affronté.

C'est lui qui a pas été trop désagréable avec moi quand j'ai fini en garde à vue.

C'est le flic. Un flic.

Il passe voir Cassandra, il l'emmène avec lui, il la ramène. Il reste là. Il repart. Il revient seul, il repart seul, il revient avec elle, et puis rebelote. Je sais pas ce qu'il fait.

C'est peut-être la fin. Cassandra sous les barreaux. Cassandra dans le caca.

Mais j'ai encore des chances devant moi. Partir, pas seul, je l'embarque avec moi. Je la mets dans une petite boîte, et on disparaît.

Cette nuit, il est resté avec elle. J'ai vu plusieurs fois ce mec fumer sur son balcon, à ELLE.

Je frotte mes dents, les unes contre les autres.

Qu'est-ce qu'elle lui dit ? Qu'est-ce qu'elle lui fait ? Pas de truc. Pas de truc sexuel.

Ils ont parlé, du genre discussion autour d'une bougie. Elle lui a dit des machins dans le style :

« Oh, moi et ma sœur, ma pauvre sœur. Tu comprends, donc ? On n'a pas vraiment eu le choix. »

On n'a pas eu le choix, tous les trois.

Quand la nuit s'efface, j'arrête enfin de grelotter, mais jamais de trembler. Surtout pas avec celle qui arrive maintenant.

Sa super copine diabolique, le sacrifice raté. Elle entre dans l'immeuble. Le flic ressort. Il attend là, il fume, il fume, il fume. Je pose ma main sur mon thorax. J'ai le souffle totalement anarchique. Je panique complet dès que je vois ce mec.

Mais ça s'arrête pas là. Non, la peste, elle aussi ressort, et elle se colle devant le flic, et elle lui parle, bla bla bla que ça fait, elle fait des grands gestes, bla bla bla. Et ils montent ensemble dans la bagnole, et là, je me lève d'un bond.

Trahison ! Pourquoi ces deux-là traînent ensemble ? Cette fille, elle sait des choses, et elle va lui raconter, à ce flic ! Danger ! T'as merdé, Cassandra !

Je cours comme un dératé jusqu'à ma voiture. La 406 quitte la résidence, au même moment.

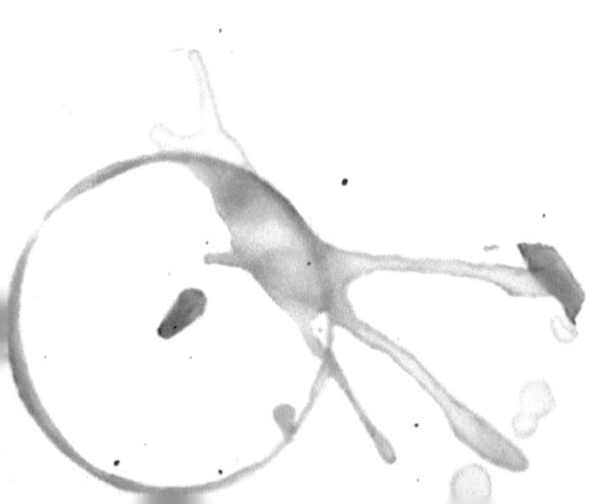

67

Farid — Elle me fixe, avec un sourire de peste. J'essaye de me concentrer sur ma conduite. Je sais pas encore si je la déteste, mais je sens que ça va pas tarder. En plus, elle me crache à la gueule sa vapeur de clope électronique goût fraise. Je finis par m'allumer une cigarette, pour lui rendre son dû. Une joute de fumée.

Cette emmerdeuse me fait aller au Vieux-Port. J'ai plus qu'à me pointer au boulot après. Génial. Tu parles d'une super copine. Elle contraste totalement avec Cassandra — et ça doit lui faire un spectacle.

J'entends la langue de Louise claquer d'ici. Trois, deux, un, elle cause :

« Quand tu menottes Cas', tu t'y prends comment ? »

Ensuite, elle pouffe de rire, et je la vois tendre ses poignets en avant dans un tintement de bracelets :

« Genre, devant ? Comme ça ? Ou plutôt derrière. »

Je me tourne rapidement, et elle joue avec ses sourcils et un sourire lubrique qui me fait glousser comme un abruti. Un point pour toi, Louise, tu es très drôle.

« Nan, sérieux. Je veux savoir », elle insiste.

Je vais pas lui dire : écoute, cocotte, la seule fois où j'ai menotté ta copine, personne n'était nu, et je l'ai un peu bousillée contre un mur. Je souffle, mi-exaspéré, mi-amusé :

« Bah, c'est bien, si tu veux savoir. »

Elle ronronne en déclarant :

« Han, t'es le genre secret. » De nouveau, son petit ricanement insidieux : « C'est p't'être Cas' qui te menotte, en fin de compte. » Elle tapote son menton : « Elle a un petit côté dominatrice, c'est vrai, ça. »

Je ferme un instant les paupières — je peux, vu que la voie est totalement bouchée. Foutue ville à cette heure.

Je sens Louise tapoter sur ma joue :

« Tu rougis. J'ai raison. »

Je me tourne vers elle :

« C'est hyper embouteillé. T'irais peut-être plus vite à pied », je lance, cinglant.

« AH NON ! » elle braille. « Même pas en rêve. » Elle se contorsionne pour sortir son pied et me montrer sa bottine à talon : « Tu crois vraiment que je vais me coltiner deux bornes avec ça ? Tu rêves, mon coco. » Elle se remet normalement et frappe dans ses mains : « DONC. On disait Cassandra la dominatrice. »

Je souffle à voix haute :

« Ça va être long. »

Elle glousse :

« T'es pas au bout de tes peines, chérie. »

Je jette un œil dans le rétro : derrière nous, une voiture d'un bleu électrique se colle trop à mon cul. J'essaye de me concentrer là-dessus, en me rallumant une cigarette. Je me demande bien ce qu'a pu lui raconter Cassandra à mon sujet. La Louise sait que je suis flic, OK, mais elle a l'air de croire autre chose. Chouette.

« Elle t'a fait le coup où elle place un sextoy entre ses cuisses pour se faire une queue, et elle te la met ? » j'entends.

J'avale ma fumée de travers, je m'étouffe :

« Qu—quoi ! » je bégaie.

Je me tourne pour bien contempler son air de chipie, son sourire vicieux sur ses lèvres rouges :

« Han, han, ça t'intéresse, ça, hein. », elle minaude.

Bien sûr que ça m'intéresse, d'un point de vue professionnel. Pour saisir les contours de sa personne. Tout ça, quoi.

Louise s'approche de moi, bat des cils, hilare. La peau de son front perle de sueur :

« Tu sais comment je le sais ? » elle interroge.

Devant, ça bouge enfin, et j'avance de deux cents mètres avant, de nouveau, être à l'arrêt. Je lâche un long :

« Nan. Je sais pas. » Puéril. Tout à fait puéril.

« Tu veux que j'te dise ? » elle questionne.

« Ouais, OK. Vas-y », je dis tranquille, alors que j'enfonce mes doigts dans le volant au point d'en avoir mal aux jointures.

MAIS PARLE !

Elle sort un petit soupir suave, tout proche de mon oreille — trop proche de mon oreille. Ça, c'est de la folle de compète. Typiquement le genre de nana qui se greffe aux bras de Noa. Faudrait que je pense à lui présenter le spécimen.

« Elle me l'a fait à moi », elle roucoule.

J'avale ma salive — j'ai la vision.

Je me crispe tout entier. Je me sens pas vexé, de quoi que ce soit. Je suis plutôt curieux. Pas dans le sens lubrique. Non. Du tout.

J'ai lu les messages qu'elles s'échangeaient toutes les deux. J'ai même supposé, un maigre instant, que Louise était LA personne qui nous laissait des cadavres. Mais dans leur conversation, j'ai trouvé que des insultes, ou justement des mots attendrissants.

Je me souviens d'un SMS en particulier envoyé par Cassandra :

« Tu me manques. Tous les jours.

Je te vois danser à la place de notre astre.

Cas'. »

Cassandra utilise beaucoup ce mot : astre, à l'encontre de Louise.

Je me penche vers Louise :

« Vous êtes ensemble ? » je demande.

Elle hausse les épaules, un peu mauvaise, et là, je comprends. Elle est jalouse. Elle crève de jalousie ! C'est pour ça qu'elle s'éponge le front discrètement du bout de la manche, c'est pour ça qu'elle tire en rafale sur sa vapoteuse, et c'est pour ça qu'elle me fait chier. Que c'est mignon. Mais qu'est-ce que tu lui as raconté, à ta copine, Cas'.

« Je la touche pas, ta meuf », je la toucherai jamais.

Louise éclate d'un rire mauvais :

« Gros menteur », elle lâche.

La route se débouche enfin. On s'approche du job de Madame.

« Je t'assure. Je la touche pas », j'insiste, plus sérieusement.

Je chope une place juste en face de son boulot. Louise a arrêté de se bidonner. Elle a l'air pensive maintenant. J'imagine qu'elle se fait son petit délire pornographique dans sa caboche.

« Au fait, vous l'avez trouvé, ce sale type ? » elle demande. Je lève un sourcil. Elle ajoute : « Bah… ce mec, là. Celui qui la harcèle. »

Je fais mine de comprendre, j'acquiesce :

« On y travaille. On y travaille. »

« Travaillez-y plus fort, alors », elle m'envoie dans la face.

OK. On se concentre. On n'insulte pas la merdeuse à côté. Louise sait un truc, visiblement. C'est le même qu'on a dans le collimateur ? J'aimerais bien lui tirer les vers du nez, mais faudrait expliquer autre chose ensuite.

Je me tourne pour offrir un sympathique sourire à ma nouvelle amie, Louise :

« D'ailleurs, maintenant que je t'ai sous la main, tu me décris le bonhomme, sait-on jamais que Cassandra s'est pas souvenue de tout », je lance sans frémir.

Louise ouvre grand les deux mirettes :

« Mais elle a dû vous filer son nom. Elle le connaît, hein. C'est un ex, y paraît. »

Elle dit ça comme si j'étais le roi des abrutis. Perspicace, la Louise. Et surtout bien biberonnée au mensonge.

« Ouais, bah, on le trouve pas. Donc donne-moi tes impressions sur lui », je tente.

Elle fait un prout avec sa bouche :

« Qu'est-ce que tu veux que je te dise, moi. Un grand maigre, roux, gueule de trouillard. T'sais, c'est les pires, eux. Ils ont l'air de putain de soumis, et en fait ils te cognent, parce qu'ils sont pas confiants. » Elle roule des yeux : « Après, je l'ai vu qu'une fois, le mec. Ils se disputaient, avec Cas'. »

Je hoche la tête tranquillement. Un grand roux — blond vénitien, pour Noa. Intéressant, ça. Maintenant que j'ai un semblant de confirmation, je pousse Louise par l'épaule :

« OK, merci. » Sous-entendu : je t'ai assez supporté. « T'étais pas grave en retard ? »

Elle serre son sac contre son ventre, en inclinant le menton :

« Merci, m'sieur », elle déclare, amusée.

Elle quitte — enfin — ma voiture. Elle traverse devant moi en m'envoyant une salutation de la main, et dans la foulée, je redémarre et me casse de l'avenue.

Mes molaires me font mal à force de serrer la mâchoire, et en conduisant d'une main, j'écris un texto pour Cassandra :

« On se revoit quand ? »

J'envoie ce message sur son vrai téléphone. Quand j'ai eu sa machine en main à l'hôpital, et que j'écrivais des mots pour rassurer son père, j'en ai profité pour m'expédier un SMS sur le mien, histoire d'avoir son numéro. Oui, pas bien. Je sais.

J'ai une réponse dans la foulée :

« Laisse-moi quelques jours de repos, et on se reverra. Bien joué, le coup du téléphone. »

Elle signe : « Cas'. »

« OK. Donne des nouvelles », je signe pas.

Elle répond quand j'arrive au boulot :

« Oui. Je donnerai des nouvelles.

J'ai vu Louise monter dans ta voiture. Je te remercie de l'avoir dépannée — et j'espère qu'elle ne t'a pas paru trop pénible. »

Elle ajoute à nouveau : « Cas'. »

Pourquoi ? Mon père fait pareil, mais il a dépassé la cinquantaine, lui.

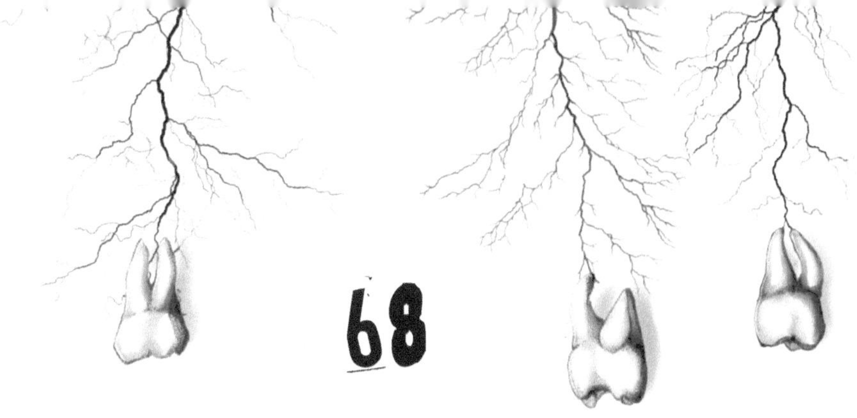

68

Trois jours plus tard,

CASSANDRA — J'applique du fond de teint sur ma clavicule. J'ai du mal à camoufler la série de cicatrices rosées sur cet endroit, je dois me tordre dans tous les sens pour voir la manière dont tombe la lumière sur l'articulation.

Deux coups secs à la porte d'entrée. Je repose mon pinceau, quitte la salle de bain, me précipite vers le meuble à chaussures, enfile une paire d'escarpins et je file ouvrir la porte. Farid, les mains dans les poches, fronce les sourcils en m'analysant de la tête aux pieds. Je tire sur le pan de ma robe :

« C'est mieux comme ça », j'acquiesce avec moi-même : « Mieux que la dernière fois », pour qu'il comprenne bien.

« Si tu veux », il soupire sans commenter, puis il indique mes chaussures : « Et tu comptes aller quelque part ? »

Je plisse les yeux, et lance, évasive :

« Je ne sais pas », en le laissant entrer.

Tu vas me promener, ce soir.

Il s'adosse, comme il l'a fait la dernière fois à l'évier, en croisant les bras. Du pied, il bat une mesure imaginaire :

« T'es sortie de l'hôpital y a trois jours, tu devrais plutôt te rouler dans ta couette », il déclare.

Je m'appuie à côté de lui, mon poignet contre sa hanche.

« Je vais bien mieux », j'affirme. « Je n'ai pas envie de rester chez moi. » Je lui envoie un petit sourire en coin. « Pour ça que t'es là aussi. »

Non, il n'est pas là pour ça, en vrai.

Farid glousse en fermant les paupières pour les frotter de son pouce et de son index :

« Et aussi, parce que ta copine m'a dit que t'étais lesbienne », et il éclate d'un rire surnaturel.

Je me sens toute friable sur mes jambes, et toute bouillante dans les joues. Ma voix s'ébrèche :

« Attends, elle t'a raconté ça… » Je lève un doigt en m'avachissant : « Faut que je remette l'église au centre du village. »

Il se penche vers moi, les yeux humides d'avoir trop ri, et demande :

« Qui dit encore ça ? » en parlant de mon expression.

« Moi ! » j'éclate d'abord, avant de placer mes mains sur ma bouche pour chuchoter : « Mon Dieu que c'est gênant, cette histoire. » Je veux l'attacher sur une chaise et le faire répéter tout ce que cette petite peste a bien pu lui raconter.

Est-ce qu'elle lui a parlé de Cassian ? EST-CE QU'ELLE LUI A PARLÉ DE CASSIAN !

Il me frotte gentiment l'épaule, en se redressant :

« Le plus gêné, c'était moi, va. » Et il repousse cette histoire en se grattant la nuque : « Bref, elle m'a fait marrer, TA copine. » Et il glousse, fier de lui. « Bon, tu veux pas rester là. »

Je suis encore toute déconfite, et il se dirige vers le manteau que j'avais pendu à une chaise en prévision de ce soir. Il saisit le vêtement et l'ouvre pour que je vienne m'y glisser.

Une fois dans sa voiture, il fait une liste de choses :

« On pourrait aller grailler un bout. Ou alors, je roule, comme la dernière fois. Un verre dans un bar ? C'est toi qui vois. »

Il continue de cogiter. Tout ça, c'est ennuyeux.

« Un truc génial », je dis.

Il lève un sourcil, et moi je serre les lèvres avant de lancer :

« Un truc que je n'ai jamais fait. Excitant… » Je baisse le visage. « Pas monotone, comme le reste. » De mon existence. « Quelque chose de drôle ? D'un peu fou. »

Il se tapote le menton, en réfléchissant, et marmonne :

« Le saut en parachute, là, tout de suite, je suis pas sûr. »

D'un coup, il s'illumine et démarre sa voiture en expliquant :

« Quand je suis contrarié, ou complètement bourré, il y a quelque chose que j'adore. » Il ajoute en jetant un œil à mes chaussures : « Mais faut être accroché. »

« J'ai peur de rien, tu sais. »

Il ricane encore. Quand il rit, il ferme les yeux. Il est de bien bonne humeur ce soir.

« Des taches, peut-être », il ajoute.

Je le pousse par l'épaule.

Il suit le Prado un temps, puis s'engouffre dans un des passages un peu miteux qui se cachent derrière la rue de Rome. Il enclenche son clignotant en s'arrêtant devant un garage, puis fouille dans le vide-poche pour en sortir une télécommande. Un coup de doigt, et dans un claquement, la porte métallique s'ouvre. Farid s'enfonce minutieusement dans le parking souterrain et gare sa précieuse à la place numérotée du fond.

Je quitte son auto, et on se rejoint devant le coffre.

« Juste, je la fous là, comme ça je l'ai plus sur l'dos », il justifie.

J'acquiesce en observant les murs bétonnés :

« C'est chez toi ? » Je montre le plafond, pour désigner le bâtiment.

Il hoche la tête, avant de m'indiquer un chemin à suivre. Je le suis en remettant correctement mon sac à main sur mon épaule, et on sort de l'immeuble par une porte d'évacuation d'urgence. Dans la rue, on marche dans un silence agréable, et on se retrouve vite sur la place de la Préfecture. Encore quelques pas, et Farid s'arrête, cigarette en bouche, devant une borne de Vélib'.

« Hein ? » je lâche, alors qu'il dégaine sa carte bleue pour l'enfoncer dans le terminal libre-service.

« T'inquiète, tu vas voir », il dit en balançant son mégot.

Je suis incapable, physiquement, de faire du vélo. Mais il ignore ce que je pourrais dire d'un coup de main.

Il choisit un vélo, le décroche de son portant et grimpe, puis fait deux tours autour de moi avant de s'arrêter, en marmonnant :

« On aura pas mieux. » Il me fait signe de m'approcher. « Tu t'assois sur le guidon. »

« Quoi ? » je balbutie, les yeux grands ouverts.

« Nan, attends. File ton sac. » Je lui tends mon précieux, incertaine, et il l'enfonce dans le panier devant. « Maintenant, monte. » Je campe sur mes jambes. « Bah alors, je croyais que t'avais peur de rien. » Il tousse dans son coude et ajoute de sa voix rugueuse : « Tu vas voir. J'ai fait ça des milliers de fois. »

Il m'explique comment me mettre, où placer mon postérieur, et il m'aide à me hisser. J'ai les pieds dans le vide et je me tiens comme je peux au guidon, en essayant de ne pas partir en avant ni en arrière. Ce n'est pas une bonne idée.

Je regrette tant mon : Moi, j'ai peur de rien. J'avalerai ma langue la prochaine fois.

« T'es prête ? » il demande.

« Je crois. » Non. Absolument pas.

Il place ses mains sur le guidon, contre les miennes, et propulse d'un coup le Vélib' en avant. Le mouvement anarchique me fait partir en arrière, et il se lève pour accueillir mon dos contre son épaule et m'éviter d'accorder un baiser au trottoir. Le vélo prend de l'allure, et je me sens plus stable — surtout parce qu'il me sert de dossier.

Tout contre mon oreille, il jubile :

« Je me sens comme un ado, quand je fais ça. »

Je réponds d'un petit rire instable.

Finalement, j'aime l'expérience : la brise fraîche sur mes joues, le fait de ne pas savoir où aller. J'ai l'impression d'être sur un navire qui sillonne les rues au hasard. Ça tombe bien, j'ai besoin de me rendre nulle part.

On déboule sur le Vieux-Port, et Farid zigzague à toute allure entre les passants qui parfois poussent un râle de surprise à notre approche, et moi je crie aigu en fermant les yeux quand je crois qu'il va vraiment percuter quelqu'un. Lui, ça le fait bien rire.

Pourquoi tant de joie ce soir ? J'aimerais lui demander. Je me tais — il travaille.

Farid s'engage sur la montée de la Corniche. Le vélo ralentit drastiquement, et je me sens gesticuler de plus en plus à droite et à gauche. Il gronde, renâcle, mais ne s'empêche pas de répéter un refrain d'enfant :

« Oh hisse, la saucisse ! »

Arrivé sur la butte, il s'arrête un instant pour souffler comme un bœuf, et je descends d'un bond hasardeux. Il éponge son front du revers de la manche de son blouson. Mais son état ne le gêne pas pour sortir une cigarette.

La pause dure dans un silence parfait. J'observe la mer, du moins ses reflets. Cette mer me rassure, et Farid fixe les pêcheurs en contrebas, toujours sur son vélo.

« J'adorerais essayer », il se le dit à lui-même, un petit sourire envieux en coin.

« Pourquoi tu ne le fais pas ? » je demande.

Il ne répond pas. Il se contente de lancer son mégot dans une bouche d'égout et de tapoter sur le guidon :

« Allez, on remonte. »

Je m'exécute maladroitement, et il murmure à mon oreille :

« T'es prête ? »

« Pour ? » je questionne.

« Tu t'accroches bien, hein ? Je me suis jamais rétamé en faisant ça. Promis. » Il ajoute à voix basse : « *Une fois que l'on est en haut, il n'y a plus qu'une seule destination.* »

J'essaie de me tourner :

« De quoi tu… »

Je n'ai pas le temps d'en réclamer plus que l'on repart. Je comprends sa phrase quand je vois la descente vertigineuse qui longe la côte et mène au David. Je serre les mains sur le métal au point d'en avoir mal aux paumes.

« Non, mais on va se tuer ! » je glapis.

Il pédale en prime. La pente s'accentue. Les roues claquent sur le bitume.

On prend une vitesse effroyable, au point que le vent griffe ma peau. Je pousse un hurlement, alors que le vélo dévale la voie de bus. Les feux rouges sont ignorés. J'ai la sensation que mon cœur chute, qu'il dégringole sur l'asphalte en se cognant.

Et c'est bon, en fait, cette allure.

Plus rapide qu'un météore, mes pensées n'ont plus le temps de s'accrocher à moi. Mes joues me brûlent, les larmes s'étirent jusqu'à ma mâchoire — il est possible que je perde aussi un filet de salive.

Je ferme les paupières. Je ressens. Je vis. Je suis là.

La route se rectifie, le bolide sous mes fesses ralentit, et Farid se redresse. Je sens sa tempe bouillante se greffer à la mienne :

« Alors ? » il demande.

« Incroyable », je chuchote, rêveuse.

Farid se remet à pédaler. Son endurance est prodigieuse. Il remonte maintenant en direction du Prado comme si ça ne lui coûtait rien. Il bifurque pour rejoindre Castellane. Une fois là, il s'arrête à une borne, et je descends pour qu'il puisse rendre le vélo à la ville. Il s'étire comme si de rien n'était. Demain, il aura sûrement quelques courbatures, et c'est tout.

Farid me fait une révérence :

« Voilà, c'était l'amusement. » Il m'observe quelques secondes. « Tu dois être fatiguée, maintenant, nan ? » Il me restitue mon sac, avant d'acquiescer avec lui-même : « Peut-être que je te ramène chez toi ? »

Déjà ? Je hausse les épaules. Je me sens indifférente à sa proposition, et je m'accroche à son coude pour qu'il me guide jusqu'à son immeuble. De temps en temps, je me laisse aller à observer son profil. Il ne regarde rien, il ne dit rien, et je suis sûre qu'il pense à mille choses à la fois.

On arrive de nouveau devant cette porte d'évacuation.

En bas, sa voiture. En haut, son appartement. À quoi ça ressemble, ça ? Je le retiens avant qu'il s'engage dans les escaliers pour descendre au parking souterrain :

« Je peux voir chez toi ? » je questionne, en figeant mes yeux dans les siens.

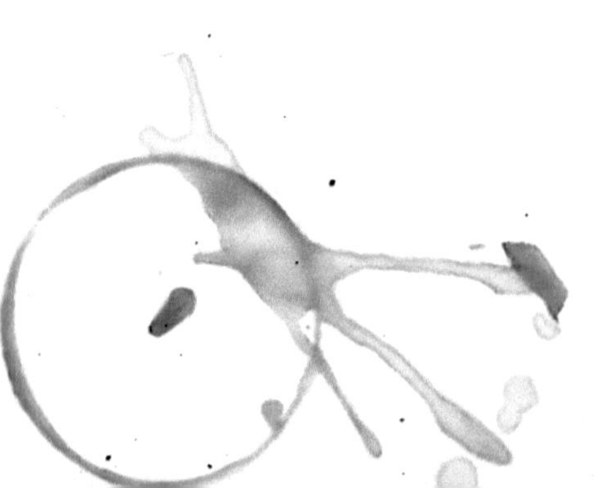

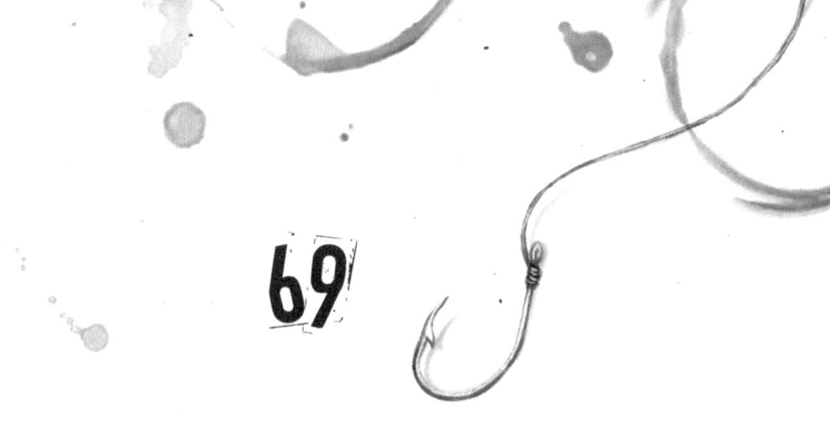

69

FARID — Elle caresse du bout des doigts la couture du canapé élimé, avant de glisser jusqu'à une photographie scotchée sur le mur. Là, mes deux parents sourient à l'objectif, et moi, je fouille comme un abruti le frigo, pour trouver quelque chose de correct à boire.

Pour la première fois de mon existence, je me sens *très* con. Pourquoi j'ai toujours accepté de vivre ainsi ? C'était vraiment si compliqué d'acheter un cadre pour cette photo ? Si compliqué de vider les cendriers ? Si compliqué de remplir le frigo ?

C'est trop tard pour les prises de conscience, et tout ce que je fais, c'est pousser du bout du pied un mouton dans un coin, en refermant le réfrigérateur bredouille. Je lui fais un verre d'eau — eau du robinet labellisée Marseille, 100 % calcaire. Je lui dépose sur la table basse, à côté de ce cendrier noyé sous les mégots et de cette boîte de Xanax qu'elle fixe, et que j'embarque avec une grimace, pour la balancer dans un placard au pif.

Je suis con. Je suis tellement con de l'avoir laissée venir.

C'est le prix de la vérité, je me répète.

Je m'assieds à même la table, en face d'elle qui a lié ses mains ensemble. J'entends le cuir s'entrechoquer, quand son index semble pris de spasmes. Elle me sourit, la tête enfoncée dans son cou.

« C'est à ça que tu t'attendais ? » je soupire.

Elle hausse les épaules, puis pointe mon œil du bout du doigt :

« C'est beau cette tache dorée », elle commente.

J'ouvre grand les paupières pour qu'elle puisse admirer ce que ma mère a toujours surnommé la pépite d'or. Elle analyse ça avec attention, avant de montrer autre chose : les DIAMOND PAINTING de la daronne, que je scotche aussi au mur, histoire de lui faire plaisir quand elle passe :

« C'est ma mère qui a une passion pour ça », je lance, sans timbre.

« Je peux dormir ici ? » elle sort sans préambule.

J'ouvre grand les mirettes en avançant le menton. Quoi ? On parlait DIAMOND PAINTING, là, et de petits chatons répugnants. Pourquoi ? Comment ça ? J'ai des milliers de questions qui me tombent sur le coin du nez, et j'acquiesce.

« D'accord. » L'ombre de Magalie me décapite.

« Merci », elle complète.

Je sens que mon cœur cale sous la panique, surtout parce que je me souviens de l'état de ma chambre. Une sorte de cafarnaüm, à brûler. Mais je serais quel genre de goujat de lui proposer le canapé. Je prends le canapé. Enfin, non, je dormirai pas, je me gaverai de Xanax en essayant d'oublier sa présence, devant la suite de ma série. Mon visage bouge tout seul :

« Par contre, j'ai rien à manger ici… d'intéressant. » Je tapote sur mon genou : « On peut commander un truc, si t'as faim. »

Elle hoche la tête par la négative :

« Nan, je suis juste fatiguée. »

OK. Je lève deux index :

« Je te prépare la chambre, alors. » J'ajoute, nerveux : « Tu veux un pyjama, peut-être, enfin, un truc plus confortable ? » Je suis déjà debout.

Elle se lève aussi en me tenant le poignet.

« Oui, je veux bien », elle dit en contemplant sa robe, avant de pencher le visage sur le côté : « Ça t'embête si je prends une douche ? »

Je lui montre la salle de bain, sauf que, pour ça, il faut passer par ma chambre. Un désastre. Au passage, je lui attrape un jogging et un tee-shirt, alors qu'elle fixe mon Glock qui roupille sur ma table basse. Flippant, j'imagine.

Une fois qu'elle s'est enfermée dans la salle de bain, et que j'entends l'eau couler, je m'active comme un dingue. Tout vêtement que je croise — sale, propre, peu importe — je les balance dans l'armoire qui vomissait déjà. Je presse tout ce qui dépasse, de tout mon corps, pour réussir à faire rouler la porte du placard et cacher la misère. J'essaye de trouver des draps, une housse de couette et des coussins propres. Rien n'est raccord. Je fais le lit comme je peux, tout est tordu.

Quand elle sort de la salle de bain, elle me retrouve dans le salon, je suis essoufflé d'avoir couru partout — et j'ai même vidé les cendriers.

Je fais mine de rien, et lui lance un simple :

« Je t'ai arrangé un peu la chambre », je dis, sans concentration. Je suis obnubilé par elle qui sèche ses cheveux avec une serviette, en laissant quelques gouttes tomber sur ses pieds nus, affublés de mon jogging et de mon tee-shirt trop grand pour un corps si menu.

Elle a retiré ses lentilles, sa perruque. Elle n'hurle pas. Tout est sous contrôle.

Je lève de nouveau mes mains :

« Je me prends une douche rapide, et ensuite, je te laisse tranquille. »

Faut le dire, je sens la sueur âcre.

Sans espérer de réponse, avec un paquet de fringues sous le bras, je me glisse dans la salle de bain.

La pièce est encore embuée et chaude. J'ai même pas besoin d'attendre pour avoir de l'eau à bonne température. Je me savonne en vitesse, en fixant à travers la vitre perlée de condensation son tas de vêtements qu'elle a parfaitement pliés. Une mèche de cheveux auburn roule dans sa robe. Elle est mignonne, de vouloir cacher ça.

La voir se métamorphoser à volonté, c'est ce qui me fascine le plus. Est-ce que je la préfère blonde, brune, ou rousse ? Les yeux caramel ? Les joues creusées, ou remplies ?

Aucune idée.

Bref, je m'active, me rince, et me jette hors de la cabine de douche. Je me sèche en vitesse et me rhabille encore à moitié mouillé. Je sors tout aussi rapidement, et constate que Cassandra est déjà dans le lit, le dos allongé contre le mur.

« Tu vas dormir dans le canapé ? » elle demande.

Je vois que j'ai zappé de récupérer un de mes chargeurs sur la table basse, je contourne le lit pour choper discrètement mon bien en acquiesçant. Elle ponctue :

« Bonne nuit, alors. »

Je lui souhaite la même chose et disparais dans le salon, en refermant la porte derrière moi.

Après avoir rangé mon chargeur, je me laisse littéralement tomber dans le canapé. Mais vraiment, comme un sac à merde. C'est ce que je suis : un sac de merde. Je fais bien plus le malin chez elle, sur ses platebandes.

J'ai envie de me détendre, j'ai besoin de me détendre. Je me souviens que j'ai dégagé mes pilules défonce-tête dans le placard. Bougre d'abruti. Et allez, je me relève, une clope pas allumée aux lèvres, que j'irai fumer dehors, comme un bon gars.

Quand j'ai la main dans le placard, à grommeler, la chambre s'ouvre, et je me penche en arrière pour voir dans l'entrebâillement Cassandra, le regard bas. Elle ne dit rien. Je la toise.

« Ça va ? » je demande, en retirant ma cigarette de ma bouche.

Elle s'approche de moi sans bruit, et attrape mon poignet. C'est étrange de sentir ses doigts nus. J'abandonne mon placard, elle m'entraîne avec elle dans la chambre, en refermant la porte derrière. Peu de lumière dans cette pièce : quelques lampadaires oubliés en bas de la ruelle, les phares d'une voiture qui grattent le plafond.

Elle lâche mon bras, pour retourner se coucher, mais tapote à côté d'elle. J'obéis. Je me glisse dans les draps sans résistance, en attrapant le pan de couette qu'elle me tend.

La tête sur un coussin, dans l'obscurité, j'aperçois à peine les courbes de son visage. Je crois que ses yeux sont ouverts.

Je respire trop fort. Je remue, j'arrive pas à me caler, j'ose pas l'effleurer ni tirer sur la couverture. Alors je ferme les paupières, même si je sais que jamais je dormirai.

Je songe aux enquêtes.

Je m'imagine expliquer à Magalie en 36 points à quel point tout est OK — les contours de ma personne ne sont que mensonges en ce moment.

J'oublie mon désastre, ma pensée, quand une main s'échoue contre mon flanc, escalade ma hanche, et se retrouve sur mon ventre pour finir sur mon plexus.

Je pose ma paume sur son poignet, je suis le tracé de son bras sans effacer sa chair de poule.

J'avale ma salive. La couette remue, les draps se froissent. Son front rencontre mon épaule.

L'instant semble flotter.

Je me tourne doucement, et penche le visage. De là, je peux absorber son haleine sucrée. Trop de bruit dans ma tête, beaucoup trop de bruit dans ma tête.

Deux centimètres, puis un. Mon nez cogne le sien. C'est douloureux sous mes côtes, alors que sa bouche frôle la mienne. Une connerie de plus. C'est une connerie de plus, ça. Un pas sans retour.

Sa main s'ancre, serre le tissu de mon tee-shirt : coup de jus dans la colonne.

C'est l'impact. Elle, ou moi, j'en sais rien. Sa langue roule contre la mienne.

J'ai rêvé de ça, secrètement, depuis le premier verre. C'est devenu défendu par la suite. Mais je crois que j'ai tout fait pour en arriver là.

Sa main s'est déjà glissée sous mon tee-shirt. Elle ose ce que je m'interdis strictement pour le moment — une histoire de déontologie à la con, qui va pas tarder à être oubliée.

Je me contente de caler une paume entre ses omoplates. Du pouce, j'esquisse cette ossature brutale, alors qu'elle m'incite à retirer mon haut. Je me redresse et abdique, en l'observant étendue, là, sa poitrine se soulève et s'abaisse violemment.

Son visage sérieux jusque-là change. Elle sourit.

Je plisse le nez en me rallongeant. Je sens ses cuisses sur moi. Elle me grimpe dessus et ses paumes roulent sur mes clavicules, avant de chuter jusqu'à mon ventre. Des yeux fous me fusillent, elle halète.

Elle place sa main devant sa bouche et glousse :

« Excuse-moi », elle tire sur la couture de mon jogging. « j'ai pas souvent l'habitude… de... »

Elle remue la tête, et ricane comme une adolescente, avant de disparaître de mon champ de vision. Mes lèvres, sans les siennes, souffrent. Mais je les sens sur mon corps — qui dégringole.

Ses doigts griffent mon pubis, le tempo se précipite, et j'ai plus le temps pour un simple souffle.

BOUM : a fait la déontologie.

Je la cherche du bout des doigts, les siens serrent mon érection.

Je me redresse sur les coudes, et j'étouffe un râle quand je remarque qu'elle me prend dans sa bouche. Dans la pénombre, c'est que le ballottement de ses épaules et quelques reflets dans ses cheveux que je distingue.

Elle m'avale littéralement, elle se précipite, m'abîme avec ses dents, me lacère avec ses ongles, et ça, ça me fait descendre d'un étage.

Je ronronne moins.

Je l'attrape par le poignet. Je force sur cette articulation et elle bascule sur le côté.

Te fais pas ça, j'ai envie de lui dire, mais j'arrive même pas à causer.

Je la fais remonter à moi, elle et sa mine vaincue, que je veux ignorer en l'embrassant de nouveau. Mes veines tremblent, et c'est moi qui passe ma main sur la peau de son ventre. J'ai l'impression d'entendre son corps se tendre comme un ressort.

Il est là, le souci.

Petite bourgeoise pleine de confiance avec tes artifices. Mais, sans. Crack.

Et moi, j'ai toujours aimé les créatures extraordinaires.

Enfoncé dans son cou pour cacher mon étranglement, je suis de l'index les blessures de sa chair. Elle se redresse d'un coup, l'air sévère.

Elle retire son tee-shirt violemment, et me défie du regard en serrant ses bras contre elle. Je m'agenouille à sa hauteur. Je parcours du bout du nez cette peau translucide et grumeleuse. J'ai envie de humer sa douleur. Je veux savoir.

Est-ce qu'elle sent la bétadine ?

Ou la peau qui se nécrose.

La pourriture.

Le fer.

Non. Rien de tout ça. Elle sent les roses, les tulipes, et tout un tas de fleurs dont j'ai jamais su le nom. Je frotte mon menton contre cette poitrine esquissée. Je pourrais apercevoir son cœur rompre à travers, et je glisse une main dans son jogging.

Je pense : j'aurais pu lui filer un sous-vêtement. Ou pas. C'est très bien comme ça.

Entre ses cuisses, je parcours cette zone que je veux voir.

De ma bouche, je retrouve sa mâchoire, ma langue en longe le contour.

Je me gronde intérieurement : il te prend quoi, là ?

Je guette sa réaction, en tournant mon index sur sa chair moite. Elle frémit sans s'évader, elle me suit du regard comme un animal méfiant. Je la bouscule avec mon front, et elle se renverse sur le lit. J'attrape des deux mains son jogging et tire. C'est maladroit, un peu nerveux.

Mes tempes me font un mal de chien, et je me rue à son oreille pour souffler perfide :

« La confiance. La confiance. »

Elle ricane, main sur sa bouche, et je sens que l'atmosphère devient plus enivrante, délectable.

J'ai jamais su si j'étais un bon amant. Je crois que je suis pas le plus habile, parce que je suis un pudique de mes envies.

Bref, je lui laisse pas trop le temps de se marrer. Je redescends, pour me planquer entre ses cuisses maigrelettes. Je vois rien, mais j'imagine tout de la pointe de la langue.

J'omets le goût de fer, quand j'entends enfin un soupir.

Mon instinct — avec la voix de Noa, toujours — m'avertit : *Farid, tu dois pas être le roi des bouffons. T'es un mec, un vrai. Fais jouir cette fille, surtout celle-là. Peut-être que ça lui déliera la langue.*

J'ai envie de lui rétorquer : je nique l'enquête !

Un soupir, un murmure :

« Viens. »

Je remonte, elle presse son bassin contre ma taille, j'essaye de me tendre pour attraper un préservatif dans la table de nuit, et me l'enfile en vitesse, sans trop en chier — c'est faux.

Je tire un peu sur ses hanches pour mieux le disposer, elle me laisse guider, mais me retient un instant en serrant les cuisses :

« Doucement, par contre. » Puis, elle sourit avec malice : « Si tu veux pouvoir y retourner plus tard. »

Je mets un temps de dingue à percuter. Oui, peau fragile, moi pas casser en faisant le désinvolte, c'est compris. D'une main, je place mon membre, et je me bloque :

« T'es sûr qu'c'est une bonne idée ? » j'avale.

Elle presse d'un mollet sur mes fesses.

J'y vais, alors. Pas comme un bourrin, tout doux, tout doux, c'est finalement pire pour le mental.

Elle vocalise vite, très vite. Je me sens assommé par tant de compliments. Au point qu'elle foute son poignet entre ses dents, et se morde à se marquer. Te blesse pas ma belle. C'est mon épaule que je lui offre à rogner.

Vas-y, bouffe-moi.

Elle me force à sombrer plus loin, et ça devient un exercice d'équilibriste. Pas l'abîmer, mais tout de même suivre sa volonté. Je suis joueur.

J'obéis, je lui soulève une cuisse, et je la suis où elle m'emmène — même si j'ai peur qu'elle se disloque. Bien que j'imagine que personne ne brise Cassandra, c'est elle qui vous brise, et c'est ce qu'elle fait là, en enfonçant encore ses dents dans mon trapèze.

Je suis pas dupe. Je sais que je vais me faire rétamer par le destin, ou un truc dans le genre. Mais je prends ma peine avec sourire et exaltation, pour l'instant.

J'oublie mes conneries de philosophe à deux balles quand je crois bien qu'elle nous lâche un orgasme fulgurant — j'espère qu'elle me berne pas, sur ce coup.

Je peux mourir en paix — j'ai fait ce qu'il fallait. Demain, j'aviserai. Mais je me fais pas de mouron tout de suite, d'abord je jouis dans son corps chaud, en grognant prisonnier de sa bouche avec sa langue qui martyrise la mienne.

Puis le calme apparent revient — illusion.

Je serre une Cassandra lasse et moite contre moi, avant de basculer sur le côté, en la quittant en douceur. Je retire la capote avec un maximum de délicatesse, alors qu'elle embrasse ma tempe, en s'appuyant sur mon épaule. La douleur est vive à cet endroit, et je me redresse dans le lit en me déliant la nuque, je presse sur son mollet en lui souriant, et me lève pour filer à la salle de bain.

Un coup sur l'interrupteur, un regard à ce que j'ai encore entre les doigts.

Sur le préservatif, du sang. Espèce de gros con.

Je jette l'objet punitif dans la poubelle d'un geste sec.

Mais c'est pas tout : du sang strie mon épaule. J'attrape un gant, et éponge le tout en découvrant l'empreinte de quelques dents qui m'ont percé. J'inspire profondément.

Dans la glace, je me regarde, moi : mes cernes, mon teint terni, mon air pantois et ma trahison. Un vertige me prend, et je dois me tenir à l'évier. Je tremble de désir, et de rage, à cause de cette nana, dans mon lit — porcelaine qui s'ébrèche de jour en jour, avec ce qu'elle sait, et qu'elle ne m'offre pas.

Magalie me tuerait pour ça, Noa me renierait, et Julie ravalerait discrètement sa déception.

J'envoie de l'eau sur mon visage. Je quitte la salle de bain, et rejoins la chambre. Cassandra s'est enveloppée dans ma couverture. Je la hais pour ses secrets, une haine féroce.

« Ça va ? » je demande en planquant mes contradictions.

Elle ne répond rien : elle roupille en fait.

Je chope un caleçon, et pars me caler sur le balcon du salon, pour une cigarette post-coïtal, avec bonus *tu l'as dans le cul, abruti.*

J'en grille trois, de clopes, avant de rejoindre la chambre, encore bien sur les nerfs. Pourtant, dès que je me glisse dans le lit, pour me blottir contre sa peau fraîche, c'est tout l'inverse, et me revoilà en détresse.

Je me balance entre deux mondes en effleurant de temps à autre sa joue. Je dors pas. J'arrive pas à fermer les yeux. Je me contente de fixer son profil éclairé par la teinte ocre d'un jour qui commence à se lever.

J'essaye de faire des scénarios de l'impossible dans mon dilemme étouffant. Cassandra se retourne, s'agite, et se frotte le ventre avec frénésie, avant de grimacer.

J'approche ma bouche de son oreille :

« Tu dors ? » je demande.

Elle soupire mollement :

« Non. »

« Cas', faudrait… faudrait que tu me dises, tu crois pas ? » ma voix s'est enrayée à la fin, et je miaule : « Je dois faire quoi, pour toi ? »

Elle vient se coller dans mes bras, et la seule réponse que je reçois, c'est qu'elle attrape ma queue, qui elle se fout complètement de mes soucis.

On est pas dans la merde, là.

Un son strident retentit, je tends la main ensuqué, et m'énerve sur mon portable. 7 heures. L'heure de se bouger pour traîner son cul au boulot.

Je tâtonne dans la couverture, je cherche du bout des doigts. Mais je trouve rien.

Je suis seul.

Je me lève, groggy, et je rejoins le salon en caleçon. Cassandra est là, avec les fringues que je lui ai prêtés la veille sur le dos. Elle observe son reflet dans la plaque de cuisson.

Quand elle se retourne, elle sursaute, en posant une main sur son torse, avant de m'envoyer une risette.

Je dis bonjour, et rien de plus.

Je repars en arrière, je m'habille en vitesse, avant de revenir me planter devant elle :

« Je fais du café ? » j'annonce.

Elle sourit en baissant le menton, et me montre une tasse fumante déjà prête :

« Quadruple expresso. Pour toi. Je ne bois pas de café. »

Je m'empresse de fouiller dans un des placards :

« Du thé, alors ? » Doit bien y avoir une vieille boîte de cette horreur que ma mère aurait abandonnée là.

« Non, rien, le matin. » Elle caresse mon bras, et on s'attable l'un en face de l'autre. Elle grimace sur sa chaise en changeant plusieurs fois de position, avant de me sourire timidement.

Je bois mon café, en tapotant sur ma cuisse : j'ai envie d'une clope, de deux même, voire plus. Normalement à cette heure, c'est déjà un quart de paquet que j'ai avalé.

D'ailleurs, vous savez comment on se fiche encore plus dans la merde ?

En disant ça :

« Hm, je dois me pointer au boulot à 8 heures. » J'ai deux interrogatoires à mener avec Noa, sur un couple qu'a peut-être fracassé un tonton relou. « Tu peux rester là, si tu veux. »

Elle réfléchit un instant, et passe en revue mon appartement — j'avoue que c'est pas le lieu le plus confortable de l'année.

« Je peux te ramener, aussi », je finis par ajouter, en me grattant l'épaule, et ces morsures qui me tiraillent.

« Nan, ça me va », elle acquiesce avec elle-même.

Je suis content. Oui. Content de la savoir sous clé, chez moi. Je mène ma journée de front, et mes nuits de front, d'une certaine manière.

Par contre, moi, les lendemains, je suis pas du genre communicatif, je suis même très mauvais à ce jeu-là.

Donc je me contente de lui expliquer, comme un vendeur de la Fnac, comment fonctionne la télévision, et de lui faire une démonstration des maigres ressources alimentaires que j'ai, avant de me barrer en vitesse, en la saluant de la main.

EN LA SALUANT DE LA MAIN. EXACTEMENT.

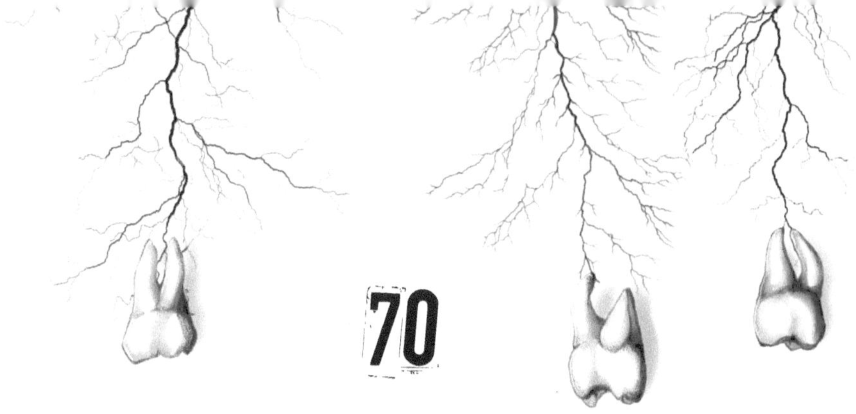

70

Le lendemain,

CASSANDRA — Il est 19 h 14 quand Farid rentre, les bras chargés de sacs en plastique blanc. Il jette juste un rapide bonsoir en déposant sa prise sur la table. Je me presse vers lui, et l'observe sortir des tas de barquettes, alors qu'il baragouine seul :

« Je savais pas ce que t'aimais. » Il s'agace avec lui-même devant un contenant en carton qui a débordé : « Moi, j'ai choisi au pif. » Les plats s'empilent : « J'ai pris un peu de tout, hein. »

Je ris, car j'adore son comportement, sa pudeur, son dévouement, cette animation, et le fait qu'il ait acheté de quoi nourrir un régiment.

Quand il remarque que je glousse, il redresse enfin le visage, pour m'épier, avant de considérer son appartement. Ses yeux grossissent :

« Oh putain ! » il lâche.

J'ai rangé l'intégralité de chez lui, j'ai nettoyé chaque carreau, ils ont même changé de couleur ! Il n'y a plus de vaisselle sale, plus de taches de graisse sur les plans de travail, plus de poussière.

C'est parfait, c'est satisfaisant, et ça sent bon — même si le tabac reste tenace.

« T'aurais pas dû t'embêter ! » il rétorque.

Je lève les épaules.

« Enfin, merci, hein ! » il ajoute, les pommettes rougies.

« C'est pour te donner un petit coup de main. » Je tords les lèvres : « Je trouve que l'on réfléchit mieux quand l'espace autour de nous est RÉGLÉ. » J'ai appuyé sur ce mot. Je continue : « Si tu veux, je pourrais faire ta voiture aussi. »

Il hoche la tête par la négative, une main sur le torse, et gronde :

« Mais ça va pas ! T'es pas ma femme de ménage ! »

Non, mais il t'en faudrait une, de femme de ménage.

J'ignore les réprimandes, et je viens tirer sur la manche de son blouson. Il me cède sa veste pour que j'aille la pendre dans un placard à l'entrée, ensuite je récupère deux assiettes propres sur l'égouttoir, et des couverts pour dresser la table, sous un regard intéressé.

Il scrute mes genoux nus. Je me suis permis de fouiller dans son armoire, et j'y ai trouvé un tee-shirt suffisamment grand pour qu'il me fasse une robe.

Je ne porte pas de culotte.

Quand c'est moi qui le fixe, il s'active à nouveau, et termine de déballer les plats, de chez le chinois du coin : *vraiment très bon, tu vas voir,* il dit.

« Tu bois pas de vin, toi ? » il bavasse. Sans attendre de réponse, il sort une bouteille de jus du fond du sac.

J'agrémente notre table de deux verres, visiblement d'anciens pots de moutarde.

Une fois assis, les assiettes servies, je picore, et lui s'empiffre, en s'excusant que c'était son premier repas de la journée.

« Ça a été compliqué au travail, aujourd'hui ? » j'interroge, en alignant les pousses de soja que je ne mangerai pas.

« Pas plus que d'habitude. » Il retourne la conversation : « T'as pu te reposer un peu ? »

Moi, j'ai tellement de questions qui me brûlent les lèvres. Comment se passe une de ses journées type ? Qu'est-ce qui l'effraie, qu'est-ce qui le stimule, comment il se sent, là-dedans ? Qui sont ceux qu'il envoie sous écrou, et comment est-ce qu'il leur parle ?

C'est quoi le ton qu'il adopte ?

C'est quoi, son visage, à ce moment-là, sa peau, sa chair, sa substance.

« Oui, je me suis reposée », je finis par dire, en étouffant ma curiosité.

De toute façon, le jeu des découvertes, des questions-réponses, ce n'est pas plaisant quand on a peu de temps.

Je suis là pour profiter encore un tout petit peu de l'homme en face.

Du bout des doigts, je pousse ma fourchette, elle tombe par terre dans un claquement, et du pied, je l'envoie dans les chaussures de Farid. Il porte toujours les mêmes, depuis que je le connais, une paire de boots en cuir marron.

Il doit donc être minutieux, précis, avec une forte envie de réussir ce qu'il entreprend — je le sais parce que Louise lit l'avenir dans les chaussures des hommes, et elle a toute une liste de caractéristiques associées à chaque modèle — ça paraît stupide, mais ça a fait ses preuves.

Il recule sa chaise en vitesse, et se penche pour ramasser ma fourchette.

J'écarte les cuisses au même moment, et lui écrase la main avec mes orteils.

Je compte : 1, 2, 3.

Je le libère.

Il remonte, les joues empourprées.

Ce soir, je veux sentir chaque millimètre de mon corps, des frissons sur mes jambes nues, et ailleurs encore, là où ça tiraille de la nuit d'avant, et ça tirera de la nuit d'après.

Il ne dit rien. Qu'il est sage !

Il remet ma fourchette à sa place.

Il ne mange plus.

Non, il fait son regard très sérieux, très Farid, très concentré, en plantant ses deux coudes sur la table, pour joindre ses mains devant sa bouche.

Homme faussement pudibond, qui ne s'assume que sous un drap. Je me retiens de rire, avant de repousser ma fourchette par terre.

Et je dis : *oups.*

Petit tic dans un œil, un fin sourire, puis disparition de l'intéressé.

Sa chaise bouge, sûrement parce qu'il la déleste, et il rampe sous la table.

Il se cogne au plateau, et lâche un juron.

Une main agrippe un de mes mollets, et je rêvasse d'avance, quand je sens des lèvres sur un de mes genoux.

Je revois ce corps bronzé s'élever sur moi, cette musculature puissante de ces hommes qui s'entretiennent, qui usent de leur physique pour leur travail.

J'avoue que hier, j'en ai perdu les yeux.

Que c'était beau, cette machine totalement opérationnelle, cette machine forte, capable de me soulever sans ciller, moi, la chose en morceaux. Que ces beau, cette force intérieure, cette dévotion, son sacrifice. Il pourrait même me comprendre — si j'avais eu plus de temps.

Bref, hier, j'ai tant adoré glisser mes doigts sur les bouclettes noires qui ornent son torse, sentir ses muscles forcer ma propre ossature.

Je suis déjà au bord de l'extase sous les baisers humides, parce que j'aime ce que cet homme fait, et pense de moi — et j'ignore mon pathétisme, je sais ce que je vaux sous les regards.

Soyons honnêtes.

Alors, dansons toute la nuit, et réfugie-toi dans mes cuisses, je veux que ta barbe ponce ma peau, je veux que mon corps cède et s'écartèle sous toi, je veux entendre chacune de mes jointures se délier, et jouer l'amour, une nuit encore.

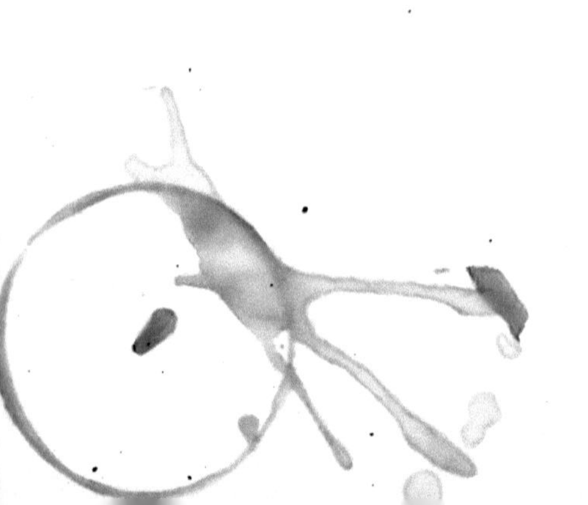

71

Le lendemain,

FARID — Le réveil retentit, je geins comme un macchabée. Je souffre de courbatures, de brûlures, de… plein de choses. Cette fille est un démon nocturne, ouais.

Je me retourne dans les draps, et ça sonne de nouveau. Bordel, j'ai envie d'appeler Magalie et lui dire : j'ai la grippe, la gastro, je me suis cassé tous les os du corps, fichez-moi la paix, et je me tire avec la petite ingénue qui a déjà déserté le pieu.

Ça mange pas, ça dort pas, ça nettoie tout ce que ça touche, et ça se promène sans culotte, avec un regard lubrique : drôle de créature en liberté dans mon appartement.

Je finis par me sortir les doigts du cul, et je me lève.

Je m'habille très, très lentement. Je passe faire un état des lieux de mon aspect dans la salle de bain. OK, je crains, et je rejoins le salon.

Cassandra est là, mais plus vraiment déjà.

Elle est toute apprêtée : cheveux, lentilles, maquillage, sa robe, ses bottines. Elle a déposé un café sur la table, et un verre de jus. Elle m'attend, en observant le ciel par la fenêtre. Quand je lui dis simplement bonjour, elle se retourne avec un demi-sourire.

Cette garce sait qu'elle va me faire mal ce matin.

Je saisis ma tasse en avalant un merci. Je prends une gorgée.

« Tu pars ? » je dis.

Elle acquiesce et me rejoint, on s'attable comme hier.

« Je dois travailler, aujourd'hui », elle explique en attrapant son sac à main, qui était resté pendu à sa chaise.

Je dis rien.

Elle fouille son sac, et j'entends claquer des plaquettes de médicaments. Les cachetons, je ne les vois pas, mais je comprends qu'elle les avale quand elle boit son jus — et je me souviens de sa condition.

« Tu devrais plus travailler », j'ose, je tente, sait-on jamais.

Elle ne se fâche pas, non, elle sourit, presque amusée, avant d'ajouter en ignorant ce que je dis :

« T'embête pas à me ramener, je vais trouver un bus pour récupérer ma voiture. »

Je penche le visage en avant :

« Tu devrais plus travailler », je répète en terminant mon café.

Ouais, tu devrais rester là, et moi aussi.

On prend encore un peu d'air, et même que je promets de dégainer mon téléphone tout de suite pour ne pas aller à ce fichu boulot de siphonné. On verra pour les secrets, les mystères, et toutes ces conneries, plus tard.

Juste : un peu plus tard.

« J'ai fait baisser mes heures. Mais je peux pas tout lâcher », elle justifie.

Bla bla bla, j'entends.

« M'enfin… » Et j'allais me lancer dans un monologue, sur le pourquoi du comment, j'ai raison, qui pourrait être traduit par un simple : reste.

Mais elle attrape ma main :

« Aujourd'hui, par exemple, je dois visiter un petit garçon. Il s'appelle Valentin. Si tu voyais ses conditions de vie, je te promets, tu hurlerais, toi. Il a besoin de moi. » Sur ses yeux, la vraie peine, celle qui vous assassine. « Lui, par exemple, ça fait des mois que je me bats pour qu'enfin, on le sorte de sa famille… » Elle est comme ces mères inquiètes. « Personne ne m'écoute. » Elle acquiesce avec elle-même : « Tu t'es déjà senti impuissant ? » Un petit rire : « Oh, j'imagine que oui. » Puis elle marmonne : « C'est terrible. »

Et c'est la première fois que je l'entends parler avec autant d'intensité.

Je dois donc me résigner à une journée. C'est rien, une journée, en vrai — j'essaie de me convaincre.

« OK, OK », je soupire. « Je te ramène. »

Elle serre plus ma main, mais c'est plus pareil, c'est que du cuir tout ça. J'ai perdu sa peau quand elle a quitté le lit ce matin.

« Merci. » Puis elle dit plus soucieuse : « Mais tu es sûr que ça va pas te mettre en retard ? »

« Nan », je mens.

Bien sûr que je vais être à la bourre, et j'en ai rien à foutre, j'y vais déjà à reculons. Je serre ses doigts dans les miens, avant de lâcher sa main pour me lever et finir de me préparer.

Je farfouille dans la commode et m'équipe de mes menottes et de mon arme de fonction, que je place en restant dos à Cassandra. J'ouvre le placard de l'entrée et chope son manteau.

Je lui présente le vêtement, et elle vient s'y glisser dans un mouvement qui paraît douloureux.

« T'es sûre que ça ira ? » je demande.

Elle caresse ma joue.

Sous-entendu : tais-toi donc.

Elle récupère son sac à main, j'attrape mon blouson au vol pour la rejoindre, et on quitte l'appartement en silence, pour se retrouver dans le parking.

Sous terre, on marche bien loin l'un de l'autre.

Dans ma voiture, sur le trajet de chez elle, on échange quelques mots, et je lui pose des questions sur son travail. Elle m'apprend que c'est un métier qu'elle aime autant qu'il la fait souffrir. Le plus rude, c'est quand elle s'occupe des plus jeunes. Elle martèle : ce sont des êtres sans défense, et c'est injuste. Et ce petit Valentin, oh, ce pauvre petit.

Je comprends sa passion.

Arrivé devant son immeuble, je coupe le moteur. Celui-là expire et le métal bouillant continue de claquer. Cassandra regarde ses pieds. J'ai envie de la toucher, mais je suis ligoté par moi-même.

« Je peux te dire quelque chose ? » elle finit par demander.

J'acquiesce en rongeant ma lèvre inférieure.

Il faut que je fume. Il faut qu'elle parle. Il faut que je fume et qu'elle parle.

« Je t'écoute », je dis.

« Cette personne, Farid. Tu l'as déjà arrêté. Tu l'as eue dans tes bureaux. » Je lève un sourcil, et elle confesse : « Il a été mis en garde à vue, et relâché… une histoire de prostituée, je crois. »

Les traits de ma face se crispent.

Cette affaire de prostituée, encore.

Elle attrape mon poignet :

« Ne m'oublie pas », elle lance, et j'entends ses mots comme une menace.

Je hoche la tête.

C'est peut-être même moi qui ai remis ce type en liberté ? Je me refais les films de chacun de ces mecs, le cul sur une chaise bleue. Il y en a eu tellement.

Je frotte mes paumes sur le volant, en grinçant des dents. Une main effleure mon épaule souffrante. La porte passager claque. Cassandra quitte la bagnole, sans rien de plus.

Nan.

Je sors à mon tour de la voiture.

Je la rattrape en deux enjambées, et je la saisis par le bras. Je lui caresse l'arrière de la tête. Souvenir de drôles de nuits. Je suis incapable de l'embrasser en public ni de la serrer.

« Tu pousses pas trop aujourd'hui », je souffle, avant de demander, désespéré : « Je passe après le boulot ? »

Elle m'offre une accolade retenue — sans aucune chaleur.

J'entends un oui murmuré. Elle se détache, elle part de son côté, et moi du mien.

Je remonte dans ma voiture, elle disparaît dans son immeuble. J'hésite pas, je traîne pas, je m'allume une cigarette et me tire. J'écrase l'accélérateur, j'aimerais faire pareil avec ma frustration.

Je roule trop vite, je tente de me faire des portraits mentaux des types en question que j'ai eus dans le bureau. Je me rallume encore une clope, les ongles enfoncés dans le volant, et comme un obsédé, je laisse d'autres images faire place dans ma tête :

Je m'écoute siffler et ricaner, lubrique, en maintenant Cassandra contre mon ventre, pour lui trifouiller de la main l'intérieur des cuisses : « Je veux t'entendre jouir, ma belle. »

Que je suis con parfois quand je m'y mets — en plus, j'ai pas foutu de capote cette nuit.

Double con.

Je secoue la tronche, pour virer cette pollution mentale. Je dévale le Prado à toute allure, ballotté dans mes pensées.

Et. Un fracas métallique résonne dans tout l'habitacle, le volant durcit, le paysage glisse devant moi, et je me fais expulser de la route, puis propulser dans un abribus.

Le verre éclate.

De la fumée, des grésillements, une douleur sourde à la tête. Je cherche à l'aveugle la poignée de la portière. J'arrive à la pousser en forçant. Je sors en me tenant le crâne.

Des échos de personnes inquiètes me vrillent les tympans, et l'adrénaline qui pulse dans mes veines me réanime.

Plus loin, un mec gueule sur une Peugeot bleue au capot plié. Mon cerveau parvient à réassembler la scène, et je capte que ce trou du cul m'est rentré dans l'arrière.

Je me dirige vers lui tête la première, prêt à déboulonner une tronche. Son moteur gronde. Le type dont je vois pas le visage me fonce dessus à toute allure. Je bondis sur le côté. Il passe, et continue sa route.

Je dégaine en hurlant, mais je tire pas. Il est trop loin, il y a trop de civils.

Par contre, je retiens un truc : ZT-505-HH.

Toi, mon gars, quand tu vas te faire ramener par la peau du cul par les collègues : je vais t'enculer à sec.

Je range mon arme, et je montre, aux quelques badauds qui m'observaient en chiens de faïence, ma carte de police. Un vieux type bedonnant trouve marrant d'ajouter :

« Pas besoin d'appeler les flics, du coup. »

Je lève les yeux au ciel, en me disant qu'heureusement, il n'y avait personne dans l'abribus.

Mon téléphone se remue dans ma poche. Bien sûr, c'est Magalie, et je réponds. Ça fait deux fois que je suis en retard d'un coup, ça lui fait bizarre.

Pas le temps de lui balancer ni quoi ni merde :

« T'es où, putain ! » elle gueule.

J'aboie :

« Un con vient de me défoncer ma caisse. » Je réalise : « Il a essayé de me démonter en plus, s'fumier ! »

En même temps, je regarde ma pauvre bagnole qui embrasse un arrêt de bus, tout ramolli, en me demandant qui souffre le plus.

« AH ! TU FAIS CHIER ! » elle braille.

« J'ai sa plaque, je vais le niquer. » Je serre les dents en frappant mon pied au sol. « Je vais le niquer ! »

« Écoute, j'en ai rien à battre ! Envoie ta localisation. On vient te chercher ; y a une nouvelle fille qui s'est fait déglinguer. Elle est à l'hôpital. Faut qu'on aille la voir, du con. »

Et elle raccroche.

Et je fais quoi moi ? Hein.

Eh bien, je vais m'asseoir sous l'abribus, en clopant, et en grattant avec la pointe de ma chaussure les bris de verre.

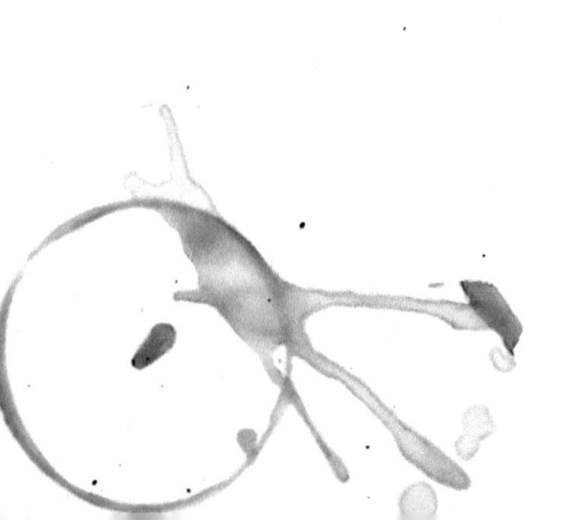

72

FARID — J'ai à peine eu le temps d'appeler un dépanneur que la voiture banalisée s'arrête devant moi.

Ni merde, ni bonjour, je me fourre à l'arrière à côté de Julie, et j'ai déjà la gueule ouverte quand elle redémarre :

« Putain, il m'a niqué ma caisse, c't'enculé là ! »

Magalie presse l'accélérateur, en soufflant :

« On s'en bat les couilles de ta bagnole. T'as qu'à apprendre à conduire. »

Je m'accroche au siège devant moi, et Noa se tourne pour m'épier.

« Eh ! Oh ! C'est lui qui m'est rentré dedans ! » je braille.

« Farid. Je m'en branle. »

Noa me fait signe d'écraser.

Je lance un œil à Julie, sur son ordinateur portable, qui acquiesce en silence. Je soupire, en tirant une cigarette de mon paquet, et me l'allume dans mon coin :

« Éteins ça ! PUTAIN ! » de nouveau Magalie qui me casse les couilles.

J'ouvre la fenêtre, et sors ma main et ma trogne :

« Ça va, là, c'est bon ? » je dis en me prenant tout le vent dans la tronche.

« ÉTEINS CETTE MERDE ! » elle gueule.

Je pompe sur mon filtre comme un dingue, consume la moitié de ma clope, et la jette en marmonnant :

« Tu fais chier. » J'avale le : *connasse.*

Même Noa finit par intervenir :

« C'est bon, on peut se détendre un peu. » Et il presse sur l'autoradio.

Linkin Park, tiens.

« J'serais détendu quand le con derrière arrêtera d'me faire chier. Il est 10 heures passées. Cette pauvre nana, ça fait au moins une bonne heure qu'elle nous attend, et si l'autre… », moi, « … répondait à son putain de téléphone, on y serait déjà. » Elle termine son laïus sur ma gueule : « J'ai besoin de gens sérieux, ici. »

« C'est bon ! » Noa soupire.

Julie, elle, se contente de hausser les épaules. En même temps, c'est pas sur elle qu'on pourrait moudre du grain.

Après quelques minutes de supplice de plus, Magalie gare la caisse à l'arrière de la Timone, sur nos places réservées. Quel honneur.

Je suis de loin le petit groupe dans les couloirs mouchetés de l'hôpital. Ma dernière visite ici, c'était pour ainsi dire mémorable, et j'aimerais disparaître, quand un nouveau souvenir fait surface.

Elle est allongée sous moi, ses mirettes de cristal braquées dans les miennes, elle pince les lèvres et chuchote en me serrant les couilles : *continue.*

Et. Moi. Je. Je me branle, comme elle me l'a demandé.

« FARID ! PUTAIN ! »

Je sursaute et me mange un chariot de soins. Plusieurs paquets de coton se retrouvent au sol, et l'infirmier à côté me fusille du regard.

Je rejoins Magalie, la tronche basse :

« T'es vraiment con aujourd'hui », elle lance, et rajoute : « Encore plus qu'hier. »

Je baragouine :

« J'ai failli mourir aujourd'hui. »

Après toutes mes petites morts de la nuit — non, vraiment, ça fait beaucoup pour un seul homme.

Magalie salue les trois collègues qui veillent le lieu, et un médecin vient à sa rencontre. Il lui explique que la victime s'en sort bien. Le type lui est tombé dessus dans une ruelle, ce matin à l'aurore. C'est pas une prostituée, mais il a essayé de l'étrangler.

Est-ce que c'est notre gars ?

Bref, la fille a réussi à se dégager en lui attrapant les noix, ensuite elle s'est jetée sur lui, le griffant, le mordant, et a même tenté de l'étouffer elle-même avec la bandoulière de son sac à main.

Elle s'est tellement accrochée à lui qu'elle lui a arraché une partie de son tee-shirt.

Une vraie, de vraie, là.

Ce bout de tee-shirt, il est ici, pour qu'on le récupère, dans la chambre, dans un sachet en papier, parce que cette nana, quand l'ambulance et les collègues ont débarqué, elle leur a exhibé son trophée la bouche en sang.

« Splendide », valide Magalie : « J'en veux plus des histoires comme ça. »

Le médecin nous montre ensuite la porte, et toc doucement, avant d'ouvrir.

La fille est assise sur le bureau, collée à son téléphone. Elle relève le visage.

Merde !

Elle geint de sa voix râpeuse :

« AH ! C'est bon ! Ras le cul, moi. »

Je freine des quatre fers. Mais c'est trop tard.

3, 2, 1 : je suis mort.

Les yeux de Louise s'écarquillent, j'ai beau faire de discrets non de la tête, elle capte pas. Même avec un panneau clignotant au-dessus du front, elle comprendrait pas.

Elle hurle :

« PUTAIN ! Farid ! » Elle se jette sur moi : « J'ai eu tellement peur… mais je me suis défendue, hein ! Je l'ai abîmé autant que j'ai pu ! » C'est bien ma grande, mais tu viens de me tirer une balle dans la tempe. « C'était lui ! » elle crie.

Les yeux raides de Magalie me tombent dessus, je ferme les paupières, et j'entends :

« Vous vous connaissez ? »

J'avale ma salive. Louise, ce chihuahua dopé, finit de m'enfoncer :

« Il aide ma copine, en ce moment. »

J'enfonce ma tête dans mes mains, en tirant sur mes cheveux :

« Quelle copine ? » fait Magalie, glaciale.

Louise articule, les yeux en panique — je pense qu'elle vient de comprendre :

« Cas-sen-dra. »

La voix de Magalie claque dans l'air :

« Parenti. »

À l'évocation de ce nom, je secoue les épaules en lâchant un rire nerveux.

Je suis en chute libre.

Ce que je m'évertuais à gérer depuis quelques semaines vient de me péter dans la gueule au pire moment. Je m'affaisse, je finis par m'appuyer contre le mur de la pièce pour pas me retrouver par terre à baver.

Je me souviens encore de cette bouffée délirante que j'ai eue ce matin, quand Cassandra était encore là.

« On s'en bat les couilles de ton enquête ! Barre-toi avec la fille ! »

Peut-être que c'est le seul instant de lucidité que j'ai eu dans la journée. Une sorte de prémonition mal comprise.

Magalie saisit Louise par l'épaule et lui propose de s'installer sur le lit. Magalie garde son sang-froid devant la victime en s'asseyant sur le bureau. Elle me démontera à huis clos.

Noa s'est mis contre le mur face à moi, son carnet entre les doigts, et Julie est restée droite, en plein milieu, la bouche ouverte, et me fixe comme un poisson, sans daigner lancer son ordinateur portable pour taper la déposition.

Noa m'envoie tout un tas de grimaces d'incompréhension.

Je détourne le regard. À chaque fois, je trouve d'autres yeux méprisants.

Quand Magalie questionne la victime, Louise cherche mon approbation. Je me sens mourir dès que j'acquiesce. Qu'elle lui dise tout, elle le saura de toute façon.

L'agression est repassée en revue, mais aussi les mois qui l'ont précédée, sa rencontre avec ce type, chez Cassandra, l'agression, sa visite au poste, le mutisme de Cassandra, la première fois qu'elle m'a vu ramener sa copine alors que j'étais censé être en arrêt maladie.

Ma propre rencontre avec Louise.

Tout.

Les mots tombent, la lame se rapproche de mon cou.

Je remue le nez.

Une odeur infecte traîne dans cette pièce. Noa aussi gratte ses narines en grimaçant. C'est vrai que le coin des murs est noirci, et je me souvenais pas que ça dégageait une telle puanteur, ce genre de souci. Ou alors, quelqu'un est mort ici juste avant. Je sais pas.

Magalie fouille, fouine, assomme Louise de demandes. J'ai un tas de questions qui me viennent à l'esprit, mais j'interviendrai pas. J'ai plus ce droit.

Je me concentre sur cette odeur qui m'entête et me remue le bide. Je me décale sur le côté, et là, c'est plus immonde. Je cherche un rat mort, une déjection, un truc, quoi, mais mis à part le bureau, le sac à main de Louise et un sachet en papier.

Un sachet en papier.

Je tends la pince.

Magalie, qui m'aperçoit faire, me lance une sale œillade, et je saisis le sac. J'enfonce mon nez dedans sans hésiter. Ce lambeau de tissu est une infection, un mélange de mort et de mort, il y a rien de comparable, mais il se dégage autre chose. La menthe.

Cette odeur me renvoie à des jours sombres, à toutes ces fois où j'ai dû aller voir une dépouille bien entamée pour une enquête. On me proposait toujours une lichette de produit mentholé à me mettre sous le pif.

Je me recule, ma mémoire relâche des visages, des visages abîmés, meurtris, des cadavres encore, sauf un dernier, bien vivant. J'ai le palpitant qui bondit en me refaisant son interrogatoire, et surtout, je me souviens du détail qui a fait qu'il soit libéré : une Peugeot bleue.

Une putain de Peugeot bleue.

Ce mec avait une putain de merde de Peugeot bleue.

« Le gars, là, il avait une caisse ? » je redemande, même si Magalie a déjà posé dix fois la question.

« Farid, silence. », grince Magalie.

Louise réfléchit un instant :

« Je sais pas, je l'ai pas vu arriver, et il s'est barré en courant. »

Je m'enfonce les doigts dans le front, avant d'ordonner :

« Clôturez l'interrogatoire ! »

« Tu sors, Farid ; on réglera nos comptes après », Magalie gronde.

Elle veut jouer au coq.

OK.

J'envoie le sac sur Noa, qui l'attrape au vol, et je lui fais signe de renifler. Il s'exécute, et se relève, les yeux concentrés. Il sait.

Je me dirige vers la porte :

« Je suis désolé », Louise sanglote.

Je me tourne, je garde ma fierté, je lui souris :

« T'inquiète pas, ma grande. » Je baisse le menton : « T'es forte. »

Je prends la porte. Je sors mon téléphone, je passe un coup de fil à Cassandra en traversant les couloirs. Mon appel reste dans le vide, et j'abandonne un miaulement sur le répondeur :

« Rappelle-moi immédiatement. Le gars est tombé sur Louise, et il m'a démoli la caisse ce matin. Elle va bien, Louise, hein. R-a-p-p-e-l-m-o-i. »

Et si c'est sur elle qu'il tombe maintenant ?

J'ai le cœur qui cale.

Non, elle doit être au boulot, là, le gamin, Valentin — c'est ce que je me dis pour me rassurer. Je rappelle encore une fois, en m'allumant une clope dès que je franchis la porte arrière de l'hôpital.

Toujours rien.

Je me rue sur la voiture, mais cette conne de Magalie a embarqué les clés, et j'envoie mon pied dans la carrosserie.

L'attente, je la sens couler dans mes veines.

C'est quoi le nom de ce type ? Je me souviens pas de ça. Pourquoi je me souviens de tout un tas de trucs, sauf des noms. Le temps me fait souffrir, je suis épuisé, et j'appuie ma tête sur le toit de la bagnole.

Je ferme les mirettes un instant.

Une claque me fusille l'arrière du crâne.

Je me redresse d'un bond et recule. Magalie se jette sur moi en me poussant des deux mains, ses yeux injectés de sang :

« T'ES SI CON ! PUTAIN ! » Elle m'envoie un coup de pied dans le mollet, et je suis incapable d'oser riposter : « Espèce de bouffon INTERSIDÉRALE ! »

Noa et Julie parviennent à l'arrêter, en la retenant par les bras.

Mais Magalie pousse, pousse, elle s'approche de moi centimètre par centimètre, sa mâchoire claque :

« Tu veux tous nous foutre dans la merde, espèce de crevure. »

Et elle me crache à la gueule. J'essuie le molard sur ma joue du dos de la main.

« J'sais qui c'est le type », je lâche.

Elle hurle à s'en défaire les cordes vocales :

« JE TE CROIS PAS ! »

Je gonfle le torse, et me mets aussi à brailler :

« Alors tu feras ta pire erreur de carrière ! »

« Je crois que je sais aussi ! » Noa ajoute, sans me regarder. « Tony Lagrange. »

Je le pointe des deux index :

« OUI ! C'est ça ! » je beugle, soulagé.

Magalie se fige, son nez se tord dans tous les sens, et elle souffle comme un taureau.

« T'es sûr ? » elle demande à Noa.

Il acquiesce, concentré.

Elle fait signe aux deux autres de la lâcher, et sort les clés de la voiture :

« Je te dégage de l'équipe, après ça. Je veux plus jamais t'voir. », elle me dit.

Je crache :

« Parfait. »

Ça me va.

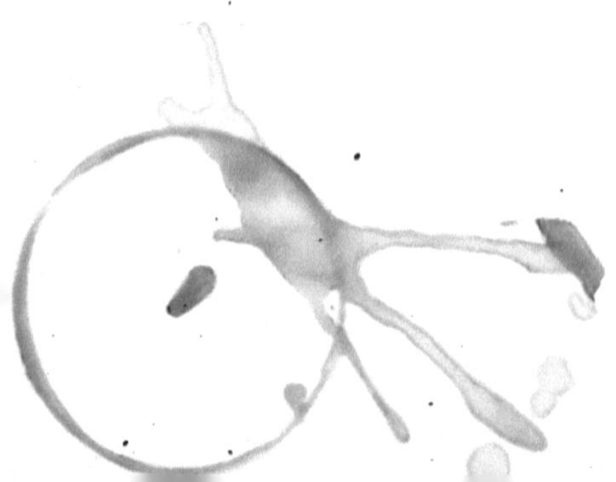

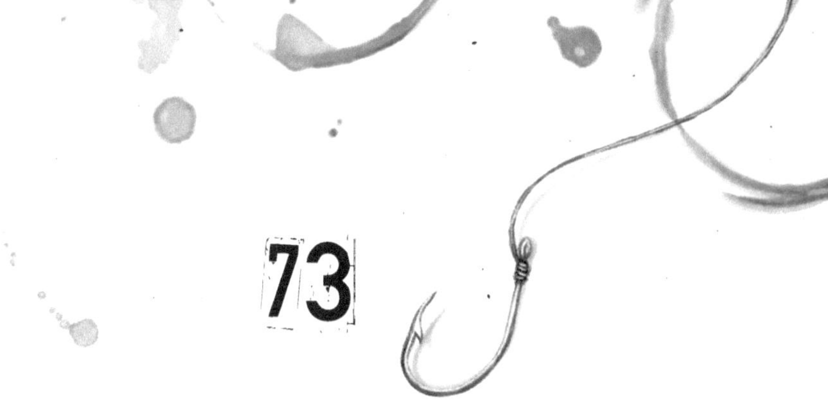

73

Une heure plus tard,

FARID — Une fois retourné au bureau, Julie réussit à choper les enregistrements vidéo des caméras de la ville, et on peut suivre cette fameuse Peugeot.

À 6 heures du matin, le mec s'est garé à quelques centaines de mètres de l'endroit où bosse cette pauvre Louise.

Le type quitte sa caisse, marche et attend dans la ruelle perpendiculaire à celle de l'agression. Malheureusement, l'angle ne nous permet pas d'apercevoir ladite agression, par contre, on le voit repartir, enfin, détaler comme un lapin, la tronche en sang.

Julie, cette magicienne, parvient à tracer quelque temps ses déplacements après ça, mais le perd rapidement, et il s'évanouit dans les quartiers sud de Marseille.

Je lui donne quelques indications de plus, et elle le retrouve un peu plus tard dans la matinée, qui descend le Prado, et surtout qui suit une 406 — la mienne — qu'il percute violemment par l'arrière.

Sur les images, on me voit aussi moi, le gros malin, péter mon câble et dégainer, mais ne pas tirer. Ça, c'est un immense regret : j'aurais dû lui foutre un chargeur dans la tronche.

Peu importe que ça fonctionne ou non, c'est pas moi qui paye les balles.

Dans la foulée, j'ai retrouvé l'audition qu'on avait faite de ce gars pour l'affaire des prostituées : son adresse, et cetera.

Mais c'est assez vite la débandade. Julie fouille les réseaux, et c'est vrai que des Tony Lagrange, y en a des tas. Elle en recoupe trois à Marseille, et aucun ne ressemble au mec des caméras et de nos souvenirs.

Donc, cet enculé nous a pas donné sa véritable identité — forcément.

Mais ça vaut le coup d'aller voir à l'adresse de ce Tony.

L'aval du procureur est fourni dans la journée, et Magalie ferme sa gueule sur mes exploits — pour le moment.

J'enfile, après un rapide briefing, mon gilet pare-balles sous mon pull dans le vestiaire, en silence, comme les autres, avant de regagner la voiture dans la cour.

J'ai du sang plein les gencives, et j'arrive toujours pas à joindre Cassandra.

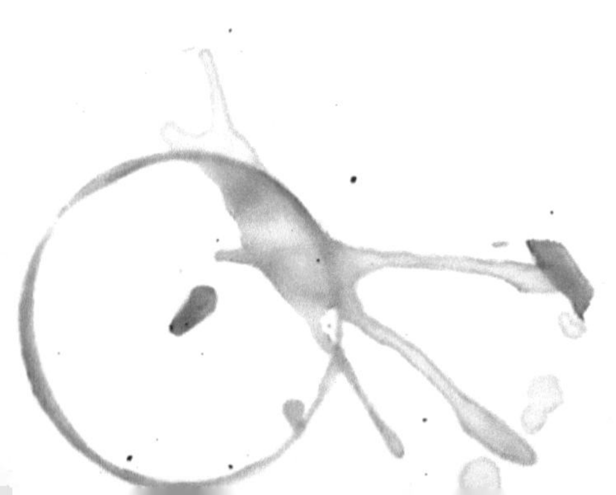

74

En fin d'après-midi,

FARID — La maison de ce Tony ressemble à un muffin à l'envers. Les murs portent plus rien du tout, et les fenêtres, embuées, ont l'air d'être prêtes à exploser.

J'entends des dents claquer. Je sais pas de qui. C'est pas les miennes, mes molaires se sont soudées ensemble.

Devant la porte, Magalie tend le poing en remuant le nez. Oui, ça sent le cadavre. On sait pas, mais on sait. Voyez ce que je veux dire ?

Qu'est-ce que je sue, je me liquéfie même, et elle tape pas à cette foutue porte. Bientôt je serai une tache de flotte sur l'esplanade. Je sais ce qu'elle a. Elle hésite à faire venir la BRI. Elle se dit qu'on a peut-être pas les épaules.

Mais, visiblement, elle a dû trancher dans sa tête, car elle frappe enfin, en scandant de sa voix gravillonneuse :

« Police. Ouvrez ! »

J'ai le pouce bien ancré sur la crosse de mon arme — moins d'une seconde, c'est ce qu'il me faudra pour la sortir.

Je couvre la gauche. Noa et Julie sont derrière nous, respectivement plus écartés encore. Personne ne fait de bruit, on essaie tous de capter un mouvement dans la maison. Mais je suis pas sûr qu'il y ait des vivants ici.

Magalie refrappe :

« POLICE, OUVREZ ! »

Elle force sur ses 30 années de clopes. Je vois sa bouche faire un cul de poule. Elle baisse la main et signe devant la porte. Les deux derrières disparaissent. On entend le coffre de la voiture de fonction garée devant le muret claquer, et ils reviennent.

Noa porte le bélier. Un bloc de métal noir, prêt à tout éclater dans un choc. Ça devrait être la BRI. Elle aurait dû céder à ses doutes, Magalie. J'aurais dû lui dire.

Noa se place devant la poignée histoire de faire sauter le verrou quand il frappera. Magalie tambourine à la porte, et c'est la dernière sommation :

« POLICE. OUVREZ, sinon on défonce la porte. »

Sa main se lève : cinq doigts.

Quatre doigts.

Trois doigts.

Noa arme le coup.

Deux doigts.

Un.

La main s'abaisse.

CRACK.

La porte cède si facilement que Noa part en avant, libérant par la même occasion une vague olfactive immonde, un truc qui submerge, s'attache, et couvre chaque parcelle de ma personne. Julie, derrière moi, toussote, jusqu'à avoir un réflexe nauséeux qu'elle tente de contenir. Magalie a rentré le menton dans son cou, et finit par sortir son SIG.

Je l'imite.

Noa l'imite.

Julie s'étouffe.

Armes baissées, on entre à petits pas.

La charogne.

Je me retrouve directement dans un salon dans la pénombre à cause des rideaux tirés. La table basse est couverte de mégots en tout genre, de grinder, de feuilles découpées, de verres remplis de moisi, de sachets de fast-food.

Des trucs noirs s'agitent dans un des sacs. Je baisse le visage — une nuée de mouches à merde se met à tournoyer partout, se posant ici et là, avec leurs pattes comme des pointes acérées.

Je lâche un gargouillis de la bouche, pour pas dire que j'ai la gerbe.

Quand Magalie trouve un interrupteur, je sais où je dois aller. Franchement, il n'y aura pas de surprise derrière cette porte au fond d'un corridor. Ça me prend de plus en plus à la gorge.

Pourquoi je sais que c'est là-bas, que ça va basculer ? Parce que la traînée noircie au sol, qui y mène, c'est pas la route vers un pays merveilleux.

Noa ravale sa salive à côté de moi et on s'entend d'un hochement de tête.

J'avance.

Il avance.

J'ai envie de reculer, sûrement que lui aussi.

C'est pas parce qu'on est dans ce genre de service qu'on sent pas la trouille nous fouetter les os. Mais je pense à Cassandra — celle qui répond plus.

Je tends la main, j'attrape cette foutue poignée et j'ouvre cette porte sans réfléchir.

Les mouches.

Plein de mouches. Vicieuses, insidieuses, qui battent des ailes comme des avions à réaction, bleues ou vertes, gonflées comme des tanks. Elles vous piétinent la gueule sans se tracasser, et peut-être même qu'elles vous chient dessus.

J'ai le souffle coupé.

Un légiste m'a expliqué un jour que le souci, avec les cadavres, ce sont les gaz, et il y en a plusieurs qu'un corps se met à relâcher quand il pourrit : sulfure d'hydrogène, cadavérine — oui — putrescine — encore oui — ammoniac, méthane — bien entendu — indole ou skatole — bref, de la merde, du caca quoi. Mais il y a pas que ça. Quand une dépouille commence à se dégrader, elle expulse plusieurs liquides, un truc noir et putride, un instant merveilleux dans la vie d'un macchabée nommé purge cadavérique, et ça, ça imprègne même les âmes.

J'avais l'odeur, le son — des mouches — et maintenant, grâce à Noa qui presse sur l'interrupteur, j'ai l'image.

J'enfonce ma main devant ma bouche, écrasant au passage mon nez.

Noa a déjà rebroussé chemin, je l'entends tousser, cracher, suffoquer et gueuler :

« Appelle des putains de renforts. Bordel de merde. »

Je crois qu'il quitte la maison.

Je regarde le spectacle, alors que le papier peint se fait la malle avec l'humidité et la chaleur de la pièce. Je suis dans une forêt tropicale macabre.

À l'autre bout de la baraque, la voix de Magalie qui cause à son téléphone, et de ce côté-ci, les asticots qui tapent leur meilleur gueuleton. Enfin, ce que j'entends surtout, ce sont leurs corps graisseux se frictionner ensemble.

Je fais un pas, un unique pas.

Au sol, entre le pieu et la table basse, il ne réside qu'une masse noire, à moitié fondue et difforme. La peau a glissé, et ce qu'il reste d'un macchabée est disloqué dans une tache qui couvre la moquette.

Sur le lit, c'est un peu plus reconnaissable — mais gonflé, cloqué. J'identifie immédiatement une doudoune. Une doudoune d'un rose éclatant, emballant cette pauvre fille en décomposition, comme un cadeau morbide.

Autour de tout ça, il y a cette chambre, comme celle d'un ado : quelques posters au mur, des papiers sur un bureau, des vêtements sur une chaise.

J'approche les doigts des quelques courriers au coin rabougri, je sens que je commence à sérieusement tourner de l'œil, mais j'ouvre les enveloppes.

C'est des trucs à la con, des histoires de prunes, d'assurances, ou de comptes à découvert, mais ça porte un nom :

Mathias Parenti.

Un Parenti, aussi.

Quoi ?

Je lâche les papiers, et asphyxié, j'enfonce mon poing sur mon torse.

J'ai l'impression de m'être vautré contre les corps, puis de les avoir léchés goulûment. Je me sens me transposer, je vois les asticots me grimper dessus, s'engouffrer entre mes orteils, creusés de petits trous, et aller se faire un nid douillet dans mes intestins.

Une main attrape mon poignet, puis me fait sortir de là en conservant son nez et ses lèvres couverts d'un mouchoir :

« T'es un grand con. Reste pas là », dit Magalie en me fichant dehors.

La réaction est presque chimique, mais j'ai gardé ma paume devant ma bouche, pensant que je tiendrais.

Je gerbe.

Ça gicle entre mes doigts, et même une fois l'estomac vide, cet organe souffrant continue de se contracter, prêt à être régurgité comme si j'étais une étoile de mer.

Je sens qu'on me tape dans le dos, et j'arrive à bafouiller :

« Le type… le vrai type… hein. » Je m'étouffe encore. « … s'appelle Mathias Parenti. »

« Comme la fille ? » Magalie demande.

J'acquiesce en secouant la facture que j'ai gardée dans mon autre main. Magalie la saisit, les lignes s'impriment dans ses yeux, son visage s'effondre, et elle souffle :

« C'est quoi cette merde. »

Au même moment, je sens mon téléphone vibrer dans ma poche. Le numéro qui apparaît sur mon écran est d'abord un soulagement.

J'ouvre le message. Voilà, maintenant, la terreur.

« Affaire urgente.

Désolé, je vais m'absenter.

Cas' »

Je me tourne vers Magalie qui lisait elle aussi le SMS. Ma figure s'est statufiée. J'essaie immédiatement d'appeler Cassandra — pas de répondeur. Son téléphone est éteint.

« Ça me plaît pas, ça », Magalie ponctue en pinçant les lèvres.

75

Cette nuit,

FARID — Quand une enquête comme ça est sur le tapis, il y a plus de répit. C'est un peu comme cette torture qui consiste à enfoncer la tête de quelqu'un dans l'eau jusqu'à ce qu'il manque d'air, avant de le ressortir quelques secondes.

Une fois la maison balisée, et que les hommes en blanc grouillent autant que les vers, on retourne au bureau en quatrième vitesse.

D'abord, on fait localiser le téléphone de Cassandra, qui est maintenant éteint et a émis pour la dernière fois chez elle. Puis, on détermine l'adresse des plus proches parents de ce nouveau Parenti.

Je me décompose quand j'apprends que la mère et le père de ce Mathias sont installés à cinq cents mètres des darons de Cassandra.

Le gouffre sous mes pieds s'agrandit.

Le seul avantage de cette situation, c'est que nos moyens augmentent à chaque fois que le téléphone sonne et que le légiste lance :

« On a trouvé un autre corps dans le sous-sol. »

On est à plus de cinq nanas, entassées comme ça, et ce qui est encore plus déroutant — et que nous, nous n'avions pas vu — c'est ce que contient le frigo. Des tonnes de Tupperware, bien fermés, et remplis de chair humaine.

Dans le bureau, on le dit pas à voix haute, mais on le pense tous : ce mec bouffe des gens.

Je suis dans la bagnole à côté de Magalie, on est suivis de deux autres caisses remplies de types de la BRI, armés jusqu'à la raie du cul. Toutes sirènes hurlantes. Une quatrième voiture est là aussi, mais bifurque à une avenue, dedans : Noa et le groupe de Clément.

Ils doivent dans un premier temps aller visiter l'appartement de Cassandra. Peut-être qu'elle y est tout simplement. Elle aurait retiré ses gants, se serait enfoncée dans son lit devant un film, en lappant son jus de pomme — c'est faux. Impossible.

Elle devait me dire si l'on se voyait ce soir. Ce soir, qui n'est déjà plus, car il est minuit passé. Je voulais être dans cette voiture. Je voulais aller vérifier.

Magalie a dit :

« Ferme ta gueule et monte avec moi, je veux plus te voir traîner autour de cette fille. »

J'entends dans sa voix qu'elle reconnaît que j'ai merdé, mais que sans moi, on n'en serait peut-être pas là.

Sinon, le quatrième membre de l'équipe, la seule qui est restée au poste, c'est Julie. Elle a établi un canal direct avec le CSU, et a désigné un secteur précis à épier : le Rouet, où habite cette pauvre Louise.

Elle a aussi demandé une surveillance rigoureuse de toute la zone du Prado, et tout ce qui remonte jusqu'au onzième, où est la baraque aux asticots.

Bref, elle est nos yeux, et si cette putain de Peugeot glisse dans sa ligne de mire, dans la seconde toute l'équipe changera sa trajectoire pour cueillir ce Mathias. On pourra même parler de violence policière dans le JT, le lendemain.

J'ai quoi à perdre ?

La radio grésille, comme si l'on grattait du carton, et la voix de Noa filtre :

« RAS. »

Magalie porte le boîtier à sa bouche en pilotant d'une main :

« T'es sûr ? »

Je lui arrache la radio :

« Et là, Clio ? »

« Non plus. »

« T'as vérifié le parking du bas ? »

« Oui, tout, même les ruelles autour. » Je l'entends s'allumer une clope. « Ses voisins de palier nous ont ouvert. L'un a dit qu'il l'avait vue passer vers quinze heures, ensuite elle est repartie. Par contre, il raconte aussi qu'il a déjà vu notre gars. Une fois, il a même dû le calmer tellement il faisait un boucan à sa porte. »

J'inspire. J'oublie d'expirer.

Magalie reprend la radio :

« Bon, OK, on roule toujours en direction de chez ses parents. Vous vous chargez de faire le tour du Rouet ? » Elle avale sa salive, mais sa gorge a l'air râpée : « Julie a recoupé sur trente jours avec les caméras. Elle a jamais vu le type là-bas — contrairement à Farid. » Elle me lance un sale regard. « Donc normalement, c'est OK. Mais vérifiez quand même. »

Grésillement :

« OK. »

Après, ils iront chercher cette Louise, qui a menacé de faire exploser l'hôpital si on la laissait pas sortir. Le souci, c'est que toute l'équipe aurait préféré qu'elle aille chez de la famille ou quoi.

Sauf qu'elle a pas de ça. Rien. Personne. Mis à part Cassandra.

Bref, enfin, on se retrouve sur l'A50, et là, le trafic est plus fluide. Magalie peut pousser la voiture sur la troisième voie, et on rejoint très vite Peypin sans parler.

Les sirènes sont maintenant coupées. La conduite est silencieuse, et on remonte le village en douceur, en passant devant la bâtisse des parents de Cassandra. Je ferme ma bouche.

Moi ? Nan, je suis jamais venu ici, voyons.

Il suffit de peu de recherche pour localiser la maison, et tout le monde se gare sur le trottoir sans délicatesse. Il n'y a pas le temps pour une goulée d'air. Je sors en apnée de la caisse, étouffé par mon pare-balles.

Les gars de la BRI, c'est des abeilles. Ils savent ce qu'ils font, où ils vont, et comment, sans qu'on leur dise quoi que ce soit. Un ouvre le portillon. Deux filent tête baissée dans le jardin et contournent la bâtisse — sait-on jamais que le gus décide de se faire la malle par l'arrière, et deux autres collègues surveillent la ruelle.

Mais ce gars, il est pas là. Je le sens, et Magalie aussi.

Elle soupire en fonçant vers la porte d'entrée. Je la talonne, et deux cow-boys nous arrêtent pour nous passer devant. C'est eux qui doivent lancer l'assaut.

Je suis grand de base, mais eux, c'est des géants, armés de MP7.

Le premier frappe, l'autre aboie :

« POLICE, OUVREZ ! »

Je trouve ça plus violent quand c'est Magalie qui s'en charge. Peut-être parce que cette femme me brutalise.

Dans la maison, ça remue cette fois, et ça me soulage. J'avais pas envie de devoir gérer un Succo le fou — un parenticide.

Une voix glaireuse et féminine résonne :

« J'arrive ! J'arrive ! »

Des sons de pas, le bruit d'un loquet qui cède, et la porte s'ouvre sur une bonne femme, la cinquantaine, les traits boursouflés. Elle est pendue au bois, le regard paniqué, et place sa main devant sa bouche en voyant tout ce beau monde :

« Oh mon Dieu. Fred ! S'il te plaît ! Fred, viens ! »

Le mec de la BRI, il a pas le temps :

« Votre fils est là ? »

Un vieux type rond comme une barrique arrive à son tour, et il prend le même air angoissé que sa femme, qui secoue la tête dans tous les sens.

« On peut entrer ? » demande Magalie.

En vrai, quoi qu'ils disent, on entrera.

Elle nous ouvre en grand et s'écarte. Tout le monde s'engouffre dans la bicoque délavée.

Les gars de la BRI se divisent et fouillent la maison, pénétrant dans les pièces comme si c'était chez leur mère. Avec Magalie, on reste auprès des parents.

Elle sort son téléphone et montre une photo prise de Mathias par les caméras de la ville :

« C'est bien lui, votre fils ? »

La mère acquiesce à en perdre la tête, et j'attaque tout de suite :

« C'est quand que vous l'avez vu pour la dernière fois ? »

La mère tapote son menton et agite la tête :

« J'sais plus… l'année dernière ? »

Le père, lui, a rougi à côté, et pince l'arête de son nez :

« Il a fichu quoi ! »

Magalie, et la voix de la procédure, parlent :

« Votre fils est activement recherché dans le cadre d'une enquête policière. Vous devez nous accompagner au poste. On a pas mal de questions à vous poser. »

C'est le tohu-bohu habituel. La femme pleure. Le gars s'énerve — pas contre lui et son éducation, mais contre son p'tit con de fils.

Au moment où les deux s'apprêtent à suivre Magalie dehors, un homme fait irruption dans la maison, talonnée par un des collègues, qui me sourit discrètement.

Je jette un œil derrière. Dans la ruelle, une masse de voisins ensuqués s'est collée au grillage déchiré et chuchote entre eux. Donc le message est vite remonté dans le quartier, et le père de Cassandra est arrivé comme une mouche sur un cadavre, tout paniqué, bafouillant :

« C'est quoi ce bordel ! »

Le bonhomme se fige quand il me voit. Bien sûr qu'il me reconnaît. Il fronce les sourcils. Dans sa petite tête, ça fait tilt. Je croise les bras. À bas la procédure.

« Est-ce que vous savez où est votre fille, Cassandra ? » je demande.

Ses yeux se gonflent et il plante ses pupilles dans les miennes :

« Na… nan… chez elle… je crois. »

Je m'approche :

« Non. Elle est pas chez elle. »

Il hausse les épaules en mordant ses lèvres :

« J'sais pas… alors. »

Toi qui envoies des messages inquiets à ta fille tous les jours, t'as pas l'air plus préoccupé que ça. Je gueule en claquant des dents :

« ELLE EST OÙ ! »

L'homme sursaute.

Magalie me pince l'arrière du coude et se place devant moi :

« Monsieur, petite question : c'est quoi votre lien de parenté ? » Elle montre le couple à côté.

« Euh… » Il pointe le père de Mathias. « C'est mon frère. »

« OK. Vous allez venir au poste avec nous. »

Je continue de regarder le père de Cassandra en chien de faïence. Ce connard sait un truc. Je le sens. Et Mathias est le cousin de Cassandra. Quel foutu bordel.

Un collègue accompagne ce fumier chercher sa femme, et dans la foulée, les techniciens arrivent. Ce qui nous permet de repartir avec deux voitures et nos deux paires de parents.

Magalie me chuchote à l'oreille :

« Ça sent de plus en plus le truc intrafamilial complètement fucké, t'en penses quoi ? »

Elle m'a parlé gentiment. C'est qu'elle a la trouille de ce qu'on va découvrir. Je confirme que j'ai la même intuition. Mais je vois toujours pas le rapport entre tous les protagonistes de cette histoire.

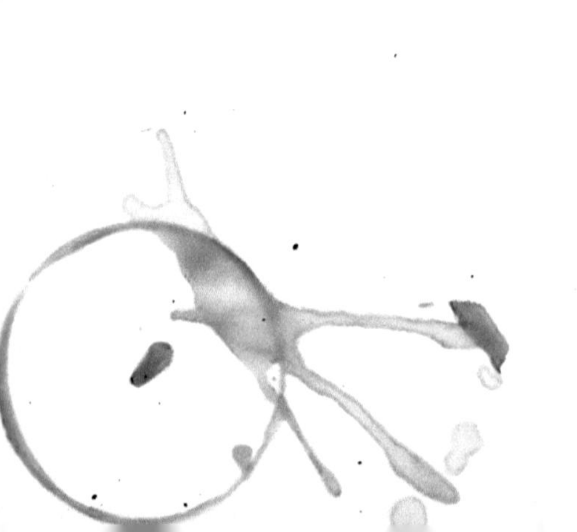

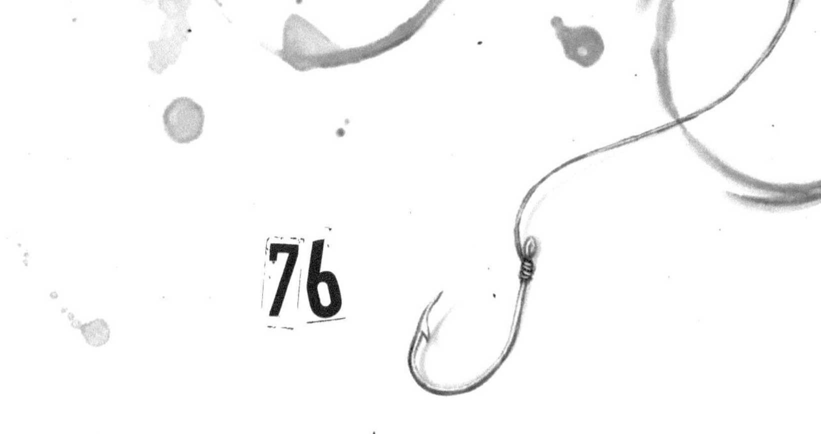

76

Farid — Le manque de sommeil, c'est un truc qui vous retire la 3D de la vision. Tout devient plat et tremblant autour de moi, et même avec un taux de caféine et de nicotine dans le sang à crever les plafonds, ça change rien. C'est peut-être pire. Mes gencives me grattent, et je suis complètement inutile et impuissant.

Magalie a dit : tu vas pas en audition. Surtout, t'approche pas du père de Cassandra. Le risque est trop grand que je lui fiche une mandale, à celui-là.

Tout ce que j'ai, ce sont des miettes, des retours d'examens de Noa, parfois de Magalie, quand elle daigne me demander ce que je pense d'un truc.

Ce à quoi je répète sans cesse : j'aurais pas mené mon interrogatoire comme ça.

Le père de Mathias ? Pour lui, son fils est un con instable. Même pas foutu d'avoir son BAC, ou de tenir un poste dans la carrosserie familiale.

Pour sa mère ? Mathias est un enfant perdu. Il venait la visiter en cachette pour lui demander quelques euros tellement il était largué, et elle en profitait pour lui refiler des vêtements qu'elle trouvait pour lui à droite à gauche. D'ailleurs, le manteau gris avec lequel on le voit tout le temps, c'est elle. Elle se disait que ça lui donnerait un air plus sérieux.

C'est pas tout. Elle a expliqué pourquoi, entre le père et le fils, ça allait pas. C'est que Mathias est gay, et ça, le père, le jour où il l'a appris, il lui a collé une torgnole, et s'est mis à l'appeler petite fiote — vous comprenez, le seul fils qu'il a réussi à avoir avec sa femme pleine d'endométriose, fallait qu'il se retrouve à sucer des queues.

Quand on parle au père de son homophobie extravertie, il dit qu'il voit pas de quoi on cause. Les raclures, ça assume que moyennement, de toute façon. Et ça me fait grincer à mon bureau, ça — j'ai trop observé les dégâts de l'homophobie ici.

Bref, Mathias est décrit comme un paumé : impulsif, complètement hors sol, et sa famille l'a jeté dans la fosse, en le désarmant, en plus. Un vivier de merde parfait pour engendrer un tueur.

La mère de Cassandra, elle, c'est comme une touriste. Elle sait rien, et elle s'en fiche. Sa gamine, à part lui causer des soucis, elle sert pas à grand-chose. Une connasse de compétition, quoi.

Par contre, dès qu'ils se sont enfin décidés à s'occuper du père de Cassandra, je sors, je fais les cent pas devant le commissariat, enchaînant clope sur clope, comprenant que j'ai pas fini la dernière quand j'en ai une dans chaque main.

Noa me bip sur mon téléphone, et je reviens au bureau.

Alors, il dit quoi, ce con, je fais. Il dit qu'il sait pas ! Bien entendu. Vous lui avez fichu la pression ?

Magalie me fait signe de la regarder dans les yeux :

« C'est moi qui ai mené. » Elle frappe sur son bureau. « Bien sûr que je lui ai fichu la pression ! » elle vocifère, les cernes tirés.

Pas assez, je m'entends hurler. PAS ASSEZ !

Magalie dit : tu pars en couille, là ! Je dis : je t'emmerde. Elle dit d'aller bien me faire enculer. Noa s'interpose : on se concentre !

Je suis pas concentré. Je veux des têtes sur des piques, et des vengeances hostiles.

On m'ignore à nouveau.

Noa précise à Julie : entre Mathias et Cassandra, les deux cousins, c'est aujourd'hui compliqué. Plusieurs fois, Mathias a trop collé Cassandra. Une histoire d'amitié bafouée. Le père a expliqué que quand ils étaient jeunes, et qu'Izela était encore là, c'était les meilleurs copains du monde, toujours fourrés ensemble. À la disparition de la jumelle, ça s'est dégradé d'année en année, jusqu'à ce que le père menace Mathias s'il le revoyait traîner par là.

Mon angoisse monte d'un cran supplémentaire.

« Mais il sait où est sa fille ! » je lance.

« Non, il sait pas », Magalie me sort, en me faisant signe de la fermer.

Les trois décident de la suite sans me considérer : oh bah, on va continuer à cuisiner des gens, et toi Farid, tu restes là. D'ailleurs, si tu veux rentrer, tu peux, hein.

Je dis : Magalie, je t'emmerde. Elle dit : Farid, je t'encule. Noa : viens, on se refait l'autre con — le père de Mathias. Elle disparaît, imitée par un Noa désolé — traître.

La porte claque.

J'allume une clope en lançant des doigts à l'espace. Je fume et je cendre sur le bureau de Magalie.

Julie me regarde. Me juge.

« Ça va. Tu fais boire de l'eau de chiotte à Noa, et après tu le suces », je lui envoie.

Elle ouvre tout rond la bouche.

« Qui le sait pas » , j'ajoute.

Elle rougit, ça fait ressortir ses taches de rousseur comme des guirlandes de Noël.

« Et toi, t'as baisé cette fille », elle soupire.

C'est pas une question. C'est une affirmation.

Je dis : « Non, non, non. » Je pense : oui, oui, oui.

Je veux inventer un mensonge, mais elle saute de sa chaise, ses yeux deviennent deux petites fentes, et elle dit lentement, en fixant son écran d'ordinateur :

« Clio. EH-525-JJ ? »

C'est comme le départ d'un marathon.

Je me rue derrière son bureau, et elle m'expose ce qu'elle vient de recevoir du CSU. L'image figée sur son écran montre la voiture descendre sur le Prado, juste en face du Vélodrome.

Julie presse sur sa souris, elle passe à un autre plan, et là, c'est une vidéo. La caisse se gare en face de l'immeuble de Louise, qui est rentrée chez elle.

Cassandra quitte sa voiture.

Julie stop l'image, zoom sur le visage : maquillage parfait, coiffure impeccable, pas une égratignure. Vivante.

Julie m'interroge du regard. Je valide. Elle relance la vidéo.

Cassandra traverse la ruelle, son sac dans une main, qui ballotte de droite à gauche. Elle presse le bouton de l'interphone. Attends. Elle rappuie. Sa bouche bouge. Je l'imagine dire :

« Coucou ma puce, c'est moi ! »

Et c'est tout. Et ça suffit. Et pourquoi aller chez Louise, et pas chez moi ?

Cassandra pousse d'un coup de main la porte de l'immeuble, avant d'entrer dans le hall et de disparaître, à nouveau. La porte est restée ouverte.

Je jette un œil à l'heure sur la vidéo : 6 h 50.

Je jette un œil à l'heure sur l'ordinateur : 7 h.

« Faut qu'on aille la récupérer ! » j'ordonne.

Julie attrape le téléphone fixe de son bureau, compose un des numéros internes, ça répond dans la foulée, et elle explique : Cassandra Parenti, au Rouet.

Julie fait : « Hm, hm. » Et encore : « Hm, hm. » Et puis : « OK, ça marche. »

Elle repose le téléphone, tranquillement. Je rallume une clope.

« Ils finissent et ils arrivent », elle déclare.

Quoi ? Pardon ? Attendre ? Pas possible. Pas envie. Peux pas.

« Magalie a dit qu'on n'est pas à la minute. Les deux sont sécures, là-bas. »

J'ai déjà attrapé mon blouson pour l'enfiler :

« Rien à foutre, on y va nous », j'insiste.

Julie croise les bras :

« Non. T'es instable. » Elle ajoute : « Tu décides de rien, là. »

Je la traite de collabo. Elle m'ignore.

Je me remets à cendrer sur le bureau de Magalie. Plein de petits tas noirs qui tachent ses dossiers, plein de petits morceaux blancs qui s'insinuent dans son clavier.

Puis je me lasse. Je me plante devant la fenêtre. Pourquoi c'est chez Louise qu'elle se pointe ? Ça me tape sur le système.

Je sors mon portable : 7 h 20.

Qu'est-ce qu'ils foutent, Noa et Magalie. Putain.

Je reviens fumer sur le bureau de Magalie.

Et un cri aigu.

Je me retourne brusquement.

Julie est debout, le téléphone à l'oreille. Elle gueule :

« Z'êtes sûrs ! » Elle frappe sur sa souris d'ordinateur avec frénésie. « Comment ça, d'jà dix minutes ! » Elle se fige devant les images, je le vois sur ses rétines : « COMMENT ÇA C'EST CHELOU ! » Et elle hurle : « VOUS ÊTES CONS ! »

Elle raccroche. Elle compose de nouveau un numéro interne.

J'ai fait le tour de son bureau. L'image est figée sur la Clio de Cassandra : le coffre est ouvert. Un homme en sort.

Mathias.

Sur cette photo, il reste éternellement suspendu.

Mais en vrai, il a déjà glissé dans l'immeuble.

Mon sang se glace. Déchire mes veines.

« MAG ! BOUGEZ ! LE GARS EST AU ROUET ! » crie Julie.

De nouveau, elle balance le téléphone sur le portant, tape un numéro, reprend le combiné, et gueule :

« J'ai b'soin de deux équipes. TOUT DE SUITE. »

La BRI. Les MP7. Les situations d'urgence.

Julie beugle l'adresse.

J'attrape les clés de la bagnole de fonction, et je pars tout droit. Je cours dans les couloirs, je dévale les escaliers, et j'arrive dans la cour. Je me jette au volant. Je démarre. Je fais une marche arrière rapide, je m'apprête à accélérer comme un fou furieux.

Une ombre saute sur mon capot. Je pile. Magalie entre dans la caisse en passager, et l'ombre se téléporte de deux enjambées sur la banquette : Noa.

Magalie frappe sur le tableau de bord :

« Fonce ! »

La sirène retentit. Le gyrophare saigne les murs.

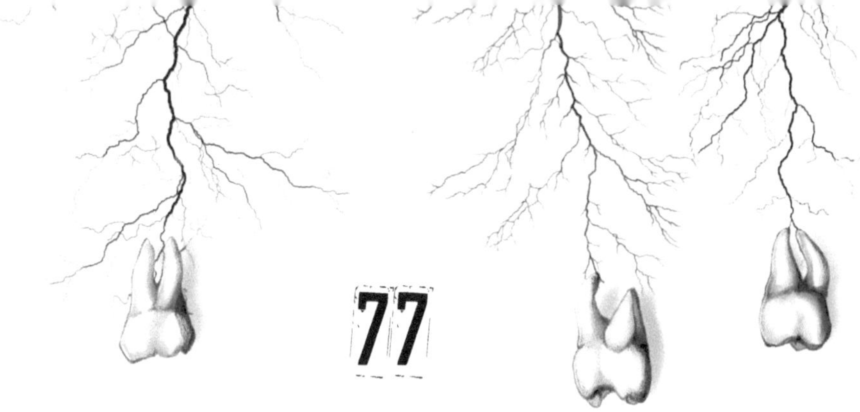

77

Hier matin,

CASSANDRA — Devant l'immeuble, je sens l'odeur sur mon poignet : un mélange de nicotine, d'Axe, et une fragrance plus salée — du sperme ? Je cache un ricanement dans ma manche, les yeux embués et ma carcasse meurtrie de ses lèvres rêches. Je serre le sac en papier rempli de croissants que j'ai dans l'autre main, et traverse les portes disloquées. Je me dépêche de grimper les étages, en apnée, avec une démarche de canard.

C'est le prix à payer pour le plaisir charnel. Je suis épuisée.

Je frappe chez Camille. Personne ne répond. Je tends l'oreille, et je perçois la télé grésiller. Je tambourine en disant, autoritaire :

« C'est Cassandra ! Je sais que vous êtes là. »

Elle m'a déjà fait ce coup de ne pas vouloir m'ouvrir.

J'entends quelques titubements, un meuble qui grince. Je sens que quelqu'un s'écrase sur le mur, de l'autre côté.

« J'ai pas besoin d'toi ! » elle scande.

Bon. OK. Elle est ivre, ou défoncée.

« Vous voulez vraiment un signalement de plus », je menace. De toute façon, tu l'auras, ton signalement. Et même que j'irai camper chez l'assistante après, et cette fois, j'aurai mon gain de cause. Pauvre fille.

De nouveau, rien.

Je frappe contre le bois :

« Ne jouez pas avec mes nerfs. Ma patience est limitée vous concernant », je gronde.

« J't'ai dit non ! CONNASSE ! »

Elle veut jouer, on va jouer.

« D'accord. J'appelle tout de suite la référente, alors », je menace en fouillant mon sac.

La porte s'ouvre doucement.

Je range mon téléphone — ma vengeance sera terrible. Elle me laisse entrer, en se reculant, et je peste :

« Nan, mais Camille, là, c'est intolérable, votre compor… »

Je ne termine pas ma phrase. Camille s'est recroquevillée dans un coin, en posant ses mains sur son crâne.

Elle répète :

« C'pas moi. » Encore. « Non, non, non. C'pas moi. »

Je fronce le nez. Elle jette un œil vers la salle de bain.

Mon cœur me donne un coup. J'entends même le sol se fracturer. Je cours jusqu'à cette pièce qu'elle fixe comme une antichambre. Je percute la porte : un fracas, et je me retrouve sur le tapis.

La salle de bain est noyée dans une lumière jaunâtre.

C'est douloureux.

Une petite main tuméfiée pend lâchement de la baignoire.

J'avance d'un pas. Un sanglot éclate derrière moi.

« C'pas moi. »

C'est un simulacre. Un mensonge. Une mise en scène. Je suis suspendue entre plusieurs mondes parallèles.

Je tombe à genoux.

Dans ce bain, il n'y a plus de mousse ni de jouets en plastique, seulement une eau qui paraît glaciale au vu du bleu de sa peau. Les cheveux continuent d'onduler autour de sa tête, comme une couronne d'ombre. Les yeux observent le ciel.

À Valentin, le mot mort ne va pas.

J'ai la bouche ouverte, grande ouverte, mais rien n'en sort — même pas un hurlement animalier. Est-ce que c'est ça, la sidération ?

« C'pas moi… »

Je rampe.

L'écume est au bord de ses lèvres foncées.

Plus jamais de voix douce et chaleureuse, ni de tendresse naturelle. Chaque sanglot de Camille est un coup de scalpel qui rompt mes cicatrices.

Deux mots éclatent dans mon esprit : insurmontable — insupportable.

Le froid de cette pièce insalubre gèle mon propre corps.

Et lui, depuis quand flotte-il ainsi, dans ce froid ?

J'attrape une serviette sur le portant, sans comprendre, sans savoir. Je glisse mes bras sous Valentin. L'eau imbibe mon manteau, et mes gants. Glacial. Tout est glacial.

Je le soulève, sans mal. Si léger. Si maigre.

Je le dépose délicatement sur la serviette, et l'emballe, en frictionnant instinctivement ses membres. Je le prends contre ma poitrine. Je le berce, tout contre moi.

J'ignore sa mère, étalée contre le chambranle de la porte. Pas mère — pathétique monstre humain.

« Je, je… ! »

C'est tout ce qu'elle sait baver.

« Tu l'as… noyé », je dis sans timbre.

Elle me lance un regard : la détresse, la vérité. Oui, elle l'a noyé.

Selon un reportage sur les violences domestiques, il faut environ deux à trois minutes pour qu'un humain perde connaissance dans l'eau, une dizaine de minutes pour la mort. Et donc, pour noyer quelqu'un, qui se démènera naturellement grâce à sa volonté de vivre, il faut appuyer sur son crâne assez longtemps pour se demander ce qu'on fait là. Ensuite, il faut le maintenir ainsi, histoire d'être sûr.

Camille a pressé sur la tête de son fils, qui se débattait, trois minutes. Cent quatre vingts secondes. Puis a attendu encore. Quatre cent vingt secondes.

J'ai du mal à compter jusqu'à vingt sans m'impatienter.

Et, moi, je jouais à l'amour pendant tout ce temps. Culpabilité affamée.

Je me lève, avec Valentin dans les bras. Sa mère, elle, reste étalée contre le bois :

« Tu vas me dénoncer », elle sanglote.

« Non », je dis. « Quelqu'un d'autre s'occupera de toi, à ma place. Je le sens. » Je serre Valentin plus fort contre moi. « Tu ouvres grand tes oreilles, maintenant, et tu m'écoutes. »

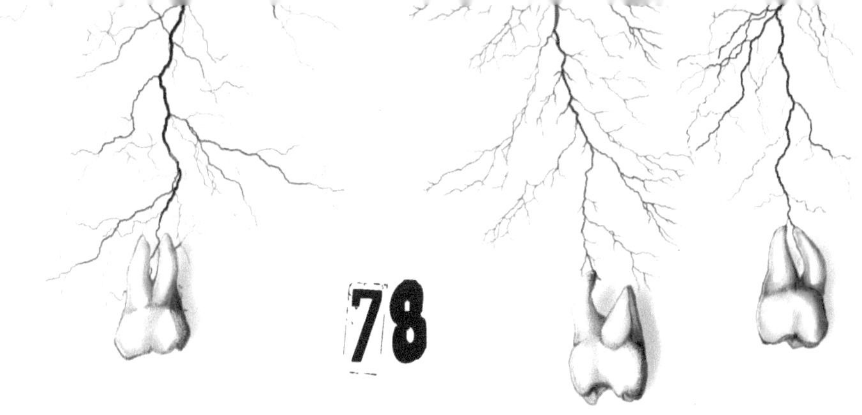

78

Cet après-midi,

Cassandra — Je continue ma journée de travail sans rien dire — dans un flou des plus artistiques.

Ensuite, je suis partie. J'ai coupé mon téléphone pour rejoindre la maison fleurie.

Une fois garée, je prends soigneusement mon protégé, caché sous un monticule de plaids, et l'emporte avec moi.

J'ai tant douté d'Izela ces derniers temps, et maintenant, dans ce moment de trouble où les épreuves barrent ma route, je regrette ma trahison plus que tout. Je veux qu'elle ait raison, que son sang continue de me guider, et de guider les autres. Je me reprends à pleurer, comme quand j'étais petite fille.

Nous, on n'a pas le temps pour la souffrance.

Je fais ce qui doit être fait. Ce qu'elle et moi, on a créé.

Je lave Valentin dans un bain d'eau chaude parfumée à la vanille. Je le sors, le sèche, en admirant son visage paisible comme un matin d'hiver gelé.

Je le déplace dans la maison et l'allonge sur la table de cuisine, comme un jour où nous avons allongé ici Izela. Je m'attelle à le coiffer, en regrettant ses questions, sa curiosité, et ses gribouillages enfantins. Je regrette nos après-midi passées à discuter de son dessin animé préféré. Je regrette la lueur dans ses yeux verts, le mouvement de ses lèvres quand il sourit.

Et la vie. Cette vie qu'il n'aura jamais, et que je vais lui offrir, un court laps de temps, à travers mon propre regard.

Une fois ses cheveux entièrement démêlés, avec mes index, je suis la courbe de sa bouche galbée, et poursuis l'esquisse de son nez en trompette. Il est loin d'un homme, bien loin d'un adulte, il est la perfection juvénile.

Je me détourne pour récupérer mon couteau le plus affûté, et enfiler mon tablier, ainsi que des gants en latex.

Je m'affaire sur ce petit corps nu, sans chair de poule. Ces gestes, je les ai répétés des dizaines et des dizaines de fois : glisser la lame contre l'os, en extraire un muscle, dévoiler l'humérus, puis l'autre, déposer avec délicatesse le sacré dans un plat, recommencer aux épaules, ensuite fendre le ventre, fouiller, sortir foie et cœur, mettre dans un plat à part. Travailler de manière acharnée, oublier le pathétique de la chair, fermer à clé ses craintes, ne plus sentir son cœur battre, se débarrasser du couteau dans l'évier, observer les contenants, les organes, et voir qu'un enfant, ça ne prend pas tant de place que ça.

Je retire mon tablier et le jette par terre en inspirant profondément.

Pas le temps pour la douleur.

Non, je souffre d'un mal plus insidieux encore.

Je descends au sous-sol. Ici, il y a un frigo spécial, rempli de choses spéciales, et je l'ouvre alors que l'inflammation commence à m'embraser les genoux. Ce n'est qu'en cas d'extrême urgence : c'est une extrême urgence.

J'attrape dans le bac à légumes une poche de glucose, et remonte à la salle de bain. Dans un placard sous l'évier, il y a tout ce qu'il faut si l'univers venait à perdre la tête — comme aujourd'hui. Des tubulures, des cathéters, un robinet médical. Je m'assieds sur les toilettes, me sers d'une ceinture pour me faire un garrot, désinfecte en vitesse la zone, cherche la veine, et enfonce le cathéter dans la soie abîmée, puis retire l'aiguille d'un geste. Je branche le tout à ma poche et me la scotche à l'épaule. J'ai peur de ne pas tenir.

Je me relève. J'inspire.

Je parcours la maison et rejoins l'extérieur par la porte de la cuisine.

Dans le débarras, j'attrape ma pince coupante, et j'arpente, sous le regard du soleil au coucher, le jardin. Certains buissons sont en apothéose, d'autres se déploient à peine ; une odeur enivrante tournoie quand un filet de vent traverse les feuilles.

Avec ma pince, je cueille les plus beaux exemplaires : des iris, des anémones, des pulmonaires, quelques tulipes précoces, des jacinthes, et de splendides muscaris. Mon bouquet énorme serré contre mon cœur, je rentre et rejoins la cuisine.

La nuit tombe. Je n'ai aucune idée de l'heure. Je me fiche de l'heure.

Je ceins le corps de Valentin de fleurs, j'en mets dans le pli de son abdomen, dans ses cheveux. Je choisis les accords, les nuances. Ensuite, à l'aide de maquillage, je rosis ses joues et recolore ses lèvres.

J'observe l'ouvrage.

Je caresse encore ses cheveux, leur douceur, leur finesse. Je voudrais un peu plus de temps avec toi. Reste avec moi.

Sans souffrance. Sans peine. J'aurais dû te sauver, plus tôt.

Je me mets aux fourneaux. Dans ma poêle habituelle, je cuis le divin, sans sel, sans beurre, dans la plus grande pureté. Je dresse à côté de sa tête et sers une pleine assiette. La totalité. Je m'attable. Je lie mes mains ensemble.

« Merci. »

Je mange sans ressentir, dans la plus vraie des croyances, comme on l'avait conçu à l'époque. Plus de fantasme, plus de désir d'aimer la chair. J'ingurgite sans faim et sans limite, même si mon ventre gonfle et devient douloureux.

Je te veux dans mes veines, que tu traverses mon cœur à chaque pulsation, et je finis ce repas en pleurant des larmes chaudes.

Plic, plac, font les gouttes dans l'assiette.

Je me relève en tremblant et nettoie grossièrement ma vaisselle, mon couteau et mon tablier. Je ne récure rien.

Je sors à nouveau, une lampe-torche dans la main. C'est une besogne que je laisse habituellement à mon père, mais que je dois accomplir moi-même cette nuit. Il ne supportera pas de devoir faire un trou si petit pour un être si petit.

Munie d'une pelle, au bout du jardin, contre le muret du fond, je commence à creuser un trou. La tâche est infâme, épuisante, sadique, même. Je dois faire pénitence.

Je m'échine longtemps, n'arrivant à retirer que de modestes paquets de terre, et non de grosses mottes comme mon père le fait à chaque fois. Il me faut deux bonnes heures pour réussir à faire quelque chose de correct. Je rentre, j'emballe Valentin dans le drap que je lui ai prévu, et le porte à l'extérieur. Tendrement, je l'installe là où il reposera.

À genoux, j'ai du mal à me résoudre à repousser la terre sur lui. J'ai peur du manque.

« C'est un gosse ? »

Toute mon échine tremble. Une ombre sort de derrière le pommier, s'approche, et entre dans la lumière de la torche que j'ai posée par terre. Il s'assoit sur le muret. Son visage est difforme, griffé, amoché. Mathias répète :

« C'est un gosse ? »

Je hausse les épaules en grimaçant. Je baisse la tête.

« Pour ça que tu le fous à côté d'Izela », il dit en montrant le buisson de roses à côté.

Les mains nues, je repousse la terre sur mon petit. Mathias gâche toujours tout.

« Laisse-moi tranquille. »

Je continue de l'enterrer à mains nues.

« Non. »

Je geins, et il ajoute :

« Ils savent tout. Ton père. Ta mère. Mon père. Ma mère. Ils sont tous au poste. »

« Alors, c'est fini pour tous les deux », je lâche.

« Ouais. » Et il se met à s'égosiller : « J'ai voulu finir ce que t'avais pas fait. »

Il montre les écorchures sur son visage.

« Elle m'a fichu une raclée. »

« Louise ? » je demande, asphyxiée.

« Ouais. Putain de salope. »

« Elle est où ? »

Il hausse les épaules.

« J'en sais rien. » Puis de nouveau un rire : « J'ai cartonné la voiture de ton mec, aussi. » Il a les yeux fous, les yeux qui tournent dans leurs orbites, et il lève les bras en l'air. « ET TOUT LE MONDE S'EN SORT ! » il hurle : « Sauf moi. » Puis il acquiesce avec lui-même : « Et toi. »

Et il a raison, et je me fiche de tout ça. J'observe cette terre où ce fils que j'ai inhumé réside.

« Qui a tué ce gosse ? » il demande.

« Sa mère. »

« Et tu l'as pris avec toi », il affirme, en battant les jambes dans le vide. « Et tu sais pas ce que tu dois croire. »

Je ne réponds rien, et ça le fait rire. Un rire tonitruant, expansif, insupportable.

« J'ai raison, putain ! »

J'acquiesce, sans parvenir à contenir mes larmes.

Il me tend sa main. J'hésite. Je veux pleurer dans ses bras, comme quand j'étais petite, m'endormir sur ses cuisses, qu'il me caresse la tête et me dise que je suis belle.

« On peut encore s'en sortir. On finit ce que t'as pas réussi à faire. On rétablit l'ordre. » Il parle de Louise. « Et ensuite, je m'occuperai de toi jusqu'à ce que tu partes, comme promis, et je te ferai passer. J'ai quelqu'un ! » Il approche plus sa main de moi. « On aura tout. » Il trace de l'index une ligne sur son avant-bras. « Une fois fini, je partirai à mon tour, et je te rejoindrai ! »

Il est convaincant.

J'ai peur de la mort, et je veux la vie pour Valentin. Je glisse ma main dans la sienne. Comme il y a longtemps.

« Prends ton temps. » Il montre la tombe. « Je t'attends. »

Il disparaît après m'avoir serré dans ses bras, comme s'il n'avait été qu'une hallucination.

J'en viens même à vérifier ma perfusion. Tout va pour le mieux de ce côté-là.

Je reste des heures dans ce froid mordant. Des heures que je ne compte pas, devant mon Valentin. Et quand le ciel prend des teintes nouvelles, je me relève.

Je me douche, je me récure complètement. Je remets correctement mes lentilles, je peigne mes faux cheveux, je me maquille. Je fouille dans la penderie. Je trouve un autre manteau.

J'embarque dans ma voiture et retourne vers Marseille, en ignorant le souffle chaud dans mon coffre.

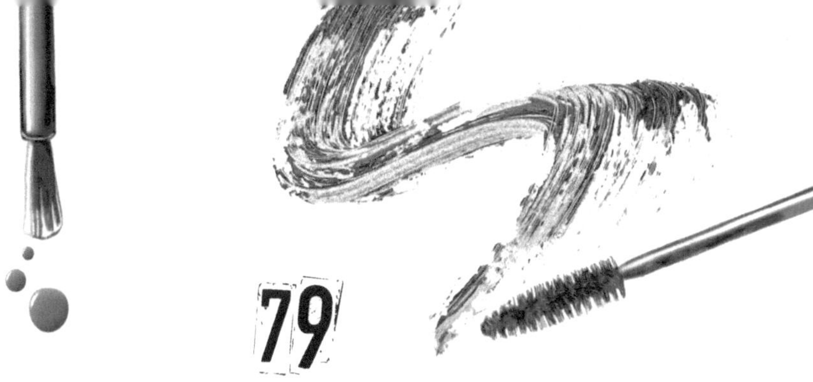

79

Au petit matin,

LOUISE — J'arrive pas à fermer l'œil. Je tourne comme une tempête dans mon pieu. J'imagine que ce connard débarque, il se faufilerait par les chiottes, et hop, si je dors, il me zigouille. Ça se peut. Il a déjà zigouillé Cassandra.

J'ai dû lui envoyer des SMS par centaines, et l'ai appelée un millier de fois.

Nan, ça se peut pas. Elle est vraiment morte ?

J'ai les yeux qui me piquent, parce que j'ai trop chialé. Mon cerveau est un énorme bouillon d'angoisse.

J'abandonne là toute possibilité de repos. J'attrape mon ordinateur et lance un film, un truc drôle, quelque chose de cool, et pas trop prise de tête : Twenty One Jump Street.

Je me fais le deux, et là, comme par magie, je m'endors.

Désolée, Channing Tatum.

Mon sommeil est de courte durée. Le son infernal de l'interphone crie dans l'appartement et je bondis hors du lit.

Un type qui veut t'étrangler, il sonne pas à l'interphone. Hein ?

Je me rue dans la cuisine et je chope un couteau. Dans l'autre main, j'ai mon téléphone, directement sur le numéro que m'ont filé les flics en cas d'urgence. J'ai réussi à le rétamer une fois, je peux bien réitérer l'exploit. Mais cette fois, je le loupe pas, je l'égorge, ce bouffon. Je pense ça, alors que mes rotules essaient de se tirer. Fais la maligne, Louise, t'as raison.

Je m'approche du moniteur à petits pas, comme s'il allait m'exploser à la gueule. Je saute comme une pile quand ça sonne pour la deuxième fois. Les flics ont dit dix minutes. Dix minutes pour débarquer. À vrai dire, j'y crois pas à leurs dix minutes.

Ils ont aussi ajouté : vous ouvrez à personne.

Sauf que sur l'écran, en nuances de bleu, c'est pas le grand méchant de mon histoire, mais la belle de mon conte.

Cassandra sourit à la caméra en levant le menton. Je tire sur le téléphone, j'entends sa voix qui me demande si je la laisse entrer, et je presse sur le déclencheur de la porte. Elle disparaît de l'écran.

Je pose mon couteau sur la table. J'ouvre grand la porte. J'écoute ses talons sonner dans les marches, et la voilà qui arrive.

Je vois à peine son visage. Elle se jette dans mes bras. Je prends l'étreinte sans rechigner, et je nous fais reculer de deux pas pour filer un coup de pied dans la porte et la faire claquer.

Nous voilà enfermées dans la tour de béton. Classe. Deux princesses, et pas de prince charmant — très contemporain comme idée, j'aime beaucoup.

Collée dans mes bras, elle se lamente :

« Mais quelle misère, cette situation. »

Tout son corps tremble.

« Tu sais, alors ? » je demande. « J'comprends pas, ils disent que ce mec, c'est ton cousin. » J'ai pas envie de lui en vouloir. « Pourquoi t'as rien dit ? »

Elle suffoque dans mon haut de pyjama :

« Je ne pensais pas qu'il ferait ça… qu'il était… à ce point… »

Maintenant, elle pleure. Mais comme je l'ai jamais vue pleurer.

« Il a buté plein de gens, ce mec ! » je lance, et puis je la serre plus fort. « Il aurait pu te buter… », je sermonne. « T'aurais dû… putain… parler de lui. »

Est-ce qu'elle se sent coupable de toutes les victimes qu'il a semées ? Mais elle savait pas. Alors quoi ?

J'embrasse son crâne.

« On se plante tous », je ris nerveusement.

Elle se noie dans ses regrets et s'accroche plus à moi, sa tempe bouillante contre ma mâchoire. J'effleure du bout des doigts la sueur qui ruisselle dans sa nuque. Elle s'étouffe.

« J't'aime, ma belle, je t'en veux pas », je murmure à son oreille. « J'pourrai jamais t'en vouloir pour les merdes des autres. »

Elle se détache de moi en grattant frénétiquement sa tête. Le mascara strie ses cernes, sa bouche est toute retournée, et elle ferme plusieurs fois les paupières. Tout paraît être douleur, et elle demande, un peu déboussolée :

« Ils surveillent ? Je veux dire, la police… »

Je comprends la question mal formulée.

« Oui, oui, paraît qu'il y a plein de caméras dans la rue, et qu'une nana passe son temps à tout vérifier. »

Elle hoche la tête en fronçant les sourcils.

« Et s'il débarquait ? Ils viennent tout de suite ? »

« Ils ont dit dix minutes. J'y crois pas trop, si tu comptes le quart d'heure », je glousse.

Mais Cassandra me fait taire en glissant ses doigts dans mes cheveux, le regard dans le vide.

« Je peux pas », elle se marmonne à elle-même en serrant les poings.

Je penche le visage sur le côté pour lui signifier que j'ai pas capté.

« S'te plaît, Lou', fais-moi confiance », elle répète. « Fais-moi confiance. »

Et sans crier gare, elle presse ses lèvres sur les miennes en empoignant ma mâchoire.

J'adore le goût du rouge à lèvres. J'ai toujours aimé ça. Sa texture de beurre colle et se greffe à la langue. Mais, ce baiser, c'est pas une offrande d'amour, il n'a pas non plus l'essence de la luxure. Il est autre chose. Un truc que je définis pas. En fait, il est le son d'une porte dans laquelle on donne un coup.

Cassandra me pousse des deux mains en arrière. Je me sens partir, je m'effondre et me cogne contre le montant du lit.

Dans les vapes, par terre, j'entends claquer. Une ombre se glisse dans la pièce. Lui. Le monstre, le méchant, et tout ça. Cassandra se met en retrait et le laisse me fondre dessus.

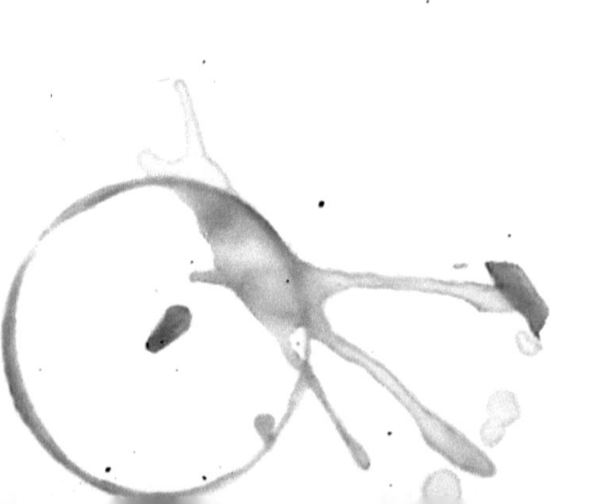

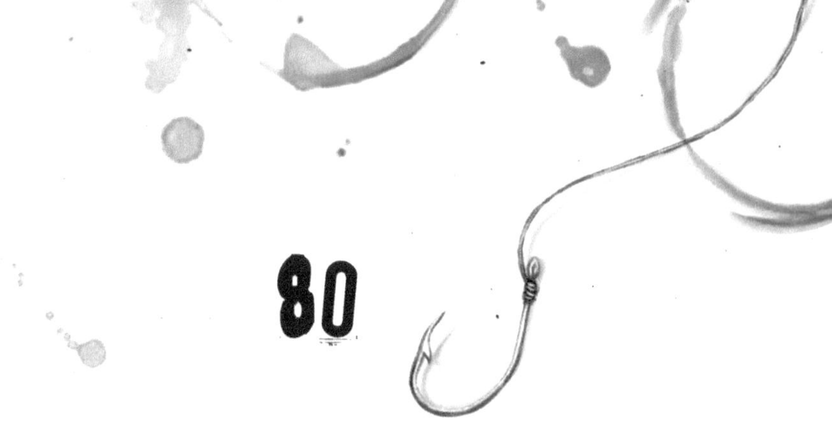

80

Au même moment,

FARID — Je défonce le klaxon comme jamais. Le tunnel Prado Carénage, c'est la pire invention du monde. Un connard en Kangoo parvient pas à débloquer la voie complètement. Il laisse un espace limité entre la bordure en béton et lui, et j'en ai tellement rien à foutre que je m'engage.

Tout le flanc gauche de la caisse de fonction frotte contre le mur. Le rétro saute, s'écrase par terre, et restera là. J'esquinte, par la même occasion, l'aile avant du Kangoo de l'autre enfoiré.

Le mec ouvre sa fenêtre, et j'envoie des doigts par la mienne.

Magalie me dit rien, trop occupée à brailler que son téléphone capte pas — dans un putain de tunnel.

Ça continue. Des cons sur la route, des cons qui m'empêchent d'avancer, des cons devant moi. Une pluie de cons. Une rage qui fulmine. Un klaxon qui gueule. Une sirène qui assourdit. Une clope qui pend lâchement entre l'index et le majeur. Et mon SIG qui me crame le bide.

Mauvais augure.

81

Quelques minutes plus tard,

LOUISE — J'entends : « Attache-la. »

Il dit : « Putain, aide-moi. »

Elle le fait. Elle l'aide. Elle sait où est rangé le scotch, de toute façon.

Il dit : « Bon. »

Elle répond : « Oui. »

Et elle a serré mes liens. J'émerge un peu mieux. Quand il est entré, il m'a collé un poing dans le nez, et c'était les étoiles. Pas longtemps, je crois.

Les flics ont dit : s'il débarque, en dix minutes, on est là.

J'entrouvre les yeux. Cassandra est là, appuyée contre la table, en retrait, et lui, ce clochard puant, arrête pas de me passer devant en se frottant le visage.

Je sais pas ce que je ressens, à ce moment-là. Mon corps, oui. La pisse se colle partout sur mes cuisses. J'ai rien à dire. Pas une protestation. J'observe juste Cassandra d'un œil vitreux.

Je comprends pas.

Lui, il dit : « Alors. »

Elle hausse les épaules, et je l'interpelle enfin, la morve au nez :

« Cas' ! »

Elle lève les yeux sur moi. Il n'y a rien dans ces deux billes brunes — mis à part de la merde.

« T'es qu'une salope ! » j'envoie.

Je crache. J'aurais voulu l'atteindre, mais loupé. Ça s'échoue à ses pieds, et je me mets à hurler comme si j'avais le démon en moi. Je tire sur les liens qui bloquent mes poignets. Je capte que mes jambes sont libres, et je tente de me lever.

Il me gifle. Rien à foutre, je continue, et il finit par m'envoyer un vrai pain. Ma mâchoire craque. J'arrive plus à crier. Une voix froide et millimétrée prend le silence que je laisse.

« Elle m'a dit que le quartier était surveillé. »

Dix minutes. Oui. C'est exact. Dix putains de très longues minutes.

« On n'y arrivera pas », elle conclut.

Le type ouvre grand les mirettes. Il se met à cogiter, tout inquiet. Cassandra fouille son sac à main, et elle en sort un scalpel, encore dans son emballage stérile. Je reconnais. Je sens les cicatrices de mes avant-bras me picoter.

Elle va me buter. C'est elle qui va me buter !

Je geins :

« Pourquoi, merde ! »

Qu'est-ce que je peux dire d'autre. Maman, j't'aime ? C'est pas vrai. Je me mets à penser à tout un tas de trucs inutiles. Même à mon enterrement. Qui viendra à mon enterrement ? Personne. Nada. Rien. On me foutra dans une boîte en carton, en plus.

Cassandra déballe le scalpel. Ah ah ah. Et je baigne dans ma pisse. Ah ah ah. Lui tourne en rond, les mains sur la tête. Il répète : je suis con, un gros con.

Elle dit :

« C'est pas ta faute. » Et : « Donne-moi l'adresse de l'autre. De celle qui peut. » Il braque ses yeux sur Cassandra. Elle ajoute : « Je m'occuperai de tout. Je te promets. Je ne risque rien. »

Elle vient lui caresser la joue. Je suis sidérée.

« Tu crois que ça va marcher ? » il demande, inquiet. Il me montre de la main. « Elle va parler, c'te conne. »

Cassandra fait non de la tête, et me lance un sale regard.

« Je m'en occuperai. »

Il lui pelote la tête et ajoute, entendu :

« Et tu diras que c'est moi. »

Elle souffle :

« Oui. »

Je hurle :

« Sale pute ! »

Mes mots lui font fermer les yeux un instant.

Ce mec se met en tête de déplacer ma commode devant ma porte d'entrée. Elle, elle fouille son sac et en sort un stylo, puis lui refile un petit morceau de papier trouvé sur la table.

Quand il a terminé son déménagement, il s'assied sagement, prend le temps d'écrire une note, puis repousse le tout en inspirant profondément.

« Elle est gentille, tu verras. Mais elle sait pas vraiment tout. »

Cassandra frotte l'épaule de cette pourriture sans considérer la note, et lui tend le scalpel. Il pose sa paume dessus.

Une larme coule de son regard noir. Il essuie son nez avec la manche de son manteau, et je sens que j'ai un peu disparu du paysage. J'essaie de me concentrer sur les liens dans mon dos.

« Je sais pas si j'arriverai à le faire. » Ce connard ajoute : « Fais-le, toi. »

« Non. C'est la règle. Que ce soit toi », Cassandra dit fermement.

Je crois qu'il tremble, mais il se résout comme un gamin grondé. Il retire son manteau.

« Mais je suis là. Tu le sais. » Elle embrasse sa tempe. « Promis », elle rajoute.

Le scotch s'assouplit.

Cassandra lui attrape les poignets et dénude ses avant-bras. Elle trace du bout de l'index la ligne qu'il devra suivre. Je connais. Je connais tout ça. Elle m'a indiqué la même chose.

« Fais-le d'un coup sec. Tu ne sentiras rien. »

Ça aussi, elle me l'a dit.

Lui, il plante la pointe du scalpel dans sa chair, ferme les yeux, et enfin, il tranche et remonte jusqu'à l'intérieur du coude en glapissant. Un ruisseau épais se met à dégouliner.

Il s'attaque en vitesse à l'autre bras, tremblant, blanc comme un linge.

Et voilà. C'est fait.

Le gars pisse le sang en s'étalant sur sa chaise. Cassandra se contente de contempler la scène, et moi, j'ai envie de causer et de comprendre.

« T'es qui, en fait ? » je m'adresse à elle.

« Personne », elle réplique, d'un regard franc.

« Une divinité », répond celui qui se vide, en riant. Il s'adresse à elle : « Tu prendras quoi… » Il bafouille en s'accrochant maintenant. « Tu devrais commencer, d'ailleurs, avant qu'il arrive. Faut que t'aies le temps… hein. »

Elle passe ses doigts sur le front du mourant et répète :

« Chut, chut. »

Je gueule :

« Ça veut dire quoi ! Commencer quoi ! Faire quoi ! »

Il a un rire sombre :

« Elle va prendre un petit bout de moi. » Il ferme les paupières, extatique. « Elle va le prendre, et le garder en elle, et je serai toujours là. »

J'ouvre grand les lèvres :

« Elle va te bouffer ! » je hurle.

Le garçon s'effondre au sol. Il ricane seul dans son délire cosmique. Il essaie de retirer son tee-shirt, vautré dans son sang, et exhibe son ventre rachitique.

« Cassandra, dépêche-toi… », il gémit en lui montrant sa panse.

Je me revois, moi, sous ce pommier. Elle me dorlotait avec sa voix toute douce. Elle disait que tout irait bien. Mais c'est parce que :

« TU VOULAIS ME BOUFFER, MOI AUSSI ! » Je secoue le visage dans tous les sens, de la salive sous le menton. « J'ÉTAIS TON PUTAIN DE GUEULETON ! »

Elle n'a rien à dire à ça. Elle détourne le regard.

Elle m'apparaît soudain comme une sorte de gourou. Une dirigeante de secte. Un truc affreux. J'en sais rien du pourquoi elle est pas allée au bout avec moi. Je crois pas que la cause, ce soit l'amour ou une connerie du genre.

Je tire une dernière fois sur mes liens. Elle m'a embobinée.

« Cassandra, dépêche-toi ! » l'autre supplie.

Elle attrape la note restée sur la table, la parcours des yeux, avant de la déchirer et de la jeter à la poubelle. Elle dit :

« Non. »

Et il crie :

« QUOI ! T'AS PROMIS ! »

Elle répète :

« Non. »

Au même moment, je libère mes poignets.

Un couteau est toujours sur la table.

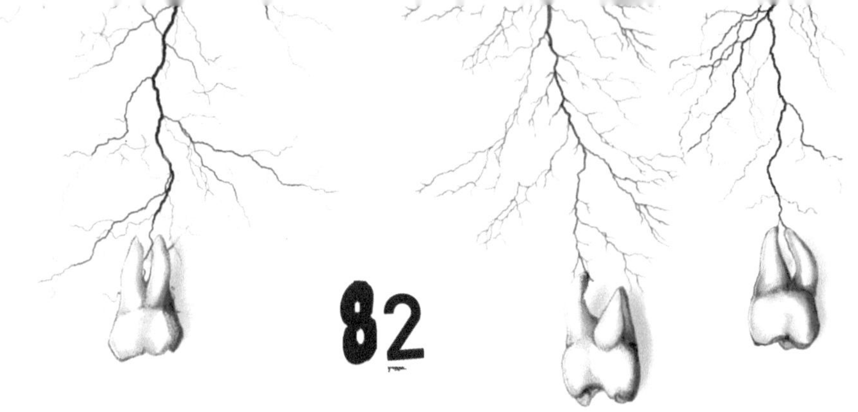

82

CASSANDRA — J'observe Mathias dans son sang. Il ne se débat pas. Il attend, les bras en croix.

Ça va se terminer. L'adepte va mourir, et la croyance pure revenir.

Maintenant, il faut parler à Louise. Lui faire entendre raison. L'endormir encore un peu, et régler ça. Finalement, je pouvais m'en sortir seule.

Mais ce que je vois arriver, ce ne sont pas les mots enrobés que j'offrirai à Louise, mais un poing qui fond sur mon nez. Il m'envoie en arrière, et je m'étale contre le frigo.

Je crois entendre une sirène.

Louise se relance sur moi. Elle attrape mon crâne et abaisse ma tête pour me coller un coup de genou dans l'arcade. Je lâche un cri de douleur et tombe au sol. J'essaie de m'éloigner.

Un son métallique.

Je me retourne, là, à terre sur les fesses. Louise tient un couteau de cuisine.

« Tu dois me faire confiance, Lou' ! » je hurle. « Je ne vais rien te faire ! » je négocie. « Jamais je ne t'aurais fait de mal ! » Ma voix se brise.

Elle hurle, les joues bouillantes :

« Ferme ta putain de gueule ! »

Elle se rue sur moi, le couteau en l'air. J'essaie de m'échapper, mais elle me rattrape par la cheville. Je retombe sur le ventre. Une douleur vive me broie le bras.

Elle m'a plantée. Elle l'a vraiment fait. Pour de vrai. J'ai toujours aimé sa ténacité. J'entends Mathias appeler, complètement ensuqué :

« Cassandra! Cassandra! »

La lame déchire ma chair, et je me retourne dans un geste désespéré, ankylosée par la brûlure de l'acier.

« S'il te plaît ! » Je tends le visage vers elle. « Je te jure, j'ai menti ! » Je me romps les cordes vocales. « Je te jure, je t'aime, je ne veux pas te faire ça. »

Je pleure. Je sanglote.

Mais elle, cette téméraire, elle ravale ses larmes. Cette battante. J'aurais aimé être aussi forte qu'elle.

« ESPÈCE DE SALOPE ! » elle crie encore, en abattant à nouveau la lame sur moi, en direction de ma poitrine.

Je me couvre avec mes mains. L'acier déchire mes avant-bras. Elle pousse. Elle pousse, pour m'offrir une ultime étreinte fatale.

Mourir d'elle, finalement, pourquoi pas. C'est mérité.

Elle grogne de rage, dans une dernière flambée, et je regrette tout.

Mais.

PAN.

La baie vitrée éclate. Le visage de Louise se brise, se fend. Un fragment de son crâne s'envole. Elle s'écroule sur moi.

Je sens la pointe de la lame ripper contre mon plexus, et ne pas entrer.

Je me tourne. Le vent s'engouffre dans la pièce, et sur la terrasse, Farid est raide comme un piquet, le regard brûlant, l'arme pointée sur nous.

Le canon expire une fumée pâle.

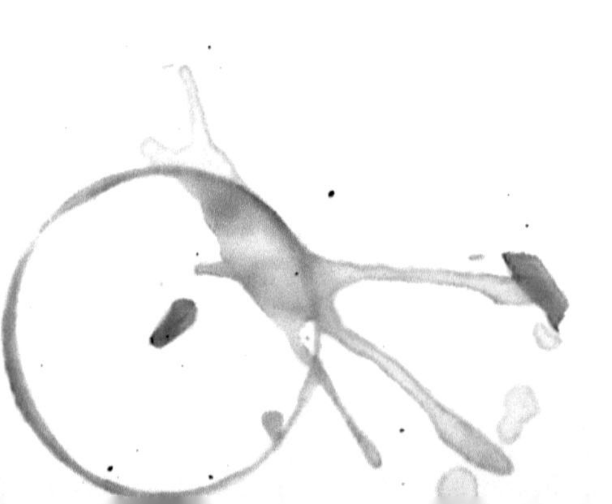

83

FARID — J'ai tiré.

Magalie, Noa et moi, on est arrivés devant porte close. Des cris dans l'appartement. Magalie a hurlé : cherchez le bélier ! Une fois à la caisse, Noa a attrapé le bousin, et j'ai capté que ça suffirait pas pour ce genre d'entrée en métal.

Noa est remonté. Je l'ai laissé là, sans prévenir.

Il m'a fallu deux secondes pour trouver une solution : j'ai chopé une de ces poubelles au capot vert, j'ai grimpé dessus, je me suis appuyé sur les moulures qui entourent l'abord de l'immeuble, et je me suis hissé sur le balcon.

Et j'ai vu, à travers la baie vitrée.

Une sentence allait tomber.

La lame y était presque.

Le dernier soupir d'un corps en souffrance, en dessous, était arrivé.

Il me suffit de moins d'une seconde pour dégainer et mettre en joug. Moins d'une seconde. L'instinct, lui, se charge du reste. Il vise sans réfléchir à la crainte, et le doigt, lui, agit sans demander à la conscience.

Et PAN.

Et la baie vitrée éclate.

Et Louise s'étale sur Cassandra, la face à moitié arrachée.

Quand vous tirez dans la tête de quelqu'un, ça n'a rien de cinématographique. C'est le même résultat que ces gueules cassées qu'on vous montre au collège dans les livres d'histoire pour vous faire comprendre que la guerre, c'est mal.

En vitesse, je pousse de l'épaule le reste de la vitre fendue et je saute dans la pièce, en m'écorchant au passage. J'ai pas le temps pour les conclusions et les réflexions.

D'un coup de main, je renverse le corps de Louise et dégage Cassandra. Le couteau claque sur le carrelage.

Ma belle fixe Louise, le cerveau en train de se faire grave la malle. Cassandra a le regard de ces victimes sidérées : vide, monocorde. Je constate qu'elle n'a rien de sérieux, seulement des plaies superficielles.

Je me détourne. Je cherche ce type. Je tarde pas à le trouver, parce que c'est lui qui m'interpelle avec sa voix nasillarde :

« La boulette. »

Je contourne le lit, arme en joug. Je lève un sourcil devant le pathétique de la scène et je baisse doucement mon flingue. Ce pauvre con a les deux bras éventrés. Il se vide, et se vide encore. Il baigne dans son sang. Mais c'est du sale boulot qu'il nous a fait là. Il lui reste du temps.

Dans quelques minutes, la BRI défoncera la porte, un mec lui fera des garrots — pas moi, il peut aller se faire enculer — et ce gars devra assumer.

Je garde mon sourire satisfait pour moi et je souffle, en me détournant :

« Tu vas pas crever, du con. »

Je me concentre sur une autre scène.

Ma pauvre Cassandra est vautrée sur Louise. Elle la berce tout contre sa poitrine, le visage plongé sur ce qu'il reste. Un sanglot étouffé, des murmures, des baisers humides de sang. Ça, c'est le truc que je capte pas. Ni l'implication de Louise. Complice du gars, ou pas ? Mystère.

Le génie à côté va pouvoir tout nous raconter. Je l'enjambe.

Le quartier s'illumine de lueurs bleues et rouges, et je me mets en tête de bouger la commode qui bloque la porte d'entrée pour ouvrir à la troupe de chiens armés.

« J'vais pas crever ! »

Ça y est, il se réveille, celui-là.

Je pousse le meuble.

« Nan, tu te vides pas assez vite. Dommage », je marmonne.

Il interpelle quelqu'un d'autre :

« T'as entendu ! » Il essaie de se redresser. « HEIN, CAS ! » Puis il ricane, seul. « Je vais t'emporter avec moi. » Il murmure, le visage extatique : « Tu vas payer la trahison. »

J'arrête de pousser. Je m'approche de lui, un haut-le-cœur. Je le surplombe. Il plonge ses yeux clairs dans les miens.

« Je vous raconterai… tout », il souffle. « Même ce qu'elle faisait cette nuit », il rit. « Tu veux savoir… toi. » Il s'accroche à ma godasse. Je le repousse. « Elle a chopé un gamin… et… »

« TAIS-TOI ! » Cassandra aboie, le menton et les lèvres barbouillés de sang.

Un drôle de son de glotte résonne dans l'appartement.

Elle rampe jusqu'à lui. Il se tourne sur le côté.

« Je vais tout te mettre sur le dos », il grogne. « Tu vas payer… ils vont pas te louper, t'inquiète pas. Je vais leur faire la liste. Une putain de liste longue comme le bras ! Tu vas tout prendre ! » il ricane. « J'espère que le gosse avait le goût d'un veau ! » Il hurle : « CANNIBALE ! »

Cassandra enfonce ses doigts dans une des plaies du bras de Mathias. Il hurle. Il se place sur elle pour la maintenir.

« POLICE, OUVREZ ! » Ça claque de l'autre côté de la porte.

Cassandra ne regarde pas Mathias.

C'est moi qu'elle fixe. Mathias la bloque au sol en riant comme un dément, en répétant :

« T'inquiète, fais tes bails », il me parle à moi. « Je te la tiens. »

Des deux, qui est le plus dément, alors ?

Je plisse les yeux. Le regard de Cassandra m'implore. L'acier me brûle les doigts. Est-ce que c'était ça, le deal ? Sois mon assurance, et tu seras couronné.

Cassandra gémit vers moi :

« S'il te plaît. »

J'entends : tu devais pas m'oublier.

Un premier coup de bélier s'abat sur la porte. Le métal tonne.

S'il te plaît.

Tu devais pas m'oublier.

Et Mon doigt ripe.

Et PAN.

De nouveau, c'est un tir parfait. La tête du visé éclate. La conscience, le rationnel, tout ça n'a pas été questionné non plus.

Non.

Et maintenant, ce sont eux qui se mettent à hurler dans mon esprit. Mais, c'est trop tard. La liste de mes erreurs s'étale devant moi, dans un rouge horrifique et embue ma vue.

La pauvre Louise, là-bas.

Celui qui savait, ici.

Et celle qui ne dit rien, devant moi, à terre, les paupières fermées, soulagée. *Qu'est-ce que j'ai foutu.*

Je recule d'un pas et bute contre la chaise. Je pars en arrière. Je tombe sur les fesses. En face, une forme mutante se tord et rampe comme un reptile. Cassandra s'avance. Je me pousse avec mes jambes. Mon dos s'écrase contre le frigo.

Ses yeux, sa bouche, son nez, tout tremble. Je la mets en joug. Elle s'en fiche. Elle s'approche.

De nouveau, un grondement à la porte.

Cassandra pose sa paume sur mon mollet. Ses lèvres ondulent, mais j'ai pas le son. Le canon est tout près de son front. Je vois les crânes éclatés autour, le sang partout.

Je retourne mon arme. Je l'enfonce dans ma bouche. C'est bouillant contre ma langue. La commode est expulsée. Je ferme les yeux. Une main tire sur mon poignet.

J'entends :

« Non. »

Mon index refuse. Il dit vie dans les hurlements.

Je lâche mon SIG. Il s'écrase sur mes cuisses, puis se renverse sur le carrelage.

Mon démon pose sa tête sur mes genoux. Il y a des larmes graves sur mes cils. Mes yeux me pèsent.

Une nuée d'hommes s'éparpille dans l'appartement. Les pas lourds font trembler le monde. Magalie et Noa apparaissent, accroupis, chacun d'un côté. J'enfonce mon visage dans mes doigts. Sur mes jambes, Cassandra reste là, enfouie dans sa tignasse.

Je me souviens des voix autoritaires.

Je me souviens de tes lèvres gercées.

Je me souviens de l'odeur de tes cheveux.

Je me souviens ne pas avoir vu ta violence.

Je me souviens de mes erreurs.

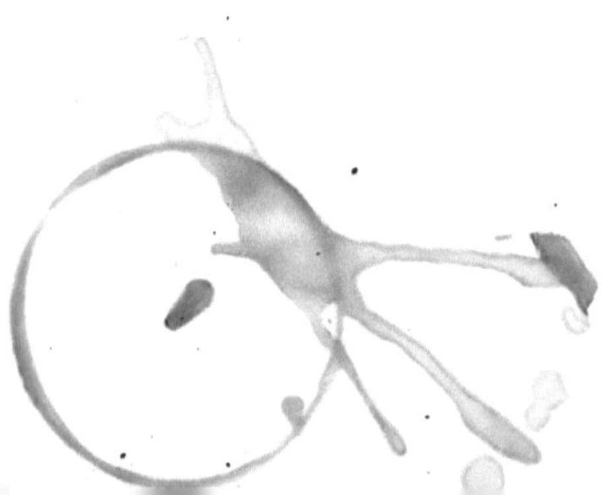

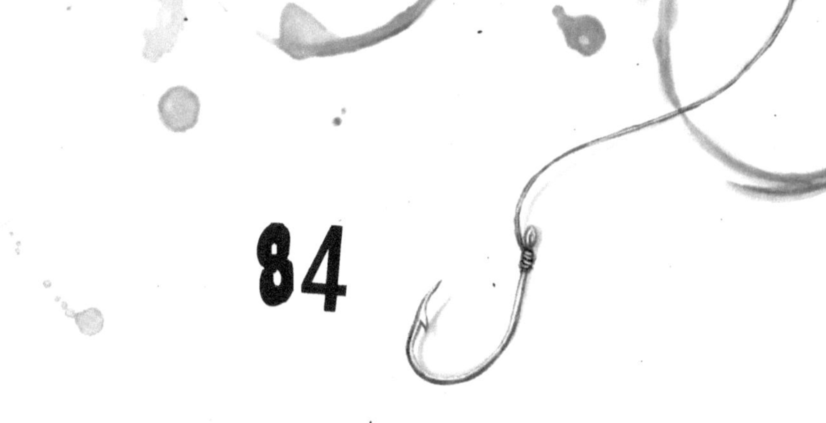

84

Farid — Autour de moi, ça parle de choc psychologique, d'IGPN, de tir, de sang, de sang partout. Ballottés, malmenés. Ambulances qui hurlent, comme des cris tout droit sortis des enfers. Magalie pose des questions en rafale, des questions que je comprends pas.

Puis le brancard, les couloirs traversés, les regards lourds, les lampions. Le noir, la lumière, le noir, la lumière, encore.

« Il a dû faire usage de son arme… mortellement », quelqu'un dit ça.

J'essaie de me débarrasser de mon blouson, je me débats avec mes manches, ma colonne vertébrale grince.

« C'est un bon gars. Un bon flic », dit une autre voix.

Des mains finissent par m'aider, me libèrent. Je me mets à me gratter le visage. Je pourrais en arracher des lambeaux tellement ma peau me gêne. Je tirerais d'un côté, et c'est toute mon enveloppe qui viendrait avec. Un vêtement de Farid.

« On va vous donner un truc pour vous calmer », quelqu'un d'autre dit.

« J'ai CHAUD ! » Je m'entends hurler, mais je suis pas convaincu d'avoir ouvert la bouche.

« Comment vous appelez-vous, monsieur ? »

Le petit truc sur le bout de la langue. Celui qui veut pas venir. Et qui finit par sortir quand même :

« Farid… Aït… Aït-Messoud. »

« Ça va piquer un peu, Farid. »

On soulève la manche de mon tee-shirt. Un pincement. Une brûlure. Tout droit dans l'épaule. Maintenant du doux. Du tout chaud. Le sifflement perpétuel dans ma tête s'éloigne.

« Vous savez où l'on est ? »

Mes yeux papillonnent, mais j'arrive à apercevoir quelques contours : les murs blancs, les carreaux crasseux, la porte — oui, la porte colorée — ces visages, les blouses, et Magalie, et Noa avec sa tête d'angoissé et sa veste en jean qui lui donne un air de jeune — mytho, t'as quarante piges dans pas longtemps.

« L'hosto », je finis par baver.

L'homme grisonnant à ma droite acquiesce. Deux réponses justes. Bravo, moi.

Ça cause encore. Ça me tripote. Ça prend ma température comme si j'étais un bébé. Et la lumière baisse.

Je crois que Magalie me caresse le bras. Sa voix. Elle dit des trucs. Je ferme les yeux. Je coule dans du béton. Je coule. Combien ça pèserait, ça, au-dessus de moi.

Ça sent le fer.

Dans ce noir-là, il y a pas de rêve. Et encore moins de cauchemars. C'est comme la mort. Et c'est bon.

Mais la réalité, ça vous colle au cul.

De la chaleur sur ma peau. J'entrouvre les yeux. Le soleil m'esquinte les rétines. Je me retourne dans le pieu. La chambre baigne dans une lumière bouillonnante.

J'essaie de dévisser mes lèvres l'une de l'autre. Ma bouche est scellée. Je me sens en l'air, comme tous ces jours de gueule de bois. Je reste un temps dans le lit. Je me rappelle de tout.

Je me redresse douloureusement. Je pose mes deux pieds au sol. C'est tout froid. Mon nez me chatouille. Je renifle mon avant-bras : le sang, la mort, la sueur — mais pas le tabac. Et je veux fumer. Fumer. Fumer. Fumer. Sentir le goudron griffer mes poumons.

Je me lève. Je manque de basculer. Je me rattrape au lit en soufflant pour chasser les étoiles qui me couvrent la vision.

L'équilibre revient. Je quitte la chambre, comme ça. C'est seulement dans le couloir que je me rends compte que je sais pas où sont mes cigarettes. Je tapote sur mes cuisses, là où se trouvent mes poches normalement. Je suis en caleçon. Demi-tour.

De nouveau dans la chambre. Mon jean est plié, posé sur la commode. Et dans un sac plastique à côté, je déniche mes clopes et mon briquet — dessus : Allez l'OM. Cadeau du buraliste.

Je m'enfonce une cigarette dans le bec et quitte la chambre, le paquet bien en main. Je traverse un premier corridor, tête baissée, concentré sur mon gros orteil qui se fait la malle par un trou dans ma chaussette, et je me prends un mur en pleine face. Le bout du couloir.

Alors, droite ou gauche ?

C'est pas moi qui choisis. À droite, au loin, un attroupement m'attire : plusieurs collègues que je reconnais, en tenue, bavardent un gobelet à la pince. Je m'approche. En face, assise sur un brancard à l'abandon : Magalie sirote un café.

Je fonce vers eux. Ils se taisent. Ils me regardent — *oh, c'est ce mec qui a fait un carnage cette nuit*, qu'ils doivent tous penser.

Magalie saute du brancard, attrape le plaid dessus, se presse vers moi et me la jette sur l'épaule, tentant de me couvrir du mieux qu'elle peut.

« Je dois fumer. »

« T'aurais dû appeler une infirmière ! » elle gronde.

« Pourquoi faire ? »

Elle me toise comme un ahuri, puis pointe du doigt mon bassin. J'ai toujours pas de froc. Je hausse les épaules. Et, je tourne la tête.

Derrière une vitre : mon démon. Encore là. Jamais loin.

C'est comme une scène hallucinée.

Elle est assise dans un lit d'hôpital. Je recule de deux pas, enveloppant mieux la couverture sur moi.

Elle ne me regarde pas.

Une bouffée de chaleur me frappe de plein fouet. Ma clope glisse de mes lèvres, tombe par terre, roule dans un coin. Magalie m'attrape par le bras et me tire avec elle.

« Viens. »

Je résiste. Je fais un pas vers la vitre. Plus de perruque, plus de lentilles, plus de maquillage, plus de vêtements savamment choisis. Juste une blouse. Des pansements, un gros qui couvre son nez. Elle hoche la tête. C'est tout. Le tube de la perfusion ondule comme un pendule.

Il y a Noa, assis en face du lit sur une chaise en métal, il y a Julie appuyée contre le bureau. Leurs visages sont tirés sous leurs cernes.

« Elle dit rien. Absolument rien. Elle fixe le vide. Elle a vrillé », Magalie explique.

J'avale ma salive — j'ai vrillé.

Mais mon démon se tourne. Elle m'adresse un regard. J'ai l'impression qu'elle me découvre à travers la glace. C'est une belle fille. Qu'est-ce que t'as foutu, Farid. Je baisse la tête.

Je me fends en deux. Sur le linoléum moucheté, je pourrais voir deux parties de moi. Et ma cigarette, oubliée dans un coin.

Je me penche pour la ramasser. Je la remets à mes lèvres. Je l'allume par réflexe.

« Tu peux pas fumer là ! » hurle Magalie.

Elle m'attrape par le coude et me traîne. Je me laisse faire. Finalement, je voulais qu'on m'arrache à ça. Parce que j'aurais pas réussi à me détourner moi-même.

Dehors, je suis libre de prendre ma dose.

Magalie attend que je termine la première, puis je m'en rallume une, de clope :

« Ça va mieux ? » elle questionne.

Je réponds rien. Justement parce que j'ai pas d'explication. Elle me tape sur le coude et me fait signe de lui filer une clope.

La première taffe, elle la savoure comme si elle avait déjà décidé que ce serait juste une erreur. La deuxième, c'est celle du carte sur table :

« Deux minutes entre les deux tirs. Deux putains de minutes. » Elle renâcle, tousse. « Je sais pas comment te sauver, là. »

« Je sais. »

« Les bœufs-carottes sont là. » Tu vas leur filer ton putain de rapport. « C'est plus de mon ressort. »

« Je connais la chanson. », je marmonne en recrachant un nuage de fumée.

Une ambulance passe. Le courant d'air repousse mon plaid.

« La culpabilité, c'est un putain de poison. », je dis. Une phrase de réseau social. Un truc balancé un jour de merde.

« Je sais, Farid. »

Elle écrase sa clope sous son talon. Une caresse sur l'épaule. Et elle m'abandonne là. Elle passe la porte automatique.

« Le jour où t'as fichu cette nana dehors, tu m'as balancé en enfer », je crache, amer. Un jour, j'ai arrêté cette fille. Un jour, Magalie l'a relâchée. Et c'est là que ça a merdé.

Elle se tourne une dernière fois :

« Le jour où t'es arrivé dans l'équipe, j'ai su qu'il y aurait une couille avec toi. J'aurais dû mieux gérer ça. » Elle essuie sa joue. « J'vais te couvrir comme je peux. »

Elle disparaît dans les couloirs, me laissant seul avec mon paquet de clopes vide, mon corps brisé, et mon gouffre d'incompréhension.

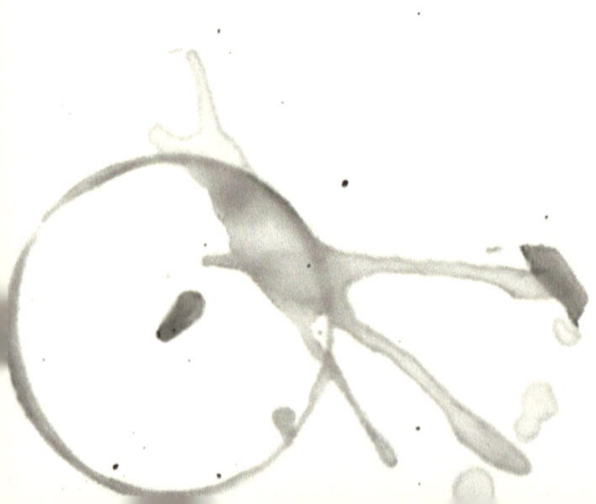

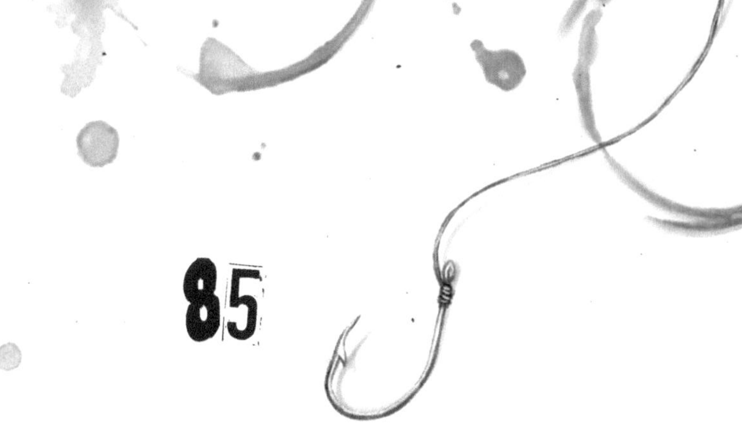

85

Quelques jours plus tard,

Farid — « Tu croyais sérieusement que t'allais prendre un taxi, mon poto ? »

« Je te jure. »

Je soupire avec un rictus acide — je voulais rentrer seul, quitter l'hôpital avec discrétion, et me terrer une éternité — deux, peut-être.

« Je te ramène chez tes parents ? » demande Noa.

Je fais les gros yeux :

« Surtout pas ! »

Affalé là, sur le siège passager de la voiture de fonction, je fixe les immeubles qui défilent. Je suis des yeux un bus. Je bloque sur les trois lettres : RTM.

RONGE TA MAIN.

Je me frotte la gueule comme un dingue en tirant sur la cigarette que je viens d'allumer. Il prend la direction de chez moi, mais redemande :

« T'es sûr, chez toi ? »

« Ouais. Ouais. » Je pourrais le faire encore une troisième fois. Ouais.

« Ta mère, quand elle est venue te visiter, tu sais qu'elle a filé des gâteaux à tous les collègues ? C'est une crème, ta daronne. »

Et moi, j'appelle ça de la négociation, Noa.

Je m'étale davantage dans le siège. L'odeur du cuir me chatouille le nez. Ça sent l'animal. L'animal crevé.

« Hm hm », j'ajoute.

J'ignore son regard suspicieux. Le claquement rythmé d'un clignotant résonne. Il passe la Castellane et s'enfonce derrière la rue de Rome.

« Et les grands manitous ? » il demande en s'arrêtant devant un passage piéton.

Ils ont fait ce qu'ils avaient à faire — me castrer. Mis sur le carreau. Ouverture d'une enquête. Retrait de l'arme. Assommé de questions dans mon lit — questions auxquelles j'étais incapable de répondre.

Donc reconvoqué dans leurs locaux dans quelques jours. On me laisse un peu de temps. Paraît que c'est mieux, ce genre de conneries, quand on est rationnel.

J'en ai rien à battre.

« Ils ont fait. Hein », je lance, crispé.

Il secoue la tête en parcourant les dernières ruelles :

« Je suis convoqué dans deux jours. Magalie aussi, je crois. » Il remue la face. « Enfin, bref. »

Ouais. Mieux vaut pas parler de ça. J'engraine sur un autre sujet :

« Et l'enquête ? »

Il hausse les épaules en se stationnant en double file devant chez moi :

« Ça avance. »

Je suis plus flic. Je suis Farid. Le roi des guignols. Et on ne dit rien au roi des guignols.

« Je monte avec toi ? » il demande.

Mais il en a pas envie. Je le sens. Moi non plus, de toute façon. J'ignore sa question pour poser la mienne :

« Tu crois que je suis fichu ? » Et puis, finalement, je veux pas qu'il réponde. Alors je tire sur la poignée : « Nan, t'inquiète, monte pas. C'est le bordel et je suis crevé. »

Avant que je claque la portière, il se penche sur le siège passager et lance :

« Farid. Mon pote. Fais pas le con, OK ? Je passe te voir demain. »

J'acquiesce. Je me détourne. Le moteur gronde derrière moi.

Je déboule dans mon immeuble comme je l'ai fait tant de fois. Je grimpe les marches comme je les ai toujours montées. Je sors mes clés, par habitude. Je les enfonce dans la serrure, les doigts tremblants, et j'entre.

Chez moi.

Il n'y a rien.

Juste du trop propre, à mon goût.

On réfléchit mieux quand tout est RÉGLÉ.

Quelle connerie, ça.

Sauf qu'il subsiste un détail, qui détonne avec le reste : une écharpe endormie sur le dossier d'une chaise. Je l'attrape du bout des doigts. C'est le genre de laine qui coûte un bras, achetée dans l'un des magasins de la rue Paradis, qui n'écorche pas la peau et rétrécit au lavage.

J'enfonce mon nez dedans.

Elle sent la nuit, la pomme, le sucre.

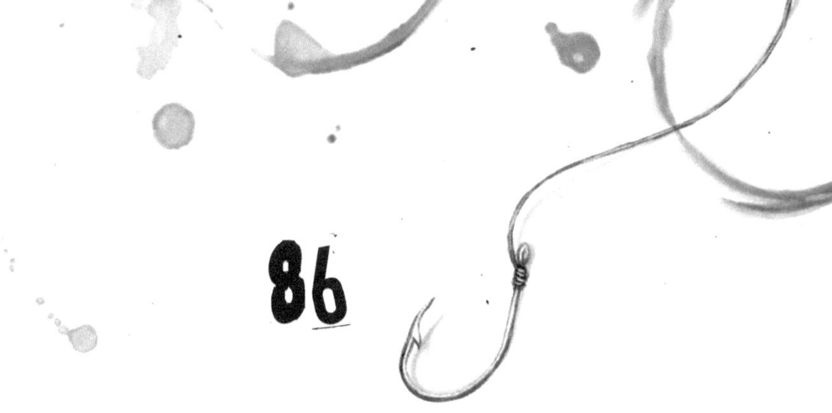

86

Le lendemain,

FARID — Épisode 18, saison 7 de *Les Chercheurs d'Or* :

L'équipe est en froid : une sombre histoire de fric crée la discorde, et une dispute entre les investisseurs principaux risque d'éclater.

Du bout des doigts, j'attrape une cigarette dans mon paquet, je l'allume, je m'étouffe. Manque de bol : je l'avais fichue à l'envers dans ma bouche. J'écrase ce qui reste dans le cendrier. J'en prends une autre, avant de me focaliser de nouveau sur l'écran.

Un des investisseurs se fait la malle avec son pick-up. Je me rends compte que j'ai loupé le plus croustillant : la dispute. J'attrape la télécommande et rembobine l'épisode.

Voilà, c'est là. Les deux types — modèle américain — s'insultent comme des poissonniers : l'un traite l'autre d'escroc, et le deuxième s'élance, poing en l'air. Les muscles de mes cuisses se tendent. L'équipe de tournage doit intervenir pour éviter que ça se finisse en combat de boxe.

Fondu au noir.

C'est tout ?

J'ai le droit maintenant à un extrait, un teasing de ce qui se passera dans le prochain épisode. Le géologue du groupe a des doutes sur le lieu de fouille : pour le moment, c'est jackpot, mais demain, ce sera peut-être bredouille. Le filon s'épuise.

J'écrase ma cigarette dans le cendrier qui déborde. Des mégots dégringolent.

Le nouvel épisode commence, le générique claque. J'attrape ma tasse de café. Vide. Même plus une goutte.

Je repars m'en faire un, en gardant les yeux rivés sur l'écran. On voit le géologue à un bureau devant des tas de cartes. Avec un compas, il entoure des endroits, il trace des lignes, il fait des calculs, puis il s'en va avec son sac, il prélève de la terre, il marche, s'épuise, mais lâche pas son bout de gras. Quand il rentre au camp, il convoque le groupe. Il explique, il théorise. Certains sont de son côté, d'autres hurlent au délire du chercheur, et je me vautre à nouveau dans mon canapé, en me grattant les couilles.

Je tends la main pour fouiller de nouveau mon paquet de cigarettes, et mes doigts se heurtent à du carton. J'attrape ledit paquet et le ratisse comme si une clope pouvait se planquer tout au fond — non, ce n'est jamais arrivé.

J'hésite un instant : je peux me jeter sur les mégots, trouver une ou deux taffes, et après ? Plus rien, quoi qu'il en soit. Bref, je me bouge et j'enfile un froc pour aller au tabac.

Je me retrouve dehors, mon blouson sur le dos. Je lève les yeux au ciel. Noir sur noir. Je soupire en sortant mon téléphone : 5 heures du matin, et à cette heure-là le tabac à l'angle de ma rue est fermé.

Ma caisse est toujours chez le garagiste. Donc je dois gambader. C'est pas grave. Paraît qu'il faut prendre l'air, que ça fait du bien, que c'est bon pour la santé — bon pour la santé de marcher pour chercher des cigarettes.

Je frotte les poches que j'ai sous les yeux, en descendant jusqu'à la Castellane. Quelques lampadaires frappent le bitume, mais ce qui étincelle encore plus, c'est la borne de Vélib'.

Sans réfléchir, je chope un vélo.

J'enfourche mon fidèle destrier, et je pars à toute allure. Je redresse la truffe pour ressentir le sel me chatouiller les joues, le froid me gifler, et je me dirige automatiquement vers le Bélagio, un bar-tabac toujours ouvert. Je pédale sans relâche, jusqu'à parvenir à l'unique devanture illuminée du coin. Je lâche mon Vélib' contre une des tables cramées de la terrasse, avant d'entrer.

Un vieux type derrière le comptoir discute avec d'autres gars affalés sur des tabourets. Quand il me voit, ni bonjour ni merde, il lève juste le menton. Moi aussi, j'emmerde la politesse à cette heure :

« Un paquet de Marlboro. »

Il acquiesce, attrape le paquet dans l'étal, et soudain il me paraît bien petit ce paquet. Seulement vingt clopes. Je corrige, nerveux :

« Une cartouche, en fait. » J'ajoute, en tapotant sur le comptoir graisseux : « Ouais. »

Il hausse les épaules, se hisse sur la pointe des pieds pour me choper ma cartouche. Une fois posée devant moi, il sort, placide :

« 125 euros. »

Intérieurement, je m'étouffe.

Extérieurement, je dégaine ma carte sans rien dire.

Je paie, je prends mon précieux, et je rejoins mon Vélib'.

De nouveau en selle, une clope coincée entre les lèvres, ma cartouche déjà délestée d'un paquet dans le panier devant, je pédale.

Je veux pas rentrer. Quand je suis dans mon canapé, j'ai pas envie de sortir. Quand je suis dehors, c'est l'inverse. Même si mes yeux me font un mal de chien, que tout mon corps crie douleur, je continue de rouler.

Je dépasse mon appartement, je dévale la rue de Rome, je descends la Canebière, et je me retrouve vite sur le Vieux-Port. Je m'arrête un moment devant les quelques navires de pêcheurs qui ballottent de droite à gauche, et j'ai envie de m'acheter une canne à pêche.

Au loin, la lumière commence à changer, le ciel s'éclaircit. Je me rallume une clope. Je parcours des yeux les bars. Tous fermés. Fait chier.

Je me remets en route. Je grimpe la Corniche debout sur les pédales. Je crache mes poumons, mes mollets me font un mal de fou, mon cœur est au bord de l'infarctus, et mes lombaires se disloquent, mais j'y arrive. Petite victoire, pour petit homme.

Entre les villas de luxe et la mer, je descends de mon vélo. J'admire comme toujours les pêcheurs bien matinaux, lancés sur leurs lignes. J'espère une prise pour eux. J'aimerais pouvoir m'approcher de certains, voir ce qu'ils ont dans leurs seaux, ou même leur demander si je pourrais pas essayer un lancer. Juste un. Juste un moment de calme.

Mais j'abandonne l'idée.

Je remonte sur mon vélo, je repars à toute allure. Je me fais la grande descente jusqu'au David, à fond la caisse, mais sans personne sur le guidon pour hurler aigu.

Sur la voie de bus, j'ai le sentiment de décoller. Je ferme les yeux, un instant. Tout mon corps se décrispe, le vent me nettoie, la vitesse m'absout — si seulement ça pouvait durer une minute de plus. Juste une minute de plus.

Je me souviens. Elle disait : c'est dangereux, tu es fou ! Je lui répondais : t'inquiète pas, va, je suis un pilote. Puis le sang. PAN, c'est elle. Et re-PAN. Les crânes en kit. La possibilité que j'ai — vraiment — merdé.

Je rouvre les yeux.

Un bus, devant moi.

Je tente de l'éviter en passant sur la voie de gauche. En même temps, je freine. Trop fort, visiblement. Je perds le contrôle du vélo. Je bascule sur le côté. Je m'éclate par terre dans un fracas métallique, et je roule sur plusieurs mètres, avant de finir sur le dos, en plein milieu de la route.

Je suis mort. Je voudrais, je crois. La douleur s'écrase sur moi. Nan, c'est loupé. Je suis toujours vivant, et en plus de ça, je douille.

Mais la souffrance, elle n'est pas seulement physique, là.

Des larmes chaudes s'échouent dans le creux de mes oreilles, jusqu'à ce que le ciel ne soit plus qu'une toile floue.

Des taches plus claires couvrent mon horizon. Quelques paires d'yeux m'analysent. Sur une chemise, c'est floqué : RTM.

RUMINE TA MERDE.

Je relève la tête. Mon crâne sonne. En face de moi, le bus a fichu ses warnings, et le chauffeur me tend la main. Je la saisis, encore déboussolé, et il me remet sur pied, avec l'aide d'autres :

« Ça va, mon gars ? » il demande.

J'acquiesce dans le vague en me frottant le front. Mes paumes sont arrachées.

Plus loin, une femme et un homme sont occupés à redresser mon vélo. Un jeune me rend ma cartouche de clopes :

« C'est à vous, ça, m'sieur ? »

« Ouais, merci. »

J'incline le visage, puis la récupère.

« Sacrée gamelle », il se marre.

Il a raison. Je me suis viandé en beauté.

Avant de retourner dans le bus, le chauffeur m'accompagne jusqu'au trottoir, en me tenant par l'épaule, et mon vélo apparaît contre un banc, comme par magie. Je remercie je ne sais qui, et une nana me demande :

« Vous avez besoin d'une ambulance, ou qu'on appelle quelqu'un ? »

Je hoche la tête par la négative :

« Nan, je crois que c'est bon. Merci. »

Elle sourit, et d'un coup, paf : disparue. Plus personne autour de moi. ACTION. Reprenez le cours de vos existences — et vous pourrez raconter aux collègues, avec un café, qu'un gars, ce matin, s'est éclaté sur le bitume devant vous, et que c'était un peu drôle.

Les warnings du bus s'éteignent. Il repart dans un soupir.

Me voilà étalé sur le banc. Je jette un œil rapide à mon Vélib' : il a l'air dans le même état où je l'ai pris — rayé, plein de chtars, mais toujours fonctionnel. À croire qu'ils sont indestructibles, ces clous.

Après que le soleil se soit levé, je finis par me relever. Je boite et j'ai la gueule en sang, alors je ramène mon Vélib' en marchant à la première station que je croise, histoire de pas me prendre une prune, et je commande un Uber, en remarquant que l'écran de mon téléphone s'est fracturé dans la chute.

Le conducteur a les yeux comme deux petites fentes avares. Je les vois passer dans le rétro, me scruter, puis repartir sur la route. Il demande :

« Ça va, frérot ? »

Je réponds :

« Hm, hm. »

Un sourcil qui se lève :

« T'es sûr ? » il demande.

« Ouais », je dis.

Il se tait.

Il fait beau aujourd'hui, c'est tout ce que je remarque. Pas de bâtiments, pas de piétons, rien.

La BMW se stationne devant chez moi, et le conducteur se tourne pour m'observer, les yeux plus plissés, le nez plus froissé :

« T'aurais pas besoin d'un petit truc ? Parce que là, t'fais peur, quoi. » Je lève le menton, pas sûr d'avoir compris. Il précise : « Un peu de teuteu, ou même de coco, s'tu veux. »

Je mets un temps de dingue à percuter. J'ouvre la bouche, ma lèvre inférieure me paraît bien lourde, et enfin des mots sortent :

« Ah nan, c'bon, je gère », je dis.

Il acquiesce plusieurs fois de suite, avant de déclarer, amical :

« Ça marche, alors. » Je m'extirpe de la caisse. « Allez, bonne journée ! Et oublie pas de mettre 5 étoiles, hein, le sang. »

« D'acc », je marmonne en claquant la portière.

Il baisse la vitre et me salue encore, avant de disparaître en trois coups d'accélérateur.

Je me sens groggy. Les humains que je croise aujourd'hui sont sympas avec moi — c'est que je dois faire grave pitié.

Je grimpe les escaliers de chez moi, ma cartouche dans une main, mon téléphone dans l'autre pour foutre cinq étoiles à Tarik, avec comme commentaire débile : *Le sang de la veine des UBER.*

Mon seul objectif, maintenant, c'est de reprendre mon divertissement, de m'enfoncer dans le canapé, en priant que celui-ci m'avale.

C'est ce qu'il fait, et je m'endors.

Je me réveille quelques heures plus tard, en sueur. Je me rallume une clope, je remets mon émission là où je l'avais abandonnée, en me contorsionnant à cause d'une sale douleur aux côtes. Je serais foutu de m'être niqué un os avec ma gamelle.

Ça frappe à la porte. Je me lève avec une flemme monumentale, je me traîne, et j'ouvre : grave erreur.

Une tornade me saute dessus.

Ma mère, le menton dressé, commence à tirer sur mes joues en me maudissant :

« Tu aurais pu prévenir que tu avais quitté l'hôpital ! Mais... » Elle approche son visage du mien. « Qu'est-ce qui t'est arrivé ? »

Qu'est-ce qu'on raconte à sa mère dans ces cas-là ? J'ai décidé de faire une balade nocturne en Vélib', et je me suis ramassé la gueule ? Pourquoi j'ai fait ça ? Très bonne question. Même moi, je me la pose encore.

« Je suis tombé ? » je bredouille.

Mon père, que j'avais pas vu, se glisse sur le côté :

« Comment ? »

Je m'écarte pour les laisser entrer, en consultant rapidement mon téléphone : 11 heures.

« Juste avant, je suis parti faire des courses, en Vélib', et... paf », j'explique.

Mon père pose deux sacs en plastique blanc sur la table, et sort un à un les Tupperware — frisson — alors que ma mère a déjà disparu dans la salle de bain pour récupérer un gant de toilette. Elle me fait asseoir sur une chaise d'un geste du doigt, et je tends le visage pour qu'elle puisse virer le sang séché que j'avais pas pris la peine de nettoyer.

Mon père ouvre le frigo, et commence à le remplir en me demandant :

« T'es sûr que t'as fait des courses ? Y a rien là-dedans. »

« Bah, du coup, comme je suis tombé, j'ai fait demi-tour. » Il m'observe d'un œil suspicieux. « Ta voiture, toujours pas de nouvelles ? » il demande, pour changer de sujet.

« J'ai pas pris le temps de m'en occuper », je marmonne, en crissant des dents quand ma mère frotte plus fort à un endroit.

« Tu me notes le numéro du garagiste. Je vais m'en charger avec ton oncle. »

Je fais, vraiment, vraiment, pitié.

Mon père finit de remplir mon frigo, puis saisit les boîtes de bouffe chinoise qui traînaient encore là. Il renifle, grimace, et flanque tout dans la poubelle, avant de la refermer, de la foutre sur le palier et d'en mettre une nouvelle. Sans un mot, il part se vautrer dans le canapé, chope la télécommande, et balance CNEWS, pendant que ma mère s'évertue à me scotcher des sparadraps partout — j'en compte au moins une dizaine sur la tronche.

Je suis un pansement humain.

« Pourquoi tu nous as pas appelés ? » elle dit, en préparant un nouveau truc à me coller dessus.

« Noa m'a ramené », je fais.

« Mais t'aurais dû venir à la maison ! T'as besoin qu'on prenne soin de toi, là ! »

Je hausse les épaules et tente un changement de sujet stratégique :

« Ils sont où, les deux monstres ? »

Elle fronce les sourcils, puis dit :

« À l'école. »

Je me souviens qu'on est jeudi.

« T'as vu le gosse qui a disparu, Farid ? » mon père demande.

Je me tourne vers lui, qui garde les yeux rivés sur l'écran. Je réponds par une onomatopée. Il ajoute :

« À Marseille en plus. »

« Ah », je soupire.

« En tout cas, ils parlent plus trop de toi. » Puis il maugrée : « C'est vraiment honteux. Tu sauves une p'tite jeune… », mes dents craquent, « …et on te fout dans la merde. » Il lève l'index : « On devrait te donner une récompense, plutôt ! »

Ma mère finit de me soigner. Je baisse le visage. Une main familière caresse ma mâchoire. Ma mère souffle :

« Arrête… t'as bien agi, mon fils. »

C'est bien qu'elle croie ça. Qu'elle ne sache jamais la vérité. Qu'elle ne voie jamais le monstre que j'ai accepté de porter sur mes épaules.

Elle se lève, m'observe de la tête aux pieds, puis déclare :

« Je vais te cuisiner un truc, ça te fera du bien, un bon repas. »

J'ai pas le temps de me rebiffer, ni la force de le faire. Elle fouille les placards de ma minable cuisine, maugrée contre le peu de denrées, et je me perds dans mes pensées.

Jusqu'à ce qu'à nouveau, ça frappe à la porte.

Le monde a décidé de me faire chier aujourd'hui.

Je pars ouvrir. Noa sourit, ses cernes se froissent. On se tape dans la main, et je le laisse entrer.

Il me lance un regard étrange, avant d'ajouter :

« T'as bouffé le béton, ou quoi, mon pote ? »

« Une gamelle à vélo, ce matin », je répète. « Je voulais faire des courses. »

« Ah ouais… t'as ta caisse au garage. C'est vrai », il gobe, mais reste méfiant. Je le sens.

Quand ma mère l'aperçoit, elle lui lâche de grandes risettes, vient l'embrasser sur les deux joues, lui demande s'il va bien, s'il dort, s'il mange bien. Et Noa, lui, il est tout content — faut savoir qu'en plus de les nourrir pendant que j'étais hospitalisé, elle leur faisait la conversation et leur offrait le café.

Noa serre la pince de mon père, puis finit par s'asseoir à table en retirant sa veste. Ainsi, il laisse apparaître son holster — Noa, c'est le genre de type à le porter sur ceinture extérieure, une histoire de gloire personnelle, je crois, et je l'envie.

Ma mère place une assiette vide devant moi avec les couverts, et une pour Noa, qui s'extasie :

« Oh, avec plaisir. »

Elle le toise, puis lance sèchement :

« Je suis sympa, même si tu m'as pas ramené », elle me pointe du doigt, « celui-là, hier. »

Noa, amusé, hausse les épaules :

« J'y peux rien, m'dame, c'est lui qu'a demandé à être livré ici. »

Mon père intervient du canapé, en s'adressant à Noa :

« T'as vu le gosse qui a disparu ? »

Noa fronce les sourcils un instant :

« Ouais… on y travaille, m'sieur. »

Ma mère nous sert du poulet qu'elle a réchauffé au micro-ondes, venu direct d'un des Tupperwares, avec de la semoule. Noa, ça le rend extatique : il jette sa fourchette à tout va, alors que moi je picore sans vraie consistance.

La daronne se met maintenant en tête d'astiquer mon appartement de fond en comble, en râlant que je devrais pas fumer à l'intérieur, avant de débarrasser le cendrier avec dégoût.

Je rêve de m'en griller une.

Pendant que mon père est concentré sur son zapping, et que ma mère s'évertue à vider la machine à laver de la salle de bain, je tapote sur l'avant-bras de Noa :

« Au fait, j'avais une question », je commence.

« Délicieux, le plat de ta daronne », il dit, la bouche pleine.

« Ouais, je sais. Écoute, s'te plaît », je chuchote.

Il soupire :

« Vas-y. Je t'écoute. »

« Elle va comment ? » j'interroge. Il lève un sourcil. J'ajoute : « La fille. Cassandra. »

Il engouffre une nouvelle fourchette, du gras lui coule sur le menton. Je le secoue par le coude.

« OK, OK… Elle va pas bien. Du tout. »

« Explique ! » j'insiste.

« Bon. Hier, elle s'est mise à gerber comme un geyser, et paf : raide, arrêt cardiaque. » Les pieds de la chaise paraissent bien mous d'un coup. « Ils ont mis une blinde de temps à la ramener », il ponctue en essuyant ses lèvres. « Je me demande combien de volts elle a pris avant de revenir. »

Un temps, les étoiles clignotent devant mes yeux, avant que je revoie enfin la pièce.

« Je suis pas sûr qu'elle tienne une éternité, voilà », il confesse.

Je sors mes clopes de ma poche, j'en tire une, j'en allume une. Je sens une main qui me pince l'épaule.

« Les grands manitous ont débarqué ce matin comme des fous. Ils voulaient son témoignage, sait-on jamais qu'elle claque. » Il prend une cigarette dans mon paquet. « Les médecins étaient pas d'accord. Mais c'est elle qui a insisté. » Il tourne la tête, yeux dans les yeux, mèche repoussée en arrière : « Elle a parlé. »

« Elle a dit quoi ? » je m'empresse de demander.

« Tu te doutes bien qu'ils m'ont pas fait un rapport. Donc j'en sais que dalle. »

Dans mon horoscope, il y a écrit : homicide involontaire.

Je pense à Louise. Je sais plus qui elle est. Mais à ce que j'ai pu glaner comme infos quand j'étais hospitalisé, personne pige trop son rôle. Et avec ce que je connais, moi, j'en viens à la réflexion que c'était peut-être elle, la vraie victime de cette folie.

J'ai fait éclater la tête de cette nana.

Je me détourne de Noa un instant. J'observe ma mère qui s'active à nettoyer les vitres. J'aurais voulu qu'elle me serre dans ses bras, qu'elle embrasse mon front en me chuchotant qu'elle va tout réparer pour moi. Je regarde mon père, étalé dans le canapé : j'ai envie qu'il me dise : file le numéro de l'IGPN, avec un cousin, on s'en charge. J'ai pas envie d'assumer quoi que ce soit.

Et ma mère nous expédie sur la terrasse, pour qu'on arrête de cloper dedans comme des malpropres, toxicomanes de la nicotine — et des puants.

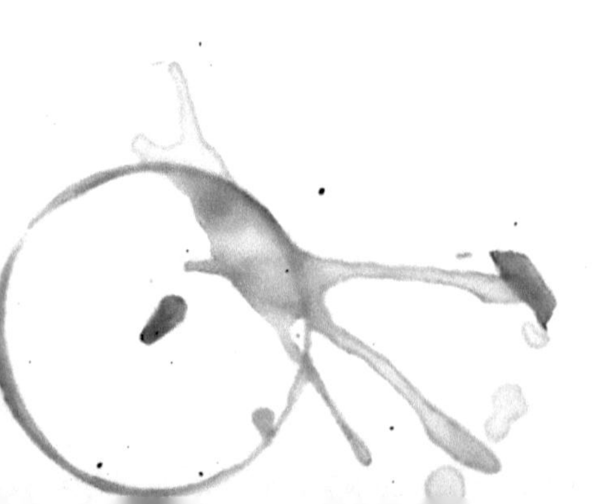

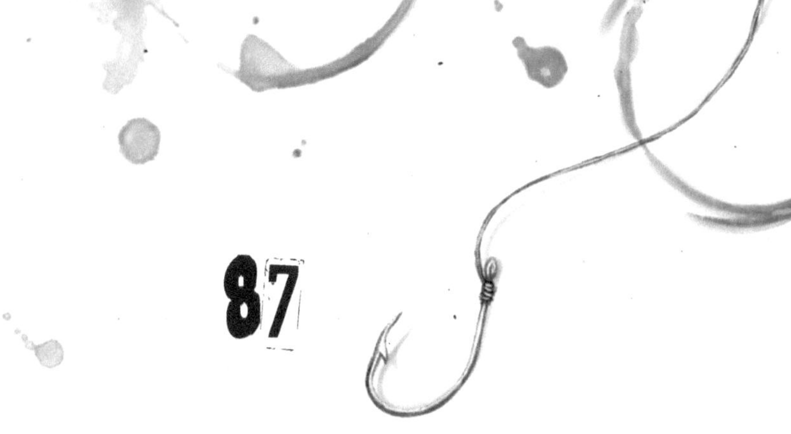

87

Un autre jour,

FARID — Elle a été mise en terre, sans cérémonie ni belle oraison funèbre. C'était juste un tas de chair que l'on ensevelit dans la plus grande des discrétions.

Je suis là, devant le portail en fer forgé du cimetière Saint-Pierre, après avoir pris le bus. Je suis venu seul, sans le dire à personne, dans une impulsion d'un matin brumeux.

Le souci, c'est que je sais même pas où elle a été fichue. Et heureusement, il y a une sorte de bureau d'accueil dans un bâtiment en béton à côté de l'entrée, qui porte le doux nom de : Direction des opérations funéraires — drôle d'assemblage.

J'y débarque après avoir balancé mon mégot. Quelques chaises en métal dans un coin, une plante en plastique dans un autre, et l'accueil en face.

Je vais tout droit. Un homme mal peigné glande derrière un ordinateur. Il lève le menton, cligne des yeux.

« Bonjour, j'ai besoin de connaître l'emplacement de quelqu'un », j'hésite, avant d'ajouter : « Dans le cimetière. Euh… » Je fais une moue. Je complète : « L'emplacement d'un défunt dans le cimetière. »

« Nom, prénom ? » il dit, sans enrobage.

Il a déjà placé ses doigts sur son clavier. C'est tout ?

« Louise Guérin », j'articule.

Le claquement des touches teinte, et celui d'une souris.

« Y en a plusieurs », il lâche.

Je pince les lèvres.

« Elle… » Je cherche dans mon cerveau la date exacte, mais je suis incertain. Ma mémoire me trahit en ce moment. « Elle est morte la semaine dernière. »

Il secoue le visage.

« Donc, la plus récente, quoi. » Il s'avance devant son écran, en replaçant ses lunettes sur son nez gras. « Ça doit être elle. Terrain commun, carré 37. »

« Terrain commun ? » je répète, en triturant la tirette de mon blouson.

Il claque sa langue sur son palais. Je remarque un cactus crevé sur le coin de son bureau.

« Les indigents », il ajoute.

Je fronce les sourcils. Il me fixe, je le fixe. J'ai un défilement de questions en tête, mais aucune ne sort.

Le gars explique, las :

« Dès que vous franchissez les grilles, là. » Il me montre du doigt le portail que l'on voit à travers une des fenêtres au contour laminé. « Vous avez un plan, vous cherchez le carré 37. Normalement, c'est au fond. Un peu vers la gauche. »

Je reste bêtement à fixer le cactus. J'ai toujours pas décidé si je voulais le questionner ou pas. Sa voix nasillarde me prend de nouveau au dépourvu :

« C'est OK, monsieur ? » il demande.

Sous-entendu : dégage.

« Oui, c'est OK, merci beaucoup », je marmonne, précipité.

Me revoilà dehors. En équilibre sur le bitume.

Avant de traverser les grilles, je me résous à fumer une cigarette. C'est peut-être pas respectueux de cloper dans ce genre d'endroit. Je rigole un peu jaune, et seul, de me dire qu'eux, au moins, ils craignent plus le cancer du poumon.

Au même moment, un couple passe à côté de moi. La femme a des fleurs entre les bras. J'arrête de pouffer de rire.

J'attends que les deux s'évaporent dans les pistes, pour franchir le portail à mon tour et me planter devant le plan. Du bout de l'index, j'essaye de déchiffrer les numéros partiellement effacés sur la carte. J'y mets un temps fou. Je trouve pas mon numéro, mais j'en déniche des proches : le 38 et le 39. Et par logique, le 37 devrait pas être loin.

Je m'avance dans l'allée principale, les mains dans les poches.

C'est pas la première fois que je viens ici. Il y a quelques collègues pour qui ça s'est mal fini dans les parages. Où ? Je sais plus.

Le mistral me fait remonter la fermeture éclair de mon blouson. C'est d'ailleurs la seule chose que j'entends comme son ici : le vent. Il glisse sur les gravillons et secoue les quelques arbres. Pas d'oiseaux, aujourd'hui. Pas non plus de voitures, de pétarades, de voix lourdes, de rires gras. Même pas les chuchotements, et encore moins les mots d'une dame âgée assise sur un banc, qui tape la causette aux fantômes de son passé.

Je m'arrête devant un caveau, qui revêt sur lui une statue d'ange étirant son bras vers les cieux. Pourquoi cet ange m'a fait signe ? J'arrive pas à voir son visage, tellement il me surplombe. Mais je remarque des dates appartenant à celui qu'il accompagne : 1995–2000.

Le médaillon porte une figure juvénile, arborant un petit sourire.

Je me détourne en ravalant ma salive. Je continue. Je marche plus vite. Le chemin devant moi se met à grimper, et j'aperçois pas le bout de l'allée, seulement du marbre et de la pierre qui ne s'arrêtent jamais.

Plus jamais ? Mon cœur loupe un battement.

T'es pas dans un film d'horreur, du con.

Au fil des carrés, tout se rétrécit et se serre. C'en est fini des caveaux pimpants : maintenant, il ne reste plus que des tombes uniques avec des médaillons de visages effacés. Certaines sont fleuries, ou remplies de bougies. D'autres n'ont plus rien, ou plus personne.

Cette marche est une pénitence. J'ai les oreilles gelées et le nez qui se met à dégouliner. J'arrête de regarder autour de moi. Je compte mes pas.

De temps à autre, je lève la gueule, seulement pour voir si les numéros des carrés à ma droite et à ma gauche ont changé. Je fais ça jusqu'à parvenir au 39.

Je bifurque, et je tourne à gauche.

Je continue, je me perds dans les dédales, et je me retrouve face au carré 41. Je rebrousse chemin. Je prends à droite. Je passe le 36, puis un terrain en friche, et après le 38. J'arrive devant le 25.

Je m'arrête net, et je frotte mes joues des deux mains. Je reviens sur mes pas. J'évite le terrain en friche, pars dans l'autre direction : s'ensuit le 27.

Je grince des dents.

Je repère un banc. Je me jette dessus. J'allume une clope, en observant mon pied trembler. Une fois poncée jusqu'au filtre, je balance mon mégot dans une poubelle pleine de fleurs mortes.

De nouveau, je rebrousse chemin. Je me retrouve à côté d'une pancarte taguée qui indique le carré 36, et plus loin, devant le terrain en friche que je contourne depuis tout à l'heure comme un âne, je trouve un panneau tordu : le 37.

J'ai l'impression d'avoir vaincu un truc, là.

Je m'engage dans les allées de gazon mal coupé. Beaucoup de sépultures sont juste ornées de morceaux de bois qui font office de stèle : certaines sont couchées par terre, d'autres sont rafistolées, et agrémentées de parpaings pour y déposer fleurs et bougies.

Je lis chaque nom, s'il y en a. Pour d'autres, c'est un X.

Des anonymes.

Personne.

Je trouve une tombe où le gazon n'a pas encore eu le temps de recouvrir la terre brute. Le rondin de bois est récent.

J'approche mon nez. D'abord un numéro : 47, écrit au feutre. Et ensuite une plaque de métal, frappée :

Louise Guérin — qui n'avait que 24 ans.

J'ai un vertige. Les genoux qui souffrent. Et je m'assieds, les jambes ramenées contre moi.

C'est toi qui l'as mise là, mon con.

Les indigents, c'est ceux que personne n'a réclamés. Ceux qui ont des familles trop pauvres, ou pas de famille du tout. Ou encore ceux qui n'ont plus d'identité.

C'est la fosse commune. Le charnier à ciel ouvert.

C'est ici que vous finissez quand un flic vous fout une balle dans la tête, à à peine 24 piges.

Quelqu'un, au moins, a pensé à elle. Et même beaucoup. Cinq bouquets de tulipes de différentes couleurs entourent la stèle rudimentaire. Deux se sont couchés à cause du vent, et je me glisse pour les remettre droits.

L'instinct est une chose puissante, parce qu'au lieu de reposer le dernier, je tire sur le carton caché dans les feuilles.

En dessous du nom du fleuriste : trois lettres, une apostrophe.

Cas'.

Imprimé. Donc livré ici.

Elle a toujours tout signé.

Je lâche immédiatement le bouquet, et je vérifie les autres. Ils portent tous la même trace. J'oublie un instant d'inspirer. L'odeur des fleurs m'est devenue putride.

Je voulais venir. Je veux partir, maintenant.

C'est le vacarme dans ma tête. Des milliers de pourquoi qui chauffent dans mes veines.

L'une essaie de la terminer à coups de couteau, l'autre met des tulipes sur sa tombe.

C'est normal, c'est normal. Ouais. Ouais.

Pourquoi tu fais des trucs comme ça, Cas' ?

Pourquoi tu t'es pointée dans mon existence, avec tes sourires tristes et ta vie dramatique ?

Je t'ai portée jusqu'à l'hosto. J'ai léché tes plaies. Tu m'as dit : j'ai un secret.

Un jour, je te donnerai tout.

Et tu m'as tout pris, en fin de compte.

Tu vas mourir sans rien m'avouer. Ta maladie va te brûler, et je serai le sinistré de ton histoire.

Alors que tu m'avais tout promis, sauf la douleur.

C'est pas juste. Non. C'est vraiment pas juste.

On me doit la vérité.

Je me lève.

Je veux la vérité.

Je marche.

Tu me la dois.

Merde. Au moins pour cette pauvre Louise.

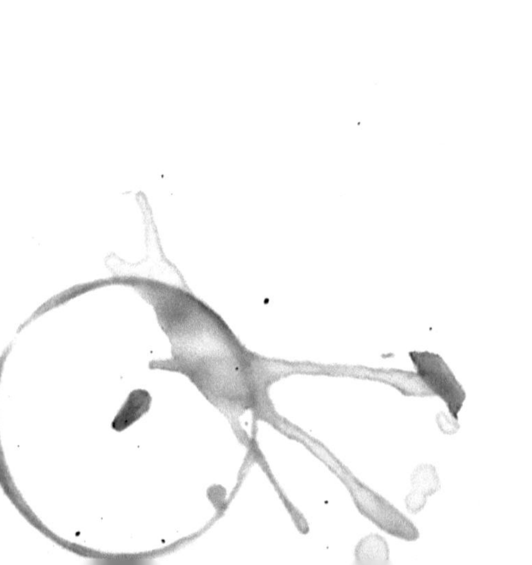

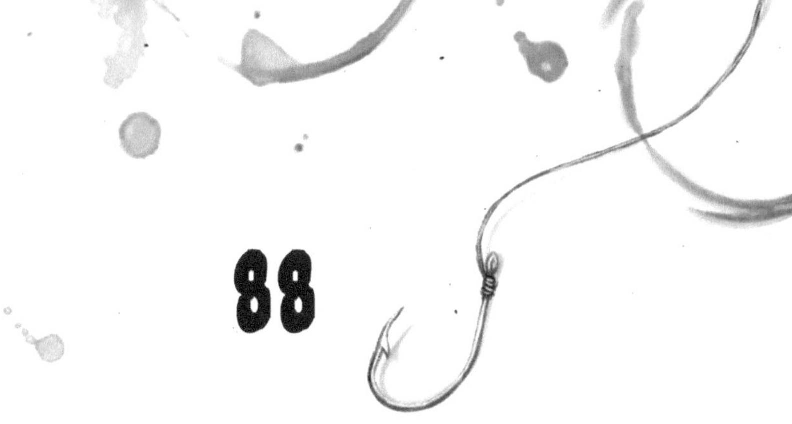

88

Le lendemain,

FARID — Mes doigts tremblent quand je fouille ma poche. Je me retourne pas. Je trace tout droit. Je traverse la route.

Un coup de klaxon. Un mec qui s'énerve dans son Opel. Sous mes pieds, pas de passage piéton.

Dans la vitre d'un abribus, le reflet du SGAMI — entendez Secrétariat général pour l'administration du ministère de l'Intérieur. Ou :

SUPERS GLANDS AUX MAINS IMPECCABLES.

Bref, un nom à rallonge pour un endroit où on se fait beauté le cul par l'IGPN.

Dans un bureau sans âme, avec un néon et du papier, ils disent :

« Monsieur Aït-Messoud, c'est bien ça ? »

Moi, je dis :

« Ou-oui. »

Dans un bureau, avec deux chaises de chaque côté, ils disent :

« Pourquoi deux minutes entre les deux tirs ? »

Moi, je dis :

« C'est confus. »

L'avocate dit :

« Essayez de vous rappeler d'un détail. »

J'entends : déconne pas, invente un truc.

Je réponds :

« Je sais pas. » Tête basse.

Dans un bureau où un micro, avec la petite ampoule rouge, clignote toutes les deux secondes, ils disent :

« Pourquoi ne pas avoir attendu une brigade spécialisée ? »

Moi, je dis, en resserrant mes mains entre elles — une prière, peut-être :

« Ça criait… ça criait… beaucoup. »

Dans un bureau où la chaise se balance de droite à gauche, ils disent :

« Il paraît que vous étiez en contact avec Madame Parenti. »

Moi, je dis :

« Pour l'enquête. »

Ils rétorquent :

« Rien de plus ? »

« Rien de plus », je répète.

« Rien de plus ? » ils répètent.

« Rien de plus. Rien de plus », je répète, je répète.

Dans un bureau où l'avocate observe les dalles du plafond, ils disent :

« Il était à terre, Mathias Parenti, les deux avant-bras partiellement sectionnés. Comment vous expliquez que vous ayez fait usage de votre arme ? »

Moi, je dis :

« Il s'est redressé. C'est allé trop vite ! » Je m'essouffle. « Je sais plus… »

L'avocate ajoute :

« Prenez votre temps. »

Dans un bureau, j'entends au loin, tout au fond de ma tête : homicide volontaire. Encore.

Ensuite, je lâche ma mélodie du moment : je sais plus, c'est confus, je crois, non, en fait non, je dors plus, je, je, je, je ne sais pas.

Tout ça se finit sur un : au revoir, on vous reconvoquera.

J'étais persuadé que, cette nuit, ils me feraient roupiller chez eux, en garde à vue. Mais non. Je suis ressorti de là.

Maintenant, face à moi, j'ai plus qu'un reflet de bâtiment beige, moche, et j'attends le bus, avec une idée bien claire dans le ciboulot.

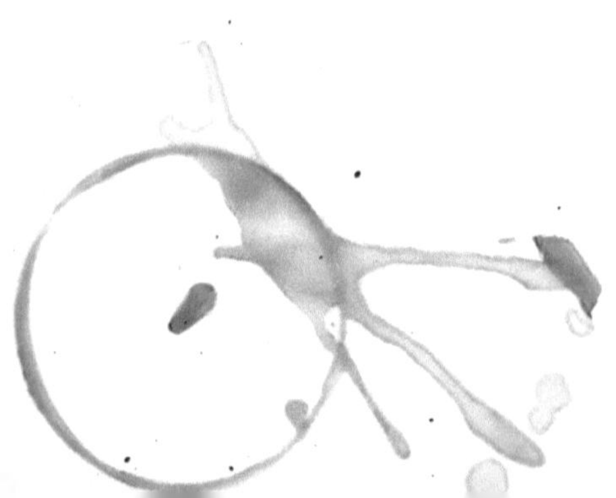

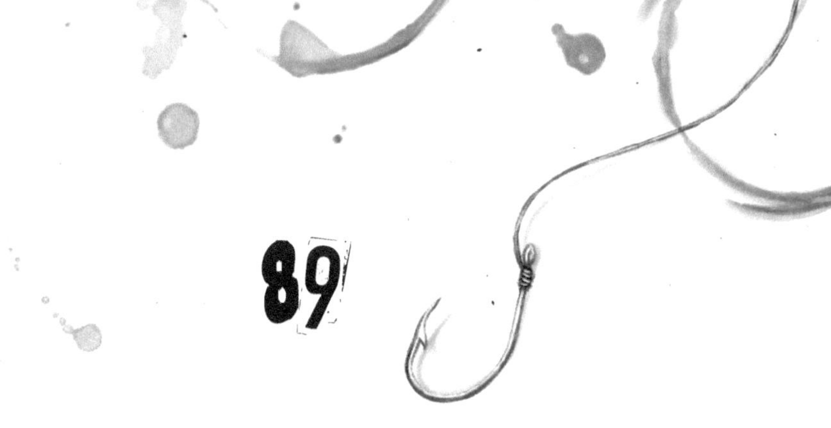

89

Une heure plus tard,

FARID — Deux changements de transport plus tard, j'ai les mains moites : mes chances sont proches de zéro.

La porte du bus soupire, et j'ai les pieds sur le goudron.

Ne pas réfléchir. C'est mon mantra de la journée, et je passe l'entrée de la Timone.

Je m'insinue dans l'hôpital, tête baissée, et je parcours le hall, tout droit. Je veux pas qu'on me dise non.

Je prends les escaliers principaux. Le linoléum me file le tournis, et je me tiens à la rambarde comme si le navire coulait. J'arrive au premier étage, je traverse un premier couloir, un deuxième, un troisième.

Au fond d'un dernier corridor, je sais qu'elle est là, comme une pièce de musée, dans des archives. Elle prend la poussière, à l'ombre. On la garde secrètement, à l'abri des regards. Trésor, ou artefact maudit, je ne sais plus.

Avant de m'approcher de la vitre qui permet de surveiller la mourante, je m'assure qu'il n'y ait personne. Pas de garde, pas de protecteur, pas de Cerbère. Seulement une chaise, contre la porte. Étonnant. Une chance. Un signe ?

Je m'avance à pas feutrés.

Une fois derrière la vitre, la chambre hospitalière a exactement le même air que la dernière fois : austère, froide, sombre. Le lit semble vide — en apparence.

Sous la couverture blanche, une chose minuscule est cachée. Emmitouflée jusqu'au nez, les cheveux bruns emmêlés sur l'oreiller. Les deux billes de cristal disparaissent dans une ramification de vaisseaux sanguins éclatés. Cassandra ne fixe rien. Cassandra meurt là.

Je toque à la fenêtre.

Un battement de paupières. La nuque s'étire. Une bouche apparaît. Un sourire faible.

Mais c'est trop tard.

Un grondement derrière moi.

« FARID ! Tu fous quoi là ! »

Je saute comme une pile et me retourne d'un coup. Clément et son fidèle connard arrivent droit sur moi. Olivier ajoute :

« Tu dégages ! »

Je tente un coup de bluff légendaire :

« Magalie m'a donné l'autorisation. »

Clément cale ses deux mains sur sa ceinture et s'appuie contre le mur.

« Ah bon ? » il sort, en gonflant la poitrine. « Pourquoi ? »

« Ça te regarde pas. »

Comme si je faisais encore partie de la PJ.

Clément souffle — il a une mâchoire de requin, ce type, j'ai l'impression qu'il va me bouffer tout cru :

« Mais oui, tout à fait. C'est logique. » Il se tourne vers son pote de toujours. « Elle a dit qu'il dirait ça, non ? » Les deux bouffons jubilent. « Oh oui. Elle l'a dit. On va appeler Magalie, du coup. »

Il sort son téléphone. Je serre les fesses, bien fort.

« Oh non, c'est pas la peine. » Et je repars d'où je viens. « Je… »

Clément me coupe :

« Tu te rends compte que tout le monde essaie de te sauver le cul, ici ? »

Ce mec me hait. Je le hais aussi. Simple.

J'acquiesce sagement. J'ai rien demandé, donc je dis pas merci. Et Clément ajoute :

« Tu t'en vas, donc. »

Je répète comme un perroquet :

« Je m'en vais, donc. »

Je me tourne une dernière fois vers la vitre. Cassandra s'est redressée dans le lit, et elle remue sa main, lentement. L'effort lui coûte. Une larme lacère sa joue. Au revoir, mon démon.

Je quitte l'hôpital. Dans la foulée, mon téléphone vibre. Je le sors : Magalie.

Les deux n'ont pas mis longtemps à baver. Je décroche. Elle hurle, comme prévu : tu fais plus jamais ça, bla bla bla, t'es qu'un con, bla bla bla, qu'est-ce que tu fiches, bla bla bla, et tout un tas de trucs du genre.

Quand elle a enfin terminé, je raccroche.

Qu'est-ce qu'il me reste ? Pas dans la vie, hein. Mais pour savoir.

Le père de Cassandra? Je pourrais aller le voir, ce bonhomme. Mais s'il vrille ? J'ajoute intimidation de témoin à mon dossier déjà bien épais ?

Est-ce que c'est grave ? Un peu plus, un peu moins.

Je ressors mon téléphone.

90

Dans l'après-midi,

FARID — « Merci, papa », je dis en passant mes doigts sur le capot de ma voiture.

Elle est impeccable. Plus une égratignure, et mon père prend une de mes épaules et la serre — un geste qui exprime tout.

« Ton oncle lui a fichu la pression. En deux jours, il l'a faite, ta caisse. » Il acquiesce avec lui-même, fier. « Tu connais, tu connais. »

« Ouais, j'sais », j'ajoute en lui souriant.

« Bon, tu me remercies en mangeant avec nous ce soir », il ordonne.

J'accepte, en laissant ma voiture ronfler sur le parking de la cité : pitié que personne la brise comme la dernière fois, j'en aurais tellement besoin demain.

Ce repas est salvateur, avec les rires chauds de mes frères, les blagues pas drôles de mon père, la douceur de ma mère, la Danette en dessert, et la partie de UNO où je me prends raclée sur raclée.

Tout ça me réchauffe le cœur, même si un sifflement continue de me rabattre les oreilles.

Quand ma mère bâille, que mon père ronfle devant un film sur TF1, et que mes frères sont sommés d'aller se coucher. Je donne rendez-vous d'un SMS à Akim, et on se rejoint en bas.

Après quelques courses à l'épicerie du coin, ouverte 7 jours sur 7 et 24 heures sur 24, on s'installe sur la terrasse d'une des villas à demi construites, au-dessus de la cité.

C'est un spot qu'on a toujours aimé avec Akim, une contrée tranquille où chacun peut faire ce qu'il veut, sans être regardé. Je crois qu'il a perdu son pucelage ici.

Des villas qui se chevauchent, on en a compté une vingtaine, toutes défraîchies, et à moitié montées. Le promoteur a chié dans la colle il y a quinze ans, et ils ont abandonné le projet, et avec, les ossatures de maison peut-être confortables. Les murs en briques se défont maintenant, tout se casse la gueule, même les tags commencent à disparaître.

Je suis assis sur une vieille commode, sûrement ramenée par des squatteurs, et je fouille dans le sac en plastique pour en sortir une 86, que je tends à Akim.

Il hésite, et je rajoute malicieux :

« J'te balance pas, t'inquiète. »

Il pouffe de rire en attrapant la canette, et je dis en décapsulant la mienne :

« Tu te rappelles notre première cuite ? Ta mère nous avait chopés dans le hall, ivres morts. »

Il s'appuie contre le mur, et continue le souvenir :

« Elle a hurlé en même temps qu'elle nous remontait par le colbac : C'est haram ! C'est haram ! Tu sais que le lendemain, elle avait même plus de voix ? »

Je recrache ma bière de rire, avant de m'étaler contre le mur.

Du bout des doigts, je repousse un peu de poussière du meuble, et renâcle quand elle me remonte dans le nez.

Akim s'assied à côté de moi et se met à rouler un joint sur ses cuisses.

Il dit plus sérieux :

« Alors, ton affaire, frérot. »

« C'est la merde ! » je lance en prenant encore une gorgée.

Il passe la pointe de sa langue rose sur la feuille et finit de façonner son cône.

« Pourquoi ? » il marmonne en effleurant son bédo de la flamme du briquet.

Il recrache sa fumée. Les halos tourbillonnent jusqu'au pin qui nous surplombe.

« Tu connais la police des polices ? » je demande. Il me répond par la négative, un sourcil levé. J'explique : « Des connards qui, quand tu merdes, te tombent dessus. » J'acquiesce avec moi-même, et ajoute : « Fort. »

Le joint s'agite devant moi. Il soupire :

« T'as sauvé une meuf, frérot. »

Tout le monde dit ça. Et mon père veut la médaille.

Akim continue d'essayer de m'hypnotiser avec son pétard, et rajoute :

« Tu crois pas que t'as besoin de souffler un peu ? À force d'être toujours tout droit, tu vas finir par t'casser la gueule. »

Je ricane à sa phrase de philosophe des cités. Mais il a raison. Je me casse la gueule, et j'attrape la libération. Je prends une taffe. Je me souviens que je déteste ce goût âcre.

Je m'étouffe comme un âne, ça me brûle l'œsophage. Akim se fout de ma gueule, avant de reprendre plus calmement :

« Et du coup, ils te veulent quoi, les super flics ? »

Je tire encore une taffe, puis lui rends son dû, en haussant les épaules :

« Ils comprennent pas pourquoi j'ai ouvert le feu », j'élude au maximum.

Akim m'interroge du regard, avant de dédramatiser en frappant une main dans l'autre :

« Bah, c'est logique : la meuf est en danger. DONC, paf. » Il soupire : « Qu'ils sont cons, ces condés. »

C'est tellement plus compliqué que ça. Mais j'ai les paupières trop lourdes pour expliquer quoi que ce soit.

Il me refile le pétard, et je fume encore en m'égosillant :

« La princesse Peach. »

Il me frappe dans l'épaule, hilare :

« Dis-leur d'aller se faire enculer », il ajoute.

« J'en rêve. »

J'imagine que c'est ce que j'aurais dû répondre à Magalie, tout à l'heure, au téléphone.

« Je me suis fait secouer cet aprèm », je raconte.

Il grimace, et j'explique :

« Ma bosse. Je voulais savoir un truc sur la fille. Et ma chef, elle m'a fourré un doigt dans le cul, à sec, et tourné fort. »

Je me lève sans laisser causer Akim, mon cœur bat vite, trop vite.

Je parle vite, trop vite :

« Et t'sais c'est quoi le pire ? Avec ces connards, j'ai tout partagé, hein. Les insomnies, les cadavres, les pleurs. TOUT. Et vas-y qu'ils m'enculent. C'est putain d'injuste. Ça me fait chier, chier, chier. »

Il reprend son bédo, et me recrache la fumée sur la gueule :

« Ça y est, tu regrettes le choix de carrière ? »

Je réfléchis un instant, avant de répondre affirmé :

« Nan. Nan. Je suis un putain de bon flic. J'assure. Et tu vois, si on m'avait fait plus confiance sur ce coup, y aurait pas eu d'hécatombe. Et ça, ils sont pas prêts à l'assumer. »

Vomir ma frustration, ça me fait du bien.

Il me faut pas un psy, il me faut un Akim.

« Merde, j'ai cru que t'allais me sortir que keuf c'est un métier à chier », il jubile.

Je secoue ma bière, de la mousse tombe sur mes chaussures :

« Bien sûr que c'est un métier à chier ! Tout le monde te crache à la gueule. Que ce soit les civils ou la hiérarchie. » Je lui pique son bédo, m'enfonce une taffe dans la gorge, avant de lui rendre : « Toi, tu rêves comme un gamin de faire le bien, d'être presque le héros, et finalement vlan, tu te retrouves dans une réalité qui t'donne envie de crever. Rien de c'que tu feras dans ce boulot à la con sera assez bien. Et c'est quoi, la suite à tout ça ? » Je me tourne vers le ciel : « Tu regardes ton lustre, tu te demandes combien de kilos pourrait supporter ta ceinture. » Je reviens vers lui, je tape de l'index sur la commode, elle crache de la poussière : « Est-ce que tu chierais dans ton froc, une fois pendu ? Et qui te décroche ? Ta mère ? Ton père ? Un collègue ? Combien de temps on te pleure au boulot ? » Je reprends mon souffle : « Y a des mecs là-bas, ils t'ont croisé un jour, ils diraient : oh, c'était un bon flic. À la machine à café : oh, c'était un bon gars. Au bar : oh, un bon élément. » Je ricane seul. « Déjà, quand t'emploies le mot élément, t'as compris le problème. On s'en fiche de ta gueule. Tu sais ce que j'ai vu dans ma vie ? En tant que mec de cette putain d'unité de fous furieux ? Des trucs, t'as pas idée… t'as pas idée… » Je bois une gorgée, et en renverse la moitié sur mon pull. « La nuit, je dors entre les cadavres, et le jour, dès que je renifle un truc, ça sent la mort. Ça te lâche jamais ça. Jamais. Jamais. Jamais. »

Et je m'éteins, soudain.

Ça me lâchera jamais. Jamais. Jamais.

Voilà, la machine a fini de gerber.

Akim me colle le bédo direct entre les lèvres, en me tapotant les épaules, les yeux grands ouverts.

« Prends le large, mon pote. » Il répète, plus doucement : « Prends le large. »

Je termine ma bière en trois gorgées, il m'en redonne une.

Je lui rends son spliff, et il annonce :

« Au fait, j'arrête. »

J'y vois pas clair, alors je m'appuie contre le mur :

« De quoi ? »

« Les trucs… les merdes… Mon oncle est d'accord de me prendre pour bosser à la boucherie. » Il inspire profondément : « J'ai pas envie de finir comme un de ces gars que tu ramasses. »

C'est à moi de frapper sur sa cuisse. Au moins ça.

Encore une petite victoire, pour un petit homme.

Ensuite, on se met une mine royale, un truc à vous siphonner les boyaux, et repeindre des parties entières de trottoir en oubliant le nom de votre mère. Mère qui m'a accueilli en me grondant comme un adolescent, quand je me suis pointé à quatre heures du matin, du vomi plein le froc.

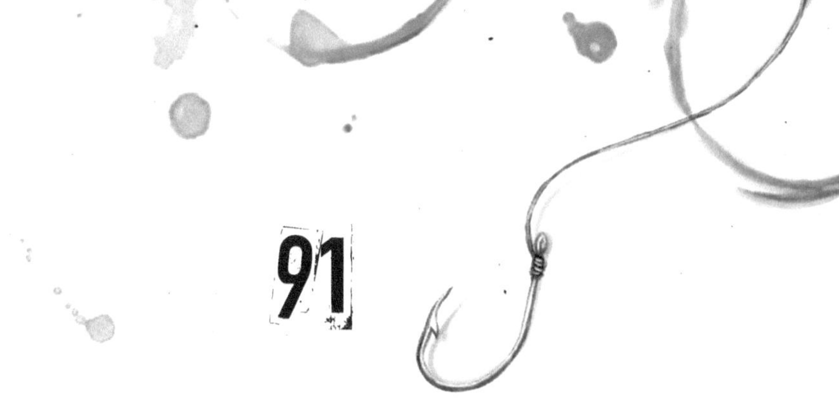

91

Le lendemain,

FARID — Les yeux ouverts, le corps encore enfoui sous les couvertures, je regarde le plafond de ma chambre. Ma mère n'a rien touché ici. Tout est resté. Même le poster d'Eminem, qui commence à tomber en miettes.

J'essaye de me glisser hors de mon pieu — ma tête sonne.

Le dos voûté, je débarque dans le salon en caleçon. Tout le monde voit mon arrivée miteuse en ce dimanche ensoleillé. Ma mère lève un œil alors qu'elle tente de coller les strass sur le DIAMOND PAINTING qu'elle s'occupe à faire. J'imagine ce qu'elle rêve de me dire :

« Allah est fâché, Farid. Très colère. »

Mon père m'applaudit, affalé dans le canapé en slip lui aussi, les sourcils froncés.

J'ignore tout ça. Je me plante devant la Senseo. Sans moufter un mot, je prends mon café, puis pars me vautrer avec mon daron. Dans la même posture. Manquerait plus qu'on se gratte les couilles en rythme. Pitié, jamais de calvitie.

Je demande :

« Ils sont où, les deux ? »

« Chez Hani, une histoire de Play, avec ses fils », elle annonce sèchement.

Je questionne pas plus. Je me concentre sur l'écran en face.

Mon père zappe. C'est sa passion, ça. Le zapping. Un grand art. Réussir à suivre deux minutes d'un programme, et hop, changer de thème. Combien de fois je me suis disputé avec lui pour ça. Enfin, vu mes capacités cognitives à ce moment-là, je dis rien, et je subis comme je peux :

Comment préparer un cake aux olives. OK, faut de la farine, des œufs… et dans l'Arctique, l'ours polaire voit son territoire se réduire de jour en jour, la banquise fond… puis Brenda a quitté John, car il l'a trompée avec Stephanie, mais il a pas vraiment fait exprès… Les policiers de Besançon — là, il zappe vite — En Alaska, la saison de l'or s'ouvre à nouveau, il est temps pour nos chercheurs d'or de se remettre à la tâche — j'écarquille les yeux — il zappe.

Je geins discrètement, et m'enfonce dans le canapé.

Le petit Valentin, toujours porté disparu à Marseille. Les recherches s'intensifient.

Un coup de jus dans la nuque.

Je m'occupe d'un petit garçon, Valentin.

Je me redresse dans le canapé.

Le phoque est une espèce en voie d'extinction…

« Papa, tu peux remettre ? »

« Quoi ? » il demande.

« Les infos. »

Il se remet sur BFMTV. La photo d'un gamin apparaît. Les mots traditionnels : investigation toujours en cours.

Mon père souffle :

« Vont jamais le retrouver, celui-là. »

La présentatrice raconte :

« Depuis plus de sept jours maintenant, l'enfant reste introuvable. »

Le sujet change. Tremblement de terre en Italie. Mon père me regarde avec insistance. J'abaisse le menton. Il reprend son zapping. C'est une coïncidence.

Ma mère s'est levée. Elle admire son nouveau chef-d'œuvre terminé — une horrible tête de chaton poilu. Elle vient ensuite nous le montrer. Mon père et moi lâchons exactement le même mensonge :

« Magnifique ! »

Elle repart toute contente dans la cuisine :

« Il est pour toi, Farid, alors. »

« Oh, merci », je lance, et mon père me tape sur le genou, moqueur.

L'engrenage de l'amour, c'est ça. Un jour, vous dites un truc gentil, et ensuite vous vous retrouvez inondé de DIAMOND PAINTINGS.

L'engrenage, c'est ça. Un jour, vous enquêtez sur un petit meurtre, et ensuite vous vous retrouvez inondé de fantômes, et vous vous répétez : non, pas un de plus.

Ce gamin, ce petit Valentin, ça n'a rien à voir.

J'espère que le gosse avait le goût d'un veau !

Je me souviens de la voix de Mathias.

Dans le doute. Dans le doute, c'est une suite de mots très puissante. Je me lève, et je demande à ma mère où sont mes fringues.

Dans la machine. Et mes clopes. Arrête de fumer ! Bon, là, sur la commode.

En caleçon, je me retrouve sur la terrasse.

Avec mon *dans le doute*, et mon téléphone à la main, avec le numéro de Noa, qui se reflète en plein de morceaux sur l'écran éclaté. J'appelle. Ça répond dans la foulée :

« Comment il va, le gâté ! »

« Bien. » Je veux pas tourner autour du pot. « Le gamin disparu, là. »

Il y a un blanc.

« Quoi ? » je fais.

« J'attendais que tu me tombes dessus pour ça », il annonce.

« Pourquoi ? » je demande, ignare.

« La Parenti, elle travaillait pour sa mère », il explique.

« Ouais. Je viens de m'en rappeler. » OK. C'est lui, alors. « Du coup ? » Je marque un temps d'arrêt. « Parle ! Putain ! » Je tiens plus. Mais je sais aussi que Magalie lui met la pression pour plus qu'il me cause.

« Qu'est-ce que tu veux que je te dise ? Ce minot s'est fait choper par un fêlé, sûrement ! »

« N'importe quoi. » Puis j'ajoute : « Ça a à voir avec la fille. »

« FARID. Écoute-moi. Le gamin a été enlevé y a à peine une semaine. Elle était déjà à l'hosto. Les deux autres déjà morts », il s'agace.

« Mais qui te dit qu'il a disparu y a une semaine ! » je hurle.

« PARCE QUE c'est la mère qui l'a déclaré ! » Je l'entends souffler. « Qu'est-ce que tu viens me raconter, là. Je croyais que tu l'aimais bien cette gonzesse, maintenant, tu l'enfonces ? »

« Cherche pas. Bref. Et tu la crois, la mère ? » je gronde, en serrant la rambarde entre mes doigts.

« OUI ! Parce que sinon, elle dirait : c'est cette meuf. » Je le sens bouillonner. « ELLE A QUOI À GAGNER, la mère. DONC oui, je la crois. »

« Et si c'est la mère qui l'a buté, le gosse ! » je conclus.

« Tu crois qu'on y a pas pensé ? Tu crois qu'on a pas perquisitionné chez elle ? Farid, tu crois que sans toi, le monde arrête de tourner ? »

Enfoiré. Je lui raccroche au nez.

Je me rallume une cigarette en ruminant.

Des concours de circonstances, dans l'univers, y en a des tas. Un mec arrive en retard à son embarquement, il prend le prochain avion, l'avion se crashe. Un autre se retrouve à Hiroshima un jour de bombe, puis à Nagasaki un autre jour de bombe. Ou alors cette famille qui part en Thaïlande pour fêter Noël. Vlan. Tsunami. Mais les quatre se rejoignent tous bien vivants. Pas un mort à compter. Incroyable, non ?

Et *dans le doute*, c'est vraiment, vraiment, une expression très puissante. *Dans le doute, on vérifie*, ça devrait même être un slogan pour la PJ.

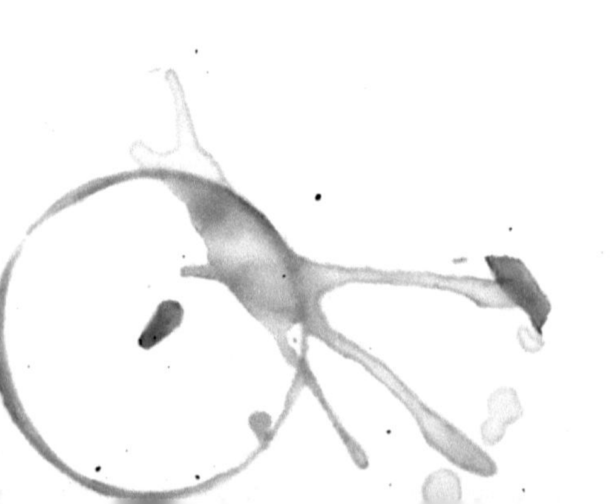

92

Une semaine plus tard,

FARID — J'éclate mon deuxième sandwich Sodebo de la journée : le thon, c'est pas vraiment du thon, et la mayonnaise, un jus acide qui racle la gorge, tout ça avec le pain de mie qui colle au palais et que je dois décrocher du bout de la langue. Une fois mon repas terminé, je balance l'emballage sur le siège passager.

Au même moment, elle sort.

Camille Hervieu, 27 ans, sans emploi. Facile d'avoir son adresse, grâce à Internet. Elle porte un slim bleu, une paire de Nike montées sur une semelle gonflée à bloc, une doudoune sombre, avec capuche entourée de fausse fourrure mouchetée. Coiffure : chignon, quelques mèches autour du visage. Maquillage : trait noir pour les yeux. Rouge clair pour les lèvres. Un sac à main en cuir, une lanière à motif orange.

Elle s'allume une clope, regarde à droite, à gauche, puis traverse la voie et rejoint le parking en face de son immeuble — une barre où les terrasses se collent les unes aux autres et racontent chacune une histoire différente.

Elle monte dans sa petite Hyundai, le reflet des feux de stop enlumine le capot de la Fiat derrière. Elle quitte sa place de stationnement et s'engage sur la route. Sa voiture a un pneu à moitié dégonflé, et trois coups de clé sur le flanc droit.

À l'intérieur, sur la banquette arrière : des plaids, des sacs en papier de McDo vides, des bouteilles en tout genre, et c'est tout.

Voilà, elle a disparu dans la rue. Elle reviendra vers les quatre heures du matin, titubera jusqu'à chez elle, rigolera seule en épiant son propre portrait dans la porte en verre de l'immeuble, et s'engouffrera dans le bâtiment en manquant de se rétamer sur la demi-marche. On la reverra pas avant le lendemain soir, ou peut-être dans l'après-midi, pour faire deux courses au Lidl à deux pas d'ici.

Une semaine de planque, et voilà ce que j'ai récolté. J'assiste à la vie d'une jeune femme ordinaire, nickel en apparence — si l'on ne sait pas que son gamin est porté disparu depuis plus de dix jours, et c'est bien là que ça coince.

Du fond du parking, dans ma caisse, je scrute tous les déplacements de cette femme normalement anormale, et j'ai une chance de dingue : le quartier est si excentré et pourri que je doute que le CSU ait un œil sur moi.

Avec ça sous le nez, si j'avais encore mon statut, je dirais : on pousse sur Madame Hervieu, on fait un portrait complet, on la convoque pour une audition libre que l'on dirigera à ma sauce, on cherche l'incohérence, la brèche, et on s'y engouffre. C'est évident, putain.

Vu le dernier échange avec Noa, je peux même pas lui faire le coup de celui qui murmure à l'oreille du policier : Han, au fait, t'as regardé de ce côté-là. Sait-on jamais.

Bref, ce côté-là est clos, archi fermé.

Mais moi, j'adorerais l'interroger, cette bonne femme. Je connais son quotidien par cœur, je dors plus, la chair de mes fesses porte l'empreinte de mon jean, j'en ai marre de pisser derrière ma bagnole et d'aller chier dans le bar du coin. J'aime pas leur café, et j'en ai ma claque de Sodebo.

Je veux mon os à ronger.

Le lendemain, j'ai passé ma journée à demi allongé sur mon siège conducteur, des courbatures dans chaque membre. Rester ici. Encore. Toujours. Peut-être me transformer en cuir, faire corps avec l'assise, devenir la voiture, la carrosserie froide.

Cette idée de mutation me susurre à l'oreille qu'il est peut-être temps d'agir.

La vérité, ça vous ronge. Tout l'univers se met à tourner autour de ça. L'espace n'est plus en expansion, non, il se contracte sur cette idée. Votre existence n'a plus qu'une seule trajectoire : la vérité. Même si elle n'apporte rien.

Et c'est avec cette pensée franche et nette, dans une nuit sombre, que je délaisse ma bagnole quand Camille quitte son domicile.

Quand elle traverse et arrive à sa voiture, je m'approche d'un pas rapide. Tenter le tout pour le tout :

« Bonsoir, excusez-moi ! » Elle lève des yeux hostiles vers moi. « Je dois juste vous parler deux secondes. »

Elle serre son sac à main, et je vois l'idée qu'elle a en tête. Elle s'attend à un : File ton zéro six, poupée.

Je suis plus flic, aujourd'hui.

« Je suis un ami de Cassandra Parenti. »

La fille blêmit, elle enfonce ses mains dans ses poches, lorgne sur ses baskets, puis secoue le visage un instant — j'ai raison.

« J'ai déjà expliqué aux keufs qu'elle a rien à voir », elle râle.

Je lève un sourcil. Je croise les bras devant elle. Magalie dit : adapte-toi à celui que tu as en face. S'il te craint naturellement, profite-en.

« Je suis pas avec les keufs. On parle dans votre voiture. »

C'était pas une question.

Sa langue glisse sur sa lèvre supérieure, et je sais par avance que ce qui jaillira de sa bouche me fera sortir de mes gonds. Elle finit par prendre ses clés.

Maintenant, c'est elle au volant et moi sur le siège passager, dans une atmosphère nauséabonde. Elle commence :

« Z'êtes qui ? »

« Un ami de Cassandra », je répète.

J'entends ses ongles crisser sur son jean.

« J'ai rien dit ! J'ai fermé ma gueule ! » elle se justifie.

Mais à quoi ? T'as fermé ta gueule à quoi ?

Je me tais. Je la laisse venir.

« Elle t'a envoyé pour vérifier que je me tiens, hein ! T'es une sorte de menace, ou un truc du genre, c'est ça ! » Puis elle frappe sur le volant. « J'ai fait tout comme elle a dit ! Putain ! » Elle s'accroche à mon épaule. « J'ai respecté le deal… j'ai rien dit… j'veux pas finir en taule… »

Je fixe cette pathétique créature baveuse qui me pend au bras, et je remue mon épaule pour qu'elle me lâche. La vérité, elle est juste là, sous un peu de rouge à lèvres. Camille a un petit rictus.

« J'me suis fait niquer. »

Son rire est une agression. Je marmonne :

« Comment il est mort, le gamin. »

Ton gamin. Car ça ne peut être qu'elle, pas Cassandra. Sinon, quelle mère elle serait, de défendre la meurtrière de son gosse.

Cassandra, je crois, aimait ce petit.

La mâchoire de Camille s'ouvre un instant. Elle bafouille :

« Quoi-oi ? »

Ses yeux gonflent, sa main se rue sur la poignée de la porte. Je la saisis par la tignasse et la ramène vers moi. Elle crache un glapissement aigu. Il me faut une seconde pour dégainer et lui coller le canon de mon Glock sur la pommette. Une seconde de plus pour hurler le nez dans ses cheveux :

« Parle ! »

Elle beugle, et j'enfonce plus le métal dans sa joue.

« Ferme-la ! » je menace. « Ou je t'explose tout de suite. »

C'est comme dans cet appartement. Je suis loin de moi, très loin, mais je suis persuadé que tout est juste.

« Comment t'as buté ton gamin ! »

De la salive s'échoue sur la main qui tient mon Glock.

« Je… j'ai… dans… son bain… »

Elle l'a noyé, donc.

« Qu'est-ce qu'elle a à voir là-dedans, Cassandra ! » je gueule.

« Elle voulait… sauver son âme… c'est ce qu'elle a dit… »

Quoi.

J'appuie plus fort le canon sur sa chair, je sens l'arête de son nez buter contre le métal.

« Quoi ? » je dis, sans substance.

« Elle… elle prend les âmes des gens… et elle les garde… un truc… un truc… de sorcière… Et… elle aimait ce gosse… elle le voulait… Moi, je voulais pas qu'elle me dénonce… »

Camille éclate en sanglots.

La vérité n'est toujours pas là. Pas dans cette femme qui me sort des foutaises, des trucs alambiqués à la con, des conneries que je ne saisis pas, que Mathias racontait aussi, et que je pourrais jamais comprendre.

Je câble.

« Elle a fait quoi du gosse ? »

Je la secoue par les cheveux, mais j'éloigne mon Glock. C'est une pauvre femme, à qui j'avais besoin de faire peur. Je veux pas de mort en plus.

« Ch'ai pas ! » qu'elle crache. « Lâche-moi, putain ! »

« ELLE A FAIT QUOI DU GOSSE ! » Ma voix cède.

« Ch'ai pas, merde ! » elle gueule. « Je m'en fous ! »

Elle s'en fout. Je la lâche. Elle enfonce sa tête dans sa main.

« C'est des conneries, hein, ce qu'elle a dit. » Sûrement, je pense. « Je… je… je vais la balancer », elle avoue. « Je veux pas me faire tuer. »

Je hoche la tête par la négative.

« Nan. Tu vas pas faire ça. »

Elle se tourne, ses yeux me scrutent.

« T'es qui, putain ! » Elle enfonce sa main sur mon crâne en braillant de nouveau. « Je vais la balancer, et toi avec ! »

Elle se retourne, et tente de quitter la voiture, et de nouveau j'ai ce geste : je la saisis par la capuche de sa doudoune et la ramène vers moi. Elle crie encore ces mêmes mots qui me font sortir de mes gonds :

« Je vais tous vous balancer ! »

Le doigt ne demande pas à la conscience. Il oublie quand la conscience se noie dans l'horreur qui s'épaissit. Puis, elle a noyé son gamin, merde !

PAN.

Un craquement. Une mollesse. Je lâche ses cheveux. Sa tête chute sur mes cuisses. Du chaud et du visqueux imbibe le tissu de mon jean.

Je pose mon flingue sur le tableau de bord. Dans la lumière fade des lampadaires, à nouveau le sang, à nouveau des morceaux de crâne. Comme un film que l'on revoit encore, que l'on connaît par cœur, au point de souffler les répliques des personnages en chuchotant.

Revoilà les abysses.

Sur le coup, je récupère mon arme. Je dois quitter ce tombeau monté sur amortisseurs, mais, aussi, je veux pas payer pour ça. Je dois pas payer pour ça. Justement, c'est même pour ça que je lui ai fait sauter le caisson.

Changement de plan. Je bascule son corps sur la banquette arrière, et me mets au volant. Cacher, je dois tout cacher. Planquer. Faire disparaître.

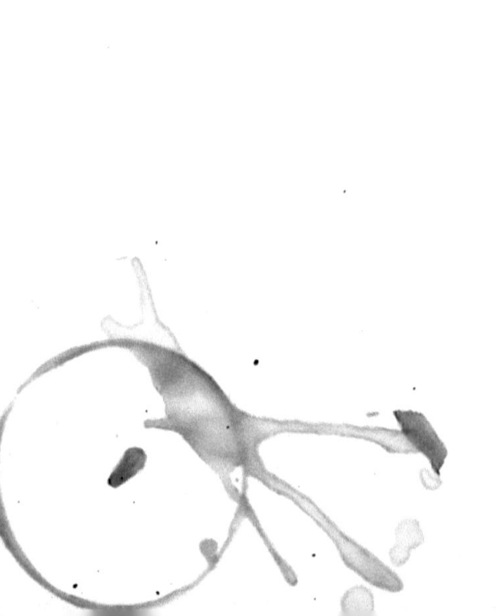

93

FARID — *Tu es complice.*

L'eau coule sur ma nuque, elle glisse sur mon ventre, descend jusqu'à mes genoux et arrive à mes pieds. *J'entends les glougloutements qu'a faits la Hyundai quand la mer l'a avalée.*

À l'aide de la partie grattante de l'éponge, je frictionne ma peau jusqu'à ce qu'elle rougisse. *Je vois mes doigts sur le volant et, dans le rétro, le cadavre de Camille.* Je me renverse de nouveau de l'eau de Javel dessus et je frotte. Mon torse, mes genoux, mes épaules, tout.

Mon corps se consume. *Je sens mes muscles se bander quand je pousse sa bagnole. Elle dégringole de la falaise blanche. Crack, fait l'aile qui percute un pilier rocheux.*

Nu, je récure chaque partie de la salle de bain. Je démonte l'évacuation de la douche et je me mets à gratter la bonde avec ma brosse à dents. *Je marche dans la nuit, des heures, pour récupérer ma propre voiture. Je rentre.*

Une odeur de cramé. Une sirène infâme brise le silence.

Je cours dans le salon noyé dans la brume. J'attrape une chaise et la place sous le détecteur. Je grimpe, j'arrache cette machine de l'enfer qui hurle même dans ma main. Je la balance avec force par terre, elle éclate, les piles fusent et l'une roule sous le canapé.

Plus un bruit.

Le four, lui, continue de cracher des nappes de fumée comme une locomotive. Je l'éteins et l'ouvre pour battre un torchon devant. Les vêtements que j'ai mis dedans sont maintenant des lambeaux de tissu noir.

Quand ça refroidit, j'enfonce tout ça dans un sac poubelle que je pars jeter deux quartiers plus loin.

Le seul problème qu'il me reste à gérer, c'est mon Glock posé sur la table ; je l'ai déjà récuré, passé au lave-vaisselle et à la machine à laver qui a bien failli péter.

Pourquoi ce flingue m'emmerde à ce point ?

J'ai oublié ma putain de balle dans sa tronche de conne.

Et cette putain de balle porte la signature de ma culpabilité.

La mer, elle n'efface pas ça, ou du moins pas tout de suite. La mer sait. La mer est mon juge.

Il faudrait se débarrasser de l'arme ? La déclarer volée ? Mais le moment de la déclaration paraîtrait bien douteux si on fait une bonne chronologie. Les corps sont les gardiens du temps. Sinon, la vendre ? Mais encore une fois, les dates. Toujours des dates.

Ou alors, la perdre ? L'homme qui perd l'arme que l'on veut analyser, comme c'est étrange ! Scier le canon ? Mais quel type se permet de scier le canon d'une arme qu'il possède légalement ?

Il faut la conserver et ne plus la ressortir. Ne plus jamais l'utiliser. Ne plus jamais la regarder.

Je range mon aveu sous mon lit.

Et maintenant ? Rien. Le temps s'amuse d'un cache-cache.

Les nuits sans fin. Les repas insipides. Les cigarettes m'étranglent. Les cauchemars.

J'oublie qu'un jour, j'ai été flic.

Je me réveille transpirant d'une vie d'imposture. Je tremble face aux infos, je m'ennuie devant mes séries. Je joue à me faire tuer, et chaque heure qui file est plus lourde sur mes épaules.

Un matin, je me retrouve, le canon de mon aveu sur la langue. Mais le doigt, là, se permet de discuter avec la conscience pour en venir à la conclusion que c'est une idée de merde — bref, tous deux ont peur de crever le corps qui les transporte.

Non, non. La conscience se justifie, elle gagne du temps en employant un stratagème imparable : Et Cassandra ? Tu veux pas savoir ?

L'aveu est de nouveau sous le lit.

Deux semaines plus tard, qu'en est-il de cette pauvre Camille ? Elle est en fuite. Voilà la version officielle ! Personne n'a rien remarqué ni entendu, et Noa m'a même dit au téléphone :

« T'avais peut-être raison, c'est peut-être elle qui a tué son gamin. »

Mais il ne voit toujours pas le rapport avec Cassandra. C'est moi qui dois être fou.

Les semaines me coulent dessus, mon visage dans la glace me terrifie. Je ne suis pas l'homme que j'ai connu. J'ai muté.

Je n'ai pas assez écouté ma mère ni Allah, et il me le fait payer. Il est fâché contre moi. Il me détruit, de corps et d'esprit. Je me meurs de regret, de culpabilité et de haine, cette haine qui grandit dans mon estomac, à en faire cloquer mon œsophage. La haine de ne pas comprendre. La haine d'avoir été rejeté et d'être devenu ce que l'on craignait.

Un jour, je ne sais pas lequel, je reçois un coup de fil de Magalie, que j'ignore. Elle rappelle, une deuxième fois, une troisième. Je craque au septième :

« Salut », elle lance. « Tu vas bien ? »

« Hm hm », je m'entends dire.

« Tu regardes tes mails ou ton courrier de temps en temps ? »

Je soupire en me grattant le mollet :

« Nan. »

Plus un bruit. Sauf un reniflement. Son nez, peut-être.

« C'est bon. T'es blanchi », elle lâche.

« De quoi ? » je dis.

« OK », elle traîne sur le k. « L'IGPN. Les tirs sont conformes. »

« Quoi ? »

J'allonge ma tête sur le sol. Je vois parfaitement sous le lit. Oui, j'étais vautré entre mon pieu et la porte de ma chambre.

« Putain. Les bœufs-carottes ! T'es blanchi, quoi. »

« Oh. »

Sous le lit, il n'y a pas que mon Glock. Il y a aussi l'écharpe de Cassandra. Pliée. Poussiéreuse.

« T'as compris ou pas ? » elle articule. « Tu peux reprendre, si tu veux. »

Je n'écoute plus, j'étire la main.

« Si tu veux, je peux voir pour qu'on te mette dans un service moins tendu, un truc plus plan-plan, tu piges. Alors ? »

La laine est restée douce.

« Alors quoi ? » je dis.

Je renifle. Rien.

« OK. » Je l'entends se moucher. « Tu vas voir ton médecin, tu fais allonger encore un peu ton arrêt, et on verra ça le mois prochain. »

« Ah. OK. »

Je mets l'écharpe sur mon visage.

« Au fait, elle est sortie de l'hosto ? » je demande.

La maille est épaisse, surtout aussi près de mes yeux. C'est comme un réseau de racines.

« Mais… Farid. » Je l'entends chuchoter à quelqu'un d'autre. « Est-ce que tu vois quelqu'un ? »

Je rêve d'être allongé sous un arbre.

« Qui ? » je demande.

« Un psy… un truc dans le genre, quoi. Noa t'a dit la semaine dernière qu'elle était sortie. »

« Je m'en souviens plus », je fouille dans mon esprit. J'ai cru l'avoir rêvé, peut-être.

« Elle veut passer ses derniers instants avec ses parents », elle dit.

Je me tourne sur le côté, je dégage un peu mon visage :

« Elle va mourir ? »

« Ils lui donnent pas encore des années, quoi… », elle murmure.

« Ah. OK », je lâche, las.

Je n'écoute plus ce qu'elle raconte. Elle parle. Je dis : « hm hm ».

Au bout d'un moment, elle se tait.

« Hm hm. »

« Prends soin de toi. »

« Hm hm. »

Farid reste là, allongé, emmitouflé dans une écharpe crasseuse qu'il balade parfois dans l'appartement comme un doudou.

Les jours me coulent entre les mains. Le lustre en forme d'oiseau s'envole.

Aujourd'hui, je suis assis à table, en caleçon. Je fouille mon portefeuille et j'y trouve ma carte de police.

Dessus, il y a le visage d'un homme que je ne reconnais pas. Il est rayonnant, même si ses lèvres ne sourient pas. Moi, je sais qu'il est heureux. Il était allé spécialement au Géant du coin pour refaire des clichés d'identité et paraître bien sur sa carte de police. Il a tourné le tabouret du photomaton six fois pour l'abaisser, il s'est assis dans un couinement et il a suivi les recommandations : rester bien droit, ne pas sourire, mettre sa tête dans le rond, les yeux au niveau de la ligne.

Il a recommencé trois fois, car, sur la première photo, il a fermé les paupières, et sur la deuxième, il s'est rendu compte qu'il souriait. Sur la troisième, il a les mirettes grandes ouvertes, et je lis en lui l'envie. L'envie et le désir. La réussite dans ses pommettes. La fierté. Oh oui, qu'est-ce que cet homme est fier.

Et celui qui tient la carte, honteux. Il a brisé le jeune rêveur sur une intuition. Il a tué l'enfant. Il n'est pas mieux que la mère de Valentin, et il pleure à chaudes larmes. Celles du désespoir et de la fragilité.

Le grand Farid n'est qu'un nourrisson ridicule — et un meurtrier. Il a tout perdu à cause de son instinct. D'un pari foireux.

Et il traîne encore cette écharpe dans cet appartement. Il met de nouveau le canon de l'aveu dans sa bouche, et la conscience lui refuse toujours la libération. Alors il dit à la conscience :

« OK. J'ai capté. »

Il n'en peut plus. Il s'habille.

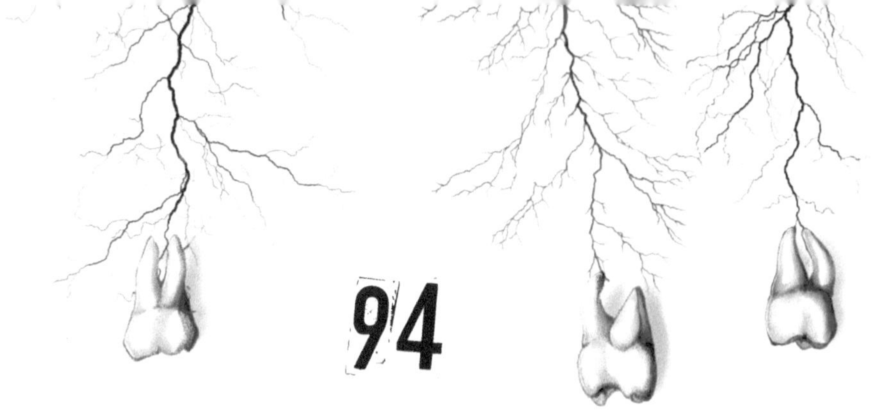

94

Une heure plus tard,

CASSANDRA — Il y a le soleil du matin, et le soleil du soir. Il y a ces repas à table, et ses reproches. Un père silencieux. Il y a mes journées à briquer la maison de mes parents.

Quand ce fut la fin pour Izela, elle a commencé à perdre l'esprit. Ce qu'elle disait se mélangeait. Des matins, elle hurlait de terreur, des soirs elle pleurait de fatalité. Elle m'accusait de tout. Elle vivait une forme de désordre mental dû à la maladie — à 18 ans.

Je m'évertue à suivre son plus grand conseil : *nous n'avons pas le temps pour la douleur.*

Et je vais bien. Je vais mieux, alors, je range, je frotte, je nettoie.

Je. Vais. Bien.

Vraiment bien. C'est étonnant, je le concède : surprenant ! La gangrène de ma peau s'est même arrêtée.

C'est à en devenir optimiste.

Sauf si l'on a connaissance d'un phénomène bien précis. Le dernier répit avant le grand plongeon. Toute personne souffrante sait : les cancéreux, ceux qui ont des encéphalopathies létales, les porteurs de maladies congénitales, SIDA, septicémie… et cetera.

Ils savent, et je sais. Ce sera tout de même la fin.

D'ailleurs, mon père a rendu mon appartement, a stocké mes affaires dans le garage, histoire de faire un peu de place pour l'après, j'imagine.

Ma mère râle que tout est de ma faute. Elle a raison, ma mère, et j'accepte qu'elle me le rappelle chaque jour. J'accepte, car je vais bien. Je ne lui en veux pas. Je n'en veux plus à personne, sauf à moi, alors je frotte, j'astique, je range.

Mon père dit : tu te fatigues.

Ma mère dit : tu fais chier, je trouve plus mon bouquin.

Quand je ne fais pas ça, je lézarde sur la terrasse. Le chien dans les pattes, sa grosse tête posée sur mes cuisses. J'admire le ciel, et les avions qui l'ouvrent en deux.

Certaines personnes, quand elles savent qu'il leur reste peu de temps, font des folies. Elles partent en voyages, elles font des expériences incongrues, elles brisent quelque chose, bref, elles profitent.

Moi, tous les jours, je regarde le ciel, et j'attends la fin du printemps, et de sceller mon dernier pacte. De tenir ma promesse.

Et ce jour vient.

Ce n'est pas moi qui le vois arriver. À ce moment-là, je suis dans la cuisine. J'ai découvert que personne n'avait jamais, au grand jamais, frotté le fond du placard sous l'évier.

J'enfonce donc le corps là-dessous pour atteindre avec une éponge les traces de graisse et ça sonne au portail. De là où je suis, j'entends parfaitement mon père sortir de la maison, et se glisser dehors. Je me cogne contre le siphon, et me relève sans finir, pour jeter un œil par la fenêtre.

La forme sombre, derrière mon père que j'aperçois de dos : c'est mon dernier Acte.

Je retire mes gants en latex dans un chuintement. Je saisis mon sac posé sur la commode de l'entrée, j'enfile des espadrilles — ma pauvre Louise se retourne dans sa tombe — et je quitte la maison.

J'ai vu ce moment dans mes rêves. Je l'ai tourné dans tous les sens. Je l'ai bricolé mille fois.

En marchant sur les dalles, je trébuche, et me rattrape en clopinant, et j'entends mon père raconter :

« Nan, désolé, elle est pas là. Je lui dirai que vous êtes passé. »

Farid lève un œil sur moi en abaissant ses lunettes de soleil du pouce et de l'index — enfin, du moins, ce qu'il reste de Farid. Et ce qu'il reste de moi va à sa rencontre, sous la grimace honteuse de mon père qui vient de voir s'envoler son mensonge, mais qui verrouille sa main dans mon avant-bras.

Farid s'est statufié, et j'essaie de l'approcher, mais je continue d'être retenue.

« Emmène-moi me balader ! » je lui lance.

Il ne répond rien, il baisse juste le menton, épuisé.

« Rentre. S'il te plaît », ordonne mon père.

Mais je défais sa poigne, doigt par doigt, et relâche doucement sa paume dans le vide.

« C'est bon. Ne t'inquiète pas », je lui murmure.

Son regard dit : « Attention. »

Le mien : « Je t'aime. »

Farid a déjà le dos tourné, et je passe le portail, et lui emboîte le pas.

Je lance un regard entendu à Farid, et nous marchons l'un à côté de l'autre, sous les yeux inquiets de mon père qui ne se résigne pas à fermer le portail.

Je me mets sans hésiter dans sa voiture, en essayant de caler mes pieds entre les amoncellements de déchets qui ont triplé de volume depuis — j'ai envie de nettoyer cet endroit.

Farid s'installe à son tour, et démarre sans un mot. Il quitte le quartier, en s'allumant une cigarette. Une manière de m'expliquer en quelques bouffées chargées, qu'il me hait.

Je sais comment finira cette journée, et il ne perd pas de temps : il se stationne sur un bas-côté à peine le village dépassé. Il ne me regarde pas, il gratte du bout des doigts sa lèvre inférieure, pour en arracher un lambeau de peau.

Une perle de sang disparaît quand il passe ses incisives dessus.

J'approche mon index de son visage, je n'ose le toucher, mais je suis le tracé de sa pommette, sans le frôler.

Combien de kilos en moins ?

Ensuite, c'est le tracé de ses cheveux.

Combien de centimètres en plus ?

Et cette barbe drue qu'il arbore.

Depuis combien de temps il n'a plus eu envie de s'en occuper ?

Approximativement deux mois. Depuis qu'il a tiré, deux fois.

J'effleure son tee-shirt, le tissu grince sous le contact. Il s'éloigne instinctivement, et s'anime pour lâcher enfin cette question qui brûle sa langue :

« Il est où Valentin ! »

Je hoche la tête, en inspirant :

« Ne t'inquiète pas. Je t'ai promis. Je vais te montrer. »

De nouveau, il s'éteint, en validant dans le vide.

Je finis par baisser le regard, repousser du bout des pieds les cadavres sandwich. J'espère tout. Je me contente de :

« Va en direction des hauteurs. »

Je montre la route. Il redémarre et suit l'indication. Je remarque que le voyant moteur de sa voiture est enfin éteint.

Maintenant, j'aimerais dire tant de choses, comme : j'ai tellement souffert de la mort de Louise, mais je ne t'en veux pas. Tu n'es pas responsable. C'est moi. J'ai fait n'importe quoi ce jour-là. Mais, Farid, elle me manque tant. La nuit, je parcours nos textos, le jour j'essaye de la sentir dans mon ventre.

« Là, tu prends à droite. »

Je regrette de m'être égarée.

Je regrette d'avoir perverti Mathias, et d'avoir joué contre tous, pour ma propre liberté. Tout ça pour que ma vie, tout de même, prenne fin, dans si peu de temps — je trouve que ça ressemble à une blague vraiment nulle.

« Continue sur cette route. »

Je voudrais aussi te dire ce que j'ai raconté aux enquêteurs, à tous les enquêteurs. Je me revois chuchoter, emballée dans les draps rêches, que Mathias m'étranglait, qu'il y avait ce couteau, et que toi, qui essayais d'ouvrir la porte, tu n'as pas eu d'autre choix que de tirer.

« Après, le virage, il y a un chemin en terre. Tu le prends. »

Puis, je voudrais te confesser que ce jour où je suis morte à l'hôpital, je me suis sentie acculée.

J'ai marchandé avec la faucheuse, j'ai imploré pour avoir encore le droit à quelques souffles. Je souhaiterais t'avouer que c'est ça, mon existence : un jeu de négociation constante, où chaque minute se gagne, et c'est pour ça que j'ai fait tout ce que je m'apprête à te montrer, car j'ai signé de mon sang, et du sang des autres, chaque relance de paiement.

Égoïste, tu diras.

Désespérée, tu penseras.

Mais je t'assure, la croyance est vraie. Pour mon pauvre Valentin, mon fils, je dois y croire.

« Fais attention, mon père a déjà crevé plein de fois ici. »

Et pour terminer, cette promesse, Farid. Celle que je t'ai faite. Je n'ai pas envie de la tenir, et je m'engouffrerai dans chacune de tes brèches pour éviter ça.

Maintenant, Farid ralentit, pour observer d'un œil mauvais, dans un ravin, la Peugeot bleue que Mathias a abandonnée là.

Je ne sais pas pourquoi elle a fini ainsi. On ne le saura jamais.

Après quelques mètres de plus, on arrive devant le portail. Les hautes herbes ont repris du terrain, et grignotent à nouveau les murs de pierre. Papa ne vient plus.

Je quitte la voiture, et m'occupe de lui ouvrir, puis lui fais signe de se garer directement devant le perron. On se rejoint devant l'entrée. Je serre mon sac à main contre mes cuisses.

Farid, devant moi, le nez levé sur la demeure, demande :

« C'est quoi ici ? »

« C'était la maison de mes grands-parents. Mon père a racheté les parts à ses frères. Lui, et moi, nous sommes les seuls à nous occuper de cet endroit. »

« Et tes sœurs, et ta mère ? » il demande, sans timbre.

« Le jour où mon père a déclaré que jamais il ne vendrait cette maison, elles ont ignoré son existence. Moi, j'aime cet endroit. » J'aime son crépi ocre, ses tuiles chaudes, et les pins qui l'entourent, abandonnant partout leurs aiguilles. « J'aurais adoré y vivre », je souffle en sortant mon trousseau de clés de mon sac pour déverrouiller la porte.

« Pourquoi tu peux pas ? » il questionne alors que je lui fais signe d'entrer.

« On n'habite pas dans un sanctuaire », je soupire en refermant derrière moi.

Tous les bouquets ont fané, l'odeur de renfermé est omniprésente. Mais cet endroit continue de respirer, même si les meubles en bois massif s'ennuient sous une couverture poussiéreuse.

Je passe mon doigt sur l'un d'eux, et y laisse mon empreinte.

Je tire sur un des rideaux, la lumière bute sur le canapé rouge. Farid replace mieux ses lunettes sur son nez, en croisant les bras. Je pose mon sac sur le rebord de la fenêtre, avant de venir vers lui.

Son pied frappe un rythme parfait. Du pouce et de l'index, d'un geste chirurgical, je saisis la branche de ses lunettes pour les remonter sur son crâne, balayant ses cheveux en arrière au passage, une goutte de sueur dévale de sa tempe.

Je découvre des yeux injectés de sang, des paupières bleus, des fosses raides qui fendent ce visage en milliers d'éclats. Le regard m'échappe, il est loin, ailleurs. À raison.

J'aimerais pouvoir l'attraper avec mes doigts, pour le nouer aux miens.

Mais je ne suis pas une magicienne. Je me contente de poser ma paume sur sa joue. Un seul geste qui tord sa bouche, et laisse des dents acérées à l'air libre. Ses mains saisissent ma mâchoire, ses ongles se plantent dans ma peau.

Douce souffrance. Est-ce que je peux, encore, espérer ?

Son front s'écrase contre le mien, nos crânes s'entrechoquent, la douleur me donne le vertige, et son corps lourd s'étale sur moi. Je n'arrive pas à le soutenir. J'en perds l'équilibre et l'on chute ensemble.

Le parquet est frais sous mes coudes, sa tête bouillante contre mon oreille.

« Arrête de me torturer », sa voix chevrote.

Il me broie de tout son poids par terre, il me maintient. Je manque d'air. Mais, je crois que ça me convient.

« La vérité ! » il dit.

Il écrase sa main sur ma tempe, et mon crâne cogne le sol. Je ferme les paupières.

« La vérité ! » il hurle.

Je me contente de le prendre dans mes bras. Ma joue frotte le bois. Ça sent l'huile. L'huile chaude. Celle que l'on met sur les parquets pour qu'ils traversent le temps. Petite, j'aimais m'allonger par terre, et coller directement mon nez dessus.

« La vérité ! » il crie.

J'éprouve ses lèvres brûlantes et baveuses, toutes plaquées contre ma mâchoire.

Je me tourne pour les prendre dans ma bouche. Glisser ma langue sèche sur ses écorchures. Juste un baiser, pour négocier plus.

« La vérité ! » il hurle, il embrasse, il repousse.

J'offre plus, alors. Mes reins, contre les siens. Mon index qui dessine sa colonne vertébrale saillante. Sa main tire sur mes cheveux.

« La vérité ! » il exige.

Je soulève son tee-shirt, l'arme qu'il porte toujours, meurtrit mon ventre.

J'aimerais qu'elle me tue.

« La vérité », j'explique. « Elle te fera souffrir deux fois plus. » Puis, je négocie : « Oublions ça, et pensons à autre chose. »

Je remonte la jupe de ma robe, dans un mouvement désespéré. Son profil prend une lame de lumière. Il est beau comme le divin après une tragédie grecque.

« La vérité ! » sa voix s'écorche. « C'est de pas l'avoir, qui me fait souffrir deux fois plus ! »

Je défais la fermeture éclair de son jean, je cherche une excuse dans le tissu, que je trouve et que j'empoigne. En retour, je me prends deux incisives dans la mâchoire.

« La vérité », je tente encore. « Elle te fera partir. » Laisse-moi garder le mal, et te garder toi. Ne sois pas le dernier à disparaître. « Et je veux que tu restes. »

Un tissu que l'on repousse, une brûlure entre les cuisses. Une odeur de sueur rance, et de cigarette. Un glapissement souffreteux. Mon crâne cogne contre le montant du canapé.

Seulement deux fois. Car Farid ne promet pas trois fois.

« La vérité », il geint avec douleur. « Tu me la dois ! » Et il frappe du plat de la main à côté de mon oreille. « T'AS PROMIS. »

J'avale ma salive.

J'ai toute son attention, son regard pour mes actes. Il m'ordonne, et je me soumets, car il me quitte.

Il se redresse, m'abandonne là, au froid. Il s'éloigne, titubant.

Je me relève en m'appuyant sur le canapé, je sens mes genoux se dérober en replaçant ma culotte. Je fixe mon ombre imprimée sur le tissu, drôle de forme rachitique.

« La vérité », j'entends. « Maintenant. Et ensuite. On verra. »

On verra si tu restes, mais, jamais, au grand jamais, tu ne resteras.

Je me retourne, Farid est au fond de la pièce, avachi contre un mur, ses lunettes ont retrouvé leur place, une cigarette pend à ses lèvres déchirées, et il essaye de l'allumer d'une flamme faible.

Mon ventre se tord, des bulles éclatent sous ma peau.

Une belle image, que j'aimerais pour toujours.

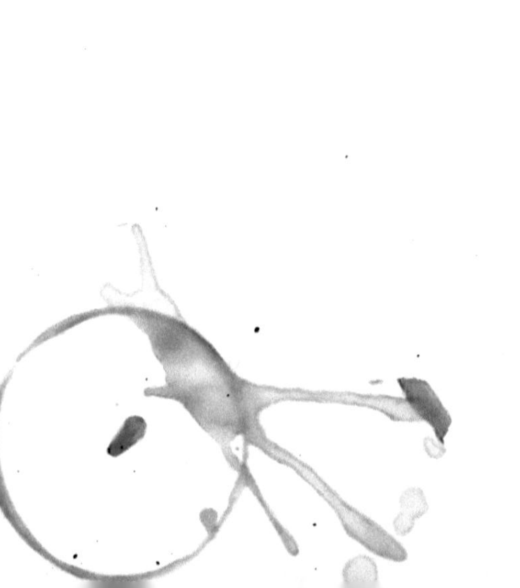

95

FARID — « *Je sens cette âme, elle fuit par les fissures du corps.*
Elles sont trop grandes, ses fissures.
L'enveloppe trop fragmentée.
Mourir, c'est pas partir, si quelqu'un nous prend en lui.
Il y a la promesse. »

Cassandra a posé un carnet abîmé à mes pieds, et un cendrier, avant de quitter la pièce après avoir récupéré deux vases avec leurs bouquets pourris. Je sens qu'elle est encore ici, j'entends ses mouvements, parfois le parquet tremble.

« *Ils doivent être volontaires.*
Ils doivent savoir.
Personne ne doit être puni à cause de nous. »

J'essaye d'absorber les délires de deux gamines de 18 ans, visiblement agonisantes, et hallucinées. Je ne sais pas qui d'Izela ou Cassandra a écrit ce torchon, cette liste de règles désespérée, mais c'est capillotracté.

Voilà ce que ça peut créer : deux mômes effrayées de se voir mourir trop tôt. Elles se sont inventé tout un tas d'excuses pour repousser le destin. Tout ça, pour ça.

Que des conneries. Des putains de conneries qui coûtent des vies.

J'ai pas de haine pour cette Izela, que je rencontrerais jamais, j'ai de la pitié. Je l'imagine pas comme un gourou de secte quelconque, cette pauvre Izela. C'est plutôt contre Cassandra que je vois rouge.

Je rejette le carnet sur le côté. J'écrase ma cigarette sur la couverture. Un rond cramoisi dévore le papier cartonné, et s'essouffle vite — foutues idées qui veulent pas cramer. Foutues idées qui font des hécatombes.

Sur ce parquet, je me sens bien con. Bête et soulagé. Libéré ? Je crois pas.

Je capte pas. J'ai toujours vu dans les yeux de Cassandra, cette lueur, la lueur d'un esprit trop lourd, une intelligence, et là, je suis face au fait qu'elle était dans un délire macabre total, qu'elle a suivi à la lettre, pendant une décennie. Et ça, ça a fait combien de victimes ?

Dans mon existence, j'en ai croisé des lobotomisés par des gourous. Des pauvres gens. Pas forcément des idiots. Juste des désespérés, capables de faire des folies par croyance. La croyance est une drogue puissante. Le pathétique de la vie, ça, ça fait peur. La croyance, elle recouvre ça. Ceux qui en inventent, ils soulagent, mais est-ce qu'ils y croient eux-mêmes ? Est-ce que Cassandra est aussi conne, en fin de compte ? Et est-ce que, moi, je suis si con d'être tombé dans ses filets ?

C'est bien ça le pire, c'est que je me suis bien fait couillonner.

Bref, je ravale ma honte, et je me lève en me tenant au mur.

Je me déplace dans la maison sans réfléchir, et je termine dans la cuisine. Cassandra est là, les mains dans l'évier, à nettoyer des vases. Je l'interromps pas immédiatement, j'observe le mouvement de sa petite robe fleurie sur ses cuisses — nues. Pas de perruque, pas de maquillage, pas de jean, pas de gants, pas de pull, pas d'écharpe. Est-ce qu'elle s'habille toujours de la sorte quand le temps est bon ? Je pense pas. Un truc qui cloche.

Elle montre tout. Ses plaies serpentent sur ses bras, comme de drôles de tatouages, certaines grignotent sa mâchoire. Tout à l'heure, j'ai eu un goût métallique dans la bouche.

Elle nettoie sans se soucier, à grande eau, et j'imagine que cette flotte est un peu trop chaude, vu les volutes de vapeur qui viennent se coller au plafond. Elle se fiche de ça, ou elle souffre en silence.

N'aie pas de peine pour les gourous, les monstres, du con.

« Et après ? » je demande.

Elle se tourne, doucement. Elle savait que j'étais là.

« Ensuite ? »

« Izela », j'ajoute.

« Elle est morte », elle lâche en se remettant à sa tâche : « Je l'ai aidée. C'est elle qui le voulait. Elle ne supportait plus rien », elle précise.

T'as buté ta sœur, salope.

« Je m'en doutais », j'inspire : « Après ? »

« On l'a amenée ici, avec Mathias. »

Elle coupe l'eau et attrape un torchon, pour sécher son vase.

« Et après ? » J'allume une clope.

Elle pose tout ce qu'elle avait dans ses mains, et sort d'un tiroir un pot en terre cuite.

« Et après, elle était là », elle le dit en effleurant du bout des doigts la table, avant de foutre son pot dessus, et de me montrer la cigarette qui se consume au bord de mes lèvres.

« Et. Ensuite ? » Je cendre dans son pot, j'en mets la moitié à côté.

« Ensuite », elle souffle armée d'une éponge. « C'est moi qui ai tout fait. Comme à chaque fois. » Elle essuie mes salissures, avant de retourner à un de ses tiroirs, qu'elle ouvre, pour en sortir un objet. Elle dépose le couteau à côté du cendrier de fortune. « Et après ? » elle m'imite. « Après, je l'ai... dépiautée. »

J'avale ma salive, et m'appuie plus sur le montant de la porte.

Pourquoi elle blêmit pas, alors qu'elle parle de dépiauter sa sœur ? Comme un poulet, une dinde, un morceau de barbaque. Je cendre, encore loupé, tout à côté — OK, je fais exprès.

« Comment ? » je me reprends : « T'as... dépiauté... quoi ? »

« Toujours, les muscles des cuisses, puis des avant-bras », elle dit fatiguée, armée de nouveau de son éponge. « Ensuite, j'ouvre l'abdomen, comme je l'avais étudié sur des vidéos d'autopsie. » Elle frotte sa foutue table. « On trouve tout sur internet. Absolument tout. »

Je tire sur ma cigarette comme un fou. Elle se met à raconter :

« C'est normalement le plus important, le ventre. » Je hoche la tête par la négative. « Dans beaucoup de systèmes de sorcellerie, c'est très présent. » Elle prend le couteau, passe la lame sur son index. Le fil sifflote. « Ils pensent que l'énergie se loge dans le ventre. »

« Des conneries », je lâche en cendrant encore une fois à côté. « Des conneries que t'as gobées sur des foutus forums de fêlées, ou dans du folklore à la con. Comme tous ces putains de fêlées qui tiennent une secte. »

Elle lève ses deux sourcils bien haut.

« Farid. Tu es déjà mort, une fois ? »

Je l'observe en chien de faïence, en hochant la tête par la négative. Elle s'approche, d'une main habile, arrache la cigarette entre mes doigts, et l'écrase dans le pot.

« Alors, tu n'en sais rien. » Elle se détourne. « Tu connais l'argument du pari ? » Elle envoie voler le pot dans l'évier.

« Cassandra, j'en ai rien à foutre. » Elle sourit. Ça l'amuse tout ça. Elle est déjà condamnée. « T'as découpé ta sœur, tu lui as ouvert le bide, et ensuite ? T'as pris ses organes, ou un truc dans le genre. ET APRÈS. » Je sais ce qu'il y a après. « Tu l'as bouffée avec ton cousin. » La salive que j'ai dans le bec revêt un goût de charogne.

Elle lève un index :

« Mathias ne mange pas. Mathias a toujours vomi dès qu'il a essayé. »

Je me rallume une cigarette, je fixe le sol, avant d'ouvrir la bouche :

« Il y en a eu d'autres, avant ta sœur ? »

Deux doigts se lèvent. Mais elle secoue le visage :

« Ces gens souhaitaient mourir, si ça peut te permettre de dormir. Tous. À l'époque, quand on a voulu essayer, Mathias bossait dans un hôpital psychiatrique, il s'occupait de faire les ménages, un job d'été. Quoi. Il repérait ceux qui étaient là sans le désirer, ceux qui n'étaient déjà plus que des ombres. Et il leur a proposé. » Comme on propose un dîner, ou un café. « L'idée les tentait, on n'a fait que respecter leur volonté. » Et elle hausse les épaules comme si c'était rien. « Ma sœur, elle avait besoin de leur force. »

Je souffle, je souffle fort :

« Bref, t'as pris des personnes vulnérables, et tu leur as fichu du vomi mystique dans le ciboulot », je conclus.

Ses dents se découvrent, bien sûr qu'elle sourit à nouveau, cette illuminée, en secouant la tête par la négative, comme si c'était moi l'idiot de service de pas comprendre tout son bordel. Je regrette, je regrette fort mes gestes sur son corps.

Je cendre par terre. Regard noir de Cassandra. Ma voix s'effiloche quand je tente de gratter les derniers pans de cette fumisterie :

« Et combien d'autres, après ! »

Elle ferme les paupières, un instant, en me tendant la main :

« Viens faire des bouquets avec moi. »

Je repousse son bras d'une tape violente :

« Rien à foutre de tes fleurs, à la con. » Je jette ma clope par terre. « Combien ! »

« Tu le sais déjà, ça. Je te l'ai dit. »

41, plus Valentin. 42.

Elle tourne les talons, pour emprunter la porte au fond de la pièce qui mène à une véranda. Je place mon pouce sur mon Glock, en mordant l'intérieur de ma joue — fort. J'ai l'impression d'être sur un cheval à bascule. Je reste ici, encore quelques minutes. Je cherche un peu de calme, de répit.

Le souvenir de son profil, de nuit, dans ma chambre, continue de me hanter. Elle racontait pas des trucs comme ça, là. Elle disait plutôt : Farid, c'est beau cette tache dans ton œil. Et c'était bien.

J'en viens à une conclusion, ça fait des mois que je me noie pour savoir, au point d'avoir clairement déraillé, alors qu'en fin de compte, cette vérité est minable. J'imagine que ce sera la même chose quand on découvrira le but de la vie sur Terre, ce sera quelque chose de nul, décevant, et dégoûtant, et on aura tous envie de se fumer. J'ai envie de me fumer.

Tout ça pour dire que je finis par quitter la pièce, traverser la véranda, et me retrouver dehors.

Dehors, devant ça : une mer, un océan de fleurs, des parterres complets, entourés de pierre brute, de rosiers immenses qui escaladent des murets partiellement effondrés, des nuées de tulipes, jaunes, blanches, orange, des buissons d'hortensias, des couleurs, trop de couleurs, un parfum sucré, trop sucré. Je sais plus où regarder, l'horizon s'est écrasé sur lui-même, et j'entends un claquement strict.

Au fond, à genoux, Cassandra vient, à l'aide d'une pince coupante, de sectionner une rose blanche. Elle enfonce son nez dedans, les paupières closes. La beauté de cette image est douloureuse.

Une abeille me passe devant les yeux, je fais un pas de recul. D'autres insectes continuent de grésiller, murmurer, flâner.

Je veux oublier pourquoi je suis là.

La pince claque à nouveau, une nouvelle rose. Cassandra suce le bout de son pouce, à cause d'une épine sûrement. Elle se relève difficilement, en époussetant ses genoux, puis met sa main en visière et me remarque. Alors, elle me fait signe de venir. Je traverse l'allée, de traviole. Tout est resserré ici.

Dès que j'arrive à son niveau, elle m'attrape par le poignet, et me traîne à travers son jardin. Je lui dis pas, j'ai pas envie de lui offrir ça, mais il est sacrément beau, son foutu coin.

Elle aussi est sacrément belle, avec sa nuque dégagée, ses boucles brunes qui flottent autour de ses oreilles, ses épaules osseuses, ses coudes acérés, et tous ces petits détails étranges et envoûtants.

Elle s'arrête près d'un muret. Elle montre de son index des pousses vigoureuses qui germent tranquillement.

Je le vois immédiatement, ce prénom, peint sur une pierre :

Valentin Hervieu.

Je doutais plus de ça. Mais le voir, ça me glace la colonne, ça tue toutes les jolies fleurs autour :

« Lui aussi, tu l'as bouffé… », je bafouille en essayant de repousser le coup de chaud.

« J'ai RÉPARÉ ! » elle hurle.

Elle inspire, elle expire, elle serre ses doigts dans mon coude, sa pince coupante tombe au sol : « Tu imagines, tu as tout, sur un plateau d'or. Comment tu feras ? » Elle me fixe maintenant : « Tu appelles une équipe et ils viennent ? »

J'appelle une équipe, et ils viennent.

« Tu ne veux pas me laisser partir, avant ? » elle tente.

Je sens ses ongles percer ma peau, et je conclus, en frottant mon téléphone dans ma poche de l'autre main :

« Ça sert à rien de punir les morts. »

Elle acquiesce longtemps, en fermant les paupières.

« D'accord. » Elle me fait mieux face, et penche le visage sur le côté : « Au fait, tu veux savoir comment est mort Valentin ? »

Je secoue la tronche, et j'attrape son poignet par la même occasion, dans l'idée de pas tarder à la foutre au sol, la gueule dans la terre :

« Nan, c'est bon, sa mère l'a noyé, bla bla et bla », je lance.

Je veux lui passer le bras derrière le dos, sans forcer, arrêter de souffrir, abréger tout ça. Elle bouge pas, elle se contente de lever un sourcil. Elle résiste même, et continue de maintenir mon coude.

« Lâche-moi, et à genoux », je gronde.

« J'ai menti pour toi », elle raconte avec une joue qui tressaute. « Aux enquêteurs, j'ai dit que Mathias m'étranglait », elle essaye encore de négocier. C'est mignon.

Elle glisse son autre main sous mon tee-shirt et pose sa paume sur mon Glock. En un instant, je la dégage, et c'est moi qui dégaine mon arme, sans la mettre en joug.

« C'est avec elle que tu as tué Camille ? »

« Qu'est-ce que tu racontes », je crache.

« Tu empestes la culpabilité », elle dit tendrement. « Je connais. »

« N'importe quoi. »

« Comment tu sais qu'elle l'a noyé, mon petit, alors. »

Je me fige. Elle hausse les épaules, un sourire amusé sur les lèvres :

« Peut-être que je me trompe. Il n'y a rien à voir chez toi. Il n'y a rien de suspect. Non, non. Absolument rien. Et quand j'annoncerai : Oh, je pense que Farid a peut-être tué la mère de ce pauvre petit Valentin. Ils diront : Bien, vérifions tout, chaque donnée, fouillons chez lui, partout, dans chaque recoin. Et ils ne trouveront rien, et tout ira pour toi. » Elle s'agenouille devant la sépulture de Valentin, et elle déclare : « Je ne VEUX pas aller en prison. Tu ne veux pas rester avec moi. C'est OK. Mais au moins, laisse-MOI mourir tranquillement. Sinon, je t'emporte en enfer », elle crache avec un sale rictus. « Laisse-moi, et après, tu feras ce que tu souhaites de mon histoire. »

Le Glock tombe par terre. Je suis fatigué. Un pas de recul, puis deux, et je bute contre une pierre, j'y découvre un autre nom, je me décale encore, un autre nom. J'avance, je dénombre une dizaine de noms. Puis autour des parterres, d'autres, délavés. Je perds les comptes, je cherche chaque inscription, comme si ça changerait quelque chose. J'imagine que c'est : quarante et un. C'est ce qu'elle avait dit. C'est ce qu'elle avait promis. Cassandra ne ment jamais.

Je reviens vers Cassandra, à côté de Valentin, le quarante deuxième, il y a un rosier fantastique, où chaque fleur est prête à se ruer sur moi. Sur la plus grosse pierre, un ultime nom :

Izela Parenti.

Cassandra est à présent assise devant la tombe de l'enfant, elle tient ses espadrilles des deux mains. Je me laisse tomber à côté d'elle qui dodeline la tête de droite à gauche, avant de se tourner vers moi :

« J'ai une dernière solution pour toi. » Sa voix est maintenant d'une tristesse insondable. « Pour moi, mourir ici, ce serait merveilleux. » Elle saisit mon Glock, et le pose sur mon genou. « De ta main, encore mieux. » Un pétale de rose vient s'épingler à ses cheveux. « J'aurais voulu t'aimer des éternités ». Elle ponctue : « Peut-être que c'est cruel selon toi. » Et elle justifie : « Ça ne l'est pas pour moi. » Elle acquiesce : « C'est beau. »

Elle pousse plus l'arme sur ma cuisse. J'ai un tic dans l'index, la jointure bouge seule. Conscience en a plus rien à foutre.

Il me faudrait une seconde pour dégainer, et tirer. Dans mon esprit, je revois : un crâne qui explose c'est comme un feu d'artifice, des morceaux enflammés fusent dans tous les sens. C'est ce qui s'est passé à chaque fois, des 14 juillet, répétés.

Chaque regard que je pose sur elle m'étourdit, chaque regard que je porte à son jardin est un coup de couteau. Je sais plus.

J'attrape le Glock. Le métal est froid dans ma paume. Et cet index, toujours lui, hurle vengeance, têtes sur des piques, il réclame la mort, et encore, et encore, du sang, de l'hémoglobine, et je suis épuisé. Lassé de devoir affronter la merde de l'humanité. Fatigué, et le Glock est lourd, si lourd, il pèse des tonnes. Je le balance de toutes mes forces.

J'entends la crosse percuter le tronc d'un pommier plus loin, et tomber dans l'herbe.

Un autre objet métallique attire mon œil. Lui, je l'attrape fermement, en me mettant sur les genoux. Je pose ma main dominante sur l'épitaphe de Valentin. Je glisse la mâchoire de la pince coupante autour de mon index. Conscience s'en branle. De la paume, et de tout mon poids, je presse sur le manche, pour sectionner le membre gangrené. Je sens ma chair s'ouvrir, les lames pénétrer. La douleur me pète dans la tête. J'en ai rien à foutre. Un hurlement de rage. Je donne toutes mes forces, jusqu'à ce qu'un craquement sinistre résonne.

Je crois partir, les étoiles dans les yeux, lumière, oh lumière, brûle cette souffrance. La pince tombe. L'index pend lâchement, rattaché par quelques morceaux de peau. En claquant des dents, j'empoigne le doigt, et j'arrache le membre d'un geste sec, des larmes plein les cils. Du sang, et du sang. Tout ça, tout ça. Encore, encore. Surtout douleur, douleur, douleur. Tremblements, frémissements, sueur, et deux mains qui saisissent celle que je viens de délester d'un doigt.

Cassandra tente de me relever, les yeux grands ouverts, billes de cristal, belles billes de cristal.

Je la repousse avec violence, et me jette sur elle pour lui écraser mon index coupé dans la gueule. J'arrive à lui grimper dessus, et enserre ses hanches avec mes genoux. La douleur devient mutante d'un coup. Survolté, je claque des dents, en me contractant dans tous les sens.

« Bouffe ! » je crie.

Elle résiste, tente de se dégager, en gémissant :

« Tu me fais mal… »

Sûrement pas autant que tu m'as fait mal. C'est des comptes personnels que je veux régler maintenant. De la main amputée, je saisis sa mâchoire et presse sur ses muscles pour la contraindre à ouvrir grand, et je lui enfonce son repas dans la bouche, avant de lui faire fermer la gueule de force en poussant avec ma paume. Ces dents, je sais qu'elles ont enfermé ma substance.

Elle pleure, et je la maintiens comme ça de longues secondes, de longues minutes, toutes les éternités dont elle parlait. Aime-moi à me bouffer, profites-en, je suis de la viande chaude. Si c'est ça, l'amour, si c'est que peine et souffrance.

Mon doigt lui sort de la bouche, et elle déglutit. Voilà, c'est bien, ma belle, je suis dans ton bide, comme tous ceux autour. C'est bien. J'ai ma vérité, j'ai donné, et tout, et tout.

Et je me rends compte que tout ça, ça n'a plus aucune importance. C'est stupide. Brisé, et effondré. Je suis brisé, et effondré, sans rédemption possible.

Je suis une âme perdue, à demi dévorée par une déglinguée. Je me relève, nauséeux. Cassandra recrache ce qui reste de mon index en toussotant.

La douleur s'élance à grandes enjambées dans ma main amputée, je la serre contre mon ventre. Je marche. Je flotte dans ce jardin fleuri.

Une voix dégoûtante sonne dans mes oreilles :

« Je dois t'amener à l'hôpital ! » elle gémit.

« Va te faire enculer », je rétorque.

Je rejoins ma voiture, en manquant de m'évanouir à plusieurs reprises.

Je suis suivi :

« Tu peux pas conduire ! Donne-moi les clés », qu'elle ose.

Je me retourne, hors de moi, physiquement et mentalement. Il y a son visage barbouillé de sang, et je la gifle. Elle recule de quelques pas. Je voudrais m'excuser, je voudrais la tuer. Je suis un putain de goujat.

Je gueule seulement :

« Plus jamais. Plus jamais, toi ! »

Ça n'a aucun sens, mais pour moi, à ce moment-là, c'est limpide.

Elle tient sa joue rouge, et ses larmes. Elle me répugne, mais je l'adore à la folie. Elle m'a sali, elle m'a perverti, et je monte dans ma voiture. Ma voiture propre, sans plus aucun déchet qui traîne.

Elle s'est accrochée à la portière, pour m'empêcher de la fermer, et se rue sur mon épaule. Elle dit : part pas ! Je dis : si, je pars ! Elle dit : ça devait pas se passer comme ça. Je dis : ça pouvait que se passer comme ça. Elle dit : je t'aime, je te jure, laisse-moi mieux t'expliquer.

Je dis rien. Je sais pas dire ça.

Elle dit : est-ce que tu reviendras ?

Je dis : je sais pas !

Je démarre, je fais gronder le moteur. Je balance mon téléphone à ses pieds. Elle ignore l'objet.

Elle dit : s'il te plaît !

Je dis : je veux plus jamais te voir — je sais pas si je le pense.

Je la pousse en arrière, comme si je me scarifiais le cœur, et je presse l'accélérateur, et je pars, je pars, je pars, et je l'aperçois, là, dans le rétro central, qui s'éloigne. Elle rétrécit, sa main s'agite, comme si elle me disait au revoir. Elle devient si petite, si minuscule, si insignifiante, jusqu'à ce qu'elle ne soit plus.

Plus jamais, plus jamais, *plus jamais toi*, je pense, en essuyant ma joue trempée.

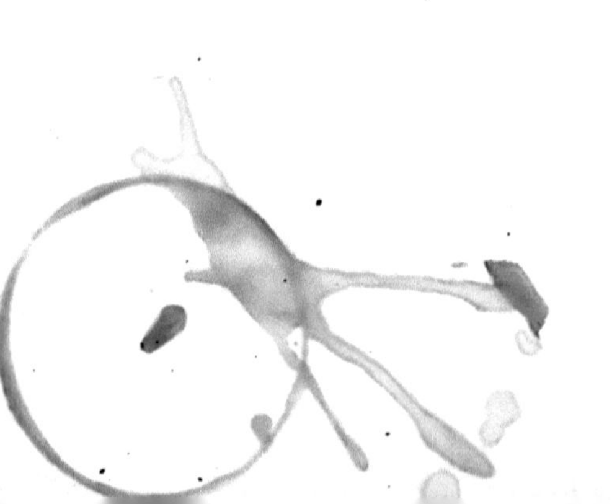

96

Farid a disparu.

Ce gars-là s'est évanoui dans la nature comme 60 000 personnes en France. Ses parents ont déclaré sa disparition. Ses anciens collègues de boulot se sont inquiétés. Mais un adulte qui se volatilise, ça ne fait paniquer personne, surtout s'il embarque voiture, téléphone et papiers.

Les mots *dépression* et *burn-out* s'emmêlaient dans les esprits — il avait peut-être besoin du large.

Une semaine, deux semaines, trois semaines. Un mois.

Non, c'est autre chose, se sont dit ses proches. Son ancienne cheffe l'imaginait suspendu à un lustre — elle n'avait qu'à remplacer le visage d'un collègue défunt par celui de Farid, et voilà qu'elle avait ficelé un cauchemar. Bref, dans son ancienne équipe, on le voyait mort, pendu, vomissant, dans le sang, peu importe, mais crevé, d'une façon ou d'une autre.

Alors que ses mouvements bancaires disent tout autre chose.

Farid s'est d'abord pointé à la Timone, livide, tremblant, en prétextant que son index avait sauté de sa main à cause d'une scie circulaire électrique. Le chirurgien qui l'a recousu a trouvé ça étrange. Les lames de scies font plutôt de la charpie que des coupes franches. Mais bon, avec une garde de trente-six heures dans les pattes, le mec n'avait pas forcément envie de négocier, puis qu'est-ce que ça peut lui foutre qu'un luron s'estropie lui-même. Si c'est son délire !

Après ça, l'homme amputé, avec ses points tout frais, a quitté l'hôpital. C'est là que la 406 a commencé à avaler de l'asphalte. D'abord les raffineries de Fos, puis la RN7, ses terrains vagues et son paysage écrasé, et la bagnole remonte : Avignon, Valence, elle passe par Givors pour débouler à Saint-Étienne, entre quelques terrils, elle grimpe, arpente les lacets entourés de vaches, et ensuite, elle redescend : Clermont-Ferrand, Limoges, les champs infinis, les villes mortes, voilà Poitiers, voilà Niort, des heures sans pauses, sur des routes cabossées, des pistons qui claquent sans cesse, de l'essence indigeste dans les durites, et La Rochelle, le sel, la silhouette des cargos.

La 406 s'est arrêté un temps ici, Farid a traîné sur le rivage, apprécié l'océan, et il a croisé un type. Cette fois, il lui a parlé. Quelques mots bidon : « Je peux essayer ? » Le gars a trouvé Farid flippant, et il lui a filé sa canne, munie d'un appât : tu peux espérer des bars, des maquereaux, le mec lui a dit. Farid a attendu, et ça a mordu, il a mouliné comme un dément, et a sorti un tout petit poisson, une dorade, un peu malingre. Il n'était ni fier ni déçu, il s'est contenté de le rejeter à la mer sous le conseil du gars. Farid a ensuite fumé une cigarette avec le pêcheur, avant de le remercier et de disparaître dans le brouillard.

De nouveau, la 406 a roulé pour débarquer aux Sables-d'Olonne. Là, il a vu des chantiers navals, des hangars essoufflés, senti une odeur de tripes, avant de reprendre son chemin sans queue ni tête. Encore de la route, et le voilà à Saint-Nazaire. Dans sa voiture, sur un parking, il a retiré les points de suture de son moignon sans ciller.

Et encore, la 406 fend le monde pour un terminus : Lorient.

Ici, Farid traîne entre les bars de marins : le Pélican, le Galion, le Saint-Roch. Il voit d'un œil les flottilles de Scapêche, les énormes bassins à chalutiers, et un jour, un mec gueule :

« Manque un gars! »

Alors, Farid quitte la terre.

Un ragot tourne en mer : un homme s'est pris les pieds dans un câble, il est passé tout entier dans le bras mécanique, comme dans un éplucheur géant.

Farid écoute ça d'une oreille, il attend la remontée : le sol vibre, le métal cliquette, la tension grimpe d'un coup, des types hurlent des ordres qu'il n'entend pas, car lui n'a qu'un rôle.

Ça y est, les poissons arrivent devant lui, frétillants, vivants, et il trie : merlu, lieu, lotte. L'étoile de mer, tu dégages.

Les gants poisseux, puants, collants, il attrape à pleine main, il ne réfléchit plus, Farid. Il est le maillon d'une chaîne, un élément sur un monstre d'acier qui décapite les fonds marins.

Au début, c'était dur. Il a douillé les premières quarante-huit heures : il a gerbé partout. Le matelot avec qui il partageait sa cabine a bien failli le cogner. Puis il s'est plié, il s'est brisé, pour se souder au chalutier hauturier.

Farid dort par tranches de trois heures, il mange du poisson à toutes les sauces, bouilli dans le gras pour tenir face au froid, il fume sur le pont de nuit, dans son ciré, en maintenant le projecteur, les doigts bousillés par le givre. Il éclaire Porcupine Bank, Rockall, Hatton Bank, alors qu'il est incapable de les situer sur une carte. Il sait juste qu'ici, même si les tempêtes sont violentes, on continue de bosser, de surveiller les câbles — un câble qui casse, c'est une tête coupée — c'est les risques du job, un job qu'il doit faire.

Quand mère nature s'agite vraiment trop, Farid rampe dans les couloirs avec tous les autres. La tôle craque à chaque vague, on s'attache, on s'entrave, et c'est pas pour résister aux sirènes, mais plutôt pour éviter les traumatismes crâniens. Dans ces moments-là, on peut même plus bouffer et encore moins fumer, et là, c'est comme un centre de désintox glissé dans une centrifugeuse.

Il tient bon, Farid.

Une campagne de pêche dure quarante jours. Farid en est maintenant à sa quatrième. Il ne s'appelle d'ailleurs plus Farid, souvent, c'est l'Arabe — et il s'en fiche. Il ne sent plus le poisson, il s'est métamorphosé en poisson. Tantôt, il se lève en sursaut en s'imaginant avoir des écailles qui lui courent sur ses avant-bras, qui ont doublé de volume.

Farid est sur le pont comme chez lui. L'odeur des tripes, de la sueur, du gazole sont devenues ses nouvelles charognes. Si un mec se fait couper un doigt à cause d'un câble qui claque, il en rigole comme un bouffon. Il ressent parfois encore la douleur froide de la pince, et quand il s'ennuie, il s'amuse à mettre du coton dans son gant pour lui faire un index. Il rit seul. Souvent.

Il s'emmerde jamais, ici. Du moins, il s'emmerdait plus.

Mais le travail est devenu si limpide, son corps tellement dur à la tâche, sa déconnexion tellement grande qu'il s'est retrouvé de nouveau à songer. Et ça, ça le fait chier. Farid, ça lui convenait, cet état d'engrenage.

Maintenant, la pièce d'une énorme machine se sent bouger et quitte ses gonds. Penser, cogiter, réfléchir, les ennemis de sa paix dans la sueur. Il se dit qu'il a été bête, et il rumine sans cesse. Pourquoi avoir fléchi à la menace d'un petit bout de femme maladive. Tiens, et puis pourquoi ne pas l'avoir baisée encore un coup, après s'être coupé un doigt. Farid est devenu primaire, sur un pont avec trente hommes.

Et puis pourquoi pas l'avoir balancée après l'avoir baisée. Farid serait assis à son bureau, les pieds sur le bois, couronné pour avoir arrêté une tueuse en série. Une vraie de vraie. Un spécimen rare, pas un truc que le chalutier ramasse, pas un lieu, pas une morue, même pas un saint-pierre. Il n'avait qu'à la balancer et dire : c'était pas moi pour le reste. Il aurait tenté, sur un coup de chance, ça passe.

Mais il y a une pensée qui le hante encore plus que celle-là. Et si, il était juste resté. Et si, et si, il avait juste ignoré ce jardin de fleurs et l'envie de chair de cette démente. Là, il dormirait dans des draps propres, les cendriers seraient vides, sa voiture impeccable, il rentrerait du boulot avec des plats commandés, et il ramperait sous une table pour embrasser des genoux maigres. Elle lui susurrerait peut-être qu'elle l'aime le matin, alors qu'il fumerait une cigarette sur le balcon. Quelle vie de rêve.

Puis pourquoi il lui en voudrait de tous ses morts, alors que sur le pont qu'il foule on traite l'humain comme de la marchandise, de la merde, et on laisse le poisson crever dans les cales pour les boulotter ? Farid n'a jamais eu l'âme d'un écologiste, d'un végétarien, d'un allié de la cause animale, mais là, quand il tient une dorade entre ses doigts, une malingre, comme celle qu'il avait relâchée avec le pêcheur, il se dit qu'il est pas mieux, car ce poisson-là, cette fois, il sera pas libéré. Il va crever, il va le laisser crever.

Farid a mal au crâne. Ça pulse dans sa tête.

Il en vient à la conclusion qu'il est insatiable et indécis. Alors, sur les derniers jours de cette campagne, il s'est mis à rédiger des lettres dans sa petite cabine partagée. Il en a écrit des feuilles, pleines de mots tordus, bourrés de fautes, qu'il a ensuite enfoncées dans une enveloppe qu'il a tapée chez son colocataire de purge. Puis, il a refoutu un pied sur terre.

Et quand le capitaine dit sur le quai : « À dans dix jours. »

Farid répond : « Non. »

Et la 406 est à nouveau sur la route, et remange de l'asphalte à en perdre haleine, avec toute cette sale vérité dans la boîte à gants. Il déterminera ce qu'il fera de cet aveu quand il se promènera une dernière fois avec elle. Car c'est ce qu'il voulait : la revoir pour la juger encore et prendre sa décision : des nuits le nez sur une peau ferreuse, ou des jours avec une couronne de mérite sur le haut du crâne.

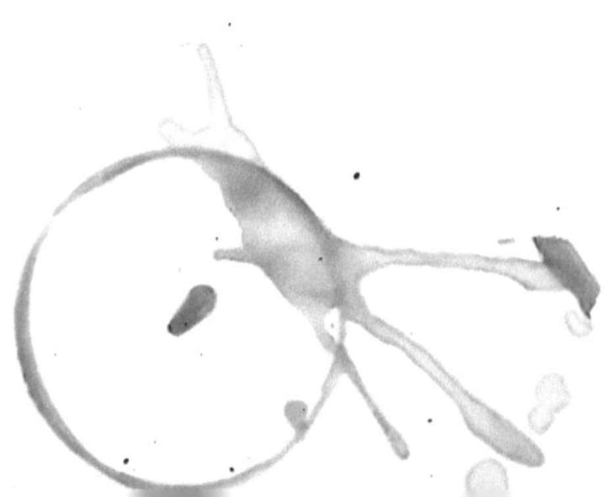

97

FARID — Un coup de poing. Du bois qui craque. C'est entrouvert. J'entre pas.

Ma mère : « J'arrive ! »

La porte s'ouvre. Elle est là, dans son tablier, en train d'essuyer ses doigts pleins de farine à même le tissu. Son geste se coupe net quand elle détaille ma tronche. J'ai trop rien à dire. Je veux juste rentrer, grailler un bout, me coucher. J'ai roulé la nuit entière, à l'allure d'une cigarette toutes les dix minutes. J'ai besoin d'un peu de repos, avant d'agir.

« Salut », je marmonne quand même. Au lieu de : excuse-moi maman, j'aurais pu appeler sur les sept mois.

Sa bouche forme un O. Je veux qu'elle me serre dans ses bras et qu'elle me laisse rentrer. Ses sourcils s'affaissent, c'est la colère, ou un truc dans le genre. Je comprends.

Elle jette sa main, elle me saisit par les cheveux, comme elle le faisait quand j'étais ado pour me remettre à sa hauteur.

« P'tit con ! » elle m'hurle dessus.

Je m'attendais à quoi, moi aussi. Bien sûr qu'elle est en rogne.

« T'es vraiment un sale petit con ! » Elle essaye d'attraper sa savate de l'autre pince, et je lui résiste pas. J'accepte de me prendre une dérouillée.

Dans ma périphérie, j'aperçois mon père débouler comme un fou furieux, et lui me fiche une claque derrière le crâne qui me fait sonner tout entier.

« Ça va, j'suis désolé ! » je dis — je voulais juste rentrer.

« T'es désolé d'quoi, abruti ! » Ça, c'est mon père. « La honte que tu m'fais ! La honte ! » Et il m'attrape par l'oreille, et sort de l'appartement en me tirant par le lobe, et je couine.

Ma mère gueule :

« Qu'est-ce que tu fais, baba ! »

Il lève un index en continuant de me tirer :

« Je vais lui montrer ! Lui montrer ! »

En quelques secondes, ma mère a renfilé ses savates et nous talonne, et mon père me traîne ainsi dans les escaliers. Des voisins, qui ont entendu les cris, sortent et nous épient.

« Mais ! C'est bon, j'suis revenu ! » je tente.

Mon père, tout roque et tout rouge :

« Et tu vas assumer tes conneries, là, hein ! »

Il me fait traverser le parking en clopinant, et arrivé devant son Scénic, il me jette dessus et hurle hors de lui :

« MONTE ! » J'ouvre la portière doucement, il me bouscule par l'épaule : « Plus vite que ça ! INGRAT ! » en me jetant ses mains monstrueuses à la figure.

Je me couvre des coudes, complètement à la ramasse, et ma mère le retient :

« Calme-toi, baba ! Calme-toi ! »

Il se contente d'ordonner à ma mère :

« Monte, toi aussi ! »

Une fois que je suis sur le siège, à l'arrière comme un môme, il me claque la portière dessus, en manquant de me coincer la main. Il se fiche au volant.

« Mais, j'ai fait quoi, putain ! » je demande comme un con.

Mon père démarre et se met à dévaler la rue en grillant feux rouges et stops, en braillant à s'en défaire la mâchoire :

« T'es le déshonneur ! UN LÂCHE ! La honte tu fais. » Oui, la honte, je fais, la honte, j'ai capté l'idée. « Je t'ai pas éduqué comme ça ! »

Voilà qu'il coupe la priorité à une Clio avant de grimper sur l'autoroute. Un coup de klaxon, et il sort sa tête par la fenêtre :

« EH TOI, JE T'EMMERDE. »

Je finis par m'attacher, finalement.

Ma mère se lamente :

« Et la pauvre petite. Je sais pas quoi penser de toi, mon fils. »

Mon père secoue sa main encore :

« C'est pas mon fils ! » il lance en tournant le volant dans tous les sens, pour doubler tout ce qu'il lui arrive devant.

Un temps, le silence.

J'essaye de démêler le problème, de questionner, mais dès que j'ouvre la bouche, je me fais envoyer chier. Voilà qu'il sort à Auriol et prend une départementale que je connais trop bien. C'est moi qui m'étrangle en sueur maintenant :

« ON VA OÙ ! » je beugle.

Mon père hurle :

« Tu vas assumer ! Tu feras pas la honte ! »

« Je m'en bats les couilles de ta honte ! Fais demi-tour ! » je crie en secouant le siège devant moi.

Mon père tente de se tourner et de me coller une raclée, et ma mère braille qu'il doit regarder la route, la route, tout droit vers Peypin. Je suis pas prêt pour ça. Pas aujourd'hui, demain, laissez-moi respirer !

Je pige pas pourquoi mes parents m'embarquent là, et pourquoi ils connaissent ce coin. Je comprends rien, et j'essaye même de me griffer l'avant-bras, sait-on jamais que ce soit une hallucination.

Le panneau Peypin passe. Je m'accroche à la portière, je veux l'ouvrir. Le plan, c'est — je saute, et je cours, puis je prends le maquis, comme certains disent, et cette fois, promis, on me revoit plus jamais. J'étais bien sur mon putain de rafiot, finalement.

La sécurité enfant me fait un énorme doigt d'honneur. Mon père arrive dans le quartier. Il benne sa caisse directement devant le portail de la maison des darons de Cassandra, sans se soucier. Et je me tanke au milieu des sièges.

Ma mère quitte la voiture et part sonner à l'interphone. Alors que mon père est sorti comme un fou furieux pour ouvrir une des portières de l'arrière. Je me réfugie dans le fond et lui présente mes pieds :

« NAN ! Je sors pas ! »

Il attrape ma cheville et essaye de me tirer. Mais je me cramponne au siège.

D'un œil, je vois le portail bouger, le père de Cassandra apparaître. Il embrasse ma mère comme une amie.

Il embrasse ma mère comme une amie ?

Je perds ma garde une seconde à cause de ça, et mon père parvient à me saisir par les cheveux et m'extirpe de là. Je suis plus fort, théoriquement, mais, face à lui, mes muscles sont bloqués en mode gosse de dix ans.

Il me jette littéralement en direction du daron de Cassandra, et je clopine pour ne pas me viander.

Je cherche un point à fixer, un arbre, un oiseau, un toit de maison, une fissure sur le trottoir. Mais rien. Mon père serre la main de son père, qui me dévisage. Le malaise. Le ressac des vagues. Je pense au ressac des vagues.

« Farid ? »

Je relève le visage. C'est lui qui m'a interpellé, et avec gentillesse. Il dit rien d'autre, il a scellé ses lèvres ensemble et blanchi, avant d'acquiescer en silence et de nous faire signe de le suivre.

Ma mère et lui, passent devant, et mon père me gifle le crâne pour que j'avance, en chuchotant nerveux à mon oreille :

« Tes conneries, là ! »

La porte de la maison s'ouvre. J'entre après que mon père me bouscule. Je m'attends à la voir débarquer, Cassandra, un petit sourire malin sur le visage : coucou surprise, j'ai un peu fichu le bordel, c'est très rigolo, hein.

Mais c'est une femme qui arrive, ses cheveux blonds tout ébouriffés. Je reconnais la daronne de Cassandra. Celle-là se précipite sur ma mère :

« Oh, Assia… tu me sauves de venir plus tôt. » Comme des amies, encore ? « Vraiment, je sais plus comment on fait, c'est comme si j'avais oublié. » Elle lève les yeux au ciel. « On est trop vieilles pour ce genre de choses ! »

Je suis dans une autre dimension. Je me suis assoupi hier dans ma cabine, après m'être mis une cuite avec Charly, mon dernier colocataire. Il dort dans le lit du dessous, en lâchant des flatulences qui vont remonter jusqu'à moi, et je vais me réveiller, je vais enfiler mon ciré, mes gants, et me faire une clope sur le pont, voilà.

Mais non, je reste dans ce hall tout en bordel, des tas de vestes s'empilent par terre, des chaussures rôdent aux quatre coins, et ma mère serre doucement le bras de la mère de Cassandra, et celle-là se tourne vers moi et ouvre grand, très grand ses yeux bleus.

Elle place ses mains dans son chignon en désordre, avant de lancer un œil blême à son mari.

« Je croyais… que… », elle s'éteint. Elle fronce les sourcils et ses petites lunettes bougent sur son nez. « Mais. » Elle penche le visage sur le côté : « Farid ? »

Je réponds rien, mon père me pince la hanche. J'acquiesce.

Voilà cinq adultes dans un hall, un silence monstrueux, des regards qui gravitent des uns aux autres, et moi qui recule doucement mon pied vers la porte d'entrée, dans l'espoir que j'aie une ouverture pour prendre mes jambes à mon cou et me tirer de cette situation insensée.

Mais un couinement, un grincement, puis un sifflement plus aigu, font sauter comme des piles ma mère et celle de Cassandra. Les deux femmes quittent la pièce en furies, et c'est là que j'envisage la fuite. Sauf que mon père m'a déjà saisi par l'oreille et me fait traverser le hall, alors que derrière le daron de Cassandra nous talonne :

« Peut-être pas comme ça. On peut lui laisser le temps », il négocie.

J'ai envie de dire : mec, marchande pas avec ce bonhomme, il va t'étaler au sol.

« Non, il va voir », grogne mon père.

Il me traîne dans tout le salon, et la mère de Cassandra attrape quelque chose et le prend dans ses bras, et ce quelque chose gueule. Un tout petit quelque chose. Je freine des quatre fers. Un petit quelque chose, tout rouge, qui hurle, avec trois poils sur le caillou. Un quelque chose pas à moi. Ça, c'est pas à moi. Mais tous les regards racontent que non, ce quelque chose est à moi. Mais je suis sûr que non.

Non. Je refuse. Je suis sur un chalutier. Le ressac des vagues. Je rampe dans les couloirs, je pleure de pas pouvoir fumer. Un truc dans le genre. Je hoche la tête par la négative.

Le petit quelque chose, le minuscule petit quelque chose, tout rouge, hurle, et hurle, et hurle, au point qu'il pourrait avaler sa langue et s'étouffer avec. Mon père me pousse, me pousse vers ce quelque chose, et je lui dis, tout paniqué :

« C'pas moi ! »

Il gueule :

« SI. » Et il montre ça, et il ajoute : « T'as vu sa couleur ! » Il est un peu foncé, certes.

« Mais je suis pas le seul arabe sur cette terre ! Putain ! » je braille.

Qui me dit que la Cassandra, elle avait pas un autre type ? Hein ? On sait pas, ça ! Non, vraiment, je suis pas seul sur cette fichue planète à avoir pu engrosser cette fille. D'ailleurs, elle est où, celle-là ?

« Et Cassandra? Elle est où, Cassandra ! » Qu'on s'explique ! C'est une de ses vannes à la con, là, un truc de manipulatrice qu'elle sait faire. Un de ses secrets de merde. Et je vais lui botter le cul.

Son père s'approche de moi, la bouche retournée, et il finit par dire sans relief :

« Elle est morte. » Il inspire. « Elle est morte, il y a trois semaines… » Et il expire. « On l'a retrouvée un matin, dans sa chambre… Elle venait, Elle venait de rentrer de l'hôpital avec lui… et… », il s'étouffe d'un sanglot pudique.

Je suis sur le chalutier. Je tiens le projecteur, je chasse la pénombre. Je tombe. Le carrelage du salon gèle ma joue. Je trie le poisson : lieu, lotte, merlu, je trie le poisson. Oh, un saint-pierre, avec son rond noir impeccable à côté des branchies. *Et, une dorade, malingre.*

J'entends que je fais la honte. Merlu. J'entends qu'il me faut du temps. L'étoile de mer, tu dégages. Deux paires de bras forts me déposent sur le canapé. Mon gant se déchire. Mon bonnet s'envole. Un bonnet à l'océan ! A L'AIDE !

Puis ce hurlement singulier, aigu, aride, et je me redresse net. Ma mère enfonce un biberon dans la bouche de ça, et ça l'attrape goulûment, alors que la mère de Cassandra lui caresse le front. Mon père me juge fort, adossé au mur de l'autre côté, et le père de Cassandra fait les cent pas, en se rognant le bout du pouce.

« C'est peut-être pas moi », je susurre bêta.

Je ne sais pas si je peux plus décevoir mon père que maintenant.

« C'est peut-être pas toi ? » il s'agace. « La pauvre p'tite, trois mois après que t'es parti je sais pas où, elle a frappé chez nous. Toute mignonne, toute gentille. Hein. » Il lève le menton, fier. « Elle demandait après toi. On l'a reconnue, nous. Cette petite que t'as sauvée, là. Hein, je disais : te faudrait une médaille », il renâcle. « T'as profité d'ça, et sûrement que t'as pris tes jambes à ton cou quand la pauvre t'a dit. » Il montre le petit quelque chose du doigt.

« Je savais pas ! » je gueule.

« Tais-toi ! Laisse-moi parler ! »

Le père de Cassandra tente d'intervenir :

« Idriss, ma fille… elle lui a peut-être pas tout dit non plus. » Il essaye de me sauver, le pauvre bonhomme, alors que j'ai un papier dans ma voiture qui le condamne.

« Alors, pourquoi il a pris ses jambes à son cou ! Cet âne ! Des mois qu'on se ronge le sang avec ta mère. T'as fait la peur à ta mère ! Et à cette gamine ! Hein ! » Il est rouge de haine contre moi. « Nous, avec ta mère, on s'est sentis responsables de cette pauvre petite. Ta mère et Nina, heureusement, elles lui ont tenu la main le jour de naissance ! Hein ! » Il me pointe du doigt. « C'toi qui aurais dû faire ça ! »

J'ai jamais entendu mon père dire autant de mots d'un coup.

« Tu vas assumer ! » il lâche hors de lui, et il se dirige vers ma mère.

Le daron de Cassandra essaye de le retenir :

« Idriss, vraiment, laissez-lui le temps ! »

Mon père le repousse poliment. J'observe le père de Cassandra, je le vois, il sait, il tait tout, sa fille lui a tout raconté, elle lui a expliqué ses deux nuits avant le drame, et moi aussi, je sais maintenant. Quand je compte sur mes doigts, ça correspond, ça correspond à la perfection. Sauf qu'elle m'a dit qu'elle pouvait pas en faire, de gamin, et là, oui, finalement.

Bravo, mon gars, tes soldats fonctionnent — un peu trop bien à mon goût.

Ce petit quelque chose, c'est moi.

Mon père est inarrêtable, je crois que je lui ressemble, parfois. Il prend le nourrisson à ma mère, maladroitement, et se place devant moi. Je me recule en faisant non de la tête, mais il me l'enfonce dans les bras. Automatiquement, j'ai ma mère et Nina qui viennent se caler à ma droite et à ma gauche. Je suis tétanisé. Pourquoi j'avais moins peur quand je galopais après des tueurs, pourquoi j'avais moins peur quand je devais traverser le pont en pleine tempête.

La chose dans mes bras remue, et ma mère tire sur mon coude, en murmurant :

« Cale sa tête. »

Nina le couvre mieux du plaid.

Mon père derrière ordonne :

« Tu vas le déclarer. »

Et le père de Cassandra ponctue :

« Elle l'a appelé Valentin. »

J'ai envie de rire. J'ai envie de pleurer. Je lève les yeux sur lui, sur ce père, et je reçois un regard entendu. Au même moment, une minuscule main s'agrippe à l'endroit de mon index disparu. Ce que ma mère remarque :

« Mais ! Il est où, ton doigt ! »

J'avale ma salive en haussant les épaules :

« Sur un chalutier, quand un câble lâche, ça peut sectionner un membre », je chuchote.

Mon père devient livide.

« Il paraît qu'un mec a fini tout entier dans un bras mécanique et a été épluché comme une patate. Il est mort », je dis, sans timbre.

Et Cassandra aussi est morte. Pourtant, je l'imagine passer l'alcôve, là, et chantonner : pardon, mauvaise blague.

« Elle est vraiment morte ? » je redemande.

« Oui », dit son père. « On l'a mise dans notre caveau, au cimetière de Peypin. » Sa voix s'est étranglée sur la fin, et il tente de terminer : « Je t'emmènerai la voir, quand tu seras prêt. Elle était heureuse… de… de… vraiment heureuse. » et il montre le petit d'un geste du menton.

« Et il va bien, lui ? Va… Valentin ? » j'interroge.

Le père de Cassandra serre ses lèvres ensemble.

L'enfant dans mes bras gazouille en dessous. Une larme s'échoue sur le bout de son nez.

Je redemande :

« Elle est VRAIMENT morte ? »

Je sens la main de ma mère glisser dans mon dos.

Je suis sur un chalutier hauturier.

Le ressac de la mer.

La tempête. Tout ça.

Tout ça. Sur mes joues. Sur ma mâchoire.

Quand les gens meurent, ils n'existent plus. Ils n'existent plus, jamais. Ils sont des souvenirs. Les souvenirs n'ont rien de palpable.

Valentin se met à pleurer.

Le ressac de la mer.

ÉPILOGUE

Cinq ans plus tard,

VALENTIN — « On met sa veste, on prend son cartable et on s'assoit sur le tapis », dit la maîtresse.

Je me précipite vers le porte-manteau, j'attrape mon blouson et saisis mon cartable en bousculant Timéo. Ensuite, je me jette sur le tapis en enfilant ma veste en même temps. Je suis le premier. C'est moi qui ai gagné.

La maîtresse se place devant la porte vitrée. Elle scrute les parents qui attendent derrière. Trop long. Je triture la fermeture éclair de mon cartable en me grattant le nez. Enfin, elle ouvre la porte et appelle :

« Valentin, y a papa. »

Voilà pourquoi je DOIS être le premier.

C'est le top départ, c'est le moment où je dois me transformer en voiture de course. Je fonce comme une fusée, droit vers la sortie, et la maîtresse saisit mon épaule au vol.

« Cours pas ! »

« Mais y a papá ! »

« Oui, y a papa, mais t'as pas besoin de courir comme ça, Valentin. »

« Si ! J'ai besoin ! » je crie en essayant de me dégager.

Elle lève les yeux au ciel avant de me libérer. Dehors, le soleil pique, et je passe rapidement en revue la foule de parents qui attendent dans la cour. Mon papa est tout sur le côté, appuyé contre le mur, ses lunettes de soleil sur le nez.

Une fois la cible repérée, je m'élance à toutes jambes vers lui. Il s'accroupit. Je lui saute dans les bras, et il me soulève pour embrasser ma joue, avant de me reposer.

Ma main dans la sienne, on rejoint la voiture. J'espère qu'un jour, mes mains seront aussi grandes que les siennes, mais sans les poils.

Dans la voiture, j'ai le droit d'être devant — c'est vrai qu'on habite pas loin de l'école. Une fois attaché, il me montre la boîte à gants, et j'y trouve un paquet de chips. Je glapis de bonheur. Papa me l'ouvre, et je mets une immense poignée dans ma bouche.

Après, il me demande ce que j'ai fait aujourd'hui à l'école. Je m'en souviens plus, alors je fais un prout avec mes lèvres en observant le paysage défiler. J'aperçois une femme, elle a les cheveux jaunes et des talons super hauts. Elle ressemble à la copine de maman. Je la salue du bout des doigts, elle me répond.

Une fois devant l'immeuble, papa râle de pas pouvoir se garer. Quand il s'énerve comme ça, il dit des gros mots, genre : « Eh ! Enculé d'ta mère, bouge ton pot de yaourt ! » Et il se tourne vers moi : « J'ai rien dit. » Moi aussi, je dis des gros mots en secret.

Il finit par trouver une place, un peu loin, et on marche tous les deux jusqu'à la maison. Je tape sur le bouton de l'ascenseur : on habite tout en haut, au quinze. Papa dit que c'est chouette : vue mer.

Dans le couloir de notre appartement, papa fait traîner tout un tas de trucs à côté de la porte : des cannes à pêche, des seaux, des épuisettes, ma trottinette. La voisine aime pas ça. Papa dit que c'est une vieille peau mal baisée.

Dès qu'on est rentrés, j'ai le droit de regarder les dessins animés, toujours. Sauf quand il y a mes mamies — et elles sont souvent là. Elles disent qu'elles aident papa, même si papa, c'est un adulte.

Je m'installe devant le grand écran, et mon père part ranger le pistolet qu'il porte à la ceinture dans l'endroit où j'ai pas le droit d'aller — c'est dans un coffre, et faut une clé. Mon papa est policier.

Après, il vient se vautrer avec son café à côté de moi, en faisant d'épais nuages de fumée avec sa cigarette électronique.

« J'adore ce chat. C'est quoi son nom déjà ? » demande mon père.

« C'est Kwazi. Un pirate », je réponds.

Papa acquiesce en répétant :

« Il est très bien, ce chat pirate », et il rit.

Quand mon père dégaine son téléphone, je sais que c'est l'heure de choisir. J'adore ça, commander des trucs à manger.

« Chinois, kebab, ou genre… euh… thaï ? » Il réfléchit. « Plutôt thaï, y a des légumes. Tes grands-mères ont dit : donne des légumes à ce petit ! » Il se marmonne à lui-même : « Elles sont relou, ces deux-là. On se marre plus avec les deux vieux. »

Il parle de mes grands-pères, on va souvent à la pêche tous ensemble le week-end, et c'est trop génial.

« Tu veux quoi, mon grand ? » demande mon père.

Je hausse les épaules. Je veux des pâtes, et dans le thaï, il y a des pâtes, enfin des nouilles, mais c'est pareil.

Avant que le livreur arrive, c'est la douche et inspection. Il me surveille d'un œil dans mon bain, il met jamais beaucoup d'eau dans la baignoire parce que j'ai peur sinon.

Une fois sorti et partiellement séché, papa analyse sous toutes les coutures ma peau. Il dit qu'on sait jamais.

Dès qu'une tache, une écorchure ou quoi que ce soit se pointe, il désinfecte immédiatement, et me demande si ça gratte ou si c'est douloureux. Alors je pense à elle :

« Maman dit qu'on a pas le temps pour la douleur. »

Papa acquiesce en se pinçant les lèvres.

Ensuite, il m'aide à enfiler mon pyjama, et le repas arrive dans la foulée. Mais papa considère que c'est pas assez pour moi. Il cuit toujours de la viande qu'il sort directement du congélateur.

Il dit : mange, c'est ça qui te donne des forces, et j'avale ça, les petits morceaux grillés délicieux, en même temps que mes pâtes en virant les légumes.

Après le repas, je joue encore dans le salon. Je fais glisser mes voitures sur le tapis, alors que mon père range les restes.

Quand il m'accompagne au lit, il passe un temps avec moi, en gardant une main sur mon front — celle où il lui manque un doigt, car un requin le lui a mangé quand il était pêcheur.

Il observe le mur où il scotche mes dessins. C'est lui que je dessine le plus souvent, puis maman, toujours avec des fleurs, partout. Elle aime tellement ça.

Quand je ferme les yeux, que je sens que je m'endors, papa quitte mon lit. Il se remet dans le salon, se glisse dans le canapé pour se caler devant la télé. Il regarde tout un tas de séries. Des trucs avec des gens qui cherchent des trésors de l'extrême, des trucs avec des pêcheurs en haute mer de l'extrême, des bûcherons de l'extrême, des routiers de l'extrême.

Je crois que mon père aime bien ce mot : extrême.

Il s'endort toujours là. Parce que le salon, c'est un peu sa chambre. Je crois que je l'ai jamais vu dans sa chambre, en fait.

Moi, souvent, je rêve de maman, de ce qu'on faisait avant, de la Pat' Patrouille, des croissants, et du parc de jeux, où elle me regardait faire du toboggan. Je me réveille tout le temps la nuit, car je suis pas sûr que ce soit vraiment vrai.

Alors je me lève et rejoins le salon, j'installe mon coussin et mon doudou baleine contre papa, et je l'écoute ronfler un temps, avant de me coller tout contre lui.

Il le sait. Il me serre dans ses bras fort. Papa a besoin de moi, mais il veut pas le dire.

C'est maman qui me le chuchote aux oreilles.

POLICE

Remerciements :

Je remercie ma famille.

Ma mère et mon père.

Ma sœur et mon frère.

Valérie et Jérôme.

Je remercie Ayam.

Gavroche.

Je remercie Arnaud et Adhémar,
« Le plus de l'infini. »

www.ingramcontent.com/pod-product-compliance
Lightning Source LLC
LaVergne TN
LVHW041053080826
845145LV00007B/1552

* 9 7 8 2 9 5 9 7 9 2 5 2 6 *